# CONTRA VIENTO Y MAREA

MARIO VARGAS LLOSA

# CONTRA VIENTO Y MAREA
## (1962-1982)

Seix Barral ✺ Biblioteca Breve

Primera edición: noviembre 1983

© 1983: Mario Vargas Llosa

Derechos exclusivos de edición en castellano
reservados para todo el mundo:
© 1983: Editorial Seix Barral, S. A.
Córcega, 270 - Barcelona-8

ISBN: 84 322 0480 3

Depósito legal: B. 35.789 - 1983

Impreso en España

*A Fernando de Szyszlo*

*La primera edición de este libro —Entre Sartre y Camus, Puerto Rico, Ediciones Huracán, 1981— constaba de catorce textos, los que se refieren explícitamente a Sartre, Camus y Simone de Beauvoir. He añadido ahora cerca de medio centenar —artículos, conferencias, manifiestos, cartas, polémicas, chismografías, ucases— escritos también entre 1962 y 1982, que se refieren a la vocación literaria, el compromiso político, la revolución, la universidad, las libertades y la crítica. Se trata de textos de circunstancias, sin mérito literario y a los que, en la mayoría de los casos, el tiempo ha maltratado sin piedad. ¿Por qué resucitarlos, entonces? Porque otros lo hacen, aquí y allá, de manera siempre trunca y a veces malintencionada. Si no pueden descansar en paz, en las difuntas publicaciones donde aparecieron, prefiero que reaparezcan tal como fueron escritos y en el mismo orden.*

*En algunos textos he mejorado la puntuación y en otros suprimido alguna cacofonía o idiotismo que chirriaban demasiado, pero en ningún caso estos mínimos retoques alteran las ideas (o la falta de ideas) con que fueron escritos. Exhibo esta suma de contradicciones, ingenuidades, equivocaciones y alguna que otra intuición feliz sin arrogancia ni arrepentimiento, con cierta melancolía por las ilusiones que se llevó el viento y hasta por esos adjetivos solemnes y exagerados que la pasión política y la prisa periodística solían desviar del blanco. En un sentido, esta colección puede leerse como un documental sobre los mitos, utopías, entusiasmos, querellas, esperanzas, fanatismos y brutalidades entre los que vivía un latinoamericano en las décadas del sesenta y setenta, esa atmósfera política e intelectual que todos los escribidores contribuimos con nuestra conducta y nuestra pluma a purificar o enrarecer (me temo que sobre todo esto último).*

*Al final de tan abundante volumen, el abnegado lec-*

tor descubrirá, con la misma perplejidad que yo, que
el libro contiene más dudas que certidumbres y que
éstas son tan simples y breves que caben en cuatro palabras: que la literatura, a fin de cuentas, importa
más que la política, a la que todo escritor debería acercarse sólo para cerrarle el paso, recordarle su lugar y
contrarrestar sus estropicios; que la libertad es inseparable de la justicia social y que quienes las disocian, para
sacrificar la primera con el argumento de alcanzar más
pronto la segunda, son los verdaderos bárbaros de
nuestro tiempo; que, por oportunismo, cobardía o ceguera, el intelectual contemporáneo suele ser un diligente aliado de la barbarie; y, por último, que aunque
el pesimismo parezca ser una actitud más realista
que el optimismo para encarar el futuro inmediato de
América Latina, esto de ninguna manera significa resignarse y alzar los brazos, sino seguir batallando, en esos
dos frentes, que, en verdad, son uno solo: contra el
horror de la dictadura militar, la explotación económica, el hambre, la tortura, la ignorancia, y contra el
horror de la dictadura ideológica, los partidos únicos,
el terrorismo, la censura, el dogma y los crímenes justi-
ficados con la coartada de la historia.

Lima, agosto 1982

10

# PRÓLOGO A ENTRE SARTRE Y CAMUS

Estos textos fueron dictados por la transeúnte actualidad y publicados en periódicos y revistas a lo largo de veinte años. Dicen más sobre quien los escribió que sobre Sartre, Camus o Simone de Beauvoir. Están plagados de contradicciones, repeticiones y rectificaciones y acaso eso sea lo único que los justifique: mostrar el itinerario de un latinoamericano que hizo su aprendizaje intelectual deslumbrado por la inteligencia y los vaivenes dialécticos de Sartre y terminó abrazando el reformismo libertario de Camus.

Bajo su aparente desorden, les da unidad la polémica que aquellos dos príncipes de la corte literaria francesa sostuvieron en los años cincuenta y de la que cada artículo da testimonio parcial e, incluso, tendencioso, pues era una polémica que, sin saberlo, también se llevaba a cabo en mí y conmigo mismo. Estos textos indican que a lo largo de esos veinte años los temas y argumentos esgrimidos por Sartre y Camus reaparecían una y otra vez en lo que yo pensaba y escribía, resucitados por las nuevas experiencias políticas y mi propia aventura personal, obligándome a revisarlos bajo esas nuevas luces, a repensarlos y a repensarme hasta acabar dándole la razón a Camus dos décadas después de habérsela dado a Sartre.

Vale la pena recordar ahora, pues pocos lo hacen, esa célebre polémica del verano parisino de 1952, que tuvo como escenario las páginas de Les Temps Modernes y que opuso a los autores de La náusea y La peste, hasta entonces amigos y aliados y las dos figuras más influyentes del momento en la Europa que se levantaba de las ruinas de la guerra. Fue un hermoso espectáculo, en la mejor tradición de esos fuegos de artificio dialéctico en los que ningún pueblo ha superado a los franceses, con un formidable despliegue, por ambas partes, de buena retórica, desplantes teatrales, golpes bajos, fintas y zarpazos, y una abundancia de ideas que producía vértigo. Es significativo que yo sólo conociera la

11

*polémica meses más tarde, gracias a una crónica de
la revista* Sur, *y que sólo pudiera leerla uno o dos años
después, ayudado por diccionarios y por la paciencia de
Madame del Solar, mi profesora de la Alianza Francesa.*

*Las circunstancias han cambiado, los polemistas han
muerto y desde entonces han surgido dos generaciones
de escritores. Pero aquella polémica es aún actual. Cada
mañana la reactualizan los diarios, con su ración de
estragos, y los dilemas políticos y morales en que nos
sumen. Los casi treinta años transcurridos han despe-
jado el terreno llevándose la hojarasca. Ya no importa
saber si lo que originó la discusión fue, meramente, el
disgusto que produjo a Camus el artículo que sobre*
El hombre rebelde *escribió Francis Jeanson en* Les
Temps Modernes *o si esto fue apenas la gota que des-
bordó el vaso de una diferencia ideológica que había
venido incubándose hacía tiempo y que alcanzó su clí-
max con la revelación de la existencia de campos de trabajo forzado en la URSS, hecho ante el que Sartre y
Camus reaccionaron de manera diametralmente opuesta.*

*Cuando uno lo relee, ahora, descubre que lo sustan-
cial del debate consistió en saber si la Historia lo es
todo o es sólo un aspecto del destino humano, y si la
moral existe autónomamente, como realidad que tras-
ciende el acontecer político y la praxis social o está visceralmente ligada al desenvolvimiento histórico y la vida
colectiva. Son estos temas los que abren un abismo
entre los contendores, a pesar de lo mucho que los unía.
Ninguno de ellos era un 'conservador', satisfecho de la
sociedad en que vivía; a ambos escandalizaban las injusticias, la pobreza, la condición obrera, el colonialismo,
y ambos anhelaban un cambio profundo de la sociedad.
Ninguno de ellos creía en Dios y ambos se llamaban
socialistas, aunque ninguno estaba inscrito en un partido y aunque la palabra significara algo distinto para
cada cual.*

*Pero para Sartre no había manera de escapar a la
Historia, esa Mesalina del siglo XX. Su metáfora de la
pileta es inequívoca. Es posible que las aguas estén llenas
de barro y de sangre, pero, qué remedio, estamos zam-
bullidos en ellas y hay que aceptar la realidad, la única
con la que contamos. En esta piscina que compartimos*

*hay una división primera y primordial que opone a explotadores y explotados, a ricos y pobres, a libres y esclavos, a un orden social que nace y otro que declina. A diferencia de los comunistas ortodoxos, que se niegan a ver los crímenes que se cometen en su propio campo, Sartre los reconoce y los condena. Así lo ha hecho con los campos de trabajo forzado en la URSS, por ejemplo. Pero, para él, la única manera legítima de criticar los 'errores' del socialismo, las 'deficiencias' del marxismo, el 'dogmatismo' del partido comunista es a partir de una solidaridad previa y total con quienes —la URSS, la filosofía marxista, los partidos pro-soviéticos— encarnan la causa del progreso, a pesar de todo. Los crímenes de Stalin son abominables, sin duda. Pero peores son aquellos que convierten a la mayoría de la humanidad en una mera fuerza de trabajo, destinada a llenar los bolsillos de la minoría que es dueña del capital y de los útiles de producción y que ejerce, en la práctica, el monopolio de la cultura, la libertad y el ocio. La guerra entre ambos órdenes es a muerte y no hay manera de ser neutral ni indiferente. Quien pretende serlo lo único que logra es volverse un instrumento inerte en manos de uno u otro bando. Por eso hay que tomar partido, y él lo hace en nombre del realismo y de una moral práctica. Con todos sus defectos, la URSS y el socialismo marxista representan la opción de la justicia; el capitalismo, aunque tenga aspectos positivos, hecho el balance será siempre la alternativa de la injusticia.*

*Para Camus este 'realismo' abre las puertas al cinismo político y legitima la horrible creencia de que la verdad, en el dominio de la Historia, está determinada por el éxito. Para él, el hecho de que el socialismo, que representó, en un momento, la esperanza de un mundo mejor, haya recurrido al crimen y al terror, valiéndose de campos de concentración para silenciar a sus opositores —o, mejor dicho, a los opositores de Stalin— lo descalifica y lo confunde con quienes, en la trinchera opuesta, reprimen, explotan y mantienen estructuras económicas intolerables. No hay terror de signo positivo y de signo negativo. La práctica del terror aparta al socialismo de los que fueron sus objetivos, lo vuelve*

13

'cesarista y autoritario' y lo priva de su arma más importante: el crédito moral. Negarse a elegir entre dos clases de injusticia o de barbarie no es jugar al avestruz ni al arcángel sino reivindicar para el hombre un destino superior al que las ideologías y los gobiernos contemporáneos en pugna quieren reducirlo. Hay un reducto de lo humano que la Historia no llega a domesticar ni a explicar: aquel que hace del hombre alguien capaz de gozar y de soñar, alguien que busca la felicidad del instante como una borrachera que lo arranca al sentimiento de la absurdidad de su condición, abocada a la muerte. Las razones de la Historia son siempre las de la eficacia, la acción y la razón. Pero el hombre es eso y algo más: contemplación, sinrazón, pasión. Las utopías revolucionarias han causado tanto sufrimiento porque lo olvidaron y, por eso, hay que combatir contra ellas cuando, como ha ocurrido con el socialismo, los medios de que se valen empiezan a corromper los fines hermosos para los que nacieron. El combate contra la injusticia es moral antes que político y puede, en términos históricos, ser inútil y estar condenado al fracaso. No importa. Hay que librarlo, aun cuando sea sin hacerse ilusiones sobre el resultado, pues sería peor admitir que no hay otra alternativa para los seres humanos que escoger entre la explotación económica y la esclavitud política.

¿Quién ganó ese debate? Me atrevo a pensar que, así como en este librito comienza ganándolo Sartre para luego perderlo, se trata de un debate abierto y escurridizo, de resultados cambiantes según las personas que lo protagonizan periódicamente y los acontecimientos políticos y sociales que, a cada rato, lo reavivan y enriquecen con nuevos datos e ideas. ¿Reforma o revolución? ¿Realismo o idealismo político? ¿Historia y moral o Moral e historia? ¿La sociedad es la reina o el individuo es el rey? Resumidos hasta el esqueleto los términos de la polémica, surge la sospecha de que Sartre y Camus fueran apenas los efímeros y brillantes rivales de una disputa vieja como la Historia y que probablemente durará lo que dure la Historia.

Lima, junio 1981

# REVISIÓN DE ALBERT CAMUS

Un autor conquista grandes masas de lectores de la misma manera que las pierde: repentinamente. La relación entre un escritor y su público es casi siempre extraña y no parece fundarse en la razón, sino en los sentimientos o el instinto. Su semejanza con la pasión amorosa es sorprendente; surge de improviso y, aun en sus momentos más entrañables, tiene carácter precario. ¿Cómo explicar, por ejemplo, el caso de Albert Camus? Hace quince años era uno de los príncipes rebeldes de la juventud francesa y hoy ocupa el lastimoso puesto de un escritor oficial, desdeñado por el público y vigente sólo en los manuales escolares.

Algunos piensan que el derrumbe de Camus es consecuencia de su actitud frente al drama argelino. Desgarrado por un problema que lo obligaba a elegir entre una causa justa y una minoría de la cual se sentía solidario porque había nacido y vivido entre ella, Camus, como es sabido, optó por el silencio o las declaraciones ambiguas. No creo que ésta sea una razón suficiente. El público puede encontrar la conducta de un escritor aborrecible, sin que ello lo aleje de sus libros. Nadie que yo sepa justifica la involución de Malraux ni el antisemitismo del alucinado Louis-Ferdinand Céline; y, sin embargo, las novelas de ambos están más vivas que nunca, cada día ganan nuevos lectores. Lo curioso en el caso de Camus es la coincidencia entre la suerte del hombre y la obra: él y sus libros cayeron al mismo tiempo en el limbo y ni el diablo ni el buen dios se interesan ahora en ellos.

El primer tomo de los *Carnets* de Albert Camus que acaba de publicar la editorial Gallimard, contiene una serie de pistas y llaves maestras que justifican una tentativa para aclarar el singular destino de este escritor. Desde muy joven, Camus llevó una especie de diario íntimo, donde anotaba proyectos, reflexiones y lec-

15

turas. A veces, en pocas líneas bosquejaba un argumento, un personaje o una situación susceptibles de ser aprovechados más tarde. La época que abarca este volumen (1935-1942) es aquella que Balzac consideraba capital en la vida de un escritor: de los 22 a los 30 años. Y, en efecto, en este período Camus tuvo experiencias decisivas: contrajo su primer matrimonio, se afilió al Partido Comunista, obtuvo su diploma de estudios superiores con una tesis sobre "Neoplatonismo y pensamiento cristiano", viajó por Europa, trabajó como actor y director teatral, se divorció, rompió definitivamente con el comunismo, volvió a casarse, al estallar la guerra trató de enrolarse en el ejército para luchar contra el nazismo y fue rechazado por razones médicas, ejerció el periodismo y escribió *El extranjero*, *El mito de Sísifo*, *Calígula*, *Bodas* y *El minotauro o el alto de Orán*.

Los *Carnets* son muy discretos en lo relativo a la vida de Camus y rara vez abandonan el plano de la reflexión o la creación. Cuando Camus se refiere a su vida privada lo hace con extremo pudor; adopta un tono neutro e impersonal y arropa cualquier confesión autobiográfica de consideraciones abstractas. Nada más ausente de este diario que el frenético exhibicionismo tras el cual disimulan su escasa inventiva muchos autores contemporáneos. Ocurre que Camus no necesita emplear ese procedimiento, pues, además de ser un impecable narrador, está dotado de extraordinaria fantasía. "Tengo necesidad de escribir como tengo necesidad de nadar: porque mi cuerpo lo exige", dice uno de los personajes de *La muerte dichosa*, la novela inédita de Camus. Es su propio caso. Los *Carnets* diseñan la silueta de un escritor y no la de un pensador, la de un artista y no la de un filósofo. Algunos dirán: "¡Qué tontería! Justamente, en Camus coincidían el creador de ficciones y el riguroso ensayista". Pienso que a esta creencia errónea se debe en gran parte la ruina de Camus.

En efecto, después de leer los *Carnets* no cabe duda alguna: la gloria, la popularidad de Camus reposaban sobre un malentendido. Los lectores admiraban en él a un filósofo que, en vez de escribir secos tratados universitarios, divulgaba su pensamiento utilizando géneros accesibles: la novela, el teatro, el periodismo. Lo notable es que el propio Camus se precipitó en la trampa en que habían caído sus admiradores y en los últimos años de su vida se reconoció en esa falsa imagen que el público le había levantado. Basta leer el *Discurso de Suecia*, las *Cartas a un amigo alemán* e incluso *El hombre rebelde* para comprobar que su pensamiento es vago y superficial: los lugares comunes abundan tanto como las fórmulas vacías, los problemas que expone son siempre los mismos callejones sin salida por donde transita incansablemente como un recluso en su minúscula celda. Serían libros desdeñables si no fuera por su prosa seductora, hecha de frases breves y concisas y de furtivas imágenes.

En realidad, Camus sólo es profundo y original cuando escribe sobre esa realidad temporal y concreta que es la patria de la literatura. Sus personajes tienen vida, sus novelas y sus dramas son originales porque en ellos esa nebulosa que es nuestra época toma contornos precisos y nos ayudan a conocer mejor al hombre contemporáneo, prisionero del absurdo y la angustia. Los *Carnets* están repletos de episodios diminutos, recogidos por Camus en la calle y que delatan al sobresaliente narrador. "En el cinema, la pequeña oranesa llora a lágrima viva ante las desdichas del héroe. Su marido le ruega que se calle. Pero, vamos, dice ella sollozando, al menos déjame que disfrute." Habría que citar también todos los fragmentos de *La muerte dichosa* que aparecen en los *Carnets*: diálogos limpios, descripciones sin escorias ni tiempos muertos, situaciones tensas.

Pero donde el espíritu artístico de Camus se manifiesta de manera avasalladora es en las notas impresionistas. Cada vez que habla de las calles de una ciudad, de un árbol, del cielo, de las playas, aparece el gran estilista: la prosa cobra colorido, fervor y una majestuosa desenvoltura. Tímido y balbuceante cuando teoriza, frío y lúcido cuando crea seres de carne y hueso, Camus se convierte en un escritor tierno e infinitamente sensible al evocar la naturaleza o el paisaje urbano. "Esa mañana llena de sol: las calles calurosas repletas de mujeres. Hay flores a la venta en todas las esquinas. Y esos rostros de muchachas que sonríen." Lo que más lo conmueve es el paisaje de Argelia, que asoma a cada momento en este libro, con los violentos colores de los cuádros románticos que inspiró esa tierra a Delacroix, algo mitigados sin embargo por una subterránea dulzura. Hay una comunicación tan intensa entre la sensibilidad del autor y el medio natural que lo inspira, que la poesía brota con frecuencia: "Mientras que, por lo común, los cipreses son manchas sombrías en los cielos de Provenza y de Italia, aquí, en el cementerio de El Kettar, este ciprés hierve de luz, arde con los oros del sol. Parece que, venido de su negro corazón, un zumo dorado corriera hasta el extremo de sus cortas ramas y discurriese en largas avenidas feraces sobre el follaje verde".

Pero es preciso ir más lejos aún. En Camus no sólo predomina el artista, sino que su temperamento y sus preocupaciones lo inclinan hacia la expresión formal y deshumanizada del espíritu artístico: el esteticismo. "Cielo de tormenta en agosto. Soplos ardientes. Nubes negras. Al este, sin embargo, una faja azul, delicada, transparente. Imposible mirarla. Su presencia hiere los ojos y el alma. Ocurre que la belleza es insoportable. Nos desespera. Eternidad de un minuto que quisiéramos se prolongara a lo largo del tiempo." Los *Carnets* confirman aquello que se desprendía fácilmente de otros libros suyos: Camus busca su inspiración en el mundo exterior y no en su propia conciencia, como los narradores fantásticos; es un observador nato y cuando sale a la calle espía su alrededor con los ojos interesados de los escritores realistas. Para él los amenos cementerios musulmanes, los destellos del sol y el fulgor de los geranios constituyen elementos más llamativos de la realidad que los hechos sociales o históricos. El paisaje que ama se compone de cielo, agua, aire, flores, árboles, casas, hombres, en este orden de importancia. Jamás comprenderé que se haya conferido el papel de director de conciencia para cuestiones políticas a este delicado poeta puro capaz de considerar a los miserables habitantes de los pueblos kabilas como ingredientes del paisaje y ni siquiera los más interesantes: "Pueblos aglomerados alrededor de puntos naturales y que viven, cada uno, vida propia. Hombres vestidos de telas blancas y largas, cuyos gestos precisos y simples destacan bajo el cielo siempre azul. Caminitos escoltados por cactus, olivos, algarrobos, chopos. Pasan hombres con asnos cargados de olivos. Los rostros son bruñidos y los ojos claros. Y del hombre al árbol, del gesto a la montaña, nace una especie de consentimiento que es, a la vez, patético y alegre". Inútil reprochar a Camus la inhumanidad de esta bella prosa: ¿alguien condenaría a los poetas místicos por hablar del alma arrobada en vez de denunciar las iniquidades medievales? Camus no tuvo la culpa de que se viera en él a otro y lo único deplorable es que, contaminado por ese asombroso equívoco colectivo que hizo de él un ideólogo, traicionara su sensibilidad ascendiendo a alturas especiosas para discurrir artificialmente sobre problemas teóricos.

En realidad, era un artista fino y en algunas de sus obras registró intuitivamente el drama contemporáneo en sus aspectos más oscuros y huidizos. *El extranjero* es una de las mejores novelas modernas. Como buen escritor, Camus percibía la realidad fragmentada: su visión de los detalles, de una situación, de un individuo, es por lo general certera. "Un hombre inteligente en cierto plano puede ser un imbécil en otros", apunta en sus *Carnets*. Él era admirable cuando se dejaba guiar por la intuición y la imaginación y un mediocre escritor cuando se abandonaba a la reflexión pura.

"Se puede desesperar por el sentido de la vida 'en general' pero no de sus formas particulares; de la existencia, puesto que no tenemos poder sobre ella, pero no de la historia donde el individuo lo puede todo." La indiscutible verdad de esta nota de los *Carnets* nos permite distinguir lo que hay de valioso y de inútil en la obra de Camus. Todos sus escritos literarios —novelas, cuentos, dramas, prosas poéticas— expresan formas particulares de la vida, es decir, están sólidamente instalados en la historia. Y gracias a su talento constituyen admirables creaciones del espíritu. En cambio, cuando Camus medita sobre "la existencia" y la "vida en general" se limita a exponer, con fórmulas apenas distintas, viejas concepciones de un pesimismo paralizante. Que no nos hablen de la "filosofía del justo" porque ya sabemos que tras esta hueca frase se esconde una actitud contemplativa e inmovilista, vieja como la filosofía, y cuya vacuidad salta a la vista apenas se la quiere aplicar a una situación concreta. El trágico dilema de Camus frente a la guerra de Argelia es la mejor prueba del carácter puramente retórico de una doctrina que pretende liberar al hombre del compromiso de elegir a cada instante entre las alternativas dramáticas que la historia le plantea.

El prestigio de Camus se desvaneció cuando sus lectores descubrieron que el supuesto pensador, que el aparente moralista no tenía nada que ofrecerles para hacer frente a las contradicciones de una época crítica, y que en el fondo estaba tan desconcertado como ellos. Pero algún día resucitará el verdadero Camus, el prosista cuidadoso y cohibido ante el mundo que le tocó. Entonces se le leerá como se le debió leer siempre: como se lee a Flaubert o a Gide y no a Diderot o a Sartre.

París, junio 1962

# À CUBA EN ÉTAT DE SIÉGE

*Pendant toute la durée du blocus de Cuba —près d'un mois— les rares nouvelles en provenance de l'île ne permettaient pas de se rendre compte des réactions du public. Un journaliste péruvien, M. Mario Vargas Llosa, qui se trouvait alors à La Havane, vient d'arriver à Paris et décrit ce qu'il a vu dans les rues de la capitale:*

## EN CUBA, PAÍS SITIADO

*Durante todo el bloqueo de Cuba —cerca de un mes— las escasas noticias procedentes de la isla no permitían hacerse una idea de las reacciones del público. El periodista peruano Mario Vargas Llosa, que se hallaba en La Habana, acaba de regresar a París y describe lo que vio en las calles de la capital:*

Passagers du *Britannia* de la Compania Cubana de Aviacion, nous avons fait l'expérience personnelle du blocus imposé à Cuba par les Etats-Unis bien avant d'arriver à La Havane, sur l'aéroport même de Mexico. On nous avait convoqués trois heures à l'avance; nous comprîmes vite pourquoi: avant de monter dans l'avion, nous fûmes soumis aux interrogatoires de la police mexicaine, puis un agent photographia les passagers un à un. Indignée, la femme d'un diplomate provoqua un incident: elle ne voulait pas se laisser photographier, et son mari protestait: "Ma femme n'est pas un produit stratégique...".

Finalement nous prîmes place dans l'avion. Trois quarts d'heure avant d'arriver à La Havane, deux Sabre américains firent leur apparition; ils nous encadrèrent et, tandis que la nuit tombait, nous illuminèrent avec leurs puissants projecteurs. Ils ne nous abandonnèrent qu'au dessus de l'aéroport de La Havane. Deux semaines plus tard, alors que je quittais le pays, deux autres Sabre apparurent avant même que nous ayont abandonné l'espace aérien de Cuba, et ils nous accompagnèrent pendant une demi-heure.

Le comportement du peuple cubain pendant la crise avait de quoi surprendre bien des observateurs. L'ordre, la discipline et la sérénité ne sont pas précisément des constantes latino-américaines, et encore moins cubaines. Or, à aucun moment, même dans les instants critiques, on ne vit à La Havane le moindre signe de panique. L'ordre d'"alarme de combat" (mobilisation complète des forces armées révolutionnaires) donné par M. Fidel Castro fut exécuté avec une étonnante rapidité, de même que les diverses mesures de défense populaires. En l'espace d'une nuit, La Havane se transforma en une citadelle. "Voilà une preuve concluante des progrès de la révolution", me disait, orgueilleux, un responsable cubain. En avril 1961, lors de l'invasion de Playa-Giron,

Los pasajeros del *Britania* de la Compañía Cubana de Aviación experimentamos en carne propia el bloqueo impuesto a Cuba por los Estados Unidos antes de llegar a La Habana, en el mismo aeropuerto de México. Nos habían citado tres horas antes. Muy pronto supimos para qué. Antes de subir al avión fuimos interrogados por la policía mexicana y un agente nos fotografió, uno por uno. Indignada, la esposa de un diplomático provocó un incidente; no quería dejarse fotografiar y su marido protestaba: "Mi señora no es un producto estratégico...".

Por fin abordamos el avión. Tres cuartos de hora antes de llegar a La Habana, aparecieron dos Sabres norteamericanos que se colocaron a nuestros flancos. Al caer la noche, nos iluminaron con poderosos reflectores. Sólo se apartaron sobre el aeropuerto de La Habana. Dos semanas más tarde, cuando partía de Cuba, otros dos Sabres surgieron antes de que hubiéramos abandonado el espacio aéreo cubano y nos escoltaron por una media hora.

El comportamiento del pueblo cubano durante la crisis sorprendió a muchos observadores. El orden, la disciplina, la serenidad, no son constantes latinoamericanas, y menos cubanas. Sin embargo, en ningún momento, ni siquiera en los instantes críticos, se advirtió en La Habana la menor señal de pánico. La orden de "alarma de combate" (movilización completa de las fuerzas armadas revolucionarias) dada por Fidel Castro, fue ejecutada con sorprendente rapidez, así como todas las medidas encaminadas a la defensa de la población. En sólo una noche, La Habana se convirtió en una ciudadela. "Ésta es una prueba concluyente de los progresos de la revolución", le oí decir, orgulloso, a un dirigente cubano. En abril de 1961, cuando la invasión de Playa Girón, el pueblo respondió con el mismo entu-

la population répondit avec le même enthousiasme à l'appel des officiels, mais il y eut alors beaucoup de désordre. Chacun voulait aller aux tranchées et abandonnait l'usine ou le champ; la production baissa dans des proportions considérables. En revanche, cette fois-ci, pas un seul des travailleurs non mobilisés ne quitta son poste. Au moment de l'invasion de la baie des Cochons, des centaines de suspects furent emprisonnés à La Havane. Cette fois, il n'a pas été nécessaire, à notre connaissance, de procéder à une seule arrestation.

Trois cent mille hommes environ furent envoyés aux postes de combat. Il est difficile de savoir dans quelle mesure cette décision a porté préjudice à l'économie cubaine. Mais, au moins à La Havane, les centres de travail ont maintenu leur activité, en grande partie grâce aux volontaires. Dans une fabrique de cigares de Rancho-Boyeros, j'assistai à un spectacle insolite. Tous les travailleurs étaient des hommes et des femmes très âgés. "Quatre-vingts pour cent des ouvriers sont partis aux tranchées —m'expliqua une milicienne—, et ces vieillards que vous voyez sont les pères et les mères des mobilisés qui sont venus les remplacer spontanément. Il est vrai que la bonne volonté ne suffit pas. Beaucoup n'ont pas l'habitude et le travail avance lentement. Mais, pour suppléer à cette déficience, les volontaires ont décidé de travailler par équipes de dix heures au lieu de huit."

La presse et la radio, tout en exhortant la population à conserver son calme, donnaient des instructions sur la manière de se protéger des bombes explosives, des bombes incendiaires et des gaz. Dans les bâtiments publics, on élevait des murs avec des sacs de sable; des miliciens assuraient la surveillance de la ville 24 heures sur 24 et de nombreuses ménagères amoncelaient des sacs de sable pour fortifier leur maison. La Havane tout entière donnait l'impression d'être en armes et en uniforme. Les danseuses d'un des plus célèbres cabarets de la ville arrivaient à leur travail vêtues en miliciennes, la mitraillette sur l'épaule. Mais le danseur-étoile était absent: une affiche sur la porte expliquait que le principal numéro du *show* n'aurait pas lieu parce que l'acteur était parti aux tranchées "défendre la patrie". A la

siasmo a las consignas, pero hubo entonces mucho desorden. Todos querían ir a pelear y abandonaban la fábrica o el campo; la producción bajó de manera considerable. Esta vez, en cambio, ninguno de los trabajadores no movilizados abandonó su puesto. Cuando la invasión de bahía de Cochinos, centenares de sospechosos fueron detenidos en La Habana. Esta vez no fue necesario, que yo sepa, efectuar una sola detención.

Unos trescientos mil hombres fueron enviados a los puestos de combate. Es difícil saber en qué medida afectó esto a la economía cubana. Pero, al menos en la capital, los centros de trabajo siguieron funcionando gracias a los voluntarios. En una fábrica de tabaco de Rancho Boyeros, vi un espectáculo insólito. Todos los obreros eran hombres y mujeres muy ancianos. "El ochenta por ciento de los trabajadores han partido a las trincheras —me explicó una miliciana—, y estos viejos que usted ve son los padres y madres de los movilizados. Han venido a reemplazarlos voluntariamente. Es cierto que la buena voluntad no basta. Muchos no tienen práctica y el trabajo se demora. Pero, para contrarrestar esta deficiencia, los voluntarios han decidido trabajar turnos de diez horas en lugar de ocho."

A la vez que exhortaban a la población a mantener la calma, la prensa y la radio daban instrucciones sobre cómo protegerse contra las bombas explosivas, las bombas incendiarias y los gases. Parapetos de costales de arena cercaban los edificios públicos, los milicianos aseguraban la vigilancia de la ciudad las veinticuatro horas del día y muchas amas de casa fortificaban sus hogares con sacos de arena. La Habana entera daba la impresión de estar uniformada y en armas. Las bailarinas del más famoso cabaret de la ciudad llegaban a su trabajo en uniforme de milicianas, con la metralleta al hombro. Pero el bailarín estrella brillaba por su ausencia; un cartel, en la puerta, explicaba que el número central del *show* había sido suspendido porque el artista había partido a las trincheras a "defender la Patria". En reemplace, on donnait un numéro d'actualité intitulé "Le Blocus".

Le commandant Ernesto Che Guevara s'exclama un jour: "Notre révolution est du socialisme avec *pachanga*", c'est-à-dire dans la bonne humeur. Dans les moments de plus grande tension, tandis qu'ils s'attendaient à una invasion prochaine, les Cubains improvisaient des chants et des couplets ironiques sur la crise.

Alors que des divergences se faisaient jour entre Cuba et l'Union Soviétique sur le retrait des fusées nucléaires, M. Fidel Castro sortit dans la rue pour interroger les passants d'une avenue du centre de La Havane, ainsi que les étudiants. J'en parlai avec les témoins de la scène. Beaucoup estimaient que les fusées devaient rester dans le pays et, à la fin de la conversation, ils se mirent à chanter:

> *Nikita, Nikita,*
> *lo que se da no se quita.*[1]

Dans un cinéma du centre, on dut interrompre le film pour calmer le public qui applaudissait frénétiquement chaque fois qu'apparaissait sur l'écran le visage du leader cubain. Au cours d'une réunion au théâtre García-Lorca, les orateurs —l'ambassadeur soviétique, le directeur de l'institut de la Réforme Agraire, M. Carlos Rafael Rodríguez— citaient le nom de Castro chaque fois que leurs auditeurs faisaient preuve de distraction ou de froideur. Immédiatement, une tempête d'applaudissements éclatait dans la salle.

La présence constante des avions américains au-dessus de Cuba n'en était pas moins pesante. Pendant deux jours de suite, j'ai vu des Sabres passer en plein jour, à 300 mètres d'altitude, au-dessus du Malecon, où plusieurs postes de batteries anti-aériennes sont installés. Les artilleurs, très jeunes, étaient exaspérés, mais ne tiraient pas. "Ils veulent nous briser les nerfs —m'a dit l'officier qui commandait l'une de ces batteries—, et ils

---

1. Jeu de mots intraduisible:

> *Nikita, Nikita,*
> *donner et retenir ne vaut.*

26

plazo, se había improvisado un número de actualidad titulado "El Bloqueo".

El comandante Ernesto Che Guevara declaró una vez: "Ésta es una revolución con *pachanga*", es decir, de buen humor. En los momentos de mayor tirantez, mientras esperaban una próxima invasión, los cubanos improvisaban canciones y coplas irónicas sobre la crisis.

Como se hicieron visibles ciertas divergencias entre Cuba y la Unión Soviética sobre el retiro de los cohetes atómicos, Fidel Castro salió a las calles a interrogar a los transeúntes de una avenida céntrica de La Habana, y también a los estudiantes. Hablé con testigos del episodio. Muchos pensaban que los cohetes debían quedarse en Cuba, y, al término de la conversacion, se pusieron a cantar:

> *Nikita, Nikita,*
> *Lo que se da no se quita...*

En un cine del centro, la función tuvo que ser interrumpida para calmar al público que aplaudía frenéticamente cada vez que aparecía en la pantalla la imagen del líder cubano. En una actuación en el teatro García Lorca, los oradores —el embajador soviético, el director del Instituto de Reforma Agraria, Carlos Rafael Rodríguez— nombraban a Fidel cada vez que el auditorio se distraía o aburría. De inmediato, una tempestad de aplausos estallaba en la sala.

La presencia continua de aviones norteamericanos sobre Cuba era, de todos modos, agobiante. Por dos días seguidos vi a los Sabres volar, en pleno día, a trescientos metros de altura, sobre el Malecón, donde se había instalado muchas baterías antiaéreas. Los artilleros, muchachos muy jóvenes, estaban furiosos, pero no disparaban. "Quieren rompernos los nervios —me dijo el oficial que mandaba una de las baterías—, y nos pa-

passent sous notre nez plusieurs fois par jour. Il y a deux ans, il aurait été impossible d'empêcher les jeunes d'ouvrir le feu. Mais maintenant, ils attendent tranquillement un ordre de Fidel."

En vérité, ils n'étaient pas si tranquilles, mais ils se défoulaient en lançant vers les avions des injures particulièrement colorées...

*Le Monde*, Paris, 23 novembre 1962

san ante las narices varias veces al día. Hace un par
de años hubiera sido imposible impedir que estos jóvenes abrieran fuego. Pero, ahora, esperan, tranquilos, la
orden de Fidel."

La verdad, no la esperaban muy tranquilos, pues se
desahogaban disparando contra los Sabres las palabrotas más sonoras...

*Le Monde*, París, 23 noviembre 1962

# CRÓNICA DE LA REVOLUCIÓN

Acabo de pasar dos semanas en Cuba, en momentos que parecían críticos para la isla, y vuelvo convencido de dos hechos que me parecen fundamentales: la revolución está sólidamente establecida y su liquidación sólo podría llevarse a cabo mediante una invasión directa y masiva de Estados Unidos, operación que tendría consecuencias incalculables; y, en segundo lugar, el socialismo cubano es profundamente singular, muestra diferencias flagrantes con el resto de los países del bloque soviético y este fenómeno puede tener repercusiones de primer orden en el porvenir del socialismo mundial.

A los pocos días de llegar a La Habana fui testigo de un espectáculo poco común: una función de cine debió interrumpirse para calmar al público que aplaudía y vitoreaba con estruendo a Fidel Castro, cuyo rostro había asomado en la pantalla. "No confundas esto con el culto a la personalidad —me decía un amigo cubano, a quien contaba yo esta escena—; ese culto viene de arriba como una imposición; el cariño a Fidel nace de abajo y se manifiesta de manera espectacular cada vez que la revolución está en peligro. La noche en que Kennedy anunció el bloqueo, toda la gente salió a la calle gritando 'Fidel, Fidel'; es su manera de demostrar su adhesión a la revolución." Pocos días después, asistí a una actuación en el teatro García Lorca. Los oradores, cada vez que querían enardecer al auditorio, nombraban a Castro; en el acto, brotaban aplausos atronadores. Otro día, en una "granja del pueblo" situada a 10 kilómetros de La Habana, pregunté al administrador —un barbudo de la Sierra Maestra, con un escapulario en el cuello—: "¿Y si Fidel muriera, quién podría reemplazarlo a la cabeza de la revolución?" "Nadie —me contestó de inmediato, pero se apresuró a añadir—: es decir, la revolución continuaría, pero no sería lo mismo, le faltaría un no sé qué." Ese "no sé qué" tiene, por lo menos en estos momentos, una importancia capital. Todas las diferencias de opinión que pueden existir dentro de la revolución desaparecen cuando se trata de Fidel Castro; es el más sólido aglutinante con que cuenta el pueblo cubano, el factor que mantiene la cohesión y el entusiasmo popular, los dos pilares de la revolución.

Este sentimiento "fidelista" no se debe sólo a la leyenda; por cierto que influye mucho en la imaginación popular la odisea del joven abogado que asaltó el cuartel Moncada, desembarcó con un puñado de hombres del *Granma* y libró una batalla desigual contra un ejército regular desde la Sierra Maestra, pero lo que ha cimentado esa adhesión es sin duda la relación establecida por Fidel entre él y el pueblo desde que es gobernante. Esta relación se aparta de toda fórmula, de toda etiqueta, tiene un carácter personal, amistoso. Se vio en los momentos críticos del bloqueo. Súbitamente, el primer ministro apareció en la avenida 23, una de las calles céntricas de La Habana, a la hora de mayor afluencia. Congregó a los transeúntes en torno suyo y comenzó a interrogarlos. "A ver, tú —decía a uno—, ¿qué opinas del bloqueo?; según tú ¿los cohetes rusos deben salir o deben quedarse en Cuba?" Y al día siguiente, se presentó de la misma manera sorpresiva en los patios de la universidad, para dialogar con los universitarios sobre los problemas del momento. De este modo, el hombre de la calle se siente directamente vinculado a las responsabilidades del Estado, consultado de manera personal por Fidel en cada paso importante de la revolución. Un periodista que asistió a la conversación de Fidel con los transeúntes, me contaba que muchos de éstos opinaban que los cohetes no debían salir de Cuba, censuraron abiertamente la oferta de Nikita Jruschov de retirarlos y cantaban ante Fidel: "Nikita, Nikita, lo que se da no se quita".

No pretendo negar con todo esto el carácter marxista-leninista de la revolución. Por el contrario, es evidente en la prensa, la radio, los cursos de capacitación y las publicaciones, que existe actualmente en Cuba un empeño oficial para adoctrinar a las masas; las "Ediciones sociales" en español de Moscú y las democracias populares circulan profusamente; en los discursos, todos los dirigentes se proclaman marxistas ortodoxos. Pero esta campaña no ha originado, como en las democracias populares, un "dirigismo ideológico" excluyente. He visto en las librerías de La Habana publicaciones trotskistas y anarquistas expuestas en las vitrinas. Y no existe una censura destinada a preservar la pureza ideológica de las publicaciones. Así, hace poco apareció en Cuba un ensayo pintoresco e inverosímil titulado: *El espiritismo y la santería a la luz del marxismo*. Una vendedora de tienda me recomendó el libro con las siguientes palabras: "Es un ensayo muy interesante, compañero, de materialismo esotérico".

Quiero decir que el reconocimiento del marxismo como filosofía oficial de la revolución, no impide, al menos por ahora, la existencia de otras corrientes ideológicas y que éstas pueden expresarse libremente. La afirmación de Castro ante el Congreso de Escritores Cubanos: "Dentro de la revolución todo; contra la revolución nada", se cumple rigurosamente. En el arte y la literatura esto salta a la vista; no hay una estética oficial. Mientras estuve en La Habana, el Consejo Nacional de Cultura (donde se halla uno de los mejores escritores contemporáneos de lengua española, Alejo Carpentier), auspiciaba una retrospectiva del surrealista Wifredo Lam y una exposición colectiva de pintores jóvenes, que eran todos abstractos. En las publicaciones literarias, se rendía homenaje a William Faulkner, se elogiaba a Saint-John Perse (de quien acaba de traducirse en La Habana *Lluvias*) y se discutía con pasión a los novelistas objetivos. En tres de los mejores escritores jóvenes de Cuba, Ambrosio Fornet, Edmundo Desnoes y Jaime Sarusky, es innegable la influencia de Sartre.

La prudencia con que ha actuado la revolución en lo relativo a la libertad editorial es evidente sobre todo en un hecho. Tuve una gran sorpresa, al llegar a Cuba, al ver en las calles puestos de vendedores ambulantes donde se ofrecían toda clase de libros pornográficos. Era cuando menos insólito ver expuestos, en media calle, libros que en cualquier ciudad del mundo se venden en la semiclandestinidad: el *Kama-Sutra*, el *Ananga-Ranga*, el *Gamiani* de Musset, los *Diálogos* de Aretino, etc. Estaba con un técnico búlgaro, quien se mostraba tan sorprendido como yo, y además colérico. "Esto es un escándalo —me decía—; deberían prohibir este tráfico; socialismo y erotismo son incompatibles." Ocurre que antes de la revolución, Cuba no sólo era una factoría de los norteamericanos; también, el paraíso de la pornografía; decenas de editoriales se dedicaban a exportar al mundo de habla hispana literatura de este género. Dichas empresas ya no existen; pero los libros que han quedado en la isla siguen circulando sin cortapisas de ningún género. "Este comercio desaparecerá solo, con el tiempo —me decía un dirigente—; las raíces del mal ya han sido cortadas; las ramas y las hojas se secarán solas. Vea usted lo ocurrido con la prostitución y la mendicidad. La Habana era la ciudad que, proporcionalmente, tenía más prostitutas y mendigos en el mundo. Ambos problemas se están resolviendo sin ninguna medida coercitiva, sin violencia. En vez de prohibir la prostitución el gobierno hizo una oferta a las mujeres que se dedicaban a esta actividad: les propuso enseñarles un oficio; mientras siguieran los cursos, la revolución se encargaba de dar alimentación y vivienda a sus familias, es decir, padres ancianos, hijos menores. Al principio, sólo un número reducido de prostitutas aceptó; pero luego fue una verdadera avalancha y hubo que crear nuevos centros de instrucción para ellas. Están allí varios meses y salen con un empleo fijo. Hoy en día, prácticamente, la prostitución ha desaparecido en Cuba."

Cuba no sólo es la única revolución socialista en que la creación del partido de la revolución es posterior a la revolución misma. El 26 de Julio no fue en realidad un partido, sino un movimiento de una ideología liberal y humanista bastante vaga. La revolución ha ido precisando su doctrina política y económica en la práctica, en el ejercicio mismo del poder. Esto explica que, en un principio, la revolución contara con el apoyo de una serie de agrupaciones y movimientos de ideología conservadora. A medida que, ante las agresiones abiertas o encubiertas de Estados Unidos, los jóvenes barbudos se radicalizaban y, decididos a salvar la revolución de cualquier modo, para librar a Cuba de la asfixia económica en que pretendía sumirla Washington, se veían más subordinados a la ayuda de la URSS, todos aquellos sectores fueron distanciándose de la revolución. Finalmente ésta quedó defendida sólo por tres movimientos: el 26 de Julio, el Directorio Revolucionario y el Partido Socialista Popular (comunista). Se ha dicho que la constitución de las Organizaciones Revolucionarias Integradas, consumaba el control directo de la revolución por el PSP. Es evidente que hubo un intento en ese sentido, por lo menos de un sector del PSP, para poner en manos de un grupo los cargos claves del Estado. Lo reconoció el propio Fidel Castro, en su discurso del 26 de marzo de 1962 contra Aníbal Escalante. Creo que la lucha contra el sectarismo ha sido efectiva. La constitución del partido único de la revolución se lleva a cabo, al menos, de una manera excepcional. Se trata, al parecer, de crear un partido de "hombres ejemplares". Los núcleos de los candidatos al partido se seleccionan por centros de trabajo, en asambleas públicas, en las que participan la totalidad de empleados y obreros de la empresa. Los "obreros ejemplares" —es decir aquellos que se han distinguido en la producción, y que han sido designados como tales por sus propios compañeros— son candidatos de hecho a miembros del partido, salvo decisión suya en contrario. Pero —y esto es lo excepcional— en dichas asambleas, los trabajadores pueden hacer críticas e incluso votar la nominación de determinados candidatos. En cierta forma, todo miembro del partido único debe ser oleado y sacramentado por la masa. En su discurso, Fidel Castro había insistido en que el partido de la revolución debía ser "la vanguardia de los trabajadores". La selección se lleva a cabo de manera rigurosa. En la provincia de Camagüey, con 525 centros de trabajo —y un total de 76.439 trabajadores— se han seleccionado 4.605 candidatos al partido único. De éstos, sólo un 25 por cierto eran militantes hasta esa fecha. En cuatro fábricas de La Habana que visité, los núcleos de candidatos al partido único habían sido designados recientemente en asambleas públicas. Es interesante señalar la composición de estos núcleos. En una de ellas, de un total de 345 obreros, se seleccionaron veintisiete; de ellos, cinco habían sido miembros del PSP; tres del 26 de Julio y los diecinueve restantes no habían militado nunca en política; en otras, de 150 obreros, el núcleo era de dieciséis: dos ex PSP, cuatro 26 de Julio y los restantes sin militancia alguna; en otra fábrica, de 217 obreros, el núcleo era de veinticinco: nueve PSP, ningún 26 de Julio y dieciséis sin militancia; finalmente, en la última fábrica, de 143 obreros, el núcleo comprendía catorce: ningún PSP, tres 26 de Julio y once sin militancia.

La lentitud con que se llevan a cabo las tareas de selección de candidatos al partido único es otra muestra de la decisión —expresada por Fidel Castro en su discurso del 26 de marzo— de hacer de aquél un organismo profundamente arraigado en las masas, en el que éstas "reconozcan lo mejor de ellas mismas", un partido constituido "sin exclusivismos ni miras sectarias".

París, noviembre 1962

# HOMENAJE A JAVIER HERAUD

¿Qué significa este encarnizamiento de la muerte con los jóvenes poetas del Perú de talento probado y sentimientos nobles? ¿Qué maldición fulmina a los mejores de nosotros apenas comienzan a vivir y a crear? Ayer, Enrique Alvarado, Oquendo de Amat, el chiclayano Lora cayeron aniquilados en plena juventud, cuando su vocación acababa de cuajar en obras precozmente maduras; hoy, Javier Heraud. Todavía no consigo asimilar, en sus escandalosas dimensiones, la noticia de esta muerte atroz. ¿Javier Heraud muerto por la policía en la selva amazónica? ¿Javier Heraud arrojado a la fosa común de Puerto Maldonado por los propios homicidas? ¿Javier Heraud enterrado lejos de los suyos, en los umbrales de la jungla? Los diarios de Lima mienten y calumnian como un hombre respira, son la abyección hecha tinta y papel. Pero esta vez quiero creerles, tiene que ser cierto que ese muchacho al que todos queríamos ha muerto con las armas en la mano, defendiendo su vida hasta el final. No es posible que los guardias, esos perros de presa del orden social de gamonales, generales y banqueros, lo mataran a mansalva. Sería inicuo, demencial. Estoy seguro que este amigo entrañable ha caído como caen los héroes, derrochando coraje, sereno y exaltado a la vez, con la bella tranquilidad con que afirmaba en ese poema suyo que es un estremecedor vaticinio: "No tengo miedo de morir entre pájaros y árboles".

Que Javier Heraud decidiera empuñar las armas y hacerse guerrillero sólo significa que el Perú ha llegado a una situación límite. Nadie más ajeno a la violencia que él, por temperamento y convicción. Los que no lo conocieron pueden abrir sus libros, esas dos breves entregas de poesía diáfana, *El río* y *El viaje*, en los que un joven de palabra melancólica expresa su encantamiento ante la naturaleza y el tiempo irreversible, y su ternura, su infinita piedad por las cosas humanas: las casas, los jardines, los objetos, los libros. Qué negra debe ser la injusticia, qué feroz miseria tiene que asolar al Perú para que este adolescente que cantaba la soledad y el paso de las estaciones, decida convertirse en un guerrero. Cuando alguien como Javier Heraud estima que ha llegado la hora de tomar el fusil, para mí no hay duda posible, su gesto me demuestra mejor que cualquier argumento que hemos llegado a lo que Miguel Hernández, otro poeta mártir, llamaba "el apogeo del horror", que son inútiles ya la persuasión y el diálogo.

Yo no puedo hablar de él ahora como quisiera. La perplejidad y la ira me turban demasiado para evocar su obra y decir hasta qué punto son limpias y conmovedoras las imágenes de sus poemas, qué irreprochable su música. Ni el presentimiento de la muerte que ronda su segundo libro, crispa esta poesía que fluye siempre serenamente, pone nombres a las cosas, contempla gozosa las nubes, las aves y los árboles, cruza las ciudades y discurre con inocencia sobre el corazón humano, la vida y el amor.

El hombre y la obra no son disociables, pero en este momento trágico sólo quiero evocar el recuerdo de ese muchacho grande y de gestos desamparados, que pasó por París hace dos años. Juntos recorrimos librerías, museos, hicimos largas caminatas hablando de literatura y del Perú, pasamos una noche entera leyendo poemas. Es difícil, es horrible aceptar la evidencia. ¿Cómo admitir que ese cuerpo vivo, que esa voz honda y cordial, pertenecen ya al pasado? Acabo de releer la última carta que recibí de él. Es fogosa, llena de pasión por Cuba, que lo había deslumbrado, de un optimismo insólito pues era predispuesto a la tristeza. Pronostica un porvenir ancho y hermoso para el Perú. Él no podrá ver ya ese país que ambicionaba, ni sabrá que, vencido este período de sacrificios cruentos, las futuras generaciones pronunciarán su nombre con respeto y dirán: "El primero de nuestros héroes fue un joven poeta".

París, 19 mayo 1963

# LOS OTROS CONTRA SARTRE

Cuando salí de París oscurecía temprano, los árboles seguían carbonizados por el invierno, el sol llegaba tarde a la ciudad, y una polémica literaria ocupaba las primeras planas de los diarios. Vuelvo, y ha entrado el verano; los castaños de las aceras hierven de verdura, los cafés han quitado los toldos de las terrazas, una muchedumbre de turistas colorea el Barrio Latino, y otra polémica literaria invade la prensa. Es una de las buenas cosas de esta ciudad: por una razón o por otra la literatura siempre está a la orden del día.

La polémica anterior enfrentaba a dos hombres: el académico François Mauriac y el novelista escandaloso Roger Peyrefitte. El motivo de la polémica era un asunto de simpatías y diferencias. Mauriac había pronunciado unas palabras irritadas contra la adaptación cinematográfica del primer libro de Peyrefitte, *Las amistades particulares*, y aprovechó la ocasión para calificar la novela de soez y fraudulenta. Peyrefitte replicó malhumorado, se mezclaron académicos, profesores cargados de años y de retórica, periodistas chismosos, y la polémica concluyó, como suelen terminar las polémicas, en la confusión y el ataque personal. La única derrotada fue la Sociedad de Escritores que, por haber tomado partido a favor del autor de *Los francmasones*, perdió una docena de afiliados.

El debate de ahora opone a un hombre y a una generación, a dos concepciones de la literatura. Es un debate sobre un problema viejo pero siempre actual, porque incide en la razón de ser de la creación y en las relaciones, tan ambiguas, tan difíciles de precisar, de la literatura y la historia. La chispa que encendió la polémica fueron unas declaraciones de Sartre a una periodista. "¿Qué significa la literatura en un mundo que tiene hambre? —dijo Sartre—. Como la moral, la literatura necesita ser universal. Así, pues, si quiere escribir para todos y ser leído por todos, el escritor debe alinearse junto al mayor número, estar del lado de los dos mil millones de hambrientos. Si no lo hace, será un servidor de la clase privilegiada, y, como ella, un explotador." ¿Y cómo puede un escritor mostrarse solidario de la mayoría? Escribiendo sobre los problemas que la afectan, responde Sartre, combatiendo a sus enemigos, es decir "el hambre del mundo, la amenaza atómica, la alienación del hombre". Se refería a la misión del escritor occidental, al que ha nacido y escribe en un país privilegiado. Luego, evocó la situación del escritor en los países subdesarrollados de esta sombría manera: "¿Cómo, en un país que carece de cuadros técnicos, por ejemplo en África, un indígena educado en Europa podría rechazar ser profesor, aun cuando esto exija el sacrificio de su vocación de escritor? Si prefiere escribir novelas en Europa, su actitud tendría algo de traición". En última instancia, el escritor de un país subdesarrollado debería "renunciar momentáneamente a la literatura" para servir mejor a su sociedad.

Resulta difícil leer sin alarma estas afirmaciones de Sartre, un escritor que merece una admiración sin reservas, por lo que hay en ellas de desilusión y amargura. Un abismo separa las páginas deslumbrantes de *Situations, II*, escritas hace veinte años para afirmar soberbiamente que la literatura puede y debe servir a la sociedad, y estas declaraciones insinuando que la mejor manera de ayudar a sus semejantes para un escritor es, en ciertos casos, renunciando a escribir. Es verdad que la obra literaria de Sartre, pese a su importancia y a la audiencia que ha alcanzado, influyó apenas en la evolución política y social de Francia, y que, en todo caso, no impidió ni las guerras coloniales, ni la aparición de la OAS, ni el derrumbe de la izquierda ante el gaullismo. ¿Basta esta comprobación, acaso, para concluir que se trata de una obra inútil, sin dimensión histórica? ¿Y todos los jóvenes de Francia y del extranjero que, gracias a la lectura de Sartre, adquirieron el sentido de la responsabilidad y de la libertad? ¿Y, por ejemplo, el magnífico Frantz Fanon, gran ideólogo del Tercer Mundo, que se proclamó siempre discípulo de Sartre? La literatura cambia la vida, pero de una manera gradual, no inmediata, y nunca directamente, sino a través de ciertas conciencias individuales que ayuda a formar. Cuando Sartre afirma: "He visto morir de hambre a unos niños. Frente a un niño que se muere, *La náusea* es algo sin valor", dice algo que habla muy alto de su noción de responsabilidad histórica, pero desde luego que no tiene razón y que en ningún caso se puede plantear el problema en esa forma.

Las declaraciones de Sartre han levantado una tormenta de objeciones que van desde la diatriba hasta la réplica cortés, pasando por todos los matices intermedios. Entre las primeras, figura la de Jacques Houbart, que, en un panfleto titulado *Un padre desnaturalizado*, trata de demostrar, con dogmatismo y sin ingenio, que Sartre "ha traicionado a la juventud", y que toda su filosofía "es una metafísica de la angustia, de entraña religiosa, que ha sembrado la confusión entre los intelectuales revolucionarios".

Entre las réplicas corteses se halla la de Claude Simon, novelista habitualmente incluido en el grupo de la "escuela objetiva", pero que tiene poco en común con Alain Robbe-Grillet, de quien lo diferencian un estilo visionario, y (en sus últimas novelas, *La route des Flandres* y *Le palace*) una curiosa manera de descomponer el tiempo narrativo. "¿Desde cuándo se pesan en la misma balanza los cadáveres y la literatura?", se pregunta Simon, quien niega la tesis de que un escritor auténtico escriba para una clase social determinada. "Hay algo tremendamente despectivo hacia lo que se llama el pueblo en esa perpetua discriminación entre las aptitudes intelectuales de las clases privilegiadas y las de las otras clases, pues, de este modo, estas últimas quedan enclaustradas en un verdadero ghetto cultural. Con semejante actitud, algunos progresistas resultan comulgando con las opiniones de la radio y la prensa amarillas, las que, con el pretexto de llegar a las masas, apuntan lo más bajo posible." Y en cuanto a la momentánea renuncia sugerida por Sartre a los escritores del Tercer Mundo, Simon responde: "Si un novelista negro renuncia a escribir los libros que lleva dentro para enseñar el alfabeto a los escolares de Guinea, ¿qué leerán éstos más tarde si el único que podía escribirlos en su lengua no lo hizo? ¿Traducciones de Sartre?". Yo, indígena de país subdesarrollado que intenta escribir novelas en París ¿cómo no respaldaría, en esta consideración precisa, a Claude Simon? Pero no, claro está, cuando niega las raíces sociales de la creación literaria y afirma que el único compromiso lícito del escritor es con la materia que trabaja: el lenguaje.

Esta polémica ha servido para que varios escritores jóvenes hagan una profesión de fe artepurista. Robbe-Grillet llama "ambiciosos absurdos" a los escritores que se empeñan, en sus libros, en "hacer comprensible el mundo", y afirma que la patria exclusiva del creador es "el dominio de las formas". Yves Berger, más pesimista todavía, proclama que la literatura no sirve para nada desde el punto de vista social: "yo niego sencillamente que una literatura, cualquiera que sea, pueda librar del hambre a los niños y sacar a Guinea del subdesarrollo. Por eso, continuemos escribiendo nuestra literatura de egoístas y de privilegiados, o, si no, que venga alguien a explicarme cuáles son las palabras que darían de comer a los niños, cuántas haría falta, y en qué orden habría que colocarlas".

La generación del cuarenta se dividió y enemistó por razones políticas, pero sus mejores representantes —Camus, Sartre, Merleau-Ponty, Simone de Beauvoir— concibieron la literatura como una forma de acción y creyeron que escribiendo influían en la marcha de la historia. La generación siguiente, en cambio, se halla dividida por razones estéticas, pero sus miembros admiten como denominador común la convicción de que literatura y política son actividades antagónicas o, en el mejor de los casos, totalmente autónomas.

Lo paradójico en esta polémica es que quien parece tomar partido contra la literatura sea un gran escritor, y que, desde un punto de vista literario, la obra de sus adversarios no resista una comparación con la suya. Y más paradójico aún que Sartre haya elegido para hacer público su desencanto sobre la eficacia social y política de los libros el mismo año en que aparecen tres obras suyas: *Les mots, Situations, IV* y *Situations, V.* Y, por si fuera poco, anuncia para dentro de algunos meses, dos ensayos más (uno sobre Flaubert, otro sobre Mallarmé). Tranquilicémonos, pues; aunque niegue utilidad a la literatura, reniegue de ella y la abomine, Sartre, qué duda cabe, seguirá escribiendo.

París, junio 1964

## EN TORNO A *LOS MISERABLES*

Una madrugada de mayo, hace cien años, una librería del Barrio Latino fue asaltada y una codiciosa muchedumbre hizo desaparecer en pocos minutos cincuenta mil ejemplares de un libro recién impreso: *Los miserables*. Un siglo después, el Museo Victor Hugo de la plaza de los Vosgos reconstruye la historia de esa novela, muestra los hechos y personajes que la inspiraron, las fuentes que el autor consultó, las peripecias del libro y su asombrosa, casi inverosímil, difusión.

Victor Hugo creía en eso que los románticos llamaban la inspiración, súbita fuerza que caía, quién sabe de dónde, sobre el creador y guiaba su pluma. Así, fiado en la espontaneidad y la intuición genial, escribió sin plan, sin rigor —*Lucrecia Borgia* apenas lo demoró cinco días— gran parte de su obra monumental. *Los miserables*, sin embargo, son una excepción. La novela fue escrita en un período que abarca cerca de cuarenta años, con múltiples interrupciones y percances, y hay algo fascinante en esa larga trayectoria, fijada ahora en documentos, cartas, fotografías, borradores, que comienza un día cualquiera de 1824 cuando un joven poeta pide informes a un amigo sobre la prisión de Toulon, y termina en mayo de 1861, en un albergue de la llanura de Waterloo donde Victor Hugo, exiliado y ya glorioso, pone punto final al manuscrito y escribe a Juliette Drouet: "Mañana seré libre".

La expresión no es una mera frase, media vida de Hugo estuvo condicionada por los asuntos que trata esta novela y se comprende que acabarla fuera para él una especie de liberación. ¿Cuáles son estos asuntos? Las imposturas de la justicia, la vida de los pobres, la insurrección. Los tres temas estuvieron disociados en un principio en el espíritu del autor. Todo debe haber comenzado casualmente, por simple curiosidad. Al parecer, un día Victor Hugo vio en la calle una cuerda de penados con cadenas y esto lo llevó a proyectar una obra que tendría como escenario una prisión. Consultó algunos libros, tomó apuntes, imaginó un personaje. En 1829 visita personalmente un presidio y entonces, de golpe, descubre el horror: la vida de los detenidos es inicua, hay hombres que purgan condenas por haber robado un pan, en la mayoría de los casos la delincuencia es un producto de la miseria, la justicia de los hombres es una irrisión. Se exalta, escribe *El último día de un condenado*, alegato contra la pena de muerte que publica anónimamente. Su propósito de combatir la lacra social que ha descubierto lo arranca al trabajo literario: pronuncia discursos, propone reformas del régimen carcelario, leyes protectoras de la infancia, una noche hace reír a los diputados afirmando en la Asamblea Nacional: "Quisiera ser el representante electo de las prisiones".

Pero entretanto ha oído hablar de un obispo excepcional, monseñor de Miollis, cuyas proezas caritativas corren de boca en boca y este tema también lo seduce, le sugiere otro personaje (el futuro monseñor Bienvenu) e incluso firma contrato con un editor para escribir un libro que se llamaría *El manuscrito del obispo*. Pero no cumple este compromiso porque en algún momento, tal vez una noche mientras duerme, acaso en uno de esos nerviosos paseos que acostumbra a dar y que Baudelaire recordará en su ensayo sobre Victor Hugo, monseñor Bienvenu y el cautivo Jean Tréjean (éste es el nombre primitivo de Jean Valjean), extrañamente desertan sus mundos ficticios e independientes, traban relación y se convierten en los pilares de un nuevo proyecto, más ambicioso y vasto, que funde a los dos anteriores. El esquema de la novela está ahora en pie. Es 1845 y Victor Hugo comienza a escribir; encabeza el manuscrito con un título provisional, *Las miserias*, pasa jornadas febriles ante ese escritorio que ha mandado hacer para poder trabajar de pie, llena centenares de hojas, pero tres años después lucha todavía en vano para organizar esa historia que no acaba de armarse, que él siente inconexa, trunca. Debieron ganarlo la fatiga, el desaliento. Y entonces la realidad viene en su ayuda: estalla la revolución de 1848. Las columnas insurgentes ocupan la plaza Royale, invaden su propia casa y mientras hombres armados, oliendo a pólvora y a sangre, merodean entre sus papeles y se admiran ante la brújula de Cristóbal Colón que adorna su biblioteca, y el mismo Victor Hugo recorre las barricadas del Temple gestionando una tregua entre los combatientes, sin que nadie, ni el autor, lo sepa, de la violencia y el desorden que estremecen a la ciudad surgen las imágenes necesarias para completar los vacíos de la obra a medio hacer, el eslabón que faltaba, y ese dinamismo callejero, épico, que vibra en las mejores páginas de *Los miserables*.

La materia del libro existe ya en la experiencia vital del autor, pero hasta que ese impreciso magma se solidifique en una estructura y se distribuya en episodios, situaciones, pasarán años. Sólo en 1860 reanuda Victor Hugo la empresa. Se halla desterrado entonces y, en cierta forma, esto constituye una ventaja para la reconstitución del mundo que sirve de patria a *Los miserables*. A la distancia, sólo sobrevivirá lo esencial de esa realidad histórica que es el asiento, el telón de fondo, de las aventuras y desventuras de Jean Valjean, Marius, Cosette, Fantine, Gavroche, el policía Javert. Las imágenes vividas se liberarán de accesorios inútiles, se purificarán lejos del vértigo que significa la cercanía de lo real, y lo demás será obra de la imaginación, la voluntad, el sueño. Esta vez Victor Hugo escribe sin pausas, sin incertidumbre, las palabras fluyen con una especie de furiosa urgencia. En marzo de 1861, va a redactar el capítulo sobre la batalla de Waterloo en los mismos lugares evocados y un año después aparece impreso el que sería el más humano, el menos retórico, el mejor de sus libros. También, el que le ganaría una admiración que han alcanzado pocos escritores. Uno queda perplejo contemplando esa montaña de cartas de lectores que, de todos los lugares del mundo, recibió Victor Hugo en la isla del Atlántico donde estaba exiliado. Su fama era tal, que algún sobre lleva como sola dirección: "Victor Hugo. Océano".

El resumen sucinto de la manera como fue concebida y realizada esta novela, ilustra bastante bien ese complejo proceso de alianzas y desavenencias entre la realidad y una conciencia individual que entraña una creación literaria y también las repercusiones que en la vida del creador y en lo real tiene la ficción a medida que se construye y adquiere vida propia. Una encuesta sobre las prisiones, emprendida casi distraídamente, con un vago propósito literario, encara a un hombre con algo que desconocía: la injusticia. Esto no sólo extiende su visión del mundo, también modifica su propia existencia. Pero, curiosamente, la toma de conciencia social que empuja a este hombre nuevo a "actuar", a pronunciar discursos y redactar manifiestos denunciando la condición atroz de los pobres, no resulta en un primer momento un estímulo literario. Se diría que surge una contradicción entre su militancia para remediar con hechos el mal que ha descubierto y su capacidad para trasponer esta experiencia en palabras, para construir con ella una representación verbal. Esto último sólo será posible más tarde, cuando, enclaustrado en una isla, reducidas al mínimo sus posibilidades de acción, toda su energía, su convicción, sus sentimientos, se vuelquen exclusivamente en la solitaria, laboriosa, dolorosa tarea de la creación.

Es como si la realidad que suministra al autor los materiales para su obra le exigiese al mismo tiempo un repliegue, un alejamiento, una ruptura, a fin de que aquéllos adquieran la docilidad, la blandura necesarias para ser organizados en un argumento y expresados en palabras. Condenado por la misma realidad que alimenta sus obras a la no-intervención, el escritor actuará sin embargo en el dominio social, pero indirectamente, a través de intermediarios: sus libros y las personas influidas por ellos en la intimidad de la lectura. Un novelista sólo puede estar, en cuanto tal, en actitud de absoluta disponibilidad frente al mundo, pero su compromiso profundo con la realidad —es decir, su voluntad de dar un testimonio auténtico de ésta en sus obras— le exige curiosas y antagónicas posturas: explorar ávidamente lo que lo rodea, indagar por todas partes, sumergirse en la vida y luego retroceder, aislarse, para que nazca el libro que la exprese. Por eso, las grandes obras que llamamos realistas no proceden únicamente de una certera observación de lo real. Nacieron sin duda como proyectos merced a una experiencia directa, inmediata, de la vida exterior, pero antes de convertirse en soberbias representaciones a través de las cuales los hombres reconocen sus tormentos, sus utopías, sus miserias, debieron ser minúsculos, insignificantes episodios en la biografía de un individuo, almacenados en una subjetividad, confrontados en ese recinto interior con toda clase de impresiones, pesadillas, deseos, manipulados una y otra vez en la soledad de la conciencia por la imaginación, hasta que poco a poco, gracias a esas mezclas y angustias sin término, dejaron de ser fantasmas gaseosos, cobraron forma, pudieron ser nombrados, devueltos al mundo.

París, 1 setiembre 1964

# HEMINGWAY: ¿UN HOMBRE DE ACCIÓN?

Los diarios nos habían acostumbrado a confundirlo con uno de sus personajes, a ver en él lo contrario de un intelectual. ¿Su biografía? La de un hombre de acción: viajes, violencias, aventuras y, a ratos, entre una borrachera y un safari, la literatura. Habría practicado ésta como el boxeo o la caza, brillante, esporádicamente: para él lo primero era vivir. Emanaciones casi involuntarias de esa vida azarosa, sus cuentos y novelas deberían a ello su realismo, su autenticidad. Nada de eso era cierto o, más bien, todo ocurría al revés, y el propio Hemingway disipa la confusión y pone las cosas en orden en el último libro que escribió: *A moveable feast*.

¿Quién lo hubiera creído? Este trotamundos simpático, bonachón, se inclina al final de su vida sobre su pasado y, entre las mil peripecias —guerras, dramas, hazañas— que vivió, elige con cierta nostálgica melancolía la imagen de un joven abrasado por una pasión interior: escribir. Todo lo demás, deportes, placeres, àun las menudas alegrías y decepciones diarias y, por supuesto, el amor y la amistad, giran en torno a este fuego secreto, lo alimentan y encuentran en él su condena o su justificación. Se trata de un hermoso libro en el que se muestra sencilla y casualmente lo que tiene de privilegiado y de esclavo una vocación.

La pasión de escribir es indispensable, pero sólo un punto de partida. No sirve de nada sin esa *good and severe discipline* que Hemingway conquistó en su juventud, en París, entre 1921 y 1926, esos años en que "era muy pobre y muy feliz" que son evocados en su libro. Aparentemente, eran años de bohemia: pasaba el día en los cafés, iba a las carreras de caballos, bebía. En realidad, un orden secreto regía esa "fiesta movible" y el desorden significaba sólo disponibilidad, libertad. Todos sus actos convergían en un fin: su formación. La bohemia, en efecto, puede ser una experiencias útil (pero no más ni menos que cualquier otra), a condición de ser un jinete avezado que no deja que se desboque su potro. A través de anécdotas, encuentros, diálogos, Hemingway revela las leyes rígidas que se había impuesto para evitar el naufragio en las aguas turbias que navegaba: "Mi sistema consistía en no beber jamás después de comer, ni antes de escribir, ni mientras estaba escribiendo". En cambio, al final de una jornada fecunda, se premia con un trago de kirsch. No siempre puede trabajar con el mismo entusiasmo; a veces, es el vacío frente a la página en blanco, el desaliento. Entonces, se recita en voz baja: "No te preocupes. Hasta ahora siempre has escrito y ahora escribirás. Todo lo que tienes que hacer es escribir una buena frase. Escribe la mejor frase que conozcas". Para estimularse, se fija objetivos fabulosos: "Escribiré un cuento sobre cada una de las cosas que sé". Y cuando termina un relato "se siente siempre vacío, a la vez triste y feliz, como si acabara de hacer el amor".

Iba a los cafés, es cierto, pero ocurre que ellos eran su escritorio. En esas mesas de falso mármol, en las terrazas que miran al Luxemburgo, no soñaba con las musarañas ni hacía frases como los bohemios sudamericanos de la rue Cujas: escribía sus primeros libros de cuentos, corregía los capítulos de *The Sun also rises*. Y si alguien lo interrumpía, lo echaba con una lluvia de insultos: las páginas donde narra cómo recibe a un intruso, en la Closerie des Lilas, son una antología de la imprecación. (Años más tarde, Lisandro Otero divisó una noche a Hemingway en un bar de La Habana Vieja. Tímido, respetuoso, se acercó a saludar al autor que admiraba y éste, que escribía de pie, en el mostrador, lo ahuyentó de un puñetazo.) Después de escribir, dice, tiene necesidad de leer, para no seguir obsesionado por lo que está relatando. Son épocas duras, no hay dinero para comprar libros, pero se los proporciona Sylvia Beach, la directora de Shakespeare and Company. O amigos como Gertrude Stein, en cuya casa, además, hay bellos cuadros, una atmósfera cordial, buenos pasteles.

Su voluntad de "aprender" para escribir está detrás de todos sus movimientos: determina sus gustos, sus relaciones. Y aquello que puede constituir un obstáculo es, como aquel intruso, rechazado sin contemplaciones: su vocación es un huracán. Por ejemplo: las carreras. Se ha hecho amigo de *jockeys* y de entrenadores y recibe datos; un día de suerte los caballos le permiten ir a cenar a Chez Michaux donde divisa a Joyce que habla en italiano con su mujer y sus hijos. El mundo de las carreras, por otra parte (él lo presenta como razón principal), le suministra materiales de trabajo. Pero una tarde descubre que esa afición le quita tiempo, se ha convertido casi en un fin. Inmediatamente la suprime. Lo mismo sucede con el periodismo, que es su medio de vida; renuncia a él pese a que las revistas norteamericanas rechazan todavía sus cuentos. Preocupación constante, esencial, del joven Hemingway, la literatura, sin embargo, casi nunca es mencionada en *A moveable feast*. Pero ella está ahí, todo el tiempo, disimulada en mil formas, y el lector la siente, como un ser invisible, insomne, voraz. Cuando Hemingway sale a recorrer los muelles e investiga como un entomólogo las costumbres y el arte de los pescadores del Sena, durante sus charlas con Ford Madox Ford, mientras enseña a boxear a Ezra Pound, cuando viaja, habla, come y hasta duerme, emboscado en él hay un espía: lo observa todo con ojos fríos y prácticos, selecciona y desecha experiencias, almacena. "¿Aprendiste algo hoy, Tatie?", le pregunta a Hemingway, cada noche, su mujer, cuando él regresa al departamento de la rue de Cardinal Lemoine.

En los capítulos finales de *A moveable feast*, Hemingway recuerda a un compañero de generación: Scott Fitzgerald. Célebre y millonario gracias a su primer libro, cuando era un adolescente, Fitzgerald, en París, es el jinete que no sabe sujetar las riendas. El potro de la bohemia los arrastra a él y a Zelda a los abismos: el alcohol, el masoquismo, la neurosis. Son páginas semejantes a las del último episodio de *Adiós a las armas*, en las que bajo la limpia superficie de la prosa, discurre un río de hiel. Hemingway parece responsabilizar a Zelda de la decadencia súbita de Fitzgerald; celosa de la literatura, ella lo habría empujado a los excesos y a la vida histérica. Pero otros acusan al propio Fitzgerald de la locura que llevó a Zelda al manicomio y a la muerte. En todo caso, hay algo evidente: la bohemia puede servir a la literatura sólo cuando es un pretexto; si ocurre a la inversa (es lo frecuente) el bohemio mata al escritor.

Porque la literatura es una pasión y la pasión es excluyente. No se comparte, exige todos los sacrificios y no consiente ninguno. Hemingway está en un café y, a su lado, hay una muchacha. Él piensa: "Me perteneces, y también me pertenece París, pero yo pertenezco a este cuaderno y a este lápiz". En eso, exactamente, consiste la esclavitud. Extraña, paradójica condición la del escritor. Su privilegio es la libertad, el derecho a verlo, oírlo, averiguarlo todo. Está autorizado a bucear en las profundidades, a trepar a las cumbres: la vasta realidad es suya. ¿Para qué le sirve este privilegio? Para alimentar a la bestia interior que lo avasalla, que se nutre de todos sus actos, lo tortura sin tregua y sólo se aplaca, momentáneamente, en el acto de la creación, cuando brotan las palabras. Si la ha elegido y la lleva en las entrañas, no hay más remedio, tiene que entregarle todo. Cuando Hemingway iba a los toros, recorría las trincheras republicanas de España, mataba elefantes o caía ebrio, no era alguien entregado a la aventura o al placer, sino un hombre que satisfacía los caprichos de una insaciable solitaria. Porque para él, como para cualquier otro escritor, lo primero no era vivir, sino escribir.

París, setiembre 1964

# SARTRE Y EL NOBEL

La Academia sueca concede el Premio Nobel a Sartre y éste lo rechaza. No se trata de un hecho frecuente, desde luego, pero ¿no es sospechoso que, al amparo de este pretexto, se haya desatado una campaña violenta contra la persona y la obra del autor de *Les mots*? Tres semanarios culturales parisinos dedican la mitad de sus páginas a demostrar que las ideas del ensayista han caducado, que sus ficciones son cadáveres y que su conducta política está viciada por razones morales y psicológicas. Los diarios explican su negativa a aceptar el Nobel como una actitud dictada por el resentimiento, barrocos complejos o un orgullo luciferino.

La campaña está auspiciada por las firmas más ilustres. En *Les Nouvelles Littéraires*, Gabriel Marcel arroja por la borda la ecuanimidad acumulada en tantos años de reflexión metafísica y de fe cristiana, y exclama: "¡Lo sucedido en Estocolmo es desastroso!". ¿Por qué? Porque Sartre encarna "la peor deshonestidad intelectual", es un "grosero inveterado", "un blasfemo sistemático que ha difundido las enseñanzas más perniciosas, los consejos más tóxicos que jamás haya prodigado a la juventud un corruptor patentado". Marcel se consuela pensando que (gracias a Dios) "la clientela de Sartre se recluta, sobre todo, entre esos intelectuales en vías de desarrollo de Caracas, Río de Janeiro, Conakri y Casablanca".

El psiquiatra Quentin Ritzen —hace algún tiempo "demostró" que Sartre era "un delincuente del espíritu"— revela que el rechazo del Premio Nobel se debe a una fijación infantil que hizo del autor de *La náusea* un perpetuo refractario. Sartre habría "descubierto su fealdad antes que la fealdad del mundo" y esto desarrolló en él un odio incurable "contra la naturaleza, la procreación, la sexualidad, el mundo material y el arte".

En *Arts* ocho críticos y periodistas autopsian a este "maldito de mala fe". Según Mathieu Galey, Sartre rechazó el Nobel para conservar su máscara de "mártir" de la sociedad burguesa. Si se hubiera dejado premiar, explica, "el tramposo consciente, el bastardo imaginario se habría quitado la máscara, hubiera desaparecido esa imagen que lo ayuda a sobrevivir". Pierre de Boisdeffre radiografía así la personalidad literaria de Sartre: "Un coleccionista de sueños eróticos y de viscosas humedades al que la guerra, al sacarlo de su confort de vagabundo intelectual, liberó de ciertos complejos e inoculó otros". Kostas Axelos, filósofo de la "era planetaria", reprocha a Sartre haber "propagado la metafísica en los cafés".

En *Le Figaro Littéraire*, Jean-François Revel afirma que, al rechazar el premio, Sartre ha demostrado las dudas profundas que le inspira su propia obra. "Lenin hubiera podido aceptar el Premio Nobel sin ser confundido con Bergson." Si Sartre temía que, una vez cumplido el rito de Estocolmo, la significación de su obra se modificase retroactivamente y su pensamiento perdiera autoridad moral, quiere decir que confiaba poco en la verdad de su filosofía. François Mauriac reconoce que Sartre rechazó el Nobel "sin arrogancia", pero ironiza sobre las explicaciones que dio a la prensa respecto a su decisión. ¿Así que en caso de aceptar el dinero del premio, Sartre lo hubiera donado al Comité de Lucha contra la Segregación Racial? Mauriac recuerda que el Nobel le sirvió a él "para rehacer el cuarto de baño y reparar algunas paredes de mi casa". Raymond Aron analiza la *Crítica de la razón dialéctica*. Niega que sea una contribución efectiva al pensamiento marxista y asegura que la tentativa sartreana es vana en sí misma. "Una de dos: o se quiere renovar el marxismo-leninismo de Moscú y Pekín, y en ese caso se pierde el tiempo, ya que las verdades de Estado y las ideologías oficiales obedecen a sus propias leyes, que no son las de la investigación libre, es decir las del propio Sartre. O se quiere renovar el pensamiento marxista de Occidente; pero en ese caso habría que seguir el ejemplo de Marx, es decir analizar las sociedades capitalistas y socialistas del siglo xx como él analizó las sociedades capitalistas del XIX. No se renueva el marxismo retrocediendo de *El capital* a los *Manuscritos económico-filosóficos* o intentando una imposible conciliación entre Kierkegaard y Marx."

Con la excepción de Aron, que funda su oposición a Sartre en argumentos de orden intelectual, todos los otros articulistas (los mencionados son apenas una muestra), parecen enemigos personales de Sartre y no adversarios ideológicos. Sus críticas son, casi siempre, invectivas. Como la mayoría de ellas proceden de publicaciones de derecha, podría creerse que el motivo es la posición política de Sartre, su afirmación reciente de que "el marxismo es la insuperable filosofía de nuestro tiempo". Pero, si así fuera, todos los escritores franceses comunistas o pro-comunistas de algún relieve serían víctimas de una hostilidad semejante. ¿Y acaso alguien insulta a Aragon, cuya obra es unánimemente celebrada a derecha y a izquierda? Pero Aragon es un hombre de partido y Sartre no. Tal vez allí esté la clave de todo. La irritación que suele provocar Sartre a los críticos se debe en parte, sin duda, a la imposibilidad en que se hallan de integrarlo a una institución ideológica establecida, de asimilarlo a cualquier tipo de iglesia. Todo aquello que tiene una etiqueta, por más dañino que se le crea, ofrece una cierta garantía: sus reacciones son previsibles, pueden ser neutralizadas de antemano con el antídoto adecuado. Lo inquietante es aquello que escapa a la clasificación cómoda, que no se deja definir fácilmente. La derecha no se atreve a desautorizar a Sartre llamándolo "agente moscovita" porque aunque él se declara solidario de los comunistas, no vacila en censurarlos duramente si lo estima necesario. Su actitud cuando los sucesos de Budapest fue muy clara. Y, en la *Crítica de la razón dialéctica*, al mismo tiempo que proclama al marxismo "la filosofía de nuestro tiempo", señala que, desde la muerte de Lenin, el marxismo se ha esterilizado, "convirtiéndose en un idealismo voluntarista, en la aplicación mecánica de ciertos esquemas a la realidad". Estas reservas indignan a los críticos oficiales del partido, pero ellos tampoco pueden desautorizarlo aplicándole el uniforme de "agente imperialista", porque ¿acaso no se trata de la misma persona que, durante la guerra de Argelia, defendía el "derecho de insumisión" y hacía saber que estaba dispuesto a llevar "maletas con armas" para el FLN? Sartre no facilita la tarea de los críticos, los obliga a correr, a ir y venir, a probar cada vez nuevas esposas para sujetarlo. Lo que no le perdonan es su condición de francotirador, su independencia de criterio, su actitud alerta, su imprevisibilidad, su inconformismo. Ni la derecha ni la izquierda han conseguido "oficializarlo": por eso lo atacan con tanta virulencia.

Pero, además de su vitalidad, es probable que a muchos les moleste la audiencia que tiene. Gabriel Marcel se equivoca cuando dice que su "clientela" son sólo los "intelectuales en vías de desarrollo". Hace cuatro años vi desfilar por los Campos Elíseos a varios centenares de activistas franceses pidiendo el fusilamiento de Sartre, y, durante la guerra de Argelia, la OAS hizo volar su departamento en dos ocasiones. Nadie se toma tanto trabajo por un enemigo insignificante. Y, a la inversa, su conferencia sobre Cuba, hace algunos meses, congregó tal número de estudiantes que la policía acudió precipitada a la plaza de Saint Germain creyendo que se trataba de un mitin. Pero tal vez sea cierto que en los países del Tercer Mundo la obra de Sartre tiene mayor repercusión que en Francia. Esta semana, por ejemplo, la Federación de Estudiantes Venezolanos lo ha llamado a Caracas, al mismo tiempo que los universitarios argelinos lo invitan a Argel. El interés creciente de esos "subdesarrollados" es un testimonio de la universalidad y vigencia de su obra y no, como parece pensar el filósofo cristiano, un síntoma de encanallamiento.

París, octubre 1964

# MEMORIAS DE UNA JOVEN INFORMAL

Un joven tísico de buena familia seduce a su criada, la embaraza y la despide: Violette Leduc no conocería nunca a su padre. Hija del atropello, la desdicha parece ensañarse con ella desde antes de su nacimiento. En el pequeño poblado del norte de Francia donde pasa su niñez, padece primero la miseria, luego la guerra. No ha aprendido a leer todavía, pero ya debe robar para no morirse de hambre. Muchos días, el único alimento de su madre y de su abuela son las provisiones que hurta la pequeña del campamento alemán. Las personas que al leer el último libro de Violette Leduc se sienten heridas o escandalizadas, deben recordar estos hechos antes de juzgarla. La sociedad hizo de ella una víctima, la abrumó de culpas cuando era inocente. Ahora se venga, reivindica la condición que le fue impuesta y arroja a los cuatro vientos un libro terrible: *La bastarda*.

En el colegio, sus compañeras juegan, conversan y en un principio se diría que, a través de ellas, Violette se va a integrar a la vida de los demás. Ocurre lo contrario; para evitar las burlas y las preguntas que la humillan, la niña sin padre se aísla, se vuelve hosca. Mientras vive su abuela, la magnífica Fidelina, tiene un refugio. Cuando ésta muere, vuelca su afecto en su madre. La ex criada, que asocia oscuramente esta hija al drama que destruyó su vida, en vez de amor le da consejos que son órdenes: todos los hombres son unos canallas, nunca te fíes de ellos, ódialos. Violette asiente, acepta. Y un buen día su madre se casa y entra un extraño al hogar. La niña nunca perdonará a su madre este matrimonio en el que ve una inconsecuencia, una traición. Así se rompe el último vínculo con los otros. Desde entonces, vivirá incomunicada.

Bastarda, pobre, los padecimientos sólo acaban de comenzar: vendrán las enfermedades, una tras otra, estará muchas veces en el umbral de la muerte. Su salud frágil aumenta el abismo que la separa del mundo de los seres normales. Y, además, le ha sido deparada una suplementaria vergüenza: su cara, su enorme nariz que hace reír a las gentes. Muchos años después, cuando haya acumulado un pequeño capital mediante tráficos delictuosos durante la segunda guerra mundial, irá donde un cirujano. ¿La operación va a liberarla del complejo que la ha perseguido toda su vida? No. Jacques Prévert la mira y dice a sus amigos: "Hubiera tenido que operarse también la boca, los ojos, los pómulos". En el colegio, es una mala alumna. Si su experiencia diaria son las frustraciones ¿qué puede incitarla a estudiar? Antes de abrir un libro, Violette sabe que no aprobará el examen. A partir de esa época, un sentimiento de derrota corroe todos sus actos. Más tarde escribirá: "Cuando vine al mundo, juré tener la pasión de lo imposible". Esto no significa que haya vivido sofocada por apetitos desmedidos, por ambiciones fuera de lo común. Ocurre que lo imposible para ella es todo lo que para los demás es posible. ¿Por qué? Porque Violette Leduc es un monstruo.

En la adolescencia, este ser en quien todos veían un culpable por su origen y un anormal por su fealdad y sus complejos, va a asumir con premeditación y soberbia aquello que se le reprocha. ¿Su presencia en el mundo es el producto de un amor ilícito? En Isabelle, en Hermine, ella buscará amores que la sociedad estima ilícitos y, además, acatará de esta extraña manera los mandatos de su madre. Pero ni el amor ni ninguna forma de relación humana será para Violette Leduc una puerta de escape de la soledad. Al contrario, cada experiencia erótica le revelará nuevas barreras, le traerá nuevas decepciones. Por eso, acabará adelantándose a la frustración. Como si quisiera anular de antemano toda posibilidad de ser correspondida, sólo amará a homosexuales o a impotentes.

Violette Leduc comenzó a escribir cuando era una mujer madura. Refugiada con Maurice Sachs en una aldea normanda durante la ocupación, fatigaba a éste con el relato de sus miserias. Un día, Sachs le puso en las manos una pluma y unos cuadernos. "Ya estoy harto —le dijo—. Siéntese bajo ese peral y escriba las cosas que me cuenta." Así nació *La asfixia*, su primera novela, que comienza con este lúgubre recuerdo: "Mi madre jamás me dio la mano". Ha publicado luego media docena de libros que evocan fragmentariamente su vida, con una crudeza tan áspera que, pese a los elogios que le rendía la crítica, los lectores se ahuyentaban. *La bastarda*, su autobiografía, significa un considerable progreso respecto a su obra anterior, no sólo porque en este libro los episodios que eran materia de los otros resultan más comprensibles (no menos atroces), situados en el interior de una existencia total, sino porque aquí Violette Leduc ha elegido el género que más convenía a su propósito: la confesión.

En efecto, Violette Leduc pertenece a esa curiosa estirpe de escritores —los más altos ejemplos son Jean Genet y Henry Miller— que crean a costa de su inmolación. Desde luego que aun los autores fantásticos elaboran su obra a partir de su experiencia personal del mundo y que en sus ficciones se hallan contenidas, en proporciones muy diversas, a veces tan ocultas que es imposible descubrirlas, sus propias venturas y desventuras. En la mayoría, esa trasmutación de la experiencia individual en creación literaria no es deliberada sino instintiva o subconsciente. Pero en el caso de aquellos escritores que se ha llamado "malditos", la literatura consiste en ofrecerse a sí mismos como espectáculo, en proyectarse por medio de palabras hacia ese mundo que, por una razón o por otra, los rechaza. Escribir, para ellos, significa salir del confinamiento en que se hallan y volver a la sociedad que los exilió aun cuando sea de manera metafórica, encarnados en un libro. Eso, desde un punto de vista exterior. En relación con ellos mismos (esto es patente en Violette Leduc), la literatura es la única forma de salud posible, el sustituto del masoquismo o del suicidio. Traducidas en arte, esas existencias encanalladas o simplemente malgastadas, encuentran una justificación.

Violette Leduc carece del estilo barroco de Miller, y no tiene tampoco el refinamiento de Genet para manipular la mugre y las escorias. Cuando se abandona a las reflexiones o al análisis, es poco convincente y su libro se halla afeado por comparaciones sin gracia ni ingenio y por alardes poéticos de gusto mediocre. Pero estos defectos desaparecen cuando se limita a contar. Lo más asombroso en su libro es la sinceridad. Habría que remontarse hasta Restif de la Bretonne para encontrar en la literatura francesa un caso igual de confidencia. Sin escrúpulos ni eufemismos, desnuda su vida y la muestra aun en lo simple y en lo intolerable, y a pesar de esa franqueza brutal no cae en el exhibicionismo. En el prólogo que ha escrito a *La bastarda,* Simone de Beauvoir dice que Violette Leduc "habla de sí misma, con una sinceridad intrépida, como si nadie la escuchara". Y ésa es la impresión que se tiene a lo largo de estas páginas. En ellas aparecen dichas, con sencilla naturalidad, todas las cosas que componen la historia secreta de un ser humano, las menudas bajezas diarias, las cobardías íntimas, los pequeños deseos inconfesables, esa dimensión lastimosa y rastrera de la vida que todos preferimos ignorar. Si a la audacia de haber sacado a luz estos fantasmas, se añade el hecho de lo excepcionalmente dolorosa que ha sido la vida de Violette Leduc, se comprende que el libro produzca una impresión explosiva. Pero ¿quién se atrevería a tirar la primera piedra y a asegurar categóricamente que no reconoce en esta condición que nos es narrada su propia condición? Simone de Beauvoir afirma con acierto: "Nadie es monstruoso si lo somos todos".

París, octubre 1964

## UNA MUERTE MUY DULCE

Una anciana de 77 años, que está sola en su casa, resbala una mañana en el cuarto de baño. Durante dos horas, se arrastra lastimosamente hasta alcanzar el teléfono. Los familiares llegan al fin, la trasladan a una clínica, el primer diagnóstico de los médicos es tranquilizador: nada grave, una ligera lesión en el cuello del fémur, después de unas semanas la anciana estará bien. Pero pasan los días y, en vez de convalecer, empeora, se demacra, un color acerado gana su piel, y su rostro, que era lozano y risueño, está afeado ahora de rictus y de ojeras violetas. Temiendo un trastorno intestinal, los médicos llevan a la anciana a la sala de operaciones y le abren el estómago. Encuentran dos litros de pus. La pobre mujer morirá unas semanas después, al cabo de padecimientos indecibles. Se llamaba Françoise de Beauvoir y es su hija, Simone, quien refiere la agonía y la muerte de esta anciana, en un relato que lleva un título irónico: *Une mort si douce*.

En un artículo publicado hace algunos años en *Les Temps Modernes*, Simone de Beauvoir discutía la creencia, más o menos frecuente, según la cual la filosofía y la literatura son actividades incompatibles, si no antagónicas. Ella se negaba a elegir, afirmaba que ambos géneros podían ser complementarios. La verdad es que esta alianza no es muy común, y que, en lo que se refiere a la literatura al menos, los resultados suelen ser infelices (¿quién se acuerda de los dramas de Gabriel Marcel?), pero es un hecho que en el caso de la propia Simone de Beauvoir, ambas vocaciones han coincidido sin aspereza y han sido mutuamente beneficiosas. El creador de ficciones está presente en sus ensayos, e imprime a libros como *Pyrrhus et Cinéas*, *Pour une morale de l'ambigüité* y *Le deuxième sexe* vivacidad, soltura de la prosa y una organización de los temas muy astuta. Y el pensador ha volcado su lucidez y su rigor en *Les mandarins*, el más alto ejemplo de lo que se ha llamado la novela existencialista. Hasta la aparición de este último libro (1954), el más hermoso de los suyos, Simone de Beauvoir iba y venía entre los géneros, a un ensayo sucedía una novela, a ésta una obra de teatro y a ésta un libro de viajes. Naturalmente, la significación y la belleza de cada una de estas aventuras no eran siempre iguales, y a veces (en su drama *Les bouches inutiles*, por ejemplo) tuvo fracasos. Pero en todos sus libros se reconocían siempre franqueza excepcional, inconformismo y la ambición de encarar sin contemplaciones los problemas más candentes del hombre contemporáneo. Si a estas virtudes se añaden una notable inteligencia y una vasta cultura, se comprende la influencia que ejerce la obra de Simone de Beauvoir en Francia. Después de *Les mandarins* esta obra es exclusivamente testimonial; el recuerdo, la confidencia y el discurso directo han reemplazado a las ficciones y a los ensayos, en los tres gruesos volúmenes en los que evoca y analiza su vida. En el primero, *Mémoires d'une jeune fille rangée*, una muchacha nacida en una familia burguesa, en un medio infectado de prejuicios y de dogmas, narra su lenta, tenaz, admirable batalla por emanciparse y escapar al destino que le reserva su clase. El segundo, *La force de l'âge*, es la historia de una vocación que se abre camino y se consolida, con el sombrío telón de fondo de la guerra y de la ocupación. El tercero, *La force des choses*, es muchas cosas a la vez; la desilusión de aquellos que creían que, al terminar la guerra, surgiría una sociedad nueva en Europa; el testimonio de su amistad singular con Sartre; una autocrítica llevada hasta la injusticia y una amarga meditación sobre la vejez y la muerte.

*Une mort si douce* podría parecer una prolongación de estas memorias, un simple apéndice. En realidad, el relato es perfectamente autónomo. Desde sus primeras líneas instala al lector en el corazón de una realidad ardiente, desgarrada, y lo obliga a vivir, a lo largo de un centenar de páginas, en medio de una tensión insoportable, la más universal de las experiencias humanas, la más triste. "Todos los hombres son mortales —dice Simone de Beauvoir—, pero para cada hombre su muerte es un accidente y, aun si la conoce y la acepta, una violencia indebida." Octogenaria, inmovilizada por el dolor, casi sin fuerzas para hablar, Françoise de Beauvoir se aferra desesperadamente a la vida, lucha contra esa "violencia indebida" que siente inminente, y el relato da cuenta de todos los elementos de este horrible combate inútil, anota el más mínimo detalle, las palabras de la moribunda, su jadeo, las contorsiones de sus miembros, el espanto que anega sus ojos. También, la atmósfera siniestra de la clínica, los silencios enigmáticos de los médicos y de las enfermeras, más inquietantes que una sentencia. Por su deliberada sequedad, la narración tiene por momentos la fisonomía de un documento clínico. Pero la tensión que comunican sus páginas nace de la distancia en que se sitúa Simone de Beauvoir para referir hechos que le conciernen íntimamente. La serenidad del testigo es, claro está, sólo exterior; todo el tiempo se siente latir bajo las palabras una emoción contenida, una protesta contra el sufrimiento y la condición mortal del hombre. Y hay algo patético en el afán que adivinamos en el narrador, de no dejarse vencer por los sentimientos, de exponer como algo estrictamente objetivo, lo que es, en esencia, subjetivo: las relaciones entre madre e hija. Esto no significa que Simone de Beauvoir quiera ocultar su reacción natural, su tortura ante la agonía de su madre; ella trata de profundizar, de universalizar esa experiencia personal, para hacerla asequible a todos.

Algunas voces se han levantado escandalizadas por esta actitud: nadie tiene derecho, dicen, a convertir en literatura algo tan íntimo, a arrojar a la curiosidad pública episodios de esta naturaleza. Y, sin duda, hay algo de cierto en esos reproches, pero ellos son válidos, en última instancia, para todos los escritores sin excepción. Todos, realistas o fantásticos, ensayistas o dramaturgos, poetas o novelistas, construyen sus ficciones con la única materia prima de que disponen: su experiencia. En la mayoría de los casos, ésta se disimula tras complejas construcciones, en algunos se muestra casi desnuda. Simone de Beauvoir se ha limitado a prescindir de los disfraces, por la sencilla razón de que, esta vez, ha preferido el testimonio a la novela. Quienes la acusan de exhibicionista no han comprendido que la literatura es, por antonomasia, un oficio impúdico.

París, noviembre 1964

## EN TORNO A UN DICTADOR
## Y AL LIBRO DE UN AMIGO

Hace varios meses ya que trato de escribir unas líneas sobre la novela de Luis Loayza, *Una piel de serpiente*, y vez que me siento ante la máquina de escribir, un malestar difuso e incontrolable me paraliza o me dicta siempre las mismas frases triviales y en lugar de un juicio sincero sobre el libro, el papel se llena de cobardes, elusivas oscuridades retóricas.

Todas las veces debo arrojar esos borradores al canasto, y levantarme del escritorio crispado, disgustado, con remordimientos. Y, sin embargo, cuando vi impresa *Una piel de serpiente*, me sentí tan contento como al ver editado mi primer libro, y si sobre alguien quisiera escribir con lealtad y lucidez y brillantez, es precisamente sobre Luis Loayza. Porque es mi amigo.

Supongo que por esta misma razón no puedo hacerlo. Tendría que disociar esa novela de su autor y hablar de ella como de algo soberano, en un tono impersonal, y sería una clamorosa mentira, porque en esa ficción yo sólo veo un testimonio cifrado, como cuando releo un texto mío, y una tentativa para recuperar y exorcizar una experiencia odiosa (ahora melancólica) que compartimos. Detrás de Juan, de Carmen, de Tito, del señor Arriaga, yo sólo lo veo a él, y me veo, y veo también a ese otro amigo que Loayza y yo, quién sabe por qué, bautizamos con el nombre de delfín. E, incluso, en esas descripciones glaciales y perfectas de Miraflores, de su ondulante acantilado, de los viejos olivos nudosos de San Isidro y los tristísimos baños de Barranco, que aparecen en su libro, me resulta imposible diferenciar lo que pertenece a la literatura y a nuestros propios recuerdos. Porque esos lugares son el territorio donde creció nuestra amistad como un refugio contra tantas cosas que odiábamos, en esos años turbios y mediocres de la dictadura de Odría en los que, justamente, transcurre su novela.

Y es otra de las razones, sin duda, por las que no puedo releer *Una piel de serpiente*, sin que la atmósfera frígida, rigurosamente objetiva del libro, se convierta a los pocos momentos en algo subjetivo, y me arroje de nuevo esos cálidos, nauseabundos olores que respirábamos los que hace dos lustros salíamos de la adolescencia, como Juan, abúlicos y un poco encanallados. "Mi generación fue tumultuosa", dice Georges Bataille en el prólogo de uno de sus libros. Los jóvenes apristas y comunistas que Odría encarceló o exilió podrán decir algo parecido y recordar esos años con orgullo y furor. Nosotros, en cambio, los adolescentes de esa tibia clase media a los que la dictadura se contentó con envilecer, disgustándolos del Perú, de la política, de sí mismos, o haciendo de ellos conformistas y cachorros de tigre, sólo podríamos decir: fuimos una generación de sonámbulos.

Dentro de diez, veinte o cincuenta años, en un Perú distinto, emancipado de la injusticia radical que hoy lo corroe, jóvenes lectores abrirán *Una piel de serpiente* y se sentirán perplejos y confusos: ¿hubo gentes así? Sí, nosotros fuimos ese vacío y ese desgano visceral que corrompía anticipadamente todos nuestros actos. Contradicciones vivientes, detestábamos nuestro mundillo, sus prejuicios, su hipocresía y su buena conciencia, pero no hacíamos nada para romper con él, y, al contrario, nos preparábamos a ser buenos abogados. Éramos escritores, nada en el mundo nos importaba tanto como la literatura (y el delfín era deslumbrante hablando sobre poesía, y yo envidiaba la memoria de Loayza que, por ejemplo, recitaba sin equivocarse la enumeración de *El Aleph* de Borges, y a mí me decían el Sartrecillo Valiente por repetir frases de Sartre como mías), pero apenas si escribíamos y ninguno osaba asumir su verdadera vocación como hay que hacerlo: exclusiva, totalmente. E incluso el amor (¿a quién no irritará esa anodina, lastimosa relación de Juan y Carmen o, todavía más, ese calculado noviazgo limeño entre ésta y Fernando?), fue para nosotros impostura y simulacro mistificador de la realidad. Como en ese poema de Belli padecíamos de "encanecimiento precoz". Y está bien citar a Belli aquí, pues fue por esa época que Loayza descubrió unos poemas suyos aparecidos en *Mercurio Peruano* y recuerdo nuestro entusiasmo al leerlos, al escuchar en esa voz enferma, de bestia enjaulada, que patéticamente protestaba contra la ruindad y el tedio del ambiente, un pesimismo y un disgusto idénticos a los nuestros.

Pero en la fastidiosa blandura de esos días, mientras el dictador veía desmoronarse su régimen discretamente, y sus aliados pasaban a la oposición uno tras otro, y en el Jirón de la Unión había cada tarde esas inocuas tentativas de manifestación que Loayza describe (eran tal cual: caricaturas), y en las sombras se reconstruía con variantes de personas el mismo régimen, había también la amistad, que era una evasión y un antídoto. Ella no figura en *Una piel de serpiente*, o, mejor dicho, es una muestra más de la enajenación esencial de los personajes. Con Tito y Alfonso, Juan distrae su aburrimiento jugando a la política, y con el Chino y Jopo oyendo jazz y bebiendo. Pero ninguna solidaridad profunda lo une a ellos. Son sus compañeros casuales, no elegidos, en esa existencia común, hecha de infinita pereza, de abdicaciones constantes y de inhibiciones y de uno que otro ralo placer solitario, como el que parece sentir Juan en la playa, acariciado por el sol y la arena, rodeado de gaviotas. Loayza no ha hecho ninguna concesión a esa clase que muestra en todo su bochorno y su entumecimiento letárgico. Pero leyendo su libro yo no puedo dejar de evocar, todo el tiempo, esa amistad que fue la de nosotros tres y que tal vez hubiera podido significar la salud para Juan, Felipe e incluso Fernando. Nació en esa época y, además de ser un bello recuerdo de mi adolescencia, es casi su única justificación. Era agradable ver llegar a Loayza, cada día, al último piso de Radio Panamericana, o escucharlo abominar de sus absurdos quehaceres alimenticios de la jornada, y poder abominar ante él de los míos. Luego íbamos a buscar al delfín para que abominara de los suyos ante nosotros y era formidable, entonces, salir a caminar y hacer proyectos (sacamos una revista, incluso), y jurarnos que pronto acabaría esa maldita rutina, esos trabajos emprendidos sin convicción, y decidir bruscamente, eufóricamente, románticamente, abandonarlo todo para escribir. Iríamos lejos, viviríamos a pan y agua, organizaríamos un taller literario, se acabó el juego retórico, hay que ser serios: en adelante publicaríamos libros. No hace diez años de todo esto y es como si hicieran siglos.

Ahora Loayza está en Nueva York, el delfín en Lima, yo en París y quién diablos sabe cuándo y si, todo puede ocurrir, volveremos a estar juntos. Pero aunque sigamos separados, esta amistad que se fraguó a la sombra de los ficus de Miraflores, en días de dictadura, seguirá creciendo y sólo morirá con nosotros. La lectura de *Una piel de serpiente* recordará a algunos un momento particularmente triste de la historia peruana, ilustrará a todos sobre la lánguida y medrosa juventud que depara nuestra tierra a los hijos de la burguesía, y les revelará el encanto medido, como avergonzado, de ciertas calles, playas y parques de Lima. A unos y a otros les descubrirá un escritor lúcido, frío y exigente. A mí el libro me recuerda sobre todo a un par de amigos que están lejos y por eso hablo de él de esta manera nostálgica.

París, diciembre 1964

# CAMUS Y LA LITERATURA

"¿Por qué soy un artista y no un filósofo? Porque pienso según las palabras y no según las ideas", escribe Albert Camus un día de 1945 en sus *Carnets*, la segunda parte de los cuales acaba de aparecer en la editorial Gallimard.

Esta confesión es muy cierta y se halla confirmada sinnúmero de veces en las 345 páginas del libro. Ante todo, de una manera negativa, en aforismos, reflexiones y anotaciones que no dicen nada o dicen evidencias o trivialidades, pero parecen profundas porque asocian las palabras de una manera efectista: "He elegido la creación para escapar al crimen"; "¡Y soportamos que Molière haya tenido que morir!"; "No estoy hecho para la política porque soy incapaz de querer o de aceptar la muerte del adversario", etc. Pero desde luego que este segundo volumen de los *Carnets* contiene algo más que sentencias elaboradas como simples ejercicios de estilo. Las notas van de 1942 a 1951, los años gloriosos de Camus. En ellos publicó *El extranjero*, *El mito de Sísifo*, *La peste*, *El hombre rebelde*, estrenó *El malentendido*, *Calígula*, *Los justos* y *El estado de sitio*, y reunió en libro sus artículos y editoriales de *Combat*. Lo más interesante de estas notas es, sin duda, la voluntad que en ellas muestra el propio Camus de situarse en una perspectiva literaria, no filosófica ni moral, para juzgarse a sí mismo y justificar su obra. Al parecer, Camus alcanzó a revisar los *Carnets* con el propósito de publicarlos. El solo hecho de que conservara estas numerosas reflexiones elaboradas como adiestramiento retórico, y que a todas luces sólo podían dañar la efigie de moralista y pensador que era la suya en ese momento, demuestra que en esa época se resistía aún a reconocerse en ella, y prefería en todo caso el creador de belleza que había en él, al ideólogo. Es cierto que estos dos conceptos no son necesariamente antinómicos, pero en su caso sí, y él lo recalca muchas veces en sus *Carnets*. Al pie de una cita de Jules Monnerot, según el cual la "fecundidad de un productor de ideas se demuestra por la multiplicidad de interpretaciones posibles", Camus anota: "No, de ninguna manera. Esto es válido para un artista y absolutamente falso para un pensador".

La verdad de un pensador es anterior a la escritura, un artista encuentra su verdad *mediante* la escritura. Para aquél el acto de escribir es el acto final, la operación a través de la cual expresa lo que previamente ha descubierto su razón sobre la naturaleza y los hombres. Para el artista el acto de escribir es el principio y sólo al materializarlo en palabras sabrá con certeza lo que tenía que decir. En el primero hay un elemento racional que domina a todos los otros, en el segundo prevalece siempre un elemento espontáneo, inconsciente, incontrolable, que es la intuición de la belleza. Ésta importa a Camus por encima de todo y la escribe con mayúscula: "La Belleza, que ayuda a vivir, también ayuda a morir"; "No puedo vivir fuera de la Belleza: esto es lo que me hace ser débil ante ciertas personas". Pocos autores han establecido una oposición tan categórica entre razón y belleza como Camus. En marzo de 1950 habla de los "conversos filantrópicos" que niegan todo aquello que escapa a la razón pues consideran que sólo ésta puede hacerlos dueños de "todo, incluso la naturaleza". "De todo, salvo de la Belleza —añade Camus—. La Belleza es ajena a ese cálculo. Por eso es tan difícil a un artista ser revolucionario aunque sea un rebelde como artista."

El apetito de belleza es uno de los síntomas del espíritu artístico; otro, la voluntad de imponer un orden, una estructura coherente a un mundo caótico que lo exaspera. Crear es luchar contra la confusión que el artista no sólo siente como algo exterior a él, sino, sobre todo, como una realidad interior. "Jamás he visto muy claro, dentro de mí. Siempre he seguido, instintivamente, una estrella invisible... Hay en mí una anarquía, un horrible desorden. Crear me significa morir mil veces, ya que crear es buscar un orden y todo mi ser es hostil al orden. Pero sin él moriría diseminado."

Es muy significativo que en este segundo volumen de los *Carnets* aparezcan copiados textos en los que pintores y escritores definen el arte que practican como tentativas de ordenación de la realidad. E. M. Forster, por ejemplo, para quien "el arte es el único producto ordenado que ha engendrado nuestra raza desordenada". Según Forster, sólo la obra de arte tiene una armonía interna; todos los otros objetos materiales del universo adquieren forma por la presión exterior y la pierden una vez que se retira su molde.

La forma es capital en la obra de arte, de ella depende su existencia, y en esto están de acuerdo autores realistas y fantásticos. Algunos sostienen que ella no es disociable de su materia, pero Camus no era de éstos. "Dar una forma a lo que no lo tiene es el objetivo de toda mi obra —afirma—. En ella no sólo hay creación, sino corrección. De ello deriva la importancia de la forma y la necesidad de un estilo para cada tema." Y, según él, de la forma depende exclusivamente la unidad de una obra. La obsesión del estilo, que caracteriza también al creador, asume en Camus una dimensión insospechada, y las anotaciones sobre este asunto ocupan, sobre todo, los años 1942 a 1945, en los que se publicaron sus primeros libros. Es muy curioso un texto suyo sobre el estilo propio de la novela, el que, según Camus, se diferencia de los otros porque en este género el estilo cumple una especie de servidumbre, debe "someterse integralmente a la materia", lo que no ocurre en la poesía.

Pero, más que las reflexiones y confesiones sobre la literatura, lo que delata una vocación artística preponderante en los *Carnets* son las páginas que constituyen literatura en sí mismas. Al igual que en el primer volumen, en éste abundan las anécdotas recogidas en la calle y susceptibles de convertirse en relatos o novelas. Naturalmente que un pensador puede utilizar un procedimiento semejante: partir de hechos o diálogos registrados en su contorno para elaborar teorías. Pero los materiales anotados por Camus valen, no por su significación social, histórica, metafísica o moral, sino (y en todos los casos) por su excepcionalidad pintoresca: "Un campesino, en medio de una prédica que arrancó lágrimas a todos los fieles, permaneció indiferente. Y, a las gentes que le reprochaban su frialdad, les explicó que no era de la parroquia".

Ese género de apropiación anecdótica de la realidad es privativa del creador de ficciones. Pero, mucho más abundantes son todavía los textos descriptivos. Esta vez ya no se trata de imágenes argelinas. Camus había venido a Francia, colaboraba con la Resistencia (y en cargos de responsabilidad) y resulta muy sorprendente al principio ver que en los *Carnets* casi no hay alusiones al momento político. En cambio, hay pequeños bocetos de estaciones, de árboles, de ciudades, de puestas de sol, entrelazados a las notas de lecturas y a las citas. En 1947, escribe: "He releído todos estos cuadernos, desde el primero. Lo que más me impresionó: los paisajes van desapareciendo poco a poco. El cáncer moderno me roe a mí también". Esta observación esconde un drama que iba a precipitarse en los años siguientes. Fue una lástima, no sólo porque el desvío de su vocación redujo a Camus a un desgarramiento trágico (las últimas páginas de los *Carnets* dan testimonio de ello) y casi al silencio, sino porque privó a la literatura francesa de un gran escritor "impresionista". Una sola prueba: "Panelier. Antes de que apunte el Sol, sobre las altas colinas, los abetos no se distinguen de las ondulaciones que los sostienen. Luego, desde lejos y por detrás, el Sol dora la cumbre de los árboles. Así, sobre el fondo descolorido del cielo, se diría un ejército de salvajes emplumados que surgiera por detrás de la colina. A medida que el Sol sube y el cielo se aclara, los abetos crecen y el ejército bárbaro parece progresar y aglomerarse en un tumulto de plumas antes de la invasión. Luego, cuando el Sol está muy alto, ilumina de repente los abetos que cubren los flancos de la colina. Y hay entonces una aparente carrera salvaje hacia el valle, el principio de una lucha breve y trágica en la que los bárbaros del día desalojarán al frágil ejército de pensamientos de la noche".

París, 31 enero 1965

# SARTRE Y EL MARXISMO

El último volumen de *Situations* de Sartre, reúne cinco ensayos escritos entre 1950 y 1954 que se refieren a problemas políticos; tres de ellos abordan, específicamente, aspectos teóricos y prácticos del marxismo. Todos habían sido publicados ya, como prólogos o artículos, y es evidente que algunos, inspirados en acontecimientos de actualidad, resultan ahora, confrontados con un momento histórico distinto, más vulnerables a la crítica o de un interés menor.

Nada es más precario que la actualidad política y partir de ella para elaborar interpretaciones de carácter general, implica siempre un riesgo. Pero eso mismo añade un mérito a la publicación de estos escritos. Se necesitaba cierto coraje para resucitarlos diez años después, a sabiendas de que los adversarios se frotarían las manos y, cantando victoria, mostrarían las contradicciones que encierran, las equivocaciones, los desmentidos que les dio el tiempo. Un pensador honesto no disimula sus errores y, si está intelectualmente vivo, tampoco se demora en justificarlos. Se limita a tenerlos en cuenta y sigue adelante. Ésta ha sido siempre la conducta de Sartre frente a su obra.

Por lo demás, sería un infundio decir que todo, o gran parte, del contenido de estos ensayos ha envejecido. Ello es cierto, sin duda, en el caso de *¿Sabios falsos o liebres falsas?*, análisis del comunismo yugoslavo. La escisión de Tito, según Sartre, iba a provocar entre los militantes obreros de los países occidentales una toma de conciencia de su "singularidad": "La existencia de una Yugoslavia socialista e independiente del Kremlin obrará en el interior de las conciencias de nuestros militantes comunistas haciéndoles descubrir su subjetividad". Y esto los llevaría a repensar el marxismo, a dinamizarlo, a liberarlo de la parálisis mecanicista en que había caído por culpa del dogmatismo de la era de Stalin. Evidentemente, las cosas no ocurrieron así, y el deshielo ideológico del mundo socialista y de los partidos comunistas occidentales en los últimos años, obedece a factores que tienen poco que ver con la experiencia yugoslava. Asimismo, muchas afirmaciones de *Los comunistas y la paz* (un artículo de más de 300 páginas) parecen refutadas por los hechos. El colapso económico que Sartre profetizaba para Francia en 1952 no tuvo lugar y, contrariamente a lo previsto por él, las viejas estructuras de su industria se han modernizado, según intereses estrictamente capitalistas, sin grandes convulsiones sociales. En vez de entregarse atada de pies y manos a Estados Unidos para medrar a su sombra, la burguesía francesa ha logrado prosperar conservando una cierta independencia económica respecto del gigante norteamericano y una total autonomía política. De hecho, las posiciones de París y de Washington son divergentes sobre muchos problemas internacionales.

Pero, una vez consignados estos puntos débiles, todavía queda mucho por decir sobre este libro de ensayos donde a menudo encontramos al mejor Sartre: el polemista que, armado de lucidez implacable y de prosa mordaz, embiste contra las imposturas sociales y desmonta, en el recinto mismo donde nacieron (la conciencia y el estómago de las personas decentes) las laboriosas teorías que justifican la injusticia. La explicación de las falacias de la democracia liberal ("donde todo el mundo tiene los mismos derechos, pero no el mismo derecho de disfrutar de ellos"), de la mentira sutil que es la libertad en una sociedad donde la desigual distribución de la riqueza hace de los individuos privilegiados o desamparados desde que nacen, es convincente y, por desgracia, actual. También, el análisis de esa invisible alquimia mediante la cual el ejercicio del derecho de voto —aun en elecciones puras, con participación de todos los partidos y una previa campaña electoral irreprochable—, se convierte en una ceremonia vacía, en pura forma, si las bases sobre las que reposa la vida de una nación están viciadas. Asimismo, es extraordinariamente certero el análisis de Sartre del fenómeno de la violencia política, o mejor dicho de las formas en que ella se manifiesta, y de la ceguera con que suele juzgársela.

La sociedad reconoce esta violencia cuando ella se traduce en refriegas callejeras, huelgas, atentados y, explicablemente, la condena. ¿Pero nacen esos hechos por generación espontánea? ¿Son los obreros turbulentos por vocación? Sartre describe con lujo de detalles esa otra violencia, solapada y constante, que no muestra la cara y sin embargo también mata y destruye, y que tiene, como una hidra, mil cabezas: analfabetismo, desempleo, desnutrición, miseria. Aquellos estallidos son, en realidad, respuestas dictadas por la cólera o la extrema penuria a un sector de la sociedad contra el que otro sector ejerce, permanentemente, una violencia, más discreta, sí, pero mucho más cruel.

En la primera parte de *Los comunistas y la paz*, Sartre esboza algunos temas que desarrollaría más tarde, extensamente, en la *Crítica de la razón dialéctica*. Entre ellos, por ejemplo, la diferenciación histórica y social de los conceptos de clase y de masa. La primera, dice, es esencialmente dinámica y se constituye mediante vínculos activos y concretos, en tanto que la segunda es estática, se establece por similitudes abstractas y se emparenta con la especie, "esa soledad sin esperanza y siempre repetida". Una clase no *es*, se organiza mediante una praxis que une a los individuos y los moviliza para alcanzar ciertos objetivos. Si ese sistema en movimiento se detiene, los individuos vuelven a su inercia y a su soledad, en el interior de ese mar de aguas quietas, la masa.

Sartre reprocha a algunos sociólogos, entre ellos Gurvitch, hablar del proletariado como de una especie zoológica, y considerar a sus miembros "productos inertes de factores objetivos". La burguesía, dice, tiende constantemente a convertir al proletariado en masa, reunión de "torbellinos moleculares, en una multiplicidad de reacciones infinitesimales que se refuerzan o se anulan y cuya resultante es una fuerza más física que humana". Inversamente, es contra esta tendencia que la clase se hace y se rehace sin tregua: "Ella es unidad real de muchedumbres y de masas históricas y se manifiesta por una operación fechada y que expresa una intención".

París, marzo 1965

74

# TOMA DE POSICIÓN [1]

1. El movimiento de guerrillas que ha estallado en la sierra peruana no constituye un fenómeno importado, aberrante o ajeno a nuestra realidad, sino que es la consecuencia natural de una situación secular que se caracteriza por la miseria, la injusticia, la explotación, el inmovilismo y el abandono en que nuestros gobernantes han mantenido siempre al país.

2. 150 años de vida republicana nos han enseñado que el poder lo han detentado alternativamente dictaduras militares o representantes civiles de la oligarquía, que no se han preocupado de otra cosa que de acrecentar sus privilegios o de crear otros nuevos, a expensas de la mayoría del pueblo peruano y que las pocas mejoras que éste ha obtenido fueron conquistadas al precio de luchas sindicales, de exterminación de obreros y campesinos, de sacrificios innumerables de vidas humanas y de la acción de grupos minoritarios de intelectuales.

3. El actual gobierno, suponiendo que sus intenciones iniciales fueran loables, continúa las líneas generales de los precedentes: no ha logrado hasta ahora modificar las estructuras del país, se ha contentado con tímidas tentativas reformistas, destinadas más a paliar el descontento popular que a solucionar realmente los problemas existentes, ha tolerado una política obstruccionista llevada a cabo por el sector más reaccionario de la nación y ha desperdiciado en una palabra la ocasión de romper con nuestra tradición de gobernantes venales, entreguistas o irresolutos.

4. En estas condiciones consideramos que para que el campesino disfrute de la tierra que trabaja, para

1. Aunque firmamos este texto ocho peruanos, creo recordar que su redacción fue obra sólo de Hugo Neyra, de Julio Ramón Ribeyro y mía.

que el obrero lleve una vida digna, para que las clases medias no vivan bajo un complejo permanente de frustración, para que el país sea el beneficiario de sus riquezas y para que el Estado sea el árbitro de su destino no queda otro camino que la lucha armada.

5. Por ello, aprobamos la lucha armada iniciada por el MIR, condenamos a la prensa interesada que desvirtúa el carácter nacionalista y reivindicatorio de las guerrillas, censuramos la violenta represión gubernamental —que con el pretexto de la insurrección pretende liquidar las organizaciones más progresistas y dinámicas del país— y ofrecemos nuestra caución moral a los hombres que en estos momentos entregan su vida para que todos los peruanos puedan vivir mejor.

MILTON ALBÁN ZAPATA, SIGFRIDO LASKE, HUMBERTO RODRÍGUEZ, ALFREDO RUIZ ROSAS, FEDERICO CAMINO, HUGO NEYRA, JULIO RAMÓN RIBEYRO, MARIO VARGAS LLOSA.

París, 22 julio 1965

# EN UN PUEBLO NORMANDO, RECORDANDO A PAÚL ESCOBAR *

Paúl Escobar me había hablado algunas veces de Montivilliers y yo la creía una ciudad. Es sólo una aldea, algo escondida entre las colinas que van ondulando desde Rouan hasta el mar. Nunca la había imaginado tan pequeña, tan estrecha de calles, tan húmeda y leal. Llegué antes de las seis y el cielo estaba oscuro ya y la menuda lluvia que caía recordaba la garúa de Lima. En la plaza, unas señoras con paraguas me mostraron el Liceo, y en el Liceo un pizarrón me indicó que no era allí sino cruzando un descampado, un riachuelo y una iglesia, en un local ancho y vetusto en cuya fachada había un cartelón: "Sala de fiestas".

Adentro, la reunión ya había comenzado. En un tabladillo rústico, unos muchachos cantaban, recitaban, ante un auditorio grave y provinciano y de rato en rato un señor tomaba el micro y hablaba de Paúl (*"Monsieur Escobar"*, *"notre cher confrère"*). Yo me decía que, tal vez, los asistentes habían venido con sus sillas, como se hacía en el arenoso y descubierto cine Castilla, en Piura, veinte años atrás. ¿Quiénes eran estos ancianos bigotudos, estos niños, estas mujeres abrigadas? ¿Habían conocido a Paúl o estaban allí por curiosidad? ¿Venían a recordar al profesor de ese remoto país que dio a sus hijos las primeras lecciones de español o a matar la soñolienta monotonía de una noche de invierno de provincia? Era conmovedor: mi amigo había sido aquí, durante dos años, un puntual y querido profesor

---

* Este pequeño homenaje a Paúl Escobar, que murió en 1965, en un encuentro con el Ejército peruano, en Mesa Pelada —pertenecía a la guerrilla del MIR, de Luis de la Puente— fue enviado en 1965 o 1966 a *Expreso*, de Lima, donde yo colaboraba. El diario decidió no publicarlo. El texto estuvo durmiendo en mis papeles hasta mayo de 1981 en que lo publiqué en *El Comercio* de Lima.

(así, con estas palabras, acababa de decirlo el director) y yo, en todo ese tiempo, aunque continuaba viendo a Paúl, no sospeché siquiera en qué consistía esta otra vida que llevaba tres días a la semana, fuera de París, aquí, en la tierra de Flaubert, no lejos del pueblecito normando donde según dicen vivió, soñó y se envenenó Madame Bovary.

En el tabladillo, una mujer de brazos largos leía un poema de Vallejo en una traducción atroz y yo pensaba en Madrid: había un tocadiscos en el suelo y alrededor un grupo de peruanos empeñados en aprender a bailar huaynos, marineras y tonderos para participar en un festival de folklore. Mal que mal, se llegó a formar un conjunto y fuimos a Extremadura y hasta nos premiaron llevándonos por muchas ciudades donde nos hacían bailar en las plazas de toros. ¿Bailaba bien Paúl? Era un gordito simpático y discutidor, siempre detrás de las muchachas y en Cáceres, ahora me acuerdo clarito, una noche se trompeó. Luego, en Madrid, comenzamos a vernos seguido y nos hicimos amigos. Vivía mal y estudiaba algo, aunque sin mucha convicción, y siempre andaba contando chistes. Creo que nunca lo vi de mal humor. Caía al "Jute", una tasca que está cerca del parque del Retiro, a eso de las seis y él "¿todavía vas a escribir?", yo "sí, media hora más" y él "no, ya basta, vamos a pasear". Era muy agradable salir a caminar con él, muy chistoso verlo escudriñar, perseguir y piropear a las chicas. Un día me dijo que se iba a París y yo pensé que probablemente no nos veríamos más. En la segunda fila, una viejecita con zuecos se ha puesto a tejer, pero mantiene la cabeza alta y escucha. Ha subido al tabladillo un conjunto musical.

Cuando lo volví a ver, meses después, en París, apenas lo reconocí. Se había casado y ya no era el palomilla, el bohemio, el bromista de antes, sino un hombre que se rompía el alma para subsistir. Conservaba, no sé cómo, su gordura generosa y sus bruscos, incluso un poco ingenuos, arrebatos de bondad. Wetter Hotel, calle de Sommerard: tantos años ya. Ése fue un año difícil y, sin embargo, cuánto entusiasmo, qué magníficos proyectos, qué formidable amistad: Lucho Loayza estaba allí, Jorge González, los Córdoba (Elsa también,

qué horrible, acababa de morir), ¿quién más?, un anti-
pático al que le decían, no sé por qué, "Pachito Eché".
¿Qué hacía Paúl, de qué vivía? Trato de recordar: iba
y venía con maletas por los barrios de París. ¿Era vendedor? Además, se había puesto a estudiar y a admirar
a Sartre, al hijo que tuvo lo llamó Jean-Paul, yo me reí
de él, le dije sentimental. ¿Qué estudiaba? Algo raro,
que se relacionaba con números, física o química, ¿o
estadística?, acuérdate que iba a veces a seguir unos
cursos en el centro de Saclay: ingeniería, una cosa
así. El primer año aprobó y cambió de empleo, encontró una ocupación que le permitía estudiar: velador de
un viejito tullido. Lo vestía, lo bañaba, lo alimentaba
y después nos contaba y nos reíamos, era como un
chiste cruel. El segundo año también aprobó, pero el
viejito se murió y Paúl debió buscarse otro empleo:
cocinero. El restaurante se llamaba, México Lindo, sí, el
de la rue de Cannettes, ¿será cierto que los platos que
introdujo (que inventó) están todavía en el menú?, un
día de estos date una vuelta por ahí y verás. Ese empleo
lo engordó tanto que parecía rodar por la calle, no caminar. Los peruanos, los sudamericanos merodeábamos
hambrientamente por la rue de Cannettes cuando Paúl
estaba allí y él se las arreglaba para darnos a todos de
comer, qué haría. Incluso nos traía al hotel, a sus amigos, unos manjares picantes, escondidos en bolsitas de
papel, pobre Paúl. Ahora se han puesto a aplaudir y
habla de nuevo el director. Había habido aquí, en el
Liceo de Montivilliers, una semana de conferencias sobre América Latina, organizada por Paúl. Cuándo sería,
nunca te contó.

El tercer año también aprobó y tú le decías quien
te viera y quien te ve, gordo, te felicito hombre, qué
bien. Ya era profesor, aquí, éstos eran sus alumnos,
ésos sus colegas, ese que está hablando en el tabladillo
su patrón, *"Monsieur le directeur"*. Adivínalo ante el
pizarrón, con una tiza en la mano, pronunciando lentamente papá, mamá, sintiendo lo que se siente cuando
se enseña español: erre, jovencito, erre, erre, no diga gué.
En ese tiempo venía a menudo a despertarte y almor-
zábamos juntos, en ese restaurante barato y atestado del
Odeón: La Petite Chaise. ¿Te recibes este año, Paúl?

No, todavía le faltaban dos. Qué apetito tenía, qué seguro y maduro parecía caminando vestido de azul, un maletín bajo el brazo y en la cabeza un ridículo (pero abrigador, hermano) gorrito de piel. Le decías, mira cómo son las cosas, te has vuelto un burgués. Y una mañana, hermano, me voy al Perú. ¿Lo has pensado bien, gordo? Sí. ¿A pelear, tú, gordo? Sí, como avergonzado, hermano, sí.

Trata ahora de imaginar a esa montaña de carne con un fusil en la mano, trata de verlo jadeando entre los cerros, trepando cuestas u ocultándose entre los árboles. Parece imposible, ¿no es cierto? Y sin embargo es cierto, y también que murió y que es ahora un cuerpo sin rostro que se pudre en algún lugar de la sierra. ¿Cuál es, cómo se llama ese secreto designio que va del palomilla al vendedor, al estudiante, al cocinero, al profesor, al guerrillero? Pero la reunión se ha terminado ya, la gente está saliendo y es hora de que regreses a París. Adiós, querido Paúl.

París, 1965

## LOS SECUESTRADOS DE SASTRE

El teatro Athénée acaba de reponer, bajo la dirección de François Périer, *Los secuestrados de Altona*, de Jean-Paul Sartre, cinco años después del estreno de la pieza. Ha corrido mucha agua bajo los puentes de París desde aquella fecha y, para comprobarlo, basta comparar el tono mesurado, imparcial, de las críticas que aparecen en estos días en los diarios, y el de los artículos que se escribieron entonces. También las reacciones del público son distintas. En 1960, la representación era a veces interrumpida por exaltados que gritaban "¡Argelia Francesa!" o "¡Fusilen a Sartre!"; y ahora, en cambio, la elegante clientela del Athénée, teatro burgués, sólo rompe el silencio para aplaudir a Serge Reggiani, que también esta vez encarna (admirablemente) al secuestrado Frantz Gerlach.

El estreno de esta tragedia moderna, cuyo asunto central es la tortura, se hizo en un momento crítico de la guerra de Argelia. No hacía mucho que el periodista Henri Alleg había publicado *La question* y en París se discutía ásperamente sobre el terrorismo, las redes de ayuda al FLN, los métodos expeditivos que aplicaban en Argel los paracaidistas del coronel Massu. Dentro de este contexto, la obra de Sartre fue como un chorro de kerosene vertido sobre fuego. Las tomas de posición respecto a la obra tuvieron, todas, carácter político y no se la aprobó o condenó por sus virtudes y defectos literarios sino por sus implicaciones ideológicas e históricas.

Han pasado cinco años, la paz volvió a Argelia, la pieza ha perdido "actualidad". En un texto escrito con motivo de la reposición de *Los secuestrados de Altona*, Sartre explica cómo surgió este drama que, junto con *Huis-clos*, muchos consideran el mejor de los suyos: "Escribí la obra durante la guerra de Argelia. En esa época se cometían allá, en nombre nuestro, violencias inexcusables y la opinión francesa, inquieta pero mal informada, casi no reaccionaba. Esto me impulsó a presentar la tortura sin máscaras y públicamente". Su propósito no fue plantear el problema al nivel de los "simples ejecutantes", sino al de "los verdaderos responsables, los que dan las órdenes". Sin embargo, para evitar que se "desencadenaran las pasiones, lo que hubiera obnubilado el juicio del espectador" (precaución inútil, por lo demás), y para conservar la "distancia" que exige el teatro, Sartre no situó la acción en Argelia, sino en la Alemania de la postguerra.

El héroe, Frantz, es un ex oficial alemán que pretende haber llegado al crimen para salvar a su país de un peligro mortal. Ni su cultura ni su coraje ni su sensibilidad, dice Sartre, excusan el acto de Frantz: lo agravan. Y su secuestro voluntario, su pretendida locura, prueban que "hace tiempo ha tomado conciencia de su crimen y que se extenúa defendiéndose ante magistrados invisibles para ocultarse la sentencia de muerte que ha dictado ya contra sí mismo". Ahora que la guerra de Argelia ha terminado, concluye Sartre, la obra le parece tener una nueva significación. Frantz encarnaría la condición humana: "Ninguno de nosotros ha sido verdugo pero, de un modo o de otro, todos hemos sido cómplices de tal o cual política que hoy desaprobaríamos". Nosotros, al igual que Frantz, oscilamos también entre "un estado de indiferencia mentirosa y una inquietud que se interroga sin tregua: ¿qué somos, qué hemos querido hacer y qué hemos hecho?".

Este análisis tiene mucho de cierto. *Los secuestrados de Altona* saca a la luz, a través de la atmósfera de delirio, incesto y masoquismo en que transcurre, problemas más duraderos de los que se creyó inicialmente. Ya hoy resulta difícil imaginar que hace cinco años se viera la obra como una simple alegoría del drama argelino. Pero tampoco basta afirmar, como hace Sartre, que la pieza tiene un contenido filosófico existencial para explicar su vigencia. Hay que ir más lejos y decir que *Los secuestrados de Altona* es una de las creaciones literarias de Sartre que merece con más justicia el nombre de tal, porque en ella unos personajes y una acción se bastan a sí mismos, al margen de las abstractas nociones de responsabilidad compartida y de culpa que quieren materializar. El carácter avasalladoramente racional de las novelas y el teatro de Sartre, en donde todo da la impresión de haber sido premeditado, no disminuye en nada su mérito intelectual, pero les imprime una fisonomía de ensayos disfrazados, hace de ellos demostraciones, tesis, en los que una inteligencia prosigue, con fulgurante lucidez, el análisis de los problemas más urgentes del hombre contemporáneo.

En *Los secuestrados de Altona*, en cambio, como en *La infancia de un jefe* o en *Huis-clos*, el pensador parece haber sido burlado por ese "doble" que habita en el creador, y que vuelca en toda novela, cuento o drama auténticos, esos complementos indispensables de las ideas que son las visiones, las obsesiones, las pasiones, es decir, esa gama de materiales "espontáneos", irracionales, que contribuyen más que nada a dar a la ficción una apariencia de vida. Frantz Gerlach es, sin duda, un símbolo de la mala fe, y su padre un arquetipo del gran capitán de industria en el mundo moderno, pero ante todo son hombres de carne y hueso, siluetas definidas y únicas: el primero, un embustero infeliz atormentado por los remordimientos, un esquizoide que espera, se bate vanamente contra los cangrejos y otros fantasmas, y el segundo, un viejo que siente cómo progresa el cáncer por su cuerpo y enloquece cada día más de soledad y de añoranza del hijo. La propia Leni, ese monstruo, concubina de su hermano, carcelera sutil, racionalista implacable, es, con todas sus frustraciones y vicios (gracias a ellos), un personaje terriblemente humano. Sólo Johanna, que, paradójicamente, desempeña en el mundo infernal de los Gerlach el papel de persona "normal", encargada de arrancar a Frantz de su locura ficticia y de impedir a Werner, el mediocre brillante, sucumbir al delirio familiar, tiene un aire esquemático e irreal. Su sentido común, su lógica, su cordura, contrastan de tal modo con el ambiente de fantasmagoría y vileza que la rodea, que cuesta aceptarla como lo que, a todas luces, es: embajadora de lo real en el país del espejismo y del horror.

Locura, misterio, irrealidad: ¿alguna vez imaginó Sartre que su obra tendría, como materia, estos elementos tan ajenos a esa máquina de pensar que es él? La tragedia de Frantz Gerlach sumerge al espectador en un universo onírico que tiene que ver más con la poesía que con la razón. Es posible que, tal como lo asegura, Sartre partiera para la elaboración de esta pieza de consideraciones intelectuales muy precisas. Pero es sabido que, en el transcurso de la creación, las intenciones más claras, las ideas más nítidas, suelen desviarse y ser sustituidas por otras, bajo el efecto de mecanismos inconscientes implícitos a la construcción de una historia verbal.

Por las *Memorias* de Simone de Beauvoir, sabemos que Sartre, de joven, padeció de visiones parecidas a las de Frantz, que él también se sintió acosado por enormes crustáceos. Y en *Las palabras*, Sartre revela que la relación de un hombre con su hermana es "el único vínculo de parentesco que me conmueve". Desde niño, dice, soñó con "escribir un cuento sobre dos niños perdidos y discretamente incestuosos". Si *Los secuestrados de Altona* hubiera sido sólo la ilustración dramática de las reflexiones que sugería a un gran filósofo un hecho inicuo —la tortura en Argelia—, la pieza hubiera sido efímera. Es una suerte que el pensador sea también un soñador, un egoísta que escribe para matar o resucitar a sus fantasmas personales.

París, 16 noviembre 1965

# UNA INSURRECCIÓN PERMANENTE

Los escritores que creemos en el socialismo y que nos consideramos amigos de la URSS debemos ser los primeros en protestar, con las palabras más enérgicas, por el enjuiciamiento y la condena de Andrei Siniavski y Yuli Daniel, los primeros en decir sin rodeos nuestro estupor y nuestra cólera. Este acto injusto, cruel e inútil no favorece en nada al socialismo y sí lo perjudica, en vez de prestigiar a la URSS la desprestigia. La mejor prueba de ello es la ola de protestas de periódicos, personalidades y partidos comunistas europeos que, en nombre del mismo socialismo, han condenado lo ocurrido en Moscú.

Todo, en este asunto, tiene un carácter ciego e injustificable: los delitos que se imputaron a Siniavski y Daniel, la forma como se ha llevado a cabo el proceso, la severidad de la sentencia. Es cierto que los libros incriminados contienen sátiras e ironías que critican veladamente algunos aspectos de la URSS, pero en la mayoría de las sociedades roídas por las contradicciones del Occidente aparecen a diario libros mucho más refractarios y violentos sin que aquéllas se sientan amenazadas en sus cimientos y envíen a sus autores a la cárcel. ¿La estable, la poderosa Unión Soviética, la patria de los cohetes que viajan a la Luna, se vería en peligro por dos volúmenes de relatos fantásticos (por lo demás, algo mediocres) y por un ensayo hostil al realismo socialista? Ciertamente no, y sería injuriar a los responsables de este proceso lastimoso suponer que lo hayan creído. Todo indica que Siniavski y Daniel son un pretexto, que su condena tiene un carácter de escarmiento preventivo, que, a través de ellos, se trata de frenar, o cuando menos moderar, la tendencia notoriamente crítica y anticonformista que desde hace algunos años se manifiesta en la literatura soviética. Pero esto es más grave todavía.

Quiero ponerme en el caso más extremo y aceptar, contra la evidencia misma, lo que dice el comunicado de la Agencia Tass: que Siniavski y Daniel no se han limitado, como en realidad ha sucedido, a escribir, uno, algunas frases irreverentes contra Chejov, burlándose de sus "escupitajos de tuberculoso" o contra la barbita de Lenin, y, el otro, unas sentencias duras contra los abusos del estalinismo, sino que sus libros, editados en Occidente con seudónimo, son narraciones que atacan de manera frontal a la URSS: a su gobierno, a sus leyes, a los principios en que se funda su sistema. Es decir, que sus libros combaten el fundamento mismo de la sociedad socialista. También en este caso hipotético sería legítimo protestar, también en este caso el enjuiciamiento y la condena de Siniavski y Daniel serían injustos.

Al pan pan y al vino vino: o el socialismo decide suprimir para siempre esa facultad humana que es la creación artística y eliminar de una vez por todas a ese espécimen social que se llama el escritor, o admite la literatura en su seno y, en ese caso, no tiene más remedio que aceptar un perpetuo torrente de ironías, sátiras y críticas que irán de lo adjetivo a lo sustantivo, de lo pasajero a lo permanente, de las superestructuras a la estructura, del vértice a la base de la pirámide social. Las cosas son así y no hay escapatoria: no hay creación artística sin inconformismo y rebelión. La razón de ser de la literatura es la protesta, la contradicción y la crítica. El escritor ha sido, es y seguirá siendo un descontento. Nadie que esté *satisfecho* es capaz de escribir dramas, cuentos o novelas que merezcan este nombre, nadie que esté *de acuerdo* con la realidad en la que vive acometería esa empresa tan desatinada y ambiciosa: la invención de realidades verbales. La vocación literaria nace del desacuerdo de un hombre con el mundo, de la intuición de deficiencias, blancos, vicios, equívocos o prejuicios a su alrededor. Entiéndanlo de una vez, políticos, jueces, fiscales y censores: la literatura es una forma de insurrección permanente y ella no admite las camisas de fuerza. Todas las tentativas destinadas a doblegar su naturaleza díscola fracasarán. La literatura puede morir pero no será nunca conformista.

Por lo demás, ¿alguien osaría poner en duda que esta avispa turbadora, que no cesa de zumbar en las orejas del elefante social, que jamás se cansa de clavarle su lanceta en los sólidos flancos, sea, después de todo, saludable? No hay ni habrá sociedades perfectas, el socialismo sabe mejor que nadie que el hombre es infinitamente perfectible. La literatura contribuye al perfeccionamiento humano impidiendo la recesión espiritual, la autosatisfacción, el inmovilismo, la paráli sis, el reblandecimiento intelectual o moral. Su misión es agitar, inquietar, alarmar, mantener a los hombres en una constante insatisfacción de sí mismos, su función es estimular sin tregua la voluntad de cambio y de mejora aun cuando para ello deba emplear las armas más hirientes. "Más me quieres, más me pegas", dice una india a su marido en un chiste costumbrista peruano. Para la literatura y la realidad esta frase no es estúpida sino válida porque define brillantemente sus relaciones. Compréndanlo todos de una vez: mientras más duros sean los escritos de un autor contra su país, más intensa es la pasión que arde en el corazón de aquél por su patria. La violencia, en el dominio de la literatura, es una prueba de amor.

Todas las sociedades, todos los regímenes han tratado de un modo o de otro de domesticar a la literatura, de "integrarla", de cegar sus fuentes subversivas y de embalsar sus aguas dentro de muros dóciles. La Inquisición no vaciló en encender hogueras en las plazas públicas para que ardieran las novelas de caballería, y sus autores debieron esconderse detrás de seudónimos y vivir a la sombra. Más tarde, las sociedades se llamaron cultas y se dedicaron a corromper a los autores, pero precisamente cuando las letras y las artes parecían "asimiladas", en ese siglo XVIII de grandes imposturas, surgieron esos agitadores que ahora llamamos los malditos. Como ni el fuego ni el soborno erradicaron a la avispa sediciosa, las sociedades modernas la combaten con métodos más sutiles. No hablo del mundo subdesarrollado, donde el grueso de las presuntas víctimas está inmunizado contra el mal de la literatura porque no sabe leer. Allí, la literatura se tolera porque carece de lectores; allí basta con matar de hambre a los autores y conferirles un estatuto social humillante, intermedio entre el loco y el payaso. Hablo de las grandes naciones occidentales donde la literatura es aceptada, amparada, estimulada, acariciada, ablandada, habilísimamente desviada de su lecho natural, que es la insumisión y el desacato.

Nosotros debemos luchar porque la sociedad socialista del futuro corte todas las vendas que a lo largo de la historia han inventado los hombres para tapar la boca majadera del creador. No aceptaremos jamás que la justicia social venga acompañada de una resurrección de las parrillas y las tenazas de la Inquisición, de las dádivas corruptoras de la época del mecenazgo, del menosprecio en que se tiene a la literatura en el mundo subdesarrollado, de las malas artes de frivolización con que se inmunizan contra ella las sociedades de consumo. En el socialismo que nosotros ambicionamos, no sólo se habrá suprimido la explotación del hombre; también se habrán suprimido los últimos obstáculos para que el escritor pueda escribir libremente lo que le dé la gana y comenzando, naturalmente, por su hostilidad al propio socialismo. Varios partidos comunistas, como el italiano y el francés, admiten el principio de que una sociedad socialista consienta en su seno prensa libre y partidos de oposición. Nosotros queremos, como escritores, que el socialismo acepte la *literatura*. Ella será siempre, no puede ser de otra manera, de *oposición*.

París, marzo 1966

# SEBASTIÁN SALAZAR BONDY Y LA VOCACIÓN DEL ESCRITOR EN EL PERÚ

Al adversario valiente que mataban en buena o mala lid y al que hasta entonces habían combatido sin desmayo, los iracundos héroes de las novelas de caballerías rendían los más ceremoniosos honores. Hombre o dragón, moro o cristiano, plebeyo o de alta alcurnia, el enemigo gallardo era llorado, recordado, glorificado por los vencedores. Vivo, lo acosaban implacablemente y a fin de destruirlo recurrían a dios y al diablo —a la fuerza física, a las intrigas, a las armas, al veneno, a los hechizos—; muerto, defendían su nombre, lo instalaban en la memoria como a un familiar o a un amigo querido e iban, en sus andanzas por el mundo, proclamando a los cuatro vientos sus méritos y hazañas. Esta costumbre, curiosa y algo atroz, se practica también en nuestros días, aunque con más disimulo: los mudables vencedores son las burguesías, las víctimas rehabilitadas después de muertas son los escritores. Humillados, ignorados, perseguidos o a duras penas tolerados, ciertos poetas, ciertos narradores son luego, inofensivos ya en sus tumbas, transformados en personajes históricos y motivos de orgullo nacional. Todo lo que antes aparecía en ellos como reprobable o ridículo, es más tarde disculpado e incluso celebrado por los antiguos censores. Luis Cernuda escribió páginas bellamente feroces contra esta hipócrita asimilación *a posteriori* del creador que realiza la sociedad burguesa y la denunció en uno de sus mejores poemas, *Birds in the night*.

La burguesía peruana no ha incurrido casi en esta práctica falaz. Más consecuente consigo misma (también más torpe) que otras, ella no ha sentido la obligación moral de recuperar póstumamente a los escritores, esos refractarios salidos con frecuencia de su seno. Vivos o muertos, los condena al mismo olvido desdeñoso,

89

a idéntico destierro. Hay pocas excepciones a esta regla y una de ellas es, precisamente, Sebastián Salazar Bondy.

Yo no estaba en Lima cuando él murió pero he sabido, por los diarios y las cartas de los amigos, que la noche que lo velaron la Casa de la Cultura hervía de flores y de gente, que su entierro fue multitudinario y solemne, que Lima entera lo lloró. Y he leído los homenajes que le tributó la prensa unánime, los dolientes editoriales, los testimonios de duelo, y sé que hubo discursos en el Parlamento, que autoridades y, como se dice, 'personalidades', siguieron el cortejo fúnebre y manifestaron su pesar por esta muerte que "enlutaba la cultura del Perú". Poco faltó, parece, para que pusieran a media asta las banderas de la ciudad. La simpatía de Sebastián, con haber sido tan grande, no basta para explicar esas demostraciones de reconocimiento y tampoco la obra que deja, pese a ser indiscutiblemente valiosa, pues ella sólo pudo ser apreciada por los peruanos lectores o espectadores de teatro ¿que son cuántos? Yo creo que se trata de otra cosa. Tal vez oscuramente esas coronas innumerables, ese compacto cortejo no nos mostraban el dolor del Perú, de Lima, por el hombre generoso que partía, ni su gratitud por el autor de poemas, dramas, ensayos destinados a durar, sino, más bien, la admiración, el asombro de este país, de esta ciudad, por quien había osado, durante años, hasta el último día de su vida, librar con él, con ella, un áspero, indomable combate. Yo quisiera también exaltar al bravo y tenaz luchador que fue Salazar Bondy, describiendo —breve, superficialmente— esa clandestina y, en cierto modo, ejemplar guerra sorda que libró.

Una guerra misteriosa, invisible, muy cruel, pero tan refinadamente sutil que ni siquiera sabemos en qué momento comenzó. Debe haber sido mucho tiempo atrás, quizá en la misma infancia de Sebastián y ahí, en los alrededores de esa calle del Corazón de Jesús, donde había nacido en 1924, a poca distancia de la casa de otro guerrero solitario (aunque de índole distinta): el poeta Martín Adán. ¿La crisis que trajo a su familia a la capital y la convirtió, de acomodada y principal que era en Chiclayo, en modesta y anónima en Lima, influyó en la vocación de Sebastián? ¿Comenzó a escribir cuando estaba en el Colegio Alemán, cuando pasó al de San Agustín? Seguramente en 1940, al ingresar a la Universidad de San Marcos, se sentía ya inclinado hacia las letras, aunque su vocación no fuera entonces exclusivamente literaria. En 1955, Sebastián confesó que "si en Lima hace diez años hubiera habido la misma actividad teatral que hay hoy día, yo hubiera sido actor. Siempre sentí vocación por el arte escénico, pero frustró esa ambición la carencia absoluta de vida teatral en Lima cuando tenía la edad en que se concreta una vocación". Como ocurre generalmente, la literatura se fue imponiendo a él de una manera subrepticia, gradual, involuntaria al principio. Quizá fue decisiva la amistad, nacida en esa época, de un pintor, Szyszlo, y de dos poetas de su edad, Sologuren y Eielson; tal vez contribuyó a despertar en él la necesidad de escribir Luis Fabio Xammar, el único maestro que recordaría más tarde con cariño: "No era un escritor notable —dijo—, ni tenía una extraordinaria cultura, pero era, en cambio, el único profesor en contacto vivo con los alumnos, a quienes ayudaba y animaba incansablemente". Sus primeros poemas (*Rótulo de la esfinge, Voz desde la vigilia*) aparecieron en 1943 cuando era estudiante universitario. Terminó sus estudios en la Facultad de Letras y ya había comenzado a enseñar en diversos colegios pero es evidente que en ningún momento pensó dedicarse a la carrera universitaria pues nunca llegó a graduarse ("un poco por desidia, otro poco por haber planeado una tesis demasiado brillante que sólo se quedó en proyecto"). No sería actor, tampoco profesor, ¿por qué no bibliotecario? Sebastián no tomó su trabajo en la Biblioteca Nacional como un simple *modus vivendi*; Jorge Basadre, que dirigía esa institución en aquella época, señala que tuvo en él a un colaborador eficaz y aun apasionado: "¿Se acuerda usted, Sebastián, de nuestros trabajos y de nuestras zozobras sin reposo al lado de un puñado de gentes buenas y entusiastas en esa Biblioteca Nacional sin libros, sin personal y sin edificio? ¿Recuerda usted cuando registrábamos los anaqueles casi vacíos para hacer listas (por desgracia, jamás con-

91

cluidas) de obras que no debían faltar, dábamos vida a una escuela de bibliotecarios, hacíamos fórmulas para encontrar dinero y hasta nos convertimos en agentes y productores de un noticiario?". Sin embargo, en 1945 renuncia a la Biblioteca Nacional para entregarse simultáneamente a la política, en el Frente Democrático Nacional, y al periodismo, en *La Nación*, diario de tendencia centrista que, según Basadre, su principal animador, pretendía rebelarse "contra el Perú tradicional de la vieja política y contra el Perú subversivo también tradicional". El periodismo, la política partidista: su vocación era ya una vigorosa solitaria, firmemente arraigada en sus entrañas, cuando estas dos actividades a la vez tan absorbentes y disolventes no la desviaron ni mataron. Muy clara y elocuente ya, pues en esos años publica nuevos poemas (*Cuaderno de la persona oscura*, 1946), estrena su primera pieza teatral (*Amor gran laberinto*, 1947) y escribe un juguete escénico (*Los novios*, 1947), que sólo se representaría mucho después. Cuando Salazar Bondy parte a la Argentina, en 1947, para un exilio voluntario que duraría casi cinco años, no hay duda posible: ha elegido la literatura como un destino.

¿Qué quiere decir esto? Que a los 23 años, casi sin proponérselo, un poco a pesar de sí mismo, Sebastián había aceptado entablar las silenciosas hostilidades de las que hablábamos. Ni actor, ni profesor, ni bibliotecario, ni periodista, ni político profesional: el escritor había ido abriéndose paso a través de estos distintos, fugaces personajes, había ido cobrando forma, imponiéndose a ellos, relegándolos. Sebastián acababa de ganar una batalla pero la guerra sólo estaba comenzando y él no podía ignorar, a estas alturas, que esa guerra que emprendía estaba, más tarde o más temprano, *fatalmente perdida*.

Porque todo escritor peruano es a la larga un derrotado. Ocurren muchas cosas desde el momento en que un peruano se elige a sí mismo como escritor hasta que se consuma esa derrota y precisamente en el trayecto que separa ese principio de ese fin se sitúa el heroico combate de Sebastián.

La batalla primera consistió en asumir una vocación

contra la cual una sociedad como la nuestra se halla perfectamente vacunada, una vocación que mediante una poderosísima pero callada máquina de disuasión psico·lógica y moral el Perú ataja y liquida en embrión. Sebastián venció ese instinto de conservación que aparta a otros jóvenes de sus inclinaciones literarias cuando comprenden o presienten que aquí, escribir, significa poco menos que la muerte civil, poco más que llevar la deprimente vida del paria. ¿Cómo podría ser de otro modo? En una sociedad en la que la literatura no cumple función alguna porque la mayoría de sus miembros no saben o no están en condiciones de leer y la minoría que sabe y puede leer no lo hace nunca, el escritor resulta un ser anómalo, sin ubicación precisa, un individuo pintoresco y excéntrico, una especie de loco benigno al que se deja en libertad porque, después de todo, su demencia no es contagiosa —¿cómo haría daño a los demás si no lo leen?—, pero a quien en todo caso conviene mediatizar con una inasible camisa de fuerza, manteniéndolo a distancia, frecuentándolo con reservas, tolerándolo con desconfianza sistemática. Sebastián no podía ignorar, cuando decidió ser escritor, el estatuto social que le reservaba el porvenir: una condición ambigua, marginal, una situación de segregado. Años más tarde, en su ensayo sobre *Lima la horrible*, Sebastián describiría la resistencia que tradicionalmente opusieron las clases dirigentes peruanas a la literatura y al arte: "Lo estético encuentra en Lima un obstáculo obstinado: su aparente gratuidad. Sin valor de uso para el adoctrinamiento o lo sensual, la belleza creada por el talento artístico no tiene destino". Así es hoy todavía. Esto no le impidió acatar su vocación. Pero, ya sabemos, la 'juventud es idealista e impulsiva' y no es difícil tomar una decisión audaz cuando se tiene veinte años; lo notable es ser leal a ella contra viento y marea a lo largo del tiempo, seguir nadando contra la corriente cuando se ha cumplido cuarenta o más. El mérito de Sebastián está en no haber sido, como la mayoría de los adolescentes peruanos que ambicionan escribir, un desertor.

No sería justo, por lo demás, condenar rápidamente a esos jóvenes que reniegan de su vocación, es preciso examinar antes las razones que los mueven a desertar. En efecto, ¿qué significa, en el Perú, ser escritor?

"No me encuentro en mi salsa", dice en uno de sus poemas Carlos Germán Belli. Nadie que tome en serio la literatura en el Perú se sentirá jamás *en su salsa*, porque la sociedad lo obligará a vivir en una especie de cuarentena. En el dominio específico de la literatura. aunque sus contemporáneos no lo lean, aunque deba superar dificultades muy grandes para publicar lo que describe, aunque sólo se interesen por su trabajo y lo acepten y discutan otros poetas, otros narradores, y tenga la lastimosa sensación de escribir para nadie, el joven tiene siquiera el dudoso consuelo de ser descubierto, leído y juzgado póstumamente. Pero sabe que su vida cotidiana transcurrirá como en un claustro asfixiante y será una gris, irremediable sucesión de frustraciones. En primer lugar, claro está, su vocación no le dará de comer, hará de él un productor disminuido y *ad honorem*. Pero, además, el hecho mismo de ser escritor será un lastre en lo que se refiere a ganarse el sustento. Si el joven siente auténticamente la urgencia de escribir, sabe también que esta vocación es excluyente y tiránica, que la solitaria exige a sus adeptos una entrega total, y si él es honesto y quiere asumir así su vocación ¿qué hará para vivir? Ésta será su primera derrota, su frustración inicial. Tendrá que practicar otros oficios, divorciar su vocación de su acción diaria, deberá repartirse, desdoblarse: será periodista, profesor, empleado, trabajador volante y múltiple. Pero, a diferencia de lo que ocurre en otras partes, la literatura no es aquí una buena carta de recomendación para aspirar a otros quehaceres, entre nosotros ella es más bien un *handicap*. "Ése es medio escritor, ése es medio poeta", dice la gente y en realidad está diciendo "ése es medio payaso, ése es medio anormal". Ser escritor implica que al joven se le cierren muchas puertas, que lo excluyan de oportunidades abiertas a otros; su vocación lo condenará no sólo a buscarse la vida al margen de la literatura, sino a tareas mal retribuidas, a sombríos menesteres alimenticios que cumplirá sin fe, muchas veces a disgusto. Pero el Perú es un país subdesarrollado, es decir una jungla donde hay que ganarse el derecho a la supervivencia a dentelladas y a zarpazos. El escritor se embarcará en obligaciones que, fuera de no despertar su adhesión íntima, muchas veces repugnarán a sus convicciones y le darán mala conciencia. Y, además, absorberán su tiempo. Dedicará cada vez más horas al "otro oficio" y por la fuerza de las circunstancias leerá poco, escribirá menos, la literatura acabará siendo en su vida un ejercicio de domingos y días feriados, un pasatiempo: ésa es también una manera de desertar o de ser derrotado. Relegada, convertida en una práctica eventual, casi en un juego, la literatura toma su desquite. Ella es una pasión y la pasión no admite ser compartida. No se puede amar a una mujer y pasarse la vida entregado a otra y exigir de la primera una lealtad desinteresada y sin límites. Todos los escritores saben que a la solitaria hay que conquistarla y conservarla mediante una empecinada, rabiosa asiduidad. Porque el escritor, que es el hombre más libre frente a los demás y el mundo, ante su vocación es un esclavo. Si no se la sirve y alimenta diariamente, la solitaria se resiente y se va. El que no quiere exponerse, el puro que adivina el peligro que corre su vocación en la lucha por la vida, no tiene otra solución que renunciar de antemano a esa lucha. Si teme ser paulatinamente alejado de lo que para él constituye lo esencial, debe resignarse a no tener lo que la gente llama un 'porvenir'. Pero es comprensible que muy pocos jóvenes entren a la literatura como se entra en religión: haciendo voto de pobreza. Porque ¿acaso hay un solo indicio de que el sacrificio que significa aceptar la inseguridad y la sordidez como normas de vida, será justificado? ¿Y si esa vocación que pone tantas exigencias para sobrevivir al medio no fuera profunda y real sino un capricho pasajero, un espejismo? ¿Y si aun siendo auténtica el joven careciera de la voluntad, la paciencia y la locura indispensables para llegar a ser de veras, más tarde, un creador? La vocación literaria es una apuesta a ciegas, adoptarla no garantiza a nadie ser algún día un poeta legible, un decoroso novelista, un dramaturgo de valor. Se trata, en suma, de renunciar a muchas cosas —a la estricta holgura, a veces, al decoro elemental— para intentar una travesía que tal vez no conduce a ninguna parte o se interrumpe brutalmente en un páramo de desilusión y fracaso.

Éstas son las perspectivas que se alzan frente al joven peruano que se siente invadido por la solitaria. Sebastián mostró en "Recuperada", uno de los relatos de su libro *Náufragos y sobrevivientes*, cómo el medio desbarata la vocación cultural. Eloísa, joven de clase media, alumna de San Marcos, vacila entre continuar sus estudios o "casarse con Delmonte, tener hijos, administrar una casa, declinar bajo esas sombras". Su "inquieto corazón" se resiste a aceptar el destino que "con tanta naturalidad" admitían "su prima Luz y su amiga Esmeralda: mujeres plácidas, un poco gordas, tal vez dichosas, que vivían en casas más o menos pulcras, rodeadas de criaturas, y satisfechas del carácter trivial e invariable de la existencia". Una conversación de apariencia intrascendente, en los patios de San Marcos, con Gustavo, un viejo amor, convence a Eloísa del "absurdo que significaba tratar de ser diferente del modelo tradicional. Filosofía, Historia, palabreo bonito [afirma Gustavo]... No dan plata, y la vida es plata, plata... Ustedes son mujeres, pueden darse el lujo... Claro, hasta que se casen... Las letras no sirven para la vida, y la vida es plata, plata, hay que convencerse". Eloísa comprende "que resultaba imposible intentar evadirse", renuncia a su vocación y es "recuperada para la normalidad". Lo terrible es que Gustavo tiene razón: "las letras no dan plata"; más todavía, son un obstáculo para vivir sin angustias materiales y en paz.

El caso de Eloísa se repite sinnúmero de veces; casi siempre, la vocación literaria muere pronto, el converso cuelga los hábitos, desaloja de sí a la solitaria como a un parásito dañino. Para medir en su justo valor el coraje de Sebastián, su terquedad magnífica, habría que hacer un balance de su generación y entonces veríamos cuántos compañeros suyos que, entre los años cuarenta y cuarenta y cinco, tenían lo que él llamó "mi fosforescente vicio" e iban a ser poetas, dramaturgos, narradores, enmendaron el rumbo, acobardados por el porvenir que les hubiera tocado de insistir. Habría que preguntarse cuántos de ellos, además de desistir, traicionaron a la solitaria y adoptaron la indiferencia, el reservado desprecio que siente por la literatura esa burguesía peruana en la que se hallan ahora inmersos como corifeos o anodinos secuaces. Así comprobaríamos cómo, por el solo hecho de haber sido un escritor, Sebastián constituye en el Perú un caso de originalidad y de arrojo. Pero sus méritos son, desde luego, muchos más.

Aquellos que no desertan, los que, como él, osan comprometerse con esta desamparada vocación, deben desde un principio hacer frente a innumerables escollos, esos audaces deben todavía encontrar la manera de que la realidad peruana no frustre en la práctica sus ambiciones, deben arreglárselas para cumplir consigo mismos y escribir. Sebastián encaró este problema de una manera desusada y audaz.

A primera vista, las cosas parecen bastante simples: si la sociedad peruana no tiene sitio para él, resulta forzoso que el escritor vuelva la espalda al medio y haga su camino al margen: cada cual por su lado, cada quien a sus asuntos. Por eso, el escritor peruano que no deserta, el que osa serlo, se exilia. Todos nuestros creadores fueron o son, de algún modo, en algún momento, exiliados. Hay muchas formas de exiliarse y todas significan, en este caso, responder al desdén del Perú por el creador con el desdén del creador por el Perú. Hay, ante todo, el exilio físico. El escritor peruano ha sentido tradicionalmente la tentación de huir a otros mundos, en busca de un medio más compatible con su vocación, en procura de una atmósfera de mayor densidad cultural, en pos de un clima más estimulante. Sería moroso recordar a todos los poetas y escritores peruanos que han pasado una parte de su vida en el extranjero, que escribieron parcial o totalmente su obra en el destierro. ¿Cuántos murieron fuera del Perú? Resulta simbólico en este sentido que los dos autores más importantes de nuestra literatura y, sin duda, los únicos en plena vigencia universal, Garcilaso y Vallejo, terminaran sus días lejos de aquí.

Hay, sin embargo, otra forma de exilio para la cual es indiferente permanecer en el Perú o marcharse. La literatura es universal, qué duda cabe, pero los aportes peruanos a ese universo son tan escasos y tan pobres,

que se comprende que el joven escritor aplaque el
apetito de la solitaria, en lo que a lectura se refiere,
sobre todo con libros y autores foráneos, que busque
afinidades, consonancias, guía y aliento en la literatura
no peruana. Nuestra realidad cultural no le deja otra
escapatoria. Si se contentara con beber única o prefe-
rentemente en las fuentes literarias nativas, sería, tal
vez, una especie de patriota, pero también y sin tal vez,
culturalmente hablando, un provinciano y un confuso. Por este camino se llega, sin desearlo, a ese exilio
que llamaremos interior. Consiste, en pocas palabras, en
protegerse contra la pobreza, la ignorancia o la hostilidad del ambiente, entronizando un enclave espiritual
donde asilarse, un mundo propio y distinto, celosamente defendido, elevando un pequeño fortín cultural al
amparo de cuyas murallas crecerá, vivirá, obrará la
solitaria. Ella acepta esta existencia claustral e, incluso,
suele desarrollarse así espléndidamente y dar frutos
durables. Los escritores peruanos que no se exilian a
la manera de Vallejo, Oquendo de Amat, Hidalgo, lo
hacen sin salir del Perú como José María Eguren o
Martín Adán. Muchos practican a la vez estas dos formas de exilio. El caso extremo del creador peruano exiliado es, seguramente, el del poeta César Moro. Muy
pocos sintieron tan íntegra y desesperadamente el demonio de la creación como él, muy pocos sirvieron a la
solitaria con tanta pasión y sacrificio como él. Y esta
devoción, esta dramática lealtad permanecieron igno-
radas de casi todo el mundo. Moro pasó muchos años
de su vida en el extranjero, primero en Europa y luego
en México, y aquí, en el Perú, donde transcurrieron
sus últimos años, fue poco menos que un fantasma.
Vivió oculto, disimulando su verdadero ser tras un seudónimo, tras un mediocre oficio, escribiendo en la más
irreductible soledad, en un idioma que no era el suyo.
Él adoptó todos los exilios, levantó entre su solitaria
y el Perú la geografía, la lengua, la cultura, la imaginación, hasta los sueños. Habitó entre nosotros escon-
diendo al creador escandaloso y fulgurante que había
en él bajo la apacible máscara de un hombrecillo tímido
y cortés que enseñaba francés y se dejaba atropellar
por los alumnos. Dejó esta imagen apócrifa al morir y

quién sabe si algún día la literatura del Perú resucitará al otro Moro, al verdadero y magnífico que se llevó con él a la tumba.

Salazar Bondy fue también, en la primera parte de su vida de escritor, un exiliado en estos dos sentidos. Su prolongada permanencia en Buenos Aires, donde los primeros meses tuvo que luchar duramente para vivir —trabajó como vendedor callejero de navajas de afeitar, fue redactor de publicidad, corrector de pruebas y varias cosas más antes de ingresar en el suplemento literario de *La Nación* y al cuerpo de colaboradores de la revista *Sur*, ese reducto de evadidos—, revela una voluntad de destierro. También, quizá, pensó apartarse físicamente del Perú por un largo tiempo o para siempre cuando, en 1952, partió como asesor literario de la Compañía de López Lagar, con la que recorrió Ecuador, Colombia y Venezuela. Pero esta segunda vez, aunque sin duda él no lo sabía aún, aquella voluntad de evasión había comenzado a ceder el terreno a una poderosa decisión de afincamiento en el Perú (quizá sería mejor decir en Lima). En realidad, Sebastián no volvería a plantearse con seriedad la idea de vivir fuera de aquí. Ni el año que pasó en Francia (1956-1957), becado, siguiendo cursos de dirección teatral junto a Jean Vilar y en el Conservatorio de Arte Dramático de París, ni ninguna de sus múltiples salidas posteriores al extranjero, significaron otro amago de ruptura material, nuevas tentativas de exilio geográfico. Él no quería reconocerlo, pero sus amigos comprendíamos que íntimamente era asunto resuelto: había decidido vivir y morir en el Perú. Yo lo sé muy bien, pues en los últimos años, más precisamente desde su viaje a Cuba en 1962, alarmado por esa absurda vida que llevaba, por los trajines y afanes que devoraban sus días y apenas si le dejaban tiempo para escribir, yo lo urgía a partir. Él conocía a medio mundo y todos lo querían, yo sabía que, pese a no ser fácil, él conseguiría instalarse en Europa y que allá tendría la paz y las horas necesarias para realizar obras de aliento. Él me engañaba —sí, ya vendría, que hablara con fulano, que averiguara las condiciones de tal beca— y se engañaba a sí mismo porque hasta pedía precios de pasajes y anunciaba por cartas el día del viaje. Puro cuento, siempre había alguna razón para dar marcha atrás a último minuto, siempre surgía (¿él la inventaba?) una complicación que lo llevaba a postergar la fecha decisiva. En realidad, no quería, no podía partir, porque en la segunda etapa de su vida de escritor Sebastián había renunciado definitivamente a separar el ejercicio de la literatura del contacto carnal con el Perú. Ambos constituían para él una misma, indivisible necesidad vital. El antiguo exiliado había cambiado de piel, el deseo de evasión de su juventud se había transformado en obsesionante voluntad de arraigo.

Pero él no sólo fue un exiliado físico, al principio fue también un exiliado espiritual. En un reportaje aparecido en noviembre de 1955, poco después de una ruidosa polémica en la que Salazar Bondy defendió la necesidad de una literatura americana, declaró que esta convicción estética era producto "de una evolución" ya que él había sido partidario, antes, de lo que se ha llamado, algo tontamente, una literatura pura. "Tuve una posición esteticista —dijo— a base de rezagos dadás, surrealistas, es decir de las llamadas corrientes de vanguardia. Eso enseña que lo único que importa es crear una obra de arte, es decir algo bello. Posteriormente, es posible que a partir de mis lecturas de los realistas norteamericanos, llegué a la conclusión de que una obra de arte tiene validez en cuanto es reflejo de un momento histórico de la vida del hombre y, precisamente, de la condición de estar limitada a una realidad proviene su belleza." La frontera entre ambas actitudes se sitúa aproximadamente entre 1950 y 1952; el regreso de Salazar Bondy de Buenos Aires a Lima coincidió con el fin de su exilio cultural. Así lo da a entender él, en una nota sobre Luis Valle Goicochea a quien, dice, pese a haberlo leído antes, sólo descubrió en 1950: "Todo en mí, por esas fechas, volvía a mí. Me explico: la infección cosmopolita amenguaba en mi espíritu y la convalecencia me obligaba a buscar, como tónico, lo más auténtico, no me importa si simple, de mi contorno". 'Infección', 'convalecencia': conviene no tomar al pie de la letra esos términos despectivos, los cito sólo como un indicio de ese cambio espiritual y de lo perfectamente consciente que de él fue Salazar Bondy. En todo caso, el mejor testimonio que tenemos para verificar dicha mudanza está en sus obras, las que sólo desde 1951 —año en que apareció uno de sus mejores libros de poesía, *Los ojos del pródigo*— son realistas no sólo por su texto sino también por su contexto y explícitamente vinculadas al Perú. Hasta entonces su teatro y sus poemas eran creaciones que expresaban un mundo interior, sin raíces históricas ni sociales, cuyo único punto de apoyo en la realidad objetiva era el lenguaje.

Salazar Bondy juzgaba severamente su poesía inicial. En su intervención, poco antes de su muerte, en el encuentro de narradores peruanos celebrado en Arequipa en junio de 1965, declaró que sus primeros poemas publicados lo avergonzaban, aunque no precisó si se refería únicamente a su primer cuadernillo (*Rótulo de la esfinge*, publicado en colaboración con Antenor Samaniego, en 1943), texto que nunca volvió a citar en sus bibliografías, o a todos sus escritos poéticos de exiliado interior, el último de los cuales es de 1949 (*Máscara del que duerme*, Buenos Aires). En todo caso, esta autocrítica es demasiado dura, aun para los primeros poemas y no puede aceptarse sin reservas. No hay nada indecoroso, ni falso, ni irritante en esas cuatro recopilaciones poéticas y, más bien (sobre todo en *Cuaderno de la persona oscura*), se percibe en ellas maestría formal, conocimiento de la tradición clásica española y de los grandes poetas modernos, soltura en el empleo del vocabulario y de los ritmos. Pero se trata de una poesía de un hermetismo glacial, que refleja experiencias culturales más que vitales, lecturas y no emociones o pasiones íntimas, que debe mucho al intelecto y a la destreza y poco al corazón. La palabra poética parece aherrojada por densas y algo gratuitas oscuridades retóricas que debilitan su poder comunicativo y a veces la hielan. Incluso poemas tan logrados como "Muerto irreparable", escrito en homenaje a Miguel Hernández o el "Discurso del amor o la contemplación" no nos descubren la intimidad real del poeta, nos la velan con una máscara verbal de contornos perfectos pero rígidos. Más que "cosmopolita", como la denominó el propio Salazar Bondy, esta poesía merecería denominarse abstracta. Su materia, exclusivamente subjetiva, se disimula con atuendos de un barroquismo conceptual y plástico, rico, a veces deslumbrante, pero tan recargado y enigmático que mantiene siempre a distancia al lector. En *La poesía contemporánea del Perú*, antología que publicó con Javier Sologuren y Jorge E. Eielson en 1946, los comentarios de Sebastián en torno a los poetas elegidos para integrar el libro, nos ilustran sobre lo que, en ese momento, significaba para él la poesía, lo que apreciaba principalmente en el creador lírico y, por lo tanto, sobre lo que ambicionaba hacer y ser él mismo. Luego de condenar la "soterrada tradición de sentimentalismo vulgar" de la poesía peruana, de reconocer a González Prada el mérito de haber descubierto "que la moda del verso teórico, insuflado de pedantería y voceo, no constituía en ningún caso una expresión propia y valedera" y de fulminar a Chocano, señala a Eguren como maestro de su generación con estas palabras reveladoras: "Mas la misma permanencia soledosa de Eguren, que por evasión renunció al ambiente, se hizo pueril y se enclaustró dentro de sí hasta el punto de borrar toda frontera entre la realidad y la imaginación, fue ejemplar modelo para quienes, jóvenes aún, fueron descubriendo las afinadas calidades que tras sus versos, llenos de fantasía multicolor, se escondían". No se divisa rastro de influencia temática o formal de Eguren en la primera poesía de Sebastián. Lo que a todas luces le parecía "modelo ejemplar" en el autor de *Simbólicas* era su conducta frente al mundo: la elaboración de una obra autónoma, independiente del contorno material, alimentada por fuentes exclusivamente interiores y que expresara niveles de realidad situados "por bajo o, si se quiere, por cima de las realidades evidentes". Incluso cuando elogia a Vallejo, Salazar Bondy se apresura a señalar que "por eso la peruanidad, si la hay, de la poesía vallejiana es universal y rebasa cualquier ubicación geográfica". Más tarde, celebra el "altísimo y atormentado confinamiento" de Enrique Peña y de Oquendo de Amat dice que su poesía admirable nació bajo "el signo de la intimidad y el recato cotidianos".

Esta actitud de repliegue claustral, de desapego ante

la realidad exterior y concreta varía radicalmente en los últimos meses de la residencia de Salazar Bondy en Buenos Aires. En 1950 publica un poema titulado "Tres confesiones", testimonio inequívoco de ese cambio: "Es grato oírse llamar por su nombre / y ser amigo de otros hombres y otras mujeres / cuando retornan a la ternura / desde las islas en donde fueron confinados". Todo el poema describe la ambición del autor de salir para siempre de su cárcel de "papeles y humo" y sumergirse en la vida de los otros, en la "multitud / que es como un beso de mujer en la intimidad del lecho". El poeta no sólo descubre a los demás y a la realidad exterior, sino también esa porción del mundo que lo rodea: "doblo la cabeza sobre América dura y hostil, / sobre su oro y sus cadáveres, y retorno / del viaje que hice...". El poema forma parte de *Los ojos del pródigo*, libro publicado al año siguiente, que consolida definitivamente la nueva actitud de Salazar Bondy e inaugura en su poesía ese tono confesional, directo, impregnado de suave melancolía sentimental, que perdurará a lo largo de su obra poética futura.

*Los ojos del pródigo* es un libro de expatriado que no soporta ya el destierro y quiere librarse de él mediante un regreso figurado al hogar, a la tierra ausentes. Enfermo de añoranza, el poeta recuerda "esos puertos que abandonó / porque vivir era sentirse extranjero" y abomina "su soledad de pródigo". Para adormecer la angustia que lo invade, evoca su barrio de adolescente, su "pequeño país de amigos" distantes, adivina la ceremonia familiar la noche de Navidad donde será recordado por los suyos, habla con un viejo antepasado cuya presencia contempló en un óleo "desde niño / y que de mayor, hasta este instante, olvidé" y rescata de la memoria algunas imágenes de su ciudad: la plaza de Armas con su "fuente de grifos eróticos", los puentes del Rímac que "unen las dos orillas familiares / con un salto frágil de tranvías", un balcón encaramado sobre "los callejones del Chirimoyo / cuya miseria cede amargamente fermentada", una pordiosera limeña que juntaba perros y la misa de nueve de Santo Tomás a la que acompañaba a su madre. Hay también poemas dedicados a "América" y al "Cielo textil de Paracas". Este regreso simulado, a través de la poesía, a su infancia, a su familia, a su ciudad, a su país, marca el término del exilio espiritual de Salazar Bondy. En adelante su obra tendrá como sustento primordial, no la vida interior sino la exterior y en vez de reflejar, como hasta entonces, mundos imaginarios y oníricos, trasmitirá experiencias de una realidad objetiva que, a menudo, será expresamente mencionada por el poeta. Hay que decir, de paso, que a diferencia de lo que, a mi juicio, ocurre con su producción dramática, esta segunda etapa enriqueció notablemente su poesía; en ella alcanzó Salazar Bondy sus mejores momentos líricos. Existe, creo, un desnivel estético entre su poesía del ciclo de exilio, inteligente, formalmente impecable, culta, pero descarnada, inmóvil, sin flujo vital, y la que va de *Los ojos del pródigo* al *Tacto de la araña*, poesía confidencial y directa, abierta al mundo, que canta con serenidad y elocuencia la melancolía, la inquietud, el goce, el odio y el amor que inspiran al poeta esas "realidades evidentes" que antes prefería ignorar.

El teatro de Salazar Bondy registra también las dos fases antagónicas de su vida de escritor, pero no tan nítidamente como su poesía; en él la línea divisoria es algo fluctuante. En el prólogo a *Seis juguetes* —libro que reúne seis obras cortas, escritas entre noviembre de 1947 y abril de 1953—, afirma que estas piezas "intentan ser expresión del primordial anhelo de recrear en el tablado hechos que, por su índole y sentido, son manifestaciones de la realidad del hombre y su circunstancia de aquí y ahora". Esta profesión de fe a favor de un realismo inspirado en la circunstancia peruana conviene, sin duda, al propósito de obras como *En el cielo no hay petróleo* (1954) y *Un cierto tic tac* (1956), pero no es válida para las otras. Ni *Los novios*, ni *El de la valija*, ni *El espejo no hace milagros* ni la pantomima *La soltera y el ladrón* (escritas entre 1947 y 1953) se hallan física o anímicamente situadas. Su realismo es aparente, ficticio; personajes, lenguaje y temas tienen un carácter, esta vez sí, cosmopolita, en cuanto esto significa desarraigo histórico, geográfico y social. Sin embargo, un año antes de escribir una de estas piezas cosmopolitas, Salazar Bondy había estrenado un drama histórico, *Rodil* (1952), que rompía con su costumbre anterior de prescindencia, en la elección de asuntos y personajes dramáticos y, también, en la hechura del diálogo teatral, del mundo circundante. Así, pues, *Rodil* ocupa en su teatro el mismo lugar limítrofe que *Los ojos del pródigo* en su poesía y documenta un cambio profundo de actitud respecto a las relaciones del creador con su sociedad. A partir de 1953, el teatro de Salazar Bondy sigue un proceso de "descosmopolitización", de progresiva inmersión en el tema peruano. A *Rodil* siguen dos obras de un realismo existencial (*No hay isla feliz*, 1954, y *Algo que quiere morir*, 1957), luego esta tendencia adopta otra vez la forma de un drama histórico (*Flora Tristán*, 1959) y se reduce más tarde espacial y temáticamente a la circunstancia anecdótica limeña con una serie de comedias de costumbres (la primera, *Dos viejas van por la calle*, es de 1959 y la última, *Ifigenia en el mercado*, de 1963). Curiosamente, la última obra dramática de Salazar Bondy, *El rabdomante* (1964), drama simbólico, vinculado de modo muy parabólico con el Perú y con la realidad objetiva, significa una ruptura del proceso iniciado en 1952 y, en cierta forma, un retorno a la manera dramática inicial. Hay, desde luego, grandes diferencias entre *Amor, gran laberinto* (1947), farsa barroca y brillante, cuyos seres se mueven como muñecos y actúan con gratuidad, y este drama áspero, impregnado de símbolos y de metafísica, pero ambas piezas, cada una a su manera, delatan una intención idéntica: esquivar lo que tiene la realidad de decorativo y de actualidad pasajera para instalar la obra artística en una zona más perenne y esencial a la que el creador puede acceder sólo volviendo los ojos hacia adentro de sí mismo. Si el realismo y la sencillez expresiva sirvieron para imprimir a la poesía de Salazar Bondy humanidad y belleza, yo pienso que la apertura sobre el mundo exterior y la voluntad de dramatizar asuntos de "aquí y de ahora" debilitaron estéticamente su obra teatral. Sus ensayos, algunos valiosos, otros estimables, otros discutibles, para crear un teatro realista peruano, me parecen menos logrados desde un punto de vista artístico, que estas dos obras suyas *Amor, gran laberinto* y *El rabdomante* —a las que habría que añadir esa espléndida pieza corta de ritmo y diálogo delirantes, *Los novios*— en las que se advierten una intuición penetrante de la "irrealidad" que contiene en sí el teatro como espectáculo, un lenguaje eficaz para la creación de atmósferas insólitas o simplemente distintas a las conocidas por la experiencia y una técnica hábil para dar a cada asunto el movimiento y la estructura capaces de sacarles el mayor provecho dramático.

Esta breve incursión en la obra poética y teatral de Salazar Bondy tenía por objeto mostrar que en ella se grabó fielmente su exilio espiritual y que éste cesó en un período que abarca sus últimos meses de estancia en la Argentina y los primeros de su retorno al Perú. Su obra narrativa es posterior a este momento fronterizo: *Náufragos y sobrevivientes* (1954) y *Pobre gente de París* (1958) nacieron cuando Sebastián había dejado atrás aquella primera etapa e, incluso, el segundo de estos libros encierra una dura sátira contra quienes huyen espiritual y físicamente de su mundo y pretenden integrarse a otro, más sensible y adecuado a la vocación literaria o artística. Esa pandilla de latinoamericanos frustrados y alienados que desfila por los cuentos de *Pobre gente de París* nos informa de manera veraz sobre el convencimiento a que había llegado Salazar Bondy de que el exilio no era una solución o, más bien, de que esta solución entrañaba, a la larga, el riesgo de una derrota más trágica que la de hacer frente, como creador y como hombre, a la realidad propia, a la sociedad suya. Cuando escribió estos relatos, Sebastián llevaba varios años empeñado en probarse a sí mismo que un escritor peruano podía asumir y ejercer su vocación sin necesidad de huir al extranjero o de parapetarse en su mundo interior. Desde su regreso de Buenos Aires hasta su muerte, batalló calladamente por convertir en hechos este anhelo: ser leal a la literatura sin dejarse expulsar (fuera del país o dentro de sí mismo), en cuanto escritor, de la sociedad peruana; ser miembro activo y pleno de su comunidad histórica y social sin abdicar, para conseguirlo, de la literatura. Esto significó, para Sebastián, extender considerablemente el combate que ya había iniciado al ponerse al servicio de la solitaria, emprender una acción mucho más ardua.

Porque el escritor peruano que no vende su alma al diablo (que no renuncia a escribir) y que tampoco se exilia corporal o espiritualmente, no tiene más remedio que convertirse en algo parecido a un cruzado o un apóstol. Hablo, claro está, del creador, para quien la literatura constituye no una actividad más sino la más obligatoria y fatídica necesidad vital, del hombre en el que la vocación literaria es, como decía Flaubert, "una función casi física, una manera de existir que abarca a todo el individuo". El escritor es aquel que adapta su vida a la literatura, quien organiza su existencia diaria en función de la literatura y no el que elige una vida por consideraciones de otra índole (la seguridad, la comodidad, la fortuna o el poder) y destina luego una parcela de ella para morada de la solitaria, el que cree posible adaptar la literatura a una existencia consagrada a otro amo: eso es precisamente lo que hace el escritor que vende su alma al diablo. Sebastián vivió para la literatura y nunca la sacrificó pero, a la vez, en los últimos quince años de su vida, fue también y sin que ello entrañara la menor traición a su solitaria, un hombre que luchó por acercar a estos dos adversarios, la literatura y el Perú, por hacerlos compatibles. En contra de lo que le decían la historia y su experiencia, él afirmó con actos que se podía bregar a la vez por defender su propia vocación de escritor contra un medio hostil y por vencer la hostilidad de ese medio contra la literatura y el creador. Él no se contentó con ser un escritor, simultáneamente quiso imponer la literatura al Perú. Hundido hasta los cabellos en esta sociedad enemiga él fue, entre nosotros, el valedor de una causa todavía perdida.

Recordemos someramente qué ocurría con la literatura en el Perú hace quince años, qué hizo Sebastián cuando llegó a Lima. No había casi nada y él trató de hacerlo todo, a su alrededor reinaba un desolador vacío y él se consagró en cuerpo y alma a llenarlo. No había teatro (Jorge Basadre recuerda, en el prólogo a *No hay isla feliz*, la desilusión del crítico norteamericano Epstein que vino a Lima para estudiar el teatro peruano contemporáneo y debió regresar a su país con las manos vacías) y él fue autor teatral; no había crítica ni información teatral y él fue crítico y columnista teatral; no había conjuntos ni compañías teatrales y él auspició la creación de un club de teatro y fue profesor y hasta director teatral; no había quien editara obras dramáticas y él fue su propio editor. No había crítica literaria y él se dedicó a reseñar los libros que aparecían en el extranjero y a comentar lo que se publicaba en poesía, cuento o novela en el Perú y a alentar, aconsejar y ayudar a los jóvenes autores que surgían. No había crítica de arte y él fue crítico de arte, conferencista, organizador de exposiciones y hasta preparó, con el título *Del hueso tallado al arte abstracto* una introducción al arte universal para 'escolares y lectores bisoños'. Fue promotor de revistas y concursos, agitó y polemizó sobre literatura sin dejar de escribir poemas, dramas, ensayos y relatos y continuó así, sin agotarse, multiplicándose, siendo a la vez cien personas distintas y una sola pasión. Durante mucho tiempo, con aliados eventuales, encarnó la vida literaria del Perú. Yo lo recuerdo muy bien porque, diez años atrás y por esta razón, su nombre y su persona resultaban fascinantes para mí. Todo, en el Perú, contradecía la vocación de escritor, en el ambiente peruano ella adoptaba una silueta quimérica, una existencia irreal. Pero ahí estaba ese caso extraño, ese hombre orquesta, esa demostración viviente de que, a pesar de todo, alguien lo había conseguido. ¿Quién de mi generación se atrevería a negar lo estimulante, lo decisivo que fue para nosotros el ejemplo de Sebastián? ¿Cuántos nos atrevimos a intentar ser escritores gracias a su poderoso contagio?

Sería torpe querer disociar, en Sebastián, al animador y al creador, al nervioso propagandista y al autor. Lo sorprendente es que él fuera indisolublemente ambas cosas y cumpliera con las dos por igual. Él acometió esa arriesgadísima empresa plural de crear literatura, sirviendo al mismo tiempo de intermediario entre la literatura y el público, de ser a la vez un creador de poemas, dramas y relatos y un creador de lectores y de espectadores y, como consecuencia, un creador de creadores de literatura. No es difícil adivinar la tensión, la energía, la terquedad que ello le exigió. En una sociedad culturalmente subdesarrollada como la nuestra

cada una de esas funciones significa una guerra; él las
libró todas a la vez.

Pero, en la segunda etapa de su vida de escritor, al
combate por la literatura, Salazar Bondy añadió una
acción política. Él fue un rebelde, no sólo como escritor,
también lo fue como ciudadano.

Por cierto que todo escritor es un rebelde, un inconforme con el mundo en que vive, pero esta rebeldía
íntima que precipita la vocación literaria es de índole
muy diversa. Muchas veces la insatisfacción que lleva
a un hombre a oponer realidades verbales a la realidad
objetiva escapa a su razón; casi siempre el poeta, el
escritor es incapaz de explicar los orígenes de su incon-
formidad profunda cuyas raíces se pierden en un ignorado trauma infantil, en un conflicto familiar de apariencia intrascendente, en un drama personal que parecía superado. A esta oscura rebeldía, a esta protesta
inconsciente y singular que es una vocación literaria se
superpone en el Perú casi siempre otra, de carácter
social, que no es raíz sino fruto de esta vocación. Crear
es dialogar, escribir es tener siempre presente al *hypo-
crite lecteur, mon semblable, mon frère*, de Baudelaire.
Ni Adán ni Robinson Crusoe hubieran sido poetas, narradores. Pero ocurre que en el Perú los escritores son
poco menos que adanes, robinsones. Cuando Sebastián
comenzaba a escribir (también ahora, aunque no tanto
como entonces), la literatura resultaba aquí un quehacer clandestino, un monólogo forzado. Todo ocurría
como si la sociedad peruana pudiera prescindir de la
literatura, como si no necesitara para nada de la poesía,
o del teatro, o de la novela, como si éstas fueran actividades negadas al Perú. El escritor sin editores ni lectores, falto de un público que lo estimule y que lo exija,
que lo obligue a ser riguroso y responsable, no tarda
en preguntarse por la razón de ser de esta lastimosa
situación. Descubre entonces que hay una culpa y que
ella recae en ciertos rostros. El escritor frustrado, reducido a la soledad y al papel del paria, no puede, a
menos de ser ciego o imbécil, atribuir su desamparo, y
la miserable condición de la literatura, a los hombres
del campo y de los suburbios que mueren sin haber
aprendido a leer y para quienes, naturalmente, la lite-

ratura no puede ser una necesidad vital ni superficial porque para ellos no existe. El escritor no puede pedir cuentas por la falta de una cultura nacional a quienes no tuvieron jamás la oportunidad de crearla porque vivieron vejados y asfixiados. Su resentimiento, su furor se vuelven lógicamente hacia ese sector privilegiado del Perú que sí sabe leer y sin embargo no lee, a esas familias que sí están en condiciones de comprar libros y que no lo hacen, hacia esa clase que tuvo en sus manos los medios de hacer del Perú un país culto y digno y que no lo hizo. No es extraño, por eso, que en nuestro país se pueda contar con los dedos de una mano a los escritores de algún valor que hayan hecho causa común con la burguesía. ¿Qué escritor que tome en serio su vocación se sentiría solidario de una clase que lo castiga, por querer escribir, con frustraciones, derrotas y el exilio? Por el hecho de ser un creador, aquí se ingresa en el campo de víctimas de la burguesía. De ahí hay sólo un paso para que el escritor tome conciencia de esta situación, la reivindique y se declare solidario de los desheredados del Perú, enemigo de sus dueños. Éste fue el caso de Salazar Bondy.

Al coraje de ser escritor en un país que no necesita de escritores, Sebastián sumó la valentía de declararse socialista en una sociedad en la que esta sola palabra es motivo de persecución y espanto. Esto no lo condujo a la cárcel como a otros, pero sí le significó vivir en constante zozobra económica, ser privado de trabajos, vetado para muchas cosas, hizo más áspera su lucha cotidiana. Al igual que sus convicciones estéticas, su posición política sufrió una transformación honda en la segunda etapa de su vida, se hizo más radical y enérgica. Entre el reformista de 1945 y el amigo de la revolución cubana que en *Lima la horrible* escribía "el tiempo que deviene sin controversia pasatista pone en evidencia más y más que la humanidad —y el Perú, y Lima— quiere y requiere una revolución", se extiende todo un proceso de maduración ideológica del que dan fe la militancia de Sebastián en el Movimiento Social Progresista, sus colaboraciones en el órgano de esta agrupación, *Libertad*, su conferencia titulada significativamente *Cuba, nuestra revolución*, sus innumerables artículos políticos en la prensa internacional de izquierda —como *Marcha* de Montevideo, la revista marxista norteamericana *Monthly Review,* la revista francesa *Partisans,* etc.—, las palabras finales de su ensayo sobre el mito de Lima y su intervención en el encuentro de narradores de Arequipa en la que explicó su posición política. Para conocer de manera cabal el pensamiento de Sebastián sobre la realidad histórica, el sentido preciso de su adhesión al socialismo, el grado de adhesión que lo ligó al marxismo, habría que revisar y confrontar dichos textos. Pero en todo caso, nadie puede poner en tela de juicio que, en la dramática alternativa contemporánea entre capitalismo y socialismo, él optó claramente por esta segunda opción. Una prueba elocuente de ello es el homenaje que le rindieron los escritores revolucionarios cubanos en la revista de la *Casa de las Américas* de la Habana —a cuyo consejo de redacción pertenecía—, deplorando esa muerte "que nos arranca a un amigo fraternal, a un maestro, a un compañero de las mejores batallas".

Pero hay que decir también, que, a diferencia de otros escritores que, explicablemente exasperados por la postración del Perú y la injusticia que lo avasalla, creen útil orientar su vocación por razones de eficacia revolucionaria, Sebastián supo diferenciar perfectamente sus obligaciones de creador de sus responsabilidades de ciudadano. Él no eludió ningún riesgo como hombre de izquierda, pero no cayó en la ingenua actitud de quienes subordinan la literatura a la militancia creyendo servir así mejor a su sociedad. Él no había sacrificado la literatura para ser admitido en la injusta sociedad que le tocó, no había renunciado a escribir para ser algún día influyente, rico, poderoso; tampoco abandonó la literatura para hacer de la revolución una tarea exclusiva y primordial, tampoco mató a la solitaria para dedicarse únicamente a luchar por un país distinto, emancipado de sus prejuicios y de sus estructuras anacrónicas, donde fuera posible la literatura. Él supo comprometerse políticamente salvaguardando su independencia, su espontaneidad de creador, porque sabía que, en cuanto ciudadano, podía decidir, calcular, premeditar racionalmente sus acciones, pero que, como escritor, su

111

misión consistía en servir y obedecer las órdenes, a menudo incomprensibles para el creador, los caprichos y obsesiones de incalculables consecuencias, de la solitaria, ese amo voluntariamente admitido en su ser. Como había defendido su vocación contra la iniquidad y la mezquina sordidez, la defendió contra las tentaciones del idealismo y el fervor social. Ésa es la única conducta posible del escritor y lo demás es retórica: anteponer la solitaria a todo lo demás, sacrificarle el mal y el bien. Yo no sé si Sebastián admitiría o rechazaría esta divisa; tal vez el generoso incorregible que había en él diría que no, que en ciertos casos, cuando los vacíos, las deficiencias, las heridas de una realidad lo reclaman, el escritor debe abandonar parcial o enteramente el servicio de la solitaria para entregarse a tareas más urgentes y de utilidad social más inmediata que la literatura. Pero, aun cuando él no lo quisiera reconocer y lo negara, un examen de su vida y de su obra, incluso rápido como éste, deja abrumadoramente al descubierto esta verdad: en todo momento, aquí en el Perú o en el exilio, en las circunstancias mejores o peores de su vida, en cualquier empresa o aventura de las muchas que intentó, cuando hacía periodismo, enseñaba o militaba, la literatura seguía ocupando el primer lugar y acababa siempre por oscurecer a cualquier otra actividad con su sombra pertinaz. Ante y sobre todo, a pesar de su terrible bondad, de su inagotable curiosidad por todas las manifestaciones de la vida y su aguda percepción de los problemas humanos, Sebastián fue ese egoísta intransigente que es un escritor, y de todos los combates que sostuvo, el principal y sin duda el que motivó todos los demás fue el que tenía la solitaria como ideal.

Es difícil, entre nosotros, hallar escritores que lo sean realmente, es decir que estén vivos como creadores, a la edad que tenía Sebastián cuando murió. José Miguel Oviedo ha señalado con razón "esa triste ley de la literatura peruana que ha condenado a sus poetas a la muerte prematura —esto es, al silencio— al borde de los treinta años". En efecto, los poetas, los escritores peruanos lo son mientras son jóvenes; luego el medio los va transformando: a unos los recupera, asimila; a otros los vence y los abandona, derrotados moralmente, frustrados en su vocación, en sus tristísimos refugios: la pereza, el escepticismo, la bohemia, la neurosis, el alcohol. Algunos no reniegan propiamente de su vocación sino que consiguen aclimatarla al ambiente: se convierten en profesores, dejan de crear para enseñar e investigar, tareas necesarias pero esencialmente distintas a las de un creador. Pero ¿escritores vivos a la edad de Sebastián? Vivos, es decir curiosos, inquietos, informados de lo que se escribe aquí y allá, lectores ávidos, creadores en perpetua y tormentosa agitación, envenenados de dudas, apetitos y proyectos, activos, incansables, ¿cuántos había al morir Sebastián, cuántos hay ahora mismo en el Perú? Cuando van a la tumba, la mayoría de los escritores peruanos son ya cadáveres tiempo atrás y el Perú no suele conmoverse por esas víctimas que derrotó diez, quince, veinte años antes que la muerte. En Sebastián, nuestra ciudad, nuestro país tuvieron a un resistente superior; la muerte lo sorprendió en el apogeo de su fuerza, cuando no sólo soportaba sino agredía, con todas las armas a la mano, a su enemigo numeroso y sutil. Los homenajes que se le rindieron, la conmoción que su muerte causó, las múltiples manifestaciones de duelo y de pesar, esas coronas, esos artículos, esos discursos, ese compacto cortejo, son el toque de silencio, los cuarenta cañonazos, las honras fúnebres que merecía tan porfiado y sobresaliente luchador.

Lima, abril 1966

113

# UNA VISITA A KARL MARX

La calle es muy corta y uno puede andarla al revés y al derecho en diez minutos. No más de 400 metros corren desde su nacimiento, en Oxford Street, hasta su muerte, en Shaftesbury Avenue, y el espectáculo que ofrece es semejante al de cualquier otra calle de Soho, el barrio frívolo y nocturno de Londres: restaurantes, cabarets, bares, tiendas de comestibles, angostos callejones laterales, quioscos de revistas, postales y libros eróticos, casas de cita que ofrecen, en rudimentarios carteles que aparecen en las puertas sólo de noche, "cuartos por hora" y "modelos artísticos", pequeños locales donde el aburrido extravagante puede ver por diez chelines un número de *strip-tease* o una película negra. Nombres exóticos chispean en las vidrieras y en los avisos luminosos, ofreciendo platos húngaros, italianos, cingaleses; las tabernas imitan un poco los cafés de Saint-Germain-des-Prés y una de ellas se llama Les Enfants Terribles. Dean Street no tiene el aire popular, novecentista y picaresco, que dan a otras calles de Soho los puestos de frutas, flores y verduras, con su rumorosa fauna semidoméstica-seminoctámbula y sus fuertes olores. No hay mercado en Dean Street; el placer que aquí se propone es refinado, elaborado e industrial.

Aunque sólo un par de edificios de Dean Street parecen recientes y todas las otras casas —de tres o cuatro pisos, apretadas, de ladrillos oscurecidos por la mugre del tiempo— pudieran muy bien ser centenarias, el semblante físico de la calle debe haber cambiado mucho en estos cien años, pues no da ahora impresión de miseria ni sordidez. Cuesta trabajo imaginar que, en 1853 (según un documento policial de la época), Dean Street era "la peor, la más barata calle de Londres"; cuesta trabajo adivinar el aspecto que ofrecería en 1850, cuando la familia Marx, acorralada por la pobreza, vino a instalarse aquí, en dos inhóspitos cuartos donde pasarían los seis años más sacrificados y, en cierta forma, importantes de su vida. Ninguna placa revela la casa que ocuparon y, como la numeración que figura en las biografías es la original y ha sido modificada desde entonces, el curioso, el fetichista, debe acudir a la Marx Memorial Library para identificar, en esa apacible construcción flanqueada por callejones, las dos ventanitas que correspondían al salón-comedor-escritorio-cuarto para los niños de los Marx (la pieza interior era el dormitorio).

Ha comenzado el invierno ya y si uno permanece mucho rato en la calle se le hielan la nariz y las orejas y se le agarrotan las manos, de modo que he venido a zambullirme en un pequeño bar humoso y atestado donde no sirven café; he tenido que pedir un vaso de ácida, tibia cerveza británica, pero por otra parte he tenido suerte pues he encontrado una silla libre junto al radiador de la calefacción y, desde aquí, veo siempre, frente a mí, las dos ventanitas mellizas. ¿Qué diablos estoy haciendo en Dean Street? No he traído conmigo los dos libros que he estado leyendo en estos días y es una lástima, pues me hubiera gustado echar de nuevo una ojeada a esas páginas que refieren la vida que llevaron los Marx en Dean Street, resucitar ese asombro, esa fascinada admiración. La biografía de Franz Mehring, dicen, ha sido ya superada por historiadores contemporáneos, y el ensayo de Edmund Wilson sobre los orígenes del socialismo es, seguramente, discutible desde muchos puntos de vista, pero la imagen que trazan ambos libros de ese período crucial de la vida de Marx, de esos seis años fulgurantes y terribles de Dean Street, difícilmente podrá ser mejorada. Es, en los dos casos, una imagen de contornos épicos, una nueva demostración de la victoria del héroe rebelde en su solitaria batalla contra la sociedad o el mal que aparece en tantos poemas y narraciones clásicos. Yo me siento frustrado; he venido hasta aquí, apresurado y ansioso, a buscar algún resto, algún indicio de esa memorable batalla, y el escenario en el que ella se libró es un rincón artificial, un educado paraje donde la burguesía local y los turistas con dinero vienen a disfrutar de la comida exótica y a beber, a comprar el amor. Resulta inquietante, paradó-

8

jico, que este barrio, que esta calle donde, en cierto modo, nació el adversario más enconado y eficaz de la burguesía, sean ahora el refugio más exquisito y mustio que tiene un burgués, en Londres, para entregarse al placer. En la época de Marx, sin duda, jamás puso los pies un burgués en Dean Street.

Toda clase de infortunios habían golpeado a los Marx en los meses que precedieron su venida a Londres. Expulsados de Alemania, se habían refugiado en un suburbio obrero de Bruselas, y un día Marx fue capturado por la policía y exiliado a Francia. Cuando salió a buscarlo, Jenny Marx fue detenida en la calle por los gendarmes, acusada de vagabundeo, encerrada en una celda, obligada a compartir el lecho con una ramera. En París, pese a vivir con nombre supuesto, la familia Marx fue descubierta por la policía y despachada a Inglaterra. Pero disponían de algún dinero todavía y los primeros meses en Londres vivieron con cierto decoro en un departamento amueblado de Camberwell. En 1850, el dinero se había acabado, y el propietario los puso en la calle; fue entonces cuando vinieron a instalarse aquí, fue entonces cuando comenzó lo peor. Imposibilitados de pagar las deudas contraídas por alimentos en las tiendas del barrio, todas las pertenencias de la familia —incluso las camas y los juguetes de los niños— fueron embargadas y vendidas; el último hijo varón, de pocos meses, había nacido, en medio de las persecuciones y destierros, enfermizo; no pudo ser atendido ni alimentado convenientemente y murió. Durante muchos meses, el único alimento de los Marx fueron pan y papas, y el primer invierno padres e hijos cayeron enfermos de gripe; la última de las niñas no resistió y murió poco después. Casi simultáneamente sobrevino una epidemia de cólera en Soho y el barrio fue desertado por la mayoría de los vecinos, pero los Marx debieron permanecer en él por falta de recursos. Al año siguiente empeñaron las últimas cosas que les quedaban, incluidas las prendas de vestir (los zapatos de los niños y el abrigo de Marx fueron vendidos). Una noche, la policía se presentó en la casa y Marx fue encarcelado, acusado de ladrón: un vecino de Dean Street había supuesto que la pieza de cristal que destellaba en uno de los cuartos de los Marx (el único recuerdo familiar que Jenny había querido conservar) era robada. En 1855, el hijo varón sobreviviente murió también y, entre los innumerables golpes de esos seis años, éste parece haber sido el que afectó más duramente a Marx. "He sufrido toda clase de adversidades —le escribió a Engels—, pero ahora, por primera vez, sé lo que significa infortunio." Fue cuando los Marx habían llegado —aquí en Dean Street— al grado más extremo de penuria, cuando Engels decidió, heroicamente, retornar a Manchester, al odiado centro industrial familiar, para poder socorrer económicamente a su amigo, y cuando aceptó escribir, con el nombre de Marx, los artículos que éste enviaba a Nueva York, al *New York Times* y a *The Tribune*, a fin de que estas obligaciones alimenticias no distrajeran a Marx de sus estudios económicos.

Fue aquí, a Dean Street, donde vino una vez un policía a averiguar cómo vivían los Marx, y ese informe que escribió en 1853, ha sido conservado como un precioso testimonio: "No existe, en ninguno de los dos cuartos, un solo objeto decente o sano; todo está roto, viejo, gastado e invadido por el polvo... Manuscritos, libros y periódicos aparecen mezclados con juguetes, tazas con las asas rotas, cucharas herrumbrosas, cuchillos, tenedores, y muchas bolsas de tabaco por todas partes... Cuando uno entra, el humo es tal que uno se siente ingresando a una caverna... Sentarse es algo peligroso; aquí se ve una silla con sólo tres patas, allá otra tan agujereada que los niños la utilizan para jugar a la cocina...". Y el mismo escrupuloso policía informa que "como esposo y como padre, pese a su carácter duro y salvaje, se comporta como el más gentil y manso de los hombres".

Aquí, en Dean Street, la actividad política de Marx disminuyó considerablemente, pero, en cambio, su labor intelectual y creadora adquirió fogosidad y virulencia sobrehumanas. Aquí, pese a las privaciones, a las tragedias familiares, a la enfermedad, se impuso y cumplió implacablemente el horario de ocho horas de estudio en el Museo Británico —no es difícil imaginar su trayecto, cada día, a las nueve de la mañana, de ida, y a la siete y media de la noche, de vuelta— y de tres o cuatro horas (que a veces se convertían en cinco o más) de trabajo privado en su cuarto, ahí, detrás de las ventanitas. Aquí terminó el mismo año de la epidemia el admirable ensayo sobre *La lucha de clases en Francia*, y redactó, al año siguiente, mientras sus hijos galopaban con un látigo en la mano, imitando relinchos, en torno a su mesa de trabajo, su libro sobre *El 18 Brumario de Luis Bonaparte*. Aquí escribió sus primeras libretas de notas para *El capital* y discutió, en extensas cartas diarias, con su amigo Engels, su interpretación económica de la historia y la situación de la clase obrera europea. Aquí, en estos seis años, aprendió idiomas, compuso libros, devoró secciones íntegras de las bibliotecas, redactó centenares de artículos y se dio tiempo para inventar una historia, que entretenía a sus hijos, sobre un imaginario personaje llamado Hans Röckle, "que tenía una tienda mágica pero andaba siempre sin un centavo en el bolsillo".

¿Cómo, de dónde sacó la voluntad y las fuerzas suficientes para realizar una empresa tan alta y ambiciosa en circunstancias tan difíciles? En el libro de Edmund Wilson hay una cita de Marx que me ha impresionado profundamente. Es un texto que escribió cuando era todavía un estudiante pendenciero, terriblemente sarcástico y brillante, en la época en que leía a Hegel con pasión y enviaba a Jenny ardientes poemas de corte romántico. "El escritor —dice— puede ganar dinero a fin de poder vivir y escribir, pero en ningún caso debe vivir y escribir para ganar dinero. En ningún caso debe el escritor considerar su obra como un medio. Para él, su obra es un fin en sí misma; y tanto no es un medio esta obra para él que, si es necesario, el escritor está dispuesto a sacrificar su existencia a la de su obra, y en cierta forma, como el sacerdote en la religión, el escritor hace suyo este principio: 'obedece a dios antes que a los hombres', en lo que respecta a los seres humanos entre quienes se halla confinado por sus deseos y necesidades humanas." He releído varias veces este párrafo, y ahora, aquí, en este bar invadido de jóvenes de largas cabelleras rizadas y ternos muy entallados y camisas celestes y rosadas y corbatas de flores y capas —uno piensa que está ocurriendo algo que podría llamarse "el desquite de Oscar Wilde" en la puritana Londres— lo tengo de nuevo muy presente. ¿No hubiera podido firmar, sin cambiar una coma, este mismo texto, Flaubert? El solitario de Croisset, el titánico y laborioso Flaubert ¿no sostuvo con muy semejantes palabras esta concepción del creador y de lo que significa para éste su obra?

Ha oscurecido ya en Dean Street y, como es sábado, una compacta muchedumbre viene y va por las aceras, curiosa y lenta, observando las vitrinas de los restaurantes exóticos, de los quioscos de pornografía, de las casas de cita disfrazadas, de los locales de cine negro y *strip-tease*. Yo me he detenido ante las ventanitas mellizas y, al instante, tres o cuatro transeúntes se detienen también y ansiosamente miran: ¿qué terribles imágenes les gustaría ver? Pero las persianas de esta casa están corridas y, defraudados, se van. Yo también me voy y ahora ya no me parece lamentable que a nadie se le haya ocurrido poner una seña del paso de Marx por Dean Street.

Londres, noviembre 1966

## LAS BELLAS IMÁGENES
## DE SIMONE DE BEAUVOIR

La novela existencialista tuvo una vida brillante aunque algo efímera. Nació en 1938, con *La náusea*, de Sartre, y durante unos quince años fue la tendencia dominante en la narrativa francesa. Su fecha de defunción se sitúa aproximadamente en 1954, año de la aparición de la mejor novela de este movimiento, su canto de cisne: *Los mandarines*, de Simone de Beauvoir. Admirablemente se describe en ella el fracaso de una generación de intelectuales lúcidos y honestos, que creyeron en una literatura "comprometida", capaz de desempeñar una función política inmediata en su sociedad, y a los que la guerra fría, el maccarthismo, Corea, las guerras coloniales y la impotencia de la izquierda ante las fuerzas conservadoras que se han instalado en el poder en casi toda Europa desengañaron brutalmente. Durante quince años los más dotados, los más serios escritores franceses estrenaron dramas, publicaron novelas, artículos, ensayos, tratando de formar una conciencia progresista, defendiendo los ideales generosos de la Resistencia. Este hermoso esfuerzo serviría de poca cosa y quedaría en cierto modo destruido con la aventura imperialista de Suez y el apenas disimulado cuartelazo de mayo que pone fin a la cuarta República. Además de decepcionada, esta generación se ha dividido cuando aparece *Los mandarines*: la ruptura entre Sartre y Camus, primero, y luego entre Sartre y Merleau-Ponty debilita el formidable equipo inicial de *Les Temps Modernes*. La novela deja de ser el género preferido por los existencialistas; Sartre interrumpe *Los caminos de la libertad*, cuyo tomo final no aparecerá nunca; la vena narrativa de Camus se adelgaza lastimosamente después de *El extranjero* y *La peste* (sus relatos posteriores, así como su tercera novela, son ejercicios de estilo sin vuelo);

incluso Genet, a quien con algún esfuerzo puede incluirse dentro de los narradores existencialistas, deserta el género después de escribir *Le journal du voleur*. En poco tiempo, un puñado de novelistas apolíticos y formalistas reemplaza en el primer plano de la actualidad literaria francesa, a los escritores de la liberación. Desde hace diez años nadie disputa la vanguardia narrativa en Francia a ese grupo disímil conformado, entre otros, por Robbe-Grillet, Nathalie Sarraute, Butor, Beckett, pese a que los ingeniosos experimentos a que se dedican muestran cada vez mayores síntomas de atonía.

Las muertes de Camus y Merleau-Ponty reducen la plana mayor del existencialismo literario francés a dos nombres (Gabriel Marcel, pese a sus tentativas dramáticas, nunca fue, propiamente, un creador): Sartre y Simone de Beauvoir. Sartre escribe algunos dramas, pero su obra principal será en el futuro filosófica y política. Simone de Beauvoir narra sus viajes (a China, a Estados Unidos) en libros que están a medio camino del reportaje y del ensayo; luego, emprende la redacción de sus memorias: tres tomos sólidamente construidos que describen, con inteligencia, valentía y hondura, la emancipación de una muchacha del mundo burgués en el que ha nacido, su empeñosa lucha por vencer los tabúes y prejuicios que una clase mantiene aún sobre "el segundo sexo". *Una muerte muy dulce*, breve relato de la agonía y muerte de la madre de Simone de Beauvoir, es como un apéndice de esas memorias.

Trece años después de *Los mandarines*, Simone de Beauvoir publica ahora una nueva novela (la quinta): *Les belles images*. Se trata de un libro ceñido y excelente que, desde sus primeras páginas, disipa los temores —formulados por alguien antes de la aparición del libro— de que esta novela, luego de ese frenético afán de búsqueda de nuevas formas y audacias estilísticas puesto de moda por los autores del "noveau roman", empañara el prestigio narrativo que dio a Simone de Beauvoir *Los mandarines* y la mostrara, como novelista, anticuada. Nada de eso: *Les belles images*, aunque fiel en su contenido a los postulados existencialistas del "compromiso", es un libro que no debe nada a la técnica tradicional y que, más bien, está cerca, en su escritura y estructura, de la novela experimental. Es tal vez su mayor mérito: aprovechar, para dar mayor relieve a una materia narrativa de gran significación, ciertas formas y métodos expresivos que en otros autores resultaban artificiosos y cargantes por la pobreza de los asuntos que trataban.

*Les belles images* está escrito en el presente del indicativo como una novela de Robbe-Grillet; tiene la austeridad descriptiva —frases muy breves, una mínima alusión basta para presentar un paisaje, un personaje— de un relato de Marguerite Duras, y utiliza un diálogo de "doble fondo", como suele hacerlo Nathalie Sarraute para mostrar la subjetividad de sus héroes (llamémoslos así). Pero aunque es evidente que Simone de Beauvoir ha leído con detenimiento a estos autores y aprovechado sus técnicas, sería exagerado decir que los imita. Sus propósitos son muy distintos, incluso contradicen los de aquéllos. El objetivo primordial de *Les belles images* es mostrar, a través de una ficción, la alienación de la mujer en una gran sociedad de consumo moderna; describir la despersonalización del ser humano, su sutil mudanza en robot, en el seno de una sociedad en la que los que Marx llamó "fetiches" —el dinero, la publicidad, la técnica— han pasado de ser instrumentos al servicio del hombre a instrumentos de esclavización de los hombres. Desde luego que Simone de Beauvoir no es la primera en abordar el tema de la "alienación" o "enajenación" en los países industrializados: la literatura y el cine contemporáneos están contaminados profundamente de este problema (que, por ejemplo, aparece una y otra vez en las películas de Antonioni y de Jean-Luc Godard). La diferencia está, más bien, en que, en tanto que otros autores se complacen en describir los síntomas o manifestaciones de esta alienación, e, incluso, alborozadamente contribuyen con sus propias obras a fomentarla, Simone de Beauvoir toma distancia frente al tema, adopta ante él una postura crítica y trata de combatirlo.

Este peligro, aunque real, es difícilmente detectable, por las formas agradables que adopta. El personaje central de *Les belles images*, Laurence —mujer joven, casada con un arquitecto, empleada de una agencia de publicidad— lo presiente oscuramente, intuye que está anclado en su vida, pero no logra identificarlo ni sacárselo de encima. Ella siente que algo, no sabe qué, está royendo a cada instante esa existencia suya que, en apariencia, transcurre sin grandes sobresaltos, en una atmósfera holgada, hecha de "bellas imágenes" —un departamento elegante, reuniones sociales, viajes—, semejantes a las que debe fabricar a diario a fin de ganar clientes para los productos de las firmas industriales. Su marido la quiere y la respeta; su trabajo le gusta; sus hijas son listas y graciosas; los ingresos familiares le permiten vivir bien. ¿Por qué no es feliz, entonces? Para traer un poco de excitación y aventura a esa vida tan apacible, Laurence recurre al adulterio; pero, al poco tiempo, descubre que su relación con Lucien, un compañero de trabajo tan correcto, afectuoso e inteligente como Jean Charles, su marido, no la libera de la mansa monotonía matrimonial, no hace más que prolongar ésta, duplicarla. Frustrada, Laurence rompe con Lucien. Se refugia entonces en su padre, un modesto empleado del Congreso, a quien su madre, Dominique, una mujer ambiciosa y ejecutiva que ha escalado altas posiciones en la televisión, abandonó años atrás por su falta de ambiciones. Laurence ve en su padre, que vive recluido entre libros y discos, un ejemplo, una excepción, algo diferente a su mundo convencional y vacío, y está dispuesta a creer que su padre tiene razón cuando acusa a la "civilización" de haber hecho infelices a los hombres, de haberlos arrancado a la alegría sencilla de la vida primitiva. Pero en un viaje a Grecia, acompañando a su padre, Laurence descubrirá que la miseria no tiene nada de sano y placentero y que es sencillamente atroz. Por lo demás, tampoco es cierto que la lectura y el arte basten para ser feliz; la reconciliación de su padre y Dominique, cuando ésta es abandonada por su amante, muestra a Laurence que aquél estaba harto de la soledad y dispuesto a cualquier cosa —incluso a aceptar la vida frívola— para librarse de ella.

"¿Por qué no soy como los demás?", se pregunta Laurence a cada instante. Porque ella, todo el tiempo, se descubre diciendo cosas que no piensa, actuando sin convicción, simulando lo que no siente, exhibiendo ante el mundo una personalidad que no es la suya. ¿En qué momento surgió en su vida esa incomprensible duplicidad? ¿Por qué no fue la mujer que debió ser y es ahora este ser extraño a sí mismo? Trata de rebelarse pero sólo muy vagamente porque no sabe muy bien contra qué ni cómo hacerlo: los manotazos de ciego en el vacío sólo sirven, a la larga, para agravar su malestar. Ella quisiera "ser para sí misma una presencia amiga, un hogar que irradia calor", y, en cambio, tiene la sensación de ser una sonámbula que evoluciona en un mundo "liso, higiénico, rutinario". Al final del libro, Laurence decide educar a sus hijas de una manera distinta a la exigida por las convenciones de su mundo, darles una posibilidad de salvarse. "¿Qué posibilidad? Ni siquiera lo sabe."

Simone de Beauvoir concluye con esa lúgubre frase la tragedia de Laurence, la tragedia de un mundo paradójico en el que el más alto desarrollo de la ciencia y de la técnica, la proliferación y abundancia de bienes, en vez de aminorar, aumentan la infelicidad humana. Desde luego que el libro no es un alegato contra el progreso, un manifiesto oscurantista contra las máquinas. Es un llamado de atención en favor del hombre, que debe ser siempre el objetivo esencial del progreso, el amo y beneficiario de esas prodigiosas máquinas modernas y no su víctima. Para los lectores latinoamericanos el problema que describe Simone de Beauvoir en su novela es todavía algo borroso, pues los peligros que amenazan a una sociedad que ha alcanzado, gracias a la técnica, el bienestar material, no se ciernen aún sobre nuestros países, aquejados de males más primarios. Pero conviene tener presente lo engañoso de esas bellas imágenes y estar conscientes

de lo irrisorio de un progreso que atienda a la satisfacción de ciertas necesidades humanas y olvide otras.
El progreso de los hombres, parece decirnos Simone de
Beauvoir, será simultáneamente material, intelectual
y moral o, sencillamente, no será.

Londres, febrero 1967

# LA CENSURA EN LA URSS Y
## ALEXANDR SOLZHENITSIN

Los reproches que la señora Svetlana Stalin ha
hecho a las autoridades soviéticas por su política cultural no pueden ser tomados muy en serio, como tampoco su conversión religiosa y su brusca adhesión al
sistema "democrático". Su caso se parece demasiado
a esos turbios casos, que proliferaron durante los años
críticos de la guerra fría, de personajes que "elegían la
libertad", se refugiaban en Occidente y escribían auto-
biografías envenenadas de ataques a la URSS que repe-
tían escrupulosamente (a veces aumentándolos hasta
extremos risibles) los *slogans*, ucases y diatribas de la
prensa anti-comunista más reaccionaria y chúcara. Tal
vez yo sea injusto y, efectivamente, la señora Svetlana
Stalin haya sentido en su corazón, una mañana, al des-
pertarse, el llamado simultáneo de Dios y del liberalismo, pero las circunstancias en que se produjo su
fuga espectacular, su conducta en Nueva York, sus declaraciones y el provecho que, con su anuencia, están
sacando de todo ello los enemigos del socialismo, justifican las mayores dudas sobre su sinceridad.

Es muy distinto, en cambio, el caso de Alexandr
Solzhenitsin. La carta que envió a los delegados del
IV Congreso de Escritores soviéticos —que se celebró
en Moscú del 22 al 25 de mayo—, y que ha sido reproducida en un órgano tan responsable como *Le Monde*
(31 de mayo), contiene cargos tan graves y tan sólidamente fundamentados contra la política cultural de las
autoridades soviéticas que no pueden dejar de alarmar
y apenar a ningún escritor, y sobre todo a aquellos que
estamos convencidos de los gigantescos beneficios que
trajo la revolución al pueblo ruso y ambicionamos una
solución de carácter socialista para los problemas de
nuestros propios países. Acabo de leer un despacho de la
France Presse, fechado en Moscú, informando que ochen-

ta y dos escritores soviéticos, entre ellos Evtuchenko, Voznesensky y Ehrenburg, han firmado un manifiesto pidiendo un debate público sobre el mensaje de Solzhenitsin, y ésta es la mejor prueba de la existencia de ese texto. En cuanto a la veracidad de sus informaciones, parece casi imposible albergar alguna duda: ¿cómo y por qué razón se expondría un escritor que vive en la URSS a lanzar acusaciones tan firmes y en términos tan claros si ellas pudieran ser desmentidas? La señora Svetlana Stalin, en su cómodo refugio, puede decir lo que le plazca contra la URSS sin ningún riesgo; pero Alexandr Solzhenitsin está a trescientos kilómetros de Moscú y sus críticas sólo pueden traerle problemas, en ningún caso dólares; es más que improbable que las hiciera sin un convencimiento profundo.

El mensaje de Solzhenitsin es una exposición minuciosa de los estragos que causa la censura —"que faculta a personas sin cultura a tomar medidas arbitrarias contra los escritores"— en la literatura soviética. Reprocha a la Unión de Escritores de la URSS no haber defendido a sus miembros, cuando, en la época de Stalin, fueron enviados a campos de concentración o fusilados. Pero luego de recordar los abusos cometidos en el pasado ("después del XX Congreso supimos que más de 600 escritores, inocentes de todo crimen, fueron dócilmente abandonados a su suerte en las prisiones y en los campos por la Unión") se refiere a la situación actual de la literatura. La Constitución soviética no autoriza la censura, dice, y por lo tanto ésta es ilegal. "Excelentes manuscritos de autores jóvenes, aún desconocidos, son rechazados por los editores con el único argumento de que no pasarán la censura." Debido a los censores, los escritores que quieren ver publicados sus libros se ven obligados a menudo "a capitular en lo relativo a la estructura y orientación de sus obras; a reescribir capítulos, páginas, párrafos, frases". "Lo mejor de nuestra literatura ha aparecido mutilado." La literatura, añade, no puede desarrollarse dentro de las categorías de "lo permitido" y "lo prohibido". Una literatura que no respira el mismo aire de su sociedad, que no puede mostrar a la sociedad sus temores y sus dolores, que no puede alertar a tiempo sobre los peligros morales y sociales, no merece el nombre de literatura sino de "cosméticos". Por culpa de la censura, prosigue, "nuestra literatura ha perdido la posición principal que ocupaba en el mundo a fines del siglo pasado y a principios de éste; ha perdido, también, la pasión experimental que la distinguió en los años veinte. La literatura de nuestro país aparece hoy para todo el mundo infinitamente más pobre, más chata y débil de lo que es en realidad, de lo que sería si no estuviera restringida y se le permitiera desarrollarse".

Solzhenitsin pide al IV Congreso de Escritores que "solicite y obtenga" la abolición de toda clase de censura para las obras artísticas y libere a las editoriales de la obligación de obtener permiso de las autoridades antes de publicar cualquier libro. Pide también que, en sus estatutos, la Unión de Escritores formule las garantías que debe brindar a sus miembros cuando son objeto de calumnias o persecuciones injustas, a fin de que no se repitan "las acciones ilegales" del pasado.

Luego, en los párrafos más dramáticos de su mensaje, Solzhenitsin expone su caso. "Mi novela *El primer círculo* me fue arrebatada por el servicio de seguridad del Estado, que me había prohibido presentarla a los editores. De otro lado y, en contra de mi voluntad y sin ser siquiera yo informado, esta novela fue publicada en una 'edición limitada' para que fuera leída por un seleccionado y escaso número de lectores. El libro se puso al alcance de funcionarios literarios pero apartado de la mayoría de los escritores." Añade que, junto con ese manuscrito, le fueron confiscados sus archivos literarios de 15 o 20 años, que comprendían textos que él no pensaba publicar, y que "extractos tendenciosos" de esos archivos son actualmente distribuidos en "ediciones limitadas" entre el mismo círculo selecto de funcionarios. "En los últimos 3 años se ha llevado a cabo una irresponsable campaña de calumnias contra mí. En realidad, pasé toda la guerra al mando de una batería y fui por ello condecorado. Y ahora se ha dicho que pasé los años de la guerra cumpliendo una sentencia como delincuente común o que me rendí al enemigo (en realidad, nunca fui prisionero de guerra), que traicioné a mi país o serví a los alemanes. De esta manera se trata de explicar los once años que estuve exiliado y detenido por haber criticado a Stalin." Solzhenitsin dice que trató en vano de responder a las calumnias apelando a la Unión de Escritores y a la prensa: la Unión no contestó sus cartas, los diarios no publicaron sus textos. Explica luego que su segundo libro, que fue recomendado para publicación por la sección moscovita de la Unión de Escritores, ha sido prohibido, y que sus relatos aparecidos en *Novy Mir* (*La jornada de Ivan Denissovich, La casa de Matriona*) tampoco han podido ser reunidos en libro. Al mismo tiempo, las autoridades le han prohibido "cualquier contacto con los lectores, incluidas conferencias públicas o charlas radiofónicas". "De este modo, mi obra ha sido estrangulada, deformada y dañada."

Éste es un resumen muy escueto del extenso texto, pero más que suficiente para juzgar a qué extremos absurdos, a qué injusticias, deformaciones y abusos conduce inevitablemente la pretensión de dirigir y planificar la creación por parte del Estado. La aberración de la censura literaria y artística comienza desde el momento mismo en que se establece. ¿A quiénes se pondrá al frente de este organismo? Ningún escritor medianamente digno, ningún artista que tome en serio su vocación, aceptará convertirse en un policía cultural, en un inquisidor. Serán los deshonestos, los mediocres, los frustrados, los pigmeos de las artes y las letras quienes asumirán, amparados en el anonimato casi siempre, el nauseabundo oficio de tachar, cortar, prohibir, decidir qué es inmoral, qué es incorrecto, qué obras deben ser editadas o expuestas, cuáles prohibidas. Da vértigo tratar de imaginar el número, la variedad, la negra riqueza de los argumentos empleados para demostrar que, en este caso, tal adjetivo es inadmisible y debe ser cambiado, este muslo cubierto o amputado, este personaje moralizado o políticamente mejorado y éste rebajado, envilecido un poquito más, a fin de que el lector no se confunda y sepa dónde está el bien y dónde el mal. Y no resulta difícil adivinar al invisible funcionario entronizado como censor perpetrando impunemente sus pequeñas venganzas personales, desahogando cada mañana de un plumazo, sus rencores; de un tijeretazo, sus complejos; haciéndole pagar caro en este cuadro a su mujer la pelea de la víspera, escarmentando furiosamente en este libro, en esta película, al superior que lo trató mal, al amigo que le puso cuernos. Es grotesco y también trágico.

Siempre será difícil hacer entender a los funcionarios y políticos —de cualquier país, de cualquier sistema— que la censura, aun mínima, es para la literatura un veneno mortal. Por la sencilla razón de que no hay censura mínima: si se admite una sola razón válida para prohibir un libro, al final se deberá admitir la prohibición de la literatura universal. Si el pretexto adoptado es el de la moral, no será difícil demostrar que desde *La Ilíada* hasta el *Ulises* toda las grandes obras literarias son inmorales; si es político, que son subversivas y disolventes; si es religioso, que son heterodoxas, impías, blasfemas o irreverentes. La censura fomenta la arbitrariedad y desemboca en el absurdo. Su origen es la incomprensión del acto creador, un inconfesable temor a la obra de arte, y la estúpida creencia de que un libro, un cuadro, un poema o una película no son sino instrumentos para la propaganda política o religiosa, vehículos para difundir y acuñar en la sociedad las consignas y la ideología del poder. La Iglesia católica se empeñó, durante siglos, en domesticar a los creadores y no ahorró ningún método, desde la tortura y el crimen hasta el halago y el soborno, para convertirlos en dóciles ventrílocuos: sólo consiguió enemistarse con la literatura y las artes. Las autoridades soviéticas deberían comprender esta terrible lección, jubilar cuanto antes a sus censores o destinarlos a quehaceres menos abyectos, y dejar que sus escritores se comuniquen libremente con los lectores soviéticos, que son mayores de edad hace ya tiempo y pueden juzgar sin intermediarios lo que es bueno o malo, cierto o falso, justo o injusto. Entonces la URSS podrá también exhibir ante el mundo, en el campo de la literatura, realizaciones tan magníficas como las que ha logrado en los dominios de la ciencia y de la justicia social. Porque es mentira que el socialismo esté reñido con la libertad de creación. Así lo reconoce una publicación tan poco sospechosa de izquierdismo como el *Times Literary Supplement,* que en su editorial del 8 de junio afirma: "No hay precedente en la ideología marxista de una censura semejante a la que existe en la Unión Soviética. Y quienes lo pongan en duda, que interroguen a los cubanos, cuya literatura, altamente sofisticada desde 1958, denota muy pocos signos de represión".

Londres, 1967

# LA LITERATURA ES FUEGO *

Hace aproximadamente treinta años, un joven que había leído con fervor los primeros escritos de Bretón, moría en las sierras de Castilla, en un hospital de caridad, enloquecido de furor. Dejaba en el mundo una camisa colorada y *Cinco metros de poemas* de una delicadeza visionaria singular. Tenía un nombre sonoro y cortesano, de virrey, pero su vida había sido tenazmente oscura, tercamente infeliz. En Lima fue un provinciano hambriento y soñador que vivía en el barrio del Mercado, en una cueva sin luz, y cuando viajaba a Europa, en Centroamérica, nadie sabe por qué, había sido desembarcado, encarcelado, torturado, convertido en una ruina febril. Luego de muerto, su infortunio pertinaz, en lugar de cesar, alcanzaría una apoteosis: los cañones de la guerra civil española borraron su tumba de la tierra, y, en todos estos años, el tiempo ha ido borrando su recuerdo en la memoria de las gentes que tuvieron la suerte de conocerlo y de leerlo. No me extrañaría que las alimañas hayan dado cuenta de los ejemplares de su único libro, enterrado en bibliotecas que nadie visita, y que sus poemas, que ya nadie lee, terminen muy pronto trasmutados en "humo, en viento, en nada", como la insolente camisa colorada que compró para morir. Y, sin embargo, este compatriota mío había sido un hechicero consumado, un brujo de la palabra, un osado arquitecto de imágenes, un fulgurante explorador del sueño, un creador cabal y empecinado que tuvo la lucidez, la locura necesarias para asumir su vocación de escritor como hay que hacerlo: como una diaria y furiosa inmolación.

Convoco aquí, esta noche, su furtiva silueta nocturna, para aguar mi propia fiesta, esta fiesta que han hecho

* Discurso pronunciado en Caracas, al recibir el Premio Rómulo Gallegos, el 11 de agosto de 1967.

posible, conjugados, la generosidad venezolana y el nombre ilustre de Rómulo Gallegos, porque la atribución a una novela mía del magnífico premio creado por el Instituto Nacional de Cultura y Bellas Artes como estímulo y desafío a los novelistas de lengua española y como homenaje a un gran creador americano, no sólo me llena de reconocimiento hacia Venezuela; también, y sobre todo, aumenta mi responsabilidad de escritor. Y el escritor, ya lo saben ustedes, es el eterno aguafiestas. El fantasma silencioso de Oquendo de Amat, instalado aquí, a mi lado, debe hacernos recordar a todos —pero en especial a este peruano que ustedes arrebataron a su refugio del Valle del Canguro, en Londres, y trajeron a Caracas, y abrumaron de amistad y de honores— el destino sombrío que ha sido, que es todavía en tantos casos, el de los creadores en América Latina. Es verdad que no todos nuestros escritores han sido probados al extremo de Oquendo de Amat; algunos consiguieron vencer la hostilidad, la indiferencia, el menosprecio de nuestros países por la literatura, y escribieron, publicaron y hasta fueron leídos. Es verdad que no todos pudieron ser matados de hambre, de olvido o de ridículo. Pero estos afortunados constituyen la excepción. Como regla general, el escritor latinoamericano ha vivido y escrito en condiciones excepcionalmente difíciles, porque nuestras sociedades habían montado un frío, casi perfecto mecanismo para desalentar y matar en él la vocación. Esa vocación, además de hermosa, es absorbente y tiránica, y reclama de sus adeptos una entrega total. ¿Cómo hubieran podido hacer de la literatura un destino excluyente, una militancia, quienes vivían rodeados de gentes que, en su mayoría, no sabían leer o no podían comprar libros, y en su minoría, no les daba la gana de leer? Sin editores, sin lectores, sin un ambiente cultural que lo azuzara y exigiera, el escritor latinoamericano ha sido un hombre que libraba batallas sabiendo desde un principio que sería vencido. Su vocación no era admitida por la sociedad, apenas tolerada; no le daba de vivir, hacía de él un productor disminuido y *ad-honorem*. El escritor en nuestras tierras ha debido desdoblarse, separar su vocación de su acción diaria, multiplicarse en mil oficios que lo privaban del tiempo necesario para escribir y que a menudo repugnaban a su conciencia y a sus convicciones. Porque, además de no dar sitio en su seno a la literatura, nuestras sociedades han alentado una desconfianza constante por este ser marginal, un tanto anómalo, que se empeñaba, contra toda razón, en ejercer un oficio que en la circunstancia latinoamericana resultaba casi irreal. Por eso nuestros escritores se han frustrado por docenas, y han desertado su vocación, o la han traicionado, sirviéndola a medias y a escondidas, sin porfía y sin rigor.

Pero es cierto que en los últimos años las cosas empiezan a cambiar. Lentamente se insinúa en nuestros países un clima más hospitalario para la literatura. Los círculos de lectores comienzan a crecer, las burguesías descubren que los libros importan, que los escritores son algo más que locos benignos, que ellos tienen una función que cumplir entre los hombres. Pero entonces, a medida que comience a hacerse justicia al escritor latinoamericano, o más bien, a medida que comience a rectificarse la injusticia que ha pesado sobre él, una amenaza puede surgir, un peligro endiabladamente sutil. Las mismas sociedades que exiliaron y rechazaron al escritor, pueden pensar ahora que conviene asimilarlo, integrarlo, conferirle una especie de estatuto oficial. Es preciso, por eso, recordar a nuestras sociedades lo que les espera. Advertirles que la literatura es fuego, que ella significa inconformismo y rebelión, que la razón de ser del escritor es la protesta, la contradicción y la crítica. Explicarles que no hay término medio: que la sociedad suprime para siempre esa facultad humana que es la creación artística y elimina de una vez por todas a ese perturbador social que es el escritor, o admite la literatura en su seno y en ese caso no tiene más remedio que aceptar un perpetuo torrente de agresiones, de ironías, de sátiras, que irán de lo adjetivo a lo esencial, de lo pasajero a lo permanente, del vértice a la base de la pirámide social. Las cosas son así y no hay escapatoria: el escritor ha sido, es y seguirá siendo un descontento. Nadie que esté satisfecho es capaz de escribir, nadie que esté de acuerdo, reconciliado con la realidad, cometería el ambicioso desatino de inventar realidades verbales. La vocación literaria nace del desacuerdo de un hombre con el mundo, de la intuición de deficiencias, vacíos y escorias a su alrededor. La literatura es una forma de insurrección permanente y ella no admite las camisas de fuerza. Todas las tentativas destinadas a doblegar su naturaleza airada, díscola, fracasarán. La literatura puede morir pero no será nunca conformista.

Sólo si cumple esta condición es útil la literatura a la sociedad. Ella contribuye al perfeccionamiento humano impidiendo el marasmo espiritual, la autosatisfacción, el inmovilismo, la parálisis humana, el reblandecimiento intelectual o moral. Su misión es agitar, inquietar, alarmar, mantener a los hombres en una constante insatisfacción de sí mismos: su función es estimular sin tregua la voluntad de cambio y de mejora, aun cuando para ello deba emplear las armas más hirientes. Es preciso que todos lo comprendan de una vez: mientras más duros sean los escritos de un autor contra su país, más intensa será la pasión que lo una a él. Porque en el dominio de la literatura la violencia es una prueba de amor.

La realidad americana, claro está, ofrece al escritor un verdadero festín de razones para ser un insumiso y vivir descontento. Sociedades donde la injusticia es ley, paraísos de ignorancia, de explotación, de desigualdades cegadoras, de miseria, de alienación económica, cultural y moral, nuestras tierras tumultuosas nos suministran materiales ejemplares para mostrar en ficciones, de manera directa o indirecta, a través de hechos, sueños, testimonios, alegorías, pesadillas o visiones, que la realidad está mal hecha, que la vida debe cambiar. Pero dentro de diez, veinte o cincuenta años habrá llegado a todos nuestros países, como ahora a Cuba, la hora de la justicia social y América Latina entera se habrá emancipado del imperio que la saquea, de las castas que la explotan, de las fuerzas que hoy la ofenden y reprimen. Yo quiero que esa hora llegue cuanto antes y que América Latina ingrese de una vez por todas en la dignidad y en la vida moderna, que el socialismo nos libere de nuestro anacronismo y nuestro horror. Pero cuando las injusticias sociales desaparezcan, de ningún modo habrá llegado para el escritor la hora del consentimiento, la subordinación o la complicidad oficial. Su misión seguirá, deberá seguir siendo la misma; cualquier transigencia en este dominio constituye, de parte del escritor, una traición. Dentro de la nueva sociedad, y por el camino que nos precipiten nuestros fantasmas y demonios personales, tendremos que seguir, como ayer, como ahora, diciendo no, rebelándonos, exigiendo que se reconozca nuestro derecho a disentir, mostrando, de esa manera viviente y mágica como sólo la literatura puede hacerlo, que el dogma, la censura, la arbitrariedad son también enemigos mortales del progreso y de la dignidad humana, afirmando que la vida no es simple ni cabe en esquemas, que el camino de la verdad no siempre es liso y recto, sino a menudo tortuoso y abrupto, demostrando con nuestros libros una y otra vez la esencial complejidad y diversidad del mundo y la ambigüedad contradictoria de los hechos humanos. Como ayer, como ahora, si amamos nuestra vocación, tendremos que seguir librando las treinta y dos guerras del coronel Aureliano Buendía, aunque, como a él, nos derroten en todas.

Nuestra vocación ha hecho de nosotros, los escritores, los profesionales del descontento, los perturbadores conscientes o inconscientes de la sociedad, los rebeldes con causa, los insurrectos irredentos del mundo, los insoportables abogados del diablo. No sé si está bien o si está mal, sólo sé que es así. Ésta es la condición del escritor y debemos reivindicarla tal como es. En estos años en que comienza a descubrir, aceptar y auspiciar la literatura, América Latina debe saber, también, la amenaza que se cierne sobre ella, el duro precio que tendrá que pagar por la cultura. Nuestras sociedades deben estar alertadas: rechazado o aceptado, perseguido o premiado, el escritor que merezca este nombre seguirá arrojándoles a los hombres el espectáculo no siempre grato de sus miserias y tormentos.

Otorgándome este premio que agradezco profundamente, y que he aceptado porque estimo que no exige de mí ni la más leve sombra de compromiso ideológico, político o estético, y que otros escritores latinoamericanos, con más obra y más méritos que yo, hubieron debido recibir en mi lugar —pienso en el gran Onetti, por ejemplo, a quien América Latina no ha dado aún el reconocimiento que merece—, demostrándome desde que pisé esta ciudad enlutada tanto afecto, tanta cordialidad, Venezuela ha hecho de mí un abrumado deudor. La única manera como puedo pagar esa deuda es siendo, en la medida de mis fuerzas, más fiel, más leal, a esta vocación de escritor que nunca sospeché me depararía una satisfacción tan grande como la de hoy.

Caracas, 11 agosto 1967

# CARTA AL VOCERO
## DEL PARTIDO COMUNISTA PERUANO

Lima, 28 de agosto de 1967

Señor
Edmundo Cruz V.
Director de <u>Unidad</u>
Lima

Señor Director:

En el último número de <u>Unidad</u> aparece una
entrevista que me hizo el amigo Demetrio Manfredi, y quiero agradecerle los términos cordiales
en que está presentada. Sin embargo, le rogaría
hacer una pequeña aclaración. El título de la
entrevista (''Así piensa Mario Vargas Llosa: el
escritor debe sentirse solidario con los
desposeídos y amar la revolución por sobre todas
las cosas'') me atribuye una frase que yo no dije
y que, por lo demás, contradice algo que creo.
Pienso, sí, que el escritor debe sentirse solidario con las víctimas de una sociedad, pero creo
que, si es un escritor profundamente comprometido
con su vocación, amará la literatura por encima
de todas las cosas, tal como el auténtico revolucionario ama la revolución por encima de todo lo
demás. De otro lado, siento que el amigo Manfredi
no incluyera, en la entrevista, una observación
que le hice al indicarle que ambicionaba el socialismo para mi país: la de que el régimen
socialista, cuando se instaure en el Perú, admita

la libertad de prensa y la oposición política organizada. Pienso que el derecho de disentir y de oponerse al sistema no debe ser un privilegio de los escritores, sino un derecho común a todos los miembros de una sociedad.

Muy cordialmente,

Mario Vargas Llosa

# UN CASO DE CENSURA EN GRAN BRETAÑA

Por haber publicado *El amante de Lady Chatterley*, de D. H. Lawrence, un editor inglés fue enjuiciado en 1960, bajo la acusación de haber incurrido en uno de los delitos caracterizados en la Ley de Publicaciones Obscenas, aprobada en 1959 para combatir la pornografía. El juicio, que se celebró del 20 de octubre al 2 de noviembre de ese año, concitó enorme interés en toda Gran Bretaña, dio origen a polémicas periodísticas, y concluyó con un veredicto absolutorio. Penguin Books y D. H. Lawrence quedaron redimidos de toda culpa, y esta sentencia fue celebrada como un triunfo de los partidarios de la libertad de creación sobre los espíritus anacrónicos de la era victoriana, empeñados en imponer limitaciones puritanas a la expresión literaria o artística. Se pensaba, también, que ese juicio constituiría un definitivo precedente, y que en el futuro no se repetirían esas amenazas legales contra los libros que encaran, de manera más o menos audaz, el tema sexual. Esta suposición ha resultado excesivamente optimista. La semana pasada, en efecto, concluyó en Londres un juicio semejante al de 1960 (aunque su publicidad ha sido menor), con una sentencia que justifica las mayores inquietudes sobre el futuro de la libertad de creación en Gran Bretaña.

Luego de una docena de audiencias, durante las cuales una treintena de críticos, profesores y escritores desfilaron ante un tribunal de Old Bailey, tratando de persuadir al jurado de que la novela *Last exit to Brooklyn*, del norteamericano Hubert Selby J., no es un libro obsceno sino una obra en la que el tratamiento de asuntos eróticos tiene un nivel estético elevado que impide asimilarlo a las publicaciones susceptibles de "corromper y depravar" condenadas por la ley, los jueces acabaron por aceptar la opinión del fiscal. El libro no circulará en Gran Bretaña y sus editores, Calder and

Boyars, han sido multados con cien libras, más los gastos del proceso que ascienden a quinientas libras. En realidad, el perjuicio económico que esto acarrea a los editores es muchísimo mayor, pues el libro condenado estaba ya impreso desde hacía once meses cuando, por iniciativa de un parlamentario, fue llevado a los tribunales. Para ayudar a Calder and Boyars —editores de gran prestigio, que han introducido en Gran Bretaña a la mayoría de los autores experimentalistas franceses de los últimos años— se ha constituido un Comité de Defensa de la Literatura y las Artes, en el que participan destacadas personalidades del mundo intelectual británico.

Pero las consecuencias de la sentencia son mucho más amplias. Se trata de un precedente amenazador que ha sembrado el desconcierto en las casas editoriales inglesas. Una encuesta realizada por *The Observer* revela, hoy, que apenas conocido el fallo del tribunal contra *Last exit to Brooklyn*, varios editores decidieron realizar una investigación para determinar "qué elemento particular del libro —si su lenguaje, su violencia, su tratamiento de la homosexualidad o su realismo erótico— había llevado al jurado a condenarlo". Al mismo tiempo, algunos editores han decidido suspender provisionalmente la impresión de ciertos libros de tema "osado", para realizar consultas legales que los protejan contra una experiencia semejante a la de Calder and Boyars. El editor Andre Deutsch, por ejemplo, ha postergado la publicación de la última novela de Norman Mailer, cuyo asunto podría ser objeto de una acción legal con argumentos parecidos a los que sirvieron para prohibir *Last exit to Brooklyn*. Una vez más queda demostrado, de esta manera, que la censura literaria nunca viene sola, sino que infaliblemente desencadena otra amenaza, más sutil y grave, contra la creación: la autocensura.

Precisamente porque en Gran Bretaña el margen de libertad de expresión y de creación es muy amplio y porque los ingleses suelen ser muy sensibles respecto a este problema —la televisión británica acaba de pasar una dramatización del juicio de Siniavsky y Daniel, en la URSS, que causó aquí una viva impresión, y el PEN

Club inglés está desarrollando una intensa campaña por su liberación, junto con la de los escritores y artistas encarcelados por la dictadura militar griega—, la prohibición de la novela de Hubert Selby J. comienza a provocar algunas reacciones muy firmes. Las protestas, sin embargo, no siempre están muy bien orientadas, pues muchas de ellas discuten la sentencia, no por lo que implica en sí misma —un duro golpe contra la libertad de creación— sino por lo contradictorio que resulta prohibir y multar un libro "pornográfico de calidad" en un país que, en cierta forma, es un verdadero paraíso para la pornografía vulgar. ¿Cómo conciliar la condena de *Last exit to Brooklyn* con la existencia, en el solo barrio londinense de Soho, de veinte librerías especializadas en vender diapositivas, fotos, revistas y novelitas del más chato y desenfrenado erotismo masturbatorio? Un diario publica una circular de propaganda, distribuida por una de esas librerías, el mismo día que el tribunal fallaba contra el libro de Hubert Selby J., y en la que el librero se complace en anunciar a su clientela una selecta colección de publicaciones recientes sobre sadismo, masoquismo, fetichismo, ninfomanía, pederastia y necrofilia.

Quienes utilizan este argumento incurren, sin darse cuenta, en el mismo prejuicio de los jueces que condenaron *Last exit to Brooklyn*, pues admiten también el principio de la censura, sólo que "bien aplicada". Un libro que por su calidad estética constituye una obra de arte, parecen pensar, no puede ser prohibido aun cuando trate los temas más escabrosos; sólo las obras sin altura imaginativa y sin dignidad estilística, claramente mercantiles, deberían ser prohibidas. Este criterio, aparentemente equilibrado, triunfó cuando la novela sentada en el banquillo de los acusados fue *El amante de Lady Chatterley*. Obra de un muerto ilustre, instalado ya en el panteón de las figuras patrias de la literatura, con una impresionante bibliografía crítica a su favor, la defensa no tuvo dificultad en demostrar que el puñado de episodios fálicos que aparecen en la novela, tenían la dignidad estética suficiente para "no corromper ni depravar", y que, al escribir *El amante de Lady Chatterley*, las intenciones del autor fueron "artísticas", no malsanas.

La novela de Selby no tiene ni el prestigio ni la calidad de la novela de Lawrence; aunque es obvio que no se trata de un libro comercial, sus logros estéticos son muy limitados. Y, de otro lado, su agresividad y sus excesos sexuales van muchísimo más allá de las estampas de erotismo pagano de *El amante de Lady Chatterley*. El libro describe la vida de un miserable suburbio neoyorquino en el que la violencia más ígnea lo impregna todo: los gestos, los diálogos, las acciones. Los habitantes de este infierno urbano buscan una salida a través del sexo; los episodios homosexuales y heterosexuales se suceden, monótonamente atroces, sin que hasta la última línea de la novela aparezca, una sola vez, un asomo de compasión, de ternura, de sentimiento. Se trata de una humanidad zoológica, privada de todo atributo humano, que se autodestruye apocalípticamente ante los ojos glaciales del narrador. Esta indiferencia frente al horror que describe provoca en el lector un movimiento de irritación, primero, luego de franca antipatía. Pese a los meritorios esfuerzos de los críticos y profesores por demostrar durante el juicio que la novela de Selby pertenece a un linaje de "obras implacables que describen el mal con aparente frialdad para provocar en el lector una saludable toma de conciencia" (tradición en la que se hallarían las novelas de Dickens y de Dostoievski), los jueces, que se vieron obligados a leer el libro de corrido, encerrados en un cuarto, acabaron por ceder a su impresión de lectores irritados y frustrados. Creían, tal vez de buena fe, condenar la "inmoralidad" del libro; en realidad, estaban condenando su mediocridad.

La "calidad artística" de un libro es algo que se percibe muy nítidamente, pero se trata de algo indemostrable en términos prácticos. El empeño del abogado defensor, durante el juicio a *Last exit to Brooklyn*, por mostrar, mediante complicadas argumentaciones filológicas, que las palabrotas de la novela no son palabrotas, resultó, a ratos, algo cómico. Él hizo lo que pudo, desde luego. Pero las protestas contra la sentencia no hacen sino agravar el malentendido si se limitan a reprochar a los jueces haber interpretado mal las intenciones del libro. Las consecuencias sociales que puede tener una novela no dependen jamás de los propósitos que impulsaron al autor a escribirla, y de otro lado juzgar la literatura por el efecto positivo o negativo que pueda causar en la moral o la conducta de los lectores significa no entender en absoluto lo que es la literatura, o entenderlo exactamente al revés. Las novelas dan una representación verbal de lo que la sociedad es y lo que hay en ellas de exceso, corrupción o violencia es un reflejo, un resultado de los excesos, corrupciones o violencias que vive una realidad: en ningún caso su causa. Son las sociedades las que determinan la moralidad o la inmoralidad de una literatura, son los hombres los que envilecen o embellecen a los libros. La protesta legítima, por eso, no debería ser contra la censura del libro de Selby, sino contra la censura a secas.

Londres, noviembre 1967

## LITERATURA Y EXILIO

Cada vez que un escritor latinoamericano residente en Europa es entrevistado, una pregunta asoma, infalible, en el cuestionario: "¿Por qué vive fuera de su país?" No se trata de una simple curiosidad; en la mayoría de los casos, la pregunta enmascara un temor o un reproche. Para algunos, el exilio físico de un escritor es literariamente peligroso, porque la falta de contacto directo con la manera de ser y la manera de hablar (es casi lo mismo) de las gentes de su propio país, puede empobrecer su lengua y debilitar o falsear su visión de la realidad. Para otros, el asunto tiene una significación ética: elegir el exilio sería algo inmoral, constituiría una traición a la patria. En países cuya vida cultural es escasa o nula, el escritor —piensan estos últimos— debería permanecer y luchar por el desarrollo de las actividades intelectuales y artísticas, por elevar el nivel espiritual del medio; si en vez de hacerlo, prefiere marcharse al extranjero, es un egoísta, un irresponsable o un cobarde (o las tres cosas juntas).

Las respuestas de los escritores a la infalible pregunta suelen ser muy variadas: vivo lejos de mi país porque el ambiente cultural de París, Londres o Roma me resulta más estimulante; o porque a la distancia tengo una perspectiva más coherente y fiel de mi realidad que inmerso en ella; o, simplemente, porque me da la gana. (Hablo de los exiliados voluntarios, no de los deportados políticos.) En realidad, todas las respuestas se pueden resumir en una sola: porque escribo mejor en el exilio. *Mejor*, en este caso, es algo que debe entenderse en términos psicológicos, no estéticos; quiere decir con 'más tranquilidad' o 'más convicción'; si lo que escribe en el exilio tiene mayor calidad de lo que hubiera escrito en su propio país, es algo que nadie podrá saber jamás. En cuanto al temor de que el alejamiento físico de su realidad perjudique, a la larga, su propia obra, el escritor de vocación fantástica puede decir que la realidad que describen sus ficciones se desplaza con él por el mundo, porque sus héroes bicéfalos, sus rosas carnívoras y sus ciudades de cristal, proceden de sus fantasías y de sus sueños, no del escrutinio del mundo exterior. Y añadir que la falta de contacto diario con el idioma de sus compatriotas no lo afecta en absoluto: él aspira a expresarse en una lengua desprovista de todo color local, abstracta, exótica incluso, inconfundiblemente personal, que puede lograr a base de lecturas.

El escritor de vocación realista debe recurrir a los ejemplos. Sólo en el caso de la literatura peruana es posible enumerar una larga e ilustre serie de libros que describen el rostro y el alma del Perú con fidelidad y con belleza, y que fueron escritos por hombres que llevaban ya varios años de destierro. Treinta en el caso de los *Comentarios reales* del Inca Garcilaso; por lo menos doce en el de los *Poemas humanos* de Vallejo. La distancia, en el espacio y en el tiempo, no enfrió ni desquició en estos dos casos —tal vez los más admirables de la literatura peruana— la visión de una realidad concreta, que aparece traspuesta en esa crónica y en esos poemas de manera esencial. En la literatura americana los ejemplos son todavía más abundantes: aunque el valor literario de las odas de Bello sea discutible, su rigor botánico y zoológico no lo es, y la flora y la fauna que rimó de memoria, en Londres, corresponden a las de América; Sarmiento escribió sus mejores ensayos sobre su país —*Facundo* y *Recuerdos de provincia*— lejos de Argentina; nadie pone en duda el carácter profundamente nacional de la obra de Martí, escrita en sus cuatro quintas partes en el destierro; ¿y el realismo costumbrista de las últimas novelas de Blest Gana, concebidas varias décadas después de llegar a París, es menos fiel a la realidad chilena que el de los libros que escribió en Santiago? Asturias descubrió el mundo mágico de su país en Europa; los libros más anecdóticamente argentinos de Cortázar están escritos en París.

Ésta es una simple enumeración de ejemplos y la estadística no constituye en este caso un argumento, sólo un indicio. ¿Indicio de que el exilio no perjudica la capacidad creadora de un escritor y de que la ausencia física de su país no determina un desgaste, un deterioro, en la visión de su realidad que trasmiten sus libros? Cualquier generalización sobre este tema naufraga en el absurdo. Porque no sería difícil, sin duda, dar numerosos ejemplos contrarios, mostrando cómo, en sinnúmero de casos, al alejarse de su país, hubo escritores que se frustraron como creadores o que escribieron libros que deformaban el mundo que pretendían describir. A esta contra-estadística —estamos en el absurdo ya— habría que responder con otro tipo de ejemplos, que mostraran los incontables casos de escritores que, sin haber puesto nunca los pies en el extranjero, escribieron mediocre o inexactamente sobre su país. Pero ¿y aquellos escritores de talento probado que, sin exiliarse, escribieron obras que no reflejan la realidad de su país? José María Eguren no necesitó salir del Perú para describir un mundo poblado de hadas y enigmas nórdicos (como el boliviano Jaimes Freyre), y Julián del Casal, instalado en Cuba, escribió sobre todo acerca de Francia y del Japón. No se exiliaron corporalmente, pero su literatura puede llamarse exiliada, con la misma justicia con que puede llamarse literatura arraigada la de los exiliados Garcilaso o Vallejo.

Lo único que queda probado es que no se puede probar nada en este dominio y que, por lo tanto, en términos literarios, el exilio no es un problema en sí mismo. Es un problema individual, que en cada escritor adopta características distintas y tiene, por lo mismo, consecuencias distintas. El contacto físico con la propia realidad nacional no presupone nada, desde el punto de vista de la obra: no determina ni los temas, ni el vuelo imaginativo, ni la vitalidad del lenguaje en un escritor. Exactamente lo mismo ocurre con el exilio. La ausencia física del país se traduce, en algunos casos, en obras que testimonian con exactitud sobre dicha realidad, y en otros casos, en obras que dan una visión mentirosa o alienada de ella. La evasión o el arraigo de una obra, como su perfección o imperfección, no tienen nada que ver con el domicilio geográfico de su autor.

Queda, sin embargo, el reproche moral que algunos hacen al escritor que se exilia. ¿No muestran un desapego hacia lo propio, una falta de solidaridad con los dramas y los hombres de su país los escritores que desertan de su patria? Esta pregunta entraña una idea confusa y un tanto desdeñosa de la literatura. Un escritor no tiene otra manera mejor de servir a su país que escribiendo con el máximo rigor, con la mayor honestidad, de que es capaz. Un escritor demuestra su rigor y su honestidad poniendo su vocación por encima de todo lo demás y organizando su vida en función de su trabajo creador. La literatura es su primera lealtad, su primera responsabilidad, su primordial obligación. Si escribe mejor en su país, debe quedarse en él; si escribe mejor en el exilio, marcharse. Es posible que su ausencia prive a su sociedad de un hombre que, tal vez, la hubiera servido eficazmente como periodista, profesor o animador cultural; pero también es posible que ese periodista, profesor o animador cultural la esté privando de un escritor. No se trata de saber qué es más importante, más útil: una vocación (y menos la de escritor) no se decide auténticamente con un criterio comercial, ni histórico, ni social, ni moral. Es posible que un joven que abandona la literatura para dedicarse a enseñar o para hacer la revolución, sea ética y socialmente más digno de reconocimiento que ese otro, egoísta, que sólo piensa en escribir. Pero desde el punto de vista de la literatura, aquel generoso no es de ningún modo un ejemplo, o en todo caso se trata de un mal ejemplo, porque su nobleza o su heroísmo constituyen, también, una traición. Quienes exigen del escritor una conducta determinada (que no exigen, por ejemplo, de un médico o de un arquitecto), en realidad, manifiestan una duda esencial sobre la utilidad de su vocación. Juzgan al escritor por sus costumbres, sus opiniones o su domicilio, y no por lo único que puede ser juzgado, es decir por sus libros, porque tienden a valorar éstos en función de su vida, cuando debía ser exactamente lo contrario. En el fondo, descreen de la utilidad de la literatura, y disimulan este escepticismo detrás de una sospechosa vigilancia (estética, moral, política) de la vida del escritor. La única manera de despejar cualquier duda de esta índole, sería demostrando que la literatura sirve para algo. El problema seguirá intacto, sin embargo, porque la utilidad de la literatura, aunque evidente, es también inverificable e indemostrable en términos prácticos.

Londres, enero 1968

# LUZBEL, EUROPA Y OTRAS CONSPIRACIONES

Quisiera comentar brevemente los textos de Óscar Collazos que ha publicado *Marcha*. Su interés me parece indudable, por los temas que plantean y por la notoria buena fe con que Collazos expone sus dudas y sus convicciones sobre los problemas que lo preocupan. Éstos son dos, según él mismo, y frente al primero resume así su intención: "Reaccionar contra un estado artificial creado por un aparato editorial que a la confusión del nuevo lector ha agregado la imposición arbitraria e indiscriminada de productos literarios. Es innegable que, amparándose en la importancia y representatividad de un coherente grupo de autores, se ha estado creando la engañosa visión de un apogeo que parece sumir a lectores y consumidores en la ilusión de que todas las cosas están de maravilla, después de nosotros el diluvio, porque en mi reino no se oculta la diaria genialidad". Confieso que no acabo de entender exactamente el peligro que la cita denuncia. Que en los últimos años la narrativa latinoamericana ha encontrado una audiencia mayor en el público lector, que la obra de algunos autores ha contribuido a ello, que esto ha llevado a los editores a promover el lanzamiento y la circulación de los libros con más ruido que antaño, es, desde luego, evidente. Que este proceso es algo caótico, porque la publicidad y la crítica no hacen siempre justicia a los mejores y a veces exaltan obras mediocres o pasan al costado de libros importantes, es algo inevitable. En el dominio esencialmente ambiguo de los valores literarios no hay manera posible de poner de acuerdo a todo el mundo, y la diversidad de opiniones, con todo el margen de errores y de absurdos que autoriza, es en última instancia fecunda, y ciertamente preferible a una unanimidad que sólo se podría alcanzar en este dominio mediante métodos burocráticos o policiales, y que sería, por lo mismo, todavía más artificial que el heterogéneo desorden que alarma a Collazos. ¿Qué quiere decir "se está creando la engañosa visión de un apogeo"? Que la novela latinoamericana vive una especie de "apogeo" respecto de su tradición, es, pienso, un hecho objetivamente cierto, aunque claro que sería tonto sacar de ello conclusiones a largo plazo. No hay manera de predecir con un mínimo de exactitud lo que ocurrirá con la narrativa latinoamericana dentro de veinte años: puede ser que este auge se prolongue y enriquezca con escritores más originales y profundos, o puede ser que cese y otros géneros sustituyan a la narrativa en la vanguardia creadora en América Latina. Que Collazos no crea en este apogeo lo comprendo y lo acepto, pero que detecte en quienes sí creen en él una suerte de misteriosa conspiración política reaccionaria me parece un razonamiento digno de un fraile medieval cazador de brujas, o, para ser más modernos, un ejemplo de lo que Salvador Clotas ha llamado, en un inteligente ensayo, "la imaginación esquizofrénica". La campaña para convencer a los lectores de la "genialidad" de ciertos novelistas ¿cuál es? Es verdad que, hasta hace algún tiempo, la crítica parecía unánime en la alabanza de esos autores que llaman del *boom*, pero ahora, muy explicablemente, ha venido una reacción y la moda predominante es la de tratar de torcerle el pescuezo al *boom* entero. Creo que no hay nada inquietante en estos vaivenes, sino todo lo contrario: que la obra de los narradores latinoamericanos contemporáneos despierte entusiasmo e irritación y que concite polémicas que desbordan los círculos intelectuales, es un síntoma de vitalidad literaria sumamente alentador.

El segundo problema que Collazos se plantea, en cambio, ofrece un ancho campo para la reflexión y la discusión: "Esbozar una preocupación alrededor de las posibilidades de un casamiento entre nuestro aparato conceptual y nuestra propia obra, de manera que tras esta comunión empiece a borrarse la perspectiva de una escisión que a lo largo de nuestra historia literaria hace posible, por ejemplo, que un Chocano sea un buen poeta modernista y también un sucio lacayo de Estrada Cabrera". El problema es real, pero no latinoamericano, sino universal y viejo como la literatura, y puede formularse más sencillamente: ¿es posible y deseable que haya una identidad total entre la obra creadora de un escritor y su ideología y moral personales? A Collazos lo deprime sobremanera comprobar que, en muchos casos, hay un divorcio flagrante entre los valores implícitos en una obra literaria y los valores (o "desvalores") que objetivamente manifiesta un autor en su conducta social o política. Él quisiera eliminar esa dicotomía y ambiciona la "integralidad", es decir, la perfecta correspondencia entre acción individual y creación artística, el ajuste coherente entre la vida y la obra del escritor. Su preocupación es, sin la menor duda, muy noble, pero, en mi opinión, el mal que señala es irremediable y la única manera de abolirlo sería mediante otro mal todavía mayor. Trataré de sintetizar mi parecer a este respecto en unas pocas líneas, aunque sé que corro el riesgo de incurrir en afirmaciones esquemáticas, ya que el problema, por su extrema complejidad y ambigüedad, exigiría mucho más espacio para ser descrito. Pienso que la vocación de la literatura establece en quien la asume una inevitable dualidad o *duplicidad* (utilizo este último término, desde luego, sin la carga peyorativa con que se usa frecuentemente), porque el acto de la creación se nutre simultáneamente, en grados diversos en cada caso, de las dos fases de la personalidad del creador: la racional y la irracional, las convicciones y las obsesiones, su vida consciente y su vida inconsciente. Aun en los escritores más intelectuales, aquellos en los que el control racional sobre la tarea creadora se ejerce más rigurosamente, la obra asimila siempre materiales que proceden de esa "faz oscura" de su personalidad, y, a menudo, éstos prevalecen sobre los estrictamente racionales. Yo pienso que esos elementos inconscientes, obsesivos, que he llamado los "demonios" de un escritor (antes lo hizo Goethe, ¿no?), son los que determinan casi siempre los "temas" de una obra, y que el gobierno racional que un autor puede ejercer sobre ellos es escaso o nulo, en tanto que en el dominio específico de la forma —la elección de un lenguaje, la concepción de una estructura en que aquellos contenidos se encarnen— el factor intelectual es el preponderante. En otros términos, que en esa gaseosa y en cierto modo indeterminable, pero al mismo tiempo real, división entre contenido y forma de la obra literaria está representada esa dualidad o duplicidad humana en que ella se origina, y que es tan gaseosa, indeterminable y real como aquélla. Un escritor no es "responsable" de sus temas en el sentido en que un hombre no es "responsable" de sus sueños o pesadillas, porque no los elige libre y racionalmente, en tanto que su responsabilidad en los dominios concretos de la escritura y la estructura es total, porque allí sí puede elegir, seleccionar, buscar y rechazar, con una libertad y una racionalidad de que no goza en la elección de sus experiencias vitales, y siempre surgen en función de éstas (se le imponen) los temas de su obra. Es a esta *duplicidad* característica de la persona humana, no del escritor, a la que debemos los casos de un Balzac, partidario de la monarquía absoluta, antisemita y conformista y creador de una suma novelesca que nos parece hoy un modelo mayor de literatura realista crítica. Desde luego que se podrían citar muchos ejemplos de escritores que fueron conservadores convictos y confesos y escribieron obras progresistas, o progresistas sinceros cuyas obras postulan valores antagónicos a los que sus autores profesaron. Collazos destaca sólo los casos de divorcio político, porque es el aspecto que le importa más, pero, en realidad, las contradicciones o desavenencias entre la obra y el creador pueden rastrearse también en todos los otros dominios de la experiencia humana: la pura, casta, tierna Emily Brontë describió "el mal" con una helada exactitud que ni los narradores malditos del siglo XVIII superan, como mostró Bataille en un ensayo. Luego de escuchar una conferencia sobre su propia obra que había dado Merleau-Ponty, Claude Simon le preguntó: "¿Está seguro de que ese autor del que usted ha hablado soy yo?" "Es usted *cuando escribe*", le respondió Merleau-Ponty. Naturalmente que no estoy insinuando la falta de solidaridad del autor con su obra; sólo afirmo que en el acto de la creación hay la intervención de un factor irracional que muchas veces trastorna y contradice las intenciones y las convicciones del escritor. La única manera en que se podría eliminar toda posibilidad de antagonismo entre una obra y su autor (naturalmente que, en algunos casos, este divorcio no ocurre) sería suprimiendo toda *espontaneidad* en la creación literaria, reduciendo el trabajo creador a una operación estrictamente racional en la que alguien (el guardián de los valores ideológicos o morales: la Iglesia o el Estado) determinara, a través de ciertas normas o regulaciones, los temas o el tratamiento de los temas, de modo que la obra no se apartara de los valores entronizados por la sociedad. Esto se intentó, a través de la Inquisición y a través del realismo socialista, con los resultados conocidos: la literatura edificante, supervigilada por los curas, y la literatura militante, regulada por los burócratas, significó, simplemente, la banalización y casi la extinción de la literatura.

Collazos no propone una solución policial del problema. Él piensa, ambiciosamente, que esa "cesura" desaparecerá con el hombre nuevo. Una vez eliminadas las contradicciones de la sociedad capitalista, parece suponer, desaparecerán las contradicciones de la personalidad humana, y la obra literaria será una prolongación natural, homogénea y coherente del escritor desalienado. Entiendo que por esto le irrita tanto que yo haya dicho que la función de la literatura será *siempre* subversiva. A él le parece bien que la literatura sea subversiva en la sociedad capitalista, pero no admite que lo sea en una sociedad socialista. Y me amonesta así: "Es que, en términos generales, se puede ser disolvente, combativo en una sociedad en descomposición. Cuando una sociedad está en vías de construcción (enfrentada a todas las amenazas de un enemigo real, enfrentada todavía a la vieja mentalidad liberal heredada del orden anterior) el significado de las palabras se hace equívoco, los esquemas se destrozan, la buena fe y los actos sentimentales se resienten: en una revolución se es escritor, pero también se es revolucionario". Collazos entiende el término "subversiva" en su acepción exclusivamente política y de ahí viene su confusión: deduce que yo propongo que la literatura en toda sociedad socialista sea procapitalista. ¿Acaso sólo puede tener este contenido la noción de "subversiva" en una sociedad revolucionaria? Yo no creo que un cambio de estructuras económicas y sociales transforme por obra de magia una sociedad y la convierta en un paraíso terrenal. Una revolución, si es auténtica, suprime un cierto tipo de injusticias radicales, establece una relación más racional y humana entre los hombres y a mí no me cabe duda, por ejemplo, que en Cuba ha ocurrido así. ¿Han desaparecido, automáticamente, todos los problemas? ¿Ya no hay motivos de descontento, de desacuerdo, ya no hay contradicciones sociales, políticas, morales y culturales en esa sociedad humanizada por la revolución? ¿La felicidad es el alimento universal y constante de todos los miembros de la nueva sociedad? En esa utópica sociedad —si existe alguna vez— la literatura habrá desaparecido, pues ya no tendrá razón de ser: reconciliados con la realidad real y consigo mismos, los hombres ya no tendrán ninguna necesidad de erigir realidades verbales en las que proyecten sus "demonios". Yo creo que ese momento está todavía lejos (para decir lo menos), y que las sociedades socialistas durante mucho tiempo serán todavía la sede de contradicciones, amarguras y rebeliones individuales que se plasmarán en ficciones, las que, a su vez, servirán a los demás hombres para tomar conciencia y formular racionalmente sus propias contradicciones, amarguras y rebeliones. Esto es lo que entiendo por la función "subversiva" de la literatura.

Cuando Collazos dice: "En una revolución se es escritor, pero también se es revolucionario", ¿qué está tratando de decir? La frase me parece (estoy dispuesto a creer que involuntariamente) demagógica. Ser revolucionario es un deber que, tanto yo como Collazos, quisiéramos ver asumido por todos los miembros de nuestra sociedad. ¿En qué forma debe traducir un escritor, en el dominio de su vocación, este deber revolucionario? Esto es lo que Collazos debería tratar de explicar, pues en esto reside en realidad el problema, y en sus largos ensayos yo no encuentro una idea clara y precisa a este respecto. De un lado, dice no estar de acuerdo con la teoría del realismo socialista, la planificación burocrática de la creación literaria. De otro lado, sin embargo, rechaza, como políticamente perniciosas, las actitudes críticas del escritor hacia el poder revolucionario, y a mí me reprocha en estos términos haber discrepado de Fidel cuando la invasión a Checoslovaquia: "Pero cuando cito el riesgo de endiosamiento o soberbia producido por un pensamiento, por un intelectual que se mueve en esquemas ideológicos que quieren dar el 'mot d'ordre' de la honestidad o la definición de una permanente conducta crítica, no puedo dejar de pensar en el gran novelista Mario Vargas Llosa dándole lecciones de política internacional y sensatez —desde una tribuna reaccionaria— a Fidel Castro, cuando la ocupación o 'invasión' a Checoslovaquia". Es muy generoso de su parte llamar "gran novelista" a quien critica, y a mí me conmueve, pero siento decir que la cita me parece falaz: ¿puede un novelista dar lecciones políticas al líder de una revolución, puede un pigmeo enfrentarse a un gigante? En lugar de rebatir una opinión que considera errónea, Collazos desautoriza moralmente a su autor acusándolo de haber incurrido en el crimen de Luzbel. La cita parece establecer como axioma que el haber dirigido con heroísmo una revolución y ser un gran dirigente concede el don de la infalibilidad política, y que en este dominio Fidel es dueño de la verdad de una vez y para siempre. Sólo a partir de esta convicción —que es un acto de fe religiosa— es comprensible la afirmación de que criticar a Fidel es un acto de arrogancia. ¿Cómo practicar la humildad política si no renunciando de antemano a toda crítica? El líder revolucionario siempre será, en términos políticos, un gigante, comparado al escritor: para no cometer el delito del ángel, al pigmeo no le quedaría otro remedio que enmudecer o asentir, siempre. Pero Collazos no postula la abstención política: denuncia a Luzbel, abruma al "enemigo" con metáforas (Borges es "la infamia de una ceguera teñida de relámpagos fascistas"), acusa a Cortázar de "eludir el problema fundamental" y de "retorizar" la realidad, asegura que Carlos Fuentes "se encuentra en el más puro, dramático e impotente estado de soledad", y decreta que todo escritor latinoamericano que pisa una universidad de Estados Unidos es un vendido, como si el aire norteamericano contaminara políticamente. Cuando nombra a Fidel, lo hace así: "Pienso (ya Edmundo Desnoes lo había esbozado) cómo en los discursos de Fidel Castro, por ejemplo, se traduce una manera de decir, un discurso literario, un ordenamiento y una reiteración verbal, una modelación de la palabra en el plano del discurso político que, a su vez, podría ser la fuente de un tipo de literatura cubana dentro de la revolución". Ésta es una hipótesis intelectual, quizá cierta, quizá falsa, en todo caso legítima. Pero lanzada al mismo tiempo que se elimina el derecho de disentir y se establece como dogma la omnisciencia política del líder, esta sugerencia (pese a la sinceridad evidente con que está hecha) se convierte en un arma de doble filo: ¿y si el poder recoge la insinuación y entroniza las formas retóricas del líder como "fuente" de la literatura alegando razones políticas, en las que no cabe disentir del gigante? En la época de Stalin ocurrió: el líder no sólo fue "fuente" de verdades políticas, sino también literarias, científicas, morales y lingüísticas. ¿Así entiende Collazos la función revolucionaria del escritor? Insultar al infiel, excomulgar al hereje, fijar una ortodoxia sobre "el trabajo que se puede aceptar", "el país que se puede visitar", "la tribuna en que se puede colaborar", son actividades que cumplen celosamente los funcionarios políticos y los policías, personajes sin duda indispensables en una sociedad revolucionaria, pero distintos del escritor. A diferencia de Collazos, yo pienso que la función política de éste no consiste en complementar la misión de aquellos personajes, sino, más bien, en moderarla, y, cuando es necesario, contrarrestarla. En este sentido la conducta de un escritor como Solzhenitsin me parece no sólo moralmente admirable, sino, también, políticamente ejemplar dentro de una sociedad socialista.

No creo que tenga objeto comentar las opiniones estrictamente literarias de Collazos, porque la lúcida respuesta de Cortázar a su primer artículo aclara de sobra las dudas que planteaban. Pero hay un punto concreto en el que me gustaría insistir, y es al que alude esta cita de Collazos: "Nos debemos a un momento sociocultural y político que el refinamiento de algunos escritores latinoamericanos, volcados hacia Europa, quiere desvirtuar". Este refinamiento le parece patente en las "tendencias intelectualizantes, falsamente rituales, representadas en ciertos juegos mecánicos, en puro oficio literario, tipo *62, modelo para armar* o *Cambio de piel*". Que estas novelas no le gusten a Collazos por su carácter experimental es algo que no cabe discutir, un derecho que nadie puede negarle. En cambio que vea en ellas síntoma de un inmoderado "europeísmo" (lo que, según él, es un defecto) es algo que no tiene pies ni cabeza: ¿cuáles son los modelos o paradigmas "europeos" de esos libros? Yo procuro seguir la evolución actual de la novela europea (a pesar de que atraviesa un período bastante mediocre en este momento) y desafío a Collazos a que señale un autor o libro del que aquellas ficciones sean deudoras de una manera más o menos visible. Entre otras cosas, tanto *62, modelo para armar* como *Cambio de piel* constituyen un aporte importante a la narración contemporánea por su agresiva originalidad en el dominio de la materia como en el de la forma. En la novela de Cortázar se describe, con una sutileza fascinante, un orden de lo casual, paralelo y enfrentado al orden causal de la vida, que por primera vez encuentra representación literaria, y que corresponde a un nivel de la experiencia que, efectivamente, no es europea ni latinoamericana sino humana. Pero esta zona de lo real se encarna en una ficción escrita en una lengua, adivinada por una sensibilidad, intuida por una imaginación que son las de un creador formado en nuestro mundo y emocional y culturalmente ligado a él, y en ese sentido es una ficción tan "arraigada" en nuestra realidad como *La vorágine* y *Doña Bárbara* (pero bastante más lograda que ellas) a pesar de la universalidad y abstracción de su materia. En cuanto a *Cambio de piel*, ¿en qué consiste la naturaleza "europea" de esa frenética revisión de las mitologías y las modas enajenantes de la sociedad de consumo? El libro de Fuentes describe precisamente las formas paródicas y caricaturales que esos mitos y modas adoptan al ser trasplantados a una sociedad subdesarrollada como la mexicana, el carácter grotescamente ritual que asumen en un mundo alienado. Esta descripción es compleja, porque la novela se alimenta de aquello que denuncia, en un brillante juego equívoco (la inautenticidad de la materia se refleja en una estructura deliberadamente inauténtica, en la que el narrador va destruyendo de manera sistemática todo lo que la narración construye), pero ¿en qué forma puede ser "acusado" este libro de "europeo"? Lo que resulta bastante paradójico es que, en su alegato contra el "complejo europeísta", Collazos salpique sus artículos de citas de Roland Barthes, autor que sí le gusta. A mí, por ejemplo, Roland Barthes no me interesa demasiado —creo que he aprendido más sobre literatura leyendo a George Steiner o a Edmund Wilson—, pero pienso que uno de los méritos de este autor europeo tan de moda es haber mostrado en sus ensayos cómo se pueden leer, entender y juzgar cabalmente obras experimentales del tipo de *Cambio de piel* o *62, modelo para armar*. Si nadie puede reprocharle a Collazos que no le gusten los libros que no entiende, en cambio sí me parece grave que no entienda (o aparente no entender) a los autores que le gustan.

Londres, abril 1970

# EL SOCIALISMO Y LOS TANQUES

La intervención militar de la Unión Soviética y de sus cuatro aliados del pacto de Varsovia contra Checoslovaquia es, pura y simplemente, una agresión de carácter imperial que constituye una deshonra para la patria de Lenin, una estupidez política de dimensiones vertiginosas y un daño irreparable para la causa del socialismo en el mundo. Su antecedente más obvio no es tanto Hungría como la República Dominicana. El envío de tanques soviéticos a Praga para liquidar por la fuerza un movimiento de democratización del socialismo es tan condenable como el envío de infantes de marina norteamericanos a Santo Domingo para aplastar por la violencia un levantamiento popular contra una dictadura militar y un sistema social injusto.

La violación de la soberanía del pueblo checo perpetrada por la URSS ha sido menos sangrienta pero no menos inmoral que la que se cometió contra el pueblo dominicano. En ambos casos los argumentos esgrimidos por Washington y Moscú —el famoso argumento de que la intervención había sido solicitada por las propias víctimas y de que tenía como objeto salvar la "democracia" o el "socialismo" amenazados por una potencia exterior— revelan el mismo cínico desprecio por la verdad. La verdad, en ambos casos, es que una gran potencia, amparada en el derecho de su superioridad militar, se permite atropellar físicamente a una pequeña nación porque el rumbo político que ha tomado no conviene a sus intereses estratégicos mundiales y disfraza su intromisión tras una cortina de humo ideológico. Lo que está en juego en el drama que vive hoy Checoslovaquia no es la pugna entre capitalismo y comunismo, sino el destino de los países que conforman el Tercer Mundo. Una terrible perspectiva parece ennegrecer su horizonte histórico: vivir perpetuamente a merced de los dos grandes colosos, mantenerse enajenados entre dos formas de servidumbre colonial, no poder ser jamás verdaderamente independientes y libres.

Lo que estaba amenazado en Checoslovaquia no era el "socialismo", como tampoco estaba amenazada la "libertad" en la República Dominicana. Lo que en este país estaba en peligro cuando ocurrió la intervención militar era el régimen de los latifundios, el saqueo de la riqueza nacional por compañías extranjeras y el egoísmo y la voracidad de la casta local. Lo que estaba amenazado en Checoslovaquia era un socialismo de robots teledirigidos desde Moscú, la censura de prensa, el abuso policial, la falta de crítica interna y una burocracia cancerosa que había sofocado toda iniciativa individual y a cuya sombra proliferaba la inmoralidad. Al poner como condición a Dubcek, a Svoboda, a Cernik, para permitirles sobrevivir, la presencia de tropas de ocupación, la liquidación de la libertad de expresión, la prohibición de las organizaciones políticas, los dirigentes soviéticos no piensan en el socialismo, sino en impedir que en Alemania oriental, Bulgaria, en la propia URSS se desarrolle un movimiento popular interno que, al igual que en Checoslovaquia, decida devolver al socialismo un rostro humano.

Cuando los acontecimientos de Hungría, el desgarramiento, la vacilación, la confusión eran todavía posibles: era el momento álgido de la guerra fría, la acción de fuerzas contrarrevolucionarias no podía ser descartada, el pueblo húngaro parecía dividido. Nada de eso justificaba la intervención militar, pero al menos cabía dudar, pensar en un error que sería más tarde rectificado y, en lo posible, enmendado.

En el caso de Checoslovaquia no cabe duda alguna, porque todos los elementos de juicio son transparentes y ninguno excusa a la URSS, todos la acusan.

A los diez días de la intervención, Moscú no puede ofrecer una sola prueba al mundo que demuestre que el régimen de Dubcek ponía en peligro su seguridad interna o que estaba a punto de abandonar el campo socialista para pasar a integrar el mundo capitalista, ninguna fábrica había sido arrebatada a los obreros, ningún consorcio internacional había alienado la economía socialista, el medio millón de soldados ocupantes no ha podido capturar un solo "agente del militarismo alemán". Más todavía, ni los elementos más conservadores del Partido Comunista se han atrevido a prestarse a desempeñar el papel de *quislings*, ninguno ha osado reivindicar el imaginario manifiesto que habría pedido a los países del Pacto de Varsovia consumar la invasión. Y, más bien, la ocupación extranjera ha servido para mostrar al mundo la extraordinaria unidad del pueblo checo detrás de sus líderes, la dignidad y la serenidad de que era capaz en medio de la humillación que le infligían. Sea cual fuere el desenlace de esta tragedia, y aun si este desenlace es el que corresponde a la moral política y al sentido común —el retiro de los ocupantes, el dejar en libertad al pueblo checo de orientar su socialismo por el camino que le plazca, el de indemnizarlo por los daños causados— no se necesita ser adivino para saber que la herida tan deslealmente inferida por la URSS a Checoslovaquia tardará mucho tiempo en cerrarse y que, paradójicamente, sólo servirá para apuntalar a la larga y robustecer aquello que precisamente quería sofocar: la voluntad de independencia nacional y el apetito de libertad de los checos.

Desde el punto de vista internacional, la actitud de la URSS ha causado un daño gravísimo a las fuerzas de izquierda. La derecha, ¿cabía alguna duda?, ha comenzado a utilizar ya a su favor el drama checoslovaco, cuyas consecuencias más inmediatas serán, sin duda, la victoria electoral de Nixon y el aplazamiento del fin de la guerra de Vietnam. Otra consecuencia, no menos grave, ha sido que esta intervención militar ha agudizado la división internacional del socialismo. Casi todos los partidos comunistas europeos han censurado en severos términos la invasión. Aquí, en Londres, el Partido Laborista trató de aprovechar lo ocurrido con miras electorales, y convocó una manifestación de protesta en Hyde Park. Los dirigentes laboristas que ocuparon la tribuna tuvieron que hablar ante una rechifla constante de diez mil manifestantes que los llamaban hipócritas. ¿Cómo se puede condenar a la URSS por lo de Checoslovaquia si no se condena la intervención norteamericana en Vietnam? Esos diez mil manifestantes pertenecían, en su mayoría, a organizaciones de izquierda, y al terminar el acto de Hyde Park, desfilaron en señal de solidaridad con el pueblo checo a los gritos de "¡Dubcek!", "¡Svoboda!" y "¡*Russians go home!*" ante la embajada soviética y fueron arengados por los mismos líderes estudiantiles y obreros que convocan las manifestaciones a favor de la paz en Vietnam. En Francia, la Unión Nacional de Estudiantes que encabezó la revolución de mayo fue la primera en exhortar a sus afiliados a salir a la calle a protestar por la intervención militar en Checoslovaquia. Una de las pocas cosas positivas de este luctuoso suceso habrá sido, así, comprobar que en las organizaciones de izquierda ya no opera el maniqueísmo de otros años, que la adhesión al socialismo ya no se entiende como adhesión incondicional a la política soviética, que las fuerzas progresistas son ahora más independientes y más lúcidas.

En estas condiciones ¿qué pensar de las palabras de Fidel justificando la intervención militar? Un dirigente que hasta ahora había dado pruebas de una sensibilidad tan alerta en lo relativo a la autonomía nacional, que había reivindicado hasta el cansancio el derecho de los pequeños países a realizar su propia política sin intromisiones de los grandes ¿cómo puede respaldar una invasión militar destinada a aplastar la independencia de un país que, al igual que Cuba, sólo pretendía que lo dejaran organizar su sociedad de acuerdo a sus propias convicciones? Resulta lastimoso ver reaccionar a Fidel de la misma manera condicionada y refleja que los mediocres dirigentes de los partidos comunistas latinoamericanos que se precipitaron a justificar la intervención soviética. ¿No comprende acaso el máximo líder cubano que si reconoce a la URSS el derecho a decidir el tipo de socialismo que conviene a los demás países y el de imponerles su elección por la fuerza, lo ocurrido en Praga hoy podría ocurrir mañana en La Habana?

A muchos amigos sinceros de la revolución cubana las palabras de Fidel nos han parecido tan incomprensibles y tan injustas como el ruido de los tanques que entraban a Praga.

Londres, agosto 1970

163

# CARTA A HAYDÉE SANTAMARÍA

Barcelona, 5 de abril de 1971

Compañera
Haydée Santamaría
Directora de la
Casa de las Américas
La Habana, Cuba

Estimada compañera:

Le presento mi renuncia al Comité de la revista de la Casa de las Américas, al que pertenezco desde 1965, y le comunico mi decisión de no ir a Cuba a dictar un curso, en enero, como le prometí durante mi último viaje a La Habana. Comprenderá que es lo único que puedo hacer luego del discurso de Fidel fustigando a los ''escritores latinoamericanos que viven en Europa'', a quienes nos ha prohibido la entrada a Cuba ''por tiempo indefinido e infinito''. ¿Tanto le ha irritado nuestra carta pidiéndole que esclareciera la situación de Heberto Padilla? Cómo han cambiado los tiempos: recuerdo muy bien esa noche que pasamos con él, hace cuatro años, y en la que admitió de buena gana las observaciones y las críticas que le hicimos un grupo de esos ''intelectuales extranjeros'' a los que ahora llama ''canallas''.

De todos modos, había decidido renunciar al Comité y a dictar ese curso, desde que leí la confesión de Heberto Padilla y los despachos de Prensa

Latina sobre el acto en la UNEAC en el que los compañeros Belkis Cuza Malé, Pablo Armando Fernández, Manuel Díaz Martínez y César López hicieron su autocrítica. Conozco a todos ellos lo suficiente como para saber que ese lastimoso espectáculo no ha sido espontáneo, sino prefabricado como los juicios estalinistas de los años treinta. Obligar a unos compañeros, con métodos que repugnan a la dignidad humana, a acusarse de traiciones imaginarias y a firmar cartas donde hasta la sintaxis parece policial, es la negación de lo que me hizo abrazar desde el primer día la causa de la revolución cubana: su decisión de luchar por la justicia sin perder el respeto a los individuos. No es éste el ejemplo del socialismo que quiero para mi país.

Sé que esta carta me puede acarrear invectivas: no serán peores que las que he merecido de la reacción por defender a Cuba.

Atentamente,

Mario Vargas Llosa

# CARTA A FIDEL CASTRO

Comandante Fidel Castro
Primer ministro del gobierno
revolucionario de Cuba:

Creemos un deber comunicarle nuestra vergüenza
y nuestra cólera. El lastimoso texto de la confesión que ha firmado Heberto Padilla sólo puede
haberse obtenido mediante métodos que son la negación de la legalidad y la justicia revolucionarias. El contenido y la forma de dicha confesión,
con sus acusaciones absurdas y afirmaciones delirantes, así como el acto celebrado en la UNEAC en
el cual el propio Padilla y los compañeros Belkis
Cuza, Díaz Martínez, César López y Pablo Armando
Fernández se sometieron a una penosa mascarada de
autocrítica, recuerda los momentos más sórdidos
de la época del estalinismo, sus juicios pre-
fabricados y sus cacerías de brujas. Con la misma
vehemencia con que hemos defendido desde el primer día la revolución cubana, que nos parecía
ejemplar en su respeto al ser humano y en su lucha

* La iniciativa de esta protesta nació en Barcelona, al dar
a conocer la prensa internacional el acto de la UNEAC en que
Heberto Padilla emergió de los calabozos de la policía cubana
para hacer su "autocrítica". Juan y Luis Goytisolo, José María
Castellet, Hans Magnus Enzensberger, Carlos Barral (quien luego decidió no firmar la carta) y yo nos reunimos en mi casa y redactamos, cada uno por separado, un borrador. Luego los compa-
ramos y por votación se eligió el mío. El poeta Jaime Gil de
Biedma mejoró el texto, enmendando un adverbio.

por su liberación, lo exhortamos a evitar a Cuba
el oscurantismo dogmático, la xenofobia cultural
y el sistema represivo que impuso el estalinismo
en los países socialistas, y del que fueron manifestaciones flagrantes sucesos similares a los
que están ocurriendo en Cuba. El desprecio a la
dignidad humana que supone forzar a un hombre a
acusarse ridículamente de las peores traiciones
y vilezas no nos alarma por tratarse de un escritor, sino porque cualquier compañero cubano
—campesino, obrero, técnico o intelectual— pueda
ser también víctima de una violencia y una humillación parecidas. Quisiéramos que la revolución cubana volviera a ser lo que en un momento
nos hizo considerarla un modelo dentro del socialismo.

Atentamente,

Claribel Alegría, Simone de Beauvoir, Fernando
Benítez, Jacques-Laurent Bost, Italo Calvino,
José María Castellet, Fernando Claudín, Tamara
Deutscher, Roger Dosse, Marguerite Duras, Giulio
Einaudi, Hans Magnus Enzensberger, Francisco
Fernández Santos, Darwin Flakoll, Jean-Michel
Fossey, Carlos Franqui, Carlos Fuentes, Jaime Gil
de Biedma, Ángel González, Adriano González León,
André Gortz, José Agustín Goytisolo, Juan Goyti-
solo, Luis Goytisolo, Rodolfo Hinostrosa, Mervin
Jones, Monti Johnstone, Monique Lange, Michel
Leiris, Lucio Magri, Joyce Mansour, Dacia Ma-
raini, Juan Marsé, Dionys Mascolo, Plinio Mendo-
za, Istvam Meszaris, Ray Milibac, Carlos Monsi-
vais, Marco Antonio Montes de Oca, Alberto Mora-
via, Maurice Nadeau, José Emilio Pacheco, Pier
Paolo Pasolini, Ricardo Porro, Jean Pronteau,
Paul Rebeyroles, Alain Resnais, José Revueltas,
Rossana Rossanda, Vicente Rojo, Claude Roy, Juan

Rulfo, Nathalie Sarraute, Jean-Paul Sartre, Jorge Semprún, Jean Shuster, Susan Sontag, Lorenzo Tornabuoni, José Miguel Ullán, José Ángel Valente y Mario Vargas Llosa.

# ENTREVISTA EXCLUSIVA A V. LL.
## (por César Hildebrandt)

*Nunca se sabrá si Heberto Padilla imaginó, cuando suscribió la autoconfesión con que el régimen cubano creyó castrarlo ante los ojos del mundo, que iba a desatar la más apasionada polémica intelectual de los últimos años.*

*La cronología de los acontecimientos se inició con el apresamiento de Padilla —uno de los más brillantes representanes de la generación "intermedia", de la que es voz ortodoxa la de Roberto Fernández Retamar— acusado, junto con su mujer —Belkis Cuza Malé— de actividades contrarrevolucionarias. Tres semanas después, Padilla se autolapidaba en una carta devastadora que habría enorgullecido al propio Zhdánov, comisario cultural del oscurantismo estalinista. Casi simultáneamente, Castro trataba de "impúdicos" a los "intelectuales liberaloides que calumnian desde Europa la revolución cubana" y anunciaba una nueva —y penosa— política cultural. La respuesta de la intelectualidad, de la que fue pionero Vargas Llosa, fue dura también pero en todo caso menos pasional e iracunda. Asociar a la CIA el nombre de Sartre, firmante del manifiesto de protesta por el caso Padilla, es algo que ni los neoestalinistas subdesarrollados criollos han podido hacer.*

*La réplica castrista al escritor peruano llegó vía Haydée Santamaría. La directora de la revista Casa de las Américas acusó a Vargas Llosa de sumar su nombre a la lista de los "peores calumniadores de la revolución" y lo acusó de haberse negado a entregar el monto del Premio Rómulo Gallegos como* fondo de la guerrilla del Che, y prefirió comprarse una casa.

En esta exclusiva entrevista telefónica con Caretas, *Mario Vargas Llosa, cuya limpieza y responsabilidad como intelectual será arduo cuestionar, habla desde Barcelona sobre el espinoso affaire.*

CARETAS. — *Buenas tardes, Vargas Llosa, Caretas aquí... ¿Aló?*

VARGAS LLOSA. — Buenas noches, qué tal.

C. — *Aquí listos para escuchar sus respuestas, estamos grabando.*

V. LL. — Correcto. ¿Me está oyendo?

C. — *Perfecto... Bueno... ¿No cree usted que su actitud, que nos parece intelectualmente justa, ha mellado de alguna manera la imagen de la revolución cubana?*

V. LL. — Creo que su pregunta confunde el efecto con la causa. Lo que ha mellado de alguna manera la imagen de la revolución cubana son las autocríticas de los compañeros Heberto Padilla, Pablo Armando Fernández, Belkis Cuza Malé, César López y Manuel Díaz Martínez, acusándose de traiciones imaginarias, y las alarmantes declaraciones de Fidel sobre la cultura en general y la literatura en particular en su discurso de clausura del Congreso de Educación. Yo no he hecho más que protestar por estos sucesos que contradicen lo que siempre he admirado en la revolución cubana: haber mostrado que la justicia social era posible sin despreciar la dignidad de los individuos, sin dictadura policial o estética. Pienso que lo ocurrido en estas últimas semanas mella esta imagen ejemplar de Cuba y que ha levantado trascendentales protestas en el mundo. Hablo únicamente, claro está, de las protestas de la izquierda, como la carta enviada a Fidel por 61 escritores y artistas —Sartre, entre ellos, y José Revueltas, a quienes nadie se atreverá a llamar reaccionarios, que habían hecho suya desde el primer momento la causa de la revolución cubana. Dicho esto, permítame agregar algo más: en otras ocasiones, Cuba y el propio Fidel han sabido rectificar los errores cometidos, que son inevitables en toda revolución. Créame que nada me alegraría tanto como que este lamentable episodio fuera sólo pasajero y no el estreno de una política cultural dogmática y represiva.

C. — *¿Cuál es su réplica a la carta de Haydée Santamaría y a los cargos que en ella plantea?*

V. Ll. — La carta de Haydée Santamaría no plantea cargo alguno, solamente invectivas e invenciones. La experiencia me ha demostrado que polemizar a ese nivel es inútil y empobrecedor, de modo que no voy a refutar su carta. Haydée es una heroína de la revolución cubana, que demostró un coraje formidable durante la lucha contra Batista, y por ello merece mi mayor simpatía y respeto. Pero sólo por ello... ¿Me oyó bien?

C. — *Perfectamente... Periódicos de derecha han destacado insólitamente el entredicho suyo con Fidel Castro. ¿Qué opina al respecto?*

V. Ll. — Era previsible que la derecha tratara de sacar partido de los acontecimientos cubanos. Es una de las razones por las que el episodio de las autocríticas y el discurso de Fidel me parecen lamentables: por la extraordinaria oportunidad que brindan a la derecha y al imperialismo de atacar la solución socialista para los problemas de América Latina. En lo que a mí se refiere, el 29 de mayo entregué a la prensa la siguiente declaración: "Cierta prensa está usando mi renuncia al comité de la revista *Casa de las Américas* para atacar a la revolución cubana desde una perspectiva imperialista y reaccionaria. Quiero salir al frente de esa sucia maniobra y desautorizar enérgicamente el uso de mi nombre en esa campaña contra el socialismo cubano y la revolución latinoamericana. Mi renuncia es un acto de protesta contra un hecho específico, que sigo considerando lamentable, pero no es ni puede ser un acto hostil contra la revolución cubana, cuyas realizaciones formidables para el pueblo de Cuba son llevadas a cabo en condiciones verdaderamente heroicas, que he podido verificar personalmente en repetidos viajes a la isla. El derecho a la crítica y a la discrepancia no es un privilegio burgués. Al contrario, sólo el socialismo puede sentar las bases de una verdadera justicia social, dar a expresiones como 'libertad de opinión', 'libertad de creación', su verdadero sentido. Es en uso de ese derecho socialista y revolucionario que he discrepado del discurso de Fidel sobre el problema cultural, que he criticado lo ocurrido con Heberto Padilla y otros escritores. Lo hice cuando los acontecimientos de Checoslovaquia y lo seguiré haciendo cada vez que lo crea legítimo, porque ésa es mi obligación como escritor. Pero que nadie se engañe: con todos sus errores, la revolución cubana es, hoy mismo, una sociedad más justa que cualquier otra sociedad latinoamericana y defenderla contra sus enemigos es para mí un deber apremiante y honroso". ¿Se escuchó, no?

C. — *Claramente... Gabriel García Márquez ha declarado hace algunos días que está con Fidel y ha evitado pronunciarse sobre el caso Padilla. ¿Qué opina de esa actitud?*

V. LL. — No conozco las declaraciones completas de García Márquez y por lo tanto no voy a comentar una síntesis tan apretada. Pero lo conozco a él lo suficiente como para estar seguro que su adhesión al socialismo es, como la mía propia, la de un escritor responsable con su vocación y sus lectores, una adhesión no beata ni incondicional...

C. — *La última pregunta... ¿Está de alguna manera arrepentido?*

V. LL. — Arrepentido, no, en absoluto, aunque sé que todavía habrá invectivas para rato. Es el precio que hay que pagar cuando uno dice claramente lo que piensa. Estoy, sí, apenado por lo que ha sucedido en Cuba, donde he estado cinco veces, donde hay muchísima gente que quiero de verdad. He actuado como lo he hecho porque creí mi deber hacerlo así. Hace exactamente tres meses estuve charlando largamente en La Habana con tres de los poetas que se han autocriticado y sé perfectamente qué pensaban de la revolución y por eso me es difícil creer que de un momento a otro se tornaron contrarrevolucionarios y se volvieron capaces de acusarse —y acusar a sus mejores amigos— de faltas innobles e imposibles. El socialismo no necesita humillar a nadie, sea obrero, campesino, o escritor, para lograr su objetivo, que es, precisamente, establecer una relación verdaderamente justa entre los hombres... Eso es todo, ¿se oyó bien?

C. — *Sí, perfectamente, y muchas gracias.*

*Caretas*, Lima, 10 junio 1971

## REIVINDICACIÓN DEL CONDE DON JULIÁN
## O EL CRIMEN PASIONAL

Hay que desconfiar de los novelistas que hablan bien de su país: el patriotismo, virtud fecunda para militares y funcionarios, suele ser pobre literariamente. La literatura en general y la novela en particular, son expresión de descontento: el servicio social que prestan consiste, principalmente, en recordar a los hombres que el mundo *siempre* estará mal hecho, que la vida *siempre* deberá cambiar. Esta misión no es superior a la del funcionario empeñado en defender lo establecido: es simplemente opuesta. Y, al mismo tiempo, complementaria: una sociedad sin funcionarios no es concebible, pero una en la que los funcionarios silencian a los escritores se convierte rápidamente en infierno. Hay quienes afirman, con candoroso oportunismo: "aceptamos la función 'subversiva' de la literatura en una sociedad capitalista pero no en una socialista porque en esta última ser 'subversivo' es servir a la contrarrevolución". Se diría que el socialismo, como una varita mágica, muda instantáneamente una sociedad en el Paraíso, que la liquidación de la burguesía suprime, en el acto, todos los motivos de insatisfacción humana. Por desgracia, la justicia social resuelve (por lo demás, nunca de manera absoluta) sólo una parte de los problemas humanos. Mientras éstos no desaparezcan, la rebeldía seguirá latiendo, como un secreto corazón, en el seno de la literatura. Hay que abolir esa falacia: la literatura no es esencialmente distinta en una sociedad socialista que en una sociedad burguesa, en ambas es producto de la infelicidad y de la ambición de algo distinto, y, por lo mismo, se trata del controlador más acucioso de los detentadores del poder: iglesias, ideologías, gobiernos.

No todos los escritores lo admitirían; muchos ejercen a ciegas esta tarea de socavadores del optimismo oficial, y viven convencidos de ser celosos defensores del orden existente. En sus libros la impugnación de la realidad adopta formas indirectas, un simbolismo inconsciente. En otros, en cambio, es explícita y hasta destemplada: es el caso de *Reivindicación del conde don Julián*, de Juan Goytisolo. La novela haría las delicias de la censura española: su tema obsesivo es la abominación de España y su designio desmesurado la destrucción verbal de 'lo español'. Atención, no se trata de una 'crítica constructiva' (piadosa etiqueta con que algunos fiscales perdonan la vida a la literatura) sino únicamente 'destructiva'. No es posible distinguir en el libro más que una España, corroída por un mal ecuménico y tentacular, presente en todos los contenidos del vocablo —una geografía, una historia, una cultura, unas costumbres— y ya es tarde para la cirugía salvadora: sólo cabe la autopsia. Ni siquiera, más bien la incineración: autopsiar es todavía investigar, usar la razón para entender al cadáver. Nada de eso: el narrador de *Reivindicación del conde don Julián* sólo quiere injuriar, agredir, desahogar una ira convulsiva contra su país.

La anécdota es muy simple: un narrador anónimo, exiliado voluntario en Tánger, contempla las costas de España, y, metódicamente, impreca contra ella: "tierra ingrata, entre todas espuria y mezquina, jamás volveré a ti", "adiós, Madrastra inmunda, país de siervos y señores; adiós tricornios de charol, y tú, pueblo que los soportas". El hispanicidio sistemático ocupa toda la vida de este narrador sin silueta y sin historia, voz pertinaz que desacredita y afrenta. Su furor es sólo negativo (no quiere corregir, mejorar, sino demoler) y universal. Lo abarca, rigurosamente, todo. Desde lo verdaderamente grave (una tradición oscurantista y fanática, de explotación económica, hipocresía moral, intolerancia religiosa y brutalidad política; una cultura cosificada por la falta de libertad, la imposición de mitos y el provincialismo) hasta lo más accesorio y menudo: el flamenco, los toros, el paisaje de Castilla. Pero su blanco central es la lengua, donde todas las falsedades, horrores y tonterías que lo abruman han dejado una marca. Contra ese impalpable enemigo descarga su mayor ferocidad. Es la parte propiamente literaria de esta catarsis moral. Aquí el ataque no puede ser externo, no tendría sentido. Es interno, consiste en el sabotaje, en la artera desintegración de esa lengua atrofiada por la sumisión al pasado (el academicismo, el casticismo), pomposa, hueca, esotérica, incapaz de aprehender con imaginación y audacia la realidad viviente, o de crearla. Dos son las tácticas: la invención de un nuevo discurso, a caballo entre la poesía y la prosa, compuesto de versículos separados por dos puntos, puertas abiertas que remiten una a otra como la sucesión de imágenes de una pesadilla, y cuya sintaxis reiterativa va creando un clima encantatorio. En *Señas de identidad* Goytisolo había ensayado este tipo de frase, pero aquí resulta mucho más suelta y eficaz, porque representa, a un nivel formal, la paranoia de ese protagonista solitario que fustiga. La otra táctica es insidiosa, ligeramente masoquista. Consiste en un *collage* que viene sin aviso, disuelto en su contexto, que el lector sólo puede olfatear, adivinar, al verse enfrentado, de pronto, con frases de una asombrosa chatura o de una engolada y ruidosa nimiedad. Así, paradójicamente, el libro se alimenta en buena parte de lo que denuncia, está construido con los materiales que aborrece. Por momentos se superponen a la voz del narrador voces ajenas, para mostrar directamente lo que ella ataca: "Églogas, odas patrióticas, sonetos de quintaesenciada religiosidad!... poemas, eructos espirituales, borborigmos anímicos".

Esta agresión contra 'lo hispánico' no sólo es real —sarcasmos, invectivas— sino también fingida. "La patria es la madre de todos los vicios: y lo más expeditivo y eficaz para curarse de ella consiste en venderla, en traicionarla", piensa el narrador. Es lo que él hace, a la medida de sus fuerzas, es decir con su mente, mientras merodea sin rumbo fijo por las tortuosas callecitas de los zocos de Tánger. Sueña perversas, abominables traiciones, se imagina un nuevo don Julián, una versión moderna de aquel al que rinde homenaje el título del libro, el legendario conde Ulyan u Olián, gobernador de Ceuta, que, en el año 711, abrió las puertas de la Península a los ejércitos musulmanes. El narrador, viciosamente, se introduce bajo la piel del vilipendiado traidor de las historias patrióticas y maquina, con prolija malignidad, una nueva invasión, más definitva y sangrienta. Su fantasía trabaja, como la de un artista *pop* (un Berni, por ejemplo) sobre desechos existentes, sobre basuras concretas, recogidas en las hagiografías piadosas, en los manuales edificantes, en los mitos e imágenes fabricados para fortalecer 'el espíritu cristiano nacional' y las 'esencias hispánicas'. Los horrores que las 'harkas' islámicas desatadas sobre España perpetran, en la mente belicosa e incesante del narrador, son, justamente, los dibujados por los tabúes y las represiones y los que ponen en circulación las más cándidas postales folklóricas: bereberes que se ciernen, húmedos de lascivia, sobre níveas vírgenes castellanas; curvas cimitarras que cercenan rizadas cabecitas de niños-jesuses, ciudades pasadas a cuchillo por muchedumbres oscuras que esgrimen pendones con medialunas y que se encarnizan, sobre todo, con los ancianos y las monjitas: "paciencia, la hora llegará: el árabe cruel blande jubilosamente la lanza: guerreros de pelo crespo, beduinos de pura sangre cubrirán algún día toda la espaciosa y triste España acogidos por un denso concierto de ayes, de súplicas, de lamentaciones". Este ramal imaginario del libro no sólo es el más ágil y creativo, con sus imágenes épicas, desenfadadas y burlonas, su dinamismo inventivo y lo certeros que suelen ser sus tiros, sino que sirve, en cierto modo, de contrapeso al resto, al que aligera de su hosca, incandescente severidad.

Queda aún por decir de este libro lo que T. S. Eliot dijo del satanismo de Baudelaire en un ensayo célebre: tanta maldad es sospechosa, cuando se insulta a Dios con esa devoción es casi como si se le rezara. El narrador de *Reivindicación del conde don Julián* está lejos de haberse 'curado' de España como pretende; está envenenado, atormentado hasta la locura por su tierra, con la que, para su mal, se siente visceralmente identificado: "consciente de que el laberinto está en ti...". No hay la menor duda: su furor es genuino, la insolencia iconoclasta que corre por las venas del libro es sincera. Pero no cabe duda, tampoco, que tan devastadora indignación sólo puede estallar estimulada por algo que se siente muy próximo y muy hondo. El libro es un

crimen pasional, algo así como el disparo enfurecido
del amante celoso contra la mujer que lo engaña. Es
una tentativa de purificación por el fuego, atrozmente
amorosa, no totalmente ajena a cierta utopía cuya proyección política ha tenido en España, precisamente, un
arraigo sin equivalentes en Europa: el anarquismo. La
sentencia de Bakunin: "El deseo de destrucción es a
la vez un deseo creador" podría servir de epígrafe, perfectamente, a *Reivindicación del conde don Julián*. Es
también una empresa de saneamiento histórico. Así lo
han entendido, por lo menos, dos lectores españoles
—Jorge Semprún y José María Castellet— que, apenas
acabaron de leer este libro —el más desesperado, el
más conmovedor de Juan Goytisolo— se apresuraron a
sugerir que estas páginas destructoras fueran declara-
das libro de texto en los colegios de España.

**23 julio 1971**

# EL REGRESO DE SATÁN

El exorcismo de Ángel Rama contra *Historia de un deicidio* ("*Vade retro*", en *Marcha*, 5 de mayo de 1972), es lo bastante estimulante como para romper una norma de conducta basada en la convicción de que los libros deben defenderse solos, y de que, además de inelegante, es inútil replicar a las críticas que merece lo que uno mismo escribe. Pero Rama es un crítico respetable y si él, que habitualmente lee con agudeza, ha entendido tan mal el libro, tiemblo pensando en la impresión que habrá hecho en lectores menos avezados. Quizá valga la pena, por una vez, llover sobre mojado.

El primer reproche que quiero contestar es el de que mis opiniones sobre la vocación narrativa constituyen un regreso a la 'teología' ("nos transporta de lleno a la teología"). Para cualquier lector de buena fe, debería resultar claro que los 'demonios' de mi ensayo no son los sulfurosos personajes de cola flamígera y tridente de los Evangelios, sino creaturas estrictamente humanas: cierto tipo de obsesiones negativas —de carácter individual, social y cultural— que enemistan a un hombre con la realidad que vive, de tal manera y a tal extremo que hacen brotar en él la ambición de contradecir dicha realidad rehaciéndola verbalmente. Acepto que el empleo del término 'demonio' es impreciso; no usé el de 'obsesión' porque hubiera podido sugerir que adoptaba la explicación 'psicologista' ortodoxa de la vocación. No todas las obsesiones son literariamente fecundas, sino cierta estirpe, muy particular, que he tratado de describir, en un caso concreto, en un largo capítulo del libro (el segundo de la primera parte).

Situar en el dominio de las 'obsesiones' el impulso primero del novelista y la materia prima de sus obras, no es, de ningún modo, desterrar fuera de lo humano —colocándolo en el cielo, o, mejor dicho, en el infier-

179

no— el origen de la narrativa, sino, al contrario, enraizarlo en la realidad más 'social' y verificable. Los 'demonios' a los que me refiero son todos racionalmente cazables, porque proceden de fricciones y desencuentros entre la historia singular de un individuo y la historia del mundo en que vive. Es cierto que mis opiniones se prestan imágenes del romanticismo (los románticos fueron, por lo general, mejores fabricantes de imágenes que los positivistas) pero su contenido debe más a Freud o a Sartre (éste acaba de escribir: "los escritores, todos locos furiosos"), cuyas concepciones nadie debería llamar, seriamente, "hijas de la filosofía idealista".

Rama deplora que presente los 'temas' de un escritor "como obsesiones intocables y casi 'sacralizadas', desde el momento que se les concede capacidad para dirigir la vida de un hombre". Si el materialista más acérrimo acepta hoy que la vida de la mayor parte de los hombres 'normales' (no sólo los habitantes de los asilos) está 'dirigida' por ciertas obsesiones, ¿podría ser negada esta evidencia en el caso de escritores como Dostoievski, Kafka, Henry Miller o Faulkner? Pero no niego que hay otros —un Tolstoi, un Balzac, un Thomas Mann—, en quienes el trasfondo obsesional es mucho menos significativo para entender la obra. La interpretación psicoanalítica 'pura' de la vocación literaria, como sistemática transferencia compensatoria de ciertos traumas neuróticos, me parece excesivamente psíquica e insuficientemente histórica y no la acepto sin reservas. No hay duda que ella puede ser discutida (yo preferiría 'completada') desde muchos ángulos. ¿Pero se la puede acusar, con un mínimo de rigor, de "irracional" e "idealista"? Una interpretación de la literatura es 'idealista' si instala la génesis de la vocación fuera de la realidad humana (lejos de la historia, en lo sobrenatural) e 'irracional' si proclama que esta vocación y sus fuentes no pueden ser aprehendidas con la razón. Cuando Rama aplica estas etiquetas a una explicación del novelista según la cual toda vocación narrativa se erige a partir de *experiencias concretas* que hieren de un modo especial a una personalidad determinada, provocando entre ella y su mundo un conflicto cuyo resultado es la ficción (es decir que ve en la ficción, únicamente, la mano de la psicología y de la historia) y para la cual todo el proceso de la literatura es inteligible y sus productos capaces de ser íntegramente 'desconstruidos' mediante el análisis racional —e intenta probarlo en medio millar de páginas consagradas al estudio de una obra particular—, incurre en la misma "imprecisión semántica" que reprocha a mi 'teoría', y también en la impropiedad de quienes, a fuerza de tanto lanzar anatemas en vez de razones, han acabado por convertir los vocablos 'idealismo' e 'irracionalismo' en ruidos intimidatorios, sin significación conceptual alguna.

Rama me censura "manejar una metáfora más que una definición crítica fundada" por hablar de los 'demonios' de un novelista y llamar a éste un "deicida". Para ser realmente 'moderno', según él, hay que llamarlo "un productor": "el escritor-productor es el correcto representante de nuestro tiempo". Éste es un pase de prestidigitación: ¿acaso porque llamo 'deicida' a García Márquez estoy negando que sea un 'productor'? Ambos términos no son contradictorios sino complementarios. El primero alude a la ambición rebelde que preside toda vocación narrativa, a la aspiración del narrador de 'rehacer la realidad', y el segundo a la condición del trabajador cuyas obras se convierten en 'mercancías' dentro de una sociedad determinada. ¿Dónde está el antagonismo? Una definición se refiere al problema individual de la literatura y otro al problema social: ambos existen, se condicionan y modifican mutuamente y yo nunca he pretendido segregarlos, como hace Rama, al reducir la literatura, según el patrón positivista, a su exclusiva función social. En realidad, la diferencia entre 'deicida' y 'productor' es una diferencia de metáforas: la primera presta su término al vocabulario 'religioso' y la segunda al de la 'economía' y lo divertido es que tanto Rama como yo somos profanos en esas materias de las que saqueamos imágenes para explicar la literatura. A mí no me parece mal: la literatura será algo vivo mientras siga siendo totalizadora, se nutra de toda experiencia humana y haya que recurrir por lo tanto a 'toda' la experiencia humana para explicarla en su integridad. La ventaja de esta concepción 'totalizadora' de la literatura sobre la visión sociologista que propone Rama, está en que aquélla abarca también a esta última, aunque despojándola, claro está, de sus orejeras, de su pretensión monopolista. Como la primera tesis parte del supuesto que la novela aspira a representar la totalidad humana (re-hecha críticamente) supone que sólo una crítica totalizadora —múltiple, o, como dice hoy la jerga académica, 'inter-disciplinaria'— puede describir y juzgar plenamente semejante empresa. Ésa es la intención explícita del ensayo de Sartre sobre Flaubert (que sólo he comenzado: espero el verano para zambullirme en ese océano), en el que, aparentemente, la sociología, la historia, el psicoanálisis, la lingüística, la antropología y otras disciplinas concurren para mostrar *qué se puede saber hoy de un hombre*. Es en esta dirección que Rama hubiera debido colocar mi ensayo para entenderlo cabalmente y no le habría costado la menor dificultad detectar sus vacíos y deficiencias, en vez de inventarle otros.

De otro lado, ¿desde cuándo es inválida la metáfora para describir una realidad dada? En un mundo esencialmente metafórico como el del lenguaje, la literatura constituye el dominio más 'imaginativo', el más volcado hacia la imagen, y cualquier definición 'científica' será siempre falaz. En literatura —y arte en general— sólo se puede aspirar a definiciones parciales. Y sin llegar al extremo de un Lezama Lima, para quien todo es metáfora de todo, la comparación puede ser, *también*, un vehículo eficaz para hacerse comprender y para comprender la literatura. Yo no he pretendido jamás una definición 'científica' del novelista. He trazado una hipótesis que es personal pero no original: ella debe su origen empírico a mi propia experiencia de escritor, y su formulación, llamémosla 'teórica', a una suma de autores entre los que, por cierto, no está excluido el excelente Benjamin a quien Rama me acusa de haber puesto de lado por otros 'idealistas'. La expongo, más que por lo que pueda valer en sí misma, para dejar en claro desde qué punto de vista, en función de qué convicciones básicas, está hecha la aproximación al 'caso' y a la obra de García Márquez, y es en función de esta aproximación que debe ser juzgada aquella hipótesis y no a la inversa. Las 'teorías', como las 'formas' literarias, sólo existen cuando se encarnan en una obra concreta.

El segundo cargo que quiero levantar es el de que yo me "acantono" (la metáfora es ahora militar) "en una dicotomía entre tema (inspiración demoníaca) y escritura (racionalización humana)". No he establecido semejante 'dicotomía' ni de mi ensayo se desprende que 'tema' y 'escritura' constituyen entidades independientes e inmóviles. He dicho, más bien, que la creación narrativa es un complejo proceso en el que la dimensión irracional, inconsciente, del creador aporta *principalmente* los 'temas' (las experiencias negativas que son el origen de la vocación rebelde que aspira a re-edificar la realidad) y la dimensión racional y consciente aporta *principalmente* las 'formas' (la técnica y el estilo) en que aquéllos cristalizan. Es evidente, para mí, que esta división sólo es posible como una abstracción teórica que *jamás se da en la praxis*, porque sé tan bien como Rama o como cualquiera que haya intentado la aventura de la narración, que los 'temas' no son separables de sus 'formas', que hay entre ambos una interdependencia irremediable: un 'tema' sólo existe encarnado y una 'forma' sólo existe cuando en ella se encarna un tema dado. El verbo 'encarnar' es capcioso, sugiere que un tema podría pre-existir a su forma y viceversa. No es así. Hay una interacción dinámica entre ambos componentes de la narración: un 'tema' se forma y transforma según van siendo decididas, elegidas, las palabras y el orden que lo plasman. Si es verdad que en mi libro hay pocas deudas con 'las ideas estéticas de Carlos Marx' (que eran demasiado conservadoras) hay en cambio una clara filiación entre esta manera de plantear la relación materia-forma y la dialéctica y me sorprende que Rama, buen lector del pensamiento marxista, no lo haya advertido.

Subrayo *principalmente* al hablar de la intervención de lo irracional en la materia de la narración y de lo racional en la elaboración de su forma, para indicar que, aun cuando piense que el tema procede, sobre todo, del inconsciente, no excluyo la participación del elemento consciente, y que no estoy diciendo que toda

183

'forma' sea exclusivamente 'racional': también en ella participan, a veces de manera decisiva, la intuición, el puro instinto. Lo que señalo es una tendencia: uno escribe historias en función de experiencias que no ha elegido, que no ha provocado (sino en casos excepcionales), que han herido su sensibilidad y su memoria hasta el extremo de convertirlo en un 're-creador' del mundo, pero al ponerse a escribir, en el proceso de crear, a partir de esa materia prima obsesiva, urgente y siempre nebulosa, una ficción, en la tarea de dotar de vivencias, de ambigüedad y de objetividad a ese material subjetivo, a través de las palabras y de un orden temporal, la inteligencia y la razón pasan a ser prioritarias. Desde luego que cualquier generalización respecto a esta tesis es arbitraria: cada caso puede constituir una variante, aunque siempre dentro de esas coordenadas. En un escritor como Borges, la premeditación 'temática' es, sin duda, mucho mayor que en un Donoso o un Garmendia o un Juan Benet, y en el André Breton que escribió *Nadja* la 'forma' era *casi* tan espontánea como el tema.

Porque he escrito que 'el novelista no es responsable de sus temas' (en el sentido en que un hombre no es 'responsable' de sus sueños) Rama, con desconcertante ligereza, deduce que para mí el escritor es "el escritor inspirado, el escritor protegido de las musas, el escritor poseído por los demonios, el escritor irresponsable por tanto". Afirmar que lo irracional es decisivo en la 'temática' de un escritor no exonera a éste de la menor responsabilidad respecto de lo que escribe. Para mí es clarísimo que un escritor no elige sus demonios pero sí lo que hace con ellos. No decide en lo relativo a los orígenes y fuentes de su vocación, pero sí en los resultados. Es la consecuencia lógica de creer que en la plasmación de la forma —de la cual depende todo, literariamente hablando: la belleza o la fealdad, la riqueza o la pobreza, la verdad o la mentira de una ficción— predomina el factor racional y consciente. Si, como yo pienso, al convertir sus obsesiones en temas, al emancipar sus demonios subjetivos en historias objetivas, todo depende de la inteligencia, la terquedad, el conocimiento y la voluntad —la razón— de quien escribe, sólo queda por concluir, como lo he hecho en mi ensayo, para irritación de algunos perezosos, que un escritor es totalmente *responsable* de su mediocridad o de su genio. Que es exactamente lo contrario de lo que Rama ha entendido.

¿En qué página de mi libro afirmo que todo escritor constituye una "individualidad excepcional"? Es una deducción caprichosa. Sólo he tratado de mostrar que la vocación del narrador es algo específico, distinta de otras, del mismo modo que sus productos son diferentes de los de otras vocaciones. No entiendo por qué cuando yo digo diferencia Rama oye superioridad. Me gustaría estar seguro de que un hombre que escribe novelas es 'superior' —en el sentido de más útil a los otros— que uno que construye puentes. No lo estoy: sólo me consta que hacen cosas muy diferentes. Esta diferencia hay que tenerla en cuenta si se quiere hablar de literatura a un nivel un poco más profundo que el que permite, digamos, una nota periodística. Cuando Rama afirma que la definición adecuada para un novelista es la de un "productor" que "elabora conscientemente un objeto intelectual —la obra literaria— respondiendo a una demanda de la sociedad o de cualquier sector que está necesitado no sólo de disidencias sino de interpretaciones de la realidad que por el uso de imágenes persuasivas permita comprenderla y situarse en su seno válidamente" diseña algo muy parecido a esos mesones españoles donde cada cual encuentra lo que lleva. Su definición vale lo mismo para 'la obra literaria' que para una película, una teoría filosófica, una revista de tiras cómicas, un manual de zoología, un catecismo, un reportaje periodístico y un folleto con instrucciones para el uso de un insecticida. Eso puede no deber nada al romanticismo, pero no sé que otro mérito tenga. Las generalidades de esa magnitud, aunque se formulen con brillantez, no sirven de gran cosa.

"El fin de la infancia es largo", me recuerda Rama, después de amonestarme por mi "arcaísmo". Si el punto de referencia es la vanguardia intelectual de izquierda en Europa, no hay duda que mis ideas son obsoletas: aquélla analiza ahora la literatura a través de un prisma construido con altas matemáticas, el formalismo ruso de los años veinte, las teorías lingüísticas del círculo de Praga, el libro rojo de Mao y una pizca de orientalismo budista. Eso significa, también, que si la manera de ser maduro y moderno en literatura es adoptando, con algunas simplificaciones, las tesis de los pensadores neo-marxistas que Europa occidental pone de moda, Rama está tan decrépito, con sus convicciones neo-lukacsianas y su entusiasmo por Benjamin, como yo con mi romanticismo satánico.

Barcelona, junio 1972

# RESURRECCIÓN DE BELCEBÚ
## O LA DISIDENCIA CREADORA

### I

La respuesta de Rama a mi respuesta ("El fin de los demonios") es más interesante que su primer artículo: hay menos venias a la galería (ya no soy un 'teólogo', mi 'idealismo' ya no es tan absoluto), su lista de padrinos se ha enriquecido pasando del escueto binomio Carlos Marx-Walter Benjamin a un ecléctico ramillete donde Barthes se codea con Engels y Karl Mannheim con Medina Echavarría (hay doce parejas más) y la discusión de mis ideas es más responsable que en el texto anterior. Todo eso constituye un progreso y hay posibilidades de que, por una vez, una polémica literaria tenga 'éxito', es decir de que ponga en claro, ante los lectores, la naturaleza exacta de la discrepancia entre los adversarios. Estas líneas quieren contribuir a ese fin, corrigiendo las últimas equivocaciones que Rama comete (antes temí que de mala fe y ahora temo que de buena) en su lectura de *Historia de un deicidio*.

Pero, primero, conviene despejar el campo y establecer que en este debate se enfrentan mis opiniones a las de Rama y de ningún modo Vargas Llosa a Ángel Rama más un ejército de adolescentes. Me refiero a su inesperada confesión de que critica mi "tesis" porque teme que pueda corromper a la juventud ("me temo que la aplicación de ella en admirativos escritores jóvenes no depare buenos resultados"). La imagen "Ángel Rama-protector-de-la-juventud-literaria" no me resulta simpática, por inútil. Si los 'admirativos escritores jóvenes' son capaces de adoptar las ideas ajenas sin discriminación —sin someterlas a la prueba de su propia experiencia— no se podía esperar gran cosa de ellos. Los 'demonios'[1]

---

1. Acabo de ver que Jacques Monod se vale de este término, en *El azar y la necesidad*, para designar ciertos constituyentes químicos de la célula: ¿por qué no usarlo para las 'obsesiones' del novelista?

no se importan ni se exportan: pueden alimentarse de los del prójimo pero no hay otra manera de trasplantarlos que, como el Pierre Menard de Borges, copiando literalmente el original. El gran peligro para los 'jóvenes escritores' no está en leer tesis equivocadas sino en que se los prive de la posibilidad de equivocarse y alguien, aun tan inteligente como Rama, se arrogue la misión de decidir la 'verdad' que les conviene. Yo, a los "admirativos escritores jóvenes", en vez de vigilarles las lecturas, me apresuro a recordarles que la única manera que tienen de ser originales es siendo cada vez menos 'admirativos' y más críticos de sus mayores.

Libre el terreno de párvulos, vamos al diálogo entre adultos. En la síntesis que hace Rama de mis opiniones, me encuentro bastante bien retratado en lo particular, pese a que las citas son a veces hábilmente incompletas. Pero, en lo general, Rama es víctima de un error considerable. Uno de sus argumentos en contra de mi "tesis" es que ella "torna ininteligible la inmensa mayoría de las obras del arte universal, aunque sí muy comprensible un segmento de un siglo y medio dentro de los tres mil años de literatura que computamos". Y asegura que "estas concepciones" "no hay posibilidad alguna de aplicarlas a *El sobrino de Rameau* o al *Cándido*, ejemplos del arte narrativo del XVIII, pero tampoco a las innumerables obras anteriores que fueron hechas por encargo tal como constituyó la norma de arte durante milenios. Me desconcierta imaginar cómo haría Vargas para estudiar la *Eneida* que Augusto le pidió a Virgilio, a la luz del muy pobre psicologismo romántico...". Es flagrante que no ha entendido un elemento central de la tesis que impugna, pues cree, ingenuamente, que mi explicación de la vocación y del proceso creativo se refiere a todas las 'artes' y a todos los 'géneros literarios' por igual. No ha advertido la convicción básica del libro, explícitamente subrayada en él hasta la redundancia, de que la vocación del *novelista* es algo específico, con características propias y distintas dentro de la literatura, y que es justamente esa autonomía respecto de los demás artes y géneros lo que el ensayo pretende describir, a partir de un caso particular. Usar mi tesis para estudiar los versos de Virgilio, 'la inmensa mayoría del arte universal', o *todo* lo que contienen esos 'tres mil años de literatura sería tan inprocedente como querer estudiar la geografía entera de un país con los instrumentos ideados para medir el caudal de los ríos. La confusión de Rama es insólita porque incluso en el capítulo II de la primera parte (el que parece recordar mejor), está literalmente indicado, para los lectores distraídos (ya que ello se desprende de toda la argumentación del capítulo, ya que es su contexto indispensable, ya que, para evitar *este* malentendido, cada vez que puse 'vocación' añadí *del novelista* y 'creación' está siempre acompañada de la palabra *narrativa*) que el autor habla de un fenómeno existente "desde que, en un momento dado de la historia, la evolución social, económica y cultural hizo posible y necesario que surgiera la vocación del novelista" (p. 96).

Quizá tranquilice a Rama saber que, en lo que respecta a la poesía y al teatro, mis ideas no son idénticas que en lo que concierne a la novela. No en lo que se refiere a la intervención de lo irracional, inseparable de todo proceso creativo, y que, en poesía sobre todo, ha desempeñado un rol principalísimo, sino concretamente en lo relativo a ese factor de negación, de cuestionamiento radical, de insatisfacción contra la realidad que yo creo es el pulso más íntimo de la vocación del novelista y de las ficciones que genera. La poesía, en efecto, ha expresado muchas veces, en la voz de altas figuras —Rama pone un gran ejemplo: Virgilio— el acuerdo de un hombre con el mundo, ha exaltado lo establecido y testimoniado sobre la felicidad y la armonía de la vida. El teatro ha sido un excelente vehículo de propagación de la fe dominante, religiosa o política. Por eso, la poesía y el teatro han sobrellevado más indemnes que la novela el absolutismo y la tiranía. Pero la naturaleza de la novela no parece admitir el sometimiento a lo real; la prefabricación ideológica la aniquila. ¿Cuál sería, si no, el equivalente novelístico de un Calderón? El despiste de Rama procede, sin duda, de una previa e inocente asimilación de todos los géneros, de un tácito convencimiento en su paralelismo: lo que vale para la novela, vale para el teatro y la poesía. Esta asimilación ha sido teorizada y puesta ahora de moda por Barthes y sus discípulos y es una de mis objeciones a esa rama del estructuralismo: su idea de que los géneros literarios no existen, de que la noción de texto debe confundir a la de poema, drama y novela, no me convence porque pienso que los 'géneros' no obedecen a caprichos de la vieja retórica, sino a una razón profunda, que cada uno de ellos tiene una génesis distinta y propone una visión diferente de la realidad. Abolir sus fronteras puede ocasionar equivocaciones críticas muy elementales.

Quizá valga la pena que sintetice rápidamente las razones que me llevan a creer en la soberanía de la novela, presupuesto sin el cual, obviamente, la parte teórica de *Historia de un deicidio* resulta poco comprensible. No tengo más remedio que repetir lo que he escrito en otras ocasiones. La novela es el más 'histórico' de los géneros, porque, a diferencia de la poesía o el teatro, cuyo origen se confunde con el de todas las civilizaciones, tiene fecha y lugar de nacimiento. Esta representación verbal desinteresada de la realidad humana que expresa el mundo en la medida que lo niega, que rehace deshaciendo, este deicidio sutil que entendemos por novela y que es perpetrado por un hombre que hace las veces de suplantador de Dios, nació en Occidente, en la Alta Edad Media,[2] cuando moría la fe y la razón humana iba a remplazar a Dios como instrumento de comprensión de la vida y como principio rector para el gobierno de la sociedad. Occidente es la única civilización que ha matado a sus dioses sin sustituirlos por otros, ha escrito Malraux: la aparición de la novela, ese deicidio, y del novelista, ese suplantador de Dios, son, en cierto sentido, resultado de ese crimen. El más joven y sedicioso, es también el único laico de los géneros: no brota cuando reina la fe, cuando ésta es todavía lo bastante fuerte para explicar y justificar la realidad humana, sino cuando los dioses se hacen pedazos y los hombres, de pronto librados a sí mismos, se hallan frente a una realidad que sienten hostil y caótica.

2. Hablo de lo que nosotros entendemos por novela y no, evidentemente, de los apólogos, mitos, leyendas y narraciones folklóricas que constelan todas las civilizaciones porque no hay entre esas formas narrativas y la novela una "continuidad", así como no la hay, siquiera, entre las 'novelas' de la decadencia latina —*El asno de oro*, el *Satiricón*— y las primeras novelas épicas medievales.

La crisis de la fe que acompaña la declinación de una realidad histórica, ese escepticismo ante los valores rectores de un mundo que es el síntoma más claro de la descomposición de una sociedad, despierta, curiosamente, una receptividad creciente, un apetito, una necesidad intensa en lo relativo a las ficciones, a las imágenes narrativas que segrega esa misma realidad en la que se descree: se mata a Dios y surge el culto de su suplantador, se desconfía de la realidad y brota la fe en sus representaciones verbales. Es como si la credulidad que ha sido retirada al mundo real se volcara compensatoriamente en las ficciones que las ruinas de ese mundo engendran. Este hecho social tiene, desde luego, una contrapartida literaria: en un momento de apogeo de la narrativa, ese mismo movimiento de confianza temerosa de los lectores hacia la ficción es el que impulsa al autor en su trabajo, el que lo arrastra a asumir mediante aventuras cada vez más ambiciosas su papel de suplantador de Dios: la riqueza de esas ficciones que concitan la fe de una comunidad, es el resultado de la fe con que fueron creadas. El esplendor de una narrativa procede, ante todo, de su poder de persuasión: ese poder es más grande mientras más grande sea la fe (no sólo la inteligencia, ni la destreza) con que un novelista ejecuta el acto creador. Y son precisamente las sociedades en crisis donde el ejercicio de la literatura ha adoptado el carácter de empresa religiosa y mesiánica, donde se han concebido las ficciones más atrevidas y 'totales'. La novelística de las sociedades estables, las ficciones (negaciones) que inspira una realidad histórica no amenazada —aquella realidad sostenida aún por la fe del cuerpo social— suelen estar marcadas por el sello de la ironía, del juego formal, del intelectualismo o el nihilismo. Estas características revelan una actitud de repliegue del creador frente a la realidad. No se atreve a ser Dios, no compite con la realidad de igual a igual, no intenta crear mundos tan vastos y complejos como el real: no tiene fe en sus propias fuerzas y tamaña empresa le parece descabellada e ingenua. Él se refugia en la lucidez, en la sofisticación, y proclama que la función del novelista no es "competir con el Código Civil" sino crear nuevas formas y reinventar el lenguaje. Esa realidad, que no es sentida como agotada, no despierta ese rechazo 'total' que empuja al novelista de la sociedad en crisis a querer sustituir 'totalmente' la realidad con ficciones 'totales', sino el distanciamiento burlón y la crítica risueña, que se traducen en ficciones a menudo brillantes, pero modestas y escépticas, y a veces en una lujosa gratuidad.

La noción cualitativa de 'rebelión' y la cuantitativa de 'totalidad', que me parecen inevitables en el caso de la novela, son, efectivamente, en muchos poetas y dramaturgos, perfectamente prescindibles. Ello establece, a mi modo de ver, aparte de los usos diferentes del lenguaje, una singularidad entre los géneros que la crítica debe tener en cuenta so pena de lesionar gravemente su comprensión del texto literario.

## II

Rama se equivoca cuando estima que "la disidencia" sólo puede rastrearse en la novela a partir del romanticismo y en la estirpe de los 'malditos': ella es el denominador común del género desde sus orígenes hasta hoy. Esto es manifiesto, a condición de entender por 'disidencia' algo muy amplio, que abarque todas las causas posibles de rebelión, no sólo las moralmente legítimas, sino también las más egoístas y arbitrarias. Naturalmente que el concepto de rebelión no sería significativo para la novela reducido a la exclusiva acepción de inconformismo social o político. Yo creo haber mostrado, por ejemplo, la 'disidencia' que es la raíz de la vocación de un gran novelista del siglo xv y el eje de su reconstrucción de la realidad de su tiempo, *rectificada* en su novela a partir de los motivos principales de esa disidencia.[3] Voy a resumir en pocas líneas las conclusiones de ese ensayo, como muestra de lo que trato de decir. Todo lo que conocemos de la vida de Joanot Martorell son una colección de cartas de batalla,

3. En "Martorell y el 'elemento añadido' en *Tirant lo Blanc*", prólogo a *El combate imaginario*, una edición de las cartas de batalla de Martorell, preparada por Martín de Riquer, Barcelona, Barral Editores, 1972.

sobre algunos de los desafíos que ocuparon su vida. A juzgar por esos textos cruzados entre Martorell y sus adversarios, un hecho resulta patente: al autor de *Tirant lo Blanc* no le fascinaban tanto los combates como el complicado ceremonial que las costumbres de la caballería habían establecido para los duelos, con sus locuaces preliminares de carteles de desafío, y las bizantinas negociaciones sobre el lugar y condiciones del combate y el nombre y rango de los jueces. Ese sanguíneo valenciano al que vemos desafiando bravuconamente a sus contrincantes, y luego, cuando éstos aceptan el reto, demorando la realización del combate mediante artilugios metodológicos y discusiones legalistas, complicándolo hasta la demencia con minucias de procedimiento que a veces se arrastran varios años, no aparece como un enamorado de la matanza, sino como un formalista, alguien poseído de la infrecuente pasión del rito y de la regla, de la representación, que aprovecha (trata de) ciertas costumbres e instituciones de su tiempo para la satisfacción de un vicio delicado: el amor de las formas. El mundo en que Martorell vivió sólo podía aplacar esa pasión de manera relativa y precaria; todo la contradecía, más bien, en esos años (segunda mitad del siglo XV) de sangrienta barbarie. Ésta es, pienso yo, la contradicción decisiva entre Martorell y su mundo, el conflicto que hizo de él un disidente de la realidad, un suplantador de Dios, un rebelde "ciego" (¿cómo hubiera podido tener conciencia él mismo de ello, en ese momento?) que llevó su insatisfacción del mundo hasta el extremo de querer construir *otra* realidad. Porque, precisamente, lo que distingue al mundo ficticio que creó del mundo real en que vivió es ser una realidad ritual, donde la apariencia, el gesto y la fórmula constituyen la esencia de la vida, las claves íntimas de la historia y de la conducta individual. En el mundo de Martorell se cambiaban cartas de desafío *para combatir*; en el de Tirant se combate *para cambiar cartas de desafío*. Éste es el cariz propio, insustituible (lo que llamo "el elemento añadido") del mundo ficticio de Tirant lo Blanc, el que lo dota de vida autónoma, es decir lo que hace que, al mismo tiempo que reflejo de la realidad que lo inspiró, sea también su negación. Al mismo tiempo que expresa la realidad, toda novela la rectifica, al mismo tiempo que dice la vida, la contradice.

En muchos otros ejemplos clásicos esto se ve muy nítidamente (porque, claro, no siempre el reajuste insidioso de lo real que opera el novelista a partir de su resentimiento, frustración o herida es tan visible y directo), y en el XVIII francés, evocado por Rama, hay el caso, realmente luminoso, del prolífico Restif de la Bretonne. Los manuales lo consideran un costumbrista, porque, en sus libros, París y la campiña francesa están descritas con una prolijidad colorista y vital. Sabemos muchas cosas de la vida de Restif, porque él la desplegó en una vasta autobiografía con lujo de detalles, pero hay un aspecto particular de su persona que ha merecido la posteridad, una fantasía, necesidad o locura sexual que lo acompañó desde joven: el fetichismo del pie femenino. Por ello, los sexólogos usan el nombre de 'bretonismo' para designar esta forma específica de fijación fetichista. He leído una docena de novelas de Restif de la Bretonne —escribió muchas más— y en ellas casi todo es, en efecto, costumbrismo, descripción morosa y desenfadada de la vida parisina y de la vida rural dieciochescas. Casi todo lo que cuentan *Monsieur Nicolas*, *Le paysan perverti* o *Le pied de Mignon* es instantáneamente identificado por el lector a través de su propia experiencia de lo real, al extremo que podríamos pensar en Restif de la Bretonne como el novelista más fotográfico de su tiempo, a no ser por un detalle, pequeño pero subversivo: que en sus novelas los hombres no se enamoran de las mujeres por la belleza de su rostro, la esbeltez de su talle o la tersura de su piel, sino, únicamente, por la gracia de sus pies o la delicadeza de sus botines. Éste es el constituyente principal del "elemento añadido" en el mundo novelesco de Restif de la Bretonne, la corrección que su realidad ficticia infligió a la realidad real, a partir de una característica de su vida privada que, cómo dudarlo, tuvo necesariamente que ponerlo en contradicción y 'disidencia' con su mundo. Se ve bien, en este caso, cómo la rebeldía agazapada tras una vocación puede ser (en su origen, nunca en su resultado: la obra escrita) muy poco 'social', predominantemente 'individual', y tener un contenido muy poco revolucionario en términos sociales y políticos (Restif fue en esto lo más conformista que cabe, pues llegó a ejercer el feo oficio de policía).

¿Debo añadir que no pienso que detectar la naturaleza de la rebelión del novelista, y, por consiguiente, la índole del "elemento añadido" de la obra en que cristaliza esa vocación, sea la puerta única y obligatoria, ni siquiera la principal, de toda aproximación crítica a un narrador? Es *un* método de exploración del laberinto, en ningún caso suficiente, que puede y debe ser completado por otros, capaces de abarcar los múltiples planos de que consta una ficción: el lingüístico, el estructural, el histórico, el ideológico. Si el propósito del crítico es concentrarse en el examen de alguno de estos niveles de una obra, puede, sin daños ni perjuicios, desdeñar todo material biográfico. Pero si su intención es mostrar el mecanismo por el cual *nace* una obra de ficción, el proceso por el cual un hombre empieza un día a trasmutar dialécticamente ciertas experiencias —personales, históricas y culturales— en piezas de su mundo ficticio, ¿cómo podría eludir la biografía del autor? Tan grave como no entender lo que se impugna, es criticar un libro no a partir de lo que es o quiere ser, sino de otro libro, fraguado idealmente por el crítico. Lo digo en relación con el reproche que me hace Rama —admito que con ingenio— de haber seguido, en la estructura de mi libro, el fosilizado esquema: "Miguel de Cervantes, vida y obra".

Hay todavía un aspecto en torno a la "disidencia" del novelista que es preciso subrayar. Rama la niega porque esta convicción le parece —asombrosamente— implicar "la subyacente idea de que el escritor es el hombre que está fuera de la realidad, que es el 'disidente', con lo cual o él no es la realidad o hay que concebir una extrarrealidad para situarlo". ¿No se puede disentir con aquello de lo cual se forma parte? ¿Y lo dice alguien que, como Rama, mantiene una honesta posición de rebelde social, de revolucionario político? ¿Debo deducir que Rama, por formar parte de la explotada, humillada y reprimida América Latina no puede "disentir" con esta realidad imperfecta sin dejar por ello de ser latinoamericano?

195

# III

Otro elemento que, según Rama, delata el excesivo individualismo de "mi tesis" es la *ceguera* del escritor. Esta *ceguera*, que, sencillamente, quiere decir 'presencia del inconsciente' en el proceso creativo del narrador, tiene que ver con los orígenes del conflicto particular que ha hecho de él un deicida, con la razón de ser 'primaria' de su vocación y de sus fuentes, pero es impertinente deducir de esta hipótesis que "la vida humana" es para mí "un desgarrado conflicto entre mundo y hombre donde éste es el 'paciente' y no el 'agente' de la historia". El novelista puede ser muy lúcido sobre los problemas históricos de su tiempo y asumir frente a ellos una posición política muy noble ('correcta', según el vocabulario ortodoxo), pero todo hombre es muchos hombres, como lo escribió ya Rodó, y ese ser históricamente lúcido, ese hombre de acción con ideas claras y justas sobre su sociedad, cuando se pone a escribir novelas obedece, en un primer movimiento, a la memoria urgente, dolorosa y a menudo inexplicable para él mismo de ciertas experiencias, más o menos remotas en el tiempo, que traducen un entredicho con la realidad. Estas experiencias que fundan e irrigan la vocación pueden contener ideas implícitas que coincidan o diverjan con aquellas convicciones ejemplares de ese hombre políticamente ejemplar, como lo revelan decenas de ejemplos en la historia de la literatura. Rama lo admite, afirmando, con el respaldo de Engels, que "es tradición reconocer la posible incoherencia entre las obras y las ideas de un autor". Yo estoy totalmente de acuerdo; temo, más bien, que esto ponga a Rama en desacuerdo consigo mismo. Porque, ¿qué cosa, sino la intervención de lo irracional, es decir la *ceguera* del escritor respecto de sus 'demonios', hace posible y explica esos casos de "incoherencia" entre las ideas y las ficciones de un autor? Es porque un novelista escribe no sólo con sus 'convicciones' sino también con sus 'obsesiones' que puede surgir una contradicción —a veces tan notoria como la de un Balzac— entre ambas cosas: si la creación fuera obra exclusiva "de la conciencia y la racionalidad", como afirma Rama, esas 'incoherencias' no se presentarían jamás.

El proceso de la creación novelesca es *individualista* en el sentido de que quien lo realiza es un individuo, a partir de experiencias que han afectado su vida de manera negativa y profunda. Pero claro que estas experiencias no surgen por generación espontánea o milagro: una individualidad no es una campana neumática. Proceden de la situación particular de ese individuo en un sitio y un tiempo determinados y en ellas se reflejan, qué duda cabe, la historia, la economía, la moral, la ideología de la familia, el grupo, la clase, el país y la cultura o civilización a que ese individuo pertenece (si no fuera así, sólo se escribirían novelas, no se *leerían*). De esa red de relaciones y tensiones múltiples que es la vida del escritor, de esa compleja dialéctica donde lo personal, lo histórico y lo cultural se cruzan y descruzan, modificándose mutuamente, en un verdadero sistema de vasos comunicantes, pero siempre refractado al nivel de una individualidad, surgen los 'demonios' del novelista. En *Historia de un deicidio* me he demorado, tal vez demasiado, procurando deslindar esas tres filiaciones en los materiales con que García Márquez ha escrito sus novelas, a fin de mostrar que la incidencia de las tres vertientes —personal, histórica y cultural— es pareja en su obra, de modo que no entiendo por qué Rama me acusa de subestimar el factor "social" en la creación. No lo subestimo en absoluto; lo valoro en toda su importancia, porque sé que él establece el cuadro general básico para situar una obra o un autor. Pero estoy también consciente del peligro que significa ver en ese cuadro general la explicación de cada caso particular: la crítica 'progresista' está envenenada de esas generalizaciones banales. Saber que Flaubert pertenecía a la pequeña burguesía normanda y que fue toda su vida un rentista es un dato que hay que tener en cuenta, pero él solo no permitirá explicar jamás por qué Flaubert escribió *Madame Bovary* y no los seiscientos quince pequeños burgueses y rentistas franceses de su tiempo que también escribieron novelas.

197

Una aberración frecuente en las polémicas culturales en América Latina es el empleo del terrorismo histórico. Incluso Rama, cuyo nivel intelectual es bastante más elevado que el de los gacetilleros profesionales del terror ideológico, usa a veces ese recurso escabroso. Mi "tesis", dice, por su "fijación sobre la función individual de la creación resulta poco apta para atender la demanda de los sectores sociales latinoamericanos que han presentado proyectos transformadores". La frase no es un monumento a la luz, pero, entre sus nubarrones, se divisa, destellando flamígera, la espada de la excomunión histórica, del anatema ideológico. Traducida a un lenguaje directo y esquemático, parece querer decir: esa tesis *sobre la novela* se opone al cambio social, a la reforma de estructuras, al progreso de América Latina. Un pequeño brinquito dialéctico (un descenso de un Rama a un Romualdo) y esa 'tesis' pasaría a ser cómplice descarada, tal vez subvencionada, del latifundismo, el gorilismo y —vamos, por qué no— el imperialismo. El chantaje ideológico de una nueva inquisición surgida en el seno de la izquierda (ya no hablo de Ángel Rama, ésta es una digresión de actualidad) tiende, cada día más, a impedir el debate cultural en América Latina, a hacer imposible, mediante el amedrentamiento y el ucase, la fértil discrepancia, a entronizar dos ismos tan inhumanos como abyectos, el oportunismo y el dogmatismo, y a fomentar el espíritu policial entre los escritores. Hay que repetir por eso, a voz en cuello, que la liberación social, política y económica de nuestros países —que yo ambiciono con todas mis fuerzas— nunca sería completa sin una vida intelectual verdaderamente libre, donde todas las ideas sin excepción puedan rivalizar, y donde no sólo los ángeles sean admitidos y respetados, sino también los demonios, para contrapeso saludable de aquéllos, pues hasta los ángeles, cuando nada los controla, sucumben a lo que Octavio Paz ha llamado la peste de nuestro tiempo: la peste autoritaria.

Rama enfrenta a mis opiniones un pronóstico de

Darcy Ribeiro. Dice: "En las antípodas de la concepción que maneja Vargas [¿qué es esa malacrianza de acortarme el apellido?] Darcy Ribeiro piensa que: 'De hecho, una nueva civilización está naciendo. Una civilización respecto de cuya cultura sólo sabemos que será más uniforme en todo el mundo y se basará, cada vez más, en el saber explícito y en la racionalidad'". Quiero puntualizar que la profecía de Ribeiro me parece un ideal deseable, digno de que luchemos para hacerlo realidad. Tengo, por desgracia, la impresión de que está ocurriendo algo distinto. En Occidente, los espíritus más valiosos parecen admitir (suicidamente) como algo probado, el descrédito de la razón y aquí y allá, en diversos recintos del pensamiento, resucitan y reinan lo esotérico, lo religioso y un formalismo frenético, en tanto que en el mundo socialista, donde aquel ideal debería empezar a tomar cuerpo, sobrevive contra viento y marea, pese a heroicos esfuerzos aislados, el espíritu escolástico e irracional del estalinismo.

Nada me parecería tan hermoso como un mundo sin 'demonios', una realidad donde la desdicha individual ya no sea posible y donde, como en ciertas civilizaciones del pasado —pero ahora ya no, como entonces, porque una fe religiosa hacía subjetivamente tolerables al individuo las lacras de la realidad, sino porque habrían desaparecido, objetivamente, los motivos de disidencia ciega y radical— la poesía y el teatro celebraran la belleza de las cosas y exaltaran la vida. Por un mundo así estoy dispuesto a desear ardientemente la desaparición de esa vocación que constituye mi vida. Pero mientras los 'demonios' no mueran de muerte natural, conviene a todos los hombres, no sólo a los novelistas, defender su existencia. Ya que ellos pueden ser también artificialmente suprimidos, con el pretexto de que se oponen 'a la marcha de la historia', para impedir la fatídica exposición de cargos contra la realidad, congénita a esa forma de representación de la vida que es la novela. El novelista exorciza a sus demonios en sus ficciones y éste es el aspecto individual de la creación; pero la novela recuerda a los hombres (el poder establecido, de cualquier género que sea, siempre tratará de que lo olviden) que aquellos 'demonios' existen, que por lo tanto la realidad en la que viven está mal hecha, pues es capaz de provocar sufrimiento, disidencia y rebelión, y, *mientras esto sea verdad*, aquél será un sobresaliente servicio de utilidad pública.

Barcelona, agosto 1972

# UN FRANCOTIRADOR TRANQUILO

Conocí a Jorge Edwards a comienzos de los años sesenta, cuando acababa de llegar a París como tercer secretario de la embajada chilena. Había publicado ya dos volúmenes de cuentos (*El patio* y *Gente de la ciudad*) y comenzaba a escribir *El peso de la noche*. Nos hicimos muy amigos. Nos veíamos casi a diario, para infligirnos noticias sobre nuestras novelas a medio hacer, y hablar, incansablemente, de literatura. A menudo discrepábamos sobre libros y autores, lo que hacía más excitante el diálogo, pero también teníamos muchos puntos de coincidencia. Uno era nuestro fetichismo literario, el placer que a los dos nos produce visitar casas y museos de escritores, olfatear sus prendas, objetos, manuscritos, con la curiosidad y reverencia con que otros tocan las reliquias de los santos. Solíamos dedicar los domingos a estas peregrinaciones que nos llevaban de la casa de Balzac en Passy a la tumba de Rousseau en Ermenonville y del pabellón flaubertiano de Croisset a los vestigios de la ascética abadía de Port-Royal de Pascal.

Otra coincidencia era Cuba. Nuestra adhesión a la revolución era ilimitada e intratable, poco menos que religiosa. En mi caso se ejercía con impunidad, pero en el suyo implicaba riesgos. Recuerdo haberle preguntado algún 1 de enero o 26 de julio, mientras remontábamos la avenida Foch hacia la embajada cubana, dispuestos a soportar un coctail revolucionario (tan enervante como los reaccionarios) si no lo inquietaba quedarse de pronto sin trabajo. Porque en esos momentos Chile no tenía relaciones con La Habana y Fidel lanzaba ácidos denuestos (que, por lo demás, el tiempo se encargaría de justificar) contra el presidente Eduardo Frei. Edwards admitía el peligro con una frase distraída, pero no cambiaba de idea, y con esa misma elegante flema, que, sumada a su apellido y a la urbanidad de su prosa, le dan un aire vagamente inglés, lo vi, en esos años, pese a su cargo, firmar manifiestos en *Le Monde* a favor de Cuba, trabajar públicamente por la tercera candidatura de Salvador Allende recabando el apoyo de artistas y escritores europeos, ser jurado de la Casa de las Américas, y, tiempo después, lo escuché, en un congreso literario en Viña del Mar, defender la necesidad de que el escritor conserve su independencia frente al poder y de que el poder la respete, con motivo de una aparición en el congreso del canciller chileno (su jefe inmediato), a cuya intervención dedicó incluso alguna ironía.

No se piense, sin embargo, que era un mal diplomático. Todo lo contrario. Su 'carrera' fue muy rápida y es posible que su eficacia profesional hiciera que sus jefes cerraran piadosamente los ojos por esa época ante las libertades que se permitía. Simplemente, era un escritor que se ganaba la vida como diplomático y no un diplomático que escribía. La diferencia no es académica, sino real, pues esa prelación, esa jerarquía clara y nítida de uno sobre el otro hizo posible que Jorge Edwards fuera capaz de vivir, primero, y luego escribir y publicar las experiencias que narra *Persona non grata*.

Se necesitaba más coraje para publicar el libro que para escribirlo, por ser lo que es y por el momento político en que salía. *Persona non grata* rompe un tabú sacrosanto en América Latina para un intelectual de izquierda: el de que la revolución cubana es intocable, y no puede ser criticada en alta voz sin que quien lo haga se convierta automáticamente en cómplice de la reacción. El relato de Jorge Edwards constituye una crítica seria a aspectos importantes de la revolución, hecha desde una perspectiva de izquierda. El término "izquierda" está prostituido y designa hoy cualquier cosa. Quiero decir que la crítica de *Persona non grata*, aunque profunda, parte de una adhesión a la revolución y al socialismo, de un reconocimiento de que los beneficios que ha traído a Cuba son mucho mayores que los perjuicios, y de una recusación explícita e inequívoca del imperialismo norteamericano. Obviamente, el libro no gustaría a la derecha (el gobierno de Pinochet había expulsado a Edwards del servicio diplomático por haber denunciado el golpe militar contra Allende y se apresuró a prohibir la circulación de *Persona non grata* en Chile) ni a la izquierda beata, que, al menos en América Latina, es mayoritaria. Pero tal vez, en el fondo, la amenaza de una cierta marginalidad no fastidiaba demasiado a este francotirador tranquilo. En cambio, era una decisión grave publicar el libro en momentos en que la causa del progreso sufría un rudo revés en el continente con el golpe fascista chileno y la consolidación de regímenes totalitarios de derecha un poco por todas partes: Brasil, Bolivia, Uruguay. El contexto político latinoamericano podía provocar malentendidos serios sobre las intenciones del libro y prestar argumentos abundantes a la mala fe. ¿Un relato de esta naturaleza, destinado a la polémica, no iba a fomentar la división de la izquierda cuando era más necesaria que nunca la unidad contra el enemigo común?

Es un mérito que Jorge Edwards haya querido correr este riesgo. La sola existencia del libro formula una propuesta audaz: que la izquierda latinoamericana rompa el círculo del secreto, su clima confesional de verdades rituales y dogmas solapados, y coteje de manera civilizada las diferencias que alberga en su seno. En otras palabras, que desacate ese chantaje que le impide ser ideológicamente original y tocar ciertos temas para no dar "armas" a un enemigo a quien, precisamente, nada puede convenir más que la fosilización intelectual de la izquierda. El libro de Edwards se sitúa en la mejor tradición socialista, la de la libertad de crítica, que hoy tiende a ser olvidada. Marx y Lenin, aun en los momentos más difíciles de la historia del movimiento obrero, ejercitaron la crítica interna de manera pública, convencidos de que más debilitaba al socialismo cerrar los ojos frente a sus debilidades que discutirlas.

La forma elegida por Edwards para su exposición se halla a medio camino entre el relato autobiográfico y el ensayo. Pertenece, como él mismo dice, a un género que otrora floreció con esplendor en Chile: el memorialista. Edwards expone sus reparos, anécdotas, alarmas, en una prosa límpida y sugestiva, de soltura clásica, sin eufemismos, con una sinceridad refrescante, y sin escamotear los hechos y circunstancias que pueden relativizar e incluso impugnar sus opiniones. El libro es, a la vez que un testimonio, una meditación, y sin duda importa más por esto último que por lo primero. La libertad irrestricta con que reflexiona sobre las cosas que le suceden (o cree que le suceden) es reconfortante y del todo insólita en los escritos políticos latinoaméricanos, en los que han sido prácticamente abolidos el matiz, el tono personal y la duda. En el libro de Edwards todo lo que se dice está ligado a la experiencia concreta de quien narra y es esta peripecia personal la que fundamenta o hace discutibles sus ideas. De otro lado, se halla totalmente exento de ese carácter tópico y esquemático al que buena parte de la literatura política contemporánea debe su aire abstracto, verboso e indiferenciable. Lo curioso, y también sano, tratándose de un libro eminentemente político, es que haya en él más dudas que afirmaciones. Edwards duda sobre lo que ocurre a su alrededor, especula sin tregua y duda de sus propias dudas, lo que ha llevado a alguno de sus detractores a afirmar que *Persona non grata* es un documento clínico. Sí, en cierto modo lo es, y en ello está quizá el peso mayor de la crítica que el libro hace al régimen cubano: haber provocado en su autor un estado de ánimo semejante y haberlo llevado, en el corto plazo de tres meses y medio, y sin que mediara un plan premeditado, a bordear la neurosis. El libro es también, como dice el propio Edwards, una terapia, emprendida con el objeto de superar mediante la escritura una crisis personal, y a lo largo de la cual, como en todo proceso creativo, se le fueron revelando retrospectivamente muchos ingredientes de la historia que quería referir.

El libro describe los meses que pasó en Cuba, como encargado de negocios enviado por el flamante gobierno de la Unidad Popular para reabrir las relaciones que Chile había roto siguiendo los dictados de la OEA. Todos sus problemas surgieron de su doble condición de escritor y de diplomático. Por ser leal a aquél antes que a éste, Edwards, en La Habana, mantuvo e incluso estrechó la amistad que tenía desde antes con un grupo de escritores que en esos momentos, por sus actitudes independientes, reservadas o críticas, eran mal vistos por el régimen. Esta relación y la propia manera de ser de Edwards, alérgica al disimulo y a la adulación, le granjearon la desconfianza primero y luego la hostilidad oficial. Todo ello no hubiera dado pretexto para otra cosa que una crónica entretenida, sin mayores implicaciones políticas, si el momento que vivía Cuba —fines de 1970, comienzos de 1971— no hubiera sido excepcional. En el plano exterior, Fidel, luego de su respaldo a la intervención militar de los países del Pacto de Varsovia en Checoslovaquia, había optado por una línea más ortodoxa y prosoviética y renunciado, al menos provisionalmente, a un socialismo cubano de fisonomía propia. Internamente, luego del fracaso de la zafra de los diez millones, que había exigido una formidable movilización de todo el pueblo cubano, la isla vivía, además del abatimiento y la fatiga inevitables, la peor crisis económica de toda la revolución. La escasez y el racionamiento alcanzaban su punto álgido y surgían problemas serios como el ausentismo, que constituían motivos de inquietud para el régimen. El gobierno hacía frente a esta situación con medidas severas (como la ley de vagos), encaminadas a asegurar la disciplina y el trabajo, y trataba, mediante una dura planificación, de restaurar la maltratada economía. Como, de otro lado, las dificultades de Cuba podían ser aprovechadas por el enemigo en su permanente política de sabotaje, el sistema de seguridad cubano, ya muy poderoso, multiplicaba su poder y se extendía velozmente. Es este ambiente dramático y tenso, de dificultades materiales, de desinformación, de rigidez ideológica, de una vigilancia policial omnipresente que estimulaba las alucinaciones (tendencia a ver micrófonos a cada paso, suponer en toda persona un confidente de la policía, imaginar que todo suceso, aun el más nimio, no es casual sino pieza de una estrategia teledirigida por invisibles funcionarios) lo que da al libro de Edwards su extraordinario interés. Ese período en que, en cierto modo, Cuba cambiaba de piel —pasando, como todas las revoluciones hasta ahora, del idealismo, la alegría y la espontaneidad del comienzo al realismo, la gravedad y la organización burocrática— se conocía de sobra, pero al nivel de las informaciones generales y de la teoría. En *Persona non grata* se asiste a él de cerca, en sus aspectos cotidianos y domésticos, y se conocen las contradicciones y ambigüedades, las amarguras y a veces los raptos de humor con que fue directamente vivido por algunos de sus protagonistas.

Aunque a fines de 1970, el régimen había ya integrado dentro de un sistema de control estricto todas las actividades sociales, todavía quedaba un reducto donde, en cierto modo, imperaba un amplio margen de diversificación e independencia individual, en el que eran admitidas aún ciertas heterodoxias: el literario y artístico. Resultaba en cierto modo insólito, para el nuevo estilo de socialismo cubano, el que pudieran aparecer en la isla libros tan 'decadentes' como *Paradiso* de Lezama Lima o tan fieramente anti-maniqueístas como *Condenados de Condado* de Norberto Fuentes; el que en las revistas culturales dominara una tónica liberal de simpatía hacia todas las vanguardias y una cierta predilección por lo 'occidental' y que colaboraran en ellas, mantuvieran cordial relación con los organismos culturales y visitaran oficialmente la isla escritores e intelectuales que, como K. S. Karol, René Dumont o Hans Magnus Enzensberger, habían hecho críticas muy graves al modelo socialista soviético. Pero lo más inusitado, en la nueva política, era sin duda que en la propia Cuba, un sector, no demasiado numeroso pero cualitativamente importante, se empeñara en mantener una actitud que, sobre todo en contraste con la de los escritores que se oficializaban a paso ligero, aparecía como no-conformista. Entre ellos la figura más visible era el poeta Heberto Padilla, quien luego de publicar un libro de título insolente (*Fuera del juego*), que le acarreó la ira del ejército y de la UNEAC (Unión Nacional de Escritores y Artistas), se había permitido atacar en un artículo a un escritor-funcionario de alta graduación, Lisandro Otero, entonces vice-ministro de Cultura, y reprobar el que la prensa cultural revolucionaria pusiera por las nubes una mediocre novelita de éste, *Pasión de Urbino*, mientras pasaba bajo silencio la aparición en Barcelona de *Tres tristes tigres* de Cabrera Infante (quien, hasta entonces, aunque auto-exiliado, no había hecho la menor crítica a la revolución). Este estado de cosas fue rectificado y normalizado (sin sangre ni mucha violencia, hay que destacarlo: apenas infligiendo un poco de miedo y una humillación pública a los díscolos nativos y con una moderada campaña denigratoria contra los extranjeros que deploramos el cambio de cosas) en los meses que estuvo Edwards en Cuba y en los inmediatamente posteriores, y como él estuvo vinculado de cerca al grupo de heterodoxos, su libro ofrece una crónica muy vívida, incluso al nivel de la pura chismografía —son inolvidables y fidelísimos, por ejemplo, algunos retratos, como el de Lezama Lima, el genio contemplativo y sensual que capeaba las adversidades con oleaginosa paciencia y erudita sabiduría, y, sobre todo, el del brillante, arbitrario, lenguaraz y siempre imprevisible Heberto Padilla—, de las tensiones, los incidentes, la excitación y los rumores con que este puñado de escritores vivieron los meses que mediaron entre su caída en desgracia y su llamado al orden, mientras presenciaban, con cólera e impotencia, "el ascenso vertical de los escritores oportunistas".

La historia que *Persona non grata* refiere es sin duda pequeña y circunscrita, una marejadilla político-literaria en la que, al fin y al cabo, hubo más ruido que nueces. Pero en esa tormenta de verano que se abatió sobre unos cuantos escritores cubanos hace cuatro años se reflejaba, en el fondo, una desgracia mucho mayor: la desaparición de la posibilidad, dentro de una sociedad socialista, de ponerse al margen o frente al poder. Es un problema que concierne, desde luego, a todos los estamentos de la sociedad, una posibilidad que debería estar abierta, por igual, a los obreros y a los técnicos, a los funcionarios y a los estudiantes. Nadie pretende reclamar el derecho de disentir o de abstenerse como un privilegio de los escritores —es la acusación que los funcionarios suelen formular cada vez que un escritor socialista pide la democratización del sistema—, lo cual sería pretencioso y absurdo. Lo que ocurre, como muestra admirablemente el libro de Edwards, es que, cuando se clausuran las posibilidades de oponerse, diferenciarse o apartarse, cuando se instala un sistema de intolerancia y control pleno, el escritor de vocación auténtica queda inmediata y brutalmente afectado, no sólo, como la mayoría de sus conciudadanos, en una parte importante de su actividad social, sino en el centro mismo de su vocación, que es alérgica por esencia a la coacción, a la que unas dosis mínimas de libertad y disponibilidad son tan vitales como el aire y el agua a las plantas. Ésa es la razón por la que los escritores y los artistas están generalmente en la primera fila de la batalla por la democratización del sistema en los países socialistas. Entre fines de 1970 y comienzos de 1971, en Cuba, el campo de la literatura, que hasta entonces había gozado de prerrogativas especiales de flexibilidad, entró también dentro del orden, y el funcionario pasó a sustituir al escritor como personaje principal de la vida literaria.

Se trata de un proceso que se reproduce de una manera que se diría fatídica dentro del socialismo. Ocurrió en Europa, en Asia, en Cuba, y lo veo comenzar a ocurrir a mi alrededor, hoy, en el Perú, dentro de esta inesperada revolución conducida por las fuerzas armadas. Los escritores, hasta entonces ignorados cuando no despreciados por una sociedad inculta y sus gobiernos cerriles, de pronto, con la revolución y la estatización acelerada, ven abiertas todas las puertas. Diarios, radios, institutos culturales, editoras, ministerios los convocan con un abanico de atractivos que espejean ante sus ojos desde la necesidad de participar en el proceso histórico, de no marginarse del gran cambio social que se opera en el país, la conveniencia de llegar a una gran audiencia nacional a través de los grandes medios de comunicación y la de no dejar en manos irresponsables esa misión, hasta la de vivir por fin con la seguridad de un buen salario, la de poder viajar representando al país en funciones oficiales, la de disfrutar de ciertos honores y ventajas y la ilusión de formar parte del engranaje fascinante del poder. Por generosidad, por ingenuidad, por necesidad, por arribismo, uno tras otro van cayendo, superponiendo a la condición de escritor la investidura del funcionario. Poco a poco, en un período más o menos lento, según la solidez de la vocación y el grado de integridad de cada cual, todos descubren en un momento dado la verdad de su situación: haberse convertido en ejecutantes dóciles de un poder que no los consulta ni escucha, en instrumentos incondicionales de los hombres que ocupan el poder, a quienes (si es necesario con sofisticadas citas clásicas) deben repetir, glosar, proteger, alabar, y si lo hacen de manera espontánea y libre —por convicción—, tanto mejor. En esas tareas es inevitable que los más dignos vayan perdiendo posiciones y que lleguen rápidamente al vértice los más cínicos e inescrupulosos (lo cual no siempre quiere decir los más mediocres). La operación ni siquiera ha sido planeada desde arriba, ha resultado de un estado de cosas inmune al cambio, de una realidad en la que el socialismo no se diferencia aún de los viejos sistemas: la de que el poder no paga el trabajo sino la sumisión. Lo trágico es que el escritor que, consciente del peligro mortal que para su oficio entraña el perder la distancia frente al poder y volverse, como dice Edwards, un escritor instrumental, se margina, no está de ninguna manera a salvo. Al contrario, puede ocurrirle algo peor que a aquel que pacta o se vende. No corre sólo el riesgo de vivir muy mal (en el socialismo no se morirá de hambre, pero la ·perspectiva de malvivir, de no ser publicado o serlo tarde, mal y nunca, la de renunciar a viajar, es poco estimulante), sino, al convertirse en una especie de apestado, a quien los escritores-funcionarios odian porque su sola presencia les resulta acusatoria, generar una verdadera psicosis que paraliza y destruye su vocación. La prueba está en el libro de Edwards, descrita con detalles, sin complacencia; sus amigos viven en una campana neumática, no sólo aislados de lo que ocurre en torno, sino en un estado de verdadera descomposición: "Pero estaban excitados y angustiados, con algo de razón y también en muchos casos, con una buena dosis de sinrazón· y de vanidad, y habían caído en la obsesión ·viciosa del rumor y de la crítica, sin tener posibilidad ninguna de influir en el curso de los hechos". Nadie puede acusar a Edwards de idealizar a ese pequeño grupo de intelectuales que, dice, "se obstinaban en una maledicencia amarga y estéril, en un rincón de sus habitaciones destartaladas, entre viejos artefactos desvencijados y lámparas rotas". Que el mismo sistema que arranca al obrero de la condición de número y lo hace hombre, que dignifica al campesino y hace realidad los derechos esenciales del ser humano a la educación, a la salud, al trabajo, ponga a los escritores en la alternativa de ser turiferarios o zombies, sirvientes o réprobos, es una de las contradicciones más desconcertantes del socialismo, y que, por desgracia, es más antigua que Stalin.

Sin estridencia, sin discursos, sin ánimo de justificación, exhibiendo a menudo sus propias equivocaciones, Jorge Edwards hace en *Persona non grata* un apasionado alegato a favor de la reconciliación de la libertad intelectual y el poder socialista, esos dos aliados que, salvo por breves períodos, andan siempre como perro y gato. Su libro no es una diatriba contra Cuba, como ha escrito algún tonto. Hay una subterránea nostalgia y un amor cierto por hombres y cosas y también por hechos fundamentales de la revolución, que dan al libro su carácter de crítica de amigo, muy distinta de la crítica del enemigo. Por lo demás, el personaje más ameno, el verdadero héroe de la historia, no es Heberto Padilla, quien, a fin de cuentas, queda bastante despintado, jugando a interpretar un papel que llegado el momento fue incapaz de asumir, sino Fidel Castro, ese gigante incansable que se mueve, decide y opina con una libertad envidiable, y cuyo estilo directo e informal, su aire deportivo y su dinamismo contagioso *Persona non grata* recrea espléndidamente.

Muchos aspectos de la Cuba que Edwards describe han desaparecido en estos cuatro años. Con el gran aumento del precio del azúcar en el mercado internacional, y, sin duda, una mejor coordinación y manejo administrativo, la economía de la isla vive hoy una verdadera bonanza, y el régimen se esfuerza por mejorar las condiciones de vida, incluso en aspectos superficiales y suntuarios, lo que es digno de encomio. De otro lado, poco a poco, los países latinoamericanos que, por servilismo ante Estados Unidos, se habían sumado al bloqueo, comienzan a cambiar de política y ya no es imposible que cualquier día el doctor Kissinger aterrice en La Habana para sellar una forma de *modus vivendi* entre Cuba y Estados Unidos. Esa desaparición de la 'psicología del cerco', que hizo daño a Cuba y favoreció el endurecimiento ¿se traducirá en una apertura interior progresiva, en un retorno de la vieja amplitud, en la originalidad inicial? Estoy seguro de que Jorge Edwards sería el primero en alegrarse de que ocurra así y de que los problemas que relata su libro pasen a interesar sólo a los arqueólogos.

Su libro me ha conmovido de una manera particular. Nunca antes de la revolución cubana sentí un entusiasmo y una solidaridad tan fuertes por un hecho político y dudo que lo sienta en el futuro. Cuba significó para mí la primera prueba tangible de que el socialismo podía ser una realidad en nuestros países, y, sobre todo, la primera de que el socialismo podía ser, al mismo tiempo que una justa redistribución de la riqueza y la instalación de un sistema social humano, un régimen compatible con la libertad. Estuve cinco veces en Cuba y, en cada una de ellas, progresivamente, fui notando que esa compatibilidad era cada vez más precaria, y aunque me negaba como muchos a verlo, cada vez la dolorosa verdad se iba imponiendo al hojear la prensa de puros comunicados, en el monolitismo granítico de la información, en las confidencias o en la prudencia de los amigos, en la comprobación a simple vista y oído de que al ancho margen en que las cosas y las palabras se movían al principio sucedían un cauce y una voz únicos, que las diversas verdades particulares que daban a la revolución su rica humanidad eran reemplazadas por esa verdad oficial única que todo lo burocratiza y uniforma. Sé las razones y me he repetido miles de veces todos los atenuantes. El duro imperio de las realidades económicas, los recursos escasos de una pequeña isla subdesarrollada y el gigantesco y salvaje bloqueo impuesto por el imperialismo para ahogarla, no podían permitir que prosperara ese 'socialismo en libertad' del principio. Puesto ante la alternativa de mantener un socialismo abierto, pero huérfano de apoyo internacional, que podía significar el asesinato de la revolución y el regreso del viejo sistema neo-colonial y explotador, o salvar la revolución ligando su suerte —es decir su economía y su proyecto— al patrón socialista soviético, Fidel eligió, con su famoso espíritu pragmático, el mal menor. ¿Quién se lo podría reprochar, sobre todo después de la muerte de Allende y la inicua caída de la Unidad Popular? Sé también que la desaparición de toda forma de discrepancia y de crítica interna, no es inconciliable en Cuba —como no lo es en

211

ningún país socialista— con la preservación de las reformas esenciales que, básicamente, establecen un orden social, para la mayoría, más equitativo y decente que el que puede garantizar el sistema capitalista. Por eso, a pesar del horror biológico que me inspiran las sociedades policiales y el dogmatismo, los sistemas de verdad única, si debo elegir entre uno y otro, aprieto los dientes y sigo diciendo: "con el socialismo". Pero lo hago ya sin la ilusión, la alegría y el optimismo con que durante años la palabra socialismo se asociaba en mí, gracias exclusivamente a Cuba. En *Persona non grata* Jorge Edwards ha mostrado, con honestidad y valentía que le admiro, exactamente por qué.

Lima, octubre 1974

## CARETAS, OIGA Y UNOS JÓVENES AMABLES

Desde hace algunos días, las casas comerciales que han dado avisos a las revistas *Oiga* y *Caretas* reciben visitas de funcionarios de la PIP.* Se trata de investigadores bastante distintos de aquellos, clásicos, que solían comunicar una impresión de ignorancia y brutalidad. Generalmente jóvenes, educados, algunos con excelentes maneras y una cierta facilidad de expresión, solicitan del gerente, dueño o dueña del local visitado, el contrato de publicidad firmado con *Oiga* o *Caretas*. Lo revisan con prolijidad, indagan detalles, circunstancias, fechas, toman notas, sonríen. Si se trata de un restaurante, piden alguna bebida no alcohólica, un café o un bocadillo, y se empeñan en pagar la cuenta. Luego, sin grosería, con firmeza, hacen saber a su interlocutor, que el gobierno —pero entiendo que algunos dicen "el Presidente de la República"— estima incomprensible, y francamente inamistoso, que la firma indicada dé publicidad a órganos hostiles al régimen. Añaden que no se trata de una 'amenaza', pero que "el gobierno" (o "el Presidente") vería con muy buenos ojos que esa situación no se repita en el futuro. Se despiden con venias.

Me interesa señalar que estas discretas visitas se han venido llevando a cabo, exactamente en los mismos días que, en Caracas, los periodistas oficiales pronunciaban retumbantes discursos poniendo por las nubes el hecho de que, como ha dicho uno de ellos, con poesía, "por primera vez florece prístina la libertad de prensa en el Perú". Sofocar económicamente a una revista, privándola de publicidad, dejándola huérfana de imprenta —porque también las imprentas donde salían han recibido la visita de los amables funcionarios—, no es menos grave que clausurarla, pero sí es, en cambio, más hipócrita. Quiero creer que, como tantas veces ocurre,

---

* Policía de Investigaciones del Perú.

esta operación de amedrentamiento y que constituye un flagrante atentado contra la libertad de prensa que el régimen se ha comprometido a respetar, se lleva a cabo por iniciativa de funcionarios subalternos, ganosos de hacer méritos, y no por instrucciones de las autoridades responsables de velar porque esa libertad, que el Presidente de la República acaba una vez más de garantizar en su último discurso, sea rigurosamente resguardada.

La existencia de órganos de oposición, para todos quienes queremos que las reformas fundamentales que está viviendo el Perú se mantengan y profundicen, y que esta revolución tenga una fisonomía propia y sea realmente compatible con un sistema político de apertura y tolerancia donde todas las ideas puedan cotejarse, es tan indispensable como la de que el régimen tenga órganos de prensa encargados de divulgar y defender su política. El peligro mortal es que desaparezca toda forma de oposición en la prensa, y se instale una gris y servil uniformidad. Nadie debe engañarse; las discrepancias, personales o de matiz doctrinario, que afloran a veces en los diarios expropiados (sobre todo a nivel de insinuación o chisme), no deben dar la ilusión de la libertad de expresión. Ésta existe de verdad cuando el propio poder es directamente enjuiciado, y sus decisiones y sus hombres sometidos a crítica. Que eso ocurra —aun cuando esa crítica se equivoque o sea injusta— no sólo es necesario: es la única garantía realmente eficaz de que esas decisiones puedan ser certeramente evaluadas, la opinión pública esté en condiciones de manifestar su aprobación o su rechazo de ellas, y de que los hombres del poder no sucumban a la tentación inevitable del autoritarismo, que asedia como una pesadilla fatídica a todas las revoluciones.

La 'oposición' ha desaparecido de la radio, de la televisión y de la prensa diaria en el Perú. Ella subsiste, mínima, hostigada desde las columnas de todos los periódicos, a veces con argumentos pero a veces con las armas bajas del insulto y la insinuación desleal (hasta mi amigo Julio Ortega, uno de los periodistas más independientes del régimen, habla del "negocio de la oposición" y propone "abofetear" a los diplomáticos que opinan en contra), en *Caretas* y (en ésta sólo a medias) en *Oiga*. Su supervivencia es vital, no tanto para las fuerzas adversarias a la revolución, sino, más bien, para todos los peruanos beneficiados por los cambios y las reformas. Sólo ella puede mantener abierta, para todos, la posibilidad, el día de hoy o de mañana, de oponerse y decir no, y eso es lo único de que dependerá, en el futuro, que la revolución sea una realidad viva y operante o la palabra muerta tras la que se disimula la dictadura. Es en nombre de la propia revolución y de su futuro, por eso, que exhorto a las autoridades pertinentes —el ministro del Interior, por ejemplo— a desautorizar a los cordiales funcionarios de la PIP y a garantizar explícitamente el derecho de las firmas comerciales a anunciar en *Oiga* y *Caretas*, y a las imprentas a editarlas, sin que penda sobre ellas la amenaza de la represalia oficial.

Lima, 23 octubre 1974

215

# FLAUBERT, SARTRE Y LA NUEVA NOVELA

En la década del sesenta, la valoración de Flaubert en Francia cambió radicalmente; el menosprecio y olvido se convirtieron en rescate, elogio, moda. Los franceses, al mismo tiempo que yo, se volvían adictos y, con una actitud entre celosa y complacida, vi en esos años convulsos de gaullismo, guerra de Argelia, OAS y, para mí, galopantes horarios de literatura y radio (la ORTF era mi trabajo alimenticio), propagarse la pasión flaubertiana. Tengo muy presente la satisfacción, como si un familiar o un amigo hubiera sido el homenajeado, con que leí el prólogo de François-Régis Bastide para la reimpresión que hicieron Éditions du Seuil de *La première éducation sentimentale*, conocida hasta entonces sólo por un público universitario, y que terminaba con esta afirmación que yo no hubiera vacilado un segundo en clavar en la puerta de mi casa: "Ya lo sabíamos, pero ahora lo sabemos de una vez y para siempre: el verdadero Patrón es Flaubert".

A los *engagés* había reemplazado, en la actualidad literaria francesa, esa heterogénea serie de novelistas agrupados por la crítica bajo el rótulo de "*nouveau roman*". Aunque me aburrían mucho casi todos, con la excepción de Beckett (se le incluía en el grupo porque compartía el editor con los demás), quien también me aburría pero me daba la impresión de que, en su caso, el aburrimiento tenía justificación, siempre les tuve simpatía porque proclamaban a los cuatro vientos la importancia de Flaubert para la novela moderna. Sin embargo, la primera en analizar teóricamente este vínculo no fue un novelista, sino una erudita, Geneviève Bollème, quien en 1964 publicó un ensayo, *La leçon de Flaubert*, destacando en el autor de *Madame Bovary* aquellos aspectos en los que centraban sus experimentos los nuevos narradores: conciencia artística, obsesión descriptiva, autonomía del texto, en otras palabras el "formalismo" flaubertiano. Su ensayo era una demostración aplicada de una convicción audaz: que en todo Flaubert y principalmente en *Madame Bovary* lo esencial es la descripción, que ella deshace la historia, que "describir" y no "relatar" fue para él la experiencia única capaz de expresar "los movimientos de la vida". Era una manera astuta de tender un puente entre Flaubert y los nuevos novelistas, todos ellos encarnizados descriptores y relatores más bien apáticos. En reportajes, artículos o conferencias, Robbe-Grillet, Michel Butor, Claude Simon habían reconocido a Flaubert el papel de adelantado de la modernidad. Pero quien se encargó de coronarlo oficialmente como maestro de la nueva novela fue Nathalie Sarraute, en un artículo brillante y tendencioso de la revista *Preuves* (febrero, 1965): "Flaubert le précurseur". Quedé pasmado, en un bistrot de Saint-Germain, mientras lo leía. Estaba feliz con algunas afirmaciones ("En este momento, el maestro de todos nosotros es Flaubert. En torno a su nombre, hay unanimidad; se trata del precursor de la novela actual"), pero cuando el artículo pasa a explicar las razones del liderazgo, tuve la impresión de soñar. Sacando fuera de contexto un párrafo de una carta a Louise ("Ce qui me semble beau, ce que je voudrais faire, c'est un livre sur rien, un livre sans attache extérieure, qui se tiendrait de lui-même par la force interne de son style, comme la terre sans être soutenue se tient en l'air, un livre qui n'aurait presque pas de sujet ou du moins où le sujet serait presque invisible, si cela se peut"), Nathalie Sarraute confundía ese deseo de Flaubert con la realidad de su obra y llegaba a esta extraordinaria conclusión: "Libros sobre nada, casi sin tema, liberados de personajes, de intrigas, y de todos los viejos accesorios, reducidos a un puro movimiento que los emparenta al arte abstracto". Era difícil ir más lejos en la desnaturalización; nunca tan verdadera la frase de Borges según la cual cada autor crea a sus precursores. Pero, en fin, un lector tiene derecho a encontrar lo que pone en lo que lee. La cita de Nathalie Sarraute es de una carta escrita cuando Flaubert se hallaba entregado a *Madame Bovary* y quien haya seguido la elaboración de esta novela o de las otras sabe la atención minuciosa que prestaba a la historia —las situaciones, el escenario, los personajes, la peripecia—, el cuidado con que trazaba el plan argumental. Se podrían extraer centenares de citas de la *Correspondance* sobre la importancia que atribuía a la materia (él llamaba a eso "las ideas" de una novela), como se desprende, por ejemplo, de su opinión sobre *Graziella* de Lamartine. Su antojo de "un livre sur rien, un livre sans attache extérieure" es más justo entenderlo, de un lado, como un arrebato de entusiasmo por el estilo, y, de otro, como una defensa más de la autonomía de la ficción —todo en una novela, su verdad y su mentira, su seriedad o banalidad, está dado por la forma en que se materializa—, la necesidad de que una novela sea persuasiva por sus propios medios, es decir por la palabra y la técnica y no por su fidelidad al mundo exterior (aunque él sabía que la confrontación es inevitable desde que el libro está en manos del lector, quien sólo puede apreciar, entender, juzgar en función de ese mundo exterior del que es parte). La cita es un argumento a favor de la objetividad narrativa, no una negación de la anécdota. Si Nathalie Sarraute hubiera seguido revisando la *Correspondance*, hubiera encontrado que un año y cinco meses después de la frase citada por ella, Flaubert escribió —también a Louise— esta otra, que comienza retomando idéntica idea (libros sobre nada) y luego la corrige y completa en el sentido opuesto: "Je voudrais faire des livres où il n'eût qu'à écrire des phrases (si l'on peut dire cela), comme pour vivre il n'y a qu'à respirer de l'air. Ce qui m'embête, ce sont les malices de plan, les combinaisons d'effets, tous les calculs du dessous et *qui sont de l'Art pourtant, car l'effet du style en dépend, et exclusivement*" (Carta de la madrugada del 26 de junio de 1853; yo subrayo). Más claro no canta un gallo: la parte excitante era, para él, trabajar el estilo, la elección de las palabras, resolver los problemas de nominación, adjetivación, eufonía, ritmo. La otra parte le gustaba menos —las "malicias del plan", las "combinaciones de efectos", los "cálculos de fondo" son, evidentemente, los problemas relativos a los datos, el orden de las anécdotas que componen la historia, la organización de la materia en un sistema temporal—, pero no negaba que fuera artística ni importante. Al contrario, Flaubert afirma que "el efecto del estilo" *depende* de todo ello, y añade, en forma categórica: *exclusivamente*. Un autor puede no ser del todo consciente de la significación plena de su obra, y hubiera podido ocurrir que Flaubert, ambicionando escribir novelas que fueran sólo palabras, libros sin historia, hubiera contribuido a la novela moderna con invenciones que tienen que ver tanto, o quizá más, con la técnica narrativa —el montaje de la historia— que con el uso de la palabra. Me alegra poder probar que no es así; además de ser, en la práctica, un gran contador de historias, Flaubert fue perfectamente lúcido sobre la función de la anécdota en la narrativa y consideró incluso que la eficacia de la prosa (lo que para él quería decir su belleza) dependía "exclusivamente" de ella. Haber encontrado esta cita, que corrobora mi propia idea de la novela, es uno de los placeres que me ha producido la *Correspondance*, en estos días en que tantos narradores atacan con saña la "historia" en la ficción; otro, más personal aún, es la felicidad con que cualquier admirador del *Amadís de Gaula* y del *Tirant lo Blanc* descubre que alguna vez Flaubert escribió: "Tu sais que c'est un de mes vieux rêves que d'écrire un roman de chevalerie. Je crois cela faisable, même après l'Arioste, en introduisant un élément de terreur et de poésie large qui lui manque. Mais qu'est-ce-que je n'ai pas envie d'écrire? Quelle est la luxure de plume qui ne m'excite!" (*Corresp.*, vol. III, p. 245).

Pero lo importante era que, aunque algo adulterado, Flaubert volvía a la actualidad a pasos rápidos. Las adulteraciones no sólo provenían del sector formalista. Casi al mismo tiempo que el artículo de Nathalie Sarraute —desviacionismo de derecha— leí, con gemela sorpresa, en *Recherches Soviétiques* (Cahier 6, 1956), la traducción de un ensayo de un miembro de la Academia de Ciencias de la URSS, A. F. Ivachtchenko, quien proponía una interpretación desviacionista de izquierda: Flaubert resultaba uno de los padres del realismo crítico.

Y en esos años, también, comenzó Sartre a hacer algo que puede considerarse una laboriosa y monumental autocrítica. Del juicio sumarísimo a Flaubert en *Situations, II* al esfuerzo de situarlo en su medio familiar, social e histórico en una interpretación que, congeniando a Marx, Freud y el existencialismo, atendiera totalizadoramente a los aspectos sociales e individuales de la creación, que eran "Question de méthode" (en *Critique de la raison dialectique*, 1960) y los artículos de 1966 en *Les Temps Modernes*,[1] había un considerable giro, un tránsito del desprecio hacia el respeto, una voluntad de comprensión muy distinta del ucase inicial. Ese proceso ha culminado en los tres volúmenes de *L'idiot de la famille* (Sartre anuncia un cuarto, dedicado a *Madame Bovary*, pero no sería extraño que la obra quedara inconclusa, como ha ocurrido con otras series suyas) y que son la apoteosis del interés por Flaubert que ha caracterizado a la literatura francesa de los años sesenta. El más irreductible de sus críticos, el enemigo más resuelto de lo que representó Flaubert como actitud ante la historia y el arte, dedica veinte años de su vida y tres millares de páginas a estudiar su "caso" y reconoce que el hombre de Croisset fundó, junto con Baudelaire, la sensibilidad moderna. A mí esta reconciliación vino a resolverme un problema personal. Sartre es uno de los autores a quien creo deber más, y en una época admiré sus escritos casi tanto como los de Flaubert. Al cabo de los años, sin embargo, su obra creativa ha ido decolorándose en mi recuerdo, y sus afirmaciones sobre la literatura y la función del escritor, que en un momento me parecieron artículos de fe, hoy me resultan inconvincentes; son los ensayos dedicados a Baudelaire, a Genet, sus polémicas y artículos lo que me parece más vivo de su obra. Su figura moral, en cambio, ha ido agigantándose siempre para mí, en las crisis y dilemas de estos años difíciles, por la lucidez, honestidad y valentía con que ha sabido enfrentarse, no sólo al fascismo, al conservadurismo y a las trampas burguesas, sino también al autoritarismo y al espíritu clerical de la izquierda.

Mi opinión sobre *L'idiot de la famille* no es excesivamente entusiasta; el libro interesa más al sartreano que al flaubertiano; a los dos meses de lectura que exige

1 "La Conscience de classe chez Flaubert" y "Flaubert: du poète à l'artiste", en *Les Temps Modernes* (mayo-junio 1966 y agosto 1966).

el ensayo uno queda con la sensación de una gigantesca tarea que no llega jamás a cumplir el designio enunciado en el prólogo: explicar las raíces y la naturaleza de la vocación de Flaubert, mediante una investigación interdisciplinaria en la que todas las ciencias humanas de nuestro tiempo concurrirían para mostrar qué se puede saber, hoy, de un hombre. No importa que un ensayo literario —el de Sartre lo es sólo a medias— se aparte del objeto de su estudio para hablar de otros temas, siempre y cuando el resultado justifique el desplazamiento. Pero en *L'idiot de la famille* no ocurre así: al final, la impresión es de atomización, de un archipiélago de ideas desconectadas, de una desproporción notoria entre los medios empleados y el fin alcanzado. Libro extraordinariamente desigual, alternan en él análisis agudos y hallazgos luminosos con contradicciones flagrantes. Lo raro, en un fervoroso de lo concreto y lo real, como Sartre, es que buena parte del libro sea especulación pura, con un ancla muy débil en la realidad. En el primer tomo, por ejemplo, en tanto que la relación entre Gustave y su padre, el doctor Flaubert, resulta verosímil y está apoyada en textos sólidos, las relaciones que describe entre Flaubert y su hermana Caroline, primero, y, luego, entre Gustave y Alfred Le Poittevin, se basan en presunciones, algunas sumamente dudosas. Otro rasgo inesperado del libro es que, aunque en el avance contenido en "Question de méthode" la perspectiva del estudio quería ser simultáneamente existencialista, marxista y psicoanalítica, en *L'idiot de la famille*, salvo en momentos ocasionales —algunos de gran brillantez, como la descripción del encontrado origen social e ideológico del padre y la madre de Flaubert, o el examen de las clases sociales durante el Segundo Imperio—, el grueso de la interpretación es estricta y se diría ortodoxamente freudiana, aunque arropada con un vocabulario existencialista. No lo digo como reproche, sino como curiosidad. Por lo demás, quizá las mejores páginas han sido logradas gracias al método freudiano: la explicación psicoanalítica de la "crisis de Pont-l'Évêque", es decir la eternamente debatida cuestión de la naturaleza exacta de la enfermedad de Flaubert —epilepsia, histeria, etc.—, debate al que Sartre, con su

221

teoría de la neurosis, aporta un macizo, complejo e imaginativo, aunque no enteramente persuasivo, punto de
vista. Es en este segundo volumen, sobre todo, donde
el ensayo se aparta casi por completo de la literatura
para ser sólo psicología. En vez de "explicar" a Flaubert y a su obra a partir de esa neurosis tan minucio-
samente desmontada, Sartre parece utilizar la persona
y los escritos de Flaubert para ilustrar los mecanismos
de la personalidad neurótica. Resulta instructivo y fascinante lo que se aprende sobre patología mental, complejo de Edipo, de castración, desplazamientos simbóli-
cos; pero es muy poco, en cambio, lo que todo esto
aclara sobre la obra de Flaubert. La descripción de traumas genéricos, de situaciones típicas, disuelve por completo dentro de una abstracción la especificidad de Flaubert, y era ésta la que, según su propósito explícito, el
ensayo debía cernir. Además, en este tomo segundo, más
todavía que en el primero, hay repeticiones desesperan-
tes y se tiene a ratos la sensación, girando en esa prosa
que reitera, vuelve, desanda, trajina cien veces la misma idea, que Sartre ha caído prisionero de su propia
telaraña, que se halla —para utilizar una imagen que
le es cara— secuestrado en su construcción laberíntica.
Lo mismo podría haber sido dicho en la mitad de páginas. Esta certeza todavía se acentúa en el último volumen, el más disperso de los tres. Salvo en la sección
titulada "Névrose et programmation chez Flaubert: le
Second Empire", Flaubert se ha volatilizado y el libro
se eterniza, describiendo con una retórica a ratos am-
pulosa, procesos psíquicos independientes, desligados
de su caso particular: lo general ha borrado lo singular,
lo abstracto a lo concreto. La última parte, en cambio,
es la más interesante, sobre todo la comparación entre
Flaubert y Leconte de Lisle —el resumen de lo que
significó el parnasianismo y los vínculos entre su estética y la teoría flaubertiana del arte es admirable— y
lo mismo puede decirse del seductor análisis de las
relaciones entre Flaubert y el Segundo Imperio, aunque
no quede probada del todo la tesis de Sartre según la
cual el escritor representativo de esta sociedad fue el
autor de *Madame Bovary*, quien se habría identificado
visceralmente con lo que el régimen de Louis Bonaparte

significó. Al mismo tiempo, este análisis histórico-social es un corte tan brusco con lo anterior —que se movía exclusivamente en el plano psicológico y psíquico—, que parece el comienzo de otra investigación, una ruptura más que un complemento. El libro cesa de manera abrupta, como si la fatiga hubiera sorprendido al autor a mitad de la carrera, al descubrir que se había fijado una distancia demasiado grande para sus fuerzas, para las fuerzas de cualquier hombre solo. Al final, resulta desalentador comprobar que los textos de Flaubert estudiados con más celo son apenas los escritos de infancia y adolescencia, que el esfuerzo empleado en el examen de esos textos —casi todos ellos de escaso valor literario, meros indicios prehistóricos de una vocación— ha agotado el tiempo y la energía del crítico, quien, al cabo del caudaloso texto, por una errónea planificación, no ha llegado aún a estudiar ni siquiera la primera novela que publicó Flaubert. Así, la obra terminada resulta ser lo que, sin duda, en el proyecto original de Sartre, debieron ser las consideraciones previas para una interpretación. A diferencia de ese personaje de *La peste* de Camus, que nunca escribe una novela porque jamás decide cómo estructurar la primera frase del libro, aquí el escritor se ha puesto a escribir con tanta furia, ha desarrollado con tanto pormenor y consideraciones adventicias los prolegómenos, que ha perdido la perspectiva del conjunto, y de pronto descubre que el trabajo ha tomado tales proporciones que ya no tendrá tiempo —ni, sin duda, ganas— de llevar a término la empresa. El resultado es un bebé monstruo, un gigante niño, un producto frustrado y genial. Eso se llama, desde luego, caer con todos los honores, ser derrotado por exceso de audacia: sólo ruedan hondo los que han trepado alto.

Naturalmente, la comparación de lo ocurrido a Sartre en este libro con lo que le ocurrió a Flaubert en el último que escribió es obligatoria. ¿Cabe un parecido mayor, un fracaso tan igualmente admirable y por razones tan idénticas como el de *L'idiot de la famille* y *Bouvard et Pécuchet*? Ambas son tentativas imposibles, empresas destinadas a fracasar porque ambas se habían fijado de antemano una meta inalcanzable, estaban lastradas de una ambición en cierto modo inhumana: lo total. La idea de representar en una novela la totalidad de lo humano —o, si se quiere, la totalidad de la estupidez, pero para Flaubert ambos términos expresaban casi la misma cosa— era una utopía semejante a la de atrapar en un ensayo la totalidad de una vida, explicar a un hombre reconstruyendo *todas* las fuentes —sociales, familiares, históricas, culturales, psicológicas, biológicas, lingüísticas— de su historia, todos los afluentes de su personalidad visible y secreta. En los dos casos el autor intentaba desenredar una madeja que tiene principio, no fin. Pero es evidente que en ambos casos en el defecto está el mérito, que la derrota constituye una suerte de victoria, que en ambos casos la comprobación del fracaso sólo cabe a partir del reconocimiento de la grandeza que explica y que hizo inevitable ese fracaso. Porque haberse empeñado en semejante aventura —haber incurrido en el crimen de Luzbel: querer romper los límites, ir más allá de lo posible— es haber fijado un tope más alto a la novela y a la crítica.

Lima, octubre 1974

# PROTESTA POR LA CLAUSURA
## DE DOS SEMANARIOS

Quiero expresar mi protesta por la clausura de
Oiga y Opinión Libre y por la deportación de periodistas de ambas publicaciones. Que entre las
víctimas de la medida haya quienes profesan ideas
conservadoras que repudio y que no quisiera volver a ver puestas en práctica en el Perú, no es
una razón suficiente para que su voz sea acallada
y para que se les expulse del país. La tesis de la
conjuración subversiva de que habla el comunicado
oficial no me parece probada, y mientras no lo
sea, consideraré esta acción una medida de intolerancia que recorta aún más la maltratada libertad de expresión. Es una lástima que una revolución que se ha mostrado audaz e imaginativa en el
dominio de las reformas económicas y sociales,
buscando soluciones propias para nuestros
problemas, sea incapaz de consentir la discrepancia y la crítica y se acerque cada vez más, en lo
que respecta a los medios de comunicación, al
sombrío modelo de los países socialistas. La verdad, resulta difícil aceptar que dos semanarios,
de audiencia limitada, pudieran poner en peligro
con sus opiniones a un régimen que controla la radio y la televisión y todos los diarios de Lima,
donde un ejército de periodistas rivaliza con de-
nuedo en el apoyo automático y entusiasta a toda
medida oficial. Con la misma claridad con que he
declarado mi apoyo a la reforma agraria, a la
política antiimperialista, a la ley de Propiedad
Social y a otras medidas progresistas del régi-

men, quiero dejar constancia de mi absoluto desacuerdo con los síntomas de autoritarismo creciente que se manifiestan en lo que respecta a la libertad de expresión.

Lima, 21 noviembre 1974

Mario Vargas Llosa

## CARTA ABIERTA AL GENERAL
## JUAN VELASCO ALVARADO

*El novelista Mario Vargas Llosa dirigió, desde México, donde se encuentra, una carta abierta al Presidente Velasco, para protestar por el cierre de* Caretas *y la deportación de su Director. He aquí su texto íntegro:*

México D.F., 22 de marzo de 1975

Sr. General de División
Juan Velasco Alvarado
Presidente del Perú

Señor Presidente:

El objeto de esta carta es protestar públicamente por la clausura de la revista Caretas, la detención de sus redactores y la deportación a Buenos Aires de Enrique Zileri, su director. Con el cierre de esta publicación, desaparece el último órgano independiente del Perú y se instala definitivamente la noche de la obsecuencia en los medios de comunicación del país. Con la misma firmeza con que he aplaudido todas las reformas de la revolución —como la entrega de la tierra a los campesinos, la participación de los trabajadores en la gestión y propiedad de las empresas, el rescate de las riquezas naturales y la política internacional independiente— quiero manifestar mi desacuerdo con esta política autoritaria, que ha ido agravándose de manera sistemática en los últimos meses, desde que, con el argumento de su transferencia a los ''sectores nacionales'' (que no existen y que, como usted bien sabe, tardarán todavía muchos años en organizarse en federaciones y sindicatos genuinamente representativos), los diarios fueron expropiados, entregados a comités de incondicionales y convertidos en meros ventrílocuos del poder.

Quienes desde el primer momento criticamos esta ley de Prensa, no desde el punto de vista de los dueños de los diarios expropiados sino desde el punto de vista de la propia revolución, para la cual nada podría ser tan dañino como la eliminación de las voces independientes y los excesos inevitables en todo proceso revolucionario, hemos visto, con angustia creciente, ir desapareciendo, una tras otra, las revistas que se atrevían a discrepar de la política oficial, y a sus redactores ser encarcelados y exiliados. Se ha dicho que los órganos suprimidos son todos de derecha. Aunque yo no admito que profesar ideas conservadoras sea una razón suficiente para ser silenciado y castigado (estoy por la destrucción de los intereses conservadores, pero no por la persecución de las ideas conservadoras, que deberían tener también derecho a comparecer en el debate político y que, aun cuando sea como negatividad polémica, pueden prestar un servicio a la revolución), quiero desmentir esa falsedad que ha circulado por América Latina. Entre las publicaciones cerradas figuran revistas como Sociedad y Política y Oiga que estaban identificadas con el cambio y que criticaban a la revolución desde sus posiciones progresistas. Éste es también el caso de la víctima de ahora. Caretas criticó muy severamente los regímenes de Prado y Belaúnde y durante este gobierno se ha limitado a combatir (en condiciones realmente heroicas) los abusos —por desgracia los ha habido y los hay— y no los aciertos del régimen.

Mucho me temo que usted no haya advertido el daño que le ha causado a la revolución la intolerancia para con la crítica. Esta actitud le ha enajenado la adhesión de millares de peruanos de la clase media y los sectores populares, es decir de personas que deberían constituir los cimientos de la revolución. Un hecho decisivo, para esta pérdida de popularidad del régimen, ha sido la política represora en materia de información y de opinión. El hecho de que la radio, la televisión y la prensa entera del país se hayan convertido en organismos de exclusiva propaganda, ha conseguido el efecto contrario al perseguido: en vez de eliminar la crítica la ha multiplicado. Es cierto que ellas no aparecen en los diarios, donde sólo se leen la loa y la alabanza, pero esas críticas están en las mentes y en las bocas de los peruanos, y eso es, al fin de cuentas, lo que debería importarle al régimen. Permítame decirle, señor Presidente, que comete un error en preferir, en vez de periodistas como Enrique Zileri y Francisco Igartúa, que, con honestidad y valentía obligaban a la revolución a reflexionar continuamente sobre sí misma, a ese enjambre de mediocres que, en la prensa oficial, sólo escriben lo que les ordenan o (lo que es todavía peor) lo que suponen que les ordenarían. Por ese camino hay el peligro de que la revolución peruana, como muchas otras, deje de serlo.

Porque nada me entristecería más que el que eso ocurriera, he decidido enviarle esta carta abier-

ta, que, como ya no tengo tribuna donde opinar en
el Perú, me veo obligado a publicar en el extranjero.

Atentamente,

Mario Vargas Llosa

# ALBERT CAMUS Y LA MORAL DE LOS LÍMITES

Hace unos veinte años Albert Camus era un autor
de moda y sus dramas, ensayos y novelas ayudaban a
muchos jóvenes a vivir. Muy influido por Sartre, a
quien entonces seguía con pasión, leí en esa época a
Camus sin entusiasmo, e, incluso, con cierta impaciencia
por lo que me parecía su lirismo intelectual. Más tarde,
con motivo de la aparición póstuma de los *Carnets* (1962
y 1964), escribí un par de artículos en los que, ligereza
que ahora me sonroja, afirmaba que la obra de Camus
había sufrido eso que, con fórmula de Carlos Germán
Belli, podríamos llamar "encanecimiento precoz". Y, a
partir de la actitud de Camus frente al drama argelino
—actitud que conocía mal, por la caricatura que habían
hecho de ella sus adversarios y no por los textos originales de Camus— me permití incluso alguna ironía en
torno a la imagen del justo, del santo laico, que algunos
devotos habían acuñado de él.

No volví a leer a Camus hasta hace algunos meses,
cuando, de manera casi casual, con motivo de un atentado terrorista que hubo en Lima, abrí de nuevo *L'homme révolté*, su ensayo sobre la violencia en la historia,
que había olvidado por completo (o que nunca entendí).
Fue una revelación. Ese análisis de las fuentes filosóficas del terror que caracteriza a la historia contemporánea me deslumbró por su lucidez y actualidad, por
las respuestas que sus páginas dieron a muchas dudas
y temores que la realidad de mi país provocaba en mí
y por el aliento que fue descubrir que, en varias opciones difíciles de política, de historia y de cultura, había
llegado por mi cuenta, después de algunos tropezones,
a coincidir enteramente con Camus. En todos estos meses he seguido leyéndolo y esa relectura, pese a inevitables discrepancias, ha trocado lo que fue reticencia
en aprecio, el desaire de antaño en gratitud. En unos

brochazos toscos, me gustaría diseñar esta nueva imagen que tengo de Camus.

Pienso que para entender al autor de *L'étranger* es útil tener en cuenta su triple condición de provinciano, de hombre de la frontera y miembro de una minoría. Las tres cosas contribuyeron, me parece, a su manera de sentir, de escribir y de pensar. Fue un provinciano en el sentido cabal de la palabra, porque nació, se educó y se hizo hombre muy lejos de la capital, en lo que era entonces una de las extremidades remotas de Francia: África del Norte, Argelia. Cuando Camus se instaló definitivamente en París tenía cerca de treinta años, es decir, era ya, en lo esencial, el mismo que sería hasta su muerte. Fue un provinciano para bien y para mal, pero sobre todo para bien, en muchos sentidos. El primero de todos, porque, a diferencia de lo que ocurre con el hombre de la gran ciudad, vivió en un mundo donde el paisaje era la presencia primordial, algo infinitamente más atractivo e importante que el cemento y el asfalto. El amor de Camus por la naturaleza es rasgo permanente de su obra: en sus primeros libros —*L'envers et l'endroit, Noces, L'été, Minotaure ou halte d'Oran*—, el sol, el mar, los árboles, las flores, la tierra áspera o las dunas quemantes de Argelia son la materia prima de la descripción o el punto de partida de la reflexión, las referencias obligadas del joven ensayista cuando trata de definir la belleza, exalta la vida o especula sobre su vocación artística. Belleza, vida y arte se confunden en esos textos breves y cuidados en una suerte de religión natural, en una identificación mística con los elementos, en una sacralización de la naturaleza que a mí, en muchos momentos, me ha hecho recordar a José María Arguedas, en cuyos escritos se advierte algo semejante. En la obra posterior de Camus, el paisaje —y sobre todo el privilegiado paisaje mediterráneo— está también presente, a menudo como un apetito atroz o como una terrible nostalgia: Marthe y su madre, las ladronas y asesinas de *Le malentendu*, matan a los viajeros del albergue con el fin de poder, algún día, instalarse en una casita junto al mar, y Jean-Baptiste Clamence, el protagonista de *La chute*, exclama en un momento desesperado de su soliloquio: "¡Oh, sol, playas, islas de los vientos alisios, juventud cuyo recuerdo desespera!". En Camus, el paisaje, por su hermosura y calidez bienhechora, no sólo contenta el cuerpo del hombre; también lo purifica espiritualmente.

No señalo la aguda sensibilidad de Camus por la naturaleza sólo porque ella se traduce en algunas de las páginas de prosa más intensa que escribió, ni porque ella impregna su obra de cierto color exótico, sino, sobre todo, porque el poderoso vínculo sentimental que unió a Camus con esas reverberantes playas argelinas, con esas ruinas de Tipasa devoradas por la vegetación salvaje, con esos desiertos, montañas y árboles, son la raíz de un aspecto fundamenal de —él no hubiera aceptado la expresión— su filosofía. "Todo mi reino es de este mundo", escribió en *Noces*, en 1939. Y unas páginas después: "El mundo es bello y fuera de él no hay salvación". El ateísmo de Camus, ¿puede desligarse acaso de su deificación de la naturaleza? La otra vida no le pareció incomprensible, sino, simplemente, innecesaria: en ésta encontró suficiente plenitud, goce y belleza para colmar a los hombres. Porque su ateísmo no es materialista, sino, más bien, una especie de religión pagana en la que el espíritu resulta el estadio superior, una prolongación de los sentidos. Lo dijo en *Noces*, donde, con motivo de una visita a un convento de Florencia, recuerda a los vagabundos de Argel: "Sentía una común resonancia entre la vida de esos franciscanos, encerrados entre columnas y flores, y la de los mozos de la playa Padovani de Argel, que pasan todo el año al sol. Si se desvisten, es para una vida más grande, y no para otra vida. Es éste, al menos, el único sentido válido de la palabra 'desnudez'. Estar desnudo guarda siempre un sentido de libertad física y a ese acuerdo entre la mano y las flores —ese amoroso entendimiento de la tierra y el hombre liberado de lo humano—, ¡ah! a ese acuerdo me convertiría si no fuese ya mi religión".

En efecto, fue su religión, o más bien una convicción a la que permaneció fiel toda su vida: la de que el hombre se realiza íntegramente, vive su total realidad, en la medida en que comulga con el mundo natural, y la de que el divorcio entre el hombre y el paisaje mutila lo humano. Es quizá esta convicción, nacida de la experiencia de alguien que creció a la intemperie —y que, en la semblanza de Orán, en el *Minotaure ou halte d'Oran*, hizo un elogio de la vida provinciana que hubiera aprobado el provinciano por antonomasia, quiero decir Azorín—, la que separó a Camus de los intelectuales de su generación. Todos ellos, marxistas o católicos, liberales o existencialistas, tuvieron algo en común: la idolatría de la historia. Sartre o Merleau-Ponty, Raymond Aron o Roger Garaudy, Emmanuel Mounier o Henri Lefebvre, por lo menos en un punto coincidieron: el hombre es un ser eminentemente social y entender sus miserias y padecimientos, así como proponer soluciones para sus problemas, es algo que sólo cabe en el marco de la historia. Enemistados en todo lo demás, estos escritores compartían el dogma más extendido de nuestro tiempo: la historia es el instrumento clave de la problemática humana, el territorio donde se decide *todo* el destino del hombre. Camus no aceptó nunca este mandamiento moderno. Sin negar la dimensión histórica del hombre, siempre sostuvo que una interpretación puramente económica, sociológica, ideológica de la condición humana era trunca y, a la larga, peligrosa. En *L'été* (1948) escribió: "La historia no explica ni el universo natural que existía antes de ella ni tampoco la belleza que está por encima de ella". Y en ese mismo ensayo objetó la hegemonía de las ciudades, a las cuales asociaba el absolutismo historicista en el que, más tarde, en *L'homme révolté*, vería el origen de la tragedia política moderna, es decir, la época de las dictaduras filosóficamente justificadas en la necesidad histórica: "Vivimos en la época de las grandes ciudades. De modo deliberado se amputó al mundo aquello que hace su permanencia: la naturaleza, el mar, la colina, la meditación de los atardeceres. Ya no hay conciencia si no es en las calles, porque no hay historia sino en las calles; tal es lo que se ha decretado".

A este hombre citadino, al que los pensadores modernos han convertido en un mero producto histórico, al que las ideologías han privado de su carne y su sangre, a este ser abstracto y urbano, separado de la tierra y del sol, desindividualizado, disgregado de su unidad y convertido en un archipiélago de categorías mentales,

Camus opone el hombre natural, unido al mundo de los elementos, que reivindica orgullosamente su estirpe física, que ama su cuerpo y que procura complacerlo, que encuentra en el acuerdo con el paisaje y la materia no solamente una forma plena y suficiente del placer, sino la confirmación de su grandeza. Este hombre es elemental no sólo porque sus placeres son simples y directos, sino, también, porque carece de los refinamientos y las astucias sociales: es decir, el respeto de las convenciones, la capacidad de disimulación y de intriga, el espíritu de adaptación y las ambiciones que tienen que ver con el poder, la gloria y la riqueza. Éstas son cosas que ni siquiera desprecia: ignora que existen. Sus virtudes —la franqueza, la sencillez, una cierta predilección por la vida espartana— son las que tradicionalmente se asocian con la vida de provincia, y, en otro sentido, con el mundo pagano. ¿Qué ocurre cuando este hombre natural intenta hacer uso de su derecho de ciudad? Una tragedia: la ciudad lo tritura y acaba con él. Éste es el tema de la mejor novela de Camus: *L'étranger*.

Durante mucho tiempo se ha repetido que era un libro filosófico sobre la sinrazón del mundo y de la vida, una ilustración literaria de esa filosofía del absurdo que Camus había intentado describir en *Le Mythe de Sisyphe*. Leída hoy, la novela parece sobre todo un alegato contra la tiranía de las convenciones y de la mentira en que se funda la vida social. Meursault es, en cierta forma, un mártir de la verdad. Lo que lo lleva a la cárcel, a ser condenado, y, presumiblemente, ejecutado, es su incapacidad ontológica para disimular sus sentimientos, para hacer lo que hacen los otros hombres: representar. Es imposible para Meursault, por ejemplo, fingir en el entierro de su madre más tristeza de la que tiene y decir las cosas que, en esas circunstancias, se espera que un hijo diga. Tampoco puede —pese a que en ello le va la vida— simular ante el juez un arrepentimiento mayor del que siente por la muerte que ha causado. Eso se castiga en él, no su crimen. De otro lado, la novela es también un manifiesto a favor de la preeminencia de este mundo sobre cualquier otro. Meursault —el hombre elemental— es educado, lacónico, pacífico (su crimen es, realmente, obra del azar) y sólo pierde el control de sí mismo y se irrita cuando le hablan de Dios, cuando alguien —como el juez de instrucción o el capellán de la cárcel— se niega a respetar su ateísmo (más bien, su paganismo) así como él respeta el deísmo de los demás. La actitud catequista y sectaria, impositiva, lo exaspera. ¿Por qué? Porque todo lo que él ama y comprende está exclusivamente en esta tierra: el mar, el sol, los crepúsculos, la carne joven de María. Con la misma indiferencia animal con que cultiva los sentidos, Meursault practica la verdad: eso hace que, entre quienes lo rodean, parezca un monstruo. Porque la verdad —esa verdad natural, que mana de la boca como el sudor de la piel— está reñida con las formas racionales en que se funda la vida social, la comunidad de los hombres históricos. Meursault es en muchos aspectos un *alter ego* de Camus, que amó también este mundo con la intensidad con que los'místicos aman el otro, que tuvo también el vicio de la verdad y que por ella —sobre todo en política— no vaciló en infringir las convenciones de su tiempo. Sólo un hombre venido de lejos, desenterado de las modas, impermeable al cinismo y a las grandes servidumbres de la ciudad, hubiera podido defender, como lo hizo Camus, en pleno apogeo de los sistemas, la tesis de que las ideologías conducen irremisiblemente a la esclavitud y al crimen, a sostener que la moral es una instancia superior a la que debe someterse la política y a romper lanzas por dos señoras tan desprestigiadas ya en ese momento que su solo nombre había pasado a ser objeto de irrisión: la libertad y la belleza.

De otro lado, hay en el estilo de Camus un cierto anacronismo, una solemnidad y un amaneramiento que es imposible no asociar con esos caballeros del interior que lustran sus botines y se enfundan su mejor traje cada domingo para dar vueltas a la plaza oyendo la retreta. Jean-Baptiste Clamence, el juez-penitente de la *La chute* que, asqueado de la mentira y la duplicidad que era su vida en la gran capital, ha ido a perderse y a predicar la servidumbre en un bar prostibulario de Amsterdam, dice a su invisible interlocutor, luego de pronunciar una frase muy rebuscada: "Ah, noto que este imperfecto de subjuntivo lo turba. Confieso mi debilidad por ese tiempo verbal y por el *beau langage*, en general". Es el caso de Camus. En el buen sentido de la palabra, hay en su prosa una constante afectación; una gravedad sin tregua, una absoluta falta de humor y una rigidez muy provincianas. Sus frases, generalmente cortas, están pulidas, limpiadas, depuradas hasta lo esencial y cada una de ellas tiene la perfección de una piedra preciosa. Pero el movimiento o respiración del conjunto suele ser débil. Se trata de un estilo estatuario en el que, además de su admirable concisión y de la eficacia con que expresa la idea, el lector advierte algo *naïf*; un estilo endomingado, sobre el que flota, impregnándolo de un airecillo pasado de moda, un perfume de almidón. No deja de ser paradójico que el escritor moderno que ha celebrado con los acentos más persuasivos la vida natural y directa, fuera, como prosista, uno de los más "artísticos" (en el sentido de trabajado y también de artificial) de su tiempo. Es una de las originalidades de Camus; otra, el que, muy provincianamente, cultivara géneros extinguidos, como las cartas, por ejemplo —pienso en las *Lettres à un ami allemand* que escribió cuando era resistente, explicando las razones por las que combatía—, o esos textos ambiguos, como *Noces*, *L'été* o *L'envers et l'endroit*, a medio camino del ensayo y la ficción, de la poesía y la prosa, que entroncan, dando un salto de siglos, con la literatura clásica.

Pero aparte de las formas literarias, hay también algunos valores. que Camus cultivó y defendió con pasión, desterrados ya de la ciudad, es decir del mundo de los solitarios y˙los cínicos: el honor y la amistad. Son valores individualistas por definición, alérgicos a la concepción puramente social del hombre, y en los que Camus vio dos formas de redención de la especie, una manera de regenerar la sociedad, un tipo superior y privilegiado de relación humana. El honor del que él habla con tanta frecuencia no es el del que suelen hablar los espadachines y los cornudos. Es, muy exactamente, la vieja *honra* medieval española, es decir, ese respeto riguroso de la dignidad propia, ese acuerdo de la conducta con una regla íntimamente aceptada, que, si se rompe, por debilidad de uno o acción ajena, degrada al individuo. No es extraño que Camus (quien por parte de madre era de origen español) fuera un buen gustador de la literatura del Siglo de Oro y que tradujera al francés *El caballero de Olmedo*, de Lope, y *La devoción de la Cruz*, de Calderón. No estoy tratando de insinuar que Camus propusiera, como un extravagante pasadista, resucitar los valores del Medioevo. La *honra* que él predicaba —y que era la suya— estaba exenta de toda connotación cristiana o clasista, y consistía en reconciliar definitivamente, en cada individuo, las palabras y los hechos, la creencia y la conducta, la apariencia social y la esencia espiritual, y en el respeto último de dos mandamientos morales muy precisos: no cometer ni justificar, en ningún caso y en ninguna circunstancia, la mentira ni el crimen. En cuanto a la amistad —forma de relación que, aparentemente, se halla en vías de extinción: los hombres hoy son más aliados, cómplices (eso que se designa con fórmulas como "compañero", "correligionario" o "camarada"), que amigos—, Camus no sólo vio en ella la más perfecta manera de solidaridad humana, sino el arma más eficaz para combatir la soledad, la muerte en vida. Es la falta de amistades, esa carencia que es en ellos al mismo tiempo una discreta pero desesperada ambición, lo que da a los protagonistas de sus despobladas novelas ese desamparo tan atroz, ese desvalimiento e indigencia ante el mundo. Meursault, el Dr. Rieux, Tarrou y Jean-Baptiste Clamence nos parecen tan solos porque son hombres sin amigos. Es este último quien lo expresa con cierto patetismo, en esta frase triste: "Ah, mi amigo, ¿sabe usted lo que es la criatura solitaria, errando por las calles de las grandes ciudades?" La desaparición de la amistad, esa manera de perder el tiempo que es de todos modos supervivencia de la provincia, era para Camus una de las tragedias de la vida moderna, uno de los síntomas del empobrecimiento humano. Él cultivó la amistad como algo precioso y exaltante, y los textos que escribió sobre sus amigos —como el artículo en *Combat* a la muerte de René Leynaud, resistente fusilado por los nazis— son los únicos en que se permitió a veces (algo a lo que era alérgico) revelar su intimidad. Demostró su fidelidad a sus amigos incluso en gestos insólitos, en él que era la mesura en todo, como dedicar varios libros, en distintas épocas, a una misma persona (su maestro Jean Grenier). Para dar una forma gráfica a su decepción de Francia, Jean-Baptiste Clamence le recuerda a su interlocutor, con melancolía, a esos amigos que, en los pueblos de Grecia, se pasean por las calles con las manos enlazadas: ¿se imagina usted, le dice, a un par de amigos paseándose hoy tomados de las manos por las calles de París?

Camus fue un hombre de la frontera, porque nació y vivió en ese borde tenso, áspero, donde se tocaban Europa y África, Occidente y el Islam, la civilización industrializada y el subdesarrollo. Esa experiencia de la periferia le dio a él, europeo, respecto de su propio mundo, de un lado, una adhesión más intensa que la de quien, por hallarse en el centro, mide mal o no ve la significación de la cultura a la que pertenece, y de otro, una intranquilidad, una conciencia del peligro, una preocupación por el debilitamiento de las bases mucho mayor que la de quien, precisamente porque se halla lejos de la frontera, puede despreocuparse de esos problemas, o, incluso, socavar suicidamente el suelo en que se apoya. No acuso a Camus de etnocentrismo, de menosprecio hacia las culturas del resto del mundo, porque él fue profundamente europeo en lo que Europa tiene de más universal. Pero es un hecho que Europa y los problemas europeos fueron la preocupación central de su obra; esto no la empobrece, pero la enmarca, sí, dentro de límites precisos. Cuando Camus se ocupó de asuntos vinculados al tercer mundo —como la miseria de los kabilas o la represión colonial en Madagascar— lo hizo desde una perspectiva continental: para denunciar hechos que —era la acusación más grave que él profería— *deshonraban* a Europa. Por lo demás, su adhesión a la cultura occidental tiene raíces muy personales y hasta se podría decir únicas. Él no sólo está muy lejos de quienes, como Sartre, consideran esa cultura viciada de raíz y esperan su desplome, para, con ayuda de los condenados de la tierra, rehacer desde cero una cultura del hombre universal, sino también de aquellos que, como Jaspers, Malraux o Denis de Rougemont reivindican el legado europeo en bloque y quisieran conservarlo en su integridad. La Europa que Camus defiende, aquella que quisiera salvar, vigorizar, ofrecer como modelo al mundo, es la Europa de un pagano moderno y meridional, que se siente heredero y defensor de valores que supone venidos de la Grecia clásica: el culto a la belleza artística y el diálogo con la naturaleza, la mesura, la tolerancia y la diversidad social, el equilibrio entre el individuo y la sociedad, un democrático reparto de funciones entre lo racional y lo irracional en el diseño de la vida y un respeto riguroso de la libertad. De esta utopía relativa (como él la llamó) han sido despedidos, por lo pronto, el cristianismo y el marxismo. Camus siempre fue adversario de ambos porque, a su juicio, uno y otro, por razones distintas, rebajan la dignidad humana. Nada lo indignaba tanto como que críticos católicos o comunistas lo llamaran pesimista. En una conferencia de 1948, en la sala Pleyel, les respondió con estas palabras: "¿Con qué derecho un cristiano o un marxista me acusa de pesimista? No he sido yo quien ha inventado la miseria de la criatura, ni las terribles fórmulas de la maldición divina. No he sido yo quien gritó *Nemo bonus* o proclamó la condenación de los niños sin bautismo. No he sido yo quien dijo que el hombre era incapaz de salvarse por sí mismo y que, en el fondo de su bajeza, no tenía otra esperanza que la gracia de Dios. ¡Y en cuanto al famoso optimismo marxista! Nadie ha ido tan lejos en la desconfianza respecto del hombre como el marxista, y, por lo demás, ¿acaso las fatalidades económicas de este universo no resultan todavía más terribles que los caprichos divinos?"

Esta filosofía humanista no acepta el infierno porque piensa que el hombre ha padecido ya todos los castigos posibles a lo largo de la historia y admite el paraíso pero a condición de realizarlo en este mundo. Lo humano es, para él, una totalidad donde cuerpo y espíritu tienen las mismas prerrogativas, donde está terminantemente prohibido, por ejemplo, que la razón o la imaginación se permitan una cierta superioridad sobre los sentidos o los músculos. (Camus, que fue un buen futbolista, declaró alguna vez: "Las mejores lecciones de moral las he recibido en los estadios".) Nunca desconfió de la razón, pero —y la historia de nuestros días ha confirmado sus temores— sostuvo siempre que si a ella sola se le asignaba la función de explicar y orientar al hombre, el resultado era lo inhumano. Por eso prefirió referirse a los problemas sociales de una manera concreta antes que abstracta. En el reportaje sobre los kabilas que hizo en 1939, cuando era periodista, escribió: "Siempre constituye un progreso que un problema político quede remplazado por un problema humano". Vivió convencido de que la política era sólo una provincia de la experiencia humana, que ésta era más ancha y compleja que aquélla, y que si (como, por desgracia, ha pasado) la política se convertía en la primera y fundamental actividad, a la que se subordinaban todas las otras, la consecuencia era el recorte o el envilecimiento del individuo. Es en ese sentido que combatió lo que he llamado la idolatría de la historia. En un texto de 1948, "El destierro de Helena", dedicado a deplorar que Europa haya renegado de Grecia, escribió: "Colocando a la historia sobre el trono de Dios, marchamos hacia la teocracia, igual que aquellos a quienes los griegos llamaban bárbaros y a quienes combatieron en la batalla de Salamina". ¿Qué era lo que Camus se empeñó en preservar del ejemplo de esa Grecia, que, en su caso, es tan subjetiva y personal como fue la Grecia de Rubén Darío y de los modernistas? Respondió a esta pregunta en uno de los ensayos de *L'été*: "Rechazar el fanatismo, reconocer la propia ignorancia, los límites del mundo y del hombre, el rostro amado, la belleza, en fin, he ahí el campo donde podemos reunirnos con los griegos". Rechazar el fanatismo, reconocer la propia ignorancia, los límites del mundo y del hombre: Camus postula esta propuesta en plena guerra fría, cuando el mundo entero era escenario de una pugna feroz entre fanatismos de distinto signo, cuando las ideologías de derecha y de izquierda se enfrentaban con el declarado propósito de conquistar la hegemonía y destruir al adversario. "Nuestra desgracia —escribiría en 1948— es que estamos en la época de las ideologías y de las ideologías totalitarias, es decir, tan seguras de ellas mismas, de sus razones imbéciles o de sus verdades estrechas, que no admiten otra salvación para el mundo que su propia dominación. Y querer dominar a alguien o a algo es ambicionar la esterilidad, el silencio o la muerte de ese alguien." Este horror del dogma, de todos los dogmas, es un fuego que llamea en el corazón mismo del pensamiento de Camus, el fundamento de su concepción de la libertad. Su convicción de que toda teoría que se presenta como absoluta —por ejemplo el cristianismo o el marxismo— acaba tarde o temprano por justificar el crimen y la mentira, lo llevó a desarrollar esa *moral de los límites*, que es, sin duda, la más fértil y valiosa de sus enseñanzas. ¿En qué consiste? Él respondió así: "En admitir que un adversario puede tener razón, en dejarlo que se exprese y en aceptar reflexionar sobre sus argumentos" (febrero de 1947). A un periodista que le preguntaba en 1949 cuál era su posición política, le repuso: "Estoy por la pluralidad de posiciones. ¿Se podría organizar un partido de quienes no están seguros de tener razón? Ése sería el mío". No eran meras frases, una retórica de la modestia para lograr un efecto sobre un auditorio. Camus dio pruebas de la honestidad con que asumía esa actitud relativista y flexible, y así, por ejemplo, luego de polemizar con François Mauriac sobre la depuración que se llevaba a cabo en Francia, a la liberación, contra los antiguos colaboradores de Alemania, humildemente tomó la iniciativa, pasado algún tiempo, de proclamar que era él quien se había equivocado y que Mauriac había tenido razón al deplorar los excesos que esa política cometió: "Aquellos que pretenden saberlo todo y resolverlo todo acaban siempre por matar", le recordó a Emmanuel d'Astier, en 1948.

Decir que Camus fue un demócrata, un liberal, un reformista, no serviría de gran cosa, o, más bien, sería contraproducente, porque esos conceptos han pasado —y ésa es, hay que reconocerlo, una de las grandes victorias conseguidas por las ideologías totalitarias—, en el mejor de los casos, a definir la ingenuidad política, y, en el peor, a significar las máscaras hipócritas del reaccionario y el explotador. Es preferible tratar de precisar qué contenido tuvieron en su caso esas posiciones. Básicamente, en un rechazo frontal del totalitarismo, definido éste como un sistema social en el que el ser humano viviente deja de ser fin y se convierte en instrumento. La moral de los límites es aquella en la que desaparece todo antagonismo entre medios y fines, en la que son aquéllos los que justifican a éstos y no al revés. En un editorial de *Combat*, en la euforia reciente de la liberación de París, Camus expresó con claridad lo que lo oponía a buena parte de sus compañeros de la Resistencia: "Todos estamos de acuerdo sobre los fines, pero tenemos opiniones distintas sobre los medios. Todos deseamos con pasión, no hay duda, y con desinterés, la imposible felicidad de los hombres. Pero, simplemente, hay entre nosotros quienes creen que uno puede valerse de todo para lograr esa felicidad y hay quienes no lo creen así. Nosotros somos de estos últimos. Nosotros sabemos con qué rapidez los medios se confunden con los fines y por eso no queremos cualquier clase de justicia... Pues se trata, en efecto, de la salvación del hombre. Y de lograrla, no colocándose fuera de este mundo, sino dentro de la historia misma. Se trata de servir la dignidad del hombre a través de medios que sean dignos dentro de una historia que no lo es". El tema del totalitarismo, del poder autoritario, de los extremos de demencia a que puede llegar el hombre cuando violenta esa moral de los límites acosó toda su vida a Camus. Inspiró tres de sus obras de teatro —*Caligule, L'état de siège* y *Les justes*—, el mejor de sus ensayos, *L'homme révolté*, y su novela *La peste*. Basta echar una mirada a la realidad de hoy para comprender hasta qué punto la obsesión de Camus con el terrorismo de Estado, la dictadura moderna, fue justificada y profética. Estas obras son complementarias, describen o interpretan diferentes aspectos de un mismo fenómeno. En *Calígula*, es el vértice de la pirámide quien ocupa la escena, ese hombrecillo banal al que, de pronto, la ascensión al poder convierte en Dios. El poder en libertad tiene su propia lógica, es una máquina que una vez puesta en funcionamiento no para hasta que todo lo somete o destruye. Dice Calígula: "Por lo demás, he decidido ser lógico, y, como tengo el poder, van ustedes a ver lo que les costará la lógica. Exterminaré a los contradictores y a las contradicciones". Y en otro momento: "Acabo de comprender la utilidad del poder. Él permite lo imposible. Hoy, y por todo el tiempo que venga, mi libertad no tendrá fronteras". Esas palabras, ¿no hubieran podido decirlas, en el momento que se estrenó la pieza, Hitler, Stalin, Mussolini o Franco? ¿No tendrían derecho a decirlas, hoy, Pinochet, Banzer, Somoza, y, en la otra frontera, Mao, Fidel, Kim il Sung? También la libertad de esos semidioses carece de fronteras, también ellos pueden lograr lo imposible, conseguir la unanimidad social y materializar la verdad absoluta mediante el expediente rápido de exterminar a "los contradictores y a las contradicciones". En *La peste* y en *L'état de siège* la dictadura está descrita de manera alegórica, no a través de quien la ejerce, sino de quienes la padecen. Allí vemos, bajo la apariencia de una epidemia, a esa libertad ilimitada del déspota que desciende sobre la ciudad como una infección, destruyendo, corrompiendo, estimulando la abyección y la cobardía, aislándola del resto del mundo, convirtiendo al conjunto de los hombres en una masa amorfa y vil y al mundo en un infierno donde sólo sobreviven los peores y siempre por las peores razones. *L'homme révolté* es un análisis del espeluznante proceso teórico que ha conducido al nacimiento de las filosofías del totalitarismo, es decir los mecanismos intelectuales por los que el Estado moderno ha llegado a darle al crimen y a la esclavitud una justificación histórica. El nazismo, el fascismo, el anarquismo, el socialismo, el comunismo, son los personajes de este deslumbrante drama, en el que vemos cómo, poco a poco, en una inversión casi mágica, las ideas de los hombres se emancipan de pronto de quienes las producen para, constituidas en una realidad autónoma, consistente y belicosa, precipitarse contra su antiguo amo para sojuzgarlo y destruirlo. La tesis de Camus es muy simple: toda la tragedia política de la humanidad comenzó el día en que se admitió que era lícito matar en nombre de una idea, es decir el día en que se consintió en aceptar esa monstruosidad: que ciertos conceptos abstractos podían tener más valor e importancia que los seres concretos de carne y hueso. *Les justes* es una obra de teatro, de naturaleza histórica, sobre un grupo de hombres que fascinó a Camus y cuyo pensamiento y hazañas (si se puede llamarlas así) constituyen también la materia de uno de los capítulos más emocionantes de *L'homme révolté*: esos terroristas rusos de comienzos de siglo, desprendidos del partido socialista revolucionario, que practicaban el crimen político de una manera curiosamente moral: pagando con sus propias vidas las vidas que suprimían. Comparados a quienes vendrían después, a los asesinos por procuración de nuestros días, a esos verdugos filósofos que irritaban tanto a Camus ("...tengo horror de esos intelectuales y de esos periodistas, con quienes usted se solidariza, que reclaman o aprueban las ejecuciones capitales, pero que se valen de los demás para llevar a cabo el trabajo" le dijo a Emmanuel d'Astier en su polémica), los justos resultaban en cierto modo dignos de algún respeto: su actitud significaba que tenían muy en alto el valor de la vida humana. El precio de matar, para ellos era caro: morir. En un artículo en *La Table Ronde*, titulado, muy gráficamente, "Los homicidas delicados", Camus resumió así lo que sería más tarde el tema de *Les justes* y de *L'homme révolté*: "Kaliayev, Voinarovski y los otros creían en la equivalencia de las vidas. Lo prueba el que no pongan ninguna idea por encima de la vida humana, a pesar de que matan por una idea. Para ser exacto, viven a la altura de la idea. Y, de una vez por todas, la justifican encarnándola hasta la muerte. Nos hallamos, pues, ante una concepción si no religiosa por lo menos metafísica de la rebelión. Después de ellos vendrán otros hombres, que, animados por la misma fe devoradora, juzgarán sin embargo que esos métodos son sentimentales y rechazarán la opinión de que cualquier vida es equivalente a cualquier otra. Ellos, en cambio, pondrán por encima de la vida humana una idea a la cual, sometidos de antemano, decidirán, con total arbitrariedad, someter también a los otros. El problema de la rebelión ya no se resolverá de manera aritmética según el cálculo de las probabilidades. Frente a una futura realización de la idea, la vida humana puede ser todo o nada. Mientras más grande es la fe que el calculador vuelca en esta realización, menos vale la vida humana. En el límite, ella no vale nada. Y hoy hemos llegado al límite, es decir al tiempo de los verdugos filósofos". En *Les justes*, el terrorista irreprochable, Stepan, proclama, en las antípodas de Camus: "Yo no amo la vida, sino la justicia, que está por encima de la vida". ¿No es esta frase algo así como la divisa, hoy día, de todas las dictaduras ideológicas de izquierda como de derecha que existen sobre la tierra?

Sería injusto creer que el reformismo de Camus se contentaba con postular una libertad política y un respeto a los derechos del individuo a la discrepancia, olvidando que los hombres son también víctimas de otras "pestes", tanto o más atroces que la opresión. Camus sabía que la violencia tiene muchas caras, que ella también se aplica, y con qué crueldad, a través del hambre, de la explotación, de la ignorancia, que la libertad política vale poca cosa para alguien a quien se mantiene en la miseria, realiza un trabajo animal o vive en la incultura. Y sabía todo esto de una manera muy directa y personal porque, como dije al principio, era miembro de una minoría.

Había nacido *pied noir*, entre ese millón de europeos que, frente a los siete millones de árabes argelinos, constituían una comunidad privilegiada. Pero esta comunidad de europeos no era homogénea, había en ella ricos, medianos y pobres y Camus pertenecía al último estrato. El mundo de su infancia y de su adolescencia fue miserable: su padre era un obrero y, cuando éste murió, su madre tuvo que ganarse la vida como sirvienta; su tío protector, el primero que lo hizo leer, era un carnicero anarquista. Pudo estudiar gracias a becas y, cuando contrajo la tuberculosis, se curó en instituciones de beneficencia. Palabras como "pobreza", "desamparo", "explotación" no fueron, para él, como para muchos intelectuales progresistas, nociones aprendidas en los manuales revolucionarios, sino experiencias vividas. Y, por eso, nada tan falso como acusar a Camus de insensibilidad frente al problema social. El periodista que hubo en él denunció muchas veces, con la misma claridad con que el ensayista combatió el terror autoritario, la injusticia económica, la discriminación y el prejuicio social. Una prueba de ello son las crónicas que en el año 1939 escribió bajo el título de *La misère à Kabilie*, mostrando la terrible situación en que se encontraban los kabilas de Argelia, y que le valieron la expulsión del país. Por otra parte, en el pensamiento de Camus está implícitamente condenada la explotación económica del hombre con el mismo rigor que su opresión política. Y por las mismas razones: para ese humanismo que sostiene que el individuo sólo puede ser fin, nunca instrumento, el enemigo del hombre no es sólo quien lo reprime sino también quien lo explota para enriquecerse, no sólo quien lo encierra en un campo de concentración sino también el que hace de él una máquina de producir. Pero es verdad que, desde que se instaló en Francia, Camus se ocupó de la opresión política y moral con más insistencia que de esa opresión económica. Ocurre que aquel problema se planteaba para él de una manera más aguda (era, ya lo he dicho, un europeo cuyo material de trabajo era primordialmente la realidad europea), y, también, era el momento en que vivía: frente a la marea creciente de marxismo, de historicismo, de ideologismo, cuando todo se quería reducir al problema social —los años de la postguerra— la obra de Camus se fue edificando como un valeroso contrapeso, poniendo el énfasis en aquello que los otros desdeñaban u olvidaban: la moral.

Por otra parte, la experiencia de la miseria se refleja en otro aspecto de su pensamiento. De ella deriva, quizá, su predisposición hacia la vida natural, hacia cierta frugalidad de costumbres, su desprecio del lujo, el relente estoico que tiene su filosofía. Pero, en todo caso, de esa experiencia nace una convicción que, en el prefacio de *L'envers et l'endroit*, expresó así: "La miseria me impidió creer que todo está bien bajo el sol y la historia; el sol me enseñó que la historia no lo es todo". Es decir, le dio conciencia de que la injusticia económica impide aceptar el mundo tal como es, exige cambiarlo, pero, al mismo tiempo, le hizo saber que el hombre es algo más que una fuerza de trabajo y la menuda pieza de un mecanismo social, que cuando estos problemas se han resuelto hay todavía una dimensión importante de la vida que no ha sido tocada. La privación de bienes materiales, la insolvencia física, no es un obstáculo según Camus para que el hombre disfrute de ciertos privilegios —como la belleza y el mundo natural—, ni para que se atrofien en él o desaparezcan el gusto de la libertad y la aptitud para vivir con honor, es decir para no mentir. (Es un punto en que me siento en desacuerdo con él, y el único rincón de su pensamiento en que se puede encontrar una notoria coincidencia con el cristianismo.) Pero no hay duda que creyó esto profundamente pues lo afirmó de manera explícita. En 1944 escribió: "Europa es hoy miserable y su miseria es la nuestra. La falta de riquezas y de herencia material, nos da tal vez una libertad en la que podremos entregarnos a esa locura que se llama la verdad". Y cuatro años más tarde, a Emmanuel d'Astier le dijo: "No he aprendido la libertad en Marx. Es cierto: la aprendí en la miseria".

Por otra parte, conviene tener presente que este crítico severo de las revoluciones planificadas por la ideología, fue un rebelde y que su pensamiento legitima totalmente, por razones morales, el derecho del hombre a rebelarse contra la injusticia. ¿Qué diferencia hay, pues, entre revolución y rebeldía? ¿Ambas no desembocan acaso inevitablemente en la violencia? El revolucionario es, para Camus, aquel que pone al hombre al servicio de las ideas, el que está dispuesto a sacrificar al hombre que vive por el hombre que vendrá, el que hace de la moral una técnica gobernada por la política, el que prefiere la justicia a la vida y el que se cree en el derecho de mentir y de matar en función del ideal. El rebelde puede mentir y matar pero sabe que no tiene derecho de hacerlo y que el hacerlo amenaza su causa, no admite que el mañana tenga privilegios sobre el presente, justifica los fines con los medios y hace que la política sea la consecuencia de una causa superior: la moral. Esta "utopía relativa" ¿resulta a simple vista demasiado remota? Tal vez sí, pero ello no la hace menos deseable, y sí más digna que otros modelos de acción contemporánea. Que éstos triunfen más rápido no es una garantía de su superioridad, porque la verdad de una empresa humana no puede medirse por razones de eficacia. Pero si se puede cuestionar la puntillosa limitación que para la acción rebelde propone Camus, no se puede desconocer —como lo hace, por ejemplo, Gaëtan Picon, tan estimable crítico en otras ocasiones, cuando lo acusa de haber predicado una filosofía de la no intervención— que fue, en la teoría y en la práctica, un anti-conformista, un impugnador de lo establecido. Uno de sus reproches más enérgicos contra el cristianismo fue, precisamente, que sofocaba el espíritu de rebeldía pues hacía una virtud de la resignación. En el primer volumen de *Actuelles* llegó a estampar esta frase tan dura: "El cristianismo, en su esencia, es una doctrina de la injusticia (y en ello reside su paradojal grandeza). Está fundado en el sacrificio del inocente y en la aceptación de ese sacrificio. La justicia, por el contrario —y acaba de demostrarlo París, en sus noches iluminadas con las llamas de la insurrección— es inseparable de la rebeldía".

Pertenecer a esa minoría de *pieds noirs*, cuando estalló el movimiento de liberación argelino, fue motivo de un terrible desgarramiento para Camus. Él, que había luchado desde el año 1939 contra la injusticia y la discriminación de que eran víctimas los argelinos, intentó, durante un tiempo, defender una tercera posición imposible —la de una federación en la que ambas comunidades, la europea y la musulmana, tendrían una ancha autonomía— que rechazaban por igual unos y otros, y la orfandad de su posición quedó en evidencia, en 1959, cuando fue recibido con gritos hostiles por los *pieds noirs* de Argel que lo consideraban un traidor a su causa (en tanto que los rebeldes lo acusaban de colonialista). Luego optó por el silencio. Aunque no aprobaba el terrorismo ni de unos ni de otros es posible que, en su fuero íntimo, admitiera que la independencia era la única salida justa del drama. Pero ocurre que esta justicia no podía realizarse sin que se cometiera, al mismo tiempo, una injusticia parcial, que lo tocaba en lo más íntimo: al tiempo que los musulmanes ganaban una patria, los *pieds noirs* perdían la que había sido la suya desde hacía más de un siglo. Es decir, éstos pagaban en cierto modo la factura de un sistema colonial cuyos beneficiarios principales no habían sido los pobres diablos de Belcour o de Bab-el-Oued (como su padre o su madre) sino los grandes industriales y comerciantes de la metrópoli. Este drama, que hizo tanto daño a Camus, creo que, a la larga, sin embargo, le fue provechoso y que la intuición de él dejó una impronta en su pensamiento. Hizo de él un hombre particularmente alerta y sensible a la existencia de las minorías, de los grupos marginales, cuyos derechos a la existencia, a la felicidad, a la palabra, a la libertad defendió por eso con tanta o incluso más vehemencia que la de las mayorías. En este tiempo, en que, un poco en todas partes, vemos a las minorías —religiosas, culturales, políticas— amenazadas de desaparición o empeñadas en un combate difícil por la supervivencia, hay que destacar la vigencia de esta posición. No hay duda que, así como en el pasado libró batallas por los kabilas de Argelia o los grupos libertarios de Cataluña, hoy, en nuestros días, los vascos de España, los católicos de Irlanda del Norte o los kurdos del Irak, hubieran tenido en él a un decidido valedor.

Quiero terminar refiriéndome a un aspecto de las opiniones de Camus en que me hallo muy cerca de él. Me parece también de actualidad, en este tiempo en que la inflación del Estado, ese monstruo que día a día gana terreno, invade dominios que se creían los más íntimos y a salvo, suprimiendo las diferencias, estableciendo una artificiosa igualdad (eliminando, como Calígula, las contradicciones), alcanza también a muchos artistas y escritores que, sucumbiendo al espejismo de una buena remuneración y de ciertas prebendas, aceptan convertirse en burócratas, es decir, en instrumento del poder. Me refiero a la relación entre el creador y los príncipes que gobiernan la sociedad. Igual que Breton, igual que Bataille, Camus advierte también que existe entre ambos una distancia a fin de cuentas insalvable, que la función de aquél es moderar, rectificar, contrapesar la de éstos. El poder, todo poder, aun el más democrático y liberal del mundo, tiene en su naturaleza los gérmenes de una voluntad de perpetuación que, si no se controlan y combaten, crecen como un cáncer y culminan en el despotismo, en las dictaduras. Este peligro, en la época moderna, con el desarrollo de la ciencia y la tecnología, es un peligro mortal: nuestra época es la época de las dictaduras perfectas, de las policías con computadoras y psiquiatras. Frente a esta amenaza que incuba todo poder se levanta, como David frente a Goliat, un adversario pequeño pero pertinaz: el creador. Ocurre que en él, por razón misma de su oficio, la defensa de la libertad es no tanto un deber moral como una necesidad física, ya que la libertad es requisito esencial de su vocación, es decir de su vida. En "El destierro de Helena" Camus escribió: "El espíritu histórico y el artista quieren, cada uno a su modo, rehacer el mundo. El artista, por una obligación de su naturaleza, conoce los límites que el espíritu histórico desconoce. He aquí por qué el fin de este último es la tiranía en tanto que la pasión del primero es la libertad. Todos aquellos que hoy luchan por la libertad vienen a combatir en última instancia por la belleza". Y en 1948, en una conferencia en la sala Pleyel, repitió: "En este tiempo en que el conquistador, por la lógica misma de su actitud, se convierte en verdugo o policía, el artista está obligado a ser un refractario. Frente a la sociedad política contemporánea, la única actitud coherente del artista, a menos que prefiera renunciar al arte, es el rechazo sin concesiones". Creo que en nuestros días, aquí en América Latina, aquí en nuestro propio país, ésta es una función difícil pero imperiosa para todo aquel que pinta, escribe o compone, es decir aquel que, por su oficio mismo, sabe que la libertad es la condición primera de su existencia: conservar su independencia y recordar al poder a cada instante y por todos los medios a su alcance, la moral de los límites.

Es posible que esta voz de Camus, la voz de la razón y de la moderación, de la tolerancia y la prudencia, pero también del coraje y de la libertad, de la belleza y el placer, resulte a los jóvenes menos exaltante y contagiosa que la de aquellos profetas de la aventura violenta y de la negación apocalíptica, como el Che Guevara o Frantz Fanon, que tanto los conmueven e inspiran. Creo que es injusto. Tal como están hoy las cosas en el mundo, los valores e ideas —por lo menos muchos de ellos— que Camus postuló y defendió han pasado a ser tan necesarios para que la vida sea vivible, para que la sociedad sea realmente humana, como los que aquéllos convirtieron en religión y por los que entregaron la vida. La experiencia moderna nos muestra que disociar el combate contra el hambre, la explotación, el colonialismo, del combate por la libertad y la dignidad del individuo es tan suicida y tan absurdo como disociar la idea de la libertad de la justicia verdadera, aquella que es incompatible con la injusta distribución de la riqueza y de la cultura. Integrar todo ello en una acción común, en una meta única, es seguramente una aventura muy difícil y riesgosa, pero sólo de ella puede resultar esa sociedad que habrá encarnado verdaderamente en este mundo, ese paraíso que los creyentes confían hallar en el otro y donde, como escribió Camus, "la vida será libre para cada uno y justa para todos". Para enrolarse en esa acción y mantenerla hasta la victoria, pese a la enorme incomprensión y hostilidad que uno está expuesto a sufrir desde las trincheras de uno y otro lado, puede ser invalorablemente útil la lectura, la relectura de Camus.

Lima, 18 mayo 1975

## PROTESTA POR CLAUSURA DE
## SEMANARIOS Y REVISTAS

Lima, 3 de julio de 1976

Sr. D. Luis Jaime
Cisneros Vizquerra
Director de La Prensa
Lima, Perú

Querido Luis Jaime,

Te ruego hacer pública mi protesta por la clausura de los semanarios y revistas independientes, medida que nos regresa a los peores momentos del régimen del general Velasco. El gobierno hace un cálculo equivocado: suprimir la expresión del descontento no es suprimir el descontento. Al contrario: es la manera más eficiente de aumentarlo.

Las medidas económicas adoptadas lastiman con especial dureza la vida de los peruanos de modestos recursos y no debe sorprender que esta situación provoque zozobra, angustia y críticas. Es legítimo y civilizado que ello tenga una vía de expresión escrita, genere discusión y sea juzgado desde los distintos puntos de vista políticos que conforman la sociedad peruana. Estas críticas y juicios son un derecho de la población y es obligación del gobierno escucharlos porque sólo de este modo puede saber qué piensan realmente de quienes lo conforman y de sus obras los peruanos.

Cancelar este debate mediante la fuerza y hacerse la ilusión de la unanimidad permitiendo únicamente la existencia de una prensa oficial no va a resolver los problemas del gobierno: va a restarle crédito y respeto. Es doloroso que el general Morales Bermúdez, que había iniciado su gestión con el noble gesto de la amnistía, recurra ahora, al igual que su predecesor, a métodos de intimidación y censura.

Un cordial saludo, con mi agradecimiento por la publicación de esta carta.

Mario Vargas Llosa

# PERÚ: LA REVOLUCIÓN DE LOS SABLES *

Pronto harán ocho años que las fuerzas armadas tomaron el poder en el Perú; pronto hará uno que el general Francisco Morales Bermúdez sustituyó, con un discreto golpe 'institucional', al general Juan Velasco Alvarado en la jefatura del Estado. Su subida a la Presidencia constituyó un alivio para los peruanos, que, en los últimos años, vivían en un ambiente asfixiante de represión, desinformación y demagogia. El general Morales Bermúdez dictó una amplia amnistía que permitió salir de la cárcel a muchos presos políticos y regresar al Perú a muchos periodistas exiliados. Además, autorizó la reapertura de las revistas de oposición que habían sido, *todas*, clausuradas en el gobierno anterior. (Los diarios habían sido previamente amordazados, mediante una fraudulenta transferencia a los *sectores sociales*: en realidad, convertidos en órganos del gobierno, quien desde entonces pone y depone a sus directores.) De otro lado, el general Morales Bermúdez admitió que la corrupción administrativa había alcanzado niveles vertiginosos y emprendió una campaña de moralización que envió a la cárcel (o hizo fugar al extranjero) a dos ex ministros de Velasco y a buen número de sus parientes y colaboradores íntimos. Aunque en sus discursos el general Morales Bermúdez aseguraba que su gobierno era la segunda fase de la revolución y que había tomado el poder sólo para corregir el personalismo de la primera fase, en la práctica su gobierno parecía más una ruptura que una continuación y muchos pensaban que, luego de un tiempo, transferiría el poder a la población civil mediante elecciones.

* Este artículo fue escrito a pedido del *New York Times* y enviado en la fecha que figura al pie. No salió nunca publicado, que yo sepa, y hasta ahora no sé si ello se debió a decisión del diario, o si mi carta fue interceptada por la censura peruana o simplemente se extravió.

Eran demasiado optimistas. Hoy, apenas unos meses después de estas alentadoras medidas, las cárceles peruanas se llenan de presos políticos y sindicales (sobre todo estos últimos), el gobierno recurre de nuevo a la deportación (el abogado Díaz Chávez, asesor de sindicatos, acaba de ser despachado a España), de nuevo han sido clausuradas *todas* las revistas de oposición y la gente sólo puede leer los diarios oficiales, que —aunque han cambiado sus directores y muchos redactores— de nuevo son instrumentos de adulación y servilismo, al igual que la televisión (también estatizada) y que las radios (estatizadas en un 50 por ciento). De nuevo, mi país se instala en el oscurantismo político, la falta de libertad de expresión, la falta de garantías elementales, la mentira y la brutalidad. Lo único diferente es que los turiferarios del régimen no son, como cuando Velasco, gente que se proclamaba de izquierda y estaba muy próxima al Partido Comunista, sino más bien gente de derecha, y que en sus conferencias de prensa, el actual Presidente de la República, más cultivado que su predecesor, se expresa con mejor sintaxis y menos palabrotas.

En un aspecto esencial, por lo demás, las cosas han empeorado: la economía está en ruinas. Los voceros del régimen achacan esta realidad a la "crisis mundial del capitalismo", pero lo cierto es que la subida del petróleo, la desaparición de la anchoveta y la baja de los precios de nuestros productos de exportación (como el cobre), son sólo algunos motivos de la crisis. Otro es la catastrófica política económica del régimen. Medidas bien intencionadas pero mal concebidas y peor aplicadas, como la reforma agraria, o como la ley de Comunidades Industriales, han sembrado el caos, ocasionando la caída vertical de la producción en el campo, y precipitado una recesión industrial que ha multiplicado el desempleo. El sector estatizado, ahora gigantesco, es largamente deficitario, por la corrupción, incompetencia e inflación burocrática, el sector privado no progresa por la inseguridad en que viven los empresarios desde los tiempos de Velasco y el sector llamado de propiedad social —empresas formadas por trabajadores y financiadas por el Estado— no sólo no despega sino que es otro hervidero de burócratas que merma el exhausto erario nacional.

Para hacer frente a la crisis, el régimen acaba de dictar una serie de medidas drásticas, que ponen sobre los hombros de las clases más pobres el grueso del esfuerzo: una devaluación del 44,44 por ciento de la moneda, congelación de salarios por seis meses, alza generalizada de los artículos de primera necesidad (en algunos casos hasta del 100 por ciento) y el combustible, recorte radical del gasto público. Y, al mismo tiempo, hace gestiones desesperadas ante nuestros acreedores externos para que nos permitan renegociar nuestra deuda y nos mantengan abiertas las líneas de crédito a fin de sobrevivir.

¿Qué queda de la llamada revolución peruana, de esa democracia social de participación plena que, según la propaganda, nos iba a librar del imperialismo, del subdesarrollo, de la mentira de la 'democracia formal' y que iba a instalar un auténtico socialismo libertario? Nada, sino un ruido de sables. Es decir, una retórica en la que ya nadie cree, ni siquiera los pobres intelectuales contratados para seguir produciéndola. Queda una dictadura militar latinoamericana típica, en la que las fuerzas armadas operan como un partido político único. Queda un país más pobre y endeudado que antes, en el que es verdad que algunos antiguos latifundistas han perdido sus haciendas y algunos industriales han debido repartir utilidades entre sus trabajadores (ambas cosas muy dignas de encomio), pero, a cambio de lo cual han surgido abundantes nuevos ricos por los métodos más turbios, y donde la división de la población entre pobres y millonarios, entre cultos e ignorantes, entre privilegiados y explotados, en vez de disminuir se ha agravado.

Es hora, por eso, que las fuerzas armadas regresen a sus funciones específicas y confíen la dirección del Estado a aquellas personas que los peruanos designen mediante su voto. El restablecimiento de la democracia y de la libertad no va a resolver, desde luego, por arte de magia, la crisis económica ni va a producir las reformas que el Perú requiere para superar la miseria y la injusticia. Pero, al menos, va a crear la verdadera participación, hacer que la mayoría de la población, de mera espectadora y víctima de la historia, pase a ser protagonista y autora. Ése es el paso primero, indispensable, urgente, para empezar a salir del túnel.

Lima, 5 julio 1976

## CARTA AL GENERAL
## JORGE RAFAEL VIDELA

Lima, 22 de octubre de 1976

General Jorge Rafael Videla
Presidente de la República Argentina
Casa Rosada
Buenos Aires, Argentina

Señor Presidente:

El PEN Internacional, organización mundial de escritores que tengo el honor de presidir, ha recibido el informe titulado <u>La persecución a artistas, intelectuales y periodistas en Argentina</u> que me permito adjuntarle, así como un complemento documental –fotocopias de publicaciones periodísticas– en que se apoyan algunas de sus afirmaciones.

Aunque en el informe aparezcan, de cuando en cuando, expresiones que puedan atribuirse a la pasión política y algunas apreciaciones de carácter subjetivo, el grueso de su contenido, sin embargo, constituye una relación de hechos de una gravedad tal que no puede dejar de consternar a cualquier persona civilizada. La lista de acciones que atentan contra principios básicos de la cultura cubre un amplísimo registro: libros secuestrados de bibliotecas universitarias y particulares que han sido quemados públicamente, clausura temporal o definitiva de periódicos y revistas y establecimiento de una rígida censura, detención de escritores y artistas, sin especificar los cargos que pesan sobre ellos y sin transferirlos al Poder Judicial, hostigamiento y cierre de editoriales, allanamiento de instituciones dedicadas al arte y a la investigación sociológica.

Paralelamente a estas acciones oficiales hay las que llevan a cabo comandos armados de gentes vestidas de civil, que su gobierno hasta el momento no ha impedido ni castigado, y que han sembrado el horror en muchos hogares argentinos. El informe cita a intelectuales que han sido secuestrados en sus casas y luego asesinados, a otros que han sido torturados, a otros que han desaparecido sin que se tenga noticias de su paradero. Asimismo, decenas de escritores, artistas y periodistas han debido huir del país, porque habían recibido amenazas de muerte. Ni siquiera el exilio es un lugar seguro para algunos, pues se ha visto, en el caso reciente del poeta Juan Gelman, cómo sus hijos y su nuera eran secuestrados en Buenos Aires por una de estas bandas terroristas en represalia por sus opiniones políticas.

Quiero, en nombre del PEN Internacional, hacerle llegar nuestra más enérgica protesta por estos hechos, que constituyen crímenes imperdonables contra el espíritu, y que resultan particularmente insólitos en un país con el grado de civilización de Argentina. En nombre de la rica tradición de pensamiento y creatividad que ha hecho de su país un centro cultural de primer orden, lo exhorto a poner fin a la persecución de las ideas y los libros, a respetar el derecho de disentir, a salvaguardar la vida de los ciudadanos y a permitir que los escritores argentinos desempeñen libremente la función que les corres-

ponde en la sociedad y contribuyan de este modo a
su progreso.

Cumplo asimismo con hacerle saber que, por la
gravedad de sus acusaciones, voy a recomendar al
PEN la publicación de este informe y su difusión
internacional. Ésta no es una medida inspirada en
convicciones políticas partidistas de ninguna
clase, sino, dentro del espíritu de la Carta del
PEN, una estricta acción de solidaridad humana y
de defensa de los más elementales principios morales que hacen posible la cultura.

Atentamente,

Mario Vargas Llosa
Presidente Internacional del PEN

# LA URSS Y EL PEN INTERNACIONAL

El viaje que el Secretario General del PEN Internacional, Peter Elstob, y yo hicimos el mes pasado a Moscú con el propósito de sondear la posible incorporación de escritores soviéticos al PEN, ha provocado algunas reacciones alarmistas en la prensa británica. En una información de *The Times* se insinúa que el carácter "confidencial" del viaje habría sido objetado por muchos miembros del PEN, quienes temerían de nuestra parte concesiones a la URSS incompatibles con la Carta del PEN. Y en el *Daily Telegraph*, un comunicado del Presidente del Centro de Escritores en Exilio del PEN, nos acusa de facilitar una "captura marxista" de la organización. Según el señor J. Josten, la Unión Soviética, por su política cultural represiva, no está calificada para ingresar a una asociación que condena la censura y defiende la libertad cultural.

Este asunto, en realidad, desborda los marcos del PEN y tiene que ver con el problema de la cultura en general. ¿Es útil que exista una organización mundial de escritores? Yo pienso que sí. No sólo porque los escritores de todos los países tienen un terreno de entendimiento común, una problemática que comparten —la de su propio trabajo—, sino porque una de las contribuciones mayores que pueden prestar los escritores a la humanidad fragmentada e incomunicada de nuestro tiempo —por razones ideológicas y políticas— es probar con el ejemplo que la comunicación y el diálogo son posibles. Sin ellos, la cultura, que es universalidad, se marchita y puede sobrevenir la hecatombe.

Ahora bien. No existe ninguna organización de escritores que sea universal, que represente a todos los países del mundo. Lo que más se aproxima a ello es el PEN, que fue creado con el explícito anhelo de serlo, y esta asociación ha alcanzado su mayor dinamismo y efectividad —en los años treinta, por ejemplo— cuando fue más amplia y pluralista. En la actualidad, la mayoría de los ochenta centros que funcionan se hallan en Europa, América del Norte y el sur del Asia. En vastos sectores del mundo el PEN no existe, o, como ocurre en América Latina, se ha ido extinguiendo. Para ser lo que quiso ser desde un principio, el PEN debe, ante todo, extender su campo de acción y admitir en su seno a escritores de esas regiones, so pena de pasar por una organización "eurocentrista", desdeñosa del resto del mundo. Sólo cuando lo consiga, será eficaz, como instrumento de comunicación cultural entre escritores de lenguas, credos y convicciones diferentes y como factor influyente en la defensa de las actividades intelectuales.

Desde luego que para admitir en su seno escritores de procedencias tan distintas, el PEN debe tener cierta flexibilidad. ¿No la tiene hoy en sinnúmero de casos? Si el requisito básico para constituir un centro del PEN fuera vivir en un país libre y democrático, en el que el poder no ejerce presión alguna sobre sus escritores ¿cuántos centros del PEN deberían desaparecer en el acto? ¿O alguien piensa sinceramente que los centros del PEN en Corea del Sur, en Taiwan, en la Argentina, por ejemplo, están menos controlados por la autoridad política de lo que estaría un centro en la URSS?

Mi posición a este respecto es clara. La carta del PEN ofrece una suma de principios lo suficientemente amplios como para permitir la coexistencia en su seno de escritores de ideologías políticas distintas. De hecho, su espíritu es muy semejante al del documento firmado por casi todos los países en Helsinki. Si, conforme a los reglamentos del PEN, los escritores soviéticos aceptan la Carta, ellos deben ser bienvenidos en la organización, la que ganará de este modo en diversidad y universalidad. De otro lado, estoy convencido que el PEN puede ser muy útil a los escritores soviéticos como puente de contacto con sus colegas del mundo y prestarles una ayuda efectiva en los problemas que enfrenten. Porque no es exacto que los centros del PEN en los países socialistas sean siempre portavoces ciegos del poder. Recientemente se han visto casos que muestran una inequívoca independencia. El centro polaco protestó de la manera más firme por la detención de uno de sus miembros (el historiador Lipski, quien ya ha sido liberado), y varios de los miembros del centro de Alemania Democrática discreparon públicamente con las autoridades de su país cuando éstas expulsaron al poeta y cantante Bierdeman. Tengo la esperanza de que si los escritores soviéticos se incorporan al PEN, su conducta sirva para disipar los temores que esta posibilidad ha levantado en algunos sectores. Por lo demás, mi deseo de recibir a los escritores de la URSS —y a los de todos los países, sin excepción— en el PEN, no ha variado un ápice mi posición personal, hostil a la persecución de las ideas y de las personas en Moscú, en Chile, en mi propio país y en cualquier parte.

Lima, julio 1977

# EL HOMICIDA INDELICADO

## I

Los terroristas figuran entre los personajes más vistosos de la novela moderna. Sólo consultando mi propia colección de héroes predilectos, veo, uno tras otro, al minúsculo *Professor* de Conrad, que deambula por las calles de Londres arrebosado en explosivos para hacer desaparecer todo vestigio de vida a su alrededor si vienen a arrestarlo; la silueta de Cheng, cuyo cuchillo, hundiéndose en la carne de un hombre dormido, inaugura espectacularmente *La condition humaine*, y a ese puñado de "justos", a los que Camus llamó también los homicidas delicados, preparando la bomba para matar al gran duque.

Operen en el Londres victoriano, la Rusia zarista o la China del Kuomintang, esos profesionales del terror —y sus congéneres de la literatura que recuerdo— tienen dos cosas en común. La primera, estar convencidos de que la violencia individual puede provocar cambios positivos en la sociedad, acelerar el progreso de la historia. La segunda, ser intelectuales, o, más precisamente, inteligentes, personas en quienes la acción es resultado de análisis y de convicciones filosóficas firmes. Todos ellos suelen ser moralistas acérrimos. Esta concepción romántica del terrorista no es exclusividad de la novela. En nuestro tiempo ha adquirido cierta solvencia científica gracias a las llamadas (de manera algo abusiva) ciencias sociales. Pero es sobre todo en la literatura política de y sobre América Latina donde se advierte una idealización semejante de la violencia como agente de cambio social y del revolucionario como ser que conjuga la teoría y la práctica, la lucidez y la acción, la conducta ética y la aptitud militar. Nadie ha ilustrado mejor en sus escritos estas ideas (ni trató de acercarse más en su vida a este prototipo) que Ernesto Che Guevara. Pero quien las publicitó más fue Régis Debray, con esa famosa receta para hacer la revolución en América Latina rápido y con poca gente, que se encontró en la mochila de tantos guerrilleros masacrados por los ejércitos en Bolivia y Perú, en Venezuela y Guatemala, en Colombia y Argentina. A estas alturas resulta evidente, por los desmentidos que les infligió la realidad, la ilusión de teorías como el foco guerrillero, la propaganda armada y la violencia revolucionaria como única respuesta a la violencia de las estructuras sociales y económicas de los países sudamericanos. Estas tesis no han hecho avanzar la revolución en el continente, y, por el contrario, han disociado de las vanguardias políticas a amplios sectores favorables al cambio, como el campesinado, la clase obrera y las clases medias —que en ningún país se plegaron en número significativo a los guerrilleros, por repulsa de la acción violenta y por conciencia de la inutilidad de enfrentarse a ejércitos modernos y armados hasta los dientes— y contribuido a la proliferación de dictaduras castrenses.

En quienes prendieron estas tesis, que tenían el aval de la revolución cubana, la que se presentaba, algo inexactamente, como ejemplo de su verdad, fue sobre todo en jóvenes estudiantes, de clases medias o altas, en rebelión contra su mundo, impacientes por poner fin a las iniquidades sociales de su país y ávidos de aventura. En la década del sesenta, los intelectuales progresistas de Europa, al igual que Debray, fueron ganados por este nuevo romanticismo y a través de él descubrieron (mejor dicho, inventaron) América Latina. Como la realidad no lo confirmó, se sintieron luego decepcionados, y muchos desplazaron su interés a otro sector del Tercer Mundo (los palestinos, por ejemplo), más afín a su incurable nostalgia de acción directa. Para los sudamericanos que intentaron realizar esos mitos, y que, luego de unas semanas de adiestramiento en Cuba, China o Corea del Norte, abrieron focos guerrilleros en las montañas de sus países, o los que, más tarde, constituyeron comandos urbanos, la desilusión fue más trágica, pues significó la muerte, la cárcel, las torturas. No asocio a estos jóvenes con Europa por casualidad. Una porción importante de ellos salió de entre los sudamericanos que por razones de estudio, exilio político, bohemia o aventura estaban en el viejo mundo. En París, Londres, Roma, Madrid se convencieron de que sólo las armas conquistarían la justicia social y la emancipación económica y decidieron, según una fórmula célebre, convertir la Cordillera de los Andes en la Sierra Maestra de América del Sur. Entre estos muchachos creció el venezolano Ilich Ramírez Sánchez, que se haría famoso con el seudónimo de Carlos.

Si el señor Colin Smith hubiera llevado a cabo la reconstrucción del personaje dentro del medio en que se fraguó, esas colonias sudamericanas de París, Londres y Moscú, es probable que éste hubiera resultado más verosímil de lo que aparece en su libro.[1] En cambio, uno tiene la impresión de que el inconsciente contexto que sirve de telón de fondo a su biografía, son las novelas policiales y las películas de espionaje (y quizá, más específicamente, las de James Bond). El resultado es que, aunque nos consta que las proezas de su biografiado son reales —matar, secuestrar, lanzar bombas— el Carlos del libro tiene un aire empecinadamente irreal.

No hay duda que contribuye a esta irrealidad lo distinto que es de los terroristas de la ficción o de los revolucionarios de los ensayos políticos, el abismo que separa al hombre de carne y hueso de los personajes a que nos han acostumbrado los libros. Ni coherencia intelectual ni pureza ética engalanan a este muchacho gordinflón, fornicador y petulante, cuya banalidad lo pone más cerca del hombre sin cualidades de Musil que del más modesto fierabrás de Conrad o Malraux. Aun cuando ejecuta de un balazo al Presidente de Marks and Spencer en Londres, o cuando dirige el secuestro de los ministros de la OPEP en Viena, parece tan inmotivado como cuando era un grisáceo estudiante de la Universidad Patricio Lumumba de Moscú. Esta grisura está acentuada, sin duda, por las legañas que la literatura y la política han puesto en nuestros ojos para ver al terrorista, embellecido por ellas de tal modo que nos

1 Colin Smith, *Carlos. Portrait of a terrorist*, New York, Holt, Rinehart and Winston, 1977, 312 pp.

cuesta trabajo reconocerlo en un mediocre. Y ésa es la figura humana que los testimonios y datos recogidos en este libro dibujan: la de un pobre diablo.

Sin embargo, este joven calamitoso, hijo de un abogado millonario y marxista, abúlico, de buen apetito, cortejador infeliz de chicas londinenses, sin curiosidades ni pasiones, parece haber sido tranquilamente capaz, una tarde de domingo, de soltar una granada en el Drugstore de Saint-Germain-des-Prés —que mató a dos personas e hirió a treinta y cuatro— por la única razón de que su dueño era judío. ¿No valía la pena intentar explicarlo? Una explicación convincente hubiera sido muy útil para entender nuestra época, en la que, al paso que van las cosas, no sería de extrañar que el terrorismo se convirtiera en la marihuana de los años ochenta.

La explicación que propone el señor Colin Smith es fácil: la KGB. El perezoso hijo de papá se habría vuelto el temible Carlos mientras estudiaba en Moscú, y desde entonces habría servido de agente soviético en la organización palestina más extremista (el Frente Popular de la Resistencia Palestina de Georges Habash), en cuyas filas se fue convirtiendo, luego de Leila Khaled, en terrorista estrella. El sustento de esta hipótesis son unas declaraciones del ministro del Interior Michael Poniatowsky dando a entender que unos diplomáticos cubanos expulsados de Francia habrían ayudado a Carlos a escapar, luego del episodio de la rue Toullier, en el que éste mató a un delator árabe y a dos policías franceses. Todo esto es vago e insuficiente. La KGB, como todas las agencias secretas, utiliza sin duda para sus fines el fanatismo, la demencia, la ingenuidad y el amoralismo de las personas (también la generosidad y la nobleza), pero no los fabrica. Si fue en Moscú, y persuadido por la KGB, que Ilich Ramírez decidió hacerse terrorista, esto nos deja en las mismas tinieblas sobre cómo fue posible que una persona tan insignificante pudiera, intempestivamente, convertirse en una máquina de secuestrar, extorsionar y matar. Tampoco nos ilumina demasiado saber que, en el verano de 1971, recibió instrucción sobre manejo de armas y técnicas de sabotaje en un campamento del FPRP en el Líbano. En vez de intentar esbozar el proceso de la metamorfosis de Ilich Ramírez Sánchez en Carlos —caso extremo y aleccionador de lo ocurrido con otros— Colin Smith ha escrito un libro ameno y superficial, diseñando, a base de los datos conocidos sobre las andanzas de Carlos, un *identikit* que tiene, incluso, algo de tranquilizador porque su historia parece inusitada. Es verdad que *Portrait of a terrorist* refiere algunas acciones violentas que Carlos no protagonizó —la matanza del aeropuerto de Lod, en Israel, las capturas de las embajadas de Francia en La Haya y de Alemania Federal en Estocolmo— para mostrar que los activistas palestinos tenían contacto y operaban a veces con grupos similares de japoneses, turcos, alemanes, pero estos episodios figuran en el libro desprovistos de toda referencia sociológica, ideológica, histórica y cultural, como una secuencia de anomalías, un haz de curiosidades sangrientas e inexplicables.

Esta presentación, a mi juicio, irrealiza a Carlos y falsea el fenómeno del terrorismo moderno, cuyas manifestaciones no son mero producto del azar, de la patología individual o de la frustración e impotencia de ciertos grupos humanos.

II

En el libro que la novelista Jillian Becker ha dedicado al grupo terrorista Baader-Meinhof de Alemania Federal (*Hitler's Children*)[2] hay un esfuerzo más serio de recopilación de datos y descripción del medio en el que surgió la Rote Armee Fraktion. La autora traza un cuadro animado del movimiento estudiantil de los años sesenta, que consistió primero en un esfuerzo reformista para democratizar y modernizar la universidad alemana; se fue radicalizando en sus campañas contra la guerra de Vietnam y de solidaridad con el Tercer Mundo (la protesta contra la visita del sha de

2. Jillian Becker, *Hitler's Children. The Story of Baader-Meinhof terrorist Gang*, Philadelphia and New York, J. B. Lippincott Company, 1977, 322 pp.

Irán a Berlín fue uno de los fermentos de la agitación estudiantil) y terminó, en sus sectores más exaspera-dos, por cuestionar totalmente el sistema de su propio país y optar por el Gran Rechazo (según la fórmula de Marcuse, uno de los profetas del movimiento, al principio; luego, los grupos más beligerantes lo recha-zaron acusándolo de timorato y de burgués). El grupo Baader-Meinhof tuvo una actividad corta pero intensa: atentados contra almacenes, asaltos a bancos, sabota-jes a centros militares, secuestros y asesinatos. Los principales miembros del grupo, cuya procedencia social y formación están bien reseñadas en el libro, nacieron y se educaron en familias de media y alta burguesía, y, algunos, en círculos religiosos e intelectua-les. La personalidad más interesante es la de Ulrike Meinhof, imbuida de preocupaciones teológicas cuando estudiante, más tarde periodista de éxito en una revista que combinaba el pacifismo y la pornografía (la dirigía su marido, el escritor Klaus Rainer Röhl), y que abando-nó una posición de cierta importancia dentro del medio intelectual de izquierda para entregarse a la acción di-recta. Terminó suicidándose en prisión el 9 de mayo de 1976. La historia de Ulrike Meinhof tiene mucho de prototípica ya que las etapas de su radicalización —ese camino que va de la rebeldía moral a la elección del terror como estrategia política— las han seguido, y con-tinúan recorriéndolas, innumerables jóvenes de las últi-mas generaciones, en los países desarrollados y en el Tercer Mundo.

Se trata de un libro informativo, no de análisis, y a veces incomodan los comentarios con que acompaña la autora los hechos que refiere —ironías y sarcasmos a veces de dudoso gusto—, pero no hay duda que contiene un material valioso para situar en su debido contexto uno de los ejemplos más dramáticos del terrorismo con-temporáneo. Desperdigados en sus páginas, al igual que en los capítulos sensacionalistas del señor Colin Smith, hay datos más que suficientes para una conclusión que, sin embargo, ninguno de los dos autores formula.

Los actos terroristas de Carlos y los del grupo Baa-der-Meinhof son expresiones estridentes de un fenó-meno generalizado en la vida política contemporánea:

la corrupción de los fines por los medios empleados para alcanzarlos. Ésta es, por supuesto, una historia viejísima. La diferencia con nuestra época es que jamás aquel fenómeno ha sido tan notorio para tanta gente. La utilización de métodos perversos para conseguir sus objetivos ha acercado a regímenes ideológicos antagónicos hasta confundirlos como dos representaciones de una misma farsa. La democracia que perpetra genocidios, invade países pequeños, refuerza gobiernos vesánicos y expolia a las naciones pobres y el socialismo que envía tanques para disciplinar a sus aliados, perfecciona el autoritarismo hasta lo grotesco y convierte la psiquiatría en rama de la policía, a la hora de ser juzgados por sus comportamientos resultan, desde el punto de vista moral, poco diferenciables. La impunidad con que las agencias de espionaje de las grandes potencias violan leyes, corrompen instituciones y personas y se sirven de todo, se prueba a diario con casos que, por lo frecuentes, cada vez llaman menos la atención. El uso de la tortura, en las guerras que libran, o para aniquilar la oposición interna, es una gangrena de la que no parece estar inmune casi ningún régimen. En los países del Tercer Mundo la falta de escrúpulos en la elección de los medios suele ser ostentosa, como se comprueba en ambos libros. El campeón libio de la liberación árabe, coronel Gadafi, dispensa dólares y armas a manos llenas a terroristas de varios continentes, recibe como héroes a los secuestradores de aviones y sus funcionarios sirven de intermediarios para la discusión y pago de los rescates. Otros países establecen en su territorio centros de operaciones y escuelas para el terrorista.

Al mismo tiempo, el mundo intelectual de izquierda vive una curiosa parálisis. Consciente de las dimensiones gigantescas del sufrimiento de las masas en el mundo, por culpa de esa violencia estructural resultante de la explotación que sufren, en la mayor parte de los países, el grueso de la población en beneficio de pequeñas minorías, y, en el ámbito mundial, los países pobres en provecho de los ricos, el intelectual de izquierda ha llegado a la convicción de que, en un planeta signado de este modo por la violencia social, resulta reaccionario e hipócrita condenar la violencia individual con que los grupos más radicales intentan combatir a aquélla. ¿Acaso la violencia estructural no mata, enferma, empobrece y enajena sin cesar a millones de hombres en el mundo? Para desmarcarse de quienes se conforman, cierran los ojos o se benefician de la violencia estructural —el capitalismo, el neocolonialismo, el imperialismo— el intelectual de izquierda, en el viejo y en el nuevo mundo, no ve otra alternativa que aprobar, 'tratar de entender' o guardar silencio frente al terrorismo. El caso de Jean-Paul Sartre, que se menciona en el libro de la señora Jillian Becker, es bien ilustrativo de la actitud del intelectual progresista de nuestro tiempo frente al terror. Lo más que se permite este intelectual es desaprobar las bombas, los asesinatos, los secuestros, los robos, como tácticas *equivocadas y contraproducentes*. Lo que equivale a decir que, desde el punto de vista moral, aquellas acciones son legítimas. Sartre da un ejemplo: ¿acaso la Resistencia no se valió de esos medios para combatir a los nazis? Esta argumentación, si va hasta sus últimas consecuencias, establece que los fines justifican los medios, y que la moralidad o inmoralidad de un acto puede ser determinada por su eficacia. De aquí a ver en la victoria militar la prueba de la verdad de una filosofía y admitir que, en cierto modo, la conducta ética de una persona puede medirse por su puntería, no hay mucha distancia.

La complicidad, timidez o mudez del intelectual de izquierda frente al terrorismo ha motivado que la crítica y condena de éste sea poco menos que un monopolio de la derecha, lo que, naturalmente, contribuye a prestigiar la 'violencia revolucionaria' ante los jóvenes inconformes, que ven en aquellas condenas lo que, en efecto, suelen ser: lágrimas de cocodrilo. La convergencia de estos factores ha contribuido a esa omnipotencia de los medios y el consiguiente encanallamiento de los fines que es una terrible realidad de la política contemporánea. Antes, esa inversión pudo ser achacada principalmente a la derecha. Hoy el fenómeno se reproduce en el campo de la izquierda. Este hecho, sin embargo —la confusión de las ideologías adversarias en el tipo de moral y de praxis—, casi no se ha estudiado, en tanto que nunca han sido tan abundantes los estudios teóricos sobre las ideologías y las ortodoxias, heterodoxias y mitologías que las rodean. No es exagerado ver en esa proliferación especulativa un refugio en el que la mala conciencia del intelectual contemporáneo se esconde para no ver lo que ocurre en el mundo, pues esos análisis que atienden sólo a las palabras e ideas políticas en uso están tan distanciados de los hechos políticos de la realidad como lo estaban los trabajos escolásticos de la vida diaria en la Edad Media. Lo que desesperadamente necesita nuestra época son, no tanto estudios de las retóricas políticas contemporáneas (los 'fines') como de sus 'medios', es decir de las conductas políticas. Porque el divorcio entre unas y otras es universal.

Un ejemplo de este divorcio son personas como Carlos y Andreas Baader. En los dos es evidente una absoluta incapacidad para percibir en el empleo de la violencia eso que gentes como el anarquista Ravachol (que lanzó una bomba en el Café de la Paix, de París, gritando: "¡Nadie es inocente!") o los nihilistas de la Rusia decimonónica veían clarísimamente: un *mal* (al que, sin embargo, se resignaban como necesario). Para el venezolano y el alemán, en cambio, el recurso de la bomba, de la metralleta, del robo y del asesinato, se da sin complicación alguna, como una banalidad o un deporte. En su caso, y, por ejemplo, en el caso fascinante del grupo terrorista fundado por el psiquiatra Wolfgang Huber y sus pacientes de la Universidad de Heidelberg, se advierte que el uso de la violencia, más que un método para alcanzar ideales políticos, es un quehacer que, por lo que conlleva de riesgo, excitación, locura o suicidio, atrae cierto tipo de existencias, sirve de desahogo a ciertos traumas, permite materializar pulsiones y apetitos que sólo muy arbitrariamente pueden asociarse a fines revolucionarios de transformación social. Ya se sabía que uno de los peligros de aceptar que los objetivos políticos se pueden lograr imitando las acciones de los gángsters, es que, de este modo, se provee de una cobertura moral al gangsterismo y se abren las filas de la revolución a los delincuentes. Ahora, a la gangsterización de la acción política, o a la politización del gangsterismo (Carlos, al parecer, a consecuencia de su último secuestro pasó a integrar el club de millonarios del mundo, gracias a los petrodólares que pagaron Irán y Arabia Saudita para rescatar a sus ministros), hay que agregar otro fenómeno. La violencia política, mitificada por el entorno publicitario y libre de proscripción ética, echa una mano a mucha gente: da compañía al solitario, entretenimiento al aburrido, indemniza al frustrado y es una terapia salvaje para el neurótico. Si a esto añadimos que, como la tecnología produce cada vez armas más mortíferas y más manejables, la capacidad destructora del terrorismo progresa sin tregua, no es descabellado pensar que la sociedad, por acción del terror, se convierta efectivamente en aquello que los defensores de la violencia dicen que ya es: una selva, un manicomio o un infierno. Antes de ese apocalipsis quizá valdría la pena preguntarse, como lo hizo Camus en *L'homme révolté*, si cualquier praxis política que ponga las ideas, esas cosas abstractas, por encima de la vida humana es admisible y si no son los medios los que deben justificar los fines.

Pero no es fácil que ello ocurra. Un partidario decidido de la violencia, Georges Sorel, escribió a principios de siglo, en un ensayo sobre lo que llamaba "la conception catastrophique du socialisme": "Il faut juger les mythes comme des moyens d'agir sur le présent; toute discussion sur la manière de les appliquer matériellement sur le cours de l'histoire est dépourvue de sens". El mito al que se refería era la huelga general, pero su frase, que resume maravillosamente esa subordinación del resultado al método, se podría aplicar al mito de la violencia revolucionaria como remedio para acabar con la violencia reaccionaria. Se trata de un mito en lo que esta palabra tiene de existencia sin prueba histórica, respaldada en la imaginación y la fe. La experiencia prueba, más bien, que la violencia no suprime una violencia anterior sino la aumenta, y que en vez de resolver los problemas de la injusticia los acentúa o cambia de signo. Prueba, también, que perseverar en esa creencia

es empujar a la sociedad contemporánea hacia la catástrofe final. Sin embargo, el mito sigue allí, inconmovi-
ble, alimentado por la desesperación de unos y la cobardía de otros, provocando aquí y allá sus cotidianas
hecatombes.

Lima, agosto 1977

# LA *AUTOBIOGRAFÍA DE FEDERICO SÁNCHEZ*

El hecho de que la *Autobiografía de Federico Sánchez* haya ganado el Premio Planeta de novela, puede originar un malentendido sobre este libro, que, a ojos vista, no es una novela ni ha sido escrito por el relumbrón de un certamen literario. Pero, después de leerlo, comprendo por qué Jorge Semprún se ha aventurado a correr el riesgo de ese malentendido: para que su testimonio, políticamente sacrílego en el contexto de la España de hoy, llegue a ese vasto sector del público cuyo comercio con la literatura es muy escaso y las más de las veces se reduce, justamente, a leer los premios Planeta de novela.

Ese amplio sector de las clases medias españolas es aquél hacia el cual ha ido principalmente orientada la (habilísima) campaña de Santiago Carrillo y del Partido Comunista para imponer su nueva imagen: la del eurocomunismo. Es decir, la de una organización y un líder emancipados de la tutela soviética y de la camisa de fuerza de un marxismo dogmático, ahora democráticos y tolerantes, convencidos de la necesidad de congeniar la revolución social con el pluralismo político, la libertad de prensa y los derechos humanos. ¿Hasta qué punto esta nueva imagen es genuina, corresponde a una realidad profunda, y no a una transitoria táctica? Yo no sabría decirlo con certeza y Jorge Semprún tampoco, a juzgar por su libro. Pero a él, en todo caso, le interesa averiguarlo, y creo que la *Autobiografía de Federico Sánchez* es, entre otras cosas, su manera (habilísima, también) de hacerlo. Recordar en estos precisos momentos a las gentes, con ejemplos que queman las manos de puro calientes, que sólo antes de ayer, ayer, y aun esta mañana, ese mismo dirigente y el partido que conduce, y que a todo el mundo (salvo a un puñado de energúmenos) parecen hoy tan permeables al diálogo y a la discrepancia, a la urbanidad política, practicaban un rígido e ideológico sectarismo, el culto a la personalidad, el autoritarismo moral y la excomunión y el exorcismo contra toda forma de crítica y oposición interna, no es sólo una flagrante prueba de inoportunidad y mala educación políticas (muy típicas de un escritor que merezca este nombre). Es, también, una manera de poner a prueba el nuevo organismo: ¿digerirá este sólido bocado sin indigestarse o, cediendo a reflejos atávicos, lo devolverá en un vómito de bilis? El propósito de Semprún al dirigirse a ese público particular, con la ayuda inesperada del Premio Planeta, no es alertarlo *contra* el Partido Comunista y su líder, sino, más bien, contra la ingenuidad de aceptar cualquier 'imagen' política sin someterla a la prueba de fuego, que no consiste en escuchar lo que los dirigentes y los partidos políticos dicen, sino relacionar lo que han hecho y lo que hacen con lo que dicen. Son esos ingredientes, sumados y contrastados, los que constituyen la imagen fidedigna de un ente político.

Curiosamente, pese a la dureza que en ciertas páginas alcanza el requisitorio de Semprún contra su antiguo partido y contra el marxismo oficial, y pese al tono ácidamente escéptico de algunas de sus reflexiones, su libro está lejos de ser un ensayo pesimista, del que se desprenda una sombría moraleja sobre la imposibilidad de la revolución y, por lo mismo, sobre la inutilidad de toda acción e ilusión políticas. Ocurre que la violencia de aquella crítica contra los demás está como contrarrestada por la ferocidad con que el autor se despelleja a sí mismo, insistiendo sobre todo en mostrar en su propia persona todos aquellos estigmas que denuncia en sus antiguos camaradas: desde los poemas realista-socialistas, ingenuos y simplotes, que escribió de joven, hasta la cuadratura mental que pudo ser la suya, en el análisis de la realidad, en múltiples ocasiones, por la naturaleza religiosa de su adhesión ideológica. Hay en esta constante exhibición autopunitiva de sí mismo, que resulta a veces desgarradora, algo mucho más constructivo que ese "masoquismo de intelectual" que verán en él ciertos lectores apresurados. Hay, como un esfuerzo inconsciente, oscuro, pertinaz, por —desde esas tinieblas exteriores a las que fue arrojado por disidente— seguir discutiendo con sus viejos camaradas, pese a que ellos clausuraron ya el debate, por seguir convenciéndolos de la urgencia imprescindible de un cambio de mentalidad y de actitud para la victoria de su causa, y apelando para ello en última instancia al argumento más dramático: el ejemplo de una despiadada autocrítica. Leyendo este libro me he preguntado varias veces si Semprún se ha dado cuenta que, aun en esos exordios con que a veces interrumpe su relato para clamar que ahora sí se halla libre de toda servidumbre mental, se sigue transparentando con fuerza una honda y terca fidelidad a los ideales que hicieron de él un militante, y que a pesar de todas sus vicisitudes personales en ese quehacer y de su toma de conciencia de los fracasos y los terribles errores cometidos por los partidos comunistas (en el poder o en la clandestinidad), su idea de la justicia social y de un hombre liberado siguen siendo para él indisociables del marxismo como filosofía y del comunismo como práctica. No sólo me parece esto evidente en esa melancolía que como una suave brisa pasa por las páginas ardientes de la *Autobiografía de Federico Sánchez*, dando un respiro a los lectores, sino, sobre todo, por el cuidado con que el autor se encarga de dejar en claro, con homicidas descargas que deshacen a la socialdemocracia y al liberalismo, que pese a la enormidad de los defectos que pudiera haber contraído a lo largo de la historia, no existe otra alternativa seria y real que la del comunismo para la liberación del hombre.

En eso no creo estar ya de acuerdo con él, si es verdad que esta convicción late, como un corazón, en el trasfondo de su libro. Lo creí algún tiempo, pero ahora, después de algunas decepciones y unos cuantos porrazos (pequeños, en comparación con los que él recibió), me he vuelto más escéptico. O, mejor dicho, más ecléctico en materia política. Las soluciones verdaderas a los grandes problemas, me parece, no serán nunca 'ideológicas', productos de una recomposición apocalíptica de la sociedad, sino básicamente pragmáticas, parciales, progresivas, un proceso continuo de perfeccionamiento y reforma, como el que ha hecho lo que son, hoy, a los países más vivibles (o, los menos invivibles) del mundo: esas democracias del Norte, por ejemplo, cuyo progreso anodino es incapaz de entusiasmar a los intelectuales, amantes de terremotos. Pero leyendo la *Autobiografía de Federico Sánchez* me he sentido íntimamente solidario de Semprún. Estoy seguro que este libro, el primero que escribe en español, el primero en el que desnuda crudamente su historia y la de tantos amigos y enemigos de su vida política, ha debido ser una empresa no sólo difícil sino amarga y amenazada a cada segundo de fracaso por una inevitable autocensura. Que la haya llevado a cabo hasta el final, en una buena prosa castellana, envolvente, versátil, irónica, belicosa, tierna a ratos, y nostálgica, y que haya sido capaz de infringir en casi cada página todos los tabúes del intelectual de izquierda haciendo blanco de su crítica, de su sarcasmo o de su humor a todos los monstruos sagrados que aquél teme o reverencia —desde Fidel Castro hasta Althusser, pasando por la soporífera revista *Tel Quel* y el polisémico Roland Barthes— es una sana manifestación de independencia, de rebeldía y de juventud intelectual. No hay la menor duda que este libro le ganará un bombardeo de injurias, desde todas las tiendas políticas. ¿No será ésa, acaso, otra prueba de que ha conseguido con él una victoria literaria? Porque la literatura, en sus más altos momentos, ha sido siempre una agresión profunda al conformismo social cuyo precio inmediato suelen ser la incomprensión y la impopularidad. Semprún, al escribir este libro, ha demostrado que sigue teniendo el mismo coraje que durante diez años le permitió jugarse la libertad y tal vez la vida como dirigente comunista clandestino en la España de Franco.

Cambridge, noviembre 1977

# CAMBRIDGE Y LA IRREALIDAD

"Cambridge es el limbo —me habían advertido—. Te aburrirás y terminarás sintiéndote un fantasma." Lo cierto es que no me he aburrido estos meses aquí, pues, como mis obligaciones eran mínimas —una clase por semana— he tenido tiempo de sobra para las cosas que me gustan: leer y escribir. Cada lunes a medianoche, además, durante quince semanas he podido ver o volver a ver, en un cine-club, las películas de Buñuel, y, un trimestre, aprendí muchas cosas asistiendo a un seminario sobre novelas de caballería.

Pero es cierto que he vivido este tiempo con una sensación de irrealidad. El modelo de universidad que Cambridge representa ha desaparecido o está en vías de desaparecer en el mundo (para ser reemplazado nadie sabe todavía por qué) pero aquí sigue gozando de buena salud y se diría que esta comunidad ni se ha enterado de la crisis universitaria. Muchas cosas han cambiado desde que, a mediados del siglo XIII, unos clérigos vinieron a instalarse con sus discípulos a orillas del río Cam, pero da la impresión de que al menos en dos hay una continuidad entre aquellos fundadores y sus descendientes. La primera, considerar que aquí se viene sobre todo a estudiar y a enseñar y, la segunda, en entender estas actividades más como un fin en sí mismas que como un medio. La idea de que el saber es algo desinteresado, que encuentra en su propio ejercicio su justificación, no figura en los escudos de Cambridge, pero parecería ser la concepción secreta que sostiene esta universidad. Síntoma de ello es, sin duda, la abundancia de disciplinas *imprácticas*, empezando por las 'divinidades' y terminando por la formidable colección de materias clásicas, que todavía es posible estudiar en Cambridge. El catedrático de portugués se sorprendió mucho de que yo me sorprendiera cuando me contó, después de explicarme el programa de su cátedra, que este año sólo tenía un estudiante.

Hace unas semanas murió en Cambridge el legendario F. R. Leavis, que fue durante varias décadas el crítico literario más influyente en los países de lengua inglesa. En una polémica célebre con C. P. Snow, en la que éste —literato y científico— defendió la tesis de que era preciso reorganizar la universidad de acuerdo a las necesidades científicas y tecnológicas de la nación, Leavis, en unos artículos de tanta vehemencia como brillo, sostuvo lo contrario. Formar los cuadros profesionales que la sociedad requiere, dijo, debería encomendarse a institutos y escuelas politécnicos. La función de la universidad no es utilitaria. Consiste en garantizar la perennidad de la cultura y, para ello, es indispensable preservarla como un enclave donde se estudie, se investigue y se especule *libremente*, con prescindencia del provecho tangible e inmediato que pueda resultar de ello para la sociedad. Un rumor que hacían correr, en los años de aquella polémica, los adversarios del doctor Leavis —el último crítico literario convencido de que la literatura podía mejorar el mundo— era que su universidad ideal sería aquella donde el programa de estudios, de cualquier especialidad, tendría como eje los cursos de literatura y éstos, a su vez, girarían obligatoriamente en torno a la literatura inglesa.

Yo me refería a otra 'irrealidad': la condición de privilegio en que se halla el universitario de Cambridge. Hay un profesor por cada seis alumnos y el estudiante, ahora como en el pasado, se halla inmerso en dos sistemas simultáneos e independientes: la Universidad y el *College*. La Universidad le ofrece los cursos, las conferencias, las prácticas y le toma exámenes. En el *College*, que es donde vive, recibe clases individuales de 'supervisores' —tantos como cursos lleva— que, a la vez que complementan su enseñanza, vigilan sus progresos. Son condiciones extraordinariamente favorables; la contrapartida es la severa exigencia: entiendo que ser desaprobado una vez equivale a ser expulsado.

¿Es esta exigencia la que ha mantenido apolítica a la universidad? ¿Es, simplemente, porque no tienen tiempo que los estudiantes no hacen política? Supongo que, al menos en parte, es la razón. Alguna vez me he asomado a los paraninfos donde hablaban luminarias políticas de paso. Nunca tuve dificultad en entrar y el desinterés de la gente era visible, lo que no ocurre cuando vienen estrellas intelectuales. (Por ejemplo, Karl Popper, a quien no pude escuchar porque las entradas para su charla se agotaron con dos meses de antelación.) Me dicen que incluso durante los sesenta, cuando la onda política que recorrió las universidades europeas también llegó (débilmente) a Gran Bretaña, aquí en Cambridge no se sintió y que la única vez que las organizaciones de estudiantes realizaron mítines callejeros, fue —en esos años— pidiendo más cunas maternales. He oído criticar el apoliticismo de Cambridge: una universidad así formaría ciudadanos incompletos. Quizá esto sea menos grave, más remediable en todo caso, que el fenómeno contrario, el que se da en el Perú, por ejemplo, donde la universidad forma buenos militantes políticos y *nada más que eso*.

Hay, de otro lado, el mundo de los ritos, esa tradición que, pese a todo —varios *colleges* aún se niegan a admitir mujeres—, se mantiene. Las críticas dicen que el tipo de vida que llevan aquí los estudiantes fomenta el esnobismo y el prejuicio social. ¿Es posible que, en 1978, a estos jóvenes todavía se les tienda las camas y se les sirva la comida como en un hotel de lujo? ¿Y esas togas, ceremonias y acciones de gracias en latín no son anacronismos? En una época estos ritos podían ser vistos como expresión formal de una sociedad de castas rígidamente separadas, una sola de las cuales tenía acceso a la universidad. Hoy no tienen el mismo sentido, pues Cambridge es 'elitista' pero no clasista. Los estudiantes ingresan aquí por méritos intelectuales, no familiares ni sociales, y sus estudios y su vida están garantizados sea cual sea el nivel económico de sus familias. (El sistema universitario inglés es democrático; no lo es, en cambio, el escolar, donde las diferencias entre la escuela privada y la pública son profundas.) Esos ritos, aparte de tener un encanto teatral, son laicos, no tienen las implicaciones sombrías que los que acompañan a la vida castrense y a la religiosa, y pueden entenderse como una voluntad de ser fiel a la idea de cultura y civilización que Cambridge simboliza.

Un peligro de transformar la universidad en fábrica de profesionales es que, con la desaparición de la vieja universidad se suele venir abajo una fuente de fermento y preservación de la cultura de un país, que ninguna otra institución reemplaza. En muchas partes, acabar con la universidad 'elitista' de antaño no ha servido de gran cosa, pues la nueva sólo produce hasta ahora caos y frustración, además de títulos. Es sensato que los contribuyentes de un país acepten el sacrificio que significa una universidad como Cambridge, pues, como creía el impetuoso doctor Leavis, a la larga es el saber no utilitario, el que se adquiere y forja por curiosidad y placer, el más útil para un país. Un día que unos jóvenes me invitaron a cenar a Trinity College, luego de mostrarme, en el alto refectorio, los retratos del rollizo fundador, Enrique VIII, y de dos ex alumnos ilustres —Byron y Tennyson— distraídamente me informaron: "¿Sabía que este *College* tiene más premios Nobel que Francia?"

Cambridge, abril 1978

# LIBERTAD DE INFORMACIÓN
## Y DERECHO DE CRÍTICA *

El asunto motivo de esta charla casi no se ha tocado, o se ha tocado por encima, como algo secundario, en la campaña electoral para la Asamblea Constituyente. Es, sin embargo, un tema de viva actualidad en nuestro país, porque en el Perú no se puede decir seriamente que exista una libertad de información y un derecho de crítica dignos de ese nombre: sólo migajas de ambas cosas (que en realidad son una sola). Decir que hay muchos países que en este campo están peor que nosotros es cierto, por supuesto, pero eso no es un consuelo, o es en todo caso un consuelo de tontos. Sería lo mismo tratar de demostrar que en el Perú los derechos humanos se respetan con el argumento de que peor que nosotros se hallan en ese terreno los habitantes de Uganda, bajo el régimen de Idi Amin.

Pero no sólo es tema de actualidad éste por lo deteriorada que está su situación en el país, sino también porque la libertad de información y el derecho de crítica son el primero de los problemas que debe resolver un país que quiera solucionar de verdad —es decir a fondo— los demás problemas. A algunos de ustedes les parecerá tal vez una exageración sostener semejante cosa en un país que vive problemas tan dramáticos como el desempleo o subempleo de la mitad de la población con capacidad laboral, o como el analfabetismo de millones de peruanos, o como las grandes desigualdades sociales, y como la crisis económica en que se halla el Perú, etc... Y sin embargo estoy convencido que es así. ¿En qué sentido lo es? En el siguiente: si las medidas que se re-

* Versión grabada de una charla en Acción Popular en julio de 1978, que publicó la revista *Oiga*. Reproduzco el texto que apareció en la revista, con mínimas correcciones.

quieren para hacer frente a esos grandes males no son oportunamente conocidas, aprobadas y criticadas —y su ejecución sometida a un proceso de control y revisión constante—, estas medidas corren el riesgo de frustrarse y por lo tanto de no solucionar los problemas o, lo que es todavía más grave, el de crear otros problemas y agravar los que iban a corregir. Tenemos en nuestro país ejemplos elocuentes de lo que estoy diciendo.

Estoy convencido que, hecho el balance respectivo, la llamada revolución peruana fracasó en casi todos los campos donde pretendió "reformar las estructuras", según la fraseología de sus ideólogos. Sin embargo, no estoy en contra y dudo que la mayoría de los peruanos lo estén, de ciertos principios en cuyo nombre se hicieron aquellas reformas. ¿No es justo y necesario que la tierra sea de quien la trabaja? ¿No es justo que el obrero tenga participación en la marcha y en los beneficios de la empresa? ¿No es urgente en el Perú una política educativa que erradique el analfabetismo, dé al país los técnicos y profesionales que necesita y eleve el nivel cultural de los peruanos? Y sin embargo estamos ahora sufriendo las consecuencias de una reforma agraria que dio tierra y trabajo a trescientas mil familias, pero agravó la condición de otros varios millones de campesinos (para quienes no hay tierras) por el colapso de la producción agrícola que trajo consigo, debido a la mentalidad burocrática, paternalista y, en ciertos casos, de colectivismo cuasi forzado con que fue hecha. El caso de la reforma de la empresa —la llamada comunidad industrial— fue todavía peor. Ella, por su falta de realismo, provocó una fuga simultánea de capitales y de empresarios, sembró el desorden y es una de las razones de esa parálisis productiva a la que se debe en buena cuenta el pavoroso desempleo y subempleo que sufrimos. ¿Y esos cien mil maestros en huelga, que luchan por mejorar los sueldos de hambre en que por obra de la revolución peruana se han convertido sus haberes, y los millones de niños que pueden perder el año, no son una prueba viviente del fracaso de la tan voceada reforma de la educación?

Desde luego que buena parte de la explicación de

esos fracasos se debe al hecho de que quien ejecutó esas reformas era un régimen nacido y sostenido en la fuerza y no en los votos de los peruanos y que carecía de la fiscalización de un parlamento y de un sistema democrático. Pero otra parte no menos grande de esos fracasos se debe, indudablemente, a que esas medidas se planearon y aplicaron sin que existiera un sistema de información que permitiera saber a los peruanos las medidas que se iban a aplicar y les diera ocasión de criticarlas. Sólo ahora, cuando el mal está hecho y el régimen militar ha abierto algo las compuertas a la información libre, saben los peruanos la magnitud de los errores cometidos: es decir, cuando es tarde para impedirlos o enmendarlos. La conclusión viene por sí sola: las soluciones a los problemas sociales, políticos y económicos para ser auténticas sólo pueden adoptarse dentro de un régimen de libre información que permita a los beneficiados (y también, por supuesto, a los inevitables perjudicados de toda reforma) expresar su aprobación, sus críticas, sus sugerencias y sus protestas. Es por ello que el problema de la información es el primero de los problemas que una sociedad debe resolver para librarse de sus males. La censura es el flagelo número uno que una sociedad debe erradicar para erradicar los otros males. Un ensayista político francés, Jean-François Revel, ha escrito: "...la gran batalla del final del siglo xx, aquella de la cual depende el resultado de todas las demás, es la batalla contra la censura... De cualquier lado que venga, cualquiera que sea el pretexto que se esgrima, la censura es el mal radical, porque ella despoja día a día a la humanidad de su propio destino...".

El mismo Revel dice en otro ensayo que una manera de identificar a los enemigos de la libertad es averiguar quiénes andan empeñados en definirla: si, después de todo lo que se ha escrito y experimentado en torno a la libertad, alguien cree que hace falta definirla, es seguro que esa persona no tiene intención de ponerla en práctica y en su fuero íntimo lo que quiere es suprimirla. Es algo que a los peruanos nos viene como anillo al dedo, pues, como ustedes recordarán, nunca se oyeron y leyeron en el Perú tantas definiciones de la libertad de información y de la libertad de prensa —las genuinas, las auténticas, las revolucionarias— como en los días en que el régimen de la llamada primera fase decretaba el Estatuto de Prensa intimidatorio y censor o se apoderaba de la televisión mediante el control de la mayoría de sus acciones y de muchas radios o incautaba los diarios para, aparentemente, transferirlos a las "mayorías" nacionales. Es verdad que sólo un bobo o un malintencionado puede exigir hoy una definición para saber de qué se trata, qué es la libertad de información: todos reconocemos de inmediato cuándo ella existe y cuándo ha desaparecido o cuándo sólo sobrevive de manera raquítica y viciada. Pero, de todas maneras, para facilitar lo que quiero decir sobre este tema, voy a intentar darles una definición que me parece resumir lo que todos sabemos y sentimos al respecto. Pienso que se podría decir que *hay libertad de información en una sociedad cuando en ella los ciudadanos, a través de los distintos medios de comunicación, pueden criticar al poder, o, mejor dicho, a los poderes.* A todos los poderes, se entiende. No sólo el poder político sino también el económico, el militar, el eclesiástico, y los distintos poderes que representan las diversas instituciones sociales, como los sindicatos o, desde luego, como los propios medios de comunicación.

Lo primero que responderán a esto los enemigos de la libertad de información es que un sistema como el que acabo de definir no existe en ninguna parte del mundo; que en todos los países alguna limitación o recorte existe a esa facultad de criticar mediante la prensa escrita, hablada o televisiva a todas las instituciones. Y es verdad, sin duda, que en su forma ideal (y extrema) ese sistema no existe. Pero lo que aquéllos no dicen y que es igualmente cierto es que hay países donde el sistema de información está muy cerca de esa meta ideal y casi se confunde con ella y que hay otros que están a gran distancia de él y que hay algunos que se hallan exactamente en sus antípodas.

Y los países que, precisamente, se hallan en el otro polo de un sistema de libertad de información como el que he descrito, son los países socialistas. ¿Por qué digo *precisamente*? Lo digo porque el modelo que el gobierno de la primera fase utilizó para "reformar" la televisión, la prensa y la radio peruanas fue el modelo socialista marxista. El ejemplo que lo inspiró era un pésimo ejemplo, una verdadera aberración, porque en los países socialistas, en los cuales hay por cierto muchas cosas útiles que imitar, lo único que nadie en su sano juicio democrático, es decir nadie empeñado en establecer un sistema informativo *libre*, puede copiar es un sistema que ha convertido la información en un puro y simple instrumento de propaganda al servicio del poder político. Esto no lo digo sólo yo, ni lo dicen solamente los adversarios conservadores o liberales o socialdemócratas del marxismo; esto lo dicen, hoy día, y poco menos que con estas mismas palabras, numerosos intelectuales y líderes políticos comunistas de Europa occidental. Ésta es una crítica —la falta total de libertad de información en el modelo marxista soviético o chino— que hacen con severidad los comunistas italianos, españoles y hasta los franceses (es decir los eurocomunistas más cautelosos).

Permítanme aquí un paréntesis personal, para que lo que estoy diciendo no sea malinterpretado. De joven estuve muy cerca del marxismo y luego de diversas experiencias que fueron otras tantas decepciones lo fui estando cada vez menos y hoy día creo estar en discrepancia casi total con la visión marxista del hombre y de la sociedad, aunque no ha variado un ápice el horror que me inspiran las desigualdades económicas y la explotación de los más por los menos ni mi voluntad de que esa situación se corrija radicalmente en mi país y en el mundo. Justamente, un factor que fue decisivo en mi cambio de opinión sobre el marxismo es la comprobación de que los métodos y la política inspirados en él para corregir las injusticias son mucho menos eficaces para conseguirlo que aquellas doctrinas y filosofías liberales y democráticas —es decir, aquellas que no sacrifican la libertad en nombre de la justicia— de los sistemas que han hecho lo que son hoy a los países de justicia social más avanzados —es decir de hombres más iguales, más cultos y más libres— del mundo, como Suecia o como Israel. Y son menos eficaces porque implican, una vez que el marxismo se convierte en filosofía de gobierno, la desaparición de la libertad de información (y del consiguiente derecho de crítica). Todas las terribles injusticias que el propio comunismo denunció con el nombre púdico de "estalinismo", y las que cada día denuncian los disidentes que, a pesar de la dura represión, aparecen en los países socialistas —en todos ellos, sin una sola excepción— tienen en el fondo una raíz común y es justamente que todas aquellas revoluciones dificultaron y demoraron o frustraron la realización de sus ideales justicieros, porque lo primero que ellas hicieron fue establecer un rígido sistema de censura, ese *mal radical* del que proceden todos los otros.

Dicho esto, quiero advertir que aunque mi crítica al sistema de censura en el socialismo es frontal, estoy lejos de sostener, como lo hacen los anticomunistas conservadores, que todo en los países socialistas es negativo. Eso es injusto y falso. Hay, en ellos, logros indiscutibles y muy dignos de servir de ejemplo a un país como el nuestro, donde casi todo está por hacer. Por ejemplo, es admirable lo que el socialismo ha conseguido en el campo de la alfabetización y de la educación, en el de la salud pública, en el de los deportes, en el abaratamiento y popularización de la cultura, etc. Y, en lo que a mí concierne como escritor, sólo tengo motivos de agradecimiento con muchos países socialistas, empezando por la URSS, donde, pese a que jamás he callado mis críticas, mis novelas se traducen y se publican en ediciones bastante más numerosas que en cualquier país capitalista. En ningún país se han hecho tantas ediciones y reediciones de mis novelas y cuentos como en Polonia o en Hungría. Perdónenme estas informaciones, que no hago por narcisismo ni vanidad, sólo para convencerlos a ustedes que cuando digo que el sistema de información en los países comunistas es la negación misma de un sistema libre y un ejemplo extremo de sistema censor, lo digo por principio y sin alegría, con sincero pesar por países en los que admiro otras cosas y en los que por lo demás tengo no sólo lectores sino también buenos amigos. Alguna vez he sido acusado, cuando hacía este tipo de crítica a los países socialistas, de hablar por "interés". Todo lo contrario: si algún "interés" tengo que defender como autor él está mucho más cerca de los países socialistas que de los capitalistas.

Cerrado este paréntesis personal, creo que vale la pena preguntarse: ¿qué ha llevado a los países socialistas a establecer ese sistema esencialmente antidemocrático que es el del reinado todopoderoso de la censura y la mudanza mágica de la información en una técnica de propaganda al servicio del poder político? Todos los heterodoxos del marxismo, aquellos que censuran en el marxismo ortodoxo su sistema informativo, explican esto como una "deformación" de la doctrina original marxista, la que, dicen, si hubiera sido fielmente aplicada habría sido perfectamente compatible con una auténtica libertad de información y con una genuina democracia política. Esto es, en buena cuenta, lo que incluso llega a sugerir el propio Santiago Carrillo (secretario general del Partido Comunista español) en su controvertido ensayo: *Eurocomunismo y Estado*. Yo no comparto esta creencia y, más bien, pienso que el régimen de la censura —es decir de la falta de información auténtica y de la abolición del derecho de crítica— es una consecuencia ineluctable, automática, fatídica, de uno de los axiomas de la teoría marxista: la llamada "socialización" de los medios de producción, medida que en la práctica se traduce siempre en algo que con más propiedad debería llamarse su "estatización". En otras palabras, creo que la libertad de información y de crítica desaparece en los regímenes marxistas en la medida en que en ellos desaparece la empresa privada. No hay un solo caso en la historia moderna de sociedad en la que, una vez que el Estado ha tomado bajo su control los medios de comunicación, hayan sobrevivido la libertad informativa y la crítica al poder. Esto vale para los regímenes fascistas, para los marxistas, y para esos híbridos de ambas cosas que proliferan en el llamado Tercer Mundo. No importa la ideología en cuyo nombre se lleve a cabo la estatización: nasserismo, nacionalismo árabe de Gadafi o Bumedián, maoísmo, franquismo, "sociedad autogestionaria de participación plena" (la fórmula del general Velasco), leninismo, fidelismo, africanización socialista, peronismo, etc. Una vez que el Estado —o, mejor dicho, quien habla en su nombre: el poder político gobernante— echa mano a la prensa, a las radios, a la televisión (siempre con el mismo argumento: transferirlos a las "mayorías nacionales", al "pueblo organizado"), el resultado es idéntico: estos medios, de manera inmediata o gradual, pierden independencia, iniciativa crítica y tarde o temprano se convierten en meras cajas de resonancia de las camarillas, tiranuelos o partidos gobernantes a los que terminarán sirviendo de propagandistas y áulicos hasta extremos a menudo de verdadera abyección. Todo hecho o voz hostil al poder es ocultado, toda verdad incómoda deformada y toda mentira útil machacada en los ojos, los oídos y las mentes del pueblo hasta convertirla en verdad inamovible.

Y bien, no tiene nada de extraordinario que ocurra así. El poder, todo poder, tiene una doble vocación congénita a, de un lado, crecer y, de otro, durar. Si no hay barreras que se lo impidan progresará en ambas direcciones hasta ser omnímodo y eterno. Y esto vale para todos los poderes. Pues bien, la barrera más eficaz para impedir que esa predisposición congénita del poder político o económico o de cualquier orden a crecer y a durar (es decir a la impunidad y a la perpetuidad) es la libertad de información y el derecho de crítica ejercido a través de los medios de comunicación. Si éstos se convierten en monopolio del poder político —que es lo que realmente ocurre, como hemos visto los peruanos, cuando ellos se confiscan para "transferirlos al pueblo organizado"— éste se ve libre de una de esas barreras y puede dar rienda suelta a esa vocación congénita de manera inevitable. ¿Cómo iría el poder contra sí mismo, por qué recortaría sus fuerzas dando armas tan poderosas a esos fiscales latentes que son todos aquellos que se benefician o perjudican con sus acciones? Lo cierto es que nunca ha ido contra sí mismo. Una vez que ha tomado ese control (operación retóricamente embellecida con la fórmula "socialización", "nacionalización", etc.) el resultado es uno solo: los medios de comunicación se tornan meros ventrílocuos cacofónicos del poder.

Ésta es la razón por la cual la libertad de información y el derecho de crítica, para que puedan existir y ejercitarse en una sociedad, requieren que la propiedad de los medios de comunicación no sea estatal sino privada. Es la independencia económica la que garantiza la independencia para informar y para criticar. Desde luego que el poder político puede y debe tener sus propios órganos para explicar y defender sus actos y para dar su propia interpretación de la verdad (que casi nunca es unívoca, sino casi siempre ambigua y sujeta a diversas visiones y revisiones), pero, junto —o, más exactamente, *frente*— a ellos, si se quiere que las radios, la televisión, las revistas y los diarios ejerzan esa función indispensable para el progreso humano y el avance de la libertad en general —informar y criticar— es requisito indispensable que su propiedad no sea monopolio del Estado. (Esto no quiere decir, claro está —la aclaración puede parecer inútil, pero no lo es porque ustedes saben hasta qué punto son tortuosos y deshonestos al juzgar las tesis del adversario los enemigos de la libertad— que toda sociedad de economía no-estatizada goza, automáticamente, de libertad de información. Sabemos muy bien que abundan los países donde los medios de comunicación son privados, y en los que no se puede hablar de libertad de información ni de derecho de crítica, como ocurre por ejemplo en Chile o en Argentina o en Filipinas, etc. Pero, permítaseme acotar también, como ejemplo de lo que digo, que incluso en esas tres dictaduras —que han perpetrado y perpetran tantas violaciones a los derechos humanos— hay menos censura y por lo tanto más resquicios de libertad en la información y más atisbos de crítica al poder, que en los países donde el control de la información es estatal.) Lo único que estoy diciendo es que para que la libertad de informar y de criticar exista es indispensable que exista eso que el septenato, el propio general Velasco y los intelectuales que lo servían pretendieron ridiculizar *ad nauseam*: la *famosa* libertad de empresa.

¿Cuántas veces oímos decir en esos años, para justificar la toma de los periódicos, que aquí "nunca existió libertad de prensa, sólo libertad de empresa"? Pero lo cierto es que no sólo ellos, que lo decían de manera interesada —y con el propósito, simplemente, de tener unos medios de comunicación domesticados—, sino muchos peruanos, bien intencionados y deseosos de que reine una auténtica libertad en el país, han llegado a admitir semejante dislate: que libertad de prensa y libertad de empresa son incompatibles. La verdad es exactamente la contraria: para que sean capaces de informar y opinar libremente, los medios de comunicación deben ser empresas económicamente independientes del Estado. Jamás se ha visto a un órgano de prensa estatal denunciar arbitrariedades oficiales y provocar por sus denuncias la caída de un gobierno o a una prensa estatizada servir de tribuna para campañas que obliguen a un Estado a cesar una guerra. Y ambas cosas las hemos visto, en cambio, en Estados Unidos, donde la caída del otrora todopoderoso presidente Nixon fue posible gracias al llamado escándalo Watergate que fue conocido por el pueblo norteamericano gracias a la prensa —el *Washington Post*, primero, y luego toda la prensa liberal del país—. ¿Y la paz en Vietnam no fue poco menos que impuesta al gobierno de Washington gracias a la campaña hostil a esa guerra de los liberales y radicales norteamericanos que fue voceada y a menudo agresivamente apoyada por diarios del prestigio del *New York Times*? Y yo acabo de ver, en Inglaterra, cómo el todopoderoso presidente del directorio de una de las más grandes corporaciones estatales —la Leyland Motor Company— se veía obligado a renunciar, de manera poco honorable, por la denuncia de un pequeño semanario izquierdista —*Liberation*, de tendencia trotskista— quien lo acusó —con pruebas, por supuesto— de haber proferido expresiones despectivas y racistas contra los inmigrantes pakistanos e indios. Desafío a que alguien me dé ejemplos parecidos en cualquier país donde no existe esa denostada libertad de empresa en el campo de la información.

Ahora bien, una crítica que se suele hacer, a veces de buena fe, es la siguiente. Si los medios de información están en manos privadas sólo expresarán los puntos de vista y defenderán los intereses de los poderosos, los únicos capaces de adquirirlos. Y, en efecto, hay un peligro de este tipo que debe ser conjurado. Pero, ante todo, es preciso dejar en claro que si para conjurar este peligro real se procede a estatizar los medios de comunicación —es decir, se aplica la receta velasquista o marxista— se está tratando de curar una enfermedad mediante la fantástica terapéutica de matar al enfermo. Porque para la censura rígida que implica el control estatal de la información no hay remedio; en cambio, para las limitaciones y riesgos que la propiedad privada de los medios de la información trae consigo, sí los hay. Ésa es la diferencia capital entre una y otra. Permítanme citar, una vez más, a Jean-François Revel:

"Cuando un sicario de la buena palabra trata de demostrarme que el monopolio de Estado, es decir el monólogo de Estado de la información, ejercido directamente por él o mediante algún subterfugio, es lo único que puede poner la prensa y la televisión al servicio del pueblo, ya que, me dice, todos sabemos lo que es la 'falsa objetividad' del *New York Times*, de *La Stampa* o de la NBC, inmediatamente comprendo que este personaje tiene el firme propósito de suprimir la información y de reemplazarla por la propaganda. Ya que, no hay duda, la 'falsa objetividad' existe. Pero ella sólo existe donde la verdadera también puede existir. Las sociedades bajo censura no pueden ni siquiera ofrecerse el lujo de la 'falsa objetividad' porque carecen de la verdadera. Y, en las civilizaciones de la libertad, la misión de luchar contra la falsa objetividad, incumbe precisamente a la verdadera y no a alguna burocracia exterior a la cultura. Es la historia seria la que elimina o rechaza a la historia parcial; es el periodismo probo el que puede hacer retroceder al periodismo venal y no una comisión administrativa, cuyo primer cuidado es, por lo común, distribuir fondos secretos. Una prensa libre no es una prensa que tiene siempre la razón y que es siempre honesta, del mismo modo que un hombre libre no es un hombre que tenga razón y que sea siempre honesto... No comprender que la libertad es un valor en sí mismo, cuyo ejercicio conlleva necesariamente un polo positivo y otro negativo, es ser refractario resuelto a la cultura democrática."

Después de haber dicho lo que he dicho —mi convicción de que, si no se privatizan, los medios de comunicación nunca son libres— veamos los peligros y deficiencias, muy concretos y reales, de estos medios cuando se hallan en manos privadas. Veamos el caso, que todos conocemos, del Perú, antes de las leyes que entregaron al Estado el control de la televisión, de muchas radios y de los diarios "de circulación nacional". Unas y otros estaban lejos de ser medios de comunicación ejemplarmente democráticos. No hay duda, por ejemplo, que un diario como *El Comercio*, por su antiaprismo obsesivo y sistemático, fue injusto con personas e instituciones y, muchas veces, infiel a la verdad, y que por su anticomunismo obsesivo y sistemático un diario como *La Prensa* hizo otro tanto. Yo fui periodista, de joven, en Radio Panamericana, en *La Crónica*, en *Turismo*, en *Cultura Peruana*, en *El Comercio*, en *Expreso* y en todos estos órganos viví en carne propia, en algún momento, las limitaciones en las cosas sobre las que podía escribir u opinar que eran siempre las de las líneas editoriales de los dueños de esos órganos, de las que era difícil si no imposible distanciarse y discrepar públicamente. De manera que a mí nadie va a darme lecciones sobre el espíritu estrecho, a veces intolerante para con el adversario, de los dueños de las radios, la televisión o los periódicos peruanos. Eso es cierto y desde luego que es lamentable que haya sido así, porque esa mentalidad y política poco democráticas contribuyeron en mucho a que cuando el septenato hizo espejear el abalorio de "la transferencia a los sectores sociales" muchos periodistas y colaboradores de esos órganos privados, resentidos y dolidos por las presiones y limitaciones de que habían sido víctimas, fueran ingenuamente los entusiastas aliados de la estatización, sin saber que iban a saltar de la sartén al fuego o, como decimos en el Perú con cierta vulgaridad, a cambiar mocos por babas. Por eso fuimos muy pocos los intelectuales peruanos que condenamos desde el principio el fraude de la "socialización".

Pero es una flagrante falsedad que estas cadenas de televisión o de radio o estos diarios sólo representaran a sus dueños y estuvieran de espaldas al resto del Perú. Ésa es, simplemente, una exageración ridícula. Lo cierto es que sectores muy importantes de los peruanos se sentían identificados con las ideas y las posiciones de estos órganos y que incluso compartían sus fobias y sus excesos políticos. Porque no hay que olvidar tampoco —como intentaron hacérnoslo creer los áulicos del septenato, metiendo en un solo paquete a todos los diarios por ejemplo— que entre estos órganos había diferencias marcadas que originaron entre ellos controversias continuas, y que estas diferencias no eran sólo personales o de grupos, sino políticas y económicas: *La Prensa* era librecambista y *El Comercio* controlista, éste tenía una línea estatizante en la cuestión petrolera y *La Prensa* defendía a machamartillo el sistema empresarial privado, etc. Tampoco hay que olvidar que, aunque se pueda decir de una manera algo esquemática que todos los diarios tomados por el septenato defendían líneas conservadoras o de centro derecha, diarios como *Expreso* o *Correo* representaban un matiz particular y, en muchas ocasiones, claramente diferenciado de los otros. Sectores muy amplios —aunque no creo que se pueda decir mayoritarios: ésta es, desde luego, una simple presunción— se sentían representados en esa prensa y en esas radios y en esa televisión, pese a sus inocultables deficiencias.

Pero no hay duda que amplios sectores peruanos no se sentían expresados ni defendidos por esos órganos: sectores políticos, económicos y sociales diversos. Por lo menos todo ese Perú que en estas elecciones ha votado por la extrema izquierda (un tercio del electorado, no lo olvidemos) no hay duda que no era tenido en cuenta ni tenía acceso equitativo a la información y a la crítica y era víctima de una encubierta —y, lo que es más grave, en muchos casos inconsciente— censura en el sistema informativo peruano. Desde luego que esa situación era antidemocrática e injusta y que todo peruano deseoso de que este país sea democrático y libre debería coincidir en la necesidad de facilitar a ese sector de la población que tenga también sus órganos de expresión en los que pueda expresar sus ideas, sus intereses y ambiciones y también, desde luego, para ser equitativos, sus fobias y sus excesos. Una reforma democrática de los medios de comunicación debió, lógicamente, fijarse ese objetivo: dotar a los peruanos que estaban o se sentían marginados en este campo, de sus propias tribunas de prensa y —ya que por razones técnicas y económicas no es posible que las estaciones de televisión proliferen como los diarios— crear un sistema en el que ellos también pudieran acceder a la televisión. Si se trataba de democratizarlo, se debió ampliar y mejorar el sistema existente a fin de que todos los peruanos tuvieran derecho a expresar su propia versión de la verdad y a refutar la del adversario.

En vez de eso se procedió a concentrar todos los órganos existentes en las manos de un solo dueño todopoderoso e intangible: el gobierno. Y como éste no era un gobierno elegido, democrático, apoyado en la población, sino nacido de la fuerza y que, si en algún momento llegó a tener alguna popularidad, luego, a medida que sus errores se hacían visibles, la fue perdiendo, muy pronto ocurrió que los medios de comunicación del Perú —de haber sido expresión y tribuna de sólo unos cuantos millones de peruanos— pasaron a ser propiedad, expresión y tribuna de un general funcionario semianónimo, escondido en las oficinas de la OCI (Oficina Central de Información) y del grupúsculo infinitesimal de sus colaboradores. Porque, ahora, después de haber visto y admitido las deficiencias del sistema anterior, veamos en qué forma cambiaron las cosas cuando el gobierno militar tomó el control de la televisión, de muchas radios y de los diarios de circulación nacional.

¿Alguien se atrevería a decir que la "socialización" de la prensa ha sido un éxito, ha hecho a los diarios más libres y democráticos, que ha extendido a todos los peruanos el derecho de crítica, que ahora por fin las masas de campesinos y de obreros, y todos los humildes del Perú, tienen sus propios voceros periodísticos? De la extrema derecha a la extrema izquierda, pasando por todos los estratos políticos intermedios, uno de los pocos acuerdos que parecen existir entre los peruanos es la conciencia del clamoroso fracaso de la "socialización". Lo ha dicho hasta el propio doctor Cornejo Chávez, quien, al parecer, redactó la famosa ley y en todo caso la defendió, anunciando, en ese inolvidable editorial que escribió el día que rodeado de bayonetas ocupó la dirección de *El Comercio*, que ese día se iniciaba la verdadera libertad de prensa en el Perú. Y lo mismo que el doctor Cornejo Chávez, casi todos los panegiristas de la famosa ley, que eran siempre, por cierto, los periodistas o políticos o plumarios que el gobierno iba colocando al frente o en las mesas de redacción de los diarios ocupados, se han ido luego decepcionando y criticándola, enfurecidos y confusos, cada vez que la nueva administración los despedía —y a veces con una prepotencia y rudeza que jamás hubieran podido permitirse los dueños anteriores—. No olvidemos que algunos despedidos de los diarios oficiales fueron exiliados (alguno de ellos lo está todavía).

Todos sabemos lo que ha ocurrido —lo sufrimos cada mañana o cada tarde, cuando abrimos sus páginas— pero vale la pena resumirlo. La "transferencia" a los sectores nacionales era, como resultaba previsible para quien no fuera ingenuo, una figura retórica para encubrir la verdad de la medida: poner los diarios al servicio del gobierno. En todos los países de prensa estatizada la figura retórica es siempre la misma; en los países socialistas, por ejemplo, los diarios son órganos de los sindicatos, del ejército, de los campesinos, etc. En realidad son órganos del comité central —y a veces nada más que del secretario general del partido y del jefe de la policía—. Aquí, muy pronto —como nos lo ha contado alguien que tiene por qué saberlo: Guillermo Thorndike en *No, mi general*— el amo absoluto de los diarios fue la OCI. Un amo por lo general menos ilustrado pero sí mas intolerante y abusivo que lo que lo fueron o pudieron serlo jamás los antiguos dueños. Los peruanos tuvimos así la oportunidad de descubrir que —pese a ser deficiente y criticable la prensa anterior— no sabíamos nada todavía en materia de periodismo inmoral, mentiroso, calumnioso, servil ante el poder, triunfalista y demagógico. No estoy metiendo a todo el mundo en una sola bolsa, porque sería injusto. No olvido que, entre los periodistas de los diarios parametrados, hubo muchos que aceptaron el sistema por error y luego tuvieron el coraje y la decencia de dar marcha atrás y reconocerlo y que, entre los propios periodistas identificados con el sistema, hay que hacer diferencias muy considerables. Hubo y hay entre los directores, por ejemplo, bribones junto a tontos de capirote, hombres cultos e inteligentes con un pasado muy digno, que trataron y tratan en la medida de lo posible de hacer un periodismo decente y también hubo rábulas oportunistas que fueron más genuflexos aún de lo que les pedían. Pero el resultado, a fin de cuentas, ha sido el mismo: los diarios han sido, son y seguirán siéndolo hasta que la "socialización" acabe, meras emanaciones del poder ejecutivo, al que han servido y sirven como órganos de propaganda cuya función no es informar lo que sucede y dar tribuna a las críticas sino justificar sus acciones y entronizar la verdad que éste quiere imponer como la única válida. Nunca jamás, ni en las peores dictaduras peruanas, la prensa diaria ocultó tanto la verdad ni estuvo más a la espalda de los peruanos, como desde que fue "socializada".

Y nunca, tampoco, en el pasado, el hombre de prensa, aquel que hace posible la información, estuvo tan inseguro en su trabajo, tan ofendido a diario en su dignidad y tan impelido, para sobrevivir y no ser víctima de las purgas que han acompañado cada cambio de línea o de personas en el régimen militar, a degradarse moralmente. Jubilado a la fuerza o puesto en la calle sin contemplaciones por ser anticomunista o por no estar inscrito en el sindicato, un año después era jubilado a la fuerza o puesto en la calle con menos contemplaciones aún por ser comunista o por estar sindicalizado; bajado de categoría y sustituido por advenedizos por no ser lo bastante dócil al equipo recién catapultado a la dirección, un año o meses después, cuando ya había aprendido o se había resignado a serlo, era degradado o sustituido por el nuevo equipo que quería tener corte propia. La vida profesional del periodista peruano se ha visto distorsionada, vapuleada y menospreciada escandalosamente. ¿Cuántos periodistas han perdido el trabajo en todos los vaivenes administrativos y los cambios de línea de estos años? El número exacto no lo sé pero sí sé que son varios cientos. Y los nuevos, esos que sobreviven, y que ahora firman patéticos manifiestos defendiendo la ley de "transferencia", en la que ya nadie cree, para estar seguros de sobrevivir una vez más ¿no son un ejemplo viviente, en su orfandad, del terrible daño que en su dignidad y en su conducta moral ha inferido esta ley a los hombres de la prensa en el Perú? Y en cuanto al ejercicio mismo del periodismo la situación es tan mala o peor. Si, antes, su margen de libertad para informar se veía limitada, ahora su función pasó casi exclusivamente a ser la de glosar o dar forma material a las opiniones —mejor dicho, a la opinión única y cacofónica— de esa entidad semifantasma, la OCI, de donde penden y a cuyo compás se mueven como marionetas, los hilos del periodismo peruano. Y hay todavía voces —en la extrema izquierda— clamando que esta lastimosa situación de la prensa se debe, no a la ley de "transferencia", sino a que ella no se llevara a cabo y fuera "traicionada" por el propio poder. Es difícil saber hasta qué punto hay ingenuidad y hasta qué punto cinismo en semejante tesis. La famosa "transferencia" no se hizo porque simplemente no podía hacerse: no hay sectores nacionales organizados como los que define la ley. Pero aun si hubieran existido, en el mejor de los casos los diarios se hubieran entregado a pequeñas minorías, a camarillas, que hablarían en nombre de esos sectores igual que la OCI pretende hablar en nombre de toda la nación y el problema sería exactamente el mismo: la desaparición de la diversidad y de la controversia, del pluralismo crítico e informativo. ¿Dónde se ha hecho jamás una transferencia real a las mayorías de un diario a través de una estatización? El diario *Pueblo* de Madrid era el órgano de los sindicatos, por ejemplo, en la época de Franco.

Pues bien, en vista del fracaso clamoroso de la política de la primera fase en el campo de las comunicaciones, lo que ahora importa y urge es su remedio. No tiene sentido seguir enumerando el catálogo de las taras de un sistema que prácticamente todos los peruanos —desde uno u otro punto de vista— rechazan. Lo importante es presentar alternativas viables que no sólo rectifiquen los grandes errores cometidos por la primera fase sino, también, que a la vez sirvan para corregir las deficiencias del sistema informativo tal como existía antes de que se dieran las leyes represivas y estatizadoras. Y es imperioso presentar estas alternativas de una manera constructiva y realista, de tal manera que esta segunda fase —que ya ha intentado, es legítimo reconocerlo, enmendar en varios campos los entuertos y malos pasos de la primera— esté en condiciones, sin perder la cara y apuntándose incluso un tanto a favor entre los peruanos, de llevarla a cabo.

La primera medida que se impone, si realmente se quiere que exista la libertad de información y el derecho de crítica en el Perú, es poner fin al monopolio que ejerce el gobierno en los grandes medios de comunicación: televisión y diarios de circulación nacional. No hay duda que es justo y necesario que el poder ejecutivo tenga sus propios órganos de expresión —un diario oficial, una cadena de televisión y una radio nacionales—, pero no es justo ni necesario que los controle todos. Ellos deben volver a ser empresas independientes del Estado y deben volver a serlo de tal modo que su independencia económica, prestigio o desprestigio, popularidad o impopularidad dependan enteramente de la manera como compitan entre ellas para representar, para expresar, para servir de tribuna a los peruanos. El objetivo sólo puede ser uno: que el mayor número posible de peruanos tengan voces y tribunas en los medios de comunicación.

Quisiera referirme, primero, al caso de los diarios de circulación nacional. La medida que de inmediato debe desaparecer —por írrita y absurda— es aquella que impide que se constituyan nuevos diarios independientes. La política sensata es justamente la contraria: la de dar todas las facilidades para que aquellos peruanos que no se sienten expresados en los diarios existentes funden los propios. Y que sobrevivan aquellos que por su talento, su honestidad y su eficacia sepan ganar más lectores. Ya oigo a los enemigos de la libertad, a los partidarios del monopolio estatal, exclamar: "Eso es posible en teoría pero no en la práctica. En la práctica, lo que ocurrirá será que los diarios no respaldados por intereses económicos poderosos serán estrangulados económicamente". Pues bien, eso es falso. Y tenemos una prueba luminosa con lo que está ocurriendo hoy día en el Perú con las revistas: los semanarios, bisemanarios y quincenarios. Ellos —gracias a la estatización de los diarios: y es lo único positivo de esa medida— se han multiplicado y —pese a la injusta y esperemos que transitoria clausura de *El Tiempo*— yo me atrevo a decir que estas publicaciones no diarias representan, tal vez por primera vez en la historia de nuestra patria, en sus distintas posiciones y filosofías políticas, prácticamente todas las tendencias del pueblo peruano. Las hay de extrema derecha y de derecha, de centro y de izquierda y de extrema izquierda. Y las mejores de cada tendencia han conseguido abrir una brecha en sectores políticos no afines que las leen o porque están bien pensadas y bien escritas o para saber qué opina y piensa el adversario. No dudo que ellas tienen dificultades, que a veces son hostilizadas con métodos *non-sanctos*. De acuerdo. Pero lo cierto es que en ese campo reducido y específico hay hoy día en el Perú eso que es la esencia misma de la libertad: diversidad, controversia, pluralidad. Pues bien, eso es —y, si es posible, perfeccionado— lo que debemos tratar que se reproduzca con los diarios. Y para ello es elemental que se dé a los peruanos de centro, de izquierda, de derecha o de cualquier matiz intermedio el derecho a tener su propio diario y de disputar, en sana competencia democrática con los demás, los favores del público. La función del Estado, si es democrático y quiere la democracia, está en garantizar que esa competencia sea sana y genuina. Es decir, en garantizar la distribución equitativa de papel dentro de nuestras posibilidades y —sobre todo ahora que el sector público ha crecido elefantiásicamente— en distribuir el avisaje público con un criterio realmente pluralista, sin preferencias políticas que perjudiquen al adversario. El Estado no puede olvidar, en este sentido, que las minorías —para que una democracia funcione en cualquier terreno— son tan importantes como las mayorías: cuando aquéllas desaparecen, desaparece también la democracia. Quiero decir con esto que los sectores minoritarios deben ser estimulados y apoyados, con créditos y con exoneraciones fiscales, para que estén presentes también entre los diarios.

A la vez que se restablece el sistema de libre competencia en lo que concierne a los diarios, debe cesar el régimen de los diarios que fueron "socializados". El Congreso de Periodistas que se reunió en Arequipa y otras voces han pedido que ellos sean devueltos a sus propietarios, es decir que se vuelva exactamente al régimen que tenían antes del 27 de julio de 1974. Yo fui opuesto, desde el primer momento, a ese despojo que consideré injusto y conducente al amordazamiento de toda la información en el Perú, como efectivamente ocurrió. Y fui opuesto, no por coincidencia ideológica con los diarios tomados, sino por una cuestión de principio: si uno admite que las empresas con las que no está de acuerdo o los bienes de las personas que no estima sean confiscados, *todo* —repito, todo: mi biblioteca y su taller de zapatería, su taxi y su fábrica y su colegio y los ahorros que ha hecho en toda su vida y su casa y hasta la ropa que lleva puesta— pueden ser víctimas de un despojo parecido. Y con el mismo pretexto y razones: siempre tendrá el poder a un doctor Cornejo Chávez a la mano para demostrar —con ampulosas citas jurídicas y mala prosa forense— que esa "socialización" se hace por motivos de verdadera utilidad pública y para que las bibliotecas, los talleres de zapatería, los taxis, las fábricas, los colegios, las casas y la ropa estén realmente en manos del "pueblo" del Perú. De manera que por una cuestión de principio —a menos que uno esté de acuerdo con que el poder político basado en la fuerza tiene el derecho de apropiarse de lo que se le antoje con el cuento de transferirlo a las "mayorías"— deberíamos apoyar esa posición de que se devuelvan los diarios a sus legítimos dueños.

Pero creo que no es realista hacerlo. Hay la consabida razón de Estado de por medio —razón de Estado con la que uno jamás debería estar de acuerdo, pero que existe y que no se puede dejar de tener en cuenta si lo que se quiere es, de veras, facilitar una solución de este grave problema— y ésta provoca, sin duda, en las esferas de gobierno una resistencia enorme a tomar una medida que sería, pura y simplemente, la autoconfesión pública del fracaso calamitoso de la llamada "transferencia" y "socialización", algo que todos sabemos es así, empezando por el régimen, pero que jamás reconocerá públicamente (ésa es la razón de Estado). Y hay de otro lado, los intereses y situaciones de hecho que se crearon —en el campo del empleo— en las empresas confiscadas. No sería fácil, después de todos los cambios —despidos, contratos, reorganizaciones, odios y revanchas—, volver a fojas cero. Pues bien, resignémonos a la realidad y aceptemos la solución intermedia y equilibrada que han propugnado ya por lo menos líderes de las tres principales agrupaciones políticas. Que el Estado expropie —pagando lo que corresponde, desde luego— los locales, talleres y equipos de los diarios —no para seguirlos explotando, desde luego, sino para devolverlos al público, sacándolos a remate o confiándolos a sus propios trabajadores como empresas cooperativas— y, eso sí, devuelva a quienes pertenecía lo que no puede ser materia de expropiación alguna: su propiedad intelectual, los nombres de aquello que les pertenecía. La devolución de los logotipos es lo mínimo que se puede exigir a cualquier reforma realmente orientada a democratizar la prensa diaria y ella es la que he oído defender y aceptar a líderes de Acción Popular, al doctor Townsend del APRA o al doctor Alayza Grundy del PPC, tres partidos que sin duda constituyen una mayoría del electorado, lo que significa que esta fórmula de una solución armónica y sensata cuenta con el sentir mayoritario del electorado peruano.

¿Y qué hará el régimen, entonces, con esos locales, maquinaria, equipos periodísticos expropiados? Pues, justamente, he aquí una oportunidad magnífica —si realmente se quiere que reine en el campo de la información el pluralismo y que todas las tendencias significativas de la sociedad tengan sus tribunas— de permitir que esos sectores que no tuvieron nunca —ni antes, ni durante la "socialización"— sus órganos de expresión, esta vez los tengan.

Pero es evidente que esta liberación de la prensa

diaria y la creación de estímulos y facilidades para que haya un verdadero pluralismo no es de por sí suficiente. Es igualmente necesario que el periodista, sea reportero o editorialista, o simple colaborador de un diario, no esté más sujeto —como en el pasado y mucho menos como lo ha estado durante la "socialización"— a la coacción y que no se vea obligado a mentir o a escribir en contra de sus convicciones. La libertad de información y el derecho de crítica no pueden existir de los diarios —o empresas de comunicación— para afuera sino también internamente. Quiero decir que aquí también debe ser posible —como lo es en todos los grandes diarios de los países democráticos del mundo: por ejemplo *El País* o *Le Monde* o *The New York Times* o como es en Venezuela el caso de *El Nacional* y de *El Universal*— que aunque los dueños o directores tengan su propia línea editorial, sus colaboradores y redactores puedan —con su firma y a título propio, claro está— apartarse ocasionalmente de ella y debatir sus diferencias en sus páginas, sin verse por ello amenazados o sancionados. Quien habla de libertad y de democracia debe comenzar por aplicarlas en su propia casa. Sólo si el hombre que escribe es respetado en sus ideas y no convertido en un instrumento del poder, manipulado —como lo ha sido en el pasado y lo es en el presente—, podremos elevar nuestro nivel periodístico y cultural. Asimismo, es indispensable evitar —no mediante estatutos represores, sino a través del poder judicial y de tribunales de honor de las propias asociaciones de la prensa y de los periodistas— que la prensa sea utilizada —como lo ha sido— para calumniar, mentir y difamar impunemente a los adversarios. Es verdad que éste es uno de los riesgos de la libertad: pero si uno deja que ese riesgo se convierta en realidad cotidiana quienes ganan son los enemigos de la libertad, pues el pueblo tiende a identificar ésta con el abuso y escarnio que hacen de ella quienes la utilizan como biombo para ese género de acciones. Es por eso indispensable que el derecho de réplica sea rigurosamente respetado para que quien, con razón o sin ella, se sienta vejado u ofendido o malinterpretado tenga la oportunidad de hacer pública su propia versión de los hechos, su propia verdad. Para que esto sea posible no hacen falta estatutos de prensa: hace falta, sobre todo, un consenso nacional, una opinión pública lo suficientemente sensible como para exigir un comportamiento ético de los órganos de expresión y para sancionar (condenándolos al fracaso, que en régimen de empresa privada significa quiebra, es decir muerte) a quien lo incumple.

Creo que lo que he dicho sobre los diarios es perfectamente aplicable a las radioemisoras, donde es fácil fomentar una diversidad y un pluralismo que más o menos coincidan con los de la sociedad peruana. No lo es, en cambio, en el de la televisión, donde, por razones de tecnología y de altísimo coste, no es concebible semejante proliferación de canales. Y, al mismo tiempo, ya sabemos el poder extraordinario que tiene la televisión y su masiva influencia en la sociedad contemporánea. Hay, sobre esto, distintos modelos en el mundo. Hay, por ejemplo, países donde la televisión, aunque es monopolio del Estado, es una institución pluralista y libre —como en Italia o como en la España de hoy—. Pero eso ocurre porque en esos países en todos los otros medios de comunicación y en la vida política hay un pluralismo que hace las veces de controlador y fiscalizador de la política democrática, abierta a todas las tendencias, de la televisión. Yo, personalmente, creo que en el Perú esto no funcionaría así porque ese contexto democrático no existe aún con bastante fuerza institucional como para garantizar ese control y para evitar que el Estado, si controla la información y la opinión televisiva, lo haga no como árbitro imparcial de todas las tendencias sino en provecho de su propia tendencia y en contra de todas las otras. Por eso creo que el Estado debe tener su propio canal, el mismo que debe verse obligado a competir con los otros y a ganar —por su eficacia y honestidad— los favores del público. Y en cuanto a los otros canales, los independientes, es obvio que debe haber una regulación claramente democrática que dé acceso a ellos a todas esas tendencias nacionales y no sólo a aquellas lo suficientemente poderosas para pagar los altísimos costos de los espacios. Hay que reconocer que en esta campaña electoral hemos tenido un atisbo de lo que podría ser una televisión libre, con la disposición —democrática ciento por ciento— que se dio de conceder espacios gratuitos y equitativos a todos los partidos y movimientos que competían para la Asamblea Constituyente. Estoy convencido que esto es lo que permitió, por ejemplo, la altísima votación que esta vez ha tenido la extrema izquierda. Pues bien, no veo por qué no abrirían periódicamente sus puertas los canales de televisión —no sólo durante las campañas electorales, sino de manera permanente— a todos los partidos o movimientos realmente representativos (el criterio puede ser muy simple: todos aquellos representados en el Parlamento, cuando éste exista) para que en programas semanales o quincenales o mensuales tengan ocasión, sin discriminación de ningún orden, de dirigirse directamente al pueblo peruano en programas que no tienen por qué ser siempre políticos sino también informativos o sociales o culturales. Así ocurre en Holanda, por ejemplo, otro modelo de país democrático.

Sé muy bien que nada de esto es fácil, que ese sistema de libertad, es decir de pluralidad y divergencia constante, conlleva no sólo dificultades sino también peligros y que estará siempre amenazado en un país como el Perú donde la democracia ha sido a lo largo de su historia sólo breves paréntesis entre largos años de dictadura. Pero no hay otro camino que éste. Ya hemos visto a dónde conduce el monopolio de la información por parte del Estado, la caricatura en que se convierte. Este otro es complicado y a menudo, por nuestra falta de costumbre democrática, nos hará vivir momentos de libertinaje o de caos, de abuso de la libertad y podrá dar la impresión que todo ello en vez de facilitar demorará y paralizará lo más urgente: nuestra lucha contra el hambre, contra la injusticia y la desigualdad social, contra la ignorancia, contra el atraso económico. No debemos sucumbir a ese error. Con todos sus defectos y taras, la libertad es lo único que puede garantizar realmente el verdadero progreso, que no es aquel que se mide sólo en términos materiales sino, al mismo tiempo, en términos morales y culturales. Y ese progreso integral sólo es posible pagando a diario y a cada instante el duro precio de la libertad de información y el respeto del derecho de crítica.

# GANAR BATALLAS, NO LA GUERRA *

Quisiera comenzar estas palabras con un recuerdo personal. Algo que me ocurrió hace un par de años, un día de otoño, en Jerusalén. Había pasado la mañana escribiendo, en un departamento por cuyas ventanas podía ver las piedras ocres de la ciudad vieja, la torre de David y la puerta de Jaffa y, al fondo, descendiendo en lomas blancas, el desierto que iba a incrustarse, más allá del mar Muerto, en el horizonte rojizo de los montes de Edom. La visión era irreal de bella y, en mi caso, contribuía a acentuar cada mañana esa sensación de apartamiento del mundo, la historia que estaba tratando de escribir y cuyo tema era, precisamente, la mudanza de la realidad en irrealidad a través del melodrama, y que, por estar situada en Lima, a miles de kilómetros del lugar donde escribía, me obligaba a un verdadero esfuerzo de desconexión con lo inmediato. Así, en un estado de sonambulismo, me encontraba el amigo que venía a recogerme cada tarde para mostrarme la ciudad.

Me había enseñado ya, antes de ese día, y me mostraría después, infinidad de cosas: desde un mercado de caballos árabes que parecía un escenario de *Las mil y una noches*, las excavaciones del Templo (que me aburrieron muchísimo) o el fantástico anacronismo de las callejuelas ultraortodoxas de Mea Shearim que parecían recién escapadas de uno de los cuentos jasídicos de Martin Buber o de las investigaciones sobre la *Cábala* y el *Zohar* de Gershom Scholem. Eran paseos que nos ocupaban la tarde y buena parte de la noche y en los que, poco a poco, según la fuerza de atracción de lo que veía, iba yo regresando, desde una nebulosa de

* Palabras leídas en la Gran Sinagoga de Lima el 10 de octubre de 1978, con motivo de la recepción del Premio de Derechos Humanos otorgado por el Congreso Judío Latinoamericano en 1977.

radioteatros truculentos ansiosamente escuchados en los hogares limeños de los años cincuenta, al suelo que pisaban mis pies, es decir a la antiquísima ciudad, ombligo de religiones y manantial de mitologías, convertida, al cabo de una infinita historia de guerras, ocupaciones e invasiones, en la capital del Estado israelí. Al llegar la noche, que solía vararnos en algún humoso departamento de la ciudad de extramuros, estremecido de discusiones políticas entre los jerosolimitanos que a mí me instruían tanto como los paseos diurnos, yo había vuelto ya de cuerpo entero a la tierra y estaba listo para, repitiendo el ciclo mágico, emprender una vez más, con la lectura y el sueño nocturnos y el espectáculo de la ventana y la novela matutina, el viaje a la irrealidad.

Pero la tarde de ese día el regreso a la realidad fue brutal. Mi amigo me llevó a Yad Vashem, el Memorial consagrado al Holocausto, que se yergue en una de las estribaciones sembradas de pinares de las colinas que rodean a Jerusalén. Como todo el mundo, había leído, visto y escuchado lo suficiente para medir, en toda su magnitud, el genocidio de seis millones de judíos. Y, sin embargo, esa tarde creo haber comprendido por primera vez la lección de esa tragedia, mientras, como quien toca una pesadilla, observaba en las galerías en penumbra del museo, el meticuloso refinamiento, la pulcritud y, se puede decir, el genio con que fue concebido y ejecutado el asesinato colectivo. Allí, ante las fotos de los osarios desenterrados por los tractores aliados o las imágenes de los niños que, en las puertas de las cámaras letales, recibían un dulce de manos del verdugo, o ante la relación de los experimentos a que eran sometidos —por brillantes científicos, qué duda cabe— los futuros condenados, y viendo los objetos fabricados en los campos de exterminio con pieles, cabellos o dientes de las víctimas, entendí una de las verdades que el hombre de nuestro tiempo no tiene ya derecho a poner jamás en duda. La de que ningún país, cultura, o grupo humano está inmunizado contra el peligro de convertirse, en un momento dado, por obra del fanatismo —religioso, político o racial—, en una herramienta del horror.

No es cierto que "la violencia sea iletrada", como escribió Sartre en *Situations, II*. Quien cometió las abominables atrocidades que recuerda Yad Vashem fue una nación que podía vanagloriarse de ser una de las más cultas de la tierra. George Steiner ha formulado la conclusión que se impone: "A diferencia de Matthew Arnold y del doctor Leavis —escribió en *Language and Silence*— me siento incapaz de creer, confiadamente, que las humanidades humanizan". Steiner recuerda que cuando la barbarie llegó a la Europa del siglo xx, las universidades apenas ofrecieron resistencia a la bestialidad política y que, en muchos casos, quienes institucionalizaron el sadismo fueron hombres deslumbrados por la inteligencia de Goethe y espíritus sensibles a quienes la poesía de Rilke o la música de Wagner conmovían hasta el llanto. Cada día tenemos pruebas de algo semejante, es decir de naciones y de personas en las que coexisten, amigablemente, la alta cultura y el crimen.

Sucede que las ideas juegan malas pasadas a los hombres y que la inteligencia y el saber se cruzan más a menudo que coinciden con la moral. ¿No es injusto espantarse por el crimen de la Alemania hitleriana negándose al mismo tiempo a ver que, en nuestros días, hacia donde volvamos la cara, se registran en el mundo violaciones atroces de los derechos humanos? Y ellas ocurren sin que innumerables hombres de cultura digan una palabra de protesta, y más bien, con frecuencia, la digan para negarlas o justificarlas. ¿No hemos oído, por ejemplo, a uno de los grandes escritores de nuestra lengua, Jorge Luis Borges, defender al gobierno de su país y al de Chile, que han torturado y asesinado a mansalva a cientos de seres humanos? ¿No ha declarado otro gran escritor latinoamericano, Julio Cortázar, que había que distinguir entre dos injusticias, la que se comete en un país socialista, que es, según él, un mero "accidente de ruta" —*incident de parcours*— que no compromete la naturaleza básicamente positiva del sistema, y la de un país capitalista o imperialista, que, ella sí, manifiesta una inhumanidad esencial? Pavorosa distinción que, si la aceptamos, nos lleva a protestar con vehemencia cuando Lyndon Johnson manda *marines* a la República Dominicana y a callar cuando Brezhnev destruye con tanques la primavera de Praga ya que, en el primer caso, el progreso humano está amenazado y en el segundo se trata de un episodio sin importancia desde la eternidad de la historia en que, inevitablemente, se impondrá la justicia socialista. ¿Y, desde esta resplandeciente eternidad, tan parecida a la de los creyentes convencidos de que, a la larga, Dios vence siempre a Belcebú, qué importan, en efecto, el gulag, las purgas, los hospitales psiquiátricos para el inconforme, y demás accidentes parecidos?

Cortázar tiene al menos el coraje de defender públicamente esta moral de la cólera selectiva. Otros se contentan con practicarla. Porque lo cierto es que hay millares de intelectuales en el mundo que, en su conducta diaria, en su furor unilateral —que estalla cuando el abuso se comete de un lado y desaparece y se convierte en tolerancia y benevolencia cuando las mismas tropelías se llevan a cabo en nombre del socialismo— practican esa moral tuerta que la sabiduría popular satirizó en el refrán "Ver la paja en el ojo ajeno y no la viga en el propio". Lo ha dicho Octavio Paz, con su lucidez habitual: "Durante la guerra de Vietnam los estudiantes, los intelectuales y muchos clérigos multiplicaron sus protestas contra la intervención de los Estados Unidos y denunciaron las atrocidades y excesos del ejército norteamericano. Su protesta era justa y su indignación legítima, pero ¿quiénes entre ellos se han manifestado ahora para condenar el genocidio en Camboya o las agresiones de Vietnam contra sus vecinos? Aquellos que por vocación y por misión expresan la conciencia crítica de una sociedad, los intelectuales, han revelado durante estos últimos años una frivolidad moral y política no menos escandalosa que la de los gobernantes de Occidente. De nuevo, no niego las excepciones: Breton, Camus, Orwell, Gide, Bernanos, Russell, Silone y otros menos conocidos como Salvèmini o, entre nosotros, Revueltas. Cito sólo a los muertos porque están más allá de las injurias y de las sospechas. Pero este puñado de grandes muertos y el otro puñado de intelectuales todavía vivos que resisten: ¿qué son frente a los millares de profesores, periodistas, científicos, poetas y artistas que, ciegos y sordos, pero no mudos ni mancos, no han cesado de injuriar a los que se han atrevido a disentir y no se han cansado de aplaudir a los inquisidores y a los verdugos?"

Buena parte de culpa la tienen esas formulaciones abstractas llamadas ideologías, esquemas a los cuales los ideólogos se empeñan en reducir la sociedad, aunque, para que quepa en ellos, sea preciso triturarla. Ya lo dijo Camus: la única moral capaz de hacer el mundo vivible es aquella que esté dispuesta a sacrificar las ideas todas las veces que ellas entren en colisión con la vida, aunque sea la de una sola persona humana, porque ésta será siempre infinitamente más valiosa que las ideas, en cuyo nombre, ya lo sabemos, se puede justificar siempre los crímenes —lo hizo el marqués de Sade, en impecables teorías— como crímenes del amor.

El caso más paradójico de nuestra era es el del socialismo, la doctrina que a lo largo del siglo XIX y comienzos del XX hizo concebir las más grandiosas esperanzas a los desheredados y espíritus nobles de este mundo, como panacea capaz de abolir las desigualdades, suprimir la explotación del hombre por el hombre, hacer desaparecer los nacionalismos y los racismos y de reemplazar, por fin, en esta tierra, el reino de la necesidad por el de la libertad. Pues bien, en nombre de esa doctrina libertaria e igualitaria, millones de hombres fueron encerrados en campos de concentración o simplemente exterminados; en su nombre se han implantado regímenes autoritarios implacables; en su nombre naciones poderosas han invadido y neocolonizado naciones pequeñas y débiles; en su nombre se ha perfeccionado la censura y la regimentación de la conciencia como ni siquiera los inquisidores medievales más imaginativos hubieran sospechado y se ha convertido a la psiquiatría en una rama de la policía. En nombre del socialismo se ha prohibido a los trabajadores el derecho de huelga y se ha establecido el trabajo forzado (apodándolo, con sarcasmo, trabajo voluntario), se ha suprimido la libertad de viajar, de cambiar de oficio, de emigrar, y en nombre de la ideología del bienestar y del progreso se ha mantenido en la escasez y el sacrificio (salvo a una privilegiada clase burocrática) a

313

la población a fin de fabricar armamentos que podrían hacer desaparecer varias veces el planeta. Ver que, detrás de las ideas más generosas de nuestro tiempo, en los países y regímenes que aparentemente las encarnan, sobreviven, echando espumarajos por el belfo, casi todos los viejos demonios de la historia humana contra los que aquéllas insurgieron —la tiranía, la brutalidad, la explotación de los más por los menos, el espíritu de dominación y de conquista— es algo que debería hacernos desconfiar profundamente de las ideas, sobre todo cuando, agrupadas en un cuerpo de doctrina, pretenden explicarlo todo en la historia y en el hombre y ofrecer remedios definitivos para sus males. Esas utopías absolutas —el cristianismo en el pasado, el socialismo en el presente— han derramado tanta sangre como la que querían lavár. Lo ocurrido con el socialismo es, sin duda, un desengaño que no tiene parangón en la historia.

Ese desengaño no puede tornarse entusiasmo, sin embargo, cuando contemplamos lo que ocurre en los países desarrollados de economía de mercado. Que la democracia política funcione allí mejor, que haya más libertad y más fiscalización del poder, es evidente. ¿Pero, acaso junto a esas formas civilizadas no perduran y aumentan en la mayoría de esos países las desigualdades económicas más abusivas y no se apoyan la prosperidad y las buenas costumbres políticas de que gozan, en una explotación que llega a veces al saqueo de los países pobres? ¿No son acaso, en ellos, terribles las barreras que establecen los privilegios de fortuna —no siempre bien habidas— entre unos pocos y vastas mayorías? Por otra parte, aterra comprobar que la cultura y la bonanza que han alcanzado las naciones de Occidente no les han servido para abolir esa maldición que separa, desde los albores de la historia humana, el trabajo intelectual y el trabajo manual, esa división escandalosa entre los hombres que piensan y los que no son más que simples bestias de carga sometidos a una rutina que los embrutece y degrada aunque ganen altos salarios y tengan televisión y casa propia. ¿No es esa división el talón de Aquiles de la civilización occidental? Y, por último, ¿cómo podrían ser esos países que, con la llamada sociedad de consumo, rinden un culto frenético al becerro de oro con sacrificio del espíritu —como acaba de denunciarlo ese profeta bíblico del siglo xx que es Solzhenitsin— un modelo que exalte la imaginación de los países que comienzan apenas su historia independiente?

Pero no hay duda que, en lo que concierne a la injusticia y a la violación de los derechos humanos, el panorama es infinitamente peor cuando pasamos la vista por ese mosaico de países a los que se suele agrupar con la etiqueta de Tercer Mundo. Su único denominador común, por lo demás, parece ser el de que en casi todos ellos —las excepciones son, en verdad, poquísimas— reina a cara descubierta la barbarie, en una o varias de sus manifestaciones. La barbarie de la desnutrición y del hambre, de índices de mortalidad infantil que dan vértigos, de la desocupación y de la ignorancia y la miseria de enormes masas humanas para quienes la vida no es otra cosa que una muerte lenta. ¿Quién tiene la culpa de esa ignominia multiplicada en millones y millones de seres y presente en todos los continentes, con la excepción del europeo? Los responsables son muchos y se pasan la vida acusándose mutuamente de esa responsabilidad que en realidad comparten (en dosis que varían según la región). Lo son los países ricos, qué duda cabe, que se benefician del subdesarrollo con términos de intercambio comercial indignos, y que, además, con una buena conciencia a prueba de balas, se niegan a prestar la ayuda que elevaría el nivel de vida de los países pobres o sólo la prestan a cuentagotas y a cambio de imposiciones políticas y militares. Y son también, tanto o más responsables, las castas privilegiadas nativas cuyos lujos y excesos suelen ser tan grandes como su ceguera ante el sufrimiento que las rodea. Son responsables, por supuesto, esos ejércitos de opereta que sólo parecen existir para ganarles guerras a sus propios pueblos y que no se contentan con asaltar sistemáticamente el poder y mantenerse en él mediante el cuartelazo y la represión, sino que además pillan sus países como si fueran un botín de guerra. Y son responsables también —lo somos— los intelectuales, a quienes en este caso viene como anillo al dedo el calificativo de subdesarrollados, que, frente a este dolor y salvajismo no tienen otra receta que la prédica ideológica, mejor dicho la importación de esas mismas ideologías, que, si se sacaran las legañas de los ojos, verían a qué estrepitoso fracaso han conducido a los países que tienen por modelo.

El imperio de la injusticia en el Tercer Mundo no se puede explicar —y por lo tanto no se puede acabar— en términos exclusivamente ideológicos. Porque cada día vemos que las ideologías de apariencia más opuesta sirven a los gobiernos para perpetrar idénticas tropelías. En nombre del anticomunismo el general Pinochet ha cometido crímenes parecidos a los que los khmers rojos de Camboya cometen en nombre del comunismo. En nombre del socialismo y del islam, Gadafi protege y financia terroristas que vuelan aviones y lanzan bombas contra escuelas en tanto que Idi Amin, en nombre de la africanización y el anticolonialismo, da periódicos baños de sangre a su país, al que ha convertido en un campo de concentración. Da escalofríos ver cómo países que se liberan del ocupante, a veces mediante sacrificios y coraje extraordinarios, como Vietnam, lo primero que hacen, al alcanzar la libertad, es conculcarla e implantar regímenes de terror, para, supuestamente, materializar ciertas ideas de igualdad y de justicia, así como esos cruzados de Godofredo de Bouillon que, después de tantas proezas en su marcha hacia el Oriente, para liberar los Santos Lugares, culminaron su epopeya entrando a Jerusalén y pasando a cuchillo en nombre de Dios a todos los impíos, es decir a todos los residentes de la ciudad, incluidos los ancianos, las mujeres y los niños.

En este campo —el de la brutalidad— no hemos progresado mucho y las perspectivas quizás sean ahora más sombrías. Es otra de las contradicciones de nuestra época. De un lado, el avance fantástico de la ciencia y la tecnología que ya pueden poner a los vivos los corazones de los muertos, engendrar niños en probetas y mandar hombres a la Luna y regresarlos. Del otro, la misma falta de escrúpulos y el mismo impúdico recurso a la violencia para satisfacer la codicia y la ambición de dominio, el mismo reinado de la fuerza dentro de cada sociedad y entre las naciones. Como al principio, en la era del garrote y la caverna. Pero en cierto modo peor, porque, gracias precisamente al adelanto de la tecnología y la ciencia, el hombre tiene hoy armas para esclavizar y destruir a los otros hombres que no tenía antaño.

Estas palabras pueden parecer pesimistas y sin duda lo son. Pero no tiene sentido mantener el optimismo a todo trance, si para justificarlo es preciso desnaturalizar la realidad y sustituirla por la ilusión. Esta magia —abolir lo real y recrearlo con la fantasía— me parece muy respetable, y la practico con ardor, pues es lo que hacen los novelistas —todos los artistas— pero no es una práctica recomendable para quien quiere saber lo que está ocurriendo a su alrededor en el campo político y social y contribuir de manera efectiva —inmediata— a combatir, allí donde aparezca, alguno de los tentáculos de la hidra de la iniquidad. Y lo que ocurre en torno nuestro, en el campo de los derechos humanos, simplemente no justifica el optimismo.

Lo cierto es que nos rodean el abuso y la injusticia, que vivimos inmersos en ellos y darse cuenta de esta verdad es lo primero que conviene hacer si queremos cambiarla. Y, lo segundo, tal vez sea ser prácticos, y, como dicen los franceses, no confundir la presa con su sombra. En otras palabras, juzgar a las personas y a las instituciones y gobiernos, no por las ideas que dicen profesar (o en efecto profesan) sino únicamente por sus actos. Porque el divorcio entre las ideas y los hechos es universal y flagrante. André Malraux lo expresó así, con su bella retórica: "Curiosa época ésta, dirán de nosotros los historiadores del futuro, ya que en ella la izquierda no era la izquierda, la derecha no era la derecha y el centro no estaba en el medio". Esto es lo que tenemos que admitir, con lucidez: estamos sumidos en la confusión. La moral que practican los distintos regímenes y partidos los ha mezclado y revuelto a tal punto que la historia contemporánea es una selva donde todos los conceptos políticos preestablecidos en vez de orientarnos nos extravían. Si en algún momento fue posible identificar el bien y el mal —o, en términos menos metafísicos, el progreso y la reacción— a través de los idearios y programas que defendía cada cual, hoy día eso no es posible porque las ideas —o, quizá, mejor, las palabras que las formulan—, sobre todo en el campo político, sirven mucho más para ocultar la realidad que para describirla. Las nociones de justicia, democracia, derecho, libertad, progreso, reacción, socialismo, revolución, significan tantas cosas distintas según la persona, partido o poder que las use que ya no significan casi nada. Por eso, más importante que escuchar lo que dicen es observar lo que hacen y aplaudirlos o abominarlos no por sus ruidos sino por sus acciones.

Digo ruidos en vez de palabras a propósito. Porque el gran naufragio de las ideas políticas —de los ideales y de las utopías políticas— ha traído consigo un extraordinario deterioro de las palabras. Ellas, en muchísimos casos, han sido tan maltratadas que ya no son apenas más que, como en el verso de Shakespeare, furia y sonido, sin significación alguna. Reinventar el lenguaje político, depurándolo de la escoria que lo ha anquilosado, bajarlo de esa nebulosa abstracta donde anda perdido y arraigarlo en la experiencia concreta de la vida social es otra labor urgente por hacer. Porque ocurre que el lenguaje —que, según nos enseñaron, sirve para que los hombres se entiendan y se acerquen— ahora parece servir para incomunicarlos y apartarlos, pues se usa principalmente para trocar las mentiras en verdades y viceversa. Esta prestidigitación verbal es también respetable; ella es el fundamento de la literatura. Pero cuando se emplea esta técnica de la permutación fuera de la novela, el drama o la poesía, en el texto y el contexto político por ejemplo, algo gravísimo acontece: la moral humana se resquebraja y la solidaridad social se diluye. El resultado es la muerte del diálogo, el reino de la desconfianza, la pulverización de la sociedad en seres aislados y recelosos cuando no hostiles unos a otros.

Esta perversión del lenguaje en los políticos, en los diarios, en los grandes medios de comunicación, es algo sobre lo cual nosotros, los peruanos, hemos aprendido mucho en los últimos años, pues hemos vivido asediados por una retórica ideologista, que, por boca de los generales encaramados en el poder o de los civiles encaramados en los generales, nos hablaban de liberación nacional, de emancipación del yugo imperialista, de la liquidación de la oligarquía, de la redención del campesinado, de la verdadera libertad, del socialismo participacionista, de la reforma de las estructuras, etc. Mientras tanto, por detrás y por debajo de esa sinfonía ¿qué ocurría? La sociedad peruana se iba empobreciendo económica, moral y políticamente. El poder reprimía, encarcelaba, censuraba y a veces —como lo saben los campesinos puneños— mataba. E iba llevando al país a una de las peores crisis de su historia, a tal extremo que el balance que cualquiera, sea de derecha o izquierda, puede sacar de los diez años de régimen militar cabe en cuatro frases crudas: más hambre, menos trabajo, más ignorancia y menos libertad.

Ha llegado la hora de volver a lo concreto, a un lenguaje que de veras comunique. Eso, para un escritor, significa un esfuerzo continuo, pertinaz, para devolver a las palabras la precisión y la autenticidad que han perdido en buena parte por obra de las generalizaciones y los tópicos y estereotipos de la ideología, a fin de que otra vez expresen la realidad vivida, aquel espacio donde se infligen y padecen las injusticias, que es distinto de aquél en que estas cosas se imaginan o se sueñan. Llamar, de nuevo, al pan pan y al vino vino es indispensable entre otras cosas para que la libertad de expresión tenga sentido. Y hacerlo sin temor a los poderes, que es donde siempre se origina el abuso. Es preciso tener esto muy en claro y, en consecuencia, ejercer sobre ellos —el poder político, el económico, el militar, todo aquello que represente una fuerza capaz de influir de un modo u otro sobre la vida ajena— una vigilancia permanente. Desde esta perspectiva, el pesimismo es fecundo y previsor. Él nos enseña que todo poder, si no es frenado, criticado, contrapesado, si se lo deja crecer sin medida, se convierte fatalmente en enemigo del hombre. Esa vigilancia para ser realmente eficaz debe ser moral antes que ideológica. Basarse en sentimientos elementales y aun egoístas más que en cuerpos de ideas cristalizados. Para combatir la injusticia lo más importante es haber comprendido y sentido que si alguien es

torturado, asesinado, discriminado, explotado, todos es
tamos en peligro.

La lucha contra el abuso —la defensa de lo humano—
es, básicamente, una lucha personal. Puede hacerse,
desde luego, y tal vez con más eficacia que de manera
solitaria, desde el seno de alguna institución —partido,
iglesia, comité— pero para que ella sea genuina debe
extraer su energía y convicción de la conciencia del
individuo. Ésta yerra muchas veces, por supuesto, pero,
justamente, esos yerros, aislados, son menos nocivos,
más fáciles de remediar que los de las organizaciones,
las que rara vez prestan atención al matiz y aceptan la
duda y en las que, además de las simplificaciones efectistas, suele prevalecer tarde o temprano esa abyecta
razón de Estado para la cual es preferible la deshonestidad que el desprestigio. Es gravísimo que la conciencia del individuo abdique ante una supuesta conciencia
superior colectiva —la de un partido, un régimen o un
país— que se arroga la facultad de representarla, pues
entonces queda abierto el camino al pisoteo de los derechos humanos y al imperio de la arbitrariedad.

Hablar contra la ideología podría parecer ingenuo.
¿Puede el hombre vivir sin ideas, puede la vida social
organizarse, progresar, sin un esquema intelectual que
proponga una interpretación de lo existente, explique
el pasado, fije un modelo ideal y trace un camino para
alcanzarlo? Desde luego que no y sería insensato proponer, como cura del dolor humano, un pragmatismo
sistemático, un espontaneísmo irracional. Se trata de
algo menos apocalíptico y, a fin de cuentas, muy simple. De admitir que nunca antes ni ahora ideología alguna ha podido apresar en sus redes, de manera integral, la compleja realidad humana, y que todas ellas
—algunas de manera criminal, otras inocentemente—
han sido incapaces, o, en el mejor de los casos, insu-
ficientes, para poner fin al sufrimiento social. No se
trata de meter a todas las ideologías en el mismo canasto. Algunas de ellas, como el liberalismo y el socialismo democrático, han impulsado la libertad y otras,
como el fascismo, el nazismo y el marxismo estaliniano
la han hecho retroceder. Pero ninguna ha bastado para
señalar de modo inequívoco cómo erradicar de manera

durable la injusticia, que acompaña al ser humano como su sombra desde el despuntar de la historia.

De esta comprobación puede deducirse la necesidad de revisar de manera permanente las ideologías y, mediante una crítica continua, perfeccionarlas —lo que significará siempre flexibilizarlas, adaptarlas a la realidad humana en vez de tratar de adaptar ésta a ellas, porque es entonces cuando comienzan los crímenes. Pero más importante quizá sea extraer esta otra convicción: que la lucha contra la injusticia —la dictadura, el hambre, la ignorancia, la discriminación— no se entabla para ganar una guerra, sino, únicamente, batallas. Pues esta guerra principió con el hombre y ya se halla éste lo bastante viejo para saber que sólo terminará cuando él termine. Cada vez que se haya conseguido cegar una fuente de abusos, enmendar un atropello, es imprescindible saber que, a la izquierda o a la derecha, por manos de la persona o institución de semblante más honorable, brotarán nuevas violaciones de esos derechos que ayer ellas mismas reclamaban y defendían, lo que exigirá nueva movilización. Saber que no hay victoria definitiva contra la injusticia, que ella acecha por doquier, esperando el menor descuido para conquistar una cabecera de playa y desde allí invadir toda la sociedad, y que, por lo tanto, salirle al paso, con las armas a nuestro alcance, es, o debiera ser, una tarea de cada uno y de cada día y de nunca acabar, es tal vez tener una pobre idea del hombre. Pero ello es preferible, seguramente, a tenerla tan alta que vivamos distraídos y sea tarde para reaccionar cuando descubramos que ese ser sonriente y puntual, tan inofensivo cuando era nuestro vecino y cuando le confiamos el poder, se convirtió de pronto en lobo.

Porque ésa es la historia que les cuenta, a quienes recorren sus salas en penumbra, ahítas de pus, el Memorial de Yad Vashem. La de los buenos, cultos, pacíficos ciudadanos de un antiguo país que un día se convirtieron en lobos feroces y comenzaron a destrozar a dentelladas, o a dejar que otros hicieran por ellos el trabajo, ante la sorpresa y estupidez —para no decir la complicidad— del mundo entero, a quienes no podían defenderse. Y ésa es la terrible acusación de Yad

Vashem, que no va dirigida contra uno sino contra todos los países. Haber ignorado que ninguna sociedad —empezando por la propia— está libre de perpetrar o sufrir un horror parecido al holocausto judío. Haber olvidado que todos estamos sumidos en esta guerra sin victoria final, cuyos combatientes encarnan roles que cambian de prisa, y en la que, al menor descuido, se es derrotado. Porque, curiosamente, esa guerra que no se puede ganar, se puede, en cambio, perder. La grandeza trágica del destino humano está quizá en esta paradójica situación que no le deja al hombre otra escapatoria que la lucha contra la injusticia, no para acabar con ella sino para que ella no acabe con él.

Hay, en Yad Vashem, una fotografía que, estoy seguro, todos han visto reproducida alguna vez, en películas, revistas o libros, pues ha dado la vuelta al mundo. Fue tomada después del aniquilamiento del ghetto de Varsovia. Es la de un niño judío, de pocos años, embutido en una gorra que le queda grande y un abrigo que parece viejo, con las manos en alto. Lo está apuntando, con un fusil de caño corto, un soldado alemán de casco y botas, que mira hacia el fotógrafo con esa mirada blanca que llaman marcial. El soldado no parece orgulloso ni avergonzado de su trofeo, hay en su cara una tranquila indiferencia frente a la escena de que es protagonista. En la expresión del niño, en cambio —en la tristeza de sus ojos, en el fruncimiento de su cara que el miedo demacra, en el encogimiento de hombros y cuerpo que parecen querer reabsorberse—, hay una lucidez vertiginosa respecto a lo que representa ese instante. Ignoro quién tomó esa fotografía, pero no hay duda que, quien fuera, eternizó una escena de nuestro tiempo que refleja de manera admirable una constante de la historia humana, algo que, bajo regímenes y cielos y filosofías diferentes, se viene obsesivamente repitiendo a lo largo del tiempo, como un mentís a las ilusiones de progreso y como lastre mortal de los avances que, en órdenes distintos al ético, se han alcanzado: el abuso de los fuertes contra los débiles, del rico contra el pobre, del armado contra el inerme, del que disfruta del poder contra el que lo sufre.

Con la memoria de esta imagen que golpea la conciencia y el ánimo quiero terminar estas palabras. Aunque la recepción de un premio es una ocasión de fiesta, no es malo —sobre todo si se trata de una fiesta consagrada a los derechos humanos— que en ella introduzcamos también, aunque sea de pavo (como decimos en el Perú) a esta imagen aguafiestas, para recordarnos que en este dominio siempre habrá más motivos de pesar que de júbilo, porque en él nada estará nunca ganado y todo estará siempre por hacer.

Lima, 19 setiembre 1978

# SARTRE, VEINTE AÑOS DESPUÉS

El ensayo de Sartre *Situations, II* apareció en Francia a mediados de 1948 y la espléndida traducción de Aurora Bernárdez se publicó en Argentina un par de años más tarde, con el título: *¿Qué es la literatura?* Fue uno de los primeros libros que leí al ingresar a la universidad, en 1953, y lo releí luego, por partes, muchas veces, mientras militaba en la Fracción Universitaria Comunista, de Cahuide, en busca de argumentos para las ardorosas discusiones que teníamos y en las que siempre discrepaba con mis camaradas sobre el tema cultural. Estoy seguro que este libro de Sartre me empujó a aprender francés y que fue el primero que leí en esta lengua, ayudándome con diccionarios, cuando todavía era alumno de la inolvidable madame del Solar, de la Alianza Francesa, en una clase llena de muchachas bonitas que se burlaban de mi acento (yo era el único varón). Durante diez años, por lo menos, todo lo que escribí, creí y dije sobre la función de la literatura glosaba o plagiaba a este ensayo. Ahora, después de veinte años, acabo de releerlo, con una mezcla indefinible de nostalgia y asombro.

La poderosa inteligencia de Sartre está siempre allí y apenas se sumerge uno en las páginas amarillentas queda atrapado por esa 'máquina de pensar' que deslumbraba a sus condiscípulos de la École Normale. La aptitud de Sartre para desarrollar una demostración, acumulando argumentos que se refuerzan uno a otro y se arquitecturan en macizos mecanismos racionales que avanzan triturando a todo aquello que los estorba o contradice —en este caso el señor Roger Garaudy, la poesía, el surrealismo, Flaubert, el escritor enrolado en el Partido Comunista, Bataille, la burguesía, entre otros numerosos individuos, géneros, clases, escuelas e ideas— es, todavía, un espectáculo que hechiza, aun cuando se tenga la sospecha o la certeza de que esa formidable pirotecnia, ese *blitzkrieg* intelectual, encubre sofismas e injusticias.

Algunos análisis, por su riqueza imaginativa y su perfección esférica, resultan poco menos que construcciones poéticas, aunque asociar a Sartre y la poesía, que nunca fueron amigos, resulte aventurado. Es el caso, por ejemplo, de su descripción —en verdad, de su invención— de la literatura medieval como quehacer de un cuerpo de especialistas, *los clérigos*, a quienes la sociedad de los barones encomendó "producir y conservar la espiritualidad". O su visión del clasicismo del XVII, como el ejercicio de una ceremonia en la que al escritor no le corresponde descubrir nuevas ideas, sino dar forma elegante a los lugares comunes de la élite, de modo que la literatura resulta el santo y seña de la aristocracia, aquello que identifica y conforta a sus miembros como representantes de "lo universal". Pero tal vez el análisis más atractivo sea el de los escritores que adoptan, con Flaubert y Baudelaire en el siglo XIX, una posición marginal, antisociable, que se prolonga hasta las primeras décadas del siglo, en el gran tumulto surrealista. Sartre desarrolla con vivacidad y malicia de buen narrador su tesis de que el proceso que va de las teorías del "arte por el arte" hasta Tzara y Breton es uno solo, un esfuerzo por hacer del arte la forma más elevada del consumo "puro" —es decir, de la gratuidad— que nace como respuesta al utilitarismo de la burguesía, la clase para la que nada es un fin en sí mismo.

La brillantez dialéctica, sin embargo, no compensa la principal característica del libro: su feroz arbitrariedad. La poesía queda, de hecho, segregada de la literatura en las primeras páginas, con el argumento de que, como para la actitud poética las palabras "son cosas y no signos", ella no es, propiamente hablando, 'comunicación' y por lo tanto no puede "comprometerse" socialmente. Pero ni siquiera toda la prosa cabe en la teoría del compromiso, pues el teatro, aunque no está explícitamente exonerado, no aparece casi nunca, y los únicos dramaturgos estudiados (muy de pasada) son los clásicos. Pero, tal vez, la mutilación más atrevida en esta definición de la literatura es la de la irracionalidad, el prescindir por completo de todos aquellos elementos espontáneos —la intuición, el azar, el sueño, lo obsesivo— que acompañan y orientan a la inteligencia en la creación literaria. Hay un supuesto informulado que subyace todas estas páginas y que basta por sí solo para socavar la teoría sartreana del compromiso: que la literatura es un producto exclusivo y excluyente de la razón, que todo en ella es *deliberado*. (No hay duda que en Sartre ha sido eso: es, justamente, el talón de Aquiles de su obra, en la que todo lo que no es ensayo ha envejecido velozmente.)

Si no fuera por los duros ataques al marxismo congelado por la ortodoxia soviética y a la regimentación castradora que imponía el Partido Comunista francés a sus escritores, el ensayo de Sartre podría tomarse por una reformulación vistosa del ingenuo realismo socialista, que, ya para esos años, un marxista lúcido, Walter Benjamin, había puesto de lado. Como aquél, el compromiso sartreano pide a la literatura una justificación *social*, contribuir políticamente a destruir el orden burgués y al advenimiento del socialismo. La diferencia es que, para Sartre, el escritor sólo puede llevar a cabo esta misión fuera del partido comunista ya que éste ha dejado de actuar revolucionariamente por su sumisión a la URSS. Para Sartre, como para el realismo socialista, la actualidad es una obligación moral y en última instancia ambos entienden la literatura como un periodismo mejor escrito. Por eso dice Sartre que el reportaje —como los de John Reed en Moscú y de Arthur Koestler en Málaga— es el género literario de nuestro tiempo.

En 1948, nada de esto era novedoso; las ideas básicas del "compromiso" venían resucitando esporádicamente desde los tiempos decimonónicos del naturalismo y el populismo. Lo original en el ensayo de Sartre es que estas tesis venían curiosamente entreveradas con ideas mucho más ricas y que, subterráneamente, las relativizaban o negaban. Así, por ejemplo, la afirmación de que "la literatura es por esencia herejía" o de que la 'mentira' es inevitablemente el camino que sigue la verdad para expresarse en la creación o de que todo realismo literario es 'ilusorio', pues supone que se puede describir con imparcialidad lo real cuando lo cierto es que la percepción es ya de por sí parcial y que nombrar un objeto significa modificarlo. Pero la contradicción más asombrosa, con la esencia de la teoría del compromiso, es la convicción (muy justa) de que la verdadera literatura vale siempre "más que sus ideas".

Con la perspectiva que da el tiempo, uno descubre que la obra creativa del propio Sartre es un rechazo sistemático del "compromiso" que él exige al escritor de su tiempo. Ni sus cuentos de tema rebuscado, perverso y sicalíptico, ni sus novelas de artificiosa construcción influida por Dos Passos, ni siquiera sus obras de teatro —parábolas filosóficas y morales, pastiches ideológicos— constituyen un ejemplo de literatura que quiere romper el círculo de lectores de la burguesía y llegar a un auditorio obrero, ni hay nada en ellos que, por sus anécdotas, técnicas o símbolos, trascienda el ejemplo de los escritores del pasado remoto o reciente y funde lo que él llama *la literatura de la praxis*.

Casi al mismo tiempo que publicaba este libro, Sartre dejó de escribir novelas, y, aunque siguió escribiendo teatro, lo hizo de manera cada vez más desganada. Es imposible no ver en esta deserción de los géneros creativos, una sutil autocrítica de las ideas de *Situations, II*. Ellas, por arbitrarias que sean en su explicación del fenómeno literario, forman parte de la literatura. Pero hacer literatura genuina *a partir de ellas* era, pura y simplemente, imposible.

Lima, diciembre 1978

327

## ESPÍAS Y PATRIOTAS

El gobierno peruano acaba de fusilar a un suboficial de aviación retirado, que había sido condenado a muerte por el Consejo Supremo de Justicia Militar como traidor a la patria, por haber cometido actos de espionaje en favor de Chile. Ésta es, pues, una buena ocasión para que un peruano que, como yo, siente repugnancia por la pena de muerte y la considera, en todos los casos y circunstancias, moralmente ruin, jurídicamente bárbara y prácticamente inservible, lo diga en voz alta.

Es, también, un motivo para hacer algunas reflexiones sobre los temas del espionaje, el nacionalismo y el patriotismo. El espionaje es un juego caro y delicado que practican todos los Estados. Que ello sea inevitable mientras existan los Estados y mientras haya entre ellos rivalidades, codicias, litigios —las dos cosas son inseparables— es, sin duda, cierto. No lo es menos que si entre las grandes potencias los riesgos de este juego se han reducido al mínimo, mediante el recíproco respeto de ciertas reglas y maneras, en el caso de los países pequeños, de regímenes acostumbrados a no respetar regla alguna y faltos de maneras, y que, por lo tanto, juegan el juego mal, se pueden producir accidentes y crear situaciones de verdadero peligro. Como sería utópico pedir a nuestros países subdesarrollados que pusieran fin a estos juegos y se consagraran a otros, más beneficiosos, lo único que cabe es urgirlos a que traten de jugarlos mejor, con el recato debido, sin permitir que desborden los límites de las agencias secretas y lleguen al gran público, pues, cuando esto ocurre, entra en ebullición el nacionalismo, campo minado donde, como escribió Borges, "sólo se toleran afirmaciones".

Las grandes potencias pueden amortiguar los riesgos que conlleva el espionaje porque en ellas el nacionalismo está más controlado y disuelto que en los países atrasados, en los que, por múltiples razones, tiene o puede alcanzar rápidamente una virulencia extrema. El nacionalismo es, tal vez, la única ideología que ha prendido en las masas de los países pobres y eso lo saben muy bien los regímenes que los gobiernan y que, sean revolucionarios, religiosos o militaristas (o mezcla de estas cosas), lo atizan y aprovechan. No es una de las menores paradojas de nuestra época que los intelectuales —que deberían conservar en este asunto la cabeza más fría que el resto de los ciudadanos— sean por lo general, en el Tercer Mundo, pertinaces acarreadores de combustible a la hoguera nacionalista. Y es curioso comprobar que el nacionalismo, antaño bandera conservadora por antonomasia, es ahora sobre todo un caballo de batalla revolucionario cuyos jinetes se proclaman, sin el menor embarazo, herederos de Marx, el padre del internacionalismo.

Lo cierto es que todo nacionalismo es más negativo que positivo, pues acarrea más perjuicios que beneficios a un país, como ha demostrado la historia hasta el cansancio (pero en vano, pues la lección no ha sido aprendida). Que en los países explotados tenga un papel creador, en un primer momento, no se puede poner en duda. Sirvió para desencadenar la lucha contra el colonialismo, ayudó a conquistar la soberanía a muchos pueblos, puede contribuir a dinamizar y rescatar la cultura y tradiciones de un país que una potencia dominante censuró y pervirtió. Es cierto, asimismo, que un país empeñado en combatir el subdesarrollo, si carece de sentido nacional, puede ser fácil presa de la voracidad de las naciones más poderosas y de las empresas trasnacionales.

Pero si el nacionalismo no es frenado y contrapesado de manera eficaz se convierte en una verdadera fuente de desastres. En primer lugar, se vuelve una coartada para los peores dislates y estropicios de un gobierno que, en nombre del sacrosanto interés nacional, puede, por ejemplo, como Vietnam a Camboya, agredir a sus vecinos y ocupar su territorio, o eternizarse en el poder, conculcar las libertades y dedicar a gastos militares recursos que hacen una falta clamorosa en los campos del trabajo, la salud y la educación. El nacionalismo puede ser un cómodo espectro que se saca del desván y se agita en las calles cada vez que se necesita distraer la atención del pueblo de los problemas sociales y políticos internos, o el pretexto ideal para dar golpes de Estado y cancelar la democracia. La exacerbación nacionalista asfixia las actividades creativas y empobrece la cultura, pues dificulta el intercambio y la libre circulación de las ideas y las obras a la vez que privilegia las manifestaciones folklóricas y provincianas del arte y del saber sobre las genuinamente universales. El nacionalismo, en última instancia, es incompatible con la crítica y sin ésta no hay libertad ni cultura auténticas.

De otro lado, es un obstáculo para el progreso de los países desfavorecidos del mundo, los que, en la gran mayoría de los casos, sólo podrán superar sus limitaciones materiales en un marco supranacional, mediante la solidaridad y ayuda recíprocas. Sólo unidos podrán defender sus intereses ante las grandes potencias y crear los mercados que permitan su despegue industrial. Quienes siembran la discordia entre los países pobres trabajan, en realidad, por perennizar esta pobreza. Ante el cadáver de ese pobre diablo fusilado, me gustaría recordar a mis compatriotas que los enemigos del Perú son el hambre, la desocupación, las desigualdades terribles, los bajos salarios, la falta de democracia y no, ciertamente, los chilenos. Y esto mismo vale, a la inversa, para Chile y todos nuestros demás vecinos.

Es un error confundir el patriotismo con el nacionalismo. Este último es una aberración: consiste en creer que haber nacido en un país es preferible a haber nacido en los otros, que el país propio es ontológicamente superior a los demás, que la nación está por encima de los individuos y de la moral. Nada de eso es cierto. La nacionalidad es un accidente en la vida de un hombre y todas las naciones se equivalen, por lo menos en el sentido de que los ciudadanos de un país no son nunca, ni todos, ni cada uno de la misma manera, responsables de las hazañas o los crímenes que se cometen en su nombre. El patriotismo es un movimiento de amor y, como tal, perfectamente lícito. Es justo y comprensible —pero no debe ser obligatorio— que uno tenga cariño o pasión por el lugar en que ha nacido, por la geografía y las gentes entre las que creció, fue feliz o desdichado y que constituyen su principal sistema de referencias. Lo importante es que este sentimiento sea espontáneo, no impuesto artificialmente, que se reconozca a todo el mundo el derecho de alentarlo o no, y que no sea objeto de tráficos políticos ni morales ni culturales. Que creer en la patria sea una cuestión tan privada como la de creer en Dios y amarla algo tan libre como amar a una mujer.

Lima, enero 1979

# EL INTELECTUAL BARATO

## I

En julio de 1974, cuando el gobierno militar tomó por asalto los diarios de Lima con el propósito de "transferirlos a las mayorías nacionales" —transferencia que consistió, naturalmente, en convertirlos, de inmediato y hasta ahora, en sus cacofónicos órganos de propaganda— se inició también un curioso fenómeno que podría denominarse la desmitificación del intelectual en el Perú.

Hasta entonces, en éste como en casi todos los países latinoamericanos —una de las excepciones es México, donde, a partir de la revolución, muchos intelectuales fueron burocratizados—, existía la creencia, mejor dicho el mito, de que la intelectualidad constituía algo así como la reserva moral de la nación. Se pensaba que este cuerpo pequeño, desvalido, que sobrevivía en condiciones heroicas en un medio donde el quehacer artístico, la investigación, el pensamiento no sólo no eran apoyados sino a menudo hostilizados por el poder, se conservaba incontaminado de la decadencia o corrupción que había ido socavando prácticamente a toda la sociedad: la administración, la justicia, las instituciones, los partidos, las fuerzas armadas, los sindicatos, las universidades. Marginado de los poderes político y económico, las dos grandes fuentes de corrupción —sobre todo en un país de desigualdades inmensas y de cuartelazos y fraudes electorales, con brevísimos y siempre frustrados intentos democráticos— el intelectual peruano, solidario de causas de izquierda, repartido en un espectro que abarcaba desde la socialdemocracia hasta todas las variantes del marxismo, aparecía, pese a su escasa audiencia y su influencia casi nula en la vida del país, como el depositario de valores que en otras esferas de la vida peruana habían desaparecido: la coherencia entre la teoría y la práctica y la visión idealista, exenta de cálculo mezquino, de la política. La modestia y dificultades de su vida —que era el precio que pagaba para ejercer su vocación— parecían la mejor garantía de su integridad.

Como todos los mitos, éste tenía unas raíces en la realidad y un tronco y ramaje imaginarios. Lo cierto era la marginación del intelectual del poder. Lo falso, que esto fuera una elección suya, una manifestación de independencia crítica y de lucidez moral. La verdad era que el intelectual no se había sentado a la mesa del poder porque, salvo raras excepciones, no había sido tolerado en ella.

La captura de los diarios de Lima desencadenó una purga masiva en redacciones y talleres: más de quinientos periodistas y trabajadores, considerados hostiles, fueron despedidos sin contemplaciones por un régimen que se llamaba "socialista". El gobierno del general Velasco llamó a los intelectuales a ocupar esos bastiones de la oligarquía y el imperialismo recién libertados y a convertirlos en trincheras de la revolución. Yo acababa de volver al Perú, por esos días, y recuerdo mi estupefacción al ver con qué prisa y falta de escrúpulos, acudían por docenas, como borregos, los juristas y filósofos, los literatos y sociólogos convocados. Había entre ellos, por supuesto, los bribones y aventureros de costumbre, plumarios que ya se habían alquilado a otros poderes para menesteres no menos turbios. Y había, también, el grupito de militantes a los que el Partido Comunista había dado la coartada perfecta para prostituirse: infiltrar esas tribunas y usarlas para la causa antes que lo hiciera el adversario. Y había, asimismo, otro grupo —el más digno de comprensión— que estaba allí por necesidad. Pero, descontados todos ellos, quedaba siempre una considerable porción de intelectuales, más o menos valiosos por la obra realizada y, algunos, merecedores de respeto por su conducta cívica hasta ese momento, que aceptaron la mentira de la "transferencia a los sectores sociales" y entraron a los diarios a cumplir una función sobre la que, desde el primer momento, no cupo ningún equívoco. Los que fueron allí engañados, creyendo de veras que iban a democratizar la prensa, tuvieron ocasión de desengañarse al instante. Porque la misión que les encomendó el gobierno fue clarísima, la misma que asigna a los medios informativos todo régimen autoritario una vez que los estatiza y pone a su servicio. O sea: publicitar todas las decisiones del poder, adular a los gobernantes, silenciar las críticas, desnaturalizar las verdades incómodas, propagar mentiras útiles y cubrir de ignominia a los adversarios. Si los diarios de la oligarquía habían sido parciales, injustos, mediocres, los revolucionarios fueron simplemente abyectos porque superaron a aquéllos en aptitud para mentir e injuriar.

¿Cuál fue la razón que llevó a tantos intelectuales peruanos a asumir el rol de "mastines" del régimen militar, como los llamó el general Velasco, que no era hombre de refinamientos verbales? El apetito material no, desde luego, pues, salvo a unos cuantos, no se puede decir que les pagaran su peso en oro. Estaban, incluso, mal remunerados y, como ha contado Guillermo Thorndike, director de *La Crónica* en ese tiempo, en un libro tan cínico como divertido —*No, mi general*—, ni siquiera se les daba un buen trato por sus servicios. Al general de la Oficina de Información encargado de vigilar su trabajo no le merecían, por lo visto, más consideraciones que los soldados encargados de las letrinas del cuartel. Y eso se vio muy claro cuando el régimen, a medida que cambiaba de línea, comenzó a despedirlos e incluso a hacerlos atacar por los reclutas intelectuales que venían a reemplazarlos.

¿Qué, entonces? Me lo he preguntado muchas veces y lo he discutido hasta el cansancio con los amigos que me quedan. ¿Qué pudo incitar a esos jóvenes, que comenzaban apenas una carrera literaria y estaban a una edad en la que se tiene la obligación de ser puros, a malbaratarse precozmente? ¿Y a esos otros, ya adultos, a poner lo mejor que tenían, fuera la buena sintaxis o un vago prestigio profesoral, al servicio de una mentira grandilocuente (como era la de la "socialización" de los diarios) y de un régimen, ya para entonces visiblemente demagógico, dictatorial y corrompido que, para colmo, los despreciaba?

Quizás la respuesta sea: el apetito de poder. Mandar, ejercer influencia sobre los demás, decidir el movimiento de los hechos, participar en ese mecanismo que ordena y desenvuelve la historia, es la más fuerte de las tentaciones para un intelectual. Ello se explica, sin duda, por la atracción de los contrarios. Por su oficio y vocación —la crítica— el intelectual se ve casi siempre alejado del poder o confinado a sus estribaciones remotas. Como es su crítico principal, en todo caso el más consciente de sus deficiencias y estropicios, quienes gobiernan prefieren mantenerlo a distancia pues lo consideran un enemigo en potencia, un colaborador incontrolable. Por eso mismo, ese objeto huidizo, que lo repele y al que sabe que sólo puede acercarse mediante alguna claudicación, ejerce sobre él una suerte de hechizo. Es muy probable que esa fascinación sea todavía más fuerte en un país como el nuestro, donde, por la pobreza cultural del medio, la vida del intelectual suele estar llena de frustraciones de todo orden. Eso los hace presas más fáciles del embauque y la ilusión. En este caso, es posible que muchos creyeran que, a través de esas oficinas de redacción que algunos de ellos "libertaron" personalmente, escoltados de policías, iban a entrar por fin a ese codiciado enclave donde un puñado de hombres decide la vida y la muerte de los demás: el *sancta sanctorum* de la historia. Era una soberana ingenuidad: el régimen ni siquiera les abrió las puertas de la casa, sólo las de esa caseta de tablas de la entrada, que es donde viven los "mastines".

La experiencia ha sido penosa pero de ningún modo inútil. Así como es bueno que haya mitos, es indispensable, para la higiene moral y cultural de un país, que se destruyan y renueven. Es bueno que se sepa que el intelectual no es mejor que los demás. Tampoco peor: sólo un ciudadano entre los otros, al que, como a éstos, no se debe más crédito ni respeto que el que sus actos consigan, diariamente, ganar.

Lima, enero 1979

335

## II

Aunque es raro que esté inscrito en un partido revolucionario y cumpla con las tareas sacrificadas de la militancia, se autodefine como marxista y en toda circunstancia proclama su convicción de que el imperialismo norteamericano —el Pentágono, los monopolios, la ofensiva cultural de Washington— es la fuente de nuestro subdesarrollo. Tiene buen olfato para detectar a los agentes de la CIA, cuyos tentáculos ve, incluso, en los campamentos de los *boy-scouts*, las giras de la Orquesta Sinfónica de Boston o los dibujos animados de Walt Disney y en todo aquel que ponga en duda la economía estatizada y el régimen de partido único como panacea social. Al mismo tiempo que sulfura el aire de su país con estos ucases, es un candidato permanente a las becas de las fundaciones Guggenheim y Rockefeller (que casi siempre obtiene) y cuando, por culpa de las dictaduras nativas, se exilia o lo exilian, sería inútil buscarlo en los países que admira y publicita como modelos para el suyo —Cuba, China o la URSS— pues donde, infaliblemente, va a continuar su lucha revolucionaria es a las universidades de Nueva York, Chicago, California y Texas, donde está de *Visiting Professor*, en espera de un nombramiento fijo. ¿Quién es él? El intelectual progresista.

En países en los que el pensamiento y el arte son menospreciados y, por lo mismo, la vida de quienes se dedican a ellos, difícil, sería mezquino fulminar a los intelectuales por contradicciones que son inevitables, dadas las coordenadas dentro de las que tienen que ganarse el sustento. Se comprende que, por razones de supervivencia, acepten trabajos que les repugnan y que muchas veces les sea materialmente imposible la coherencia entre la teoría y la práctica. Pero lo cierto es que estas incongruencias entre lo que los intelectuales escriben y dicen y lo que hacen han dejado de ser casos excepcionales para convertirse en un verdadero *sistema*. Sus consecuencias son penosas para la persona del intelectual, hombre que vive dividido y en falso, en estado de continua disimulación y embauque hacia los demás y hacia sí mismo, y gravísimas para la cultura de un país, que puede verse asfixiada y pervertida por ello. Si la norma de vida de los intelectuales es la deshonestidad moral, es casi fatídico que el resultado sea un pensamiento confuso e inauténtico, un arte sin osadía ni originalidad, una ciencia pobre.

Todas las ideas, aun las más absurdas, deben tener cabida para que la vida cultural se desenvuelva sanamente. Lo importante es que haya una convicción que las genere y respalde para que el debate cultural sea auténtico y las ideas prevalezcan o perezcan, y ello tenga un sentido. Si alguien cree que el pato Donald y la fiesta taurina atentan contra la cultura del Perú (como creía el gobierno del general Velasco), es un mal síntoma, pero incluso esos desatinos pueden ser respetables si son honestamente defendidos. Más perjudicial que proponer ideas disparatadas es utilizar las ideas como una simple cortina de humo para encubrir ciertas actitudes que se estima equivocadas, como contrapeso de supuestos errores. La producción intelectual convertida en coartada y maniobra de distracción sólo puede desembocar en la esterilidad del pensamiento, en una cultura de tópicos.

Me parece ilustrativo el caso de las ciencias sociales. En América Latina, es una de las ramas más activas del quehacer intelectual a juzgar por el número de cultores y de publicaciones. A la vez, es una de las menos creativas, la que repite de manera más conformista y adocenada —y, por lo general, con una prosa que hace chirriar los dientes, en la que proliferan expresiones como "a nivel de", "dimensionar", "societal", "devenir en", etc.— los clisés marxistas más primarios y generales sobre el funcionamiento social. En un porcentaje muy considerable, esta logomaquia seudocientífica y seudorrevolucionaria está financiada por fundaciones de Estados Unidos, de Alemania Federal y de otros países occidentales y nunca, que yo sepa, por algún país socialista. Es gracias al dinero del Estado norteamericano, o de las empresas privadas de ese país o alemanas o inglesas o suecas, que los "científicos sociales" viajan por el mundo, asistiendo a congresos o revisando bibliotecas, y publican sus ensayos de virulentos lugares comunes revolucionarios. Alguna vez que pregunté a uno de ellos si esta situación *sui generis* no lo incomodaba, obtuve esta explicación: "¿Si el imperialismo es tan estúpido para ofrecer su dinero al enemigo, no es nuestra obligación, de revolucionarios realistas, aceptar esa ayuda para hacer avanzar con ella la causa de la revolución?"

Después de mucho pensarlo, he llegado a la conclusión de que, en la mayoría de los casos, tampoco esta moral del fin que justifica los medios (y que se presta a tantos chanchullos) es sinceramente practicada. Quiero decir que esos ensayos están llenos de lugares comunes revolucionarios no *a pesar* de estar financiados por el "imperialismo" sino, probablemente, *porque* han sido elaborados gracias a esa ayuda: como contrapeso de ella. Con lo cual resulta que sus autores no sólo le hacen trampas al imperialismo sino, sobre todo, a sus lectores y a ellos mismos. El fenómeno es interesante porque se advierte en él una curiosa combinación de mala conciencia y de mala fe nacidas de un movimiento de pura imaginación. Se han habituado tanto, por fanatismo u oportunismo, a ver por doquier conspiraciones y conspiradores en el campo de la cultura y han dicho tanto que Estados Unidos es una unidad monolítica entregada a una labor de depredación contra América Latina, que ¿cómo no se sentirían culpables y apestados con esas becas, bolsas de viaje, contratos, invitaciones que les permiten vivir, escribir, publicar? La mejor manera de borrar las huellas del (presunto) crimen es, entonces, adoptando y proponiendo en sus trabajos la línea revolucionaria más recalcitrante, la menos controvertida: el clisé.

Mecanismos parecidos a los que han conseguido hacer de las ciencias sociales un quehacer en buena parte insustancial y tramposo han llevado a muchas universidades nacionales —las de veras populares— a convertirse en centros acérrimamente enemistados con la cultura. ¿Qué otra cosa pueden ser llamadas facultades ˋdonde quien se atreva a hablar de, por ejemplo, libertad de prensa o de la democracia representativa como una forma civilizada de vida para las naciones, corre el riesgo de ser considerado un agente de la CIA? La responsabilidad casi exclusiva de esa delicuescencia es de los profesores. Son ellos, los 'intelectuales progresistas', quienes por demagogia y cobardía crearon las condiciones 'objetivas' para que se llegara a ese estado de cosas. La ideología revolucionaria, convertida en un arma para excretar al adversario y birlarle los puestos, para satanizar a los que hacían sombra y promover a los compinches, para azuzar y manipular políticamente a los estudiantes, para impedir la crítica y la controversia intelectuales, termina por convertirse en un arma tan nociva que destruye a sus propios autores. Si el fanatismo, la estrechez dogmática acaban por arraigar en las aulas, ya no hay cabida en ellas para ninguna forma de pensamiento creativo, no-convencional. En ese ambiente, quienes tienen ideas propias deben disimularlas y limitarse a recitar el catecismo marxista, en sus formas más rudimentarias (pero, eso sí, ruidosas). El resultado ha sido el despegue de la universidad hacia la irrealidad. Dentro de sus muros, en sus patios y anfiteatros, se ha hecho ya la revolución una y mil veces, con todas las purgas necesarias, y se vive en un clima de extremismo retórico casi inconcebible. Al otro lado, incomunicado con ella, está el país, languideciendo en la incultura, presa de la dictadura, con sus universidades privadas, donde se educan los futuros dirigentes, y sus academias militares donde estudian los futuros dictadores. Mientras, la universidad laica y popular agoniza intelectualmente jugando a la revolución.

Las cosas que sus profesores escriben —cuando lo hacen— han terminado, fatalmente, por parecerse a las que dicen en sus clases: también en ese caso, la reproducción cacofónica de tópicos ideológicos, de retórica insulsa, es interesada, deliberada, destinada a fraguar una imagen. Decir que viven en la mentira es cierto pero insuficiente. Viven, sobre todo, en la irrealidad, multiplicando gestos que progresivamente los van alejando de lo que realmente ocurre a su alrededor, amurallando en una cárcel de palabras. El caso más semejante al suyo es el de los intelectuales medievales, ya que el marxismo ha pasado a ser la escolástica de nuestro tiempo. Concebido por un pensador genial, se convirtió luego en dogmática y acabó por ser un obstáculo casi insalvable para pensar con libertad.

Hace unos meses vi en Washington la lista de invitados peruanos a un seminario sobre la realidad económica del Perú. Me pareció bien que los tres invitados fueran marxistas (uno de ellos trotskista) y, como me pidieron mi opinión sobre otro nombre, sugerí el de un economista liberal. "De ninguna manera —me respondieron—. Es demasiado pro-norteamericano y dañaría la imagen de nuestro centro." Desde entonces pienso que el "imperialismo" no es tan estúpido como creen los científicos sociales que viven de él. Desde entonces he comenzado a pensar que a lo mejor hay algo de cierto en esas incendiarias acusaciones de los intelectuales progresistas contra las universidades y fundaciones de los Estados Unidos que, manipuladas por la CIA, se las arreglan muy sabiamente para corromper a nuestros pensadores y mantenernos en el subdesarrollo cultural.

Lima, enero 1979

## III

Alguna vez le oí decir a James Baldwin: "Cada vez que asisto a un congreso de escritores blancos, tengo un método para saber si mis compañeros son racistas. Consiste en proferir estupideces y sostener tesis absurdas. Si me escuchan en actitud respetuosa y, al terminar, me abruman con aplausos, no hay la menor duda: son unos racistas de porquería". En efecto, admitir con benevolencia en boca de un negro lo que en un blanco merecería a la misma persona una carcajada o una réplica iracunda, sólo puede resultar de un sentimiento de superioridad. ¿Acaso alguien se toma el trabajo de responder a las provocaciones de un débil mental?

Me acordaba de esta anécdota cada vez que mi compatriota pedía la palabra. Lo hacía varias veces en cada sesión y el director de debates se apresuraba a concedérsela. Estábamos en una dependencia del Museo de Arte Moderno de Louisiana, en Dinamarca, en un Encuentro de escritores daneses y latinoamericanos, y los organizadores habían tenido la astucia de colocar las sillas de modo que dábamos la espalda a la playa, así que los participantes estábamos condenados, en lugar de espiar a las bellas nudistas violáceas que se zambullían en el mar de Humlebaek, a mirarnos las caras y a escuchar a los oradores. Mi compatriota hablaba en una jerga mechada de barbarismos limeños, que hacía sudar la gota gorda a las dos traductoras. Sus primeras intervenciones me habían merecido franca admiración. Accionando y elevando la voz, como si hablara en un mitin callejero, explicó que sus novelas no aparecían en editoriales burguesas. Las publicaban los sindicatos, quienes se encargaban también de su distribución. Y que él se había negado siempre a cobrar derechos de autor porque prefería donar ese dinero a las organizaciones populares, ya que no escribía para satisfacer vanidades individualistas o la pura codicia sino para elevar la conciencia revolucionaria de las masas peruanas.

Cuando un joven de anteojos se interesó por el número de ejemplares que habían circulado de sus obras, mi compatriota citó al instante cifras de tantos millares de ejemplares que eran para poner en estado de levitación a los novelistas presentes. Un editor de Copenhague quiso saber de inmediato si las reservas morales a que sus libros se publicaran en editoriales capitalistas concernían sólo al Perú, o si tenía también escrúpulos a que los contratara por ejemplo un editor danés. La pregunta estimuló a mi compatriota. Nos hizo saber que no era un dogmático, en absoluto, porque, como dijo Mariátegui, el marxismo debía ser creación heroica y no copia ni calco, de modo que él tomaba las decisiones de acuerdo a las condiciones objetivas de cada circunstancia, pues lo contrario sería caer en el subjetivismo cuyos peligros ya habían señalado pensadores científicos como Marx, Engels y Lenin, etcétera.

Los daneses lo escuchaban con suma atención y juro que algunos de ellos tomaban notas. ¿Los fascinaba la imagen que iban erigiendo las arengas de mi compatriota de ese Perú efervescente donde los escritores, en vez de ser los payasos rentados de la burguesía, vivían transustanciados con la clase obrera, que imprimía, multiplicaba y agotaba sus libros? A mí me traía a la memoria otro Perú, igualmente multicolor, que había escuchado dibujar a André Malraux, en París, en un discurso ministerial, en el que habló magníficamente "de esas princesas incas que morían en las nieves de los Andes, con sus papagayos·bajo el brazo".

Pero esos episodios divertidos de ciencia ficción y mitomanía eran sólo instantes en las peroratas que, con cualquier pretexto, nos infligía mi compatriota, sin que nadie lo callara o rebatiera. Uno de los encantos que suelen tener los jóvenes escritores peruanos es un poderoso complejo de inferioridad que, en los congresos, los mantiene tan callados que parecen un modelo de discreción. Pero el novelista proletario tenía una salud psíquica envidiable y habló sin parar, de principio a fin del Encuentro. A menudo denunciaba a enemigos que ni siquiera yo lograba identificar: grupos o personas de la universidad con quienes, sin duda, acababa de pelearse. Para los daneses que, estoy seguro, hubieran tenido grandes dificultades si les pedían señalar a Lima en el mapamundi, todo eso debía sonar a chino. Pero todavía más enervantes eran los latiguillos y tópicos ideológicos con que remataba las oraciones, alzando los brazos para pedir el aplauso. Además de grotesco, había algo trágico en sus intervenciones. Porque ellas lograban convertir en irrealidad las realidades más verídicas. Exageraba, deformaba, mentía o interpretaba tan parcialmente los problemas latinoamericanos, que los crímenes de Pinochet, la represión en Argentina, los robos y genocidios de Somoza o los abusos del gobierno peruano se convertían, por obra suya, como esas muchedumbres sindicales devoradoras de sus novelas, en fabulación y demagogia barata.

Y sin embargo los escritores daneses estaban ahí, escuchando, anotando, aplaudiendo. Lo habían traído desde el otro lado del mundo, prefiriéndolo a muchos otros escritores que hubieran podido dar un testimonio más lúcido y más honesto de América Latina, porque, como me precisó uno de los organizadores, "era importante que participara en el encuentro un escritor proletario". Desconocimiento, ingenuidad, me parecieron la única explicación posible, cuando aquello ocurrió. Sabían tan poco de nosotros que cualquier vivo les podía meter el dedo a la boca y, disfrazándose del hombre-pluma de los explotados, ganarse un viaje a Europa. Estaban tan llenos de buenas intenciones, tan deseosos de ayudar a ese continente de víctimas, que lo demostraban aunque fuera soportando impávidos esas peroratas embusteras y firmando todos los telegramas que mi compatriota hacía circular al término de cada sesión.

Pero, reflexionando, me siento menos condescendiente con esos escritores daneses. Ahora pienso que esos discursos no los tomaron tan de sorpresa, sino que los esperaban y hasta exigían. El novelista del proletariado peruano no estaba allí por accidente ni viveza suya. Había sido invitado con una intuición certera de que diría exactamente lo que habíamos oído. Porque era eso lo que ellos querían oír de los latinoamericanos del Encuentro.

La razón principal es, sin duda, ese fenómeno de *transferencia* tan frecuente en los intelectuales europeos que dicen interesarse en América Latina. En realidad, se interesan en una América Latina ficticia, en la que han proyectado esos apetitos ideológicos que la realidad de sus propios países no puede materializar, esas convicciones que la vida que viven desmiente diariamente. La compensación de su frustración es ese otro mundo, al que se vuelven a mirar a fin de que les muestre siempre lo que quieren ver, como el espejito mágico de la reina malvada de Blanca Nieves. Y lo que quieren ver, en América Latina, no es la complejidad y diversidad de nuestro continente, donde no sólo hay sufrimiento, explotación y opresión sino muchas otras cosas, y donde, por lo demás, aquellas miserias no pueden entenderse desde perspectivas simplistas ni remediarse con demagogia retórica, sino esa imagen grandilocuente y pueril, maniquea y romántica (en el peor sentido) que mi compatriota les confirmaba, sin sospechar, el muy ingenuo, mientras se enardecía, que estaba representando un papel preparado para él por los intelectuales de un país de alta cultura. Su función —que cumplió a maravilla— consistía en resarcirlos vicariamente de la desgracia que es para ellos —los pobres— vivir y escribir en un país culto y democrático donde los sindicalistas prefieren ver la televisión, en sus casas propias, en vez de editar las novelas de los escritores revolucionarios que les elevarían la conciencia.

En un relato de una escritora que admiro —y que está enterrada a un paso del museo de Louisiana—, Isak Dinesen, se dice, si mal no recuerdo, que las aristócratas danesas del siglo XVIII solían llevar monos importados del África a sus fiestas, para saciar su sed de exotismo y porque, comparándose con esos peludos saltarines, se sentían más bellas. Cuando recuerdo lo ocurrido en ese Encuentro, a orillas del mar de Humlebaek me digo que dos siglos después, los descendientes de aquellas damas practican todavía esa refinada costumbre.

Lima, mayo 1979

# DECLARACIÓN SOBRE LA GUERRA
## DEL PACÍFICO *

Hace cien años tuvo lugar entre nuestros países una guerra que causó terribles daños materiales y morales a nuestros pueblos y los empobreció y ensangrentó por razones que muchas veces desconocían o apenas podían entender las humildes poblaciones que fueron víctimas de las batallas y de las violencias y horrores que entraña toda contienda bélica.

Nosotros, intelectuales, artistas y científicos peruanos y chilenos queremos conmemorar este centenario proclamando, ante nuestros respectivos países y ante el mundo, nuestra voluntad de obrar decididamente para que Chile, Perú y todos los pueblos de América vivan siempre en paz y amistad y nunca vuelva a surgir entre nosotros una guerra, en la que no habría vencedores ni vencidos, sino, de ambos lados, una auténtica hecatombe y un mismo retraso en la guerra verdaderamente importante que deben ganar nuestros pueblos contra el enemigo común: el subdesarrollo. Es decir, contra el hambre, la ignorancia, la desocupación, la falta de democracia y de libertad. Esta guerra sólo podemos ganarla unidos, luchando solidariamente contra quienes pretenden enemistarnos y obstaculizar nuestro progreso. Los países desarrollados del mundo han olvidado guerras y conflictos mucho más recientes, derrotas humillantes y sangrientas victorias, y han demostrado que pueden fundar una solidaridad concreta, reconstruirse después de una contienda ruinosa y avanzar en común.

No queremos que se reabran viejas heridas o se aticen enconos que conducen a emplear en armamentos recursos que necesitan con urgencia la educación, la

---

* Redactamos esta declaración Jorge Edwards y yo. La firmamos doce peruanos y doce chilenos y se publicó simultáneamente en Lima y Santiago.

salud, la economía y el trabajo y a poner dificultades al retorno a la vida constitucional y democrática que anhelan peruanos y chilenos, por igual, para nuestros países y para toda América Latina.

Hacemos una invocación para que el centenario de este episodio doloroso sirva para robustecer nuestra voluntad de ver desterrados para siempre el odio y la violencia de América Latina. El conocimiento del pasado debe servirnos para impedir que se repita.

MARIO VARGAS LLOSA (escritor), MARIO ALZAMORA VALDEZ (jurista), FERNANDO DE SZYSZLO (pintor), CARLOS MONGE CASINELLI (médico), FELIPE ORTIZ DE ZEVALLOS (economista), HAROLD GRIFFITHS ESCARDÓ (sacerdote), JOSÉ MIGUEL OVIEDO (profesor y crítico), BLANCA VARELA (poetisa), CARLOS RODRÍGUEZ SAAVEDRA (crítico de arte), FRANCISCO MIRÓ QUESADA (filósofo), JOSÉ A. ENCINAS DEL PANDO (consultor en economía internacional), FREDERICK COOPER LLOSA (arquitecto).

Lima, junio 1979

JORGE EDWARDS (escritor), NICANOR PARRA (poeta, matemático), LUIS SÁNCHEZ LATORRE (escritor, presidente Sociedad Escritores de Chile), ROQUE ESTEBAN SCARPA (escritor), BELTRÁN VILLEGAS M. (sacerdote), EDGARDO BOENINGER K. (economista, ex rector Universidad de Chile), JUAN GÓMEZ MILLAS (filósofo, ex rector Universidad de Chile), JAIME CASTILLO V. (filósofo y abogado), JORGE MILLAS (filósofo, decano Universidad Austral), JOAQUÍN LUCO (médico, premio nacional de ciencias), IGOR SAAVEDRA (físico).

Santiago de Chile, junio 1979

# EL CULTO DE LOS HÉROES

Una declaración de doce peruanos y doce chilenos, con motivo del centenario de la guerra del Pacífico, a favor de la paz y la amistad entre nuestros dos pueblos y entre todos los países latinoamericanos, ha provocado airadas críticas, de periodistas, de políticos y de varias sociedades patrióticas.

El reproche principal que se nos hace a los firmantes peruanos es haber "homologado" en ese texto los sufrimientos de ambos países, olvidando que la guerra se libró en territorio peruano y no en chileno y que fue el Perú quien se vio desmembrado de parte de su territorio a consecuencia del conflicto. Pero esta lectura es errónea porque la declaración no pretende deslindar responsabilidades históricas ni hacer un balance comparativo de los perjuicios que la guerra causó, sino proponer un enfoque contemporáneo, ajeno por igual del rencor y de la arrogancia, del espíritu triunfalista o de desquite, de aquella tragedia latinoamericana. Es obvio que para Perú y Bolivia los resultados fueron mucho más trágicos que para quien declaró y ganó la guerra. Pero si la reflexión sobre 1879 se detiene allí, ese pasado será un obstáculo insalvable para construir nuestro futuro. Es preciso comprender que toda guerra —al margen de los trastornos limítrofes que origina— es siempre una catástrofe para los pueblos que la viven, esas humildes poblaciones que sirven de carne de cañón en las batallas, esos seres que se ven arrancados de sus familias y de sus trabajos y convertidos en agentes o víctimas de la brutalidad que desencadena toda contienda, y ello por razones que casi siempre la mayoría de la población ignora y en defensa de intereses que nunca son los suyos. En este sentido, todos los pueblos resultan siempre víctimas de la guerra: tanto los del Estado vencedor como los del vencido.

Por eso, para evitar la guerra, fuente de indecibles

padecimientos, es preciso combatir todo aquello que fomente la enemistad y el odio entre las naciones. Esto, en nuestra época, además de imperativo moral, es una necesidad práctica de supervivencia. El avance de la tecnología bélica permite hoy a las armas segar en segundos miles de vidas, arrasar ciudades en minutos y retroceder a la prehistoria en horas sociedades que ha costado siglos civilizar. Pero, además de devastadoras, las guerras —y toda política que las presuponga o aliente— son terriblemente costosas. Que países como Perú y Chile —y cualquier otro latinoamericano—, que padecen gravísimas crisis económicas e inmensos problemas sociales se endeuden y dediquen la quinta o sexta parte de su renta nacional a comprar tanques, aviones y cañones es una insensatez vertiginosa. Y todos quienes quieren retrotraer el pasado al presente contribuyen, quiéranlo o no, a que se gasten en máquinas de matar (que por lo general se vuelven obsoletas antes de ser sufragadas) esos recursos que patéticamente reclaman nuestros países donde faltan escuelas, hospitales, irrigaciones, viviendas, caminos y centros de trabajo para sus muchedumbres de desocupados. Quizá valga la pena recordar que la Biblioteca Nacional del Perú cuenta al año con una asignación para comprar libros de medio millón de soles, lo que debe ser el precio de una sola metralleta moderna, y que un avión de guerra último modelo vale más de lo que ganan en un año todos los maestros peruanos.

El patriotismo debería consistir, ante todo, en saber discernir cuáles son los verdaderos intereses del país. Los del pueblo peruano, para mí, consisten en vivir en paz y amistad con sus vecinos y en trabajar activamente por la reconciliación y la fraternidad de toda América Latina, de modo que nuestros recursos y energías se puedan empeñar primordialmente en la lucha contra el subdesarrollo. No hay argumento capaz de convencerme de que el desquite por una derrota militar de hace cien años pueda constituir la primera (o segunda o décima) prioridad para los niños a los que veo disputarles en las calles de Lima las basuras a los perros, o para los millones de hambrientos que pueblan los barrios marginales y para mis compatriotas que no saben leer ni escribir ni tienen donde trabajar ni donde curarse, o para esa clase media abrumada cada día más por la inflación galopante. La gran mayoría de peruanos tienen otra guerra que ganar y la demagogia no debe distraerlos de ella. Para ganar esa impostergable, crudelísima guerra que se libra por las calles, ciudades y campos —contra la miseria, la ignorancia, la falta de democracia— necesitamos no sólo la paz y la amistad sino la colaboración de nuestros vecinos. No es coherente, por decir lo menos, que al mismo tiempo que oficialmente hemos reconocido la necesidad de organismos de integración regional, haya publicaciones (como algunos de los diarios estatizados por el régimen) que con motivo del aniversario de la guerra del Pacífico aticen rencores, reabran heridas y fomenten enconos, porque el único resultado de ello será dificultar hasta hacerla imposible la integración latinoamericana.

El futuro no nos deja escapatoria: o nos unimos y trabajamos juntos o quedaremos confinados en la dependencia, la incultura y la pobreza. Pero la unión, y aun la simple colaboración, no serán reales —pese a las retóricas de los gobiernos y a la formación de organismos burocráticos— si no hay una conciencia y una voluntad de los pueblos interesados a favor de esa política y una práctica efectiva de la amistad. Para ello, hay que mirar el pasado, no con los ojos del siglo XIX, sino con los del siglo XX. Un siglo en que hemos visto a países como los europeos que pasaron su historia combatiéndose, reconciliarse y unirse y en el que vemos abrazarse y dialogar a dos naciones que parecían irreconciliables como Egipto e Israel. No concibo que sea imposible, para nosotros, después de un siglo lo que ha sido posible para aquellos países después de sólo veinte o seis años.

Alguno de nuestros críticos nos ha acusado de traicionar "el culto de los héroes". Auspiciar la paz y la amistad con los demás no significa desconocer el valor ni el idealismo de aquellas figuras que, como es el caso de un Miguel Grau entre nosotros, demostraron hasta el sacrificio el amor por su país. Significa precisamente lo contrario: homenajearlas con obras, no sólo con palabras. El culto a los grandes hombres se prueba tratando de servir a su país con un coraje y un idealismo parecido al que ellos mostraron en su hora. En la nuestra, hoy, en América Latina, el heroísmo que hace falta no está en luchar por resucitar antiguos límites sino, más bien, para que, progresiva y definitivamente, esas estúpidas fronteras que trazaron las codicias y torpezas de los imperios coloniales y que movieron y removieron los gobiernos republicanos a costa de tanta sangre, vayan debilitándose, volviéndose cada vez más invisibles e inútiles, hasta que se reúnan en uno solo los pueblos que ellas separan.

Es un ideal todavía lejano de alcanzar, por supuesto. El nacionalismo de brida corta y orejeras campea aún y es atizado periódicamente por regímenes —sobre todo los dictatoriales— que encuentran en esa ideología primaria y vistosa un buen pretexto para invertir los dineros del país en armamentos y para recortar la libertad. Nada más cómodo que el espantajo del "peligro exterior" para desviar la atención de la gente de los problemas que vive. Uno de nuestros críticos —el doctor Cornejo Chávez— nos fulmina por haber olvidado "los actos de ensañamiento, brutalidad y barbarie que padeció el pueblo peruano durante la guerra del Pacífico". No los hemos olvidado, ni pedido que nadie los olvide, sino que se recuerde que todas las guerras son bárbaras, las de ahora todavía peores que las del pasado, y que no son los pueblos los que bestializan a las guerras sino éstas las que vuelven bestiales a los pueblos. Pero hemos pedido, sobre todo, que el pasado no sirva para ocultar el presente, que no sea usado, por ejemplo, para que los peruanos olviden que sólo ayer fueron víctimas de la desaparición de la legalidad, de la esclavización de la justicia, del exterminio de la libertad de prensa y otras barbaries parecidas (con la complicidad 'patriótica' del doctor Cornejo Chávez, justamente).

Pero también nos han criticado políticos de un historial respetable. Están representados entre ellos todas las tendencias, de la extrema derecha a la extrema izquierda. ¿Son de veras, todos ellos, marxistas y conservadores, liberales y apristas, trotskistas y democristianos, unos nacionalistas a ultranza? Si así lo fuera, sentiría alarma por el futuro de mi país. Pero sospecho que no es así y que varios de ellos se han unido al coro de las críticas para no aparecer apoyando una iniciativa que (según el testimonio de la prensa parametrada, al menos) no contaba con el respaldo popular. A esos políticos quiero decirles que la obligación del verdadero dirigente cívico no consiste en rehuir a cualquier precio la impopularidad, sino en lograr, mediante el talento y el poder de persuasión, que las causas justas se vuelvan populares.

Lima, julio 1979

# LA CAÍDA DE SOMOZA

Esta vez, la caída de Anastasio Somoza parece inevitable e inminente. Es probable que haya ocurrido cuando se publique este artículo. Es un hecho que sólo puede producir alegría y alivio en todo el mundo, pues la satrapía que encarnaba ha sido una de las más abyectas de una historia en la que, como es sabido, ellas abundan.

La dictadura de Somoza representaba ya un anacronismo en nuestros días, que son los de las dictaduras institucionales e ideológicas, sombría manifestación de modernidad firmemente arraigada en América Latina, como se advierte con una ojeada, por ejemplo, al Cono Sur. Los regímenes de un Pinochet y un Videla, de los militares uruguayos o el que presidió Banzer en Bolivia, son de naturaleza distinta a los de aquellos "caudillos bárbaros" que describieron Alcides Arguedas y Francisco García Calderón y que dieron a nuestros países, en el resto del mundo, esa lastimosa imagen de republiquetas gobernadas por pistoleros. Las dictaduras institucionales e ideológicas no son, por cierto, menos sanguinarias ni menos propensas a la corrupción (inseparable de todo sistema inmunizado contra la crítica) que las folklóricas. La diferencia es que ellas cometen sus crímenes en nombre de una filosofía, de un proyecto social y económico que pretenden materializar aunque sea a sangre y fuego.

El régimen de los Somoza ha sido algo más rudimentario, menos descarnado y abstracto, que la dictadura tecnológica de nuestro tiempo: su antecedente troglodita. Pertenece a esa variedad de la que fueron prototipos un Trujillo, un Papa Doc, un Pérez Jiménez, y de la que sobreviven un Stroessner y un Baby Doc. Es decir, la dictadura individual, del bribón con entorchados, sin pretensiones ni coartadas históricas, cuyos móviles son simples y claros: atornillarse en el poder a como dé lugar y saquear el país hasta dejarlo anémico. El *New York Times* calcula que la fortuna de la familia Somoza en tierras, empresas agrarias, marítimas y comerciales y predios urbanos, en Nicaragua, asciende a unos 500 millones de dólares. No está nada mal, como operación, si se considera que el país es uno de los más pobres del planeta, que sin duda la familia tiene una suma parecida, a buen recaudo, en el extranjero, y que el primero de la dinastía en usufructuar el poder —Tacho Somoza, padre del actual— era hace medio siglo un pobre diablo que malvivía con el pintoresco empleo de revisor de letrinas en Managua, con lo que se ganó el pomposo apodo de "mariscal de excusados".

La historia de la dinastía se ciñe a un modelo que ha resultado clásico. Como Trujillo en la República Dominicana, Tacho Somoza inició su carrera política a la sombra de una intervención militar norteamericana, sirviendo primero como traductor a los *marines*, y luego como oficial y jefe de la Guardia Nacional creada por los ocupantes para implementar la política que impusieron a Nicaragua. Somoza-papá fue diligente ejecutor de esta política y su primera proeza de marca consistió en el alevoso asesinato de Sandino, cuando éste había aceptado desarmar a las fuerzas con las que se enfrentó, a lo largo de seis años, a las tropas de ocupación. Poco después, en 1936, depuso al presidente Juan Bautista Sacasa y se hizo elegir en su lugar, en unas elecciones grotescamente amañadas. Desde entonces, hasta 1956, en que fue asesinado de cuatro balazos en un baile, Tacho Somoza fue señor omnímodo de vidas y haciendas y empleó esos veinte años, sin desvelo, en tiranizar a las primeras y apoderarse de las segundas. Sus herederos —Luis, por espacio de once años, y Anastasio, desde 1967 hasta ahora— fueron dignos émulos de sus fechorías y, además de ejercer el poder, siguieron incrementando el botín de la familia.

La responsabilidad de Estados Unidos en el martirio que ha significado para el pueblo nicaragüense el casi medio siglo de somozato, no debe ser disimulado por quienes, como el que esto escribe, quieren para los países latinoamericanos regímenes democráticos, basados en elecciones, en los que se respeten la libertad de prensa y los partidos. La política de Washington, en lo que se refiere a Nicaragua, fue excepcionalmente mezquina y obtusa. Satisfechos con este aliado, que los secundaba sin chistar en los organismos internacionales, siete presidentes norteamericanos —tres republicanos y cuatro demócratas— mantuvieron buena amistad con los Somoza, a los que, a cambio de obsecuencia, prestaron ayuda financiera, armaron, condecoraron y hasta educaron en West Point (de donde son graduados el actual Anastasio y uno de sus hijos). En esos mismos años, en cambio, rompiendo el principio de no-intervención —que se respetaba para favorecer a los Somoza—, Washington intervenía en Guatemala, en 1954, para deponer al gobierno de Arbenz, y en la República Dominicana, en 1965, para sofocar un levantamiento popular contra la dictadura castrense que derrocó a Juan Bosch.

Esta política era mezquina porque anteponía a los intereses de un pueblo martirizado por un régimen de malhechores y a normas elementales de justicia y ética, las ventajas de contar con un voto en la ONU para todo servicio y la seguridad de que en ese país los intereses de unas cuantas compañías norteamericanas no se verían afectados. Y era obtusa porque quien se acuesta con bribones, tarde o temprano se despierta embarrado. Y eso es lo que le ha ocurrido a Washington en Nicaragua.

Los verdaderos intereses del pueblo norteamericano no consisten en tener secuaces de la estirpe de los Somoza, tiranuelos detestados por sus pueblos, que, como es lógico, extenderán este odio a todo aquello que se vincule a sus verdugos, sino en fomentar el establecimiento de regímenes que pongan en práctica los principios de libertad, tolerancia, equidad y representatividad que consagra la Constitución de Estados Unidos. Gobiernos de esta índole, que de veras encarnan a sus pueblos, son la única alternativa eficaz a la proliferación de las tesis marxistas, para las cuales las tiranías resultan un espléndido caldo de cultivo. Pero esos gobiernos deben ser tratados de igual a igual, respetados en sus decisiones, escuchados, y Washington ha preferido casi siempre, en vez del aliado soberano y democrático, el gorila servil.

Hace tiempo que el régimen de Somoza hubiera caído, como lo deseaba la inmensa mayoría de los nicaragüenses, sin los estragos de esta guerra civil, si Estados Unidos hubiera, simplemente, retirado el apoyo financiero, diplomático y militar que le servía de base de sustentación. Desde hace muchos años, los mejores hombres de este país una y otra vez intentaron sustituir a la tiranía por un régimen civilizado y ellos jamás tuvieron el apoyo que Washington prestaba a quien —Tacho, Luis o Anastasio— los encarcelaba, exiliaba o —como ocurrió con el periodista Pedro Joaquín Chamorro— asesinaba. Pues bien, lo que pudo hacerse con la ayuda de Estados Unidos lo ha hecho el pueblo nicaragüense solo (y, claro está, con ayuda de otros países) y no es extraño que muchos de los combatientes que derrotaron a la tiranía piensen que han derrotado también a quien la amparaba y a quien ella servía. Las consecuencias políticas de ello pueden colegirse sin dificultad.

¿Qué ocurrirá en Nicaragua con la caída del dictador? El Frente Sandinista de Liberación Nacional es una alianza disímil, de tendencias que van desde liberales y socialistas democráticos hasta distintas variantes del marxismo, y es obvio que, una vez vencida la dictadura, objetivo que hizo posible la unión, entren en pugna y tal vez conflicto abierto las distintas opciones. Al final, éstas, una vez más, quedarán reducidas a la inevitable alternativa de todo pueblo que se libra de sus gorilas: socialismo autoritario o democracia representativa. Lo menos que se puede decir es que, con su política, EE UU ha hecho extremadamente difícil la tarea de los nicaragüenses que defiendan la segunda opción. Y que ha facilitado el trabajo de quienes sostendrán que la única defensa real contra el imperialismo y la vía más rápida para reconstruir el país arrasado por la tiranía es el modelo soviético, chino o cubano.

Lo importante, en todo caso, es que sea el pueblo nicaragüense en toda libertad el que decida lo que hará de su país, la manera como curará sus heridas y emprenderá la titánica tarea de derrotar a las bestias que aún colean: el hambre, la ignorancia, el desempleo, las desigualdades. Su decisión, cualquiera que ella sea, tiene que ser respetada por todos, empezando por Washington.

Pues aún más nefasta que la equivocación de haber apoyado a los Somoza durante 43 años, sería, para la causa de la libertad y la democracia en el continente, que los Estados Unidos cedieran una vez más a la tentación de intervenir militarmente en Nicaragua para imponer una solución a su medida, es decir, nuevos Somozas...

Madrid, 15 julio 1979

# REFLEXIONES SOBRE UNA MORIBUNDA *

## I

Quisiera comenzar estas reflexiones con una anécdota que me ocurrió a fines de 1967, en Italia. La editorial Feltrinelli, de Milán, acababa de publicar una novela mía y me invitó para la aparición del libro. En el programa que organizó, figuraba una conferencia mía en la Universidad de Turín, sobre la novela latinoamericana. Había preparado la charla con cuidado porque el tema me gustaba (había descubierto la novela latinoamericana con retraso, pero estaba encantado con el descubrimiento y la leía sin descanso). Puedo decir que la tarde que salí de Milán rumbo a Turín, con mis papeles en el bolsillo, acompañado de dos amigos, Valerio Riva y Enrico Philippini, entonces editores y ahora periodistas, me sentía ilusionado.

Al llegar a las puertas de la Universidad, me sorprendió descubrir que el vetusto centro de estudios tenía un semblante sanmarquino: paredes y ventanas pintarrajeadas con eslogans, cristales pulverizados, puertas tapiadas, racimos de jóvenes en los techos, armados de palos como para repeler una invasión. Sí, la Universidad de Turín estaba de *scioppero*, ese deporte italiano que se volvería pronto más popular que el fútbol.

Íbamos a emprender la retirada, cuando la puerta de la Universidad se abrió y apareció una comisión de recibimiento. La presidía una joven profesora. Era hispanista y parecía una reina de belleza. Se dirigió a mí de inmediato: "¿Era yo el dirigente revolucionario suda-

* Estas reflexiones fueron inicialmente una conferencia dictada en diciembre de 1979, en Lima, dentro de un ciclo sobre la ciencia y la universidad que organizó la Universidad Cayetano Heredia. A base de las notas que usé para aquella charla escribí luego estos seis artículos que aparecieron en la revista *Caretas*.

mericano?". Le expliqué que era apenas un novelista del Perú. Hubo entonces, en los comisionados, desconcierto. ¿No veníamos acaso de donde Feltrinelli? Sí, de allí veníamos. ¿Y entonces? Ellos tenían todo dispuesto para recibir al revolucionario latinoamericano que les habían prometido. Los estudiantes estaban reunidos en el gran auditorio, esperándolo. Curiosos, sin duda, por familiarizarse con las experiencias estudiantiles de América Latina, que podían serles útiles en esos momentos (habían capturado la Universidad hacía una semana). ¿Cómo era posible que, en vez de ese plato fuerte, Feltrinelli les fletara a un novelista que, encima de ser un dudoso revolucionario, para colmo de colmos vivía expatriado hacía diez años en Europa? Roído por los complejos, yo quería desaparecer de allí cuanto antes, pero, al final, tuve que rendirme a la solución gran-guiñolesca que tramaron para el malentendido mis amigos editores y la bella hispanista. Es decir, penetrar en el recinto ocupado por los huelguistas turineses y, para evitar a éstos una decepción, adoptar la sugestiva identidad de un dirigente universitario latinoamericano que venía a compartir experiencias con sus colegas italianos. Obviamente, la conferencia que yo había preparado era impronunciable en esas circunstancias. "De ninguna manera, ustedes tres serían linchados", decía la reina de belleza.

Entré a la ciudadela y, escarbando en el recuerdo de mis años de estudiante sanmarquino y de delegado al Centro Federado de Letras, y de un remoto libro de Gabriel del Mazo, improvisé una charla sobre la reforma universitaria: las luchas estudiantiles y sus reivindicaciones, en la década del veinte. Salí del apuro mal que mal. Como mi auditorio no parecía saber una palabra de lo que había sido el movimiento por la reforma universitaria en América Latina, no me lincharon y hasta se mostraron amables. Algunas de las aspiraciones de la reforma —el derecho de tachar a los profesores, el tercio estudiantil en el gobierno de la universidad, las cátedras paralelas y la solidaridad obrero-estudiantil— les causaron buena impresión y les abrieron tal vez el apetito. En esa época, la radicalización de las universidades italianas no iba tan lejos como para fijarse todas esas metas, o en esas proporciones. Después, como es sabido, los muchachos italianos se han puesto al día y no tienen ya nada que envidiarnos. Sus universidades se han seguido radicalizando y ahora, algunas de ellas, como la de Bolonia, han dejado atrás en materia de radicalismo a cualquier centro de estudios sudamericano. Cito a Bolonia, esa Universidad casi milenaria, porque está muy de moda: de sus aulas han salido algunos de los más inspirados teóricos del terrorismo contemporáneo (otro deporte que se populariza como el *scioppero* en Italia). Bien, esta historia que cuento terminó como debía, a la italiana, en una *trattoria*, tomando vino y tratando (infructuosamente) de seducir a la hispanista.

¿Por qué esta anécdota? Por dos razones. La primera, para recordar que la crisis universitaria no es un fenómeno peruano, ni latinoamericano, sino que ha hecho mella también —lo ocurrido en mayo del 68 en París, fue la prueba concluyente— en sociedades de alta cultura, con una tradición universitaria de muchos siglos. Francia, Italia, España, Alemania y otros países europeos han experimentado o experimentan, como Perú, Colombia, México, Venezuela, una crisis profunda de su sistema universitario, y, desde hace años, dan manotazos de ciego en busca de una solución que no parece fácil ni inmediata. En todos estos países, las universidades viven un trauma. Ese trauma comenzó a hacerse flagrante, en América Latina, hace medio siglo, en la época en que estallaron las luchas por la reforma universitaria. Ésa es la otra razón de la anécdota: asociar —como en la folletinesca charla de Turín— la crisis de la universidad y la reforma, aquel movimiento cuyo espíritu y orientación, de un modo u otro, por acción o por reacción, preside desde los años veinte el destino de la universidad latinoamericana.

Quisiera dejar en claro que, cuando hablo de la crisis de la universidad, me refiero únicamente a la universidad nacional, pues el caso de las universidades privadas no es idéntico. Si ellas padecen una crisis, no es ni tan profunda ni de la misma naturaleza que la de aquélla.

El movimiento reformista, que se inició en la ciudad argentina de Córdoba a principios de los años vein-te, repercutió en toda América y sus consecuencias fue-ron grandes, pero más políticas que universitarias. O, mejor dicho, el saldo positivo del movimiento por la reforma se dio en el campo político, en tanto que en el universitario tengo la impresión de que este saldo ha sido más bien negativo. Entre los resultados políticos de signo positivo, hay que señalar que muchas promo-ciones y partidos —como es el caso del APRA, en el Perú— tuvieron, en el movimiento por la reforma, un principio de gestación, un coagulante generacional, y recibieron de él impulso, audiencia popular y algunas banderas ideológicas.

Es axioma que el movimiento por la reforma sensi-bilizó a la universidad sobre los problemas sociales y la democratizó, abriendo sus aulas a capas de la sociedad que antes permanecían excluidas de ella y haciéndola más permeable a las ideas de vanguardia.

Esto es cierto y nadie puede negar que ello resultó benéfico para los claustros. Desde luego que es bueno —más, imprescindible— que la universidad sea cons-ciente de la problemática del país propio, que reclute sus miembros no en uno sino en todos los sectores de la población y que sea receptiva a las ideas de avan-zada. Aunque —y esto es muy importante— no sólo a ellas: también a las de retaguardia y a las de los flancos (para emplear esa terminología militar que los ideólogos han infligido al vocabulario cultural), porque la universidad es la tierra de elección de las ideas, el recinto a donde todas las ideas tendrían que llegar (además de nacer allí) para ser examinadas, criticadas y enfrentadas unas a otras. Ésta es una función clave de la universidad. De ese cotejo constante extrae su dinamismo y su utilidad pública y cuando no lo realiza porque deja de ser un hervidero de ideas en libertad y se convierte, por ejemplo, en un museo de ideas muer-tas (eso son los dogmas) entonces la universidad perece espiritualmente.

Ahora bien, los beneficios políticos que trajo el mo-vimiento por la reforma, han oscurecido el otro lado de la medalla. Pues lo que podríamos llamar la crisis de identidad de la universidad arranca, también, del proceso que se inició en Córdoba. La reforma acuñó una idea de universidad que era sencillamente impracticable, incompatible con el funcionamiento y los alcances de ningún centro de estudios superiores. La prueba de ello es que, al intentar materializar el modelo de universidad surgido con el movimiento por la reforma, se hizo trizas no sólo la vieja universidad oligárquica y feudal, sino la universidad a secas. En muchos casos, dejó de ser un centro de cultura para volverse una institución amorfa y desgraciada, que atraviesa crisis tras crisis sin encontrar su destino.

## II

La reforma instituyó el dogma de la universidad como institución que no es ni debe ser un fin en sí mismo, sino un *instrumento*, el de que enseñar, aprender e investigar (el saber, en suma) es algo que sólo se justifica si la sociedad puede sacar de ello provecho mensurable. La prédica a favor de la universidad instrumental no nació con la reforma, venía de bastante atrás. En un célebre discurso sobre las profesiones liberales, que pronunció en 1900, Manuel Vicente Villarán acusó a la universidad de producir graduados de conocimientos imprácticos, pensadores literarios y juristas, en vez de los agricultores, colonos, empresarios, ingenieros, capaces de producir riqueza y modernizar el país.

La reforma fue más lejos; ella no quería que la universidad produjera industriosos capitalistas, sino revolucionarios. Hay que leer, para ver hasta qué punto la reforma concebía la universidad como una institución cuya meta es formar activistas y militantes, convertirse en una máquina de demolición de la sociedad burguesa, las páginas que le dedica José Carlos Mariátegui en los *Siete ensayos*. Mariátegui ve con simpatía el movimiento de la reforma porque le parece un aspecto —en el campo burgués y juvenil— de la lucha por la destrucción de la sociedad capitalista y su reemplazo por la socialista. La reforma dejó flotando en el aire de América la idea de que la universidad (y la cultura) no debía subordinar la política a sus fines y quehaceres sino subordinar éstos a la acción y los ideales políticos.

Esta concepción sigue hoy día en pie. Un ejemplo, entre muchos. El profesor Darcy Ribeiro, sociólogo brasileño, fundador de la Universidad de Brasilia y asesor durante algún tiempo de la dictadura militar peruana, en su libro sobre *La universidad peruana* (1974) define así la misión de la universidad: "...llevar adelante el proceso revolucionario en curso, anticipando dentro de la universidad las nuevas formas de estructuración social que ella deberá extender mañana a toda la sociedad" (p. 22). Esto es lo que el profesor Ribeiro llama su "utopía concreta": reformar la universidad a fin de "que sirva a la revolución necesaria". Es el mismo espíritu: la universidad como arma de la revolución. (Dejemos en claro, de paso, que la revolución de la que habla Darcy Ribeiro no es la de Mariátegui sino la del finado general Velasco.)

De otro lado, el movimiento de la reforma propuso soluciones erradas a problemas auténticos y creó falsas expectativas. La historia ha mostrado que querer materializar las utopías (que son siempre abstractas) puede tener consecuencias opuestas a las esperadas. ¿Podía de veras ser la universidad el vivero y el instrumento de la revolución socialista? El peligro está en que el socialismo se demore en llegar y en que, al refugiarse exclusivamente en la universidad, la paralice. O que la universidad, empeñada en representar en su seno el espectáculo revolucionario, se vuelva una caricatura de ambas cosas: de revolución y de universidad.

Una universidad deja de ser operante cuando cesa de hacer aquello para lo cual nació, y que ha seguido haciendo hasta ahora en los lugares (como Inglaterra, por ejemplo, uno de los países donde ha salido airosa de todas las crisis) en los que, aunque se han modernizado sus métodos, se ha conservado su espíritu tradicional, de fin en sí mismo, de institución forjada para ejercitar una vocación: la preservación, la creación y la trasmisión de la cultura. Esta finalidad no es incompatible con la de formar buenos profesionales, esas gentes prácticas como quería Manuel Vicente Villarán, o dinamiteros de la sociedad burguesa, como quería Mariátegui, e incluso seudorrevolucionarios velasquistas, a condición de que ello sea una consecuencia de lo otro, un resultado complementario, lateral, de aquella vocación primera. Esta diferencia en la jerarquía de sus metas es la que existe, creo, entre las universidades que lo son y las que han dejado de serlo, aunque no lo hayan advertido.

Criticar a una universidad que se aparta de su finalidad constitutiva —preservar, crear y trasmitir la cultura— o que la cumple mal, es legítimo, y ésa fue al principio la razón de la reforma: desapolillar las cátedras, abrirlas a las ideas y métodos nuevos que las viejas castas de profesores rechazaban por prejuicio o desconocimiento. Este aspecto del movimiento, en favor de la modernidad y el rigor, fue positivo y el ejemplo más alto de ello, en el Perú, fue el célebre Conversatorio en el que se dio a conocer, en San Marcos, esa generación de Raúl Porras, Jorge Basadre y Luis Alberto Sánchez que representa uno de los vértices de nuestra historia universitaria. Pero el movimiento se convirtió luego en un proceso eminentemente político y eso lo sacó del cauce en el que debe concebirse y por lo tanto reformarse a la universidad.

Falla capital del movimiento por la reforma fue inculcar la creencia de que ser universitario era algo que concedía más derechos que deberes. El movimiento se proclamó defensor de los "derechos estudiantiles", dando por supuesto que los estudiantes eran trabajadores explotados y la universidad la empresa explotadora. Esto llevó a idear, para deficiencias ciertas, curas absurdas.

Veamos una de las reivindicaciones: la asistencia libre. En teoría, se trataba de proteger, no al estudiante perezoso, sino al pobre, aquel que no podía asistir a clases porque tenía que ganarse la vida trabajando. El remedio resultaba arriesgado y no era seguro que curase la enfermedad. Pues hay otras maneras de concretar esa intención loable, ayudar al estudiante sin recursos, como son los sistemas de becas y de préstamos, o de cursos vespertinos y nocturnos. Pero el único que, desde el punto de vista universitario, no tenía mucho sentido, y podía resultar altamente perjudicial, era el de exonerar al estudiante de ir a clases (lo que, en sociedades sin exagerado sentido de responsabilidad cívica, se traducía por: exonerarlo de estudiar). Con eso no se suprimía la pobreza, se ofrecían coartadas para la pereza y se daba carta de ciudadanía a esa especie numerosa: el universitario fantasma. En última instancia, se ponía a los profesores ante la alternativa terrorista de consentir que sus alumnos no estudiaran ni aprendieran y sin embargo aprobaran los cursos y obtuvieran títulos, o de aparecer, si no lo consentían, como cómplices de la explotación de los pobres.

En este ejemplo se ve la sutil distorsión que, por razones obviamente políticas, introduce la reforma en la universidad, partiendo de principios justos. Ayudar al estudiante sin recursos es una obligación de la universidad, claro está. Pero es evidente que esta ayuda sólo puede prestarla dentro de sus posibilidades, sin renunciar a sus funciones específicas. La asistencia libre es una de las falsas soluciones a un problema real con que la reforma lesionó a la universidad latinoamericana. Ocurre que la reforma no fue, en realidad, reformista: en vez de reformar, quiso revolucionar la universidad, cambiar sus raíces. En unos casos la volvió ingobernable; en otros, engendró la reacción contraria, atrayendo hacia ella la represión más severa, el establecimiento de sistemas verticales y antidemocráticos, donde campea la censura y el dogmatismo conservador, lo que fue igualmente nefasto. Como la demagogia y el caos, la dictadura anula también la universidad, al privarla de libertad, pues no hay cultura genuina sin pluralidad de ideas y sin crítica.

Una falsa expectativa originada por la reforma fue la gratuidad absoluta de la enseñanza universitaria. Es otro remedio de incierta eficacia para un auténtico mal. Desde luego que la gratuidad de la enseñanza es deseable. Pero el problema radica en saber si es realista. ¿Está en condiciones un país con recursos exiguos de establecer un sistema universitario que sea a la vez eficiente y gratuito? La solución irreal es siempre una falsa solución. Si una universidad debe pagar el precio de la enseñanza gratuita renunciando a contar con los laboratorios, equipos, bibliotecas, aulas, sistemas audiovisuales indispensables para cumplir con su trabajo y mantenerse al día, sobre todo en esta época en que el desenvolvimiento de la ciencia es veloz, aquella solución es una falsa solución. Si para mantener ese principio, la universidad ofrece a sus profesores sueldos de hambre y de este modo se ve privada cada vez más de docentes capaces, debido a que éstos se ven obligados a buscar otros trabajos, a menudo en universidades extranjeras, entonces la gratuidad de enseñanza es una falsa solución desde el punto de vista universitario. ¿Es una buena solución desde el punto de vista político? Dudo que lo sea. No ayuda a transformar la sociedad el que la universidad se estanque y el que sus graduados tengan una formación deficiente. Por el contrario, ello ayuda a mantener el país en el subdesarrollo, es decir la pobreza, la desigualdad y la dependencia.

La manera como una universidad contribuye al progreso social es, justamente, elevando sus niveles académicos, manteniéndose al día con el desarrollo del saber, produciendo científicos y profesionales bien capacitados para diseñar soluciones a los problemas del país, empleando los recursos con que éste cuenta de la manera más apta. Para ello la universidad necesita de recursos y el Estado, en nuestros países, porque a menudo es pobre y porque casi siempre quienes deciden el empleo de sus recursos son incultos, no alcanza a cubrir las necesidades de la universidad. Tampoco es bueno que sea él solo quien las cubra. La dependencia exclusiva del Estado puede recortarle independencia, aherrojarla políticamente. Para conjurar ese riesgo, es preciso que la universidad cuente con recursos propios. Uno de estos recursos, indudablemente, son los propios estudiantes. Desde luego que los universitarios sin medios no pueden verse privados del acceso a la universidad por esta razón, ni deberían erogar igual que los de familias de ingreso mediano o elevado. Pero pedir que, de acuerdo al ingreso familiar, contribuyan al mantenimiento del lugar en el que estudian, parece no sólo lógico sino ético. Este tipo de razonamiento, sin embargo, por culpa de los dogmas creados por la reforma ha pasado a ser inconcebible. Quien lo defiende es acusado de querer una universidad "elitista".

# III

Uno de los blancos contra los que insurgió la reforma universitaria fue la universidad *elitista*. Éste es un galicismo que ha hecho carrera, se lo encuentra por doquier en la pluma o en la boca de quienes se ocupan de la crisis universitaria. Como ocurre con las palabras cuando se usan de manera ritual, sin precisar su significado, el concepto de universidad *elitista* —la lucha contra la universidad elitista— ha pasado a ser un tópico. El tópico que arraiga es fuente de confusión y de extravío. Por eso, vale la pena acercarse a este tópico y espiar qué hay detrás de él.

¿Qué es una universidad elitista? Si es una institución que selecciona a sus miembros en razón de su posición social, económica, ideológica o religiosa, o por su raza (como en la Colonia, donde indios y mestizos estaban prohibidos de estudiar en la universidad) no hay duda que ese género de discriminación es escandaloso e inaceptable. Ahora bien, si significa que selecciona a sus miembros en razón de su aptitud, todas las universidades del mundo son elitistas y no veo cómo se puede considerar ello un yerro moral o una falta contra la cultura. ¿Puede acaso funcionar una universidad abriendo sus puertas de manera indiscriminada y universal? Sostener que ello es posible, es crear falsas expectativas, abandonar la realidad concreta y, en brazos de la ideología, volar a la irrealidad. Esta operación —volar a la irrealidad— ha dado buenos resultados en el dominio artístico. En el político y social no: la perspectiva irreal enturbia la visión de los problemas. Para resolver un problema lo primero es conocerlo. Para ello el sentido común y el principio de realidad suelen ser más útiles que la ideología.

Es frecuente oír a derecha y a izquierda que hay que combatir el elitismo, que éste es el defecto de nuestra universidad. Conviene despejar ese malentendido. La universidad es, por naturaleza, elitista, pues sólo puede funcionar si selecciona a sus miembros. Lo importante es que haga esta selección con un criterio justo y realista. Justo quiere decir en estricta razón de su aptitud intelectual. Desde luego que debe ser repelido cualquier otro rasero discriminatorio. Pero, en este caso, la justicia no basta. Es imprescindible que la acompañe el realismo. La universidad debe recibir a quienes está realmente en condiciones de educar. Esas condiciones dependen, en parte, de las necesidades del país, y, principalmente, de las posibilidades de la propia universidad: sus recursos materiales e intelectuales. Cuando la universidad abandona este criterio realista comete una equivocación tan grave como cuando viola el principio de justicia en la selección. Cuando, como ha ocurrido en América Latina, a veces por razones políticas, a veces por razones comerciales, la universidad recibe más alumnos de los que está en condiciones de recibir, el resultado es a corto o largo plazo, la merma sustantiva de su nivel intelectual, su empobrecimiento cualitativo. Y, repitámoslo, la cultura es cualidad del conocimiento antes que cantidad de conocimientos.

Contratar más profesores de los que puede razonablemente pagar para que tengan un nivel de vida decoroso es condenar al profesorado a la desmoralización o al heroísmo, obligarlo a dividir su tiempo en trabajos paralelos, a menudo clandestinos, para poder sobrevivir y el corolario de ello es la baja de su rendimiento y dedicación. Abrir las puertas de la universidad a más estudiantes de los que caben en sus aulas, que puedan usar sus laboratorios, sus bibliotecas, o ser atendidos con seriedad por sus docentes, es provocar a la corta o a la larga el resquebrajamiento de la universidad, como cuando se mete un elefante en un cuartito de vidrio para protegerlo de la lluvia: al final el cuartito se hace trizas y el elefante termina empapado y además cortado.

Los problemas concretos no se resuelven con soluciones abstractas, los males de la realidad no se curan con saltos dialécticos hacia la irrealidad. Una universidad no deja de ser elitista porque en vez de tener diez mil tenga veinte mil almas, pero en cambio puede ocurrir, si ese crecimiento es desproporcionado con sus posibilidades, que ello la vuelva inoperante. Si para obtener una victoria estadística, la universidad sufre una derrota intelectual —baja del nivel de formación profesional, asfixia de la investigación, retraso ante el desenvolvimiento del saber en el resto del mundo— ¿quién se beneficia con ello? ¿No resultan burlados millares de estudiantes en sus anhelos? ¿No se ven afectados en su trabajo y vocación los profesores? ¿Y no se ve engañado el país entero? El país, es decir esa enorme masa de personas que, en efecto, no llegan a la universidad y de cuyo esfuerzo y sacrificio vive también la universidad, y que tienen por tanto el derecho de exigirle que cumpla con formar profesionales y técnicos capaces de lidiar con los desafíos del medio, investigadores y creadores equipados con los conocimientos y métodos más modernos para encontrar solución pronta y viable a sus problemas. Es a esa sociedad no universitaria a la que la universidad traiciona cuando se traiciona a sí misma, y, con el argumento de no ser etilista sino democrática, se empobrece espiritual y científicamente.

Una universidad no deja de ser democrática por ser elitista. Si las reglas de selección son justas y realistas y se aplican con honestidad, el principio básico de la democracia —que haya igualdad de oportunidades para todos—, es respetado. La democracia no quiere decir que todos hagan las mismas cosas sino que puedan optar en principio por hacerlas. En el campo universitario, lo importante es tratar de crear las condiciones para que ese mismo punto de partida para unos y otros realmente exista.

Conozco las objeciones a lo que digo. ¿No es acaso una ilusión pensar que en un país con las desigualdades económicas y sociales del Perú, haya realmente justicia en la selección para el ingreso a la universidad? ¿Acaso los jóvenes de clase media o alta cuyos padres han podido enviarlos a buenos colegios, y que han tenido una niñez sin privaciones, no llegan mejor preparados a la universidad? ¿No indica ello que esta selección, aunque tenga la apariencia de ser hecha en función de la aptitud intelectual, se hace en el fondo a partir de los privilegios de clase y de fortuna? ¿No disimula esto una flagrante discriminación económica y social?

En la raíz de esta argumentación hay una dolorosa verdad. No hay duda que en un país subdesarrollado un muchacho de media o alta burguesía recibe casi siempre una mejor educación escolar que el hijo de un obrero o de un campesino (una buena parte de los cuales no reciben educación alguna), que son la mayoría de la sociedad, y no hay duda tampoco que ésta es una lacra que el país tiene la obligación moral de erradicar. Mi pregunta es: ¿se combate ese mal debilitando académicamente a la universidad? Si así fuera, en todos estos años en que la universidad se ha hundido más y más en la crisis, en parte por culpa de su 'democratización' ficticia, ello habría aliviado el problema en algo. Ha ocurrido más bien lo contrario. Una democratización así concebida de la universidad es una falsa solución al problema de las desigualdades escolares y al más ancho de las desigualdades económicas y sociales del país.

Con una universidad de veras estudiosa y rigurosa, que forme cuadros capacitados y sensibles, esos problemas sociales tienen más posibilidades de aliviarse que mediante el sacrificio de sí misma. En cambio, el colapso académico de la universidad estatal no sólo no ha contribuido en nada a la lucha contra el subdesarrollo sino que ha apuntalado paradójicamente las desigualdades de la sociedad. No hay que olvidar que el desarrollo y la proliferación de universidades privadas es consecuencia directa de las deficiencias de la universidad estatal. No estoy contra las universidades privadas. En verdad, en países como el mío, ellas han venido a salvar a la universidad. Pero lo cierto es que esta división ha extendido a nivel universitario lo que ocurría en el campo escolar, y esta división entre centros de estudios superiores privados y estatales tiene por desgracia un contenido clasista que era mucho menos acusado en la universidad de antaño. Por eso es conveniente que el realismo y el sentido común prevalezcan cuando entran en colisión con la ideología. Ésta despega fácilmente hacia la quimera y las soluciones quiméricas traen casi siempre más perjuicios de los que quieren remediar.

Pretender corregir los yerros del sistema escolar

mediante el empobrecimiento del nivel académico universitario es pretender curar a un enfermo contagiando la enfermedad a su vecino, es querer popularizar la cultura apuntando a los topes más bajos, como hace la televisión con sus programas para llegar a un público mayor. Eso no es popularizar la cultura sino la incultura. Las desigualdades del sistema escolar deben corregirse en el propio sistema escolar, mejorándolo cuantitativa y cualitativamente, o como consecuencia de una mejora de la condición general del país, que disminuya las diferencias entre sus clases. Pero no imponiendo a la universidad exigencias que, sin resolver aquellos problemas, sólo sirven para infligirle otros problemas, aparte de los que ya tiene.

## IV

El factor que ha contribuido, más que ningún otro, al desplome intelectual de la universidad, ha sido la politización de los claustros. No soy partidario de la universidad apolítica, estrictamente técnica, que forma profesionales eficientes pero que es sorda y ciega para todo lo que no concierne a la especialidad. Ese género de educación fragmenta el saber, genera incomunicación social y, en última instancia, incultura. La cultura, repitámoslo, es cualidad y la universidad apolítica produce una cultura esencialmente cuantitativa. Alfonso Reyes escribió: "Querer encontrar el equilibrio moral en el solo ejercicio de una actividad técnica, más o menos estrecha, sin dejar abierta la ventana a la circulación de las corrientes espirituales, condena a los pueblos y a los hombres a una manera de desnutrición y de escorbuto. Este mal afecta al espíritu, a la felicidad, al bienestar y a la misma economía".

La universidad tiene la obligación de proporcionar, a la vez que conocimientos específicos, una formación general que familiarice al estudiante con las carencias y las urgencias de su realidad y forje en él la conciencia crítica, el compromiso moral ante tal situación. Esto es imposible si se prescinde de la política.

¿Qué clase de política debe propiciar la universidad?

Aquella que constituye conocimiento, controversia de ideas, ejercicio intelectual, aprendizaje de la crítica. Es útil que los estudiantes analicen y discutan los problemas políticos; es sano que los partidos y sus dirigentes se vean confrontados con las aulas. Esta actividad completa la formación universitaria, sensibiliza al joven cívicamente, lo incita a participar en la vida pública y sirve, también, para elevar la propia vida política, obligándola a ser pensamiento e imaginación, algo más que mitin callejero, polémica de actualidad o cruda disputa por el poder. La política como tarea intelectual, si se practica dentro de un clima de respeto a la discrepancia, sin exclusivismos, es enriquecedora para la universidad pues mantiene a los claustros en ósmosis con la vida del país.

Pero nada de esto ha ocurrido. En América Latina la politización de la universidad ha tenido otras características y el resultado no ha sido acercarla al país sino encerrarla dentro de una muralla erizada de irrealidad ideológica. La política no entró a la universidad como quehacer intelectual sino como activismo partidario. La universidad se convirtió en un objetivo que debía ser capturado por las facciones políticas como una herramienta en su lucha por el poder, como un primer peldaño para llegar al gobierno. La responsabilidad de los partidos que desde hace medio siglo han alentado esta acción es grave, pues lo que han conseguido con ello es dividir y distorsionar de tal manera a la universidad que en algunos momentos la han puesto al borde de la desintegración. Han conseguido, asimismo, que, en vez de que la universidad civilizara las costumbres políticas, éstas barbarizaran a la universidad.

Todos saben de qué hablo, todos los que pasan frente a esas fachadas pintarrajeadas con más faltas de ortografía que ideas lo descubren en el acto. Esa politización que ha tornado a los claustros monumentos a la suciedad y al abandono, también los ha socavado intelectualmente. Otra parte de responsabilidad incumbe, desde luego, a los docentes. Ellos admitieron que arraigara esa imagen falaz de la universidad como microcosmos de la estructura económica y social del país, en el que, por tanto, se podía ensayar esa toma de

371

poder que, luego de haber capturado la universidad, llevaría a la facción victoriosa a controlar la sociedad. La universidad se convirtió en un teatro para representar a la revolución, con todos sus ingredientes: la huelga general, la lucha de clases, la destrucción de los grupos dominantes, la dictadura del proletariado, las purgas y la instauración del dogmatismo ideológico.

Este juego, que ha tenido escasas consecuencias políticas fuera de los claustros, ha sido trágico para la universidad. En vez de facilitar la toma del poder por los grupos que se enseñorearon de los claustros, ha atraído hacia ellos la represión o el desfavor del Estado. En el pasado, estos grupos fueron a veces de centro o de derecha. Hoy son exclusivamente de izquierda: ellos han 'radicalizado' la universidad.

¿En qué ha consistido la radicalización? En el progresivo desplazamiento, en los organismos estudiantiles, de los más moderados por los más extremistas: lo que no quiere decir quienes proponen ideas más audaces sino eslogans más estridentes o los que tienen mayor capacidad de intimidación. Este proceso afectó a las instituciones a través de las cuales la reforma quería democratizar la universidad. El cogobierno, en vez de fomentar el espíritu de responsabilidad del estudiante, fue a menudo un vehículo para promover a una facción y relegar y hostilizar a los adversarios. El criterio ideológico prevaleció con frecuencia en la provisión de cátedras, en la elaboración de programas, en el dictado de los cursos y hasta en la calificación de los exámenes.

El famoso derecho de tacha, aunque no *de jure*, funcionó *de facto*. El derecho de tachar a los profesores —uno de los ideales de la reforma— pretendía impedir la esclerosis de los cursos, obligar a los catedráticos a ser más exigentes consigo mismos. Es cierto que este derecho sólo fue reconocido excepcionalmente. Pero en la práctica se estableció un sistema de tacha de signo contrario. Desmoralizados ante la anarquía y los abusos que trajo la radicalización, muchos profesores se vieron en el disparadero de claudicar intelectual y moralmente para llevarse en paz con las facciones o alejarse de la universidad si querían llevarse en paz con su conciencia. Muchos de los que se quedaron, optaron por echarse el alma a la espalda, desinteresarse íntimamente del trabajo universitario, haciendo lo más poco y lo menos riesgoso. Esta dimisión facilitó el reinado del dogmatismo ideológico. De buen número de programas y departamentos fue eliminada toda forma de pensamiento distinta del marxismo (en sus variantes más primarias) y por falta de cotejo de doctrinas opuestas se impuso una visión esquemática y unilateral de la realidad.

Es grande la culpa de los docentes en este proceso. No fueron capaces de establecer reglas claras para evitar que el activismo sustituyera el debate intelectual, el análisis y la crítica seria. Lo cierto es que hubo entre ellos quienes utilizaron la agitación y la querella militante para eliminar a quienes les hacían sombra y obtener ventajas personales. Luego, un buen día, muchos fueron atrapados por la maquinaria que habían contribuido a poner en marcha y se vieron, a su vez, desilusionados, discriminados, impulsados a partir.

La radicalización de la universidad estatal ha alejado de ella a hombres valiosos, a los que desvió hacia la universidad privada o el extranjero. La contrapartida de esta égira ha sido, a veces, que docentes mal preparados y aun incapaces los reemplazaran y que fueran ellos los que atizaran la radicalización para hacer méritos políticos, ya que no estaban en condición de hacer méritos intelectuales. Ha servido también para matar la vocación académica de muchos jóvenes. Es sintomático que, en el Perú, en los últimos años, la mayoría de los estudios históricos, sociológicos, económicos importantes sean de investigadores que trabajan en universidades privadas o en institutos independientes. La conclusión es instructiva: para seguir fieles a su vocación muchos de esos autores, que procedían de la universidad estatal, tuvieron que apartarse de ella.

Quienes se marchan no son siempre gentes hostiles al marxismo. Nada de eso. Los propios marxistas, si plantean su trabajo a un alto nivel de rigor, resultan con frecuencia víctimas del dogmatismo, como los llamados reaccionarios. Pues el dogmatismo ideológico significa sobre todo abaratamiento intelectual, reemplazo del esfuerzo y la imaginación por la rutina del lugar común.

La universidad ha perdido contactos que le hubieran sido útiles, posibilidades de intercambio con otras universidades, de ayuda de centros de estudio y fundaciones extranjeras en razón del puro prejuicio político. De este modo, se ha sido hundiendo en una crisis que parece cada día más profunda e irreversible.

## V

Quisiera referirme por lo menos a una de las manifestaciones prototípicas de la radicalización universitaria: la huelga. Cierto que ella es inseparable de la democracia, un derecho que sólo los Estados autoritarios —neofascistas o comunistas— no toleran. ¿Significa esto que una universidad democrática debe admitir huelgas en su seno? La huelga es un arma legítima de los trabajadores en defensa de sus derechos, cuando considera que estos derechos no son reconocidos por las empresas. La legislación democrática, por lo demás, no sólo legitima las huelgas: también las reglamenta. Me pregunto cómo una institución congénita al mundo de la producción puede transplantarse al ámbito de la universidad. El trabajador es un hombre que, según el propio marxismo, alquila su fuerza de trabajo al dueño de los medios de producción y cuando considera que éste incumple el pacto que los une, y la vía de la negociación se cierra, le retira esta fuerza.

¿Cómo, en qué forma, de qué modo se puede homologar esta relación trabajador-empleador con la del estudiante y la universidad? Es patente que el universitario y los claustros no encarnan los antagonismos de interés entre un obrero y un patrón, ni que estudiar en la universidad pueda ser equiparable a alquilar la fuerza de trabajo. La comparación sólo es posible a partir de un malentendido: confundir a la universidad con un vivero de la revolución, un espacio que refleja el todo social como un espejo y en el que, por tanto, se pueden ensayar y perfeccionar las tácticas e instituciones revolucionarias. Cuando los estudiantes y los maestros —pues se han visto casos en que han sido los docentes quienes propiciaban las huelgas— dejan de trabajar, no perjudican los intereses de ningún patrón sino los suyos propios. Esta operación, si no fuera trágica para la cultura del país, sería cómica, pues recuerda a ese niño que amenazaba a sus padres con darse de cabezazos contra la pared si no le permitían ver la televisión. Pero ese niño tenía cinco años, la que no es habitualmente la edad cronológica de un universitario, aunque, en el caso de algunos, parezca su edad psicológica.

La mejor manera de deslindar este malentendido es volviendo al principio de las cosas. En verdad, no se trata de algo abstruso. En cualquier país, pero sobre todo en países con las desigualdades y problemas de los latinoamericanos, un universitario, docente o alumno, no es un trabajador víctima de la explotación: es un privilegiado. Pues tiene una educación primaria y secundaria y está teniendo una superior, algo que apenas logra una minoría, y eso es algo que sólo se alcanza, además del esfuerzo propio, por el sacrificio de los otros, aquellos que con su trabajo y también con su miseria sostienen a la universidad. Así, quienes gozan del privilegio de ser universitarios, tienen contraída una profunda deuda moral con quienes han hecho posible que esos claustros existan y funcionen y que ellos estén allí. Y esa responsabilidad los impele ante todo a sacar el máximo provecho de la universidad en lo que ella es: el lugar donde se preserva, se forja y se transmite la cultura. Eso quiere decir estudiar, formarse y capacitarse científicamente. Desde luego que parte de esta formación es adquirir una conciencia cívica y que puede ser, asimismo, contraer un compromiso político, una militancia. Pero esto último sólo debería ser consecuencia, complemento de lo primero, que es lo primordial. Porque es la capacitación intelectual la que permitirá más tarde al universitario retribuir el privilegio que la sociedad le ha concedido, contribuyendo, desde su vocación particular, a la solución de los males del país.

La radicalización de la universidad tiene consecuencias nefastas no sólo para la universidad sino para el país entero. Una de estas consecuencias es que, en vez de acelerar el progreso social, lo retarda, favoreciendo de este modo a los sectores más retrógrados y oscurantistas. Las acciones revolucionarias en los claustros hacen las veces de exutorio, de inofensiva vía de escape para la rebelión de los jóvenes, que las clases dominantes no tienen inconveniente en tolerar pues no daña sus intereses —ellas son más nocivas contra la cultura que contra el capital—. Pero estas acciones sirven igualmente para desencadenar la represión autoritaria, de corte fascista, contra la universidad. Hemos visto lo ocurrido en nuestros días en las universidades de Chile, Argentina, Uruguay. Las dictaduras militares han aplicado allí su propio sistema de barbarie, expulsando, exiliando, encarcelando (e incluso matando) a todo lo que representaba la disidencia, la crítica y a veces la simple inteligencia. En muchas de ellas, la paz de los sepulcros ha venido a reemplazar a la mojiganga revolucionaria. Pero, cuidado: esta represión, incivil y anticultural, que ha ahuyentado de la universidad a mucho de lo más valioso que tenía, no debe llevarnos a justificar lo que ella vino a acabar de destruir. En muchos casos, esa represión sólo dio el tiro de gracia a una institución que se encontraba malherida.

En otros países latinoamericanos, como el Perú, ha ocurrido algo más sutil aunque no menos triste con la universidad estatal. En vez de la represión, la indiferencia: abandonar la universidad a su suerte, dejarla rodar por la pendiente, ver cómo poco a poco se precipitaba hacia el desastre sin mover un dedo. La política de dar la espalda a la universidad, por parte del poder, dejarla que se fuera minando a consecuencia de eso que los marxistas llaman las contradicciones internas, ha sido menos brutal que la represión, pero no menos perjudicial para la cultura del país.

La crisis de la universidad laica y popular ha servido para ahondar las distancias entre ella y las universidades privadas —sobre todo, las de buen nivel académico— y, en última instancia, para acentuar la división clasista de la cultura en esos países. Esto es automático si una universidad produce buenos profesionales y la otra sólo regulares o deficientes, si la una investiga y publica y la otra se amodorra y enmudece, si la una se renueva continuamente y la otra se apolilla. Quienes juegan a la sociedad sin clases en la universidad colaboran de este modo, mejor de lo que habría querido el más pérfido reaccionario, a que la dirigencia técnica, profesional e intelectual del país perpetúe, en vez de corregirla, la estructura clasista de la sociedad. La universidad privada y la estatal deben coexistir, competir, pues esa pluralidad enriquece la cultura, pero es malo que ocurra lo que ha ocurrido en muchos países de América Latina: que la universidad privada (y a menudo confesional) haya dejado académicamente rezagada a la estatal.

Y una cosa en cierto modo parecida viene ocurriendo también, en esos mismos países, entre la universidad estatal y los institutos superiores de las fuerzas armadas. Ellos sí se han beneficiado, en los últimos años, de una atención y estímulo constantes por parte de ese poder que volvía las espaldas a la universidad radicalizada. Los institutos militares han recibido un apoyo que ella no recibía y ni siquiera se molestaba en pedir.

Nadie se alegra tanto como yo, que los futuros marinos, aviadores y militares latinoamericanos reciban, además de su entrenamiento profesional, una formación científica e intelectual de primer orden. ¡Albricias! Ojalá esas promociones salgan cada vez mejor instruidas y más cultas porque entonces, en el futuro, habrán menos cuartelazos y las instituciones militares estarán en mejores condiciones de servir a sus países en vez de reprimirlos. Pero que esta elevación del nivel intelectual de los futuros oficiales coincide con el descenso académico acelerado de la universidad estatal presagia para el porvenir una eventualidad que, por lo visto, ninguno de los revolucionarios de los claustros se ha puesto a considerar: que los mejores cuadros para gobernar y administrar el país podrían egresar, no de la universidad laica y popular, sino de las universidades privadas y de los planteles especializados de las fuerzas armadas. ¿Es eso lo que anhelaban quienes, pretendiendo ganar batallas contra el imperialismo y la burguesía, sumían a la universidad latinoamericana en el marasmo intelectual?

## VI

Definir la universidad como institución que preserva, crea y transmite la cultura aclara poco si no decimos antes qué entendemos por cultura. Es sabido que hay abundantes y contradictorias definiciones de esta palabra. Con ella ocurre, sin embargo, algo parecido que con la palabra libertad. Aunque es difícil definirla, es fácil identificarla, o comprobar su ausencia. No precisamos de una definición para reconocer un medio culto o inculto, para diferenciar a una persona culta de otra que no lo es. De manera general, antropólogos, sociólogos y filósofos admiten que la cultura es el conjunto de características de un pueblo: lo que éste hace, crea, inventa, teme u odia, sus productos materiales al igual que los intelectuales, científicos y artísticos; la forma como recuerda su pasado y concibe el futuro. Pero cultura no puede ser sólo acumulación de ingredientes, algo cuantitativo, sino lo que hay de común en esos ingredientes, lo que les da sentido y relaciona. Esa "cualidad" es, sobre todo, la cultura. Octavio Paz recuerda que esta palabra es de origen agrario: "Cultivar la tierra es labrarla para que dé frutos —dice—. Cultivar el espíritu es labrarlo para que dé frutos. Así, hay en la palabra cultura un elemento productivo, creativo: dar frutos". Además de totalidad, cultura es complejidad, ambigüedad, variedad. T. S. Eliot, en *Notas para la definición de la cultura,* hizo un distingo esclarecedor entre los tres contenidos de la palabra cultura, según se trate del individuo, del grupo o la clase social, y de la sociedad en su conjunto.

Los peruanos estamos bien situados para entender esta diversidad y complejidad, pues en el Perú hay culturas, no cultura. No somos un país integrado. Hay culturas de distinta naturaleza, de distinto grado de desarrollo, de distinta lengua y que mantienen escasas y ásperas relaciones entre sí. La incomunicación entre los diferentes estratos sociales del país no resulta solamente (aunque sí principalmente) de las desigualdades económicas. También, de la ignorancia: culturas que por falta de diálogo se desconocen, se desprecian. Un indio de los Andes es con frecuencia analfabeto. ¿Significa que es inculto? Nada de eso. Es un hombre inmerso en una cultura propia, sin duda arcaica, que no se desarrolló pero que él ha sabido conservar y que le ha permitido vivir integrado y en solidaridad con otros hombres como él, relacionarse con el pasado y con la tierra que trabaja, que lo ha dotado de fuerzas espirituales para resistir toda clase de adversidades, desde la explotación hasta las catástrofes naturales. Ese campesino, aunque analfabeto, es ciertamente más culto que muchos universitarios que, aunque sepan leer y escribir, viven intelectualmente de prestado, repitiendo ideas que han aceptado de manera mecánica y que, por lo mismo, en vez de servirles para conocer la realidad en la que viven, los divorcian de ella.

Un cuadro minucioso de todas las variantes culturales del Perú nos enfrentaría a un archipiélago: la sierra, la selva y la costa; el Norte y el Sur; el Perú castellano y el quechua. Y las divisiones verticales: una pequeña cúspide cosmopolita, amplios sectores medios seducidos por cánones norteamericanos, un medio campesino tradicional.

El mayor desafío para el Perú es integrar este archipiélago de culturas en una civilización, en la que todas ellas se irriguen mutuamente mediante el diálogo y la crítica y se sientan, todas, solidarias del fondo común. Por desgracia, será muy difícil conseguirlo. Hasta ahora el desarrollo —bajo cualquier signo ideológico— ha significado, de manera fatídica, el desplazamiento y la absorción de las culturas arcaicas por las modernas y ello ha traído consigo, también de manera inevitable, una mutilación y una injusticia para amplios (y a veces mayoritarios) sectores de la población, cuyas costumbres, lengua, mitos, creencias se han visto destruidos, empobrecidos. Tratar de contrarrestar esa tendencia niveladora que trae el progreso es un imperativo para países como el nuestro. Casi es innecesario señalar que en esta ardua empresa cabe a la universidad función preponderante. Por su naturaleza, ella, antes que nadie, debe ser el lugar de encuentro y de rescate de todas esas diferentes maneras de vivir y de inventar que hoy siguen separando a los peruanos, pero que pueden, en el futuro, si cristalizan en una civilización, unirlos y ser su mejor patrimonio.

La universidad es el medio ideal para llevar a cabo esta operación indispensable de conectar a las distintas culturas que forman nuestro ser. Octavio Paz ha dicho sobre México cosas que valen para el Perú, cambiando sólo algunos nombres. También nosotros somos de un lado la cultura greco-romana y la tradición cristiana y española, a la vez que herederos del Incario y de ese haz de culturas prehispánicas, el Tiahuanaco, el Gran Chimú, los Chancas, Nazca, Paracas, etc. Somos algo del África que nos trajeron los negros y del Oriente que llegó a nuestras playas con los chinos y japoneses. Somos el siglo xx que entra a nuestras casas con la televisión y somos el mito y la magia de la mentalidad primitiva que reina en ciertos lugares de la Amazonía. Los esfuerzos de integración económica y social del mosaico peruano, para ser eficaces deben ir acompañados de un esfuerzo paralelo para lograr la integración cultural. Ésta es una operación extremadamente delicada, pues aquí se trata —contrariando en lo posible aquella ley fatídica de que el desarrollo uniformiza— sobre todo de conservar, de encontrar fórmulas originales que permitan la coexistencia, dentro de la civilización peruana del futuro, de ese abanico de formas culturales, respetuosas las unas de las otras, de impedir que una de ellas ahogue totalmente a las demás. Ésta es una misión que la universidad no debe descuidar. A ella corresponde probar que no hay culturas mejores ni peores, sino distintas, que esa heterogeneidad que nos caracteriza y que puede parecer hoy la cara de nuestro atraso es, también, lo que puede darnos soberanía cultural. La universidad debe trabajar incansablemente por el mutuo conocimiento y el respeto recíproco de los distintos sistemas culturales del Perú. En ese dominio, el del conocimiento, la reflexión y la imaginación, la universidad puede y debe ser "revolucionaria", rompiendo los moldes establecidos, inventando métodos y cuestionando lo existente. Esta revolución es menos estridente que la otra, pero constituye una aventura audaz, riesgosa, idealista e infinitamente más valiosa para la sociedad.

La universidad puede fijarse muchas tareas, como complemento de la formación de profesionales, desde la dirección de las campañas de alfabetización hasta ser el eje del intercambio artístico e intelectual con el resto del mundo, desde el análisis de los problemas urgentes hasta el fomento, fuera de los claustros, de la ciencia y el arte. Una de las ventajas de un país donde tantas cosas quedan por hacer, es que nadie tiene por qué aburrirse ni sentirse inútil. La universidad puede desplegar innumerables programas además de aquellos que le son consustanciales. Lo importante es que todos ellos se conciban y realicen en el plano intelectual que es el suyo y no la aparten de él.

Y, así como comencé estas reflexiones, quisiera terminarlas con otra nota personal. Por una razón de rebeldía, yo estudié en San Marcos, contrariando el deseo familiar de que·fuera a la Católica, la universidad donde preferían ir entonces los jóvenes de eso que la huachafería nacional llamaba las familias 'decentes'. Ingresé a San Marcos porque esa universidad representaba para mí el Perú laico y popular, y, también, de algún modo, el de esas víctimas de la sociedad con las que quería ardientemente identificarme. Fui a San Marcos seducido por su tradición inconforme, la única digna en un país con las injusticias del nuestro. Allí, esa disposición (sin duda, buena) se vio desnaturalizada y frustrada por el mecanismo que he tratado de describir. Quiero decir que, con la pasión de los dieciséis años, también jugué el juego de la revolución: pinté paredes, promoví huelgas, intenté tachar profesores y participé en las conspiraciones de rigor. Luego, cuando el juego revolucionario me hastió, jugué el otro juego, y fui el estudiante sonámbulo que se dedica a sus asuntos y espera alegremente que discurra el tiempo para que, como un premio a la paciencia, aterrice un título en sus brazos.

Más tarde, las circunstancias han hecho que pasara temporadas en universidades de otras partes, algunas de muy alto nivel, y que pudiera ver de cerca lo que significa allí enseñar y sobre todo aprender, el esfuerzo y responsabilidad con que los viejos y los jóvenes encaraban el trabajo intelectual. Y allí, a la vez que comprobaba mis enormes vacíos de formación, descubría mi ingenuidad juvenil, ese gran desperdicio. Quizá esto explica el apasionamiento de algunas afirmaciones hechas en estas notas. Como tantos otros, yo colaboré con un granito de arena a la empresa de demolición de la universidad peruana. Lo recuerdo para que quede claro que estas críticas no están exentas de una buena dosis de autocrítica.

Lima, diciembre 1979

# LOS DIEZ MIL CUBANOS

El gobierno cubano decide retirar la fuerza policial que custodiaba la embajada del Perú en La Habana y en menos de tres días el local es invadido por diez mil personas que quieren asilarse. El caso debe ser único en la historia de la diplomacia latinoamericana, pues ni siquiera en los momentos peores de la persecución política en Nicaragua, Chile o Argentina —regímenes que, sin embargo, establecieron récords en lo que se refiere a represión— se vio algo parecido.

¿Hará reflexionar este hecho a los estudiantes e intelectuales que tienen a Cuba por el modelo revolucionario que quisieran ver aplicado en sus países? Ciertamente no. La reflexión está ausente de nuestra vida política, donde tanto la derecha como la izquierda actúan casi exclusivamente por reflejos condicionados. Para esta última, ya el periódico *Granma*, del 7 de abril, ha dado la explicación canónica, que ahora será repetida *ad nauseam* por los progresistas. Las personas que atestan la embajada son "delincuentes, lumpens, antisociales, vagos y parásitos" y "homosexuales, aficionados al juego y a las drogas que no encuentran en Cuba fácil oportunidad para sus vicios". (Se advierte aquí una variedad mayor de especímenes que la que García Márquez encontró entre los refugiados de Vietnam y Camboya, que al parecer eran sólo drogadictos y algunos millonarios.)

Y, sin embargo, aun cuando no sirva de mucho, vale la pena tratar de entender el mensaje que encierra, a nivel moral e intelectual, el espectáculo, dramático y grotesco, de esa muchedumbre apiñada —¡a razón de cuatro personas por metro cuadrado, según la agencia Reuter!— en la embajada del Perú en La Habana.

En términos cuantitativos, nadie —mejor dicho, nadie que no sea un sectario— puede negar que Cuba, gracias a la revolución, es la sociedad más igualitaria de toda América Latina, aquella en la que es menor la diferencia entre los que tienen más y los que tienen menos, donde la pobreza y la riqueza están más repartidas, y, también, aquella donde se ha hecho más por garantizar la educación, la salud y el trabajo de los humildes. Ningún otro país latinoamericano ha hecho lo que Cuba, en estos veinte años, para erradicar el analfabetismo, difundir los deportes y poner la medicina, los libros, las artes al alcance de todos.

Y sin embargo, pese a ello, miles, o cientos de miles y acaso hasta millones de cubanos preferirían marcharse a vivir en una sociedad distinta de la suya. ¿Cómo explicarlo? ¿Cómo explicar que prefieran incluso irse al Perú, y a los otros países latinoamericanos, con terribles problemas de desocupación y de pobreza, donde las diferencias económicas son enormes y donde los pobres, la inmensa mayoría, tienen la vida realmente dura? Una afirmación de *Granma*, en ese mismo editorial —"las fronteras entre el delincuente común y el contrarrevolucionario se confunden"— nos da una pista para comprender eso que, a simple vista, resulta extraordinaria paradoja.

El ideal igualitario es incompatible con el libertario. Puede haber una sociedad de hombres libres y una de hombres iguales pero no puede haber una que compagine ambos ideales en dosis idénticas. Ésta es una realidad que cuesta aceptar porque se trata de una realidad trágica, que desbarata una tradición de utopías generosas en la que aún nos movemos, y, sobre todo, porque coloca al hombre en la difícil disyuntiva de tener que elegir entre dos aspiraciones que tienen la misma fuerza moral y que parecen ser inseparables, el anverso y reverso de la idea de justicia. Pero no, no lo son: la libertad y la igualdad sólo pueden hacer un corto trecho juntas; luego, fatalmente, los caminos de ambas se cruzan y divergen.

Cuba ha optado por el ideal igualitario y no hay duda que ha dado pasos considerables, e incluso admirables, en esa dirección. Simultáneamente ha ido apartándose del otro ideal y convirtiéndose en un Estado donde toda la vida, individual, familiar, profesional, cultural se halla regulada, orientada y cautelada por un mecanismo casi impersonal y anónimo donde se han ido concentrando todos los poderes. Los intelectuales progresistas explican que "la verdadera libertad" consiste en tener educación, empleo, protección social, etc., y preguntan si la "libertad abstracta" de los reaccionarios les sirve de algo al campesino analfabeto de los Andes, al pobre diablo de las barriadas o al negro discriminado de los ghettos.

La respuesta está en los diez mil cubanos apretados en esa casa y ese jardín de La Habana. La libertad no se puede medir sólo en términos cuantitativos, a diferencia de la igualdad social. Ella es la posibilidad de elegir entre opciones distintas, y no sólo 'positivas' —decretadas así por la filosofía y la moral reinantes o, simplemente, por el capricho de quien detenta el poder— sino también por las 'negativas'. En una sociedad como la cubana esta posibilidad se ha reducido al mínimo, como muestra, luminosamente, la frase de *Granma*: quien elige algo distinto de lo que ha programado para él la revolución es contrarrevolucionario, es decir antisocial y delincuente. La sociedad igualitaria no permite al hombre elegir la infelicidad: ello es delito.

¿Significa esto que en las otras sociedades los hombres son de veras "libres", que en ellas eligen realmente lo que quieren ser y hacer? En la práctica no, claro está, pues ese poder de elección está mediatizado por las posibilidades económicas, culturales, sociales, y las aptitudes de cada individuo. Pero el hecho de que en ellas haya muchas más opciones que elegir —es decir, de pensar distinto a los demás, de cambiar de trabajo o domicilio, de opinar y de criticar y aun de combatir el sistema— las hace, al menos potencialmente, más próximas de aquel utópico paraíso de la libertad donde cada cual tendría la vida que querría. La libertad es *siempre* mayor en estas sociedades (aun cuando sean dictaduras políticas), que en las igualitarias, porque en ellas el poder no está concentrado en una sola estructura sino dispersado en varias, que compiten entre sí y recíprocamente se neutralizan. Esa dispersión es la que garantiza un margen —mayor o menor— de autonomía e independencia a las personas y, al mismo tiempo, es una continua fuente de desigualdad a todos los niveles. El presidente Carter aunque se lo propusiera sería incapaz de abolir la libertad de prensa en Estados Unidos, pues esta liberad no depende de él sino de la libertad de empresa que permite a cada cual tener su periódico y opinar en él como le plazca. Esa misma libertad de empresa es la que determina que en Estados Unidos haya, inevitablemente, pobres y ricos. Fidel Castro no puede establecer la libertad de prensa en Cuba porque allá todos los órganos de la información, al ser estatales, no pueden opinar ni informar en contra de este ente omnímodo y sofocante que, sin embargo, a la vez que regimentaba ideológicamente a los cubanos y les planificaba las vidas, les enseñaba a leer, les daba trabajo y los redimía de muchas de esas ignominias que aún pesan sobre la mayoría de los latinoamericanos.

Que, entendidas en términos extremos, la libertad y la igualdad sean opciones alérgicas la una a la otra, no puede querer decir que estemos condenados a la injusticia. Sino, más sencillamente, que hay que renunciar a las utopías, a las opciones extremas. Así lo han hecho los países que han alcanzado las formas de vida más civilizadas de nuestro tiempo, aquellos que se han resignado a esa fórmula mediocre que consiste en tolerar en su seno la libertad necesaria como para que sus ciudadanos no estén dispuestos a hacer lo que los diez mil cubanos de la embajada peruana, pero no tanta como para que, a su amparo, surjan tales desigualdades económicas y sociales que las gentes maten o se dejen matar por una revolución que implantaría una sociedad igualitaria en la que, a la larga, esas mismas gentes, o sus hijos, estarían dispuestos a cualquier cosa para huir a los países de la desigualdad.

Washington, abril 1980

# EL MANDARÍN

## I

Entre los escritores de mi tiempo, dos son los que preferí sobre todos los otros y a los que mi juventud debe más. Uno de ellos —Faulkner— estaba bien elegido; es el autor que cualquier aspirante a novelista debería conocer, pues su obra es probablemente la única suma novelesca contemporánea comparable, en número y calidad, a la de los grandes clásicos. El otro —Sartre— lo estaba menos: es improbable que su obra creativa vaya a durar y, aunque tuvo una inteligencia prodigiosa y fue, hechas las sumas y las restas, un intelectual honesto, su pensamiento y sus tomas de posición erraron más veces que acertaron. De él se puede decir lo que dijo Josep Pla de Marcuse: que contribuyó, con más talento que nadie, a la confusión contemporánea.

Lo leí por primera vez en el verano de 1952, cuando trabajaba de redactor en un periódico. Es la única época en que he hecho eso que muchas gentes creen todavía que hacen los escritores: vida bohemia. Al cerrar la edición, tarde en la noche, la fauna periodística se precipitaba a las cantinas, las *boîtes* de mala muerte, los burdeles, y eso, para un muchacho de quince años, parecía una gran aventura. En realidad, la verdadera aventura comenzó uno de esos amaneceres tabernarios cuando mi amigo Carlos Ney Barrionuevo me prestó *El muro*. Estos cuentos, con *La náusea*, las piezas de teatro —*Las moscas, Huis-clos, La prostituta respetuosa, Las manos sucias*—, los primeros tomos de *Los caminos de la libertad* y los ensayos de Sartre nos descubrieron, a muchos, a comienzos de los años cincuenta, la literatura moderna.

Han envejecido de manera terrible; hoy se advierte que había en esas obras escasa originalidad. La incomunicación, el absurdo, habían cuajado, en Kafka, de manera más trémula e inquietante; la técnica de la fragmentación venía de John Dos Passos y Malraux había tratado temas políticos con una vitalidad que no se llega a sentir ni siquiera en el mejor relato de esta índole que Sartre escribió: *La infancia de un jefe*.

¿Qué podían darle esas obras a un adolescente latinoamericano? Podían salvarlo de la provincia, inmunizarlo contra la visión folklórica, desencantarlo de esa literatura colorista, superficial, de esquema maniqueo y hechura simplona —Rómulo Gallegos, Eustasio Rivera, Jorge Icaza, Ciro Alegría, Güiraldes, los dos Arguedas, el propio Asturias de después de *El señor presidente*— que todavía servía de modelo y que repetía, sin saberlo, los temas y maneras del naturalismo europeo importado medio siglo atrás. Además de impulsarlo a uno a salir del marco literario regionalista, leyendo a Sartre uno se enteraba, aunque fuera de segunda mano, que la narrativa había sufrido una revolución, que su repertorio de asuntos se había diversificado en todas direcciones y que los modos de contar eran, a la vez, más complicados y más libres. Para entender lo que ocurría en *La edad de la razón*, *El aplazamiento* o *La muerte en el alma*, por ejemplo, no había otro remedio que darse cuenta de lo que era un monólogo interior, saber diferenciar los puntos de vista del narrador y de los personajes, y acostumbrarse a que una historia cambiara de lugar, de tiempo y de nivel de realidad (de la conciencia a los hechos, de la mentira a la verdad) con la velocidad con que cambiaban las imágenes en una película. Uno aprendía, sobre todo, que la relación entre un narrador y un personaje no podía ser, como antaño, la del titiritero y su muñeco: era preciso volver invisibles esos hilos bajo pena de incredulidad del lector. (Por no haberse preocupado de ocultarlos, Sartre ejecutaría a François Mauriac en un ensayo, enviando sus novelas adonde correspondía: el pasado.)

Sartre podía, también, salvarlo a uno del esteticismo y el cinismo. Gracias a Borges la literatura de nuestra lengua adquiría, en esos años, una gran sutileza de invención, una originalidad extraordinaria. Pero, como influencia, el genio de Borges podía ser homicida: producía borgecitos, mimos de sus desplantes gramaticales, de su erudición exótica y de su escepticismo. Descreer le había permitido a él crear una obra admirable; a quienes aprendían de Borges a creer en los adjetivos y a dudar de todo lo demás, la experiencia podía resultarles inhibidora e inducirlos al arte menor o al silencio. Menos artista que él, con una visión de la literatura más pobre que la de Borges, Sartre, sin embargo, podía ser más estimulante si uno se impregnaba de su convicción de que la literatura no podía ser nunca un juego, de que, por el contrario, escribir era la cosa más seria del mundo.

Las limitaciones que Sartre podía transmitir eran, de todos modos, abundantes. Una de ellas: enemistar al discípulo contra el humor, hacerle sentir que la risa estaba prohibida en una literatura que aspirase a ser profunda. No lo dijo nunca, pero no hacía falta: sus cuentos, novelas, dramas eran mortalmente graves. Otra, más seria: desinteresarlo de la poesía, que a Sartre nunca le gustó y que tampoco entendió. Es algo que descubrí en la época de mayor sujeción a su influjo, al darme cuenta que en sus ensayos sobre Baudelaire o sobre la poesía negra, citaba los versos como si fueran prosa, es decir únicamente por los conceptos racionales que expresaban. Esta incomprensión de la poesía hizo que fuera injusto con el surrealismo, en el que no vio otra cosa que una manifestación estridente de iconoclasia burguesa y que desdeñara el impacto que tuvo el movimiento en el arte y la sensibilidad de nuestro tiempo. Pero, tal vez lo más limitante, provenía de que la ficción de Sartre carece de misterio: todo en ella está sometido al gobierno —en este caso, dictadura— de la razón. No hay arte grande sin una cierta dosis de sinrazón, porque el gran arte expresa siempre la totalidad humana, en la que hay intuición, obsesión, locura y fantasía a la vez que ideas. En la obra de Sartre el hombre parece exclusivamente compuesto de estas últimas. Todo en sus personajes —incluidas las pasiones— es un epifenómeno de la inteligencia. Como la suya era tan poderosa —se lo comparó, con justicia, a una máquina de pensar— consiguió escribir, partiendo sólo de ideas, narraciones y dramas que, en un primer momento, resultaban atractivos por su poder razonante, por el vigor del intelecto que se movía en ellos. A la distancia, se diluían y la memoria no retenía gran cosa de esas ficciones, narrativas o teatrales, porque la literatura de creación que prevalece es aquella en la que las ideas encarnan en las conductas y los sentimientos de los personajes, en tanto que, en su caso, sucedía al revés: las ideas devoraban la vida, desencarnaban a las personas, el mundo parecía un mero pretexto para formularlas. Eso determina que, pese a su voluntarioso arraigo en la problemática de su época —la esencia de su teoría del compromiso— sus novelas y su teatro nos parezcan ahora irreales.

Sin embargo, hay en su literatura una vena lateral, escurridiza, que parece salida de un centro profundo y estar allí como a pesar de la aplastante racionalidad. Una vena malsana, provocativa, escandalosa, que se manifiesta en temas y personajes —caballeros y damas que prefieren masturbarse a hacer el amor, o que sueñan con castrarse, hermanos semiincestuosos, individuos que cultivan la paranoia con ardor— pero, sobre todo, en un lenguaje de una acidez enfermiza. Sartre dijo que sus personajes molestaban porque eran demasiado lúcidos, pero eso no es verdad, pues los de Malraux también lo son y no molestan. Lo incómodo en ellos es que no saben gozar, que carecen de entusiasmos, de ingenuidad, que nunca ceden a simples impulsos, que no son irresponsables ni cuando duermen, que reflexionan en exceso. Los salva de ser meras entelequias y los hace humanos el hecho de que casi siempre tengan vicios, que sean espíritus tortuosos, orientados al lado negro de las cosas. Un lector predispuesto, leyendo las ficciones de Sartre, podía intuir que, en contra de aquello que el maestro intentaba hacer, era absolutamente imposible evitar que en la literatura comparecieran experiencias que, en todos los otros órdenes de la vida social, los hombres ignoran o niegan que existan.

## II

El ensayo es el género intelectual por excelencia y fue en él, naturalmente, que esa máquina de pensar que era Sartre descolló. Leer sus ensayos era siempre una experiencia fuera de serie, un espectáculo en el que las ideas tenían la vitalidad y la fuerza de los personajes de una buena novela de aventuras. Había en ellos, por lo demás, una cualidad infrecuente: cualquiera que fuera su tema iban derechamente a lo esencial. Lo esencial, es decir los problemas que acosan a aquel que sale de la confortable ceguera de la niñez y empieza a dudar, a preguntarse qué hace en el mundo, qué sentido tiene la vida, qué es la historia y cómo se decide el destino de los individuos.

Sartre proponía respuestas a estas preguntas más racionales y persuasivas que las de la religión y menos esquemáticas que las del marxismo. Si sus tesis eran ciertas, es otra cuestión; ahora sé que no eran tan originales como entonces nos parecían a tantos. Lo importante es que eran útiles: nos ayudaron a organizar nuestras vidas, fueron una guía valiosa en los laberintos de la cultura y la política y hasta en los asuntos más privados del trabajo y la familia.

La libertad es el eje de la filosofía sartreana. El hombre, desde que viene al mundo, está enteramente librado a sí mismo, es un proyecto permanente que se va realizando según la manera como él elige entre las diarias, múltiples opciones que debe enfrentar (todas ellas: las importantes y las triviales). El hombre siempre es libre de elegir —la abstención es, por supuesto, una elección— y por eso es responsable de los errores y aciertos que componen su vida, de sus dosis de miseria y de dicha. El hombre no es una esencia inmutable (un 'alma') que precede y continúa a su trayectoria carnal, es una existencia que, a medida que se hace en el tiempo y en la historia, va constituyendo su propia e intransferible esencia. Existen los hombres, no la 'naturaleza' humana.

Que el hombre sea dueño de su destino no significa, por supuesto, que todos los seres pueden elegir su vida en igualdad de condiciones, entre opciones equivalentes. La 'situación' de un obrero, de un judío, de un millonario, de un enfermo, de un niño, de una mujer, son distintas y eso implica un abanico de alternativas totalmente diferentes para cada cual, en todos los dominios de la experiencia. Pero, en todos los casos, aun en el de los más desvalidos, en el de las peores víctimas, siempre es posible elegir entre conductas distintas, y cada elección supone un proyecto humano general, una concepción de la sociedad, una moral.

Los mejores ensayos de Sartre —quemaban las manos, las noches resultaban cortas leyéndolos— son aquellos donde describe, justamente, cómo eligieron sus vidas, dentro de la situación particular que fue la suya, ciertos hombres geniales, como Baudelaire, o terribles, como Jean Genet, o abnegados, como Juan Hermanos, Henri Martin o Henri Alleg. O aquellos, como *Reflexiones sobre la cuestión judía*, en los que a través de un caso concreto —el del antisemitismo— exponía su concepción de la relación humana, esa temible interdependencia condensada en una célebre frase de *Huis-clos*: "El infierno, son los otros". El 'otro' es una proyección de uno mismo, alguien al que vemos de determinada manera y al que de este modo constituimos como tal. Son los prejuicios del no-judío los que crean al judío, el blanco el que crea al negro, el hombre el que ha creado a la mujer. Los 'otros' nos hacen y rehacen continuamente y eso es lo que hacemos con ellos también. La libertad de ciertos hombres —grupos o clases—, dotada de cierto poder, les ha permitido reducir o distorsionar la de otros, condicionándolos a determinadas funciones que estos mismos han terminado por asumir como una condición esencial. Pero esto es una mentira, no hay funciones 'esenciales': ser colonizador o colonizado, obrero o patrón, blanco o negro, hombre o mujer, son 'situaciones', hechos fraguados históricamente y por lo tanto transformables.

Estas ideas ocupaban centenares de páginas y —en el libro o en el artículo— estaban siempre magistralmente desarrolladas, matizadas, ilustradas, con una prosa maciza, ríspida, tan densa a ratos que uno sentía que le faltaba la respiración. Las bestias negras eran *le tricheur* y *le salaud* (el tramposo y el sucio), es decir, el que trampeaba a la hora de elegir, buscándose coartadas morales para su cobardía o su vileza, y el que se 'comprometía' mal, optando por la injusticia.

Ahora resulta claro, para mí, que la famosa teoría sartreana del *compromiso*, si uno escarbaba hasta el fondo, era bastante confusa, pero en los años cincuenta nos parecía luminosa. Su mérito mayor era, entonces, que a un joven con vocación literaria y que había descubierto los problemas sociales, le suministraba una salida que parecía responsable desde el punto de vista político pero que no lo emasculaba intelectualmente, que era lo que ocurría a menudo con los que elegían la otra teoría entonces a la mano: el realismo socialista. El 'compromiso' consistía en asumir la época que uno vivía, no las consignas de un partido; en evitar la gratuidad y la irresponsabilidad a la hora de escribir pero no en creer que la función de la literatura podía ser divulgar ciertos dogmas o convertirse en pura propaganda; en mantener las dudas y en afirmar la complejidad del hecho humano aun en aquellas situaciones extremas —como las del racismo, el colonialismo y la revolución— en las que la frontera entre lo justo y lo injusto, lo humano y lo inhumano, parecía nítidamente trazada.

La teoría del compromiso, aplicada a la literatura, se podía interpretar en dos sentidos distintos y Sartre así lo hizo, de manera alternada, según sus cambios políticos y preferencias intelectuales del momento. En un sentido amplio, todo escritor con talento resultaba comprometido, pues la 'época', el 'tiempo', es una noción tan vasta que todos los temas imaginables pueden caber en ella, siempre que se relacionen de algún modo con la experiencia humana (y en literatura siempre se relacionan). Así, Sartre pudo, en ciertos momentos, 'comprometer' a creadores tan evasivos como Mallarmé, Baudelaire, Francis Ponge o Nathalie Sarraute. Esto generalizaba de tal modo la idea de 'compromiso' que ya no era un concepto esclarecedor y operativo. En un sentido estricto, comprometerse significaba hacerlo políticamente, participar en el combate social de la época a favor de aquellas acciones, clases, ideas que representaban el progreso. Para un escritor este combate debía ser simultáneamente el del comportamiento ciudadano y el de la pluma, pues ésta, bien usada, era un arma: "las palabras son actos".

En su sentido amplio, el 'compromiso' era una fórmula que abarcaba tanto —toda la literatura— que ya no abarcaba nada. En su sentido restrictivo, dejaba fuera de la literatura a un enorme número de escritores que habían sido indiferentes a la realidad política (como Proust, Joyce y Faulkner) o que habían elegido 'mal' (como Balzac, Dostoievski y Eliot) y volvía importantes a escritores que habían elegido bien pero que eran mediocres creadores (como Paul Nizan). Nada ilustra mejor la inoperancia de la teoría del compromiso como lo que le ocurrió a Sartre con Flaubert. En 1946 lo atacó con dureza, acusándolo de ser responsable de los crímenes que cometió la burguesía contra los comuneros de París "por no haber levantado la pluma para condenarlos". ¿Significaba eso que ser un escéptico en política era un obstáculo para escribir una gran obra literaria? Para probar que era así, Sartre comenzó a escribir un libro que le tomaría un cuarto de siglo —el gigantesco e inconcluso *El idiota de la familia*— y en el curso del cual no sería Flaubert sino la teoría del compromiso la que quedaría desbaratada, por el propio Sartre, al concluir que el autor de *Madame Bovary* fue el mejor escritor de su tiempo y quien fundó, con Baudelaire, la sensibilidad moderna.

Porque aunque se equivocó muchas veces, Sartre tuvo el coraje de contradecirse y rectificarse cuantas veces creyó que había errado.

### III

Hasta la posguerra Sartre fue apolítico. El testimonio de sus compañeros de la École Normale, de sus alumnos del Liceo de Le Havre donde enseñó y de Simone de Beauvoir sobre los primeros años de amistad, en la década del treinta, perfilan la imagen de un joven al que la pasión intelectual absorbe todo su tiempo: la filosofía, primero —estuvo becado en Berlín y descubrir la fenomenología de Husserl y el pensamiento de Heidegger fue decisivo en su vida— e, inmediatamente después, la literatura.

La guerra cambió a este hombre de treinta y cinco años que, según confesión propia, "hasta 1940 carecía de opiniones políticas y ni siquiera votaba". Enrolado en el ejército, capturado durante la invasión, estuvo unos meses en un campo de prisioneros del que salió conquistado por la inquietud política. Pero, aunque formó parte de grupos intelectuales de la Resistencia, todavía en los años de la ocupación esta nueva preocupación no se manifiesta de manera explícita en lo que publica (*Lo imaginario*, *El ser y la nada*, *Huis-clos*, los ensayos literarios) salvo, quizás, en *Las moscas*, pieza teatral en la que se ha visto, algo elásticamente, una alegoría contra el absolutismo. (Malraux recordaría una vez, con crudeza: "Mientras yo me batía contra los nazis, Sartre hacía representar sus piezas en París, aprobadas por la censura alemana".)

La actividad política de Sartre comienza, en verdad, a la Liberación, con la fundación de *Les Temps Modernes*, en octubre de 1945. Se lanzó a ella con ímpetu, ella condicionaría todo lo que en adelante escribió, pero, paradójicamente, sus declaraciones, manifiestos y gestos tendrían, a la larga, más notoriedad y acaso eficacia en el campo político que las obras de aliento intelectual que le inspiró. Quiero decir que, por ejemplo, así como su actitud pública en favor de la independencia de Argelia indujo a muchos jóvenes franceses a militar contra el colonialismo, pocos, en cambio, leyeron la *Crítica de la razón dialéctica*, ambicioso esfuerzo para desesquematizar el marxismo y revitalizarlo con aportes de la filosofía existencialista que no tuvo eco alguno, y menos que en nadie en aquellos a quienes iba dirigido: los intelectuales marxistas.

Es difícil hacer un balance del pensamiento y la historia política de Sartre a lo largo de estos treinta y cinco años, por su proximidad y complejidad. Decir que estuvo lleno de contradicciones, que su apasionamiento lo llevó a menudo a ser injusto, que, al mismo tiempo, hubo siempre en sus actitudes e ideas una generosidad y una rectitud moral básicas que lo hacían, aun en sus equivocaciones o ingenuidades políticas, respetable, y que su genio dialéctico fue en este caso un arma de doble filo pues le permitía revestir de fuerza de persuasión y apariencia de verdad a todo lo que sostenía e incluso a sus ucases (como el célebre: "Todo anticomunista es un perro"), es quizá cierto, pero insuficiente. En su caso la totalidad valdrá siempre más que cualquier síntesis.

Nadie pudo cuestionar nunca el desinterés y la limpieza con que asumió todas sus posiciones. Éstas fueron coherentes y consistentes en algunos temas, como el anticolonialismo, por el que combatió con gran coraje, cuando Indochina aún era francesa y cuando casi nadie en la izquierda europea se atrevía a pronunciarse a favor de la independencia de las colonias norafricanas o del África negra. Fue coherente y lúcido, también, en su empeño por entender al Tercer Mundo y combatir el eurocentrismo, por mostrar a los franceses que el africano, el asiático, el latinoamericano eran mundos en fermentación, parte de cuyas miserias provenían de las antiguas potencias colonizadoras o de las neocolonizadoras del presente y cuyas culturas merecían ser conocidas y respetadas. (Muchos años antes de que el Tercer Mundo se pusiera de moda, *Les Temps Modernes* dedicaba artículos a los problemas de estos países y yo recuerdo, por ejemplo, haber descubierto en sus páginas, en 1954 o 1955, la existencia del cubano Alejo Carpentier.)

Pero éstos son aspectos laterales del quehacer político de Sartre. El central fue la convicción, que hizo suya a la liberación y que lo acompañó hasta la muerte, de que el socialismo es la única solución a los problemas sociales y que el intelectual tiene el deber de trabajar por esa solución. 'Socialismo' en nuestros días quiere decir cosas varias y distintas y, a lo largo de su vida, Sartre estuvo a favor de las diversas variantes, incluida, al final de sus días, la socialdemocracia escandinava a la que, después de tantos años de denostar contra el despreciable reformismo burgués, reconoció haber ido más lejos que ningún otro sistema en conciliar la justicia social y la libertad del individuo.

Prosoviético, prochino, castrista, simpatizante trotskista o protector de los guerrilleros urbanos, nunca se inscribió, sin embargo, en el Partido Comunista. Fue siempre lo que se llamó 'un compañero de viaje'. En su caso esto no significó, como en el de otros intelectuales, docilidad oportunista, pérdida de la independencia, convertirse en mero instrumento. Él, llegado el momento, tomaba distancias y criticaba con dureza al partido o a la URSS, como cuando la intervención en Checoeslovaquia o el juicio contra Siniavski y Daniel. Por esas tomas de distancia recibió de los comunistas los ataques más feroces que se escribieron contra él, pese a que pasó buena parte de su vida política haciendo intrépidos esfuerzos intelectuales y morales para, no siendo uno de ellos, no parecer nunca que estaba en contra de ellos. Esta dramática posición —que define al intelectual progresista de los años cincuenta y sesenta— la formuló él así, en un ensayo de 1960: "La colaboración con el Partido Comunista es a la vez necesaria e imposible".

¿Por qué necesaria? Porque el socialismo es la única respuesta radical a los problemas humanos y porque la lucha por el socialismo la encarna el partido de la clase obrera. ¿Por qué imposible, entonces? Porque, aunque el marxismo es "la insuperable filosofía de nuestro tiempo", el Partido Comunista es dogmático, atado de pies y manos a la política de la URSS, y porque en este país, aunque es la patria del socialismo y "el único gran país donde la palabra progreso tiene sentido", se han producido deformaciones ideológicas profundas que hacen que, bajo el nombre de socialismo, se cometan abusos, injusticias e incluso grandes crímenes.

Si esto suena a caricatura, se debe a mi torpeza, no a mi intención. Porque éste es, ni más ni menos, el desesperante dilema que —con la fulgurante inteligencia de siempre— desarrolló Sartre, a lo largo de sus ensayos políticos de por lo menos veinte años, en *Los comunistas y la paz*, *El fantasma de Stalin*, innumerables artículos y en sus polémicas con aquellos que fueron sus amigos y aliados y que, por no poder seguirlo en todos los meandros cotidianos a que lo empujaba esta dificilísima posición, rompieron con él: Camus, Aron, Etiemble, Koestler, Merleau-Ponty y tantos otros de nombre menos ilustre.

Al cabo de los años, es este dilema lo que más trabajo cuesta perdonarle. Que, a quienes admirábamos tanto su poder intelectual, nos convenciera, con argumentos racionales que él sabía hacer irrebatibles, de algo que era, pura y simplemente, un acto de fe. O, para usar su terminología, de "mala fe". Que nos hiciera creer, a quienes en buena parte gracias a él nos habíamos librado de la Iglesia y de Roma y de las verdades únicas, que había otra verdad única, y otra Iglesia y otra Roma de las que era preciso ser críticos, y a ratos muy severos, pero a sabiendas que fuera de ellas no había salvación moral o política verdaderas y que no quedaba por lo tanto otro remedio, para seguir siendo un 'progresista', que vivir con la conciencia de un réprobo.

## IV

Para los lectores futuros será tan difícil tener una idea cabal de lo que Sartre significó en esta época, como para nosotros entender exactamente lo que representaron en la suya Voltaire, Victor Hugo o Gide. Él, igual que ellos, fue esa curiosa institución francesa: el mandarín intelectual. Es decir, alguien que ejerce un magisterio más allá de lo que sabe, de lo que escribe y aun de lo que dice, un hombre al que una vasta audiencia confiere el poder de legislar sobre asuntos que van desde las grandes cuestiones morales, culturales y políticas hasta las más triviales. Sabio, oráculo, sacerdote, mentor, caudillo, maestro, padre, el mandarín contamina su tiempo con ideas, gestos, actitudes, expresiones, que, aunque originalmente suyos, o a veces sólo percibidos como suyos, pasan luego a ser propiedad pública, a disolverse en la vida de los otros.

(El mandarinato es típicamente francés, porque, aunque en otros países haya habido ocasionalmente figuras que ejercían esta función —como Ortega y Gasset en España y Tolstoi en Rusia—, en Francia, por lo menos desde el siglo XVIII, toda la vida intelectual ha discurrido de este modo, rotando en torno a escritores que eran a la vez pontífices de la sensibilidad, el gusto y los prejuicios.)

Será difícil, para los que conozcan a Sartre sólo a través de sus libros, saber hasta qué punto las cosas que dijo, o dejó de decir, o se pensó que podía haber dicho, repercutían en miles de miles de personas y se tornaban, en ellas, formas de comportamiento, 'elección' vital. Pienso en mi amigo Michael, que ayunó y salió semidesnudo al invierno de París hasta volverse tuberculoso para no ir a pelear en la "sucia guerra" de Argelia, y en mi buhardilla atiborrada de propaganda del FLN argelino que escondí allí porque "había que comprometerse". Por Sartre nos tapamos los oídos para no escuchar, en su debido momento, la lección política de Camus, pero, en cambio, gracias a Sartre y a *Les Temps Modernes* nos abrimos camino a través de la complejidad del caso palestino-israelí que nos resultaba desgarrador. ¿Quién tenía la razón? ¿Era Israel, como sostenía buena parte de la izquierda, una simple hechura artificial del imperialismo? ¿Había que creer que las injusticias cometidas por Israel contra los palestinos eran moralmente idénticas a las cometidas por los nazis contra los judíos? Sartre nos salvó del esquematismo y la visión unilateral. Es uno de los problemas en que su posición fue siempre consistente, lúcida, valerosa, esclarecedora. Él entendió que podía haber dos posiciones igualmente justas y sin embargo contradictorias, que tanto palestinos como israelíes fundaban legítimamente su derecho a tener una patria y que, por lo tanto, había que defender la tesis —que parecía entonces imposible, pero que ahora, gracias a Egipto, ya no lo parece tanto— de que el problema sólo se resolvería cuando Israel consintiera en la creación de un Estado palestino y los palestinos, por su parte, reconocieran la existencia de Israel.

Mi decepción con Sartre ocurrió en el verano de 1964, al leer un reportaje que le hacía *Le Monde*, en el que parecía abjurar de todo lo que había creído —y nos había hecho creer— en materia de literatura. Decía que frente a un niño que se muere de hambre *La náusea* no sirve de nada, no vale nada. ¿Significaba esto que escribir novelas o poemas era algo inútil, o, peor, inmoral, mientras hubiera injusticias sociales? Al parecer sí, pues en el mismo reportaje aconsejaba a los escritores de los nuevos países africanos que renunciaran a escribir por el momento y se dedicaran más bien a la enseñanza y otras tareas más urgentes, a fin de construir un país donde más tarde fuera posible la literatura.

Recuerdo haber pensado, repensado, vuelto a pensar en ese reportaje, con la deprimente sensación de haber sido traicionado. Quien nos había enseñado que la literatura era algo tan importante que no se podía jugar con ella, que los libros eran actos que modificaban la vida, súbitamente nos decía que no era así, que, a fin de cuentas, no servía de gran cosa frente a los problemas serios; se trataba de un lujo que se podían permitir los países prósperos y justos, pero no los pobres e injustos, como el mío. Para esa época ya no había argumento capaz de librarme de la literatura, de modo que el reportaje sirvió más bien para librarme de Sartre: se rompió el hechizo, ese vínculo irracional que une al mandarín con sus secuaces. Me acuerdo muy bien de la consternación que significó darme cuenta de que el hombre más inteligente del mundo podía también —aunque fuese en un momento de desánimo— decir tonterías. Y, en cierta forma, era refrescante, después de tantos años de respetuoso acatamiento, polemizar mentalmente con él y desbaratarlo a preguntas. ¿A partir de qué coeficiente de proteínas per cápita en un país era ya ético escribir novelas? ¿Qué índices debían alcanzar la renta nacional, la escolaridad, la mortalidad, la salubridad, para que no fuera inmoral pintar un cuadro, componer una cantata o tallar una escultura? ¿Qué quehaceres humanos resisten la comparación con los niños muertos más airosamente que las novelas? ¿La astrología? ¿La arquitectura? ¿Vale más el palacio de Versailles que un niño muerto? ¿Cuántos niños muertos equivalen a la teoría de los quanta?

Luego de la polémica que provocaron sus declaraciones, Sartre las suavizó y enmendó. Pero, en el fondo, reflejaban algo que sentía: su desilusión de la literatura. Era bastante comprensible, por lo demás. Pero la culpa la tenía él, que le había pedido a la literatura cosas que no estaban a su alcance. Si uno piensa que una novela o un drama van a resolver los problemas sociales de manera más o menos visible, inmediata, concreta, lo probable es que termine desencantado de la literatura, o de cualquier actividad artística, pues el efecto social de una obra de arte es indirecto, invisible, mediato, dificilísimo siempre de medir. ¿Significa esto que no *sirvan*? Aunque no se pueda demostrar como se demuestra un teorema, sí sirven. Yo sé que mi vida hubiera sido peor sin los libros que escribió Sartre.

Aunque a la distancia, y con cierto despecho que nunca acabó de disiparse, el interés por todo lo que él decía, hacía o escribía, siempre se mantuvo. Y probablemente, como ha debido ocurrirles a todos los que de una manera u otra fueron influidos por él, en cada polémica, crisis, ruptura, nunca dejé, para saber si había procedido bien o mal, de pensar en Sartre. Recuerdo la alegría que me dio estar sentado a su lado, en la Mutualité, en 1967, en una actuación en favor de la libertad de Hugo Blanco, y la tranquilidad moral que fue saber, cuando el llamado "caso Padilla", que él y Simone de Beauvoir habían sido los primeros en Francia en firmar nuestro manifiesto de protesta.

Con él se ha muerto una cierta manera de entender y de practicar la cultura que fue una característica mayor de nuestro tiempo; con él se acaba un mandarinato que acaso sea el último, pues los mandarines de su generación que lo sobreviven son muy académicos o muy abstrusos y de séquitos muy escuálidos y en las generaciones más jóvenes no hay nadie que parezca capaz de llenar ese impresionante vacío que deja.

Alguien me ha dicho que estas notas que he escrito sobre él son más ácidas que lo que cabía esperar de quien confesadamente le debe tanto. No creo que a él eso le hubiera importado; estoy seguro que le hubiera disgustado menos que el implacable fuego de artificio —alabanzas, ditirambos, carátulas— con que lo ha enterrado esa Francia oficial contra la que despotricaba. Hay que recordar que era un hombre sin ese género de vanidades, que no aceptaba homenajes y que tenía horror al sentimentalismo.

Washington, mayo-junio 1980

# HALCONES Y PALOMAS

El sitio donde trabajo es una abadía normanda del siglo XVI (pero está en Washington y fue construida a mediados del siglo XIX). Mi despacho se encuentra en una torre histórica pues, al parecer, Abraham Lincoln pasó revista desde ella a las tropas de la Unión que pelearon en la batalla de Manassas, durante la guerra civil.

Llevo aquí seis meses y, hasta hace algunas semanas, bandadas de palomas venían a tomar el sol o refugiarse de la lluvia en los aleros, cornisas y techos que me rodean. Yo las sentía conversar, moverse, expulgarse, espiarme. Ahora las palomas han desaparecido y sólo veo de ellas rastros ignominiosos: plumas sueltas, huesecillos pulidos, intimidades corruptas.

Ocurre que estaban desapareciendo los halcones del cielo de este país y el Smithsonian —la institución que administra esta abadía y buena parte de los museos de Washington— concibió un proyecto para impedir la extinción de esas aves de presa. Los techos y torres de esta abadía —la llaman el Castillo— fueron considerados propicios para fomentar su existencia.

Lo fui sabiendo a pocos, por episodios. Una mañana descubrí que en la torre vecina unos operarios levantaban otra pequeña torre, de cartón-piedra, como un decorado, y la pintaban con cuidado para confundirla con el resto del edificio. Era una halconera. Días después trajeron tres crías recién nacidas y un joven vino a instalarse junto al nido para alimentarlas hasta que pudieran hacerlo solas. Yo veía fotógrafos que trepaban a la torre para inmortalizar las comidas de los tres halconcitos y subí un día creyendo tontamente que les daban el biberón. No: les echaban pichones vivos. Ahora, el joven ya se marchó y los halcones se cuidan ellos mismos. Al principio cazaban por aquí pero como las palomas se espantaron ya no puedo ser testigo de sus carnicerías, sólo adivinarlas, cuando los veo regresar, saciados, con alguna presa colgando del pico. Son unos animales pardos, con motas negras, más oscuros en las alas que en el pecho, de ojos fríos y posturas arrogantes. No se puede decir que sean bellos ni que inspiren sentimientos tiernos, pero tienen algo rotundo, explícito, indiferente, solemne, que impresiona.

Ahora que son mis vecinos recuerdo a una alumna que tuve hace años en el otro Washington (el estado, en el Oeste). Su erudición era prodigiosa en la literatura del Siglo de Oro relacionada con la cetrería. Recordaba los poemas, los dramas, por las aves carniceras que cruzaban por ellos y, por ejemplo, de *La Celestina* sólo le interesaba el comienzo, por el ave rapaz que guía a Calixto hasta el jardín de Melibea. Criaba halcones en su jardín, escribía una tesis doctoral sobre este tema y los domingos descansaba entregada a un deporte no menos recio y tradicional: el de la flecha.

Cuento la historia de los halcones y las palomas del Smithsonian porque me parece graciosa. Pero es también instructiva sobre la ingenuidad impetuosa y constructora de este país, capaz de creer que hasta la antigüedad se fabrica. Al mismo tiempo, la historia tiene algo de simbólica pues, en Estados Unidos, en estos momentos, como ha ocurrido en estas torres, los halcones —es decir, los conservadores— están desplazando a las palomas (los liberales). No se trata de un fenómeno exclusivamente político, sino de algo más amplio, de un estado de ánimo que abarca también la religión y la moral. Tal vez en este caso tenga sentido usar la palabra 'reacción', pues se trata, en efecto, de un movimiento hacia atrás, de un regreso emocional a un pasado (aunque éste sea más mítico que real).

Hace algunos meses tuvo lugar en Washington una manifestación de medio millón de personas, venidas de todos los rincones del país, al llamado de las iglesias y sectas cristianas más conservadoras. Los peregrinos acamparon al aire libre, en el Estadio Kennedy, y estuvieron todo un día rezando, cantando y escuchando a decenas de predicadores en la explanada que separa el Capitolio del monumento a Washington. El estrado estaba al pie de mi ventana —ésta es, como se ve, la torre de las maravillas— y no tuve más remedio que escuchar las arengas fervientes contra el aborto, la pornografía, las drogas, los llamados urgentes al patriotismo, la vida sencilla, las prácticas piadosas y la moral rígida. Aún más fascinante que oírlos fue verlos, merodear entre esa muchedumbre de buenas familias que habían recorrido, algunas, enormes distancias para llegar aquí a 'testimoniar por Dios', tratando de identificar y diferenciar a las diferentes sectas cuyos nombres bastaban a veces (los 'carismáticos', los 'esenios') para sumergirlo a uno en una atmósfera medieval.

Pues bien, esta multitudinaria demostración de conservadurismo religioso no fue tan homogénea y armónica como hubieran querido sus organizadores. A lo largo del día fueron compareciendo los discrepantes, los críticos, los adversarios, los heterodoxos. Todo ocurría dentro de la religión, por cierto. El episodio más vibrante fue la ruidosa llegada —cantaban un himno— de los Homosexuales por Cristo, cuya presencia alarmó a muchos puritanos y provocó discusiones y hasta violencias; pero al final aquéllos ganaron el derecho de permanecer en el lugar, repartiendo sus folletos y defendiendo sus tesis. Menos seria, más pintoresca, fue la venida de los Nazarenos, cofradía joven y alocada, de muchachas y muchachos que andan envueltos en túnicas verdes, descalzos, son vegetarianos, promiscuos, errabundos y están seguros de que su mesías —un californiano— es Cristo reencarnado y de que usar artículos de cuero causa condenación eterna.

La tendencia conservadora actual de la sociedad norteamericana asusta en el extranjero, donde se piensa que el triunfo de Ronald Reagan en las elecciones presidenciales de noviembre —algo que, según las encuestas de opinión, parece posible— significaría un retorno a la guerra fría, la política del garrote y acaso el maccarthismo. La verdad, no creo que exista ese peligro. Por las mismas razones que no creo se pueda fabricar la antigüedad pienso que es imposible saltar atrás en la historia. Ese país impoluto, de costumbres sanas, familias sólidas, negocios siempre prósperos, sentimientos simples que inspira a Reagan nunca existió —salvo en el cine— y es por lo tanto imposible volver a él. Todo lo que se puede conseguir en ese orden es un simulacro. Como, de otro lado, el hipotético gobierno de Reagan no tendría nunca la unanimidad y el sistema que rige a este país está regulado puntillosamente para que la heterogeneidad sea respetada y las voces discrepantes escuchadas, aquél se verá fatalmente obligado a pactar, hacer concesiones, moderar sus objetivos y resignarse —como los cristianos integristas de la manifestación— a convivir con sus antípodas. Es posible, por otra parte, que la política económica de Reagan traiga más beneficios que perjuicios a este país que vive los índices más altos de inflación y desempleo de su historia. No creo que Reagan signifique la guerra. Pero sí, en cambio, algo penoso: el simplismo político, la visión corta, provinciana, una incultura risueña. El problema es: ¿significa Carter otra cosa? Los cambios entre liberales y conservadores son muy relativos en este país. Lo grave es la mediocrización paulatina de su clase política. Afortunadamente, la política aquí no controla ni irriga toda las otras actividades sociales, que tienen su propia dinámica y acaparan cada vez más a los mejores talentos. El infortunio es para el exterior, donde la política de Estados Unidos repercute con fuerza y donde resultan más dañinos los yerros y deficiencias de sus políticos.

Washington, julio 1980

# ISAIAH BERLIN,
# UN HÉROE DE NUESTRO TIEMPO

## UN FILÓSOFO DISCRETO

Hace años leí, en una traducción de Alianza Editorial, un libro sobre Marx tan claro, limpio de prejuicios y sugestivo que pasé un buen tiempo tratando de encontrar otros libros de su autor: Isaiah Berlin. Después supe que, hasta hace relativamente poco, la obra de éste era difícil de leer pues se hallaba dispersa, para no decir enterrada, en publicaciones académicas. Con la excepción de sus libros sobre Vico y Herder y los cuatro ensayos sobre la libertad, que circulaban en el mundo de lengua inglesa, el grueso de su obra vivía la recoleta vida de la biblioteca y la revista especializada. Ahora, gracias a un discípulo, Henry Hardy, que ha reunido sus ensayos, éstos se ponen al alcance del público, en cuatro volúmenes: *Russian Thinkers*, *Against the current*, *Concepts and Categories* y *Personal Impressions*.

Se trata de un acontecimiento, pues Isaiah Berlin —de origen letón pero criado y educado en Inglaterra, donde ha sido profesor de Teoría social y política en Oxford y presidente de la Academia Británica— es una de las mentes más notables de nuestro tiempo, un pensador político y ensayista de extraordinaria sabiduría cuyas obras, a la vez que producen un raro placer por su versación y brillantez intelectuales, prestan una ayuda invalorable para entender en toda su complejidad los problemas morales e históricos que enfrenta el hombre contemporáneo.

El profesor Berlin cree apasionadamente en las ideas y en la influencia que éstas tienen en la conducta de los individuos y de las sociedades, aunque está, al mismo tiempo, como buen pragmático, consciente del espacio que suele abrirse entre las ideas y las palabras que pretenden expresarlas y entre éstas y los hechos que dicen materializarlas. Sus libros, pese a la densidad intelectual que pueden tener, jamás nos parecen abstractos —como nos lo parecen, por ejemplo, los de un Michel Foucault o los últimos de Roland Barthes—, resultado de un virtuosismo especulativo y retórico que en un momento cortó amarras con la realidad, sino firmemente arraigados en la experiencia común de la gente. La colección de ensayos *Russian Thinkers* constituye un fresco épico de la Rusia decimonónica, en el aspecto intelectual y político, pero los personajes más descollantes no son hombres sino ideas: éstas brillan, se mueven, rivalizan y cambian con la vivacidad con que lo hacen los héroes de una buena novela de aventuras. Así como en otro bello libro de tema parecido —*Hacia la estación de Finlandia*, de Edmund Wilson— el pensamiento de los protagonistas parecía transpirar del retrato persuasivo y multicolor que hacía el autor de sus personas, aquí, en cambio, son los conceptos que formularon, los ideales y argumentos con que se enfrentaron uno a otro, sus intuiciones y conocimientos los que dibujan las figuras de Tolstoi, de Herzen, de Belinski, de Bakunin y de Turguéniev, lo que los vuelve plausibles o censurables.

Pero, más todavía que *Russian Thinkers*, el conjunto de textos de *Against the current* (*Contra la corriente*) quedará sin duda como la principal contribución del profesor Berlin a la cultura de nuestro tiempo. También cada ensayo de esta obra maestra se lee como capítulo de una novela cuya acción transcurre en el mundo del pensamiento y en la que los príncipes y los villanos son las ideas. Maquiavelo, Vico, Montesquieu, Hume, Sorel, Marx, Disraeli, hasta Verdi cobran, por obra de este erudito que no pierde jamás la mesura y al que nunca la rama enturbia la visión del bosque, una formidable actualidad, y las cosas que creyeron, propusieron o criticaron iluminan poderosamente los conflictos políticos y sociales que creíamos equivocadamente específicos de nuestra época.

La más sorprendente característica de este pensador es —a simple vista— la de carecer de un pensamiento propio. Parece un sinsentido decir algo semejante, pero no lo es, pues, cuando uno lo lee, tiene la impresión de que Isaiah Berlin consigue en sus ensayos eso que, después de Flaubert (y gracias a él) han tratado de conseguir la mayoría de los novelistas modernos en sus novelas: abolirse, invisibilizarse, dar la ilusión de que sus historias son autogeneradas. Hay muchas técnicas para "desaparecer al narrador" en una novela. La técnica que emplea el profesor Berlin para hacernos sentir que él no está detrás de sus textos, es el *fair play*. Es decir, la escrupulosa limpieza moral con que analiza, expone, resume y cita el pensamiento de los demás, atendiendo todas sus razones, considerando los atenuantes, las limitaciones de época, no empujando jamás las palabras o las ideas ajenas en una dirección u otra para de este modo acercarlas a las propias. Esta objetividad en la transmisión de lo inventado por los demás hace que tengamos la fantástica impresión de que, en estos libros que dicen tantas cosas, Isaiah Berlin mismo no tenga nada personal que decir.

Impresión rigurosamente falsa, claro está. El *fair play* (juego limpio) es sólo una técnica, que, como todas las técnicas narrativas, no tiene otra función que la de hacer más persuasivo un contenido. Una historia que parece no contada por nadie en particular, que finge estarse haciendo a sí misma, por sí misma, en el momento de la lectura, puede resultar más verosímil y hechicera para el lector. Un pensamiento que parece no existir por sí mismo, que nos llega indirectamente, a través de lo que pensaron en determinado momento de sus vidas ciertos hombres eminentes, de épocas y culturas distintas, o que simula nacer no del esfuerzo creativo de una mente individual, sino del contraste de concepciones filosóficas y políticas de otros, y de los errores y vacíos de estas concepciones, puede ser más convincente que aquel que se presenta, explícito y arrogante, como una teoría singular. La discreción y la modestia de Isaiah Berlin son, en realidad, una astucia de su talento.

Decir que es un filósofo 'reformista', un defensor de la soberanía individual, convencido a la vez de la necesidad del cambio y el progreso social y de las inevitables concesiones que éstos exigen de aquélla, un creyente en la libertad como alternativa práctica para los individuos y las naciones, aunque consciente de las servidumbres que hacen pesar sobre esta opción de libertad los condicionamientos económicos, culturales y políticos, y un decidido defensor del 'pluralismo', es decir de la tolerancia y de la coexistencia de ideas y formas de vida diferentes y un adversario resuelto de cualquier clase de despotismo —intelectual o social—, creo que es decir algo cierto, pero es, también, en cierto modo, privar al lector del placer de descubrirlo a través de ese método moroso, sutil, indirecto —de novelista— que utiliza el profesor Berlin para desenvolver sus convicciones.

Hace algunos años perdí el gusto a las utopías políticas, esos apocalipsis que prometen bajar el cielo a la tierra: más bien suelen provocar iniquidades tan graves como las que quisieran remediar. Desde entonces pienso que el sentido común es la más valiosa de las virtudes políticas. Leyendo a Isaiah Berlin he visto con claridad algo que intuía de manera confusa. El verdadero progreso, aquel que ha hecho retroceder o desaparecer los usos y las instituciones bárbaras que eran fuente de infinito sufrimiento para el hombre y han establecido relaciones y estilos más civilizados de vida, se ha alcanzado siempre gracias a una aplicación sólo parcial, heterodoxa, deformada, de las teorías sociales. De las teorías sociales *en plural*, lo que significa que sistemas ideológicos diferentes, a veces irreconciliables, han determinado progresos idénticos o parecidos. El requisito fue siempre que estos sistemas fueran flexibles, que pudieran ser enmendados, rehechos, cuando pasaban de lo abstracto a lo concreto y se enfrentaban con la experiencia diaria de los seres humanos. El cernidor que no suele equivocarse, al separar en esos sistemas lo que conviene o no conviene a los hombres, es la razón práctica de éstos. No deja de ser una paradoja que alguien como Isaiah Berlin, que ama tanto las ideas y se mueve entre ellas con tanta solvencia, sea un convencido de que son éstas las que deben siempre someterse si entran en contradicción con la realidad humana, pues, cuando ocurre al revés, las calles se llenan de guillotinas y paredones de fusilamiento y comienza el reinado de los censores y los policías.

## LAS VERDADES CONTRADICTORIAS

Una constante en el pensamiento occidental es creer que existe una sola respuesta verdadera para cada problema humano y que, una vez hallada esta respuesta, todas las otras deben ser rechazadas por erróneas. Creencia complementaria de la anterior y tan antigua como ella, es que los más nobles ideales que animan a los hombres —justicia, libertad, paz, placer, etc.— son compatibles unos con otros. Para Isaiah Berlin estas creencias son falsas y de ellas han derivado buena parte de las tragedias de la humanidad. De este escepticismo, el profesor Berlin extrae unos argumentos poderosos y originales en favor de la libertad de elección y del pluralismo ideológico.

Fiel a su método indirecto, Isaiah Berlin expone su teoría de las verdades contradictorias o de los fines irreconciliables, a través de otros pensadores en los que encuentra indicios, adivinaciones, de esta tesis. Así, por ejemplo, en su ensayo sobre Maquiavelo nos dice que éste detectó, de manera involuntaria, casual, esta "inconfortable verdad": que no todos los valores son necesariamente compatibles, que la noción de una única y definitiva filosofía para establecer la sociedad perfecta es material y conceptualmente imposible. Maquiavelo llegó a esta conclusión al estudiar los mecanismos del poder y comprobar que ellos eran írritos a todos los valores de la vida cristiana que, nominalmente, regulaban la vida de la sociedad. Llevar una 'vida cristiana', aplicar rigurosamente las normas éticas prescritas por ella, significaba condenarse a la impotencia política, ponerse a merced de los inescrupulosos y los hábiles; si se quería ser políticamente eficiente y construir una comunidad 'gloriosa', como Atenas o Roma, había que renunciar a la educación cristiana y reemplazarla por otra más apropiada a ese fin. Al profesor Berlin no le parece tan importante que Maquiavelo propusiera esa disyuntiva, como su intuición de que los dos términos de ella eran igualmente persuasivos y tentadores desde el punto de vista moral y social. Es decir, que el autor de *El príncipe* advirtiera que el hombre podía verse desgarrado entre metas que lo solicitaban por igual y que, sin embargo, eran alérgicas una a la otra.

Todas las utopías sociales —de Platón a Marx— han partido de un acto de fe: que los ideales humanos, las grandes aspiraciones del individuo y de la colectividad, son capaces de congeniar, que la satisfacción de uno o varios de estos fines no es obstáculo para materializar también los otros. Quizá nada expresa mejor este optimismo que el rítmico lema de la revolución francesa: "Libertad, igualdad, fraternidad". El generoso movimiento que pretendió establecer el gobierno de la razón sobre la tierra y materializar estos ideales simples e indiscutibles demostró al mundo, a través de sus repetidas carnicerías y sus múltiples frustraciones, que la realidad social era más tumultuosa e impredecible de lo que suponían las impecables abstracciones de los filósofos que habían prescrito recetas para la felicidad de los hombres. La más inesperada demostración —que aún hoy muchos se niegan a aceptar— fue la de que estos ideales se repelían uno al otro desde el instante mismo en que pasaban de la teoría a la práctica; de que, en vez de apoyarse entre sí, se saboteaban. Los revolucionarios franceses descubrieron, asombrados, que la libertad era una fuente de desigualdad y que un país en el que los ciudadanos gozaran de una total o muy amplia capacidad de iniciativa y gobierno de sus actos y bienes sería tarde o temprano un país escindido por numerosas desigualdades materiales y espirituales. Así, para establecer la igualdad no había otro remedio que sacrificar la libertad, imponer la coacción, la vigilancia y la acción todopoderosa y niveladora del Estado. Que la injusticia social fuera el precio de la libertad y la dictadura el de la igualdad —y que la fraternidad sólo pudiera concretarse de manera relativa y transitoria, por causas más negativas que positivas, como en el caso de una guerra o cataclismo que aglutinan a la población en un movimiento solidario— es algo lastimoso y difícil de aceptar.

Sin embargo, según Isaiah Berlin, más grave que aceptar este terrible dilema del destino humano, es negarse a aceptarlo (jugar al avestruz). Por lo demás, por trágica que sea, esta realidad permite sacar lecciones provechosas en términos prácticos. Los filósofos, historiadores y pensadores políticos que intuyeron este conflicto —el de las verdades contradictorias— han mostrado una mayor aptitud para entender el proceso de la civilización, el fenómeno humano. Por un camino distinto al de Maquiavelo, Montesquieu también advirtió como característica central en el discurrir de la humanidad que los fines de los hombres fueron muchos y distintos y a menudo incompatibles unos con otros y que ésta era la raíz de choques entre civilizaciones y de diferencias entre comunidades distintas y, en el seno de una misma comunidad, de rivalidades entre clases y grupos y, en la propia intimidad de la conciencia individual, de crisis y desgarramientos.

Como Montesquieu en el siglo XVIII, el gran escritor e inconforme ruso Alexander Herzen percibe en el XIX este dilema y ello le permite analizar más lúcidamente que otros contemporáneos el fracaso de las revoluciones europeas de 1848 y 1849. Herzen es un vocero privilegiado de Isaiah Berlin; sus afinidades son enormes y uno entiende que le haya consagrado uno de sus más luminosos ensayos. El escepticismo tiene en ambos un signo curiosamente positivo y estimulante, es un llamado a la acción pues se refuerza con consideraciones pragmáticas y toques de optimismo. Herzen fue uno de los primeros en rechazar, como fuente de crímenes, la noción de que existe un futuro esplendoroso para la humanidad al que las generaciones presentes deben ser sacrificadas. Como Herzen, el profesor Berlin recuerda a menudo las pruebas históricas de que no hay justicia que haya resultado de una política injusta o libertad que naciera de la opresión. Ambos, por eso, creen que en cuestiones sociales son siempre preferibles los éxitos mediocres pero efectivos a las grandes soluciones totalizadoras, fatalmente quiméricas.

Que haya verdades contradictorias, que los ideales humanos puedan ser adversarios no significa para Isaiah Berlin que debamos desesperar y declararnos impotentes. Significa que debemos tener conciencia de la importancia de la libertad de elegir. Si no hay una sola respuesta para nuestros problemas, nuestra obligación es vivir constantemente alertas, poniendo a prueba las ideas, leyes, valores que rigen nuestro mundo, confrontándolos unos con otros, ponderando el impacto que causan en nuestras vidas, y eligiendo unos y rechazando o modificando los demás. Y, al mismo tiempo que un argumento a favor de la responsabilidad y de la libertad de elección, Isaiah Berlin ve en esta condición del destino humano, una irrefutable razón para comprender que la tolerancia, el 'pluralismo', son, más que imperativos morales, necesidades prácticas para la supervivencia de los hombres. Si hay verdades que se rechazan y fines que se niegan, debemos aceptar la posibilidad del error en nuestras vidas y ser tolerantes para con él. También, admitir que la diversidad —de ideas, acciones, costumbres, morales, culturas— es la única garantía que tenemos para que el error, si se entroniza, no cause demasiados estragos, ya que no existe una solución para nuestros problemas, sino muchas y todas ellas precarias.

## Las dos libertades

La palabra libertad se ha usado, al parecer, de doscientas maneras diferentes. El profesor Isaiah Berlin ha contribuido con dos conceptos propios a esclarecer esta noción que, con justicia, llama proteica: los de libertad 'negativa' y 'positiva'. Aunque sutil y escurridizo cuando se plantea en términos abstractos, este distingo entre dos formas o sentidos de la idea de libertad resulta en cambio muy claro cuando se trata de juzgar opciones concretas, situaciones históricas y políticas específicas. Y sirve, sobre todo, para entender a cabalidad el problema enmascarado tras la artificiosa disyuntiva entre libertades 'formales' y libertades 'reales' que suelen esgrimir casi siempre aquellos que quieren suprimir las primeras.

La libertad está estrechamente ligada a la coerción, es decir a aquello que la niega o la limita. Se es más libre en la medida en que uno encuentra menos obstáculos para decidir su vida según su propio criterio. Mientras menor sea la autoridad que se ejerza sobre mi conducta; mientras ésta pueda ser determinada de manera más autónoma por mis propias motivaciones —mis necesidades, ambiciones, fantasías personales—, sin interferencia de voluntades ajenas, más libre soy. Éste es el concepto 'negativo' de la libertad.

Es un concepto más individual que social y absolutamente moderno. Nace en sociedades que han alcanzado un alto nivel de civilización y una cierta afluencia. Parte del supuesto que la soberanía del individuo debe ser respetada porque es ella, en última instancia, la raíz de la creatividad humana, del desarrollo intelectual y artístico, del progreso científico. Si el individuo es sofocado, condicionado, mecanizado, la fuente de la creatividad queda cegada y el resultado es un mundo gris y mediocre, un pueblo de hormigas o robots. Quienes defienden esta noción de libertad ven siempre en el poder y la autoridad el peligro mayor y proponen por eso que, como es inevitable que existan, su radio de acción sea mínimo, sólo el indispensable para evitar el caos y la desintegración de la sociedad, y que sus funciones estén escrupulosamente reguladas y controladas.

Aunque pensadores como John Stuart Mill y Benjamin Constant fueron quienes defendieron con más ardor esta idea de la libertad, y el liberalismo del siglo XIX fuera su expresión política más evidente, sería erróneo creer que la libertad 'negativa' se agota con ellos. En realidad, abarca algo mucho más vasto, diverso y permanente; es una aspiración escondida detrás de sinnúmero de programas políticos, formulaciones intelectuales y maneras de actuar. Es este concepto 'negativo' de libertad el que está detrás, por ejemplo, de todas las teorías democráticas, para las cuales la coexistencia de puntos de vista o de credos diferentes es indispensable, así como el respeto de las minorías, y el que alienta la convicción de que las libertades de prensa, de trabajo, de religión, de movimiento —o, en nuestros días, de comportamiento sexual— deben ser salvaguardadas pues sin ellas la vida se empobrece y degrada.

Cosas tan dispares como el romanticismo literario, las órdenes monásticas y el misticismo, algunas corrientes anarquistas, la socialdemocracia, la economía de mercado y la filosofía liberal resultan vinculadas, por encima de sus grandes discrepancias, pues comparten esta noción de la libertad. Pero no hay que pensar que en el campo político sólo los sistemas democráticos la materializan. Isaiah Berlin muestra que, por paradójico que parezca, ciertas dictaduras que repugnan a la conciencia se acomodan con ella y, por lo menos en parte, la practican. En América Latina lo sabemos, como lo supieron los españoles de los años finales de Franco. Ciertas dictaduras de derecha, que ponen énfasis en las libertades económicas, pese a los abusos y crímenes que cometen, garantizan por lo común un margen más amplio de libertad 'negativa' a los ciudadanos que las democracias socialistas y socializantes.

En tanto que la libertad 'negativa' quiere sobre todo limitar la autoridad, la 'positiva' quiere adueñarse de ella, ejercerla. Esta noción es más social que individual pues se funda en la idea (muy justa) de que la posibilidad que tiene cada individuo de decidir su destino está supeditada en buena medida a causas 'sociales', ajenas a su voluntad. ¿Cómo puede un analfabeto disfrutar de la libertad de prensa? ¿De qué le sirve la libertad de viajar a quien vive en la miseria? ¿Significa acaso lo mismo la libertad de trabajo al dueño de una empresa que para un desempleado? En tanto que la libertad 'negativa' tiene en cuenta principalmente el hecho de que los individuos son diferentes, la 'positiva' considera ante todo lo que tienen de semejante. A diferencia de aquélla, para la cual la libertad está más preservada cuanto más se respetan las variantes y casos particulares, ella estima que hay más libertad en términos sociales cuanto menos diferencias se manifiestan en el cuerpo social, cuanto más homogénea es una comunidad.

Todas las ideologías y creencias totalizadoras, finalistas, convencidas de que existe una meta última y única para una colectividad dada —una nación, una raza, una clase o la humanidad entera— comparten el concepto 'positivo' de la libertad. De éste se han derivado multitud de beneficios para el hombre, y gracias a él existe la conciencia social: saber que las desigualdades económicas, sociales y culturales son un mal corregible y que pueden y deben ser combatidas. Las nociones de solidaridad humana, de responsabilidad social y la idea de justicia se han enriquecido y expandido gracias al concepto 'positivo' de la libertad y éste ha servido también para frenar o abolir iniquidades como la esclavitud, el racismo, la servidumbre y la discriminación.

Pero también este concepto de la libertad ha generado sus correspondientes iniquidades. Como el general Pinochet y el general Franco (de los años 'liberales') podían hablar de libertad 'negativa' con cierta pertinencia, Hitler y Stalin podían, sin exagerar demasiado, decir que sus respectivos regímenes estaban estableciendo la verdadera libertad (la 'positiva') en sus pueblos. Todas las utopías sociales, de derecha o de izquierda, religiosas o laicas, se fundan en la noción 'positiva' de la libertad. Ellas parten del convencimiento de que en cada persona hay, además del individuo particular y distinto, algo más importante, un "yo" social idéntico, que aspira a realizar un ideal colectivo, solidario, que se hará realidad en un futuro dado y al que debe ser sacrificado todo lo que lo impide u obstruye. Por ejemplo, aquellos 'casos particulares' que constituyen una amenaza contra la armonía y la homogeneidad social. Por eso, en nombre de esta libertad 'positiva' —esa sociedad utópica futura, la de la raza elegida triunfante, la de la sociedad sin clases y sin Estado o la ciudad de los bienaventurados eternos— se han librado guerras crudelísimas, establecido campos de concentración, exterminado a millones de seres humanos, impuesto sistemas asfixiantes y eliminado toda forma de disidencia y de crítica.

Estas dos nociones de libertad son alérgicas la una a la otra, se rechazan recíprocamente, pero no tiene sentido tratar de demostrar que una es verdadera y la otra falsa, pues aunque la palabra de que ambas se sirven sea la misma, se trata de cosas distintas. Éste es uno de esos casos de 'verdades contradictorias' o de 'metas incompatibles' que, según Isaiah Berlin, caractérizan la condición humana. Desde el punto de vista teórico se puede acumular infinidad de argumentos a favor de una u otra concepción de la libertad, igualmente válidos o refutables. En la práctica —en la vida social, en la historia— lo ideal es tratar de conseguir una transacción entre ambas concepciones. Las sociedades que han sido capaces de lograr un compromiso entre ambas formas de libertad son las que han conseguido niveles de vida más dignos y justos (o menos indignos e injustos). Pero esta transacción es algo muy difícil y será siempre precaria, pues, como dice el profesor Berlin, la libertad 'negativa' y la 'positiva' no son dos interpretaciones de un concepto sino algo más: dos actitudes profundamente divergentes e irreconciliables sobre los fines de la vida humana.

## EL ERIZO Y LA ZORRA

Entre los fragmentos conservados del poeta griego Arquíloco, uno dice: "Muchas cosas sabe la zorra, pero el erizo sabe una sola y grande". La fórmula, según Isaiah Berlin, puede servir para diferenciar a dos clases de pensadores, de artistas, de seres humanos en general: aquellos que poseen una visión central, sistematizada, de la vida, un principio ordenador en función del cual tienen sentido y se ensamblan los acontecimientos históricos y los menudos sucesos individuales, la persona y la sociedad, y aquellos que tienen una visión dispersa y múltiple de la realidad y de los hombres, que no integran lo que existe en una explicación u orden coherente pues perciben el mundo como una compleja diversidad en la que, aunque los hechos o fenómenos particulares gocen de sentido y coherencia, el todo es tumultuoso, contradictorio, inapresable. La primera es una visión 'centrípeta'; la segunda 'centrífuga'. Dante, Platón, Hegel, Dostoievski, Nietzsche, Proust fueron, según Isaiah Berlin, erizos. Y zorras: Shakespeare, Aristóteles, Montaigne, Molière, Goethe, Balzac, Joyce. El profesor Berlin está, qué duda cabe, entre las zorras. Lo está no sólo por su concepción abierta, pluralista, del fenómeno humano, sino por la astucia con que se las arregla para presentar sus formidables intuiciones y descubrimientos intelectuales, al sesgo, como simples figuras retóricas, accidentes del discurso o pasajeras hipótesis de trabajo. La metáfora del erizo y la zorra aparece al principio de su magistral ensayo sobre la teoría de la historia de Tolstoi y sus semejanzas con las del pensador ultramontano Joseph de Maistre, e Isaiah Berlin, luego de formularla, se apresura a prevenirnos contra los peligros de cualquier clasificación de esta naturaleza. En efecto, ellas pueden ser artificiales y hasta absurdas.

Pero la suya no lo es. Todo lo contrario: muerde en carne viva y resulta tan iluminadora para entender dos actitudes ante la vida que se proyectan en todos los campos de la cultura —la filosofía, la literatura, la política, la ciencia— como lo era su distingo entre libertad 'negativa' y 'positiva' para entender el problema de la libertad. Es cierto que hay una visión 'centrípeta', de erizo, que reduce, explícita o implícitamente, todo lo que ocurre y lo que es, a un núcleo bien trabado de ideas gracias a las cuales el caos de la vida se vuelve orden y la confusión de las cosas se torna transparente. Es una visión que se asienta a veces en la fe, como en san Agustín o en santo Tomás, y a veces en la razón, como en el marqués de Sade, en Marx o en Freud, y que, por encima de las grandes diferencias de forma y contenido y propósito (y, claro está, de talento) de sus autores, establece entre ellos un parentesco. Ante todo es totalizadora, dueña de un instrumento universal que permite llegar a la raíz de todas las experiencias, de una llave que permite conocerlas y relacionarlas. Este instrumento, esta llave —la gracia, el inconsciente, el pecado, las relaciones sociales de producción, el deseo— representa la estructura general que sostiene la vida y es al mismo tiempo el marco dentro del cual evolucionan, padecen o gozan los hombres y la explicación de por qué y cómo lo hacen. El azar, lo accidental, lo gratuito desaparecen del mundo (o quedan relegados a un margen tan subalterno que es como si no existieran), en la visión de los erizos.

A diferencia de éstos, en los que predomina lo general, la zorra está confinada en lo particular. Para ella, en última instancia, lo 'general' no existe: sólo existen los casos particulares, tantos y tan diversos unos de otros que la suma de ellos no constituye una unidad significativa sino, más bien, una confusión vertiginosa, un magma de contradicciones. Los ejemplos literarios de Shakespeare y Balzac que da Isaiah Berlin son prototípicos. La obra de ambos es un hervidero extraordinario de individuos que no se parecen ni en sus motivaciones recónditas, ni en sus actos públicos, un vasto abanico de conductas y morales, de posibilidades humanas. Los críticos que tratan de extraer 'constantes' de esos mundos y resumir en una interpretación singular la visión del hombre y la vida que proponen, nos dan la impresión de empobrecer o de traicionar a Shakespeare y a Balzac. Ocurre que no tenían *una* visión; tenían varias y contradictorias.

Disfrazado o explícito, en todo erizo hay un fanático; en una zorra, un escéptico. Quien cree haber encontrado una explicación última del mundo termina por acuartelarse en ella y negarse a saber nada de las otras. Quien es incapaz de concebir una explicación de este género, termina, tarde o temprano, por poner en duda que ella pueda existir. Gracias a los erizos se han llevado a cabo extraordinarias hazañas —descubrimientos, conquistas, revoluciones— pues para este género de empresas se requiere casi inevitablemente ese celo y heroísmo que suele inspirar a sus adeptos la visión centrípeta y finalista, como la de los cristianos y los marxistas. Gracias a las zorras ha mejorado la "calidad" de la vida, pues las nociones de tolerancia, respeto mutuo, permisibilidad, de libertad, son más fáciles de aceptar —y, en ciertos casos, más necesarias para poder vivir— en aquellos que, incapaces de percibir un orden único y singular en la vida, admiten tácitamente que haya varios y disímiles.

Hay campos en los que, de manera natural, han prevalecido los erizos. La política, por ejemplo, donde las explicaciones totalizadoras, claras y coherentes de los problemas son siempre más populares y, al menos en apariencia, más eficaces a la hora de gobernar. En las artes y la literatura, en cambio, las zorras son más numerosas; no así en las ciencias, donde éstas son minoría.

El profesor Berlin muestra, en el caso de Tolstoi, que un erizo y una zorra pueden convivir en una misma persona. El genial novelista de lo 'particular', el prodigioso descriptor de la diversidad humana, de la protoplasmática diferenciación de casos individuales que forman la realidad cotidiana, el feroz impugnador de todas las abstracciones de los historiadores y filósofos que pretendían explicar dentro de un sistema racional el desenvolvimiento humano —la zorra Tolstoi— vivió hipnóticamente tentado por la ambición de una visión unitaria y central de la vida, y acabó por incurrir en ella, primero en el determinismo histórico de *Guerra y paz* y sobre todo en su profetismo religioso de los últimos años.

Creo que el caso de Tolstoi no es único, que todas las zorras vivimos envidiando perpetuamente a los erizos. Para éstos la vida siempre es más vivible. Aunque las vicisitudes de la existencia sean en ambos idénticas, por una misteriosa razón, sufrir y morir resultan menos difíciles e intolerables —a veces, fáciles— cuando uno se siente poseedor de una verdad universal y central, una pieza perfectamente nítida dentro de ese mecanismo que es la vida y cuyo funcionamiento cree conocer. Pero la existencia de las zorras es, asimismo, un eterno desafío para los erizos, el canto de las sirenas que aturdió a Ulises. Porque, aunque sea más fácil vivir dentro de la claridad y el orden, es un atributo humano irremediable renunciar a esta facilidad y, a menudo, preferir la sombra y el desorden.

## HÉROES DE NUESTRO TIEMPO

¿Qué influencia tiene el individuo en la historia? ¿Son los grandes acontecimientos colectivos, el desenvolvimiento de la humanidad, resultado de fuerzas impersonales, de mecanismos sociales sobre los que las personas aisladas tienen escasa o nula intervención? ¿O, por el contrario, todo lo que ocurre es generado primordialmente por la visión, el genio, la fantasía y las hazañas de ciertos hombres? A estas preguntas parece querer responder el último volumen de las obras reunidas de Isaiah Berlin: *Personal Impressions.*

El libro contiene catorce textos, escritos entre 1948 y 1980, generalmente en elogio de políticos, académicos y escritores, para ser leídos en ceremonias universitarias o publicados en periódicos. Pese a ser trabajos de circunstancias, y alguno de ellos de mero compromiso, en todos aparecen la buena prosa, la inteligencia, la vasta cultura y las estimulantes intuiciones de sus ensayos de más aliento. El conjunto forma una galería de figuras representativas de aquellos que el profesor Berlin considera más admirables y dignos de respeto entre sus contemporáneos, su antología personal de héroes de nuestro tiempo. La impresión más inmediata que el lector se lleva de esa curiosa y a veces inesperada sociedad —en la que conviven celebridades como Churchill y Pasternak con oscuros ratones de biblioteca de Oxford— es que de Isaiah Berlin se puede decir lo que, según él, pensaba uno de sus modelos (Einstein): que si hay que rendir homenaje a ciertos individuos, debe ser a aquellos que han logrado algo importante en el campo del intelecto y la cultura antes que en el de la conquista y el poder.

Entre la visión individualista, romántica, de la historia, y la visión colectivista y abstracta del positivismo y el socialismo, el profesor Berlin prefiere resueltamente la primera, aunque, como siempre, atenuándola, matizándola (pues toda posición rígidamente unilateral es impensable en él). No niega que haya 'fuerzas objetivas' en los procesos sociales. Pero no hay duda, pues sus artículos sobre Churchill, Roosevelt y Hayyim Weizmann lo dicen explícitamente, que, para él, la intervención de los individuos —líderes, gobernantes, ideólogos— en la historia, es fundamental y decisiva. Que ellos pueden relegar esas 'fuerzas objetivas' a segundo plano, determinando, en muchos casos, la dirección de todo un pueblo, modelando su conducta, sus designios, e inculcándole la energía y la voluntad o el espíritu de sacrificio para defender ciertas causas o materializar cierta política. Ni la formidable y, durante buen tiempo, solitaria resistencia británica contra el nazismo hubiera sido lo mismo sin Winston Churchill, ni el *New Deal* —el gran experimento social del 'Nuevo trato' en favor de fórmulas más igualitarias y democráticas en Estados Unidos— lo que fue, sin Franklin D. Roosevelt, ni el sionismo moderno y la creación de Israel hubieran tenido las características que tuvieron sin Hayyim Weizmann.

Isaiah Berlin sabe de sobra las temibles deformaciones que ha tenido esta concepción del 'héroe' como pivote de la historia, la demagogia que ha brotado en torno, desde el libro de Carlyle hasta la justificación del 'caudillo' omnímodo que personifica a su pueblo, como Hitler, Stalin, Franco, Mussolini, Mao y tantos otros pequeños semidioses de hoy. Precisamente, el convencido antitotalitario que hay en él, subraya en los elogios de aquellos tres 'héroes' suyos, que la admiración que le merecen se debe, sobre todo, a que siendo grandes hombres, dotados de una extraordinaria aptitud para influir sobre sus conciudadanos y precipitar cambios en la sociedad, actuaran siempre dentro de un marco democrático, respetuosos de la legalidad, tolerantes para con la crítica y los adversarios y obedientes del veredicto electoral. Es esta condición de 'caudillos' amantes de la ley y de la libertad la que, según Berlin, aproxima al conservador Churchill, al demócrata Roosevelt y al liberal Weizmann por sobre sus diferencias doctrinales.

Pero la historia no la hacen únicamente los políticos ni consta sólo de hechos objetivos. En el panteón civil de Isaiah Berlin figuran, en lugar privilegiado, los enseñantes. Es decir, todos aquellos que producen, critican o diseminan las ideas. Igual que en sus otros libros, en éste también es manifiesta la convicción del profesor Berlin de que aquéllas son la fuerza motriz de la vida, el telón sobre el cual se inscriben las ocurrencias sociales y las llaves para entender la realidad exterior y entrar a explorar la intimidad del hombre. Su entusiasmo se vuelca por eso, sin reservas, hacia aquellos que, como Einstein, innovaron radicalmente nuestro conocimiento del mundo físico, o, como Aldous Huxley y Maurice Bowra, o los poetas Anna Ajmátova y Boris Pasternak, enriquecieron espiritualmente la época en que vivieron, cuestionando los valores intelectuales establecidos y explorando nuevos temas de reflexión o creando obras cuyas belleza y profundidad sirvieron a la vez de goce e iluminación a los demás.

En el racionalista convencido que es Isaiah Berlin hay también un moralista. Aunque no lo diga con estas mismas palabras, de sus 'elogios' se desprende que, para él, es difícil, acaso imposible, disociar la grandeza intelectual y artística de un individuo de su rectitud ética. Todas las personas que desfilan por estas páginas reverentes son de signo positivo, simultáneamente en dos órdenes —el intelectual y el moral—, a tal extremo que a veces tenemos la sensación de que estos dos órdenes fueran para el profesor Berlin uno solo. Es verdad que algunos de sus hombres ejemplares, como el historiador L. B. Namier, lucen psicologías difíciles y por momentos inaguantables, pero en todos ellos hay, siempre, en la base de la personalidad, nobleza de sentimientos, generosidad, decencia, pureza de propósitos. Isaiah Berlin es tan persuasivo que, cuando uno lo lee, hasta esto está dispuesto a creerle: que el talento y la virtud van unidas. Pero ¿es así?

Entre los autores que he leído estos últimos años, Isaiah Berlin es uno de los que más me ha impresionado. Sus opiniones filosóficas, históricas y políticas me parecen esclarecedoras, compartibles. Sin embargo, pienso que aunque tal vez muy pocos en nuestros días hayan visto de manera tan penetrante como él lo que es la vida —la del individuo en sociedad, la de las sociedades en el tiempo, el impacto de las ideas en la experiencia cotidiana— hay toda una dimensión del hombre que no asoma, o lo hace de manera furtiva, en su visión: aquella que describió, mejor que nadie, Georges Bataille. Ese mundo de la sinrazón que subyace y a veces obnubila y mata a la razón; el del inconsciente que, en dosis siempre inverificables y dificilísimas de detectar, impregna, orienta y a veces esclaviza la conciencia; el de esos oscuros instintos que por inesperados caminos surgen de pronto súbitamente para competir con las ideas y a menudo sustituirlas como resortes de acción e incluso destruir lo que ellas construyen.

Nada más alejado de la visión limpia, serena, armoniosa, lúcida y sana del hombre que tiene Isaiah Berlin, que la concepción sombría, confusa, enferma y ardiente de Bataille. Y, sin embargo, sospecho que la vida es probablemente algo que abraza y confunde en una sola verdad, en su poderosa incongruencia, a esos dos enemigos.

Washington, noviembre 1980

## LA LÓGICA DEL TERROR

"Nadie es inocente", gritó el anarquista Ravachol al arrojar una bomba contra los estupefactos comensales del Café de la Paix, en París, a los que hizo volar en pedazos. Y algo idéntico debió pensar el ácrata que, desde la galería, soltó otra bomba contra los desprevenidos espectadores de platea del Teatro Liceo, de Barcelona, en plena función de ópera.

El atentado terrorista no es, como algunos piensan, producto de la irreflexión, de impulsos ciegos, de una transitoria suspensión del juicio. Por el contrario, obedece a una rigurosa lógica, a una formulación intelectual estricta y coherente de la que los dinamitazos y pistoletazos, los secuestros y crímenes quieren ser una consecuencia necesaria.

La filosofía del terrorista está bien resumida en el grito de Ravachol. Hay una culpa —la injusticia económica, social y política— que la sociedad comparte y que debe ser castigada y corregida mediante la violencia. ¿Por qué mediante la violencia? Porque ésta es el único instrumento capaz de pulverizar las apariencias engañosas creadas por las clases dominantes para hacer creer a los explotados que las injusticias sociales pueden ser remediadas por métodos pacíficos y legales y obligarlas a desenmascararse, es decir, a mostrar su naturaleza represora y brutal.

Ante la ola de atentados terroristas que ha habido en el Perú, a los pocos meses de restablecido el sistema democrático —después de doce años de dictadura— muchos no podían creerlo; les parecía vivir un fantástico malentendido. ¿Terrorismo en el Perú, *ahora*? ¿Justamente cuando hay un Parlamento en el que están representadas todas las tendencias políticas del país, existe de nuevo un sistema informativo independiente en el que todas las ideologías tienen sus propios órganos de expresión y cuando los problemas pueden ser debatidos sin cortapisas, las autoridades criticadas e incluso removidas a través de las urnas electorales? ¿Por qué emplear la dinamita y la bala precisamente cuando los peruanos vuelven, luego de tan largo intervalo, a vivir en democracia y en libertad?

Porque para la lógica del terror 'vivir en democracia y en libertad' es un espejismo, una mentira, una maquiavélica conspiración de los explotadores para mantener resignados a los explotados. Elecciones, prensa libre, derecho de crítica, sindicatos representativos, cámaras y alcaldías elegidas: trampas, simulacros, caretas destinadas a disfrazar la 'violencia estructural' de la sociedad, a cegar a las víctimas de la burguesía respecto de los innumerables crímenes que se cometen contra ellas. ¿Acaso el hambre de los pobres y los desocupados y la ignorancia de los analfabetos y la vida ruin y sin horizonte de quienes reciben salarios miserables no son otros tantos actos de violencia perpetrados por los dueños de los bienes de producción, una ínfima minoría, contra la mayoría del pueblo?

Ésta es la verdad que el terrorista quiere iluminar con el incendio de los atentados. Él prefiere la dictadura a la democracia liberal o a una socialdemocracia. Porque la dictadura, con su rígido control de la información, su policía omnipresente, su implacable persecución a toda forma de disidencia y de crítica, sus cárceles, torturas, asesinatos y exilios le parece representar fielmente la realidad social, ser la expresión política genuina de la violencia estructural de la sociedad. En cambio, la democracia y sus libertades 'formales' es un peligroso fraude capaz de desactivar la rebeldía de las masas contra su condición, amortiguando su voluntad de liberarse y retrasando por lo tanto la revolución. Éste es el motivo por el que son más frecuentes los estallidos terroristas en los países democráticos que en las dictaduras. La ETA tuvo menos actividad durante el régimen de Franco que al instalarse la democracia en España, que es cuando entró en un verdadero frenesí homicida. Esto es lo que ha empezado a ocurrir en el Perú.

A menos de ser extremadamente corto, el terrorista 'social' sabe muy bien que volando torres de electricidad, bancos y embajadas —o matando a ciertas personas—, en una sociedad democrática, no va a traer la sociedad igualitaria ni a desencadenar un proceso revolucionario, embarcando a los sectores populares en una acción insurreccional. No, su objetivo es provocar la represión, obligar al régimen a dejar de lado los métodos legales y a responder a la violencia con la violencia. Paradójicamente, ese hombre convencido de actuar en nombre de las víctimas, lo que ardientemente desea, con las bombas que pone, es que los organismos de seguridad se desencadenen contra aquellas víctimas en su búsqueda de culpables, y las atropellen y abusen. Y si las cárceles se repletan de inocentes y mueren obreros, campesinos, estudiantes, y debe intervenir el ejército y las famosas libertades 'formales' se suspenden y se decretan leyes de excepción, tanto mejor: el pueblo ya no vivirá engañado, sabrá a qué atenerse sobre sus enemigos, habrá descubierto prácticamente la necesidad de la revolución.

La falacia del razonamiento terrorista está en sus supuestos y conclusiones, no en las premisas. Es falso que la violencia 'estructural' de una sociedad no se pueda corregir a través de leyes y en un régimen de convivencia democrática: los países que han alcanzado los niveles más civilizados de vida lo lograron así y no mediante la violencia. Pero es cierto que una minoría decidida puede, recurriendo al atentado, crear una inseguridad tal que la democracia se envilezca y esfume. Los casos trágicos de Uruguay y Argentina están bastante cerca para probarlo. Las espectaculares operaciones de Tupamaros, Montoneros y el ERP consiguieron, en efecto, liquidar unos regímenes que, con las limitaciones que fuera, podían llamarse democráticos y reemplazarlos por gobiernos autoritarios. Es falso que una dictadura militar apresure la revolución, sea el detonante inevitable para que las masas se enrolen en la acción revolucionaria. Por el contrario, las primeras víctimas de la dictadura son las fuerzas de izquierda, que desaparecen o quedan tan lesionadas por la represión que les cuesta luego mucho tiempo y esfuerzos volver a reconstruir lo que habían logrado, como organización y audiencia, en la democracia.

Pero es vano tratar de argumentar así con quienes han hecho suya la lógica del terror. Ésta es rigurosa, coherente e impermeable al diálogo. El mayor peligro para una democracia no son los atentados, por dolorosos y onerosos que resulten; es aceptar las reglas de juego que el terror pretende implantar. Dos son los riesgos para un gobierno democrático ante el terror: intimidarse o excederse. La pasividad frente a los atentados es suicida. Permitir que cunda la inestabilidad, la psicosis, el temor colectivo, es contribuir a crear un clima que favorece el golpe de Estado militar. El gobierno democrático tiene la obligación de defenderse, con firmeza y sin complejos de inferioridad, con la seguridad de que defendiéndose defiende a toda la sociedad de un infortunio peor que los que padece. Al mismo tiempo, no debe olvidar un segundo que toda su fuerza depende de su legitimidad, que en ningún caso debe ir más allá de lo que las leyes y esas 'formas' —que son también la esencia de la democracia— le permiten. Si se excede y a su vez comete abusos, se salta las leyes a la torera en razón de la eficacia, se vale de atropellos, puede ser que derrote al terrorista. Pero éste habrá ganado, demostrando una monstruosidad: que la justicia puede pasar necesariamente por la injusticia, que el camino hacia la libertad es la dictadura.

Lima, diciembre 1980

# CALÍGULA, "PUNK"

Las grandes obras atraviesan las épocas con un mensaje particular para cada una de ellas, además de ese otro, común, en el que comulgan las distintas generaciones que las reconocen y se reconocen en ellas. ¿Es el *Calígula* de Albert Camus una de esas piezas capaces de sortear, intangibles, siempre renacientes, las barreras del tiempo? Me lo preguntaba ayer, al ir al Odeón, donde el Jeune Théâtre National de Francia ha repuesto esta obra de juventud de Camus —fue escrita en 1939— y que Gérard Philipe llevó a las tablas, en una interpretación ya legendaria, en 1945.

La actualidad de la obra es evidente, desde las primeras líneas, cuando, escuchando a los nobles romanos preguntarse por el paradero del joven emperador —quien, loco de pena por la muerte de su hermana y amante, Drusila, ha desaparecido— descubrimos que su tema es el poder y la locura y las devastaciones que suceden cuando ambas cosas coinciden en una persona. Y más todavía si ésta tiene "la pasión de lo imposible". Con el sufrimiento que le causa la pérdida de Drusila, Calígula descubre que la vida está mal hecha, que el mundo es imperfecto, que *Los hombres mueren y no son felices*". Esta comprobación lo desquicia y precipita en un delirio destructor y grotesco, cuya razón de ser es, de una parte, probar sangrientamente la fundamental absurdidad del mundo y, de otra, protestar, mediante un apocalipsis de violencia y sinrazón, contra el destino del hombre, miserable criatura a la que le ha sido dada la facultad de desear lo inalcanzable (él, por ejemplo, sueña con poseer la Luna).

Camus escribió la pieza en plena ascensión del nazismo y del fascismo, durante el reinado del estalinismo, a las puertas de la segunda guerra mundial. Este contexto impregna la obra y se refracta en la personalidad del héroe, cuya patología tiene, en su extravagancia y desmesura, características modernas. Es abstracta, racional y, en cierto sentido, ideológica. Como los grandes sistemas dictatoriales de nuestro siglo, Calígula parte de una idea que no cuadra con la realidad, que es rechazada por ésta. Para que ambas coincidan, el emperador se encarniza contra lo real, multiplicando las crueldades y matanzas, a fin de someterlo a su esquema mental. La diferencia con las tiranías ideológicas modernas es que Calígula no proclama, como ellas, que la aplicación del terror es el precio que hay que pagar para que en el futuro reine la felicidad entre los hombres —objetivo que a él lo tiene sin cuidado— porque la utopía que él quiere materializar no es 'social' sino estrechamente individualista ("poseer la Luna" o, sin metáfora, realizar las fantasías). Pero el procedimiento y consecuencias son semejantes. Al igual que los grandes dictadores 'ideológicos' contemporáneos, Calígula envenena, tortura y mata porque quiere nivelar la sociedad, volverla dócil, homogénea y coherente. Lo dice con inmejorable lucidez: "*acabar con los contradictores y las contradicciones*". Su lógica es simple y luminosa: se es culpable por ser súbdito de Calígula. Todos son súbditos de Calígula. Todos, pues, son culpables. La falta que expían sus innumerables víctimas es familiar para nosotros: estar allí, haber nacido en una sociedad sometida a un poder absoluto y omnímodo, en la que todos los ciudadanos han perdido la libertad para que el semidiós que gobierna tenga, él sí, una libertad inconmensurable y fatídica.

El pensamiento antiautoritario de Camus, su pesimismo refinado y melancólico, todo aquello que se expresaría más tarde en sus ensayos —sobre todo en el admirable *L'homme révolté*— aparece ya en esta obra de los comienzos de su carrera de escritor. Todo el Camus de la madurez se insinúa ya, con su horror no exento de fascinación por el espectáculo del poder absoluto y los cataclismos a que conduce, su rebeldía innata contra ese estigma de la condición humana —estar siempre rezagada con respecto a la imaginación y el deseo de los hombres—, su intenso amor a la vida, su culto a la belleza del mundo natural y del arte que sustituye la fe y, por último, su proclividad romántica a las sentencias efectistas y por momentos grandilo-cuentes.

Cada generación tiene derecho a releer una obra a su manera, a reescribirla en función de su circunstancia particular. El principio es válido pero, en sí, no significa nada pues cada caso sólo puede ser juzgado por sus resultados. Patrick Guinand, el director de esta reposición, ha hecho del Calígula de Camus un "punk". Con el pelo pintado de violeta o de verde, botas de vaquero, maquillaje estridente, relampagueantes collares y entallados trajes de maniquí, el tirano "idealista" evoluciona en un decorado 'retro' que Serge Marzolff ha atiborrado de luces de neón, molduras geométricas y prismas de cristal, a los acordes de una música desenfrenada, que procede a ratos del jazz y a ratos del rock. Pero no toda la representación transcurre dentro de esta atmósfera. Para subrayar la naturaleza simbólica del tema, suceptible de encarnarse en distintas épocas históricas, los cortesanos del Imperio aparecen en unas escenas vestidos con los impermeables de hule negro y los sombreros alones de los policías de la Gestapo o del KGB, y, en otras, con los trajes bien cortados, azul oscuro, y las corbatas fosforescentes de los ejecutivos de la gran empresa capitalista (o, más bien, en los estereotipos indumentarios de ambos especímenes a que el cine nos ha acostumbrado).

Adelantándose a cualquier objeción, los responsables del espectáculo recuerdan que Camus, al escribir la obra, precisó explícitamente que su personaje estaba concebido en términos alegóricos más que históricos. En sus notas sobre el montaje, apuntó: *"Todo está permitido, salvo el estilo romano"*. Y también: *"Fuera de la fantasía de Calígula, nada en la pieza es histórico. Sus palabras son auténticas pero el uso de ellas no lo es"*. No hay duda que Camus autorizaba de antemano a los futuros directores de su obra todos los anacronismos y audacias.

Pero los que se ha permitido el Jeune Théâtre de Francia me parecen un total fracaso. En ningún momento tiene el espectador la sensación del perfecto ensamble entre el asunto que la pieza desarrolla a través de los diálogos de los personajes y la estructura elegida por el director para materializarlo. Ambas cosas permanecen disociadas, escindiendo la atención del público, repeliéndose la una a la otra por una incompatibilidad esencial. Simplemente no creemos que el sanguinario sátrapa, tan lúcido por lo demás para juzgarse, sea ese figurín que evoluciona por el escenario con los movimientos dislocados de una estrella de discoteca. La ferocidad de sus actos y palabras queda devaluada, desmentida, por el artificio de sus gestos y maneras, convertida en un desplante estético más, en un complemento del mal gusto generalizado que contamina atuendos, muecas, cosas, sonidos. Con semejante lectura la obra resulta empobrecida y caricaturizada.

Hace un año me tocó ver, en Londres, también en un teatro nacional, una versión de *Macbeth* presentada por Peter O'Toole con mucha sangre y truculencia, que, al igual que este espectáculo, bordeaba el ridículo. Aquello provocó en Inglaterra un escándalo mayúsculo: la reposición fue crucificada por la crítica y el imperturbable público inglés no vacilaba en reírse en voz alta durante la función. El *Calígula* del Odeón ha tenido, en cambio, me dicen, buena prensa, y el público, por lo menos ese día, parecía entusiasta. ¿Se han resignado los franceses a que sus teatros nacionales ya no vuelvan a ser lo que eran cuando Vilar y Barrault o, simplemente, se han vuelto menos rigurosos, más condescendientes?

París, 25 febrero 1981

# NICARAGUA, AÑO DOS

Cuando los Somoza mandaron matar a Pedro Joaquín Chamorro, aquel 10 de enero de 1978, sabían lo que hacían. Para la "sangrienta dinastía", como Chamorro la llamó, el hombre que ordenaron rociar de balazos en las calles de Managua no era tanto el director del diario *La Prensa*, que los venía combatiendo prácticamente desde la infancia —había sido compañero de colegio de Tachito, donde los Hermanos Cristianos, y de entonces databa la inquina de éste contra él—, sino, sobre todo, el político que, en la Nicaragua emancipada de la tiranía, hubiera, sin duda, desempeñado una función central. Fue la posibilidad de un sistema libre, progresista y democrático, que él encarnaba desde hacía lo menos veinte años, lo que quisieron suprimir cuando advirtieron que su régimen comenzaba a hacer agua por todos los flancos. En un sentido se equivocaron, pues el asesinato de Chamorro aceleró la caída de la dictadura, por el repudio internacional que provocó y porque el crimen internamente galvanizó y cohesionó aún más a quienes luchaban contra los Somoza. Pero, en otro sentido, acertaron: liquidándolo, privaron a la Nicaragua libre de una figura extraordinaria, respetada por todos los sectores y que hubiera podido servir de conciliador y armonizador de voluntades cuando, pasada la euforia y la fraternidad del triunfo contra medio siglo de somocismo, comenzaran las inevitables fricciones entre los distintos sectores de la nueva sociedad.

Una impresión extendida en la prensa occidental es que el nuevo régimen nicaragüense ha echado ya por la borda la fachada democrática que adoptó al principio y que se acerca cada día más a un modelo totalitario, tipo cubano o soviético. Mi propia impresión, luego de pasar unos días en Nicaragua, es que esta tesis es exagerada y que quienes la propagan y actúan como si fuera cierta —me refiero a los gobiernos democráticos— están haciendo un daño enorme a la causa de la libertad en ese país y empujando al gobierno sandinista hacia aquello que justamente les repugna. Una vez más está a punto de repetirse el trágico error de Washington con Cuba, en cuya conversión al marxismo y tránsito hacia la órbita soviética fue decisiva la hostilidad y el bloqueo económico que desató contra el gobierno de Fidel Castro la administración de Eisenhower. La cancelación de todos los créditos a Nicaragua por el gobierno de Reagan, incluidos algunos que habían sido aprobados por el Congreso, ¿qué otra cosa puede provocar, en la dirección sandinista y en el pueblo nicaragüense, sino sentimiento antinorteamericano y crear un clima favorable para los que quieran "radicalizar el proceso"?

Si hay un país que debería ser cauteloso y generoso con la Nicaragua de hoy es Estados Unidos. Todos los que conocen algo de historia latinoamericana saben el terrible daño que hizo, en el siglo pasado y en éste, la poderosa nación norteamericana al pequeño país de Centroamérica: ataques a su territorio, intervenciones descaradas, expediciones de pillaje y saqueo, una ocupación militar y, por último, el haber encumbrado y dejado en herencia a los nicaragüenses, al retirarse del país, como jefe de la Guardia Nacional creada por ellos, al falsificador de moneda e inspector de letrinas Anastasio Somoza Ramírez (el primero de la estirpe). Con todos los errores que pueden achacarse a su gobierno —y, sin duda, fueron abundantes—, Carter tuvo el mérito de reconocer que, con estos antecedentes, Washington tenía la obligación moral (y el mínimo sentido común) de actuar con suma prudencia con la Nicaragua liberada de Somoza, ayudándola a curar sus heridas y a reconstruir el país devastado por la dictadura y la guerra, a fin de tener la autoridad moral necesaria para influir a favor de la opción democrática y en contra de la totalitaria. Pero declararle la guerra económica y considerarla ya perdida para la libertad, como está haciendo Reagan, es una insensatez contraproducente.

Esto vale también para los países democráticos,

aunque entre ellos, afortunadamente, hay algunos, como Alemania occidental, que están ayudando activamente a Nicaragua y demostrándole la solidaridad debida. Pero ¿y los países latinoamericanos? Sólo dos, entre los que tienen Gobiernos democráticos —Venezuela y México—, parecen comprender que lo que está ocurriendo allá nos concierne a todos los latinoamericanos y que es nuestra obligación ayudar a ese país a levantarse de la atroz postración en que lo dejaron los Somoza y a que se consolide allí un régimen democrático en vez de una dictadura "social". Quiero destacar, sobre todo, el caso de Venezuela, país que se viene conduciendo, con Nicaragua, de una manera que habla muy alto del espíritu americanista y de la lucidez de sus dirigentes políticos, tanto de la democracia cristiana gobernante como los de oposición. Además de prestar una ayuda económica y energética (que, claro, está en condiciones de prestar), Venezuela viene mostrando en el campo político su solidaridad decidida al pueblo nicaragüense, defendiéndolo en los foros internacionales, exhortando a otros países a seguir una conducta parecida y, a la vez, utilizando la amistad que así se ha ganado legítimamente para ejercer una influencia moderadora en favor del pluralismo y la libertad de expresión, ante el propio régimen sandinista. Fui testigo, durante los actos de celebración del segundo aniversario del triunfo de la revolución, del magnífico papel que desempeñó la delegación venezolana. Caracas había tenido el buen tino de enviar una delegación en la que estaban representadas todas las fuerzas políticas, de derecha a izquierda. Esta delegación no se limitó, como otras, a hacer las visitas oficiales de rigor. También visitó en pleno el diario de Pedro Joaquín Chamorro, ahora en la oposición, y reafirmó lo que ya antes había dicho el ex presidente Rafael Caldera en Managua: "Mientras exista *La Prensa* habrá libertad en Nicaragua". La opción democrática no se ha perdido en Nicaragua y quienes quieren ayudar a que ella prevalezca deben seguir el ejemplo de Venezuela y no el de Reagan.

Desde que estuve en Nicaragua, a fines de julio, *La Prensa* ha sido cerrada dos veces por el gobierno. La primera, por dos días; la segunda, por tres. El pretexto:

haber propalado informaciones ofensivas o falsas contra el régimen. ¿Qué significan estas medidas? Simplemente que en el seno de la revolución sandinista hay una lucha, soterrada la mayor parte del tiempo, y por momentos abierta, entre dos tendencias: una que, sin dejar de ser radical, es pluralista, quisiera que la justicia social y el progreso coexistan con un régimen abierto, multipartidario, con libertad de crítica, y otra, autoritaria y dogmática, que confía en ir llevando Nicaragua paulatinamente hacia un Estado de corte marxista leninista. Desde luego que habría que ser ciego para no ver que esta pugna existe. Pero ella está todavía indecisa y el totalitarismo está lejos de haber ganado la partida: *La Prensa* está aún allí, opinando sin amedrentarse, y lo mismo ocurre con varias estaciones de radio; los partidos políticos de oposición no han sido suprimidos y se mantienen activos; el grueso de la economía —en contra de lo que se dice— sigue en manos privadas y dentro del propio régimen es evidente que hay una fuerza de contención muy grande para quienes quieren hacer de Nicaragua una segunda Cuba

No soy profeta y no estoy diciendo que esto no pueda ocurrir. Desde luego que es una posibilidad. Sólo digo que, si llega a suceder, quienes se han dedicado desde el primer momento del triunfo de la revolución a acusarla de "totalitaria", habrán hecho un magnífico servicio a "los totalitarios" nicaraguenses y, en cambio, habrán traicionado la esperanza de los cientos de miles de hombres y mujeres de ese país, expoliado y masacrado como ningún otro en América por una satrapía sanguinaria que, al librarse de quienes por casi medio siglo los maltrataban, querían salir de la miseria, de la ignorancia, de la desnutrición, del desempleo, del abandono y no recibieron, de los países y personas democráticos del mundo, la prueba tangible, material y moral de que la libertad y la democracia eran el mejor camino para conseguirlo. Si en vez de esa prueba lo que reciben de las democracias es lo que les muestra ahora Washington —hostilidad—, o la indiferencia de otros países occidentales o hispanoamericanos, ¿qué de raro tiene que se vuelvan a escuchar los cantos de sirena que les vienen del otro lado? Cuando descubran que la ideología y la dictadura socialista tampoco traen lo que esperaban ya será tarde para ellos y, una vez más, se habrá repetido la maldita historia de siempre en Centroamérica: de dictadura a dictadura, con pequeños respiros de libertad, para justificar la nostalgia.

Y así como comencé esta nota hablando de Pedro Joaquín Chamorro, quiero terminar hablando de él. Es curioso que la más fuerte impresión que me ha hecho alguien en Nicaragua haya sido un muerto. Estuve en su casa y vi, en el que fue su escritorio, las ropas de presidiario que vistió en la cárcel de los Somoza y la que llevaba el día que fue ametrallado por los esbirros del tirano. He leído luego sus libros y la imagen que uno se forma de él es conmovedora. Resulta raro que alguien nacido en un medio acomodado no hiciera nada para "acomodarse" con el medio en el que le tocó vivir y lo arriesgara todo combatiendo por la libertad y la verdad. Ni la cárcel, ni las torturas, ni los exilios que sufrió lo intimidaron y hasta el día de su asesinato combatió con una claridad y un idealismo que se transparentan en todo lo que escribió por ese desdichado país suyo, al que amaba tanto. Aparte de su intransigencia para con la tiranía, otra cosa que impresiona en los escritos de Chamorro es la fe y el entusiasmo —una verdadera mística— que tenía en el sistema democrático como herramienta para edificar el progreso y asegurar la libertad de un país. También esto es infrecuente.

Curiosamente, dos de sus hijos dirigen periódicos en la Nicaragua de hoy: uno, *La Prensa*, que está en la oposición, y el otro, *Barricada*, que es el órgano del Frente Sandinista, en tanto que el tercer periódico de Nicaragua, *El Nuevo Diario*, lo dirige un hermano de Pedro Joaquín. Buen símbolo de los antagonismos en que se debaten los nicaragüenses, sobre el destino de su país, dos años después de la victoria contra Somoza.

Lima, agosto 1981

# EL ELEFANTE Y LA CULTURA

Cuenta el historiador chileno Claudio Véliz que, a la llegada de los españoles, los indios mapuches tenían un sistema de creencias que ignoraba los conceptos de envejecimiento y de muerte natural. Para ellos, el hombre era joven e inmortal. La decadencia física y la muerte sólo podían ser obra de la magia, las malas artes o las armas de los adversarios. Esta convicción, sencilla y cómoda, ayudó sin duda a los mapuches a ser los feroces guerreros que fueron. No los ayudó, en cambio, a forjar una civilización original.

La actitud de los viejos mapuches está lejos de ser un caso extravagante. En realidad, se trata de un fenómeno extendido. Atribuir la causa de nuestros infortunios o defectos a los demás —al 'otro'— es un recurso que ha permitido a innumerables sociedades e individuos, si no a librarse de sus males, por lo menos a soportarlos y a vivir con la conciencia tranquila. Enmascarada detrás de sutiles razonamientos, oculta bajo frondosas retóricas, esta actitud es la raíz, el fundamento secreto, de una remota aberración a la que el siglo XIX volvió respetable: el nacionalismo. Dos guerras mundiales y la perspectiva de una tercera y última, que acabaría con la humanidad, no nos han librado de él, sino, más bien, parecen haberlo robustecido.

Resumamos brevemente en qué consiste el nacionalismo en el ámbito de la cultura. Básicamente, en considerar lo propio un valor absoluto e incuestionable y lo extranjero un desvalor, algo que amenaza, socava, empobrece o degenera la personalidad espiritual de un país. Aunque semejante tesis difícilmente resiste el más somero análisis y es fácil mostrar lo prejuiciado e ingenuo de sus argumentos, y la irrealidad de su pretensión —la autarquía cultural—, la historia nos muestra que arraiga con facilidad y que ni siquiera los países de antigua y sólida civilización están vacunados contra ella. Sin ir muy lejos, la Alemania de Hitler, la Italia de Mussolini, la Unión Soviética de Stalin, la España de Franco, la China de Mao, practicaron el nacionalismo cultural, intentando crear una cultura incomunicada, incontaminada, y defendida de los odiados agentes corruptores —el extranjerismo, el cosmopolitismo— mediante dogmas y censuras. Pero en nuestros días es sobre todo en el Tercer Mundo, en los países subdesarrollados, donde el nacionalismo cultural se predica con más estridencia y tiene más adeptos. Sus defensores parten de un supuesto falaz: que la cultura de su país es, como las riquezas naturales y las materias primas que alberga su suelo, algo que debe ser protegido contra la codicia voraz del imperialismo, y mantenido estable, intacto e impoluto pues su contaminación con lo foráneo lo adulteraría y envilecería. Luchar por la 'independencia cultural', emanciparse de la 'dependencia cultural extranjera' a fin de 'desarrollar nuestra propia cultura' son fórmulas habituales en la boca de los llamados progresistas del Tercer Mundo. Que tales muletillas sean tan huecas como cacofónicas, verdaderos galimatías conceptuales, no es obstáculo para que resulten seductoras a mucha gente, por el airecillo patriótico que parece envolverlas. (Y en el dominio del patriotismo, ha escrito Borges, los pueblos sólo toleran afirmaciones.) Se dejan persuadir por ellas, incluso, medios que se creen invulnerables a las ideologías autoritarias que las promueven. Personas que dicen creer en el pluralismo político y en la libertad económica, ser hostiles a las verdades únicas y a los Estados omnipotentes y omniscientes, suscriben, sin embargo, sin examinar lo que ellas significan, las tesis del nacionalismo cultural. La razón es muy simple: el nacionalismo es la cultura de los incultos y éstos son legión.

Hay que combatir resueltamente estas tesis a las que, la ignorancia de un lado y la demagogia de otro, han dado carta de ciudadanía, pues ellas son un tropiezo mayor para el desarrollo cultural de países como el nuestro. Si ellas prosperan jamás tendremos una vida espiritual rica, creativa y moderna, que nos exprese en toda nuestra diversidad y nos revele lo que somos ante nosotros mismos y ante los otros pueblos de la tierra.

Si los propugnadores del nacionalismo cultural ganan la partida y sus teorías se convierten en política oficial del 'ogro filantrópico' —como ha llamado Octavio Paz al Estado de nuestros días— el resultado es previsible: nuestro estancamiento intelectual y científico y nuestra asfixia artística, eternizarnos en una minoría de edad cultural y representar, dentro del concierto de las culturas de nuestro tiempo, el anacronismo pintoresco, la excepción folklórica, a la que los civilizados se acercan con despectiva benevolencia sólo por sed de exotismo o nostalgia de la edad bárbara.

En realidad no existen culturas 'dependientes' y 'emancipadas' ni nada que se les parezca. Existen culturas pobres y ricas, arcaicas y modernas, débiles y poderosas. Dependientes lo son todas, inevitablemente. Lo fueron siempre, pero lo son más ahora, en que el extraordinario adelanto de las comunicaciones ha volatilizado las barreras entre las naciones y hecho a todos los pueblos co-partícipes inmediatos y simultáneos de la actualidad. Ninguna cultura se ha gestado, desenvuelto y llegado a la plenitud sin nutrirse de otras y sin, a su vez, alimentar a las demás, en un continuo proceso de préstamos y donativos, influencias recíprocas y mestizajes, en el que sería dificilísimo averiguar qué corresponde a cada cual. Las nociones de 'lo propio' y 'lo ajeno' son dudosas por no decir absurdas, en el dominio cultural. En el único campo en el que tienen asidero —el de la lengua— ellas se resquebrajan si tratamos de identificarlas con las fronteras geográficas y políticas de un país y convertirlas en sustento del nacionalismo cultural. Por ejemplo ¿es 'propio' o es 'ajeno' para los peruanos el español que hablamos junto con otros trescientos millones de personas en el mundo? Y, entre los quechuahablantes de Perú, Bolivia y Ecuador ¿quiénes son los legítimos propietarios de la lengua y la tradición quechua y quiénes los 'colonizados' y 'dependientes' que deberían emanciparse de ellas? A idéntica perplejidad llegaríamos si quisiéramos averiguar a qué nación corresponde patentar como aborigen el monólogo interior, ese recurso clave de la narrativa moderna. ¿A Francia, por Édouard Dujardin, el mediocre novelista que al parecer fue el primero en usarlo? ¿A Irlanda, por el célebre monólogo de Molly Bloom en el *Ulises* de Joyce que lo entronizó en el ámbito literario? ¿O a Estados Unidos donde, gracias a la hechicería de un Faulkner, adquirió flexibilidad y suntuosidad insospechadas? Por este camino —el del nacionalismo— se llega en el campo de la cultura, tarde o temprano, a la confusión y al disparate.

Lo cierto es que en este dominio, aunque parezca extraño, lo propio y lo ajeno se confunden y la originalidad no está reñida con las influencias y aun con la imitación y hasta el plagio y que el único modo en que una cultura puede florecer es en estrecha interdependencia con las otras. Quien trata de impedirlo no salva la 'cultura nacional': la mata.

Quisiera dar unos ejemplos de lo que digo, tomados del quehacer que me es más afín: el literario. No es difícil mostrar que los escritores latinoamericanos que han dado a nuestras letras un sello más personal fueron, en todos los casos, aquellos que mostraron menos complejos de inferioridad frente a los valores culturales forasteros y se sirvieron de ellos a sus anchas y sin el menor escrúpulo a la hora de crear. Si la poesía hispanoamericana moderna tiene una partida de nacimiento y un padre ellos son el modernismo y su fundador: Rubén Darío. ¿Es posible concebir un poeta más 'dependiente' y más 'colonizado' por modelos extranjeros que este nicaragüense universal? Su amor desmedido y casi patético por los simbolistas y parnasianos franceses, su cosmopolitismo vital, esa beatería enternecedora con que leyó, admiró y se empeñó en aclimatar a las modas literarias del momento su propia poesía, no hicieron de ésta un simple epígono, una 'poesía subdesarrollada y dependiente'. Todo lo contrario. Utilizando con soberbia libertad, dentro del arsenal de la cultura de su tiempo, todo lo que sedujo su imaginación, sus sentimientos y su instinto, combinando con formidable irreverencia esas fuentes disímiles en las que se mezclaban la Grecia de los filósofos y los trágicos con la Francia licenciosa y cortesana del siglo XVIII y con la España del Siglo de Oro y con su experiencia americana, Rubén Darío llevó a cabo la más profunda revolución experimentada por la poesía española desde los tiempos de Góngora y Quevedo, rescatándola del academicismo tradicional en que languidecía e instalándola de nuevo, como cuando los poetas españoles del XVI y el XVII, a la vanguardia de la modernidad.

El caso de Darío es el de casi todos los grandes artistas y escritores; es el de Machado de Assis, en el Brasil, que jamás hubiera escrito su hermosa comedia humana sin haber leído antes la de Balzac; el de Vallejo en el Perú, cuya poesía aprovechó todos los ismos que agitaron la vida literaria en América Latina y en Europa entre las dos guerras mundiales, y es, en nuestros días, el caso de un Octavio Paz en México y el de un Borges en Argentina. Detengámonos un segundo en este último. Sus cuentos, ensayos y poemas son, seguramente, los que mayor impacto han causado en otras lenguas de autor contemporáneo de nuestro idoma y su influencia se advierte en escritores de los países más diversos. Nadie como él ha contribuido tanto a que nuestra literatura sea respetada como creadora de ideas y formas originales. Pues bien: ¿hubiera sido posible la obra de Borges sin 'dependencias' extranjeras? ¿No nos llevaría el estudio de sus influencias por una variopinta y fantástica geografía cultural a través de los continentes, las lenguas y las épocas históricas? Borges es un diáfano ejemplo de cómo la mejor manera de enriquecer con una obra original la cultura de la nación en que uno ha nacido y el idioma en el que escribe es siendo, culturalmente, un ciudadano del mundo.

La manera como un país fortalece y desarrolla su cultura es abriendo sus puertas y ventanas, de par en par, a todas las corrientes intelectuales, científicas y artísticas, estimulando la libre circulación de las ideas, vengan de donde vengan, de manera que la tradición y la experiencia propias se vean constantemente puestas a prueba, y sean corregidas, completadas y enriquecidas por las de quienes, en otros territorios y con otras lenguas y diferentes circunstancias, comparten con nosotros las miserias y las grandezas de la aventura humana. Sólo así, sometida a ese reto y aliento continuo, será nuestra cultura auténtica, contemporánea y creativa, la mejor herramienta de nuestro progreso económico y social.

Condenar el 'nacionalismo cultural' como una atrofia para la vida espiritual de un país no significa, por supuesto, desdeñar en lo más mínimo las tradiciones y modos de comportamiento nacionales o regionales ni objetar que ellos sirvan, incluso de manera primordial, a pensadores, artistas, técnicos e investigadores del país para su propio trabajo. Significa, únicamente, reclamar, en el ámbito de la cultura, la misma libertad y el mismo pluralismo que deben reinar en lo político y en lo económico en una sociedad democrática. La vida cultural es más rica mientras es más diversa y mientras más libre e intenso es el intercambio y la rivalidad de ideas en su seno.

Los peruanos estamos en una situación de privilegio para saberlo, pues nuestro país es un mosaico cultural en el que coexisten o se mezclan 'todas las sangres', como escribió Arguedas: las culturas prehispánicas y España y todo el Occidente que vino a nosotros con la lengua y la historia española; la presencia africana, tan viva en nuestra música; las inmigraciones asiáticas y ese haz de comunidades amazónicas con sus idiomas, leyendas y tradiciones. Esas voces múltiples expresan por igual al Perú, país plural, y ninguna tiene más derecho que otra a atribuirse mayor representatividad. En nuestra literatura advertimos parecida abundancia. Tan peruano es Martín Adán, cuya poesía no parece tener otro asiento ni ambición que el lenguaje, como José María Eguren, que creía en las hadas y resucitaba en su casita de Barranco a personajes de los mitos nórdicos, o como José María Arguedas que transfiguró el mundo de los Andes en sus novelas o como César Moro que escribió sus más bellos poemas en francés. Extranjerizante a veces y a veces folklórica, tradicional con algunos y vanguardista con otros, costeña, serrana o selvática, realista o fantástica, hispanizante, afrancesada, indigenista o norteamericanizada, en su contradictoria personalidad ella expresa esa compleja y múltiple verdad que somos. Y la expresa porque nuestra literatura ha tenido la fortuna de desenvolverse con una libertad de la que no hemos disfrutado siempre los peruanos de carne y hueso. Nuestros dictadores eran tan incultos que privaban de libertad a los hombres, rara vez a los libros. Eso pertenece al pasado. Las dictaduras de ahora son ideológicas y quieren dominar también las ideas y los espíritus. Para eso se valen de pretextos, como el de que la cultura nacional debe ser protegida contra la infiltración foránea. Eso es lo que no es aceptable. No es aceptable que con el argumento de defender la cultura contra el peligro de 'desnacionalización' los gobiernos establezcan sistemas de control del pensamiento y la palabra que, en verdad, no persiguen otro objetivo que impedir las críticas. No es aceptable que, con el argumento de preservar la pureza o la salud ideológica de la cultura, el Estado se atribuya una función rectora y carcelera del trabajo intelectual y artístico de un país. Cuando esto ocurre, la vida cultural queda atrapada en la camisa de fuerza de una burocracia y se anquilosa sumiendo a la sociedad en el letargo espiritual.

Para asegurar la libertad y el pluralismo cultural es preciso fijar claramente la función del Estado en este campo. Esta función sólo puede ser la de crear las condiciones más propicias para la vida cultural y la de inmiscuirse lo menos posible en ella. El Estado debe garantizar la libertad de expresión y el libre tránsito de las ideas, fomentar la investigación y las artes, garantizar el acceso a la educación y a la información de todos, pero no imponer ni privilegiar doctrinas, teorías o ideologías, sino permitir que éstas florezcan y compitan libremente. Ya sé que es difícil y casi utópico conseguir esa neutralidad frente a la vida cultural del Estado de nuestros días, ese elefante tan grande y tan torpe que con sólo moverse causa estragos. Pero si no conseguimos controlar sus movimientos y reducirlos al mínimo indispensable acabará pisoteándonos y devorándonos.

No repitamos, en nuestros días, el error de los indios mapuches, combatiendo supuestos enemigos extranjeros sin advertir que los principales obstáculos que tenemos que vencer están entre o dentro de nosotros mismos. Los desafíos que debemos enfrentar en el campo de la cultura, son demasiado reales y grandes para, además, inventarnos dificultades imaginarias como las de potencias forasteras empeñadas en

444

agredirnos culturalmente y en envilecer nuestra cultura. No sucumbamos ante esos delirios de persecución ni ante la demagogia de los politicastros incultos, convencidos de que todo vale en su lucha por el poder y que, si llegaran a ocuparlo, no vacilarían, en lo que concierne a la cultura, en rodearla de censuras y asfixiarla con dogmas para, como el *Calígula* de Albert Camus, acabar con los contradictores y las contradicciones. Quienes proponen esas tesis se llaman a sí mismos, por una de esas vertiginosas sustituciones mágicas de la semántica de nuestro tiempo, *progresistas*. En realidad, son los retrógrados y oscurantistas contemporáneos, los continuadores de esa sombría dinastía de carceleros del espíritu, como los llamó Nietzsche, cuyo origen se pierde en la noche de la intolerancia humana, y en la que destacan, idénticos y funestos a través de los tiempos, los inquisidores medievales, los celadores de la ortodoxia religiosa, los censores políticos y los comisarios culturales fascistas y estalinistas.

Además del dogmatismo y la falta de libertad, de las intrusiones burocráticas y los prejuicios ideológicos, otro peligro ronda el desarrollo de la cultura en cualquier sociedad contemporánea: la sustitución del producto cultural genuino por el producto seudo-cultural impuesto masivamente en el mercado a través de los grandes medios de comunicación. Ésta es una amenaza cierta y gravísima y sería insensato restarle importancia. La verdad es que estos productos seudo-culturales son ávidamente consumidos y ofrecen a una enorme masa de hombres y mujeres un simulacro de vida intelectual, embotándoles la sensibilidad, extraviándoles el sentido de los valores artísticos y anulándolos para la verdadera cultura. Es imposible que un lector cuyos gustos literarios se han establecido leyendo a Corín Tellado aprecie a Cervantes o a Cortázar, o que otro, que ha aprendido todo lo que sabe en el *Reader's Digest*, haga el esfuerzo necesario para profundizar en un área cualquiera del conocimiento, y que mentes condicionadas por la publicidad se atrevan a pensar por cuenta propia. La chabacanería y el conformismo, la chatura intelectual y la indigencia artística, la miseria formal y moral de estos productos seudo-culturales afectan profundamente la vida espiritual de un país. Pero es falso que éste sea un problema infligido a los países subdesarrollados por los desarrollados. Es un problema que unos y otros compartimos, que resulta del adelanto tecnológico de las comunicaciones y del desarrollo de la industria cultural, y al que ningún país del mundo, rico o pobre, adelantado o atrasado, ha dado aún solución. En la culta Inglaterra el escritor más leído no es Anthony Burgess ni Graham Greene sino Barbara Cartland y las telenovelas que hacen las delicias del ·público francés son tan ruines como las mexicanas o norteamericanas. La solución de este problema no consiste, por supuesto, en establecer censuras que prohíban los productos seudoculturales y den luz verde a los culturales. La censura no es nunca una solución, o, mejor dicho, es la peor solución, la que siempre acarrea males peores que los que quiere resolver. Las culturas "protegidas" se tiñen de oficialismo y terminan adoptando formas más caricaturales y degradadas que las que surgen, junto con los auténticos productos culturales, en las sociedades libres.

Ocurre que la libertad, que en este campo es también, siempre, la mejor opción, tiene un precio que hay que resignarse a pagar. El extraordinario desarrollo de los medios de comunicación ha hecho posible, en nuestra época, que la cultura que en el pasado fue, por lo menos en sus formas más ricas y elevadas, patrimonio de una minoría, se democratice y esté en condiciones de llegar, por primera vez en la historia, a la inmensa mayoría. Ésta es una posibilidad que debe entusiasmarnos. Por primera vez existen las condiciones técnicas para que la cultura sea de veras popular. Es, paradójicamente, esta maravillosa posibilidad la que ha favorecido la aparición y el éxito de la industria multitudinaria de productos semiculturales. Pero no confundamos el efecto con la causa. Los medios de comunicación masivos no son culpables del uso mediocre o equivocado que se haga de ellos. Nuestra obligación es conquistarlos para la verdadera cultura, elevando mediante la educación y la información, el nivel del público, volviendo a éste cada vez más riguroso, más inquieto y más crítico, y exigiendo sin tregua a quienes controlan los medios —el Estado y las empresas particulares—

una mayor responsabilidad y un criterio más ético en el empleo que les dan. Pero es, sobre todo, a los intelectuales, técnicos, artistas y científicos, a los productores culturales de todo orden, a quienes les incumbe una tarea audaz y formidable: asumir nuestro tiempo, comprender que la vida cultural no puede ser hoy, como ayer, una actividad de catacumbas, de clérigos encerrados en conventos o academias, sino algo a lo que puede y debe tener acceso el mayor número. Esto exige una reconversión de todo el sistema cultural, que abarque desde un cambio de psicología en el productor individual, y de sus métodos de trabajo, hasta la reforma radical de los canales de difusión y medios de promoción de los productos culturales, una revolución, en suma, de consecuencias difíciles de prever. La batalla será larga y difícil, sin duda, pero la perspectiva de lo que significaría el triunfo debería darnos fuerza moral y coraje para librarla; es decir, la posibilidad de un mundo en el que, como quería Lautréamont para la poesía, la cultura sea por fin de todos, hecha por todos y para todos.

Lima, noviembre 1981

# BIBLIOGRAFÍA

"Revisión de Albert Camus", *Marcha*, Montevideo, XXIII, n.º 1113 (29 junio 1962), p. 31.

"A Cuba en état de siège", *Le Monde*, París (23 noviembre 1962).

"Crónica de la revolución", *Marcha*, Montevideo (7 diciembre 1962).

"Homenaje a Javier Heraud", *Piélago*, Lima, n.º 3 (enero 1964).

"Los otros contra Sartre", *Expreso*, Lima (19 junio 1964).

"En torno a *Los Miserables*", *Expreso*, Lima (1 setiembre 1964).

"Hemingway: ¿un hombre de acción?", *Expreso*, Lima (14 setiembre 1964).

"Sartre y el Nobel", *Expreso*, Lima (7 noviembre 1964).

"Memorias de una joven informal", *Expreso*, Lima (26 octubre 1964).

"Una muerte muy dulce", *Expreso*, Lima (13 diciembre 1964).

"En torno a un dictador y al libro de un amigo", *Expreso*, Lima (27 diciembre 1964).

"Camus y la literatura", *Expreso*, Lima (31 enero 1965).

"Sartre y el marxismo", *Expreso*, Lima (4 abril 1965).

"Toma de posición", *Caretas*, Lima, n.º 317 (19-30 agosto 1965).

"En un pueblo normando, recordando a Paúl Escobar", *El Comercio*, Lima (3 mayo 1981), p. 2.

"Los secuestrados de Sartre", *Primera Plana*, Buenos Aires, n.º 76 (16 noviembre 1965).

"Una insurrección permanente", *Marcha*, Montevideo, n.º 1294 (4 marzo 1966).

"Sebastián Salazar Bondy y la vocación del escritor en el Perú", *Revista Peruana de Cultura*, Lima, n.ºs 7-8 (junio 1966), pp. 21-54.

"Una visita a Karl Marx", *Caretas*, Lima n.º 342 (25 noviembre-7 diciembre 1966), pp. 34-35.

"*Las bellas imágenes* de Simone de Beauvoir", *Caretas*, Lima, n.º 348 (9-23 marzo 1967), pp. 38-39.

"La censura en la URSS y Alexander Solzhenitsin", *Marcha*, Montevideo, n.° 1358 (23 junio 1967).

"La literatura es fuego", *El Nacional*, Caracas (12 agosto 1967).

"Carta al vocero del Partido Comunista peruano", *Unidad*, Lima (agosto 1967).

"Un caso de censura en Gran Bretaña", *Caretas*, Lima, n.° 365 (21 diciembre 1967-11 enero 1968), p. 40.

"Literatura y exilio", *Caretas*, Lima n.° 370 (29 marzo-10 abril 1968), pp. 26-27.

"Luzbel, Europa y otras conspiraciones", *Marcha*, Montevideo (8 mayo 1970).

"El socialismo y los tanques", *Caretas*, Lima, n.° 381 (26 setiembre-10 octubre 1968), p. 23.

"Carta a Haydée Santamaría", *Casa de las Américas*, La Habana, n.° 67 (julio-agosto 1971), pp. 140-142.

"Carta a Fidel Castro", *Cuadernos de Marcha*, Montevideo, n.° 49 (mayo 1971), pp. 19-21.

"Entrevista exclusiva a V. Ll." (por César Hildebrandt), *Caretas*, Lima, n.° 436 (28 mayo-10 junio 1971), p. 17.

*"Reivindicación del conde don Julián* o el crimen pasional", *Marcha*, Montevideo (23 julio 1971).

"El regreso de Satán", *Marcha*, Montevideo, n.° 1602 (21 julio 1972), pp. 30-31.

"Resurrección de Belcebú o la disidencia creadora", *Marcha*, Montevideo, n.° 1609 (8 setiembre 1972), pp. 29-31.

"Un francotirador tranquilo", *Plural*, México, n.° 39 (diciembre 1974), pp. 74-77.

*"Caretas, Oiga* y unos jóvenes amables", *El Comercio*, Lima (24 octubre 1974).

"Flaubert, Sartre y la nueva novela", *Posdata*, Lima (octubre 1974), pp. 20-22.

"Protesta por la clausura de dos semanarios", *Posdata*, Lima (7 noviembre 1974).

"Carta abierta al general Juan Velasco Alvarado", *Última Hora*, Lima (24 marzo 1975).

"Albert Camus y la moral de los límites", *Plural*, México, n.° 51 (diciembre 1975), pp. 10-17.

"Protesta por clausura de semanarios y revistas", *La Prensa*, Lima (4 julio 1976).

"Perú: la revolución de los sables." (Véase nota al pie de p. 255.)

"Carta al general Jorge Rafael Videla", *Index of Censorship*, Londres, n.° 6 (marzo-abril 1977), pp. 2-5.

"La URSS y el PEN Internacional", *Caretas*, Lima, n.° 522 (7 julio 1977), pp. 71-72.

"El homicida indelicado", *Caretas*, Lima, n.° 527 (3 octubre 1977), pp. 34-37.

"La *Autobiografía de Federico Sánchez*", *Cambio* 16, Madrid, n.° 316 (26 diciembre 1978), pp. 52-53.

"Cambridge y la irrealidad", *Caretas*, Lima, n.° 541 (22 junio 1978), pp. 46-48.

"Libertad de información y derecho de crítica", *Oiga* 78, n.° 23 (24 julio 1978), pp. 9-12-13.

"Ganar batallas, no la guerra", publicado bajo el título *Premio Derechos Humanos*, Lima, Asociación Judía del Perú (junio 1978), pp. 1-20.

"Sartre, veinte años después", *Caretas*, Lima, n.° 555 (4 junio 1979), pp. 40-41.

"Espías y patriotas", *Oiga*, Lima, n.° 52 (5-12 febrero 1979), p. 7.

"El intelectual barato", (I) *Caretas*, Lima, n.° 556 (11 junio 1979), pp. 34-35; (II) *Caretas*, Lima, n.° 558 (25 junio 1979), pp. 36-37 y 69; (III) *Caretas*, Lima, n.° 562 (23 julio 1979), pp. 40-41.

"Declaración sobre la guerra del Pacífico", *Caretas*, Lima, n.° 559 (2 julio 1979), pp. 22-23.

"El culto de los héroes", *Caretas*, Lima, n.° 561 (16 julio 1979), pp. 40-42.

"La caída de Somoza", *Cambio* 16, Madrid, n.° 397 (15 julio 1979), pp. 74-75.

"Reflexiones sobre una moribunda" (I) *Caretas*, Lima, n.° 579 (26 noviembre 1979), pp. 38-39; (II) *Caretas*, Lima, n.° 580 (3 diciembre 1979), pp. 38-39 y 49; (III) *Caretas*, Lima, n.° 581 (10 diciembre 1979), pp. 40B-40C y 72A; (IV) *Caretas*, Lima, n.° 582 (20 diciembre 1979), pp. 38-39; (V) *Caretas*, Lima, n.° 583 (14 enero 1980), pp. 40B-40C; (VI) *Caretas*, Lima, n.° 584 (21 enero 1980), pp. 36-37.

"Los diez mil cubanos", *Caretas*, Lima, n.° 597 (28 abril 1980), pp. 32-33.

"El mandarín" (I), *Caretas*, Lima, n.° 602 (9 junio 1980), pp. 46-47; (II), *Caretas*, Lima, n.° 603 (16 junio 1980), pp. 38-39; (III), *Caretas*, Lima, n.° 604 (23 junio 1980), pp. 46-47; (IV), *Caretas*, Lima, n.° 607 (14 julio 1980), pp. 46-47.

"Halcones y palomas", *ABC*, Madrid (3 setiembre 1980).

"Isaiah Berlin, un héroe de nuestro tiempo", (I) Un filósofo discreto, *El Comercio*, Lima (11 octubre 1980); (II) Las verdades contradictorias, *El Comercio*, Lima

(1 noviembre 1980); (III) Las dos libertades, *El Comercio*, Lima (8 noviembre 1980); (IV) El erizo y la zorra, *El Comercio*, Lima (22 noviembre 1980); (V) Héroes de nuestro tiempo, *El Comercio*, Lima (6 diciembre 1980).

"La lógica del terror", *Caretas*, Lima, n.º 630 (5 enero 1981), pp. 34-35.

"Calígula, 'Punk'", *Caretas*, Lima, n.º 640 (16 marzo 1981), pp. 38-39.

"Nicaragua, año dos", *Caretas*, Lima, n.º 662 (31 agosto 1981), pp. 36-37 y 74.

"El elefante y la cultura", *El Comercio*, Lima (13 y 14 noviembre 1981).

# ÍNDICE ALFABÉTICO

453

# INDICE

Impreso en el mes de noviembre de 1983
en Romanyà/Valls,
Verdaguer, 1
Capellades
(Barcelona)